JN186126

世界を変えた100の
本の歴史図鑑

古代エジプトのパピルスから電子書籍まで

上　**エステル記の巻物、もしくは『メギラー』**　エステル記のヘブライ語のテクスト。プリム祭の祝儀で朗読する際に使われる。パーチメントにペンとインクで美しく書かれており、蛇腹式に折りたたんで精巧な打ち出し技法の銀のケースに収められる。オランダに輸入した際の管理用に銀のマークが刻印されている。内容、材料、美的価値のために、そして最近ではその来歴と歴史のために、大きな価値を認められている本の好例である。

世界を変えた100の本の歴史図鑑

古代エジプトのパピルスから電子書籍まで

ロデリック・ケイヴ、サラ・アヤド／大山晶 訳
Roderick Cave *Sara Ayad* *Akira Ohyama*
日本語版監修＝樺山紘一
Koichi Kabayama

原書房

ロデリック・ケイヴ（Roderick Cave）
印刷の歴史研究者であるとともに、司書として稀覯本のコレクションにかかわる仕事をしてきた。また、世界中の図書館や大学で、情報学の講座を立ち上げてきた。ユネスコの元相談役であり、アメリカの大学や博物館で、本の歴史について助言するとともに、大英図書館の顧問もつとめてきた。著書に、『自然の模様――ネイチャー・プリンティングの歴史』がある。

サラ・アヤド（Sara Ayad）
図書館助手、書籍販売員、編集者として、長く本とかかわってきた。最近では、文学と視覚芸術への強い関心から、絵画研究者としても活動している。

樺山紘一（かばやま・こういち）
1941年東京都生まれ。東京大学文学部卒、同大学院修士課程修了。東京大学教授、国立西洋美術館館長をへて、現在、印刷博物館館長。東京大学名誉教授。専攻は西洋中世史。おもな著書に、『ゴシック世界の思想像』『西洋学事始』『歴史のなかのからだ』『パリとアヴィニョン』『異郷の発見』『地中海』『新・現代歴史学の名著』、おもな訳書に、ル＝ロワ＝ラデュリ『新しい歴史――歴史人類学への道』、フェルナンデス＝アルメストほか『タイムズ・アトラス ヨーロッパ歴史地図』などがある。

大山晶（おおやま・あきら）
1961年生まれ。大阪外国語大学外国語学部ロシア語科卒業。翻訳家。おもな訳書に、『なぜ神々は人間をつくったのか』『世界の神話伝説図鑑』『朝食の歴史』（以上、原書房）、『ヒトラーとホロコースト』（ランダムハウス講談社）、『ポンペイ』（中央公論新社）などがある。

世界を変えた100の
本の歴史図鑑
古代エジプトのパピルスから電子書籍まで

●

2015年5月25日　第1刷

著者………ロデリック・ケイヴ
サラ・アヤド
日本語版監修者………樺山紘一
訳者………大山晶

装幀………川島進（スタジオ・ギブ）
本文組版………株式会社ディグ

発行者………成瀬雅人
発行所………株式会社原書房
〒160-0022　東京都新宿区新宿1-25-13
電話・代表03(3354)0685
http://www.harashobo.co.jp
振替・00150-6-151594
ISBN978-4-562-05110-6

目次

第3章 42
偉大なる古典

第4章 56
中世世界と本

第5章 76
東方からの光

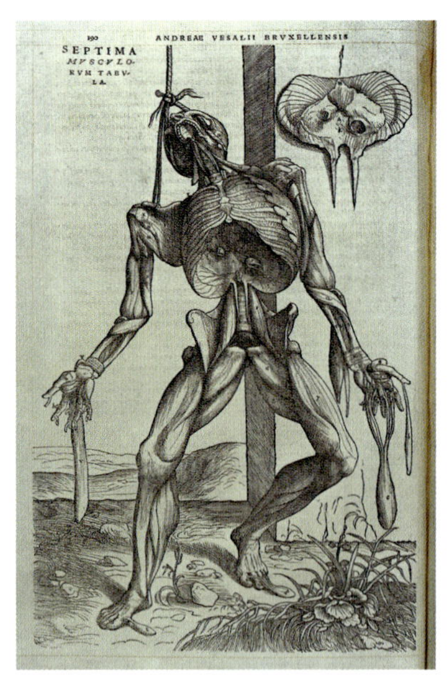

A DICTIONARY OF THE ENGLISH LANGUAGE: IN WHICH The WORDS are deduced from their ORIGINALS, AND ILLUSTRATED in their DIFFERENT SIGNIFICATIONS BY EXAMPLES from the best WRITERS. TO WHICH ARE PREFIXED, A HISTORY of the LANGUAGE, AND AN ENGLISH GRAMMAR. By SAMUEL JOHNSON, A.M. IN TWO VOLUMES. VOL. I. THE SECOND EDITION.

LONDON, Printed by W. STRAHAN, For J. and P. KNAPTON; T. and T. LONGMAN; C. HITCH and L. HAWES; A. MILLAR; and R. and J. DODSLEY. MDCCLV.

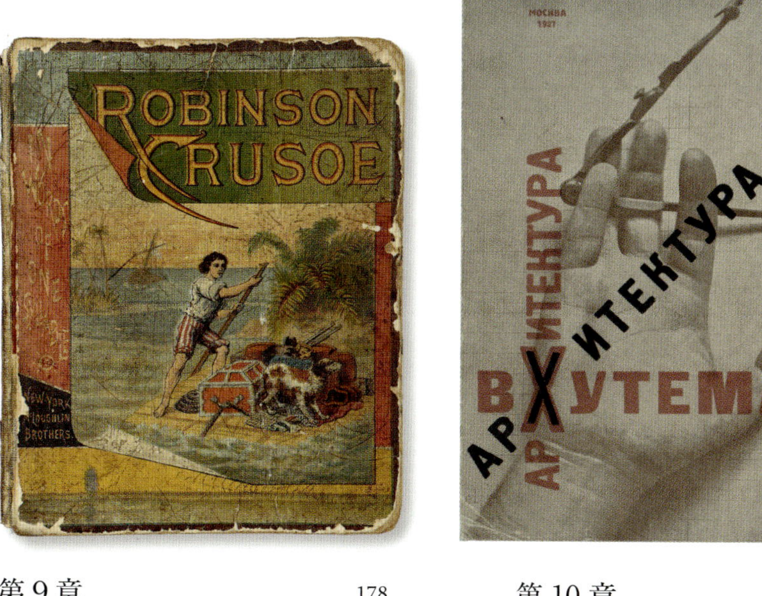

第9章　178
印刷の発展

第10章　206
動乱の20世紀

第11章　234
デジタル化と本の未来

はしがき

人はリスト本を好む。本の世界においてひとつのジャンルが形成されているほどだ。一世紀に出版された最上の本、あるいは、死ぬまでに読むべき100冊の本、といった具合に。本書もそのひとつだ。すばらしい本のすばらしいリストであり、さまざまな文化や時代で本がどう変遷したか、どう関連しているかを読者に明らかにしてくれる。

このようなリストをまとめられるほど、広く深い知識をそなえた人間はそうそういない。ロデリック・ケイヴは、この分野で何十年もにわたり本を出版してきており、発表した本や論文は数十冊におよぶ。さまざまな本の誕生やその歴史上の位置づけについて彼が持っている知識は、比類ないと言ってよい。ゆえに、本の歴史について書く作家たちですらほとんど知らない話題が本書で触れられているからといって驚くにはあたらない。この魅惑的な本にケイヴの共著者としてくわわったのが、サラ・アヤドだ。彼女は文学と視覚芸術、そして出版と本の歴史の研究者である。アヤドとケイヴはすばらしいチームを組み、ふたりで厳選した本の物語をまとめ、美しく興味深いタペストリーに織りあげた。

もちろん、この手のリストには定番ともいうべき本がある。洞窟壁や動物の骨、粘土板やヤシの葉に書かれた文字、竹簡、『イリアス』、『ベーオウルフ』、中世の彩飾写本（当然、『ケルズの書』もふくまれる）、グーテンベルク聖書、『ニュルンベルク年代記』などだ。だが本書では、ペルーのキープ（インカ帝国のものよりも古い）やパピルスの巻物や『八萬大蔵経』、エチオピアの聖書（『ガリマの福音書』という名のほうが知られている）についても読むことができる。この4つはほんの一例にすぎない。

リストには小論がそえられ、最古の時代から電子書籍の時代まで、どのような歴史的背景のなかで本が誕生したかを解説してくれている。あきらかに本書は、学術的にも一般的にも関心を集める非常に多くの領域から、重要だが見落とされがちな数々の非凡な本を収めた、なみはずれた編纂物だ。テーマや個々の項目のコンセプトも分類も斬新で、それがぜいたくな図版とその解説やキャプションとあいまって、本書を魅力あふれる研究書にしている。

他の多くのリスト本と異なり、本書は非常に冒険的かつ見識にあふれ、ダンス、暗号学、漫画、豆本やナノ本、パリンプセスト、薬理学、占書など、本の歴史や西洋および東洋文化において重要な多くのテーマを扱った本について考察し、十いくつもの文化の文学を紹介している。

この100冊の本に示されている歴史と伝承、文学と科学、大衆文化と該博な知識は、印刷の世界、本の世界に対するケイヴの広い歴史理解の賜物だ。本書は魅惑的で有益かつ貴重な編纂物であり、すべての書籍史家や文化史家必携の本だといえよう。

シドニー・E・バーガー
シモンズ大学英語学およびコミュニケーション学教授
ミシェル・V・クルーナン
シモンズ大学図書館情報学部教授

序文

本の死について語ることが陳腐になっている今だからこそ、過去に本がどのようなものだったか、そして文書によるコミュニケーションが将来どうなると予測されていたかについて、ふりかえってみるべきだろう。ジャーナリストや司書、さらにはコンピュータ狂のなかには、電子書籍の到来が全面的かつ徹底的な革命をもたらすと信じている者がいる。彼らは近い将来、出版は完全に電子化されると期待している。ペーパーレスなオフィスをめざして（20年前にはまちがいなくそうなると予想されていた）何度も失敗しているにもかかわらず、紙も印刷も不要になり、すべての情報に画面からアクセスできるようになると期待しているのだ。

電子書籍の人気は上昇しているのだろうし、印刷された紙の本は姿を消していくのかもしれない（バビロニアの粘土板や古代エジプトのパピルスの巻物が、はるか昔にすたれてしまったように）。だが、本が将来完全に電子化されるとは信じることができない。確かなのは、過去1万年以上ものあいだ、人類は情報を保存し伝達する方法を発展させてきたということである。そういった方法は、潜在意識に深く埋めこまれている。

形ある本にどれほど思い入れがあるかは、わたしたちの選択を見てもらえば明白である。不本意ながら、製本にかんして、あるいは新聞や雑誌については、重要性は知りつつも、本書で考察しないことに決めた。もし年代順に追っていくのであれば、1世紀につき1冊の本しか載せる余地がなくなる。そこで解説すべき本を厳選しなければならなかった。戯曲について述べるのに1冊か2冊？　発明には1冊？　発禁本には何冊割りあてようか？　100冊の本を選ぶのに頭をひねり、助言してくれた人々と論じあった。

わたしたちは本のベスト100選を作ろうとしたわけではない（そもそも何をもって最上とすればよいのか）。また、最古の100冊を選んだわけでもないし、もっとも有名な本、もっとも美しい本、もっとも影響をあたえた本、もっとも貴重な本を選んだわけでもない。とはいえ、こういった要素はすべて選定に影響している。また、もっとも選ばれて当然というわけではないが、アジアやヨーロッパの最古の印刷物や他のいくつかの本は選定せざるをえなかった。

本を選定するにあたり、わたしたちは広い領域から、つまり南極大陸を除くすべての大陸から選ぶ、という基準を定めた。体裁や種類は多岐にわたる。紐（ひも）の本（キープ）、骨や樹皮やヤシの葉、さらにはよく知られた粘土板に書かれた本やパピルスの巻物、ヨーロッパや北米ではおなじみのヴェラムやパーチメント。特定のジャンルから特徴的な本を選ぶことを心がけたが、かならずしももっとも目立つものを選んだわけではない。

本書を見ればわかるように、あまりに有名で今さら人目を引く必要もないいくつかの本については割愛した（欽定訳聖書もなければシェークスピアもない）。かわりに、同じくらい社会的・文化的に重要だったり影響をあたえたりした本について解説している。欽定訳聖書の代わりにグスタフ・ヴァーサ聖書（北欧にルター派を広めるのみならず、近代スウェーデン語の形成やドイツのタイポグラフィの普及に非常に重要な役割を果たした）をあげて、すべての国の聖書の代表とした。

特定の時代を理解したいなら、偉大なものやよいことだけを見ていてはだめだ、とよくいわれる。あまり偉大ではないもの、よくもないことからはるかに多くを学べるのだ。本書にはそういったものが混ざっており、そこから読者の興味が刺激されてさらにふみこむ気になってもらえれば、と考えた。非常に多くの宝が見つかることだろう。

より「リアルな」印刷本が出版される時代に、そして電子書籍もふくめた自費出版が着実に簡単になっている今、印刷された本の時代は終わったのだろうか。わたしたちの答えは、ノーだ。だが、もっと新たな発展があるのは確かである。電子書籍とはまったく違った（そしてはるかにすぐれた）ものも出現するかもしれない。しかし21世紀でも、わたしたちが解説しているように、意図的に回顧的で頑固な方法を用い、デジタル処理を完全に無視して、新たな形態で書いたり印刷したりした本を作っている人々がいる。伝統的な本はまだまだ長きにわたり作りつづけられることだろう。

ロデリック・ケイヴ
サラ・アヤド

右　**エル・カスティーリョの洞窟**
スペイン北部にあるこの旧石器時代の絵は、すくなくとも4万800年前のもので、知られているかぎりヨーロッパ最古の洞窟壁画である。以前考えられていたよりも1万年古い。最古の人類（あるいはネアンデルタール人）による、岩に顔料を吹きつけて描いた手の形や円盤は50ほどあり、11の洞窟で発見されている。pp.14-15参照。

1

第1章

本のはじまり

本の起源をつきとめるのは、言葉の起源をつきとめるのと同じくらいむずかしい。本章では先史時代から前1000年頃にかけて、さまざまな文明のさまざまな文化で、知識や情報を記録し保存する方法がどのように発展していったかを概説する。

最初に言っておかなければならない。「本」がいったいいつ、どこで、どうやって最初に作られたのかは、ほとんどわかっていない。本のテクストは生きつづけなければならない。だが古代の文書が生きのびる確率は低い。メソポタミアやエジプトや中国のように文書が残っていて、その内容をわたしたちが読めるということは、人類がすでに先史時代から歴史時代へと移行していることを意味する。しかしそれ以前に人間と他の霊長類を区別する特徴のひとつは、話せるか否かだった。話す能力はきわめて重要だが、整理された記憶をどう役立てていくかも重要だった。

人間は言葉を記憶することを覚え、さらに知識を客観化することを覚えた。それは主として図形という手段をとおして行われた。絵や記号が使われる場合が多く、そのおかげで発案者は伝えたい内容を再現し、広めることができた。先史時代に世界のあらゆる場所で、人々は生活の場に記号や絵を残すようになり、それが洞窟壁画という形で保存されている。抽象的な模様であれ写実的な絵であれ、それらは記録者と「読者」にとって意味のあるものだった。

情報伝達の手段

洞窟壁画を構成する絵には、そこから発展し広く理解されるようになった意味があると考える学者たちもいる。一種の視覚言語というわけだ（pp.14-15 参照）。この学説はまだ広く受け入れられているとはいいがたいが、支持する学者たちは洞窟壁画の記号が何万年以上も使われ再現されたと考えている。これは字を書くことへの最初の一歩だったのだろうか。もしそのとおりなら、おそらく2万年もしくはそれ以上前のことだ。考古学的に考えれば、さほど遠い昔のことではない。

情報を記録しようという最初の試みは、洞窟壁画に隠された意味ほどには複雑でなく、ごく単純なものだったのかもしれない。人類はかなり早い時点で数を数えることを覚えた。スワジランドのレボンボの骨とコンゴ民主共和国のイシャンゴの骨は約2万年前（前1万8000年頃）のもので、現存する最古の遺物のひとつだ。そこには持ち主がつけた印が残っている（pp.16-17 参照）。印には数学的な意味があるのだろうか。それともひょっとして天文学と関係があるのだろうか。時間の計測が重要なのは、今も昔も変わらない。**合札**（tally stick）は現在も使いつづけられており、こういったいかにもシンプルな道具に非常に実用的な利点があることを示している。

もし**巻物**や紙葉を束ねたもの（**コデックス**）、表面に書かれた絵や字を別の人間が読むものが本だと定義するなら、わたしたちの知性と文化はかなりの進化をとげたのだといえよう。まずは言葉、つまり意味があり理解できる音声を、視覚的に表現できるものがなければはじまらない。書く方法を覚えることによってわたしたちの祖先が他のグループよりも繁栄したということは、早くから認識されていた。多くの文化において、神々や神話に登場する人物は書く能力ゆえに崇められていた。エジプトのトトとセシャト、バビロニアのナブー、ギリシアのカドモス、メキシコのケツァルコアトルはその一例だ。

記録管理の形態

どの社会も、たやすく利用できる素材に頼った。粘土の平板に字をきざむのは根気がいるように思えるかもしれないが、粘土板には耐久性という利点があった。バビロニア人の歴史がよく知られている理由のひとつはそこにある。**パピルス**はもろかったため、これを使う人々はテクストを何度も写しなおさなければならなかった。インカ人は文字をもたない唯一の大帝国を発展させたが、彼らは結び目のついた紐、つまり**キープ**を記憶の助けに使い、いくらかの情報を蓄え伝えられるようにした。この方法が何千年も続いたのは、ひとつには材料が長持ちしたためである（pp.20-21 参照）。

書くことはよくもあり悪くもあった。何世紀ものあいだ、保守的な考えの人々は文書を利用するのは悪いことだと非難した。書けば記憶力が落ちると考えたのである。そして記憶するという行為には非常に大きな責務がついてまわった。たとえばユリウス・カエサルは『ガリア戦記』（前50年代）のなかで、ブリタンニアでは教養あるドルイドの教科課程が20年におよぶと述べている。ドルイドは書くことに不信感をいだき、口述にのみ依存していたため、彼らの知恵や知識がどのようなものだったかは今ではほとんどわからなくなってしまっている。そして2000年という時を早送りしてみれば、わたしたちも似たような状況にある。大量の書きとめられ印刷された記録は、最新の、そして未来のメディアに移しておかなければ、その内容に触れることができなくなるだろう。

書写材として、人は石、粘土板、樹皮、葉、パピルス、骨、動物の皮、**紙**(paper)、その他多くの媒体を利用した。染料をインクとして、棒や葦、羽軸、鉛片を「ペン」として使い、こういった書写材に痕跡を残す方法を発見した。そして現代文明の多くの産物を書きとめ、複製し、蓄え、検索するために効率のよいシステムを考案してきた。本のレイアウトを決め、アルファベットの形を洗練させ、技術を生かしてきた結果、今では驚くほど多数の文学作品を読むことができる。句読法が確立して、作家たちはメッセージを誰もが理解できるよう正確に伝えることができる。もっとも、意図的に規則を破る場合もあるのだが(pp.166-167参照)。

必要なものはひとつだが、解決法は多数

ほとんど意識していないが、わたしたちは伝達手段とそれが運ぶメッセージとの相互作用を認識している。本の歴史は、起源も発展した道筋もひとつではない。多くの社会が独自の筆記システムを発展させた。メソポタミアでは粘土、エジプトではパピルス、インドとインドネシアでは**貝葉**(ばいよう)(lontar)、さらに中国や東南アジアでもさまざまな書写材が入手可能だったことにより、こういったすべての地域で独自の筆記システムと本作りを発展させることができた(pp.22-23参照)。

このような成果はさまざまな場所でさまざまな時代に得られたが、後述するように、それはひとつには人類が創作を続け、創意工夫を重ねた結果である。進歩した方法をよそからとりいれるのではなく、地域独自の方法を発展させた人々もいる。本や電子書籍の未来を世界規模で考えれば、おそらくその「はじまり」と同じくらい多様なものとなるだろう。

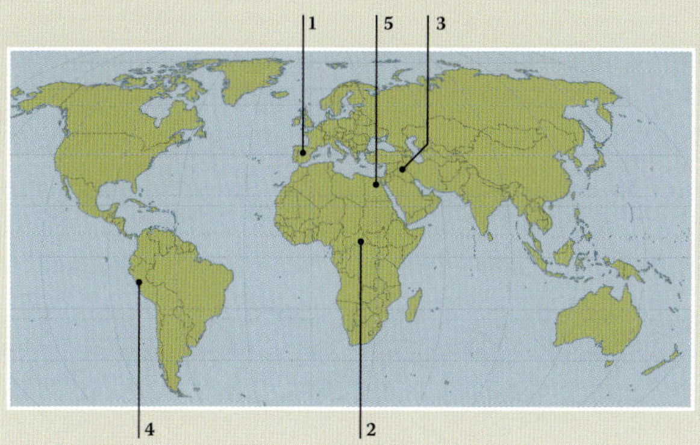

洞窟壁画

人類の黎明期に、人々は時代の足跡を絵で洞窟に残した。
抽象的であれ写実的であれ、その絵は描き手にとって意味のあるものだった。
絵は何を語りかけているのだろうか。

世界のいたるところに、洞窟を住まいとしていた人々の痕跡が残っている。彼らが捕らえた動物や魚の骨や甲羅、あるいは獲物を殺すのに用いた道具や、料理したり体を温めたり明かりに使ったりした火の痕跡が残っている場合もある。死ねばその骨も遺物の一部となり、それを選別して現代の考古学者は古代の祖先について解明しようとしている。

温暖な地域の洞窟壁画と寒冷地の洞窟壁画とでは、描かれている動物が異なる。かたやバッファロー、ライオン、キリン、かたや当時地上をうろついていたクマ、マンモス、エルク。しかし世界中の洞窟壁画にはいちじるしい類似点も見られる。媒材もそのひとつで、土から作られた顔料や焚き火で残った炭が使われている。絵の多くは、描き手独自の経験や感情や信仰を反映している。

多くの洞窟遺跡に、手の絵が残されている。手はひとつの場合もあるが、数多く描かれていることのほうが多い。一般的にスプレー塗装の要領で、ステンシルのように、壁に置いた手に溶かした黄土を吐きかけたり吹きつけたりして描いたようだ。いくつかの洞窟で、顔料を吹きつけるのに使ったとおぼしき中空の細い骨製パイプを、考古学者が発見している。

絵はしばしば幼児の手を使って描かれたが、大人の手もあり、ときには手に障害が見られる場合もあった。こういった絵はスペインのエル・カスティーリョ（右ページ）で見られる。前1万6000年頃のものと考えられる壁画だ。もっと年代の新しい、パタゴニア中部（アルゼンチン）のクエバ・デ・ラ・マノス（前9500年頃）や、南スラウェシのマロス近くにあるレアン・レアン洞窟（前3000年頃）の絵も、すべて非常によく似ている。絵はこう語りかけてくる。「わたしたちはここにいた！」と。だが、ほかにはどのような意味やメッセージがこめられているのだろうか。

右　**わたしたちはここにいる！**　アルゼンチン、サンタクルス州クエバ・デ・ラ・マノスの洞窟をおおう多数の手を目にしたら、興奮せずにはいられないだろう。この「プリント」はネガで、岩の表面に置いた手に鉱物顔料（酸化鉄）をパイプで吹きつけて輪郭を浮かび上がらせた。

関連項目

顔料の効果的な使用

右　**第一印象**　エル・カスティーリョの岩の表面に残されたバッファローの輪郭と手形。これは地域限定の静止情報であって、クラウドソーシングその他の現代的な情報伝達法とはかけ離れた世界だが、どんな人間にもすぐに理解できる。手形は多くの子どもたちにとって、今も最初の芸術的表現方法でありつづけている。

洞窟壁画
エル・カスティーリョの洞窟

数学的知識を示す最古の証

遺跡の発掘現場からは先史時代の多くの遺物が発見される。このヒヒの骨は最古の「本」のひとつで、先史時代の人間はこれを使って情報を記録した。

下　**合札**　13世紀のハシバミの棒は王室会計局の領収書で、支払額がきざまれている。長い方向に分割され、それぞれに同じ数のきざみ目がつけられている。一方は支払う側、もう一方は支払われる側が保管した。会計監査がすむと、組みあわせて双方が一致するか確認した。

考古学者は洞窟を調査する際、壁や天井に描かれた記号や絵、あるいは（噴火で埋まったポンペイのような場所でもそうだが）人々が何を食べ、何を着たのか、何に精を出し、何をすてたかに関心をもつ。だがそれと同じくらい、足もとで見つけたものにも興味をいだく。

世界のいくつかの洞窟調査から、意図的に印をつけた骨があることが明らかになった。放射性炭素年代測定法によれば、実際、非常に古い骨もふくまれている。前2万5000年から2万年のものと思われるある骨は、1960年、コンゴ民主共和国のエドワード湖に近いイシャンゴの、火山噴火で埋没した地域からベルギーの考古学者によって発見された。このイシャンゴの骨とよばれるヒヒの腓骨は端に石英がひとつはめこまれていて、何かの道具のようだ。側面にはきざみ目がつけられている。

当初この骨は、ヨーロッパで近代までふつうに使われていたような**合札**（あいふだ）（tally stick）だと考えられたが、調査の結果、半年分の太陰暦である可能性も出てきた。きざみ目は月経周期に関係があり女性がつけたのだと主張する学者もいる。そういった説はデータを拡大解釈しすぎで、南米の**キープ**（khipu）（pp.20-21参照）のように、記憶を助けるために工夫した道具だったと信じる者もいる。骨のきざみ目はたんなる道具のすべり止めにすぎないと主張する懐疑論者もいる。

もっと古い先史時代の太陰暦はほかにもいくつか知られており、スワジランドのレボンボの骨もそのひとつである。これは南アフリカのブッシュマン（サン族）が現在も使用する暦の棒にさまざまな点で似ている。1937年にドルニ・ヴェストニッツェ（チェコ）で発見された狼の骨も同種のものだ。しかしイシャンゴの骨のほうが重視されることが多い。これは数学の計算が最初に行われるようになった最古の証なのである。

数学的知識を示す最古の証
イシャンゴの骨

関連項目

天文学の計算

書写材としての骨の使用

下　**コンゴのイシャンゴの骨**　3列に分けて168のきざみ目がつけられているこのヒヒの腓骨は一見同じに見えるが、その意味ははっきりしない。作者についても、実際にどう使われたのかも不明だが、前2万年頃のもので、数学的知識を示す最古の証と考えられることが多い。

楔形文字のタブレット

粘土板に書かれた楔形文字は非常に長持ちする。医学、法律、数学その他にかんする最古の本の多くは、**楔形文字**（cuneiform）で記されている。最古の叙事詩は『ギルガメシュ叙事詩』だ。

湿った粘土板に印をつけるという方法は、偉大な文学作品を創作するにはふさわしくないように思える。しかしティグリス川とユーフラテス川にはさまれた肥沃な三日月地帯では、粘土が豊富にとれた。そして、この方法には他の多くの筆記システムをしのぐ利点があった。簡単に手に入り、扱いやすく、印もつけやすい。また、楔形文字のタブレットは焼くとなかなか壊れなかった（エジプトやのちのローマで使われた**パピルス**（papyrus）よりもはるかに長持ちした）。

集計に利用する粘土の円盤が最初に登場したのは、前8000年頃だ。前3100年頃には初期の楔形文字がシュメール帝国のウルクで使用されている。楔形文字の文書はアッカド語、シュメール語、バビロニア語といったさまざまな地域の言語で書かれていた。広く普及していたため、エジプトのファラオとの外交交渉にも利用された（前1340年のアマルナ文書）。最初の法典、医学書、数学の教科書、天文学の研究書、辞書、果ては初期の料理本（ゆでる方法が記載されている）まで知られている。都市国家の発展に必要だった多くの行政、通商、財務記録も現存している。知られているかぎりで最新の年代測定可能な楔形文字板は、後75年の天文暦である。

シュメールとバビロニアの文書には格言が記されていることが多い。ギルガメシュ王の物語は、ヴィクトリア朝時代の愛好家がはじめてタブレットを解読したところ、ノアと大洪水の物語にあまりに似ていたため、大きな興奮をよび起こした。この物語は今では最高の文学作品のひとつとみなされている。作者は不明だが、編纂し粘土板にきざんだ人物の名はわかっている。前1300年から1000年頃のメソポタミアの呪術祭司シン＝レキ＝ウンニンニである。

楔形文字のテクストについての理解は急速に進んでいる。テクストのデジタル化とオックスフォード大学、シカゴ大学、UCLAといった大学の辞書編纂により、古代メソポタミアの研究はかなり容易になった。たとえわたしたちが第2のギルガメシュ叙事詩を発見する見こみが薄いとしても。

左 **『ギルガメシュ叙事詩』：「洪水のタブレット」**
この新アッシリア時代のタブレットは、アッシュルバニパル王（在位前669-631年）の図書館に収められていた。王はニネヴェの宮殿に数千枚の楔形文字のタブレットを所有していた。ここにはギルガメシュとウトナピシュティムの出会いが記されている。彼はノアに似た人物で、船を造りそこに人々と動物たちを乗せた。

右 **アッシリアの書記** 宮殿の書記は各々尖筆を持ち、戦闘後の兵士の数を調べている。前640-620年にセンナケリブの南西の宮殿のために、美しい新アッシリア時代の雪花石膏の平板を使い、ニネヴェで彫られたもの。顎鬚を生やした書記は、おそらくは蝋引きの、蝶番で連結された板に書いている。

関連項目

その他の書写材と筆記法

スラウェシの貝葉 pp.252-253

同様に有名なヨーロッパの叙事詩

ホメロスの『イリアス』 pp.48-49

ブルッヘの『薔薇物語』 pp.72-73

アルド版ウェルギリウス pp.108-109

アンデスの謎

多くの文明は、書写材に文字や記号を残すことによって記憶システムを作り上げた。ペルーを侵略したスペイン人は、インカ人がそれとは異なり、結び目のついた色つきの紐(ひも)を使用していることを知った。

メソポタミアにシュメール文化が起こりエジプトにピラミッドが建設されるよりはるか昔の約5000年前、アメリカ大陸最古の文明の中心地は、ペルーのリマから約200キロメートル北で、独自のピラミッドが建つカラル＝スーペだった。この文明はさまざまな意味で未熟だったが、カラル＝スーペの人々はあきらかに陶器も作りはじめていないのに、染色した紐に結び目をつけて記録や意思伝達に使用していた。これらは**キープ**(khipu)とよばれる。カラル遺跡は1940年代から知られ、最近の発掘により、ピラミッドが建設された年代や、カラルが発展した状況について多くのことが明らかになってきたが、そこに暮らしていた人々や言語についてはほとんどわかっていない。

ごく初期のキープは、カラル＝スーペの重要な考古学的発見のひとつだった。4000年間使用されつづけ、1530年代にインカ帝国がスペインに征服されてもまだ使われていた。キープはスペイン人を魅了した。スペイン人はインカ人の役人が持っていたキープをいくつか略奪したが、ケチュア族の役人が紐の結び方を変えることで何をどのように記録しているのかを理解できなかった。彼らにとっては、わたしたちが今日使用している集計表に修正をくわえる程度の簡単なことだったのだが。

キープの「言語」についての理解はまだ不十分だが、アメリカの最近の研究によると、これらの結び目が記憶を助ける役割をはたしていた可能性があり、計算に二進法を使用したのはキープが最初だという説も出ている。

インカ帝国の時代にはキープについて記述した文書がいくつかあり、ガリシア人探検家ペドロ・サルミエント・デ・ガンボアによる『インカ史（Historia de los Incas）』（1572年）もそのひとつだ。ケチュア族の貴族ワマン・ポマが描いた絵もいくつか現存している。彼は1615年頃『新しい記録とよき統治（Nueva Corónica y Buen Gobierno）』を著した。この手稿は18世紀からコペンハーゲンのデンマーク王立図書館に保管されているが、非常に壊れやすいため、学者が利用することはほとんどできない。王立図書館は1990年代にその内容をデジタル化し、誰もが読めるようにした。

関連項目
結んだ糸を利用した初期アジアの本
郭店楚簡　pp.28-29
非常にめずらしい初期のアメリカの本
ベイ詩編歌集　pp.128-129
『メンドーサ絵文書』　pp.130-131

右　**インカの倉庫**　ケチュア族の貴族ワマン・ポマの『新しい記録とよき統治』(1615年)は、スペインに支配された植民地の先住民による非常に長い嘆願書で、398枚のフルページの挿絵がふくまれている。倉庫でキープを使用するようすが描かれており、これが計算に使われたことを示唆している。

左　**カラルのキープ**　カラル＝スーペ遺跡は南北アメリカ大陸最古の文明の中心地として名高い。このキープは知られているなかでもっとも古い4600年前のもので、インカ帝国の「記録用の紐」よりも前から存在していた。棒に巻きつけた木綿に結び目を作ったものでできている。

右 **『アニの死者の書』** このパピルスは左から右へ読む。オシリスが死者の審判をする場面で、アニとその妻につきそっているのは、ミイラ作りの神アヌビスである。中央ではアニの心臓と羽が秤にかけられている。羽は秩序をつかさどる女神マアトの象徴である。

パピルスに記されたエジプトの本

古代エジプト人が創造力を発揮して発明した書写材、**パピルス**（papyrus）は、何世紀にもわたりエジプトやギリシア世界で広く使用された。『アニの死者の書』はエジプトの手稿本のなかでもっとも有名なもののひとつだ。

メソポタミアの**楔形文字**（cuneiform）がきざまれた粘土板は長持ちしたが、重い点が不便だった。前2900年頃、エジプト人は比較的安価で持ち運びのできる書写材の製法を発見する。書記や画家にとっても、これは扱いやすかった。ナイル川の三角州でよく見かけられるスゲの一種、パピルス（*Cyperus papyrus*）の髄のある茎は、舟や家具や箱、袋、綱、そして書写材を作るのに使われた。この書写材は広く使われるようになった。パピルスは地中海周辺の他の国々に大々的に輸出されたが、ギリシアやローマはエジプトと違って湿度が高かったため、パピルス文書は寿命が短かった。パピルスは折りたたむことができ

上　**エジプトの書記**　パピルスを手に作業する書記像は数多く現存しており、その姿は定型化しているが、驚くほど生き生きとしている。第５王朝の有名な書記プタハシェプセスの像で、石灰岩に彩色されている。前 2450 年頃のもので、サッカラの墓から出土した。

なかったので巻物にされた。高さは通常 30 センチまでで、テクストは巻物の片面だけに記された。巻物の長さはさまざまで、30 メートルほどの場合もあれば、もっと長い場合もあった。

エジプトの乾燥した気候は、パピルスの巻物の保存には好都合だった。何千もの現存する文書から、エジプト人が法律、医学、数学、天文学、そして死に関心をいだいていたことがわかる。もっともすばらしい文書は、葬送のために作られたものだ。そういった巻物は死者とともに墓に納められた。エジプト人の魂を黄泉の国に「昼のあいだ送り出す」案内役をつとめるためである。そして巻物には、ミイラ処理された遺体を保存し、死後の世界での生活を助ける祈りと呪文が記されていた（肉体労働をになう召使をあたえるなど）。そういった巻物は 100 巻以上現存している。書記にそのような巻物を作ってもらう代金は、給与１年分に相当した。

『アニの死者の書』は前 1275 年頃に**ヒエログリフ**（hieroglyphics）筆記体で書かれたもので、芸術作品の保存などという近代的な考えがまだなかった 1880 年代に、大英博物館がエジプトで購入した。安全に運搬するため 37 枚に切断され、額装された。最近の保存技術とデジタル化のおかげで、現在では元の姿に近い形で見ることができる。

関連項目

植物由来の書写材

ナーランダの『般若経』 pp.34-35

バタク族の『プスタハ』 pp.38-39

『ボケ・ヴァン・ボナン』 pp.92-93

葬儀

敦煌の『金剛経』 pp.80-81

第２章

東方における取り組み

東アジアの文明は、地中海の国々とは異なる形で発展した。アジアにおける筆記、紙、印刷の発展は、近代の本の世界の礎となった。しかし西洋の人間からはいささか奇妙に思われる点もいくつかある。

上　**バタク族の易書**　『偉大なる魔法の書（Great Book of Magic)』とよばれるこの類まれな本は、1850年頃、スマトラ島中北部で作られた。バタク語に堪能な宣教師プロメス神父の記述によると、「重要な試練や戦闘の際に力と支援を得るための教え」といった内容が綴られているという。pp.38-39参照。

メソポタミアとエジプトでは、本作りがとぎれた時代がある。**楔形文字**(cuneiform)とメソポタミアの言語はすたれた。**パピルス**(papyrus)の使用はギリシア・ローマ世界に広まったものの、古代エジプト文明の凋落は、やがてこの植物がナイル川流域で絶滅し、**ヒエログリフ**(hieroglyphics)を読む能力も失われることを意味した。

中国にパピルスはなく、中国や他のアジア諸国の独創性に富んだ人々は、他の書写材や筆記法を作り上げた。一部の考古学者は、前6600年頃の印のきざまれた亀の甲羅が、中国人がすでに文字を使っていた証だと主張している。ほとんどの研究者はその年代決定に首をかしげており、前1400年頃の亀甲が商の皇帝のための占いに使われ印がきざまれた、というのがほぼ定説となっている。

中国の神話では、前2650年頃に四つの目をもつ**蒼頡**(そうけつ)(Cangjie)なる人物が文字を考案したといわれている。前7世紀には細く切った竹や絹が書写材として広まった(pp.28-29参照)。竹簡では文字が上から下に、右から左に書かれ、この形式はのちの中国の本のデザインに影響をあたえた。中国で信仰された宗教(仏教、儒教、道教)は、他の国々におけるヒンドゥー教とイスラム教がそうであるように、彼らの本を支える原動力となった。

製紙のはじまり

絹を使うだけでなく、中国人はカジノキ(*Broussonetia papyrifera*)の内皮を石や木の槌でたたき、書写材に変えた。この製法は中国では約2000年前にすたれたが、南陽(南方の国々)ではもっと長く続けられた。ジャワ島の**ダルワン**(dluwang)やポリネシアの**タパ**(tapa)のように、樹皮製の紙は南太平洋の一部地域で今も作られている。中国ではそれに代わり、105年には**紙**(paper)が使われはじめた。これを考案したと伝えられる蔡倫は、今も中国の製紙業者に崇敬されている。

製紙の工程は、7世紀に韓国と日本に伝わった。通説では、中国の製紙業者数名が751年のタラス河畔の戦いでアッバース朝の部隊に捕らえられ、製紙技術をサマルカンドに伝えたとされる。12世紀には製紙の知識はヨーロッパにも広まった。

日本の製紙と印刷は形は少々違うものの、やはり仏教の影響を大きく受けた。日本人は製紙にカジノキだけでなくガンピやミツマタといった他の植物繊維を使いはじめ、**サイジング**(sizing)も異なる方法を採用し、高品質の紙を製造した。印刷技術を学んだのはごく早い時期で、770年頃から行われた大量の製紙と印刷はよく知られているが(pp.30-31参照)、写本については、数世紀のあいだ、日本の標準的な工程で作られつづけた。

韓国の本作りと製紙も中国の影響を多大に受けた。この地域では仏教が熱烈に信仰されたため、なみはずれた歴史的遺物が残されている。もとは1087年に作られた、いわゆる八萬大蔵経の印刷に使用した版木が残っているのだ(pp.32-33参照)。

他の書写材

ましてインドは仏教の影響を強く受けた。ゴータマ・ブッダ(前563頃-483)が南アジアの出身だからである。教えを口伝することも依然として重要だったが、ブッダの教えや他の多くの文書をやりとりするのには**貝葉**(ばいよう)(lontar)が使われた。ヤシの葉はパピルスと同じく容易に入手できたが、長期的に見れば保存という点で大きな問題がある。

使われる葉の形のせいで、貝葉の文書はパピルスとはまったく違った形態をとることになった(pp.34-35参照)。製紙の知識はチベットやカシミールを経由して800年頃に伝わったものの、インド、スリランカ、インドネシアでは何世紀ものあいだ、文書に貝葉の使用が続けられたため、インドで印刷は長いあいだ広く受け入れられるにはいたらなかった。

取引の拡大

中国政府は中央集権化が進んでおり、皇帝たち(もしくは役人たち)は大規模な計画を立てた。多くの西洋の支配者と同様に、検閲と庇護を通じて書物を支配下に置こうとしたのである。宗教、文学、科学の書物が多岐にわたり収集された。もっとも有名なのは1403-08年の『永楽大典』で、これはおそらくこれまで編まれたなかで最大の類書だろう(pp.36-37参照)。

本を作るための一般規則にはかならず例外があった。マイナーな言語もしくは文化的集団は、しばしば近隣諸国の書記体系や体裁や方法を借用するが、いくつかの孤立した社会は独自の個性的なスタイルを発展させた。とくに注目に値するのがインドネシアで、南スラウェシのブギス族が作るめずらしい巻き取り式の手稿はその一例

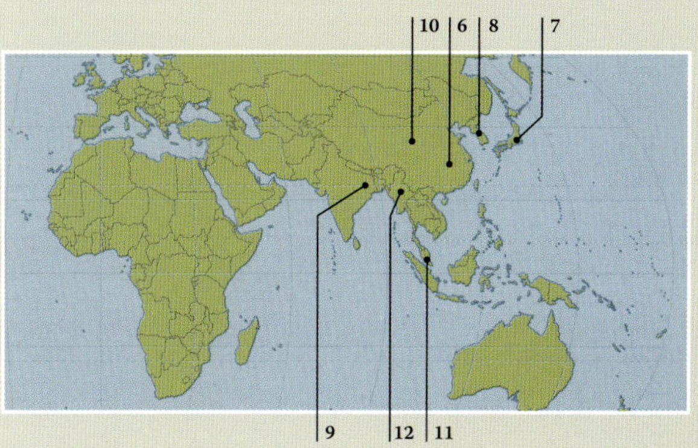

である（pp.252-253 参照）。スマトラのバタク族による骨と樹皮でできた本も、近隣の社会で作られた本とはいちじるしく異なっていたが、その後ヨーロッパ諸国による植民地化で他の方法が導入された（pp.38-39 参照）。

東南アジアの文明と言語集団は、しばしば他の国々と同じ書写材と体裁をとりいれた。ジャワやバリの文書は仏教とヒンドゥー教の影響を大きく受けているし、書写材は貝葉が同様に使われている。この地で作られる樹皮製の紙ダルワンも、のちに輸入されるヨーロッパの紙も、イスラムの人々には見慣れた素材だった。ミャンマーとその支配下にある地域では、折本（**パラバイ**（parabaik））が作り出された。この折りたたみ式の本は、おそらくはヤシの葉の文書がもとになっているのだろうが、広く利用され、仏教関係のパラバイは今日も作られている。パラバイの体裁やミャンマーの写本を利用してラオスやタイ北部の言語で写本を作ることは、広く行われていた（pp.40-41 参照）。

類似点と相違点

現代の西洋の本やその体裁に慣れている人には、東洋の初期の本に使われていた書写材、筆記体、題材、体裁は奇妙に思われる場合が多い。中国の**表意文字**（ideogram）が、もっと単純なヨーロッパのアルファベットに比べ、いくつかの点で非常に印刷しにくかったのは確かだ。インドの筆記体用の活字を成型するのも技術的にむずかしく、総じて東洋では印刷の発展が遅れた。東洋の本の様式は西洋の帝国主義によって変わったも同然であるし、（活字の鋳造のような）技術上の発展によっても、本作りの方法は変わった。しかしこれらの障害にもかかわらず、東洋の本作りの方法とスタイルはずっと長く続いており、西洋のほとんどの方法がそうであるように、目的にかなったものになっている。

中国における本作り

最近湖北省の郭店楚墓で発見された前300年頃の竹の本は、現代中国の本の明らかな祖先だ。しかし中国の文字はもっと早い時代に作り出されていた。

伝説によれば、前2650年頃、中国は黄帝によって統一された。「紐(ひも)に結び目を作る」方法（キープ(khipu)）に満足しなかった皇帝は、四つの目をもつ**蒼頡**(そうけつ)（Cangjie）に、意味を伝えるための文字を発明するよう命じたという。これは伝説にすぎない。中国ではその頃すでに、多くの**表意文字**(ideogram)を使って情報を記録し伝える効果的な筆記法ができあがっていたからだ。これには、筆記者が使う方言にかかわりなく読めるという利点がある。問題なのは、莫大な数の文字が必要なこと、そして人々がその読み方を覚えなければならないことだ。

中国の文字の源は、石の碑文や、前11世紀に鋳造された青銅器や、前12世紀頃の骨や亀の甲羅にきざまれた印に見つけることができる。考古学者のなかにはそれがもっと古いと考える者もいる。竹は豊富で安価だったが、墓に密閉されていたような例外的な状況を除けば、腐るし虫害も受ける。

郭店楚簡(かくてんそかん)（右ページ）はもっと新しい前300年頃の墓から発見された。ほかにも何千枚もの竹簡が知られている。郭店楚簡の804枚の竹簡にはいくつかの古典からの抜粋が記されている。道教の基本となるテクストや儒教の『礼記』など、中国の文明と思想の歴史にとって重要なテクストだ。こういった遺物の発見によって、初期の中国文明についての理解が進んだ。現在行われている竹簡の内容のデジタル化もその手助けをしている。

最近出土した他の遺物も同じだが、郭店楚簡を見れば、絹や**紙**(paper)に書かれた中国の本のデザインが、竹簡を使うことで決まった形式をどれほど踏襲しているかがわかる。表意文字は上から下に書かれ、連結した次の部分に、つまり右から左へと続けられる。近代の中国の本に見られるような、ページを縦の行に分ける方法は、今も同様に行われている。

左　**甲骨**　前1400年頃のこの石化した亀の甲羅には神託が記されている。中国の商の時代末期のもので、火占いに使われた。占い師は質問を表面にきざみ、高い熱をくわえて、その結果できた割れ目の意味を解釈する。かなり初期の中国の文字が神託としてきざまれている。

右　**郭店楚簡**　湖北省荊門市郭店の墓で1993年に発見された。この古代の竹簡は小篆(しょうてん)という書体を使い、儒教思想に沿った実生活や精神生活にかんすることがらを述べている。埋葬の前もしくは直前に書かれたのだろう。

関連項目

結び目を作った紐の使用

カラルのキープ　pp.20-21

アジアの宗教的慣習

称徳天皇の『百万塔陀羅尼』　pp.30-31

『八萬大蔵経』　pp.32-33

ナーランダの『般若経』　pp.34-35

敦煌の『金剛経』　pp.80-81

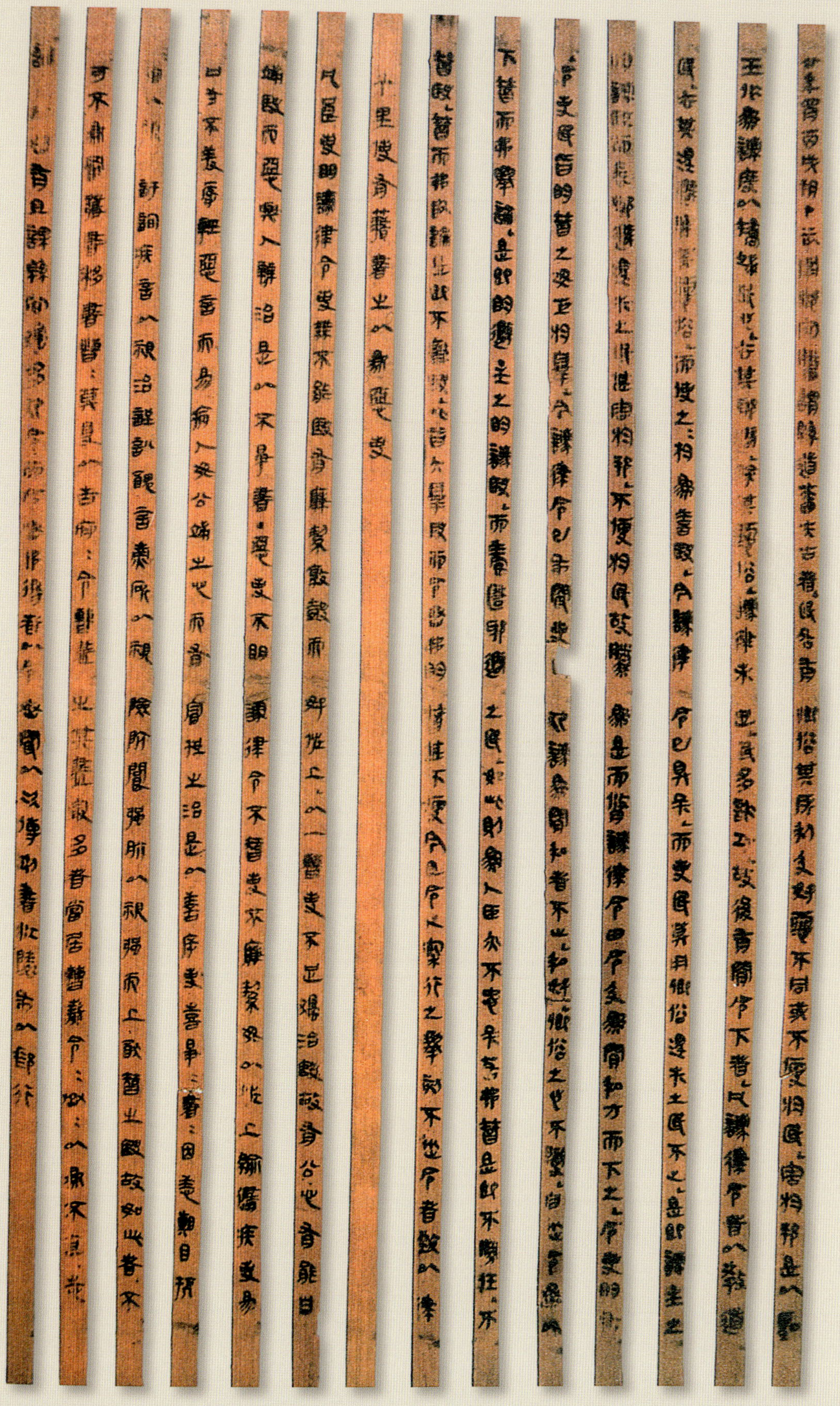

日本で行われた大量印刷

最古の大量印刷は、770年頃に日本の称徳天皇が命じた百万塔陀羅尼(だらに)だ。天皇はこの事業で罪滅ぼしをしたかったのだろうか。

左　**日本の陀羅尼**　小型の木製の仏塔は高さ20センチで、印刷した仏教の経文が納められている。8世紀に称徳天皇が制作を命じた百万塔陀羅尼のひとつである。

どこの国でも女性支配者は権力の獲得と維持に苦労する。日本の称徳天皇（孝謙天皇ともよばれる）も突飛で騒然とした人生を送った。父聖武天皇が退位すると第46代天皇として孝謙天皇はあとを継ぎ、749年から758年にかけて日本を治めたが、やがて鬱の症状に苦しみ、若き甥に譲位した。甥は淳仁天皇として統治したが、実権をにぎっていたのは廷臣藤原仲麻呂である。

一方、上皇は友人を通じて、あるいは仲麻呂の忠告により、若くてカリスマ性のある僧道鏡の治療を受け、急速に回復した。上皇のうしろだてを得た道鏡は太政大臣禅師に任ぜられ、前例のないほどの聖俗あわせた権力をもつことになる。その後内乱が起こり、淳仁天皇は廃され、仲麻呂は殺された。764年に上皇は再度支配権を掌握して皇位に復帰、第48代天皇となり、以降は称徳天皇とよばれる。天皇は道鏡に夢中だったようで、道鏡を次代天皇にしようとする派閥が生まれた。称徳天皇は自分の行動への迷いを宗教に走ることで払おうとした。経文を印刷した**紙**(paper)を小さな木製の仏塔に納め、それを寺に奉納したのである。百万基の小塔と経文は770年頃に完成した。多くは今も寺や世界中の博物館に現存している。

この大事業は、驚くほど組織化されて行われた。仏塔のための木材加工、製紙、経文の印刷。紙は大麻の繊維から作られた。印刷には8枚の青銅版を使用したと考えられている。ヨーロッパで**鉛版**(stereotype)印刷がはじまる1000年前のことだ。手で墨をつけ紙の裏をこすり、各版から12万5000枚を印刷した。しかしこれは称徳天皇の最後の事業となった。天皇は崩御し、道鏡は流刑に処され772年にひっそりと亡くなった。その後日本では長らく印刷が行われず、中国からの本の輸入に依存した。

関連項目
アジアの初期の印刷物
『八萬大蔵経』 pp.32-33
敦煌の『金剛経』 pp.80-81

韓国の記念碑的大事業

韓国は中国を除けば印刷を導入した最初の国であり、活字による印刷の発展を主導した。もっとも有名な本は13世紀の『八萬大蔵経』(仏教における3つの主要な経典)だ。その版木は韓国の海印寺に保管されている。

上 **海印寺、韓国南部** 慶尚南道にある寺の長い広間。木製の鎧戸の後ろの何列もつらなる棚には8万1258枚(1496種)の大蔵経の版木が保管されている。韓国のもっとも貴重な文化財のひとつで、現在ではユネスコの世界遺産サイトでデジタル化されている。

韓国は中国と長く緊密な関係にあり、海峡を渡って知識や革新的技術が日本や世界に伝わることも多かった。たび重なる侵略や占領にも屈せず、韓国は断固としてその言語と文化を守った。

製紙は日本と同じ7世紀頃に伝わった。最近の研究では、770年に印刷された日本の経文が最初の印刷物ではなかったことがわかっている。1966年に韓国で700年頃の陀羅尼が発見されたからである。

韓国の印刷は仏教と緊密に結びついている。1087年、時の高麗王は契丹(中国北東部とモンゴルの広い地域を占領した)との戦いのさなかに仏の加護を求めて、中国の仏教の経典の印刷に着手した。これは完成したものの、版木は1232年のモンゴル侵攻で破壊された。現在ではこの版木から印刷されたものはほんの一部しか現存していない。当時の高麗王、高宗は新たな版の制作を命じ、ふたつの寺の指揮下で、1236-51年に30人の木版家たちが作業にあたった。

8万枚を超える版木は1398年に海印寺に移され、今も保管されている。版木とその建物の維持管理によって収蔵物の保存は成功しており、ユネスコの世界遺産に認定された。世界に類を見ない、仏教のもっとも重要でもっとも完全な資料の集成とされ、この韓国のテクストは日本、台湾、中国の大蔵経の底本とされている。テクストはデジタル化され、この重要な資料についての特別研究プロジェクトが進められている。

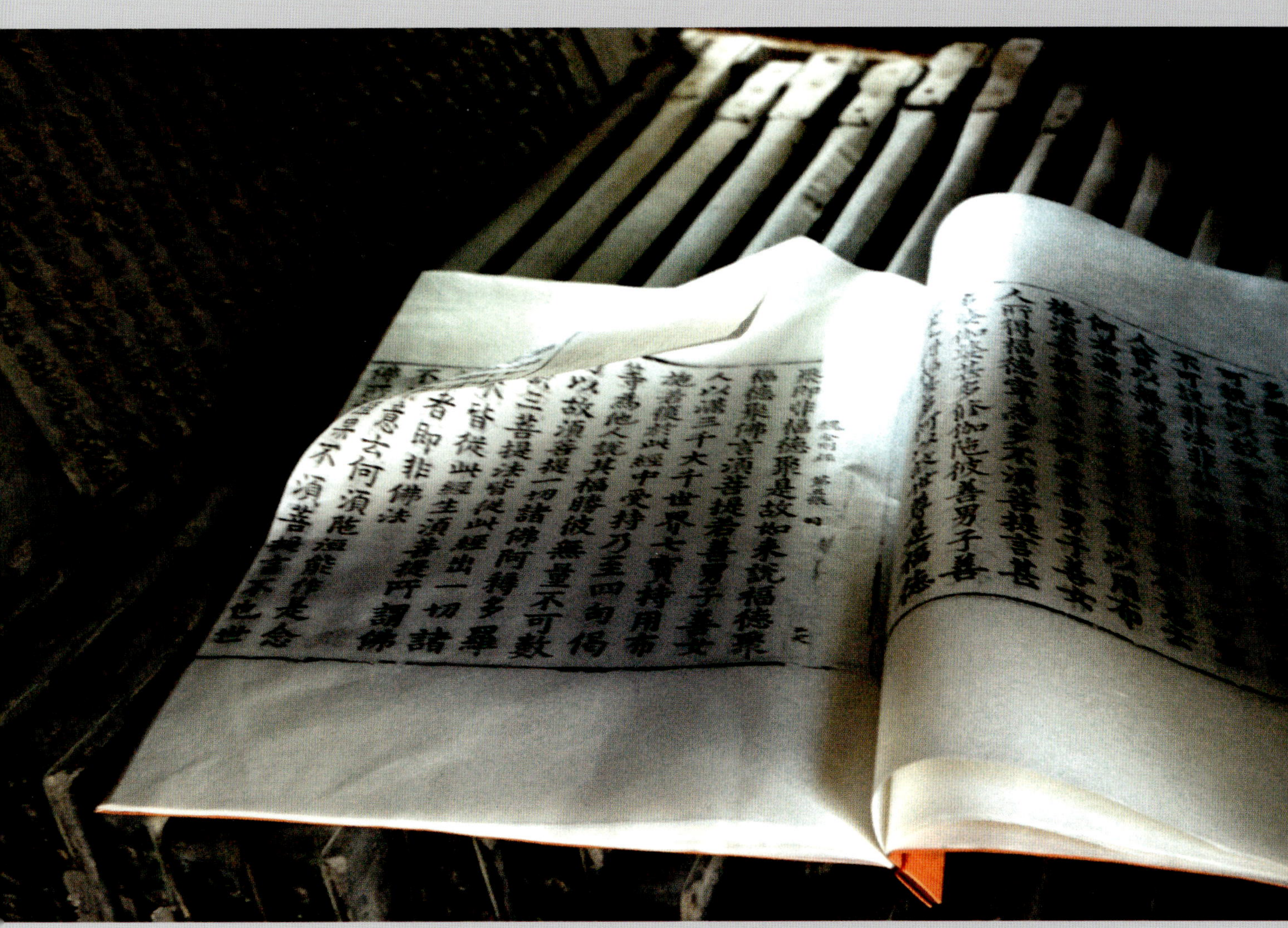

上 **『八萬大蔵経』**（1236-51 年） 高麗の時代に高宗のために作られた『八萬大蔵経』は、1232 年にモンゴルに破壊されたテクストを再現するという記念碑的事業だった。24×70× 4センチ、重さ3-4キロのカバノキの版木に漢字で彫られている。

関連項目

印刷された仏教の経典

称徳天皇の『百万塔陀羅尼』 pp.30-31

敦煌の『金剛経』 pp.80-81

初期のアジアの紙の本

『永楽大典』 pp.36-37

「原始的な紙」を使用したアジアの本

『ボケ・ヴァン・ボナン』 pp.92-93

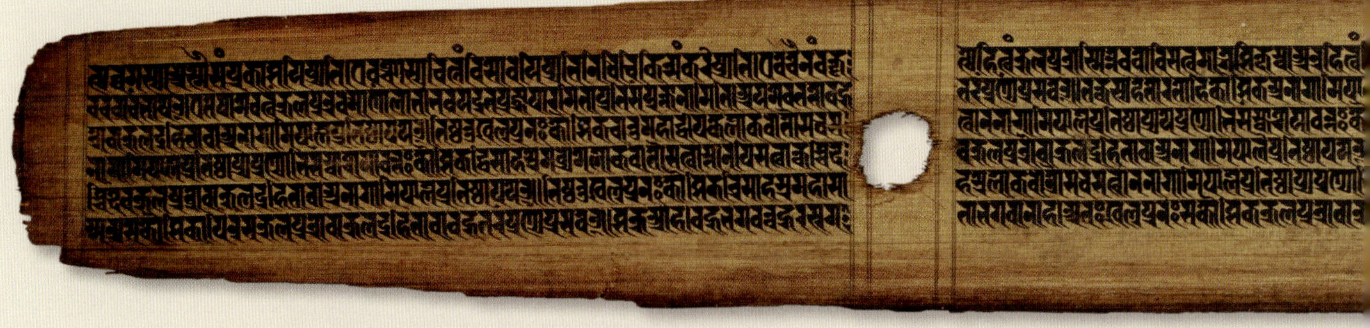

インドの貝葉（ばいよう）

インドで書かれ装飾された貝葉は美しく、制作にそそがれた宗教的熱情は、この古代の仏教書を見れば明らかだ。現存しているものがいくつかあるのは幸運としかいいようがない。

インドや東南アジアの広い地域では、何世紀ものあいだ、加工したヤシの葉（貝葉（lontar））を本作りに使うのが標準的だった。虫害を受けやすいものの、このような書物は保存性が高く、何百年ももつ。だが初期のパピルス（papyrus）の巻物と同様に、保存しておくべきテクストなら、写しをとること（もしくは現代ではデジタル化）が不可欠だ。

下処理がすむと、葦のペンあるいは尖筆で字をきざみ、文字が目立つように黒の顔料を塗りこんだ。葉と葉をつなぐために穴を開けて紐（ひも）を通すせいでデザインはかぎられ、穴のせいで読みにくくなったり、「ページ」を3段に分けて書かなければならなかったりする。1120年頃に作られたこの有名な貝葉の文書の場合は、デザインもできばえも最高だ。

大乗仏教の発展において、100年頃に作られた8000行からなる『八千頌般若経（はっせんじゅはんにゃきょう）』は、もっとも重要な経典のひとつである。インドやチベット、さらにそれを越えた地域で、数多くの写本がさまざまな筆記体やスタイルで作られたが、これほど質の高いものはめずらしい。

この本は俗人であるウダヤ・シンハが寄贈したと信じられており、おそらく仏教文化の重要な中心地ナーランダ（ビハール）で作られた。東洋ではナーランダは、アレクサンドリアに匹敵するほどの大図書館があったことで名高い。アレクサンドリア同様、この図書館も1193

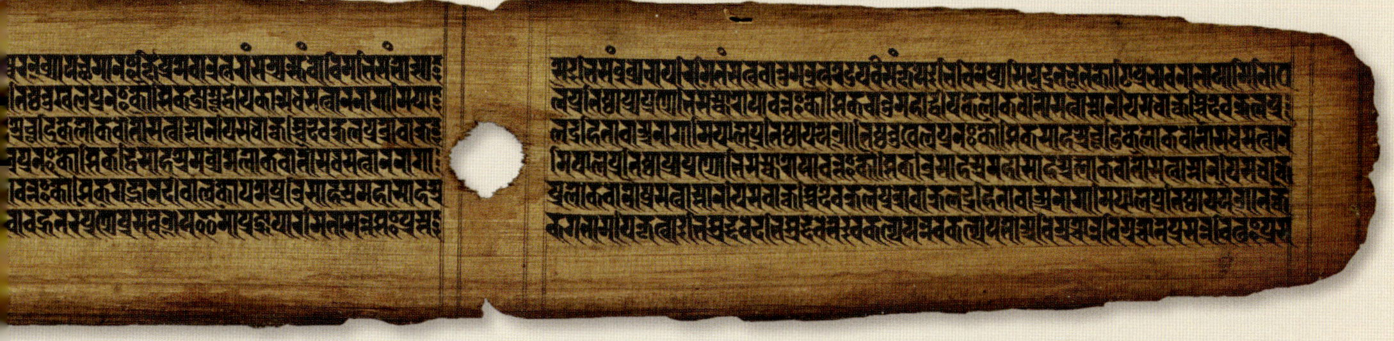

年に意図的に破壊された。イスラム教徒の将軍バフティヤール・ハルジーの命令によるものだ（同時代のペルシアの歴史家は、「燃える文書から立ち上る煙は、何日も低い丘の上に黒い棺のように垂れこめた」と記している）。インドで仏教が衰退したのはこの大惨事のためともいわれ、その結果、古代インドの医学や科学にかんする何十万という貝葉の文献が失われた。これは現存する希少な資料のひとつである。

上 **『八千頌般若経』** ビハールで12世紀に作られた経典。中央で極彩色の蓮の上のピンクの蓮華座に座っているのは蓮華手菩薩。左にはふたりの女神と青い蓮とともに緑ターラー菩薩が描かれ、右にはマングースを抱いた富の神マハーカーラが炎に包まれている。

関連項目

めずらしい貝葉の写本

スラウェシの貝葉 pp.252-253

仏教書

『八萬大蔵経』 pp.32-33

敦煌の『金剛経』 pp.80-81

『パンチャタントラ』 pp.84-85

李淳風小卷 推崩洪摶換 摶骨換龍之法起天孤天角二星天孤雀嵬如勒馬發足如飛幡天角偃俯如犀牛發足如競渡二星相照號曰正崩洪成大地在五十里之外大都山勢成龍形勢直奔不慕祖宗走䞥江水窮極之下自然有樹石井泉陂堰社廟橋梁津渡寺觀神壇之類靈異變怪接引連帶如飛鴻泊江如天虹貫水如鬬牛疾趨如龜蛇相顧如圭璧之巧如倉廩之實至如杳漠無蹤氣脈沉寂其間有馬迹崩洪也字崩洪螺蚌崩洪交角崩洪筋血崩洪奠石崩洪沉石崩洪川字崩洪之字崩洪交互崩洪已上十大崩洪內應五般石色肌理相貫毛髮相類形狀相同厭惡醜怪人居逃移疾病神鬼送怪妖祥號為毒龍其處流水湍急盃曲深邃妖精龍蟠盤旋是為崩洪之處也夫天孤天角二星正照龍神之地主成大州郡或為王侯之都亦應仙靈之道如二星不正照則不滿五里內有大地下窖則居上上窖則居下上下俱窖則居其中更尋彼天關地軸為門為戶照對而定之自然龍神現矣 崩者山之明洪者水之共也十大崩洪有以形象言者馬迹螺蚌與也字川字之字是也奠石者石露水面也沉石者石隱水中也交角者揖讓回互也交互者漫而無理也筋血者以名取也然此十說無所為吉凶禍福師法別有十崩洪一曰孤角

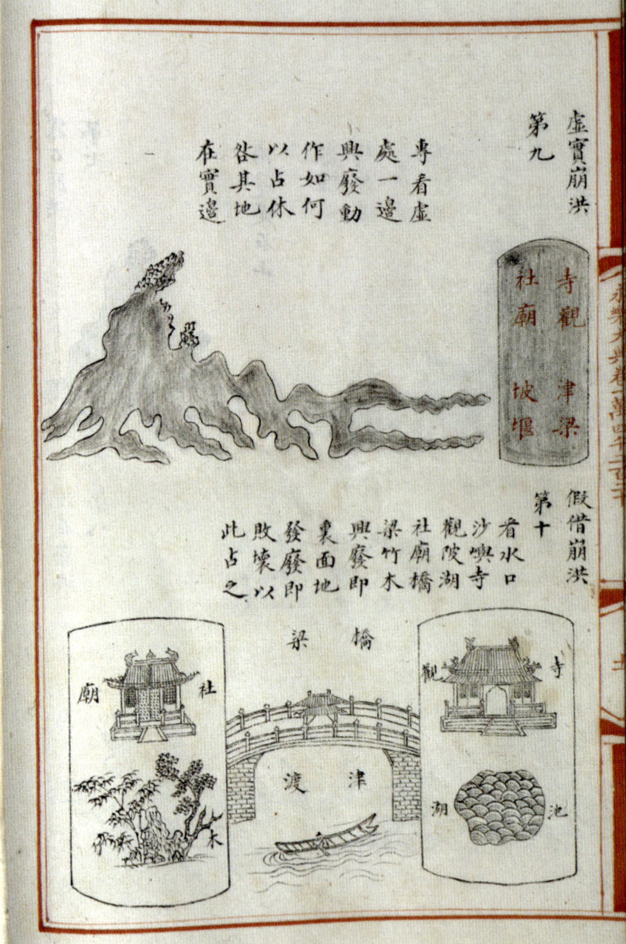

上 **『永楽大典』** 1403年に命じられたこの類書の編纂は壮大な事業で、歴史、科学、芸術、哲学を網羅した。写真は嘉靖帝の時代（1562-67年）に作られた第3の写本。ここでは洪水について論じられ、「実際の状況」と「洪水管理」が図解されている。赤い端の部分には『永楽大典』というタイトルと巻数、

史上最大の本

1403年、中国、明の永楽帝は、百科事典である『永楽大典』の編纂を命じた。これは清の皇帝乾隆帝がさらに大がかりな事典の編纂を決めるまで、最大の類書［多くの書物のなかの事項を項目別に編纂した、中国の百科事典］だった。

おそらくは識字能力のある中央集権政府が長く続いたためだろうが、中国はしばしば重要な本を大規模に収集した。西洋の百科事典によくあるような概要ではなく、蔵書のなかの情報を完全に収集したともいうべきものである。永楽帝は即位後まもない1403年に、宗教、科学、技術、天文学、医学、農業から演劇、芸術、歴史、文学にいたるあらゆる知識を網羅した類書の編纂を命じた。2000人以上の学者が作業にあたり、8000以上のテクストを分析・編集し、5年で完成させた。

テクストの清書には3億7000万以上の文字が使われ、1408年に完成したこの類書は全1万1000冊を超えた。理論上、印刷用の版を作ることは可能だったが（八萬大蔵経よりもずっと困難な作業になる。pp.32-33参照）、代わりに2部だけ写しが作られた。それがほとんど焼失したため、1557年に嘉靖帝が第3の写しを作らせた。続く400年以上のあいだに火災、戦争、略奪により3部の写本はわずか400巻にまで減り、世界中の図書館や博物館に散らばった。

この百科事典の名声を思い出した清の乾隆帝は、1773年に学者団に指示して『四庫全書』とよばれる新たな叢書の作成にあたらせた。同時に大がかりな検閲も行われ、編集者が反清朝とみなした本は歴史を書き換えるために破棄された。乾隆帝は過去の教訓から写本を7部作らせ、1782年に作業は終了した。約3万7000冊からなり、字数は8億におよぶ。戦争による徹底的な破壊により、現存しているのは4部で、中国と台湾で保存されている。

上 **中国の製紙** どろどろになった繊維をすのこに上げ、水をきるようすが描かれている。すのこの上に紙ができあがる仕組みだ。中国の仕事を描いた、19世紀の輸出用の絵の1枚である（海外の植民地市場向け）。紙漉きの技術は、永楽帝の時代からほとんど変わっていない。

関連項目

学者による大規模な事業

コンプルテンセの多言語聖書　pp.118-119

ジョンソンの『英語辞典』　pp.154-155

ディドロの『百科全書』　pp.158-159

アジアにおける紙の使用

敦煌の『金剛経』　pp.80-81

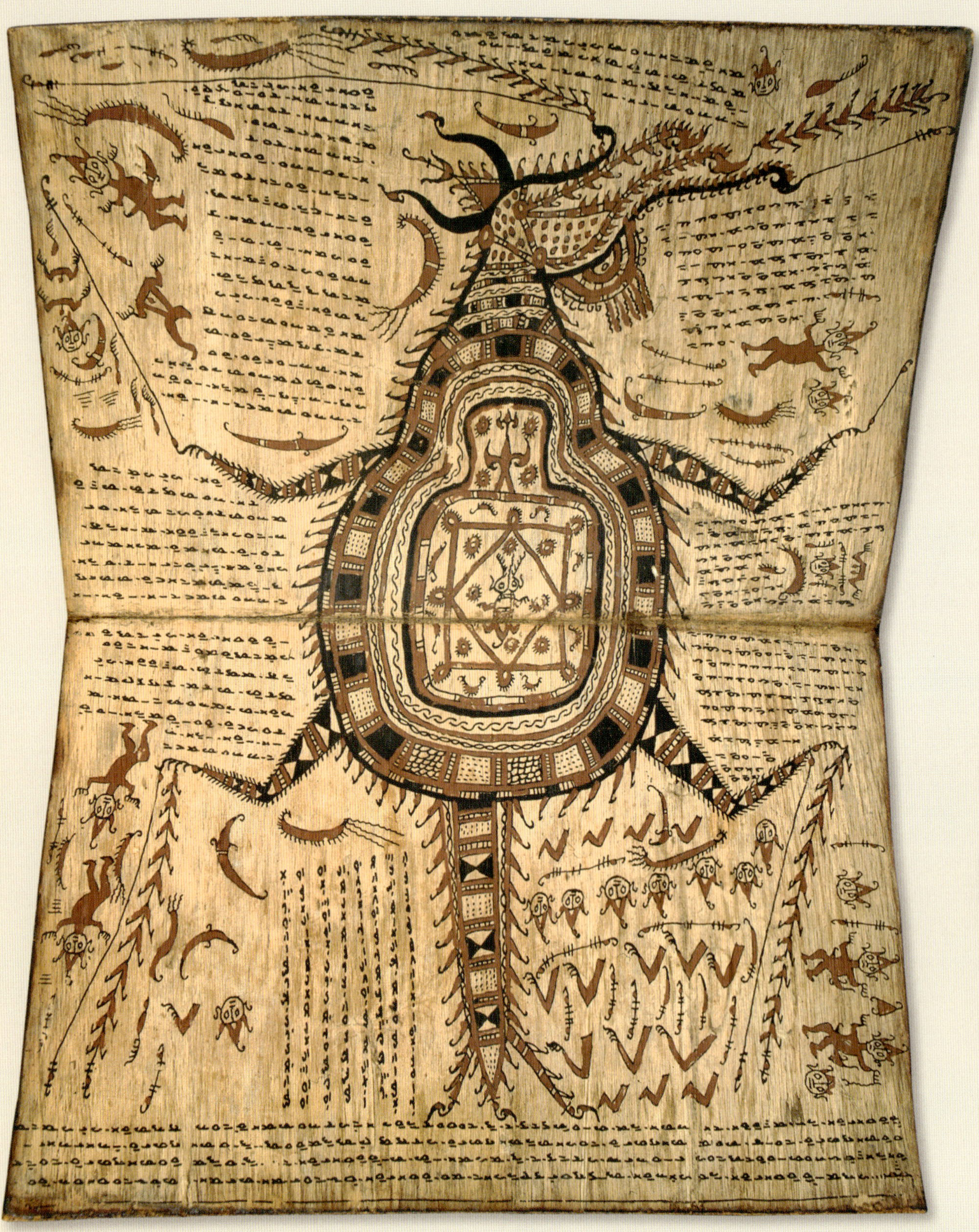

骨、竹、樹皮

18世紀ヨーロッパでこれらの工芸品をはじめて目にした西洋の学者たちは、スマトラの人々の類まれな書物に驚嘆した。

左 **占いのお守り** バタク族の本は内側も印象的である。獅子に似た頭をもつ怪しげな魚のような生き物は、星座を描いているのかもしれない。あるいはひょっとしたら、ヒンドゥーと仏教の伝説に登場する原初の水蛇、ナーガ・パドハかもしれない。

上 **インドネシアの暦を記した骨** トカゲ、蛇、蠍、クロスワードのような模様、今では解読不能な文字がきざまれている。1990年代にトバ湖付近で購入されたもので、旅行者用に作られた本のひとつである。

スマトラを旅したマルコ・ポーロをはじめとする初期のヨーロッパの旅行家たちは、バタク族を未開の人食い部族で、北部のアチェのイスラム教徒から非常に恐れられていると形容した。19世紀にこの地域を訪れたキリスト教宣教師も、人食いの儀式があることを強調している。

トバ湖周辺に暮らすバタク族は現在は数百万人ほどで、独自の言語と文字を有している。彼らの文字は、母音と子音からなり母音によって文字の変わる（エチオピアのゲエズ語と同様である）**アブギダ**(abugida)だ。**紙**(paper)がヨーロッパから伝わる以前、バタク族は日常的に文字を竹の断片にきざみ、文字が見えやすいように黒い染料をすりこんだ。同様の方法が今では水牛の骨にも使われており、世界の他の地域とはまったく違った「本」を作り上げている。

1840年代には青年たちが竹に書いた手紙を娘たちに送り、その艶やかな髪や豊かな胸、米をふむ力を誉めそやしたといわれるが、そういった竹のラブレターはすたれたらしい。代わりに見られるのが、医療や宗教で儀式的な占いをする際に使われるプスタハという本だ。こういった占い用の本は骨にきざまれることもあるが、今では絶滅寸前の**アリーム**(alim)つまり沈香の木（*Aquilaria malaccensis*）の内皮に書かれる場合が多い。ページは蛇腹型に折りたたまれ、両側に字と絵が書かれる。バッファローの角や竹、サトウヤシ（*Arenga saccharifera*）で作ったペンが筆記具として用いられる。

プスタハを作れるのは神官（*datu*）もしくはその助手だけで、読むのも、その制作に手をかした者にかぎられた。このような本は今日も作られているが、旅行客相手にすぎない。バタク族は昔からの宗教を失い、その手書き文字もすたれたが、これらの本は情報伝達の代替的方法を思い出させるのみならず、ヨーロッパの学術図書館で高く評価されてもいる。

関連項目

樹皮を使用した本

『ボケ・ヴァン・ボナン』 pp.92–93

骨を使用した古代の本

イシャンゴの骨 pp.16–17

暦

バネカーの『暦』 pp.170–171

ミャンマーの折本

ミャンマーではヤシの葉が写本に利用されていたが、国産の製紙が発展すると、折りたたみ式の本、つまりパラバイ（parabaik）が作られるようになった。

タイ北部、ラオス、そしてミャンマー（ビルマ）のシャン州で、絵や文の書かれためずらしい横長の本が見られることがある。カマワ＝サだ。これは仏教の僧院で礼拝に使われる。赤く染めた漆を塗ったものにタマリンドの種からとった黒い塗料で文が書かれ、美しい金の装飾がふんだんにほどこされていることが多い。

宗教書であるカマワ＝サ（若い僧が修行の一環として紙（paper）に記した）に似ているが、それをもっと質素にしたのがパラバイである。カジノキの内皮で作ったじょうぶなクリーム色の紙を使った折りたたみ式の本だ。宗教教育のみを対象としていて、挿絵はない。サイズは通常14×36センチから17×42センチだ。折りたたまれたページの端は赤く染められ、補強された赤い紙の表紙がつけられている（中央部分の上に識別するための題目が書かれている）。軽くて持ち運びができ、今でもよく田舎の村で見られ、それゆえ虫害にあいやすい。

黒い厚紙にステアタイト（steatite）の針でテクストと絵を書いた（黒地に白い線が残る）、もっと古いパラバイもときどき見られる。学習用の石板やノートのように使われ、黒い紙のサイジング（sizing）が非常にしっかりしていてテクストをふきとることができるため、再利用できた。

過去にはこのような体裁の本がさまざまな目的のために使われていた。もっとも手のこんだ例としては、大きな事件を鮮やかな色彩と生き生きした絵で表現した挿絵入りのパラバイがあるが、そこには他の社会の写本ではほとんど見られない活力があふれている。この体裁は便利だったため、ミャンマーの人々は医学、流行その他さまざまなテーマの手引書を作った。19世紀に作られたタトゥー・マニュアルもそのひとつである。ミャンマーでは昔から、若者がタトゥーを入れるのには重要な意味があった。ふさわしい絵柄をふさわしい位置に入れれば幸運がもたらされるという。画家の腕の良さと絵の繊細さは、このくりかえし使われ虫に食われた写本を見ても明らかだ。

関連項目

手引書
アル＝ジャザリの『巧妙な機械装置に関する知識の書』 pp.88-89
マーカムの『イギリスの馬の飼育』 pp.140-141
ヘルムの『針仕事における技術と研究』 pp.142-143
ソワイエの『現代の主婦』 pp.202-203
折りたたみ式の本
バタク族のプスタハ pp.38-39
折りたたんだ紙のまったく異なる使い方
メッゲンドルファーの『グランド・サーカス』 pp.198-199
プリエトの『反書物』 pp.250-251

右　**ミャンマーのパラバイ**　ページいっぱいに文字が書かれているこの19世紀のミャンマーのタトゥー・マニュアルは、約40センチ四方で、想像上の動物や実在の動物（虎、竜、象）、そしてミャンマーの精霊ナットらしき人物像が描かれている。下方に描かれている動物や他のシンボルを囲んだ円は、おそらく惑星を表している。

右　**ホメロスの『イリアス』**　ヴェネツィアのマルチアーナ図書館にある10世紀のウェネトゥスAのコデックス。『イリアス』の現代版はおもにこれを底本にしている。おそらくコンスタンティノープルで950年頃に作られたこの写本は、美しい小文字体で書かれ、何人かの手で注釈がくわえられている。pp.48-49参照。

3

第3章

偉大なる古典

前600年頃からの1000年で、本の制作、著者、情報管理といったすべては、ギリシアおよびローマ文化においてわたしたちが理解している方法で標準化されはじめた。しかし権力者、検閲、情報へのアクセス（そして情報損失）についての心配が生まれた。

δαίνυντ'· οὐδέ τι θυμὸς ἐδεύετο δαιτὸς ἐΐσης·
οὐ μὲν φόρμιγγος περικαλλέος ἣν ἔχ' ἀπόλλων·
μουσάων θ'· αἳ ἄειδον ἀμειβόμεναι ὀπὶ καλῇ·
αὐτὰρ ἐπεὶ κατέδυ λαμπρὸν φάος ἠελίοιο·
οἱ μὲν κακκείοντες ἔβαν οἶκον δὲ ἕκαστος·
ἧχι ἑκάστῳ δῶμα περικλυτὸς ἀμφιγυήεις
ἥφαιστος ποίησεν ἰδυίῃσι πραπίδεσσι·
ζεὺς δὲ πρὸς ὃν λέχος ἤϊ' ὀλύμπιος ἀστεροπητής·
ἔνθα πάρος κοιμᾶθ' ὅτε μιν γλυκὺς ὕπνος ἱκάνοι·
ἔνθα καθεῦδ' ἀναβάς· παρὰ δὲ χρυσόθρονος ἥρη·

ΙΛΙΑΔΟΣ Β

Ἄλλοι μέν ῥα θεοί τε καὶ ἀνέρες ἱπποκορυσταὶ
εὗδον παννύχιοι· δία δ' οὐκ ἔχε νήδυμος ὕπνος·
ἀλλ' ὅ γε μερμήριζε κατὰ φρένα· ὡς ἀχιλῆα
τιμήσει· ὀλέσει δὲ πολέας ἐπὶ νηυσὶν ἀχαιῶν·
ἥδε δέ οἱ κατὰ θυμὸν ἀρίστη φαίνετο βουλή·
πέμψαι ἐπ' ἀτρεΐδῃ ἀγαμέμνονι οὖλον ὄνειρον·
καί μιν φωνήσας ἔπεα πτερόεντα προσηύδα·
βάσκ' ἴθι οὖλε ὄνειρε θοὰς ἐπὶ νῆας ἀχαιῶν·
ἐλθὼν ἐς κλισίην ἀγαμέμνονος ἀτρεΐδαο·
πάντα μάλ' ἀτρεκέως ἀγορευέμεν ὡς ἐπιτέλλω·

文書記録のない先史時代と、記録が書きとめられている歴史時代とを表面的に区別するのは容易だ。先史時代については、遺跡の発掘現場から情報を集め、（たとえば）古代の遺体を法医学的に分析すれば、人々がどんな病気にかかっていたのか、何を食べていたのかがわかる。エジプトのパピルスやメソポタミアの**楔形文字**（cuneiform）から多くの情報を得られるし、どのように情報を利用したかも推測できる。『ギルガメシュ叙事詩』のようなテクストを読めば、それを書いた人々の心に入りこんだ気分になれる。しかしそれでも彼らは異邦人だ。わたしたちがなりきることはできない。

紀元前数世紀の頃、人間が安定したコミュニティーに属するようになったおかげで、作家は考えや経験を詳しく報告できるようになり、わたしたちはそこから受け継いだ文化を共有していると感じられるようになった（pp.46-47参照）。ギリシア人はアルファベットや筆記法（最初は**犂耕体**（りこうたい）［boustrophedon］、その後左から右へ書く方式）を発展させ、それは現在も使われているが、今ではイタリアで発展したローマン・アルファベットのほうがよく使われている。

本の売買と図書館

識字能力が高まるにつれ、別の変化が生じた。サッポーの作品からは女性たちの声を聞くことができた。識字能力の高まりによって本の売買が行われるようになり、本を収蔵する図書館も作られるようになった。プトレマイオス１世ソテル（前323-283年）またはその息子の時代に建てられたアレクサンドリアの大図書館で、ギリシア人は写しなおさなければならない**パピルス**（papyrus）の巻物のなかの句読法と、標準化したテクストに対する理解を深めた（pp.48-49参照）。蔵書が増えるにつれ、図書館の在庫管理の必要性が高まった。情報過多という考えは、2200年以上前にすでに認識されていたわけだ。アレクサンドリアの批評家で文献管理者兼書誌学者のカリマコス（前305頃-240年）は、蔵書目録を作り文献目録を編集した。彼の120巻におよぶ『ピナケス（Pinakes）』は古代ギリシアの文献にかんする最上の手引きだ。後世の司書は、「大きな本は大きな悪だ」というカリマコスの考えに共感することだろう。

ギリシアで大きな図書館があったのはアレクサンドリアだけではない。アテナイにはリュケイオンがあった。ローマ帝国の時代になると、図書館はイタリアや帝国内の他の場所に広まった。有名なエフェソスのケルスス図書館もそのひとつで、ギリシア＝ローマの元老院議員ティベリウス・ユリウス・ケルスス・ポレマエアヌスが建設費を負担し、135年に完成した（収蔵されていた１万2000の**巻物**（scroll）は、282年の地震と火災で焼失した）。

大図書館をもつことは、支配者にとって権力の源とみなされた。アレクサンドリアにならぶもうひとつの大図書館は、エウメネス２世がペルガモン（アナトリア西部にある現在のベルガマ）に建設した。エジプトのプトレマイオス朝がパピルスの輸出を停止したのは、ひとつにはアレクサンドリア図書館がペルガモン図書館とライバル関係にあったためだ。これに困ったペルガモン人が、本に使う新たな書写材、すなわちペルガミヌスあるいはペルガメーナ（**パーチメント**（parchment）、羊皮紙）を開発したといわれる。ふたつの図書館の競争は、ローマがペルガモンを支配下に置いたことで決着した。通説では、マルクス・アントニウスがペルガモン図書館の20万の蔵書をクレオパトラに結納の品として贈ったといわれている。

本の破壊

ペルガモン図書館の建物は残っているが、おそらくその蔵書はすべて、アレクサンドリア図書館の終焉により消失した。ユリウス・カエサルが侵攻した際に焼失したものもあれば、のちの戦争によって失われたもの、あるいは宗教的熱情にかられたキリスト教徒が、アレクサンドリア司教テオフィルスの命令で破壊したものもあっただろう。司教は391年にセラピス神殿の破壊を命じた。現在アレクサンドリアを支配しているイスラム教徒が破壊したとする資料もある。それによれば、ある人物が図書館からの本の撤去を要求したという。「コーランに従っている本なら十分あるから必要ない。コーランに反した本なら、そんな本は破壊せよ」と。宗教はいかなる宗教であっても、しばしば書物の敵となる。

責を負うのがイスラム教徒であれキリスト教徒であれ、古代の（異教徒の）本は破壊される危険性が高かった。パピルスの巻物に書くという古い方法が、パーチメントを**折丁**（quire）にして**コデックス**（codex）とする方法に変わったのは幸運だった。折丁だと綴じあわせることができるし、コデックスにすれば表紙をつけることも可能で（pp.50-51参照）、便利で扱いやすくなったのだ。コデックスの使

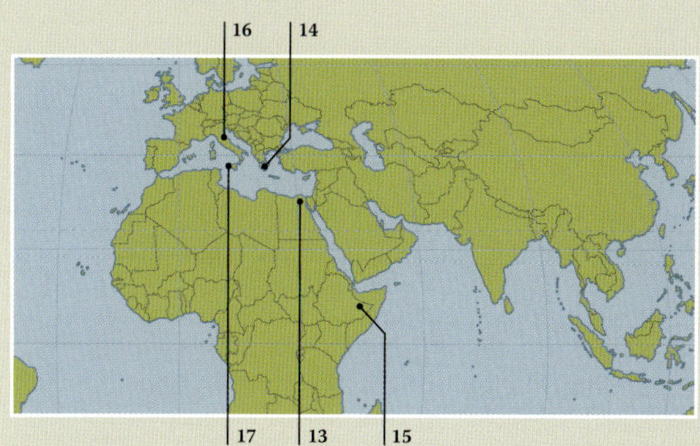

用は、しばしばキリスト教の伝播と関連づけられる。遠く離れた修道院に本を収蔵し保管しつづけることで、都市の図書館で失われた本が確実に生き残れるようになった。

新たな体裁、継続する問題

新たな体裁の本が長持ちするようになると（じょうぶな**ヴェラム**〈羊皮紙〉(vellum)に書かれている場合はとくに）、それが読める言語や文字で書かれていて潜在的な読者の関心を引く内容であれば、巻物からコデックスに書き写される可能性があった。料理本のようにひんぱんに閲覧される本の場合は、読みたい部分をすぐに探せるかどうかが重要で、コデックスは巻物よりもずっと便利だった（pp.52-53参照）。異端とみなされたり宗教的熱情をあおったりする本が、パーチメントに書き写されるのはまれで、ときにはパーチメントに書かれていた文字を消し、空白部分を再利用したもの（**パリンプセスト**(palimpsest)）もあった。ある本の唯一現存する写しがパリンプセストに隠れていた、という事例もある（pp.54-55参照）。

朽ちかけたパピルスから他の巻物に書き写されたテクストがどれだけあるかは不明で、パーチメントという新たな媒体に移されずに失われてしまったテクストがどれだけあるかもわからない。書き写す場合には、司書も個人も非常に高い手数料を払わなければならなかった。後世の人々のために写すべきものを確実に写すということが、義務づけられていたわけではない。カリマコスは文献管理者だったが詩人としての評価も高く、その作品の多くは書き写されるべきものだったと思われる。のちのビザンティンの百科事典『スーダ（Suda）』によれば、カリマコスは約800の作品を残したという。しかしわたしたちが今読めるのはふたつの長編と64編のエピグラム、6編の聖歌、そして断片だけだ。おそらく現存しているものはカリマコスの作品の10％に満たないだろう。

わかりきったことだが、これはひとつの記録媒体から別の媒体に切り替わる際にかなりのデータがかならず失われるという一例だ。ローマ帝国が衰退した際、古代のテクストが保存されつづけるかどうかは、中世の写字生たちの努力しだいだったし、運にも大きく左右された。これは現在のデジタル化における懸案事項にも似ているのではないだろうか。

参照ページ

古典的な児童書の起源

ゆうに2000年以上のあいだ、世界中の子どもたちはイソップ寓話を楽しんできた。だが、これを書いたのは何者なのか。イソップは実在したのだろうか。

イソップの寓話は広く知られているため、羊の皮をかぶった狼やすっぱい葡萄について、誰もが気軽に口にする。ほぼどこの文化でも通じるからだ。たとえば、1593年にはポルトガル人宣教師が日本語に翻訳し、『イソポのハブラス（Esopo no Fabulas）』というタイトルで1冊にまとめている。これは日本人に非常になじみ、西洋人の追放後も日本で印刷を許された唯一のヨーロッパの書籍となった。

しかしこの寓話はほんとうにヨーロッパ生まれなのだろうか。ギリシアにかぎらず、似たような話がインドにもあるのだ。タルムードにも同様の話がいくつか見られる。ギリシア語世界では、多くのイソップ寓話が前5世紀あるいはもっと早くに口伝で広まっていたようだ。「実在する」寓話作家は前620-564年に生きた人物で、作品についてはヘロドトス、アリストパネス、ソクラテス、プラトンも言及している。誰もがイソップの寓話を知っているのに、作者の存在そのものは曖昧なままだ。研究者のなかには、イソップの寓話が前3000年紀のシュメールやアッカドの**楔形文字**（cuneiform）で記されているのを発見した者もいる。

イソップ寓話のいくつかは、デメトリオス・パレレオス（前350頃-280年）によって『アイソペイア（Aisopeia）』として書きあらためられている。プトレマイオス1世ソテルのもとでアレクサンドリア図書館建設にたずさわった有名な人物だ。しかしデメトリオス版の寓話は残っていない。かわりに今日底本になっているのは、後200年以前の人物、ヴァレリオス・バブリオスによるテクストだ。寓話を記したギリシア最古のパピルスの断片は、またたくまにラテン語や他の多くの言語に書き写された。イソップ寓話はグーテンベルクの印刷機ができあがってから今日まで、何度となく印刷されている。

多くの翻訳者や詩人に利用された宝庫ともいうべきこの寓話は絵になる魅力ももちあわせており、とくに**リーブル・ダルティスト**（libres d'artistes）や小さな子ども用の本を制作する挿絵画家や出版者を引きつけている。

左　**17世紀のイソップ**　この17世紀の版では、熊が蜂の巣をひっくり返し、蜂に攻撃されている。エッチングはフランシス・バーロウ流だがジェームズ・カークによる。

関連項目

寓話と伝説

『ギルガメシュ叙事詩』 pp.18-19
インドの『パンチャタントラ』 pp.84-85

児童書

ニューベリーの『小さなかわいいポケットブック』 pp.156-157
エイキンの『ロビンソン・クルーソー』 pp.194-195
ホフマンの『もじゃもじゃペーター』 pp.196-197

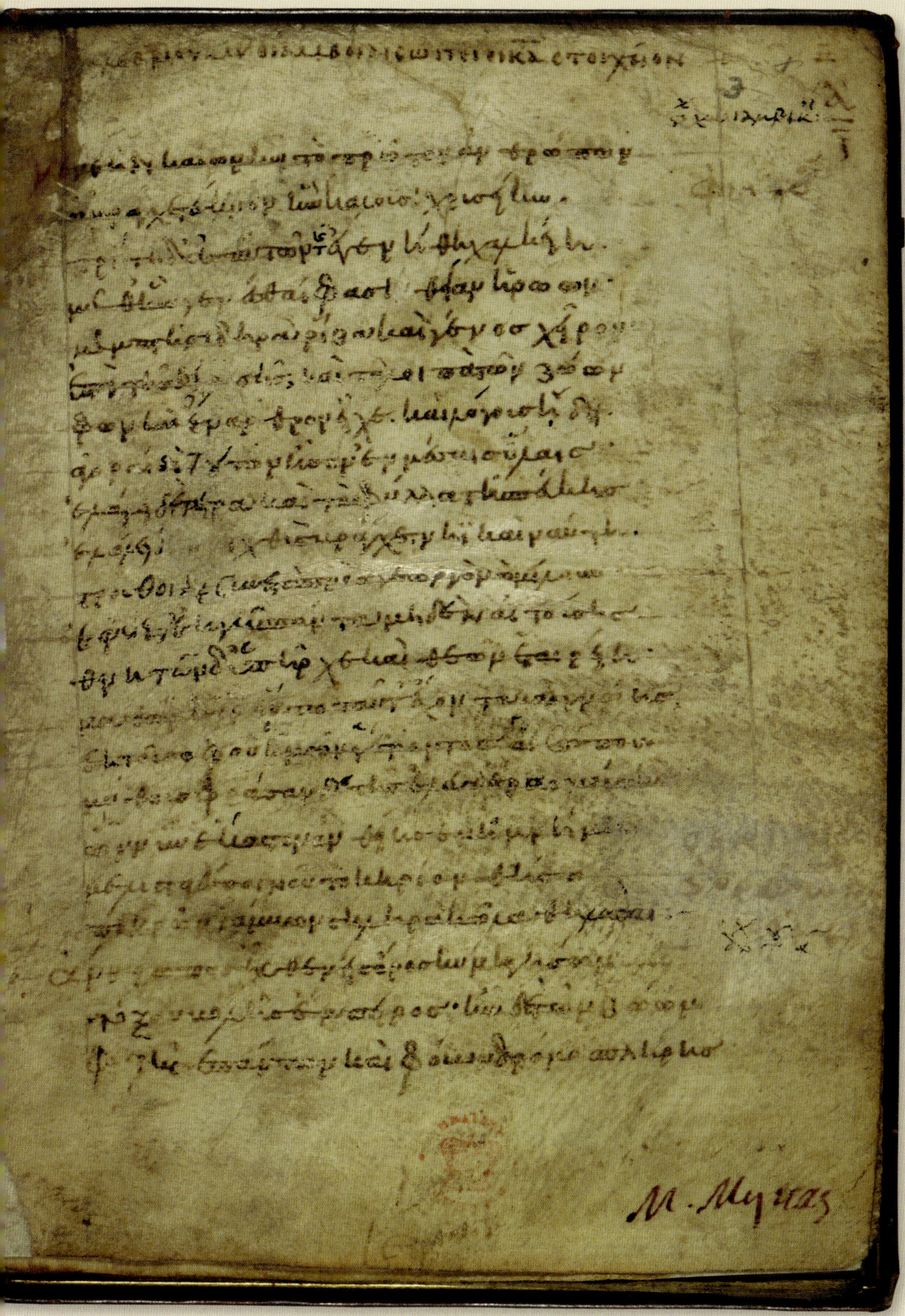

左　**イソップの寓話**　パーチメントに書かれ山羊皮で装丁されたこの『イソップ寓話集』の11世紀の写本は、アトス山で発見された。その**跛行短長格**（choliambic）のギリシア語の韻文はラテン語の影響にそむき、寓話の源が雑多であることを反映している。ギリシア風の作家バブリオスは、この韻文を「ブランコス」という子どもに捧げているが、彼自身とその子どもの正体については論議の的だ。

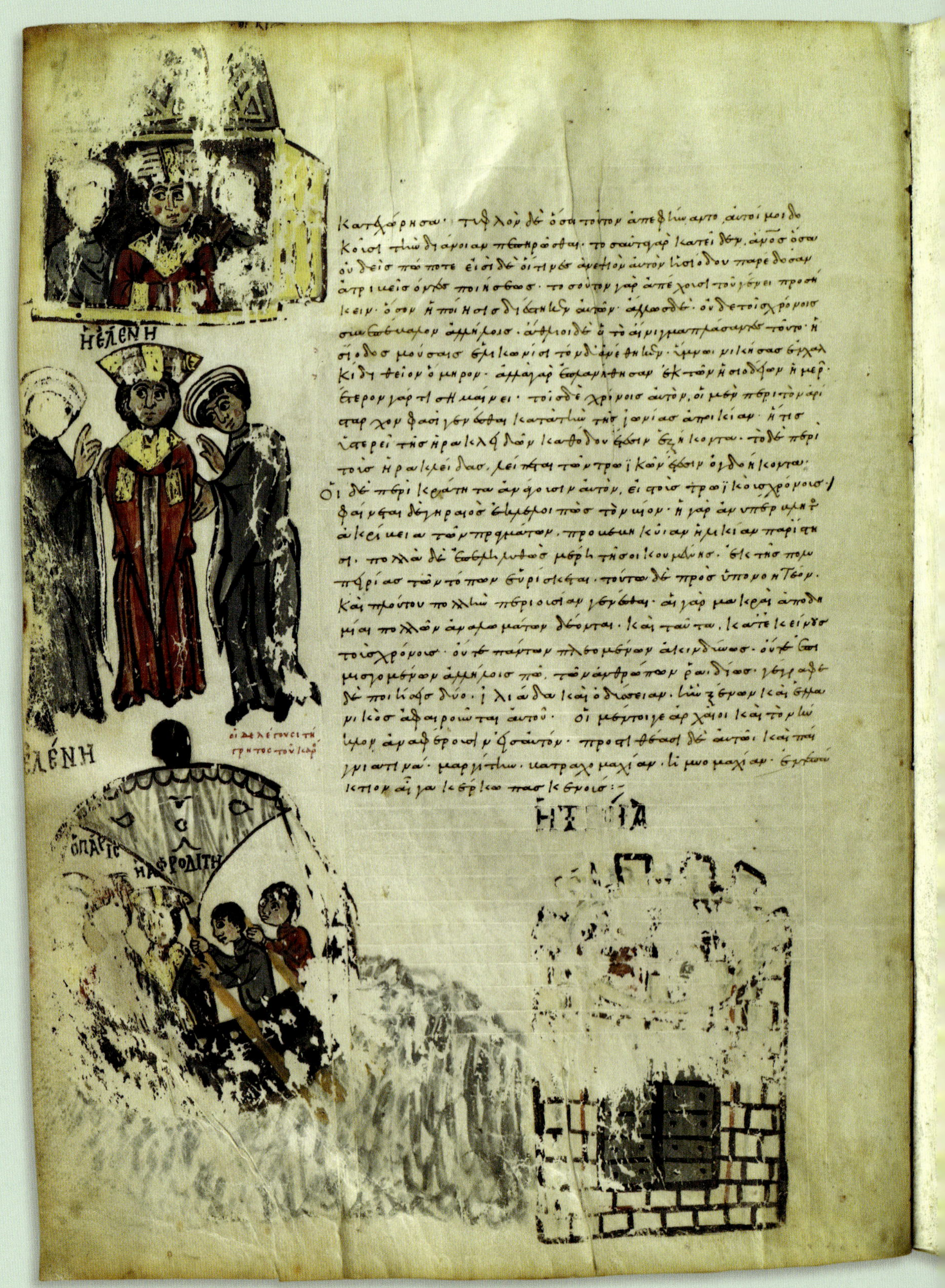
ΗΕΛΕΝΗ
ΕΛΕΝΗ
Ο ΠΑΡΙΣ
Η ΑΦΡΟΔΙΤΗ

不朽の叙事詩

不朽の名作であるホメロスの『イリアス』は、2000年以上ものあいだくりかえし研究され、翻訳され、出版されてきた。しかしこの叙事詩の最初期のものは歴史のなかで失われ、わたしたちが底本としているのは、わずか1000年しかたっていない写本だ。

史上もっとも重要な文学作品は何かと問われたら、多くの人々がホメロスの『イリアス』をあげるだろう。さもなくば『オデュッセイア』か。ともにホメロスの作品だ。もっとも、現存するエジプトのパピルス（papyrus）の断片数で比較すれば（『オデュッセイア』の約140に対し、『イリアス』は454片が保存されている）、鉄器時代から見た『イリアス』という青銅器時代の戦いの回想録がどれほど高い人気を誇っていたかがわかる。

ホメロスの叙事詩は前750-650年の作品とされるが、もっと古い前12世紀に書かれたと考える専門家もいる。しかし『イリアス』と『オデュッセイア』のテクストがその後ずっと続くプロセスのなかで標準化されたことは一般に認められている。アレクサンドリア図書館はここで重要な役割を果たした。『イリアス』のテクストの編別構成は、その最初の司書エフェソスのゼノドトス（前280頃に活躍）によるとされる。また、最上のテクストは別の司書サモトラケのアリスタルコス（前220-143年頃）によって確立された。

アリスタルコスの注釈がヴェネツィアにある「ウェネトゥスA」とよばれる写本に残されているのは、ほとんど奇跡といっていい。9世紀にギリシア語で書かれたこの写本は、あるイタリア人学者によってギリシアからイタリアへともちこまれた。そしてその後、イタリア・ルネサンスでギリシア学問の復活に大きな役割を果たしたベッサリオン枢機卿（1403-1472年）の蔵書となる。1468年、写本はヴェネツィア大評議会に寄贈され、以来、マルチアーナ図書館の重要な宝となった。

ウェネトゥスAの威名に研究者はたまらなく引きつけられたが、年代物の写本はインクが退色し、劣化もひどく、継続的に研究することは不可能だった。しかしマルチアーナ図書館とハーヴァード大学古代ギリシア研究センターが現代技術を駆使した結果、ホメロス・マルチテクスト・プロジェクトが成功し、デジタル版の作成が可能になった。これは『イリアス』と『オデュッセイア』のテクストが歴史的な枠組みで伝承されたことを示すと同時に、アレクサンドリアでその保存に尽力した最初のホメロス研究者たちの情熱をまさに彷彿とさせる事業だったといえよう。

左　**ホメロスの『イリアス』**　ウェネトゥスA写本に収められた10世紀の挿絵。スパルタの王妃ヘレネとパリス（トロイア王プリアモスの息子）が、ふたりを結びつけたアプロディテとともにトロイアへ向けて出帆する場面を描いている。パリスがメネラオスの妻ヘレネを寝とり、ギリシア側が彼女をとりもどそうとしたことが、有名なトロイア戦争へとつながった。

関連項目

叙事詩

『ギルガメシュ叙事詩』　pp.18-19

アルド版ウェルギリウス　pp.108-109

深刻な保存問題

アルキメデスのパリンプセスト　pp.54-55

『ケルズの書』　pp.60-61

『電子版ベーオウルフ』　pp.242-243

エチオピア美術の初期の傑作

近年ようやく世界に広く知られるようになったガリマの福音書は、聖書のほとんどの写本よりはるかに古い。キリスト教がアフリカに伝来した頃に書かれ、1600年以上ものあいだ、ガリマ修道院の図書館に保管されていた。

エチオピア聖書のなかでも抜群にすばらしいこの挿絵は、キリスト教の初期の中心地で書かれた、知られているかぎり最古の聖書のものだ。北エチオピア山中のアブナ・ガリマ修道院に保管されていた**パーチメント**（parchment）の写本で、その存在はイギリスのある美術史家が1950年に僧院を訪れるまで、西洋にはほとんど知られていなかった。当初専門家は約1000年前のものだと考えていたが、使われている山羊皮のパーチメントを最近になって放射性炭素年代測定法で調べたところ、1冊は390-570

年頃、もう１冊は550-660年頃に作られたことが判明した。ガリマⅠは表紙と中の写本がばらばらになっていない、知られているかぎり最古の本と考えられている。1600年以上ものあいだ、これらは修道院に保管されていた。

伝説によれば、エチオピアの９人の聖人のひとり聖アッバ・ガリマが494年にエチオピアを訪れ、福音を説いたという。これらの本はその後まもなく書かれた。年代決定は美術史家と聖書史家を興奮させた。現存する最古の福音書のひとつだとわかったからだ。古代の写本はすべてもろく、過去に行われた不適切な修繕による損傷はいくらか見られるものの、このエチオピアの宝物の未来は、エチオピア遺産基金が委託した保護事業によって約束されている。

ほとんどの国々はトーラーやコーランといった聖典を複数ヴァージョン作っており、それはその国の精神性と芸術性の象徴となる。エチオピアはカトリックと正教会から５世紀のなかばに分離したため、この聖書はゲエズ語で書かれている。手書き文字の**アムハラ**(amharic)**語**はヘブライ語と同じ語派に属するが、葦ペンと地元産の染料を使って左から右に書かれている。２冊の本は異なる写字生の手になるもので、それぞれ完成させるのに何カ月も必要だっただろう。彩飾はのちの多くのエチオピア聖書に比べるとビザンティン風だが、何世紀もあとに書かれたエチオピアの写本と同じ力強さと活力をそなえている。

左　**ガリマの福音書**　放射性炭素年代測定法から、330-650年のものであると特定された。おそらく最古の現存する挿絵つきのキリスト教の写本だ。２冊のなかに鮮やかに装飾された３種類の写本が収められており、それらはかつては硬貨や石碑でしか知られていなかったアクスム王国の言葉で書かれている。

関連項目

保存問題をかかえる古代の本
『アニの死者の書』 pp.22-23
アルキメデスのパリンプセスト pp.54-55
『電子版ベーオウルフ』 pp.242-243

聖書のテクスト
『ケルズの書』 pp.60-61
クルドフ詩編 pp.62-63
トロス・ロスリンの福音書 pp.66-67

上　**ガリマの製本**　金属製の表紙も写本と同時代のものだと考えられている。これはガリマⅠで、金メッキをほどこした銅板には穴が開いていて、かつては宝石がはめこまれていた。きちんと綴じられている、知られているかぎり最古の写本だ。ガリマⅡの銀板はもっとのちの10-12世紀のものである。

上　**福音書の修繕**　鮮やかな装飾スタイルはビザンティン風で、おそらくシリアかエルサレムから伝わったが、ガリマⅡ（この写真）にはコプトの装飾との類似が見られる。20種類ほどの、エチオピアにはいない中東の鳥がちりばめられている。今ではもろくなったパーチメントには、過去の修繕と折り目と虫害の跡が残っている。

上　**福音書の綴じなおし**　３つの福音書の写本は２冊に製本され、年月をへるうちにまちがった順番に綴じられた。保存修復の専門家レスター・ケイポンが修理し、ページを細い麻糸で綴じなおしている（写真はガリマⅠの表紙を再度とりつけているところ）。

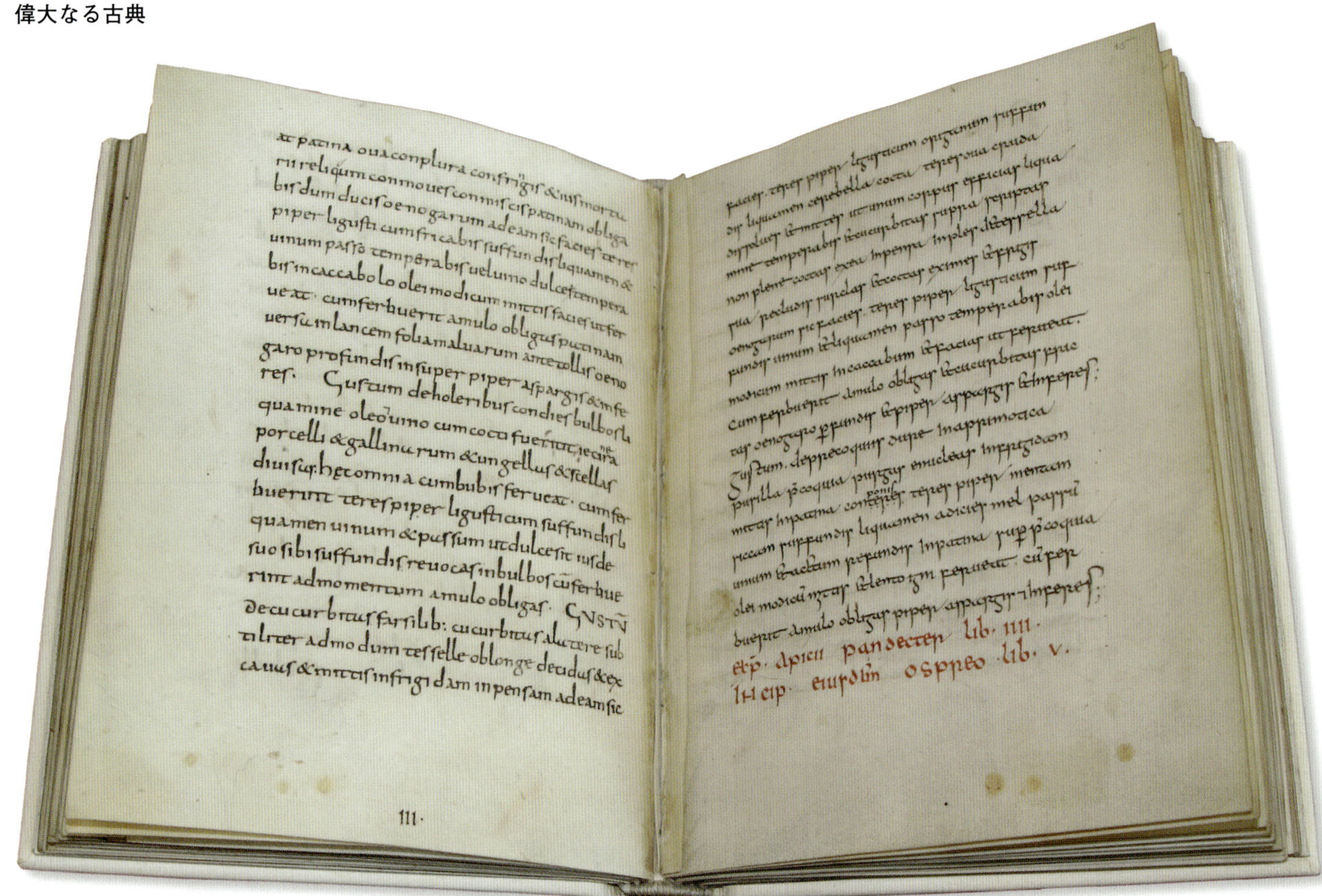

最初の料理書

エジプト人、バビロニア人、ギリシア人はみな自分たちの食べ物に関心をいだいていた。しかし現存する最古の本格的な料理書は簡単に『アピキウス』とよばれているだけだ。この本から約2000年前のローマ帝国の暴飲暴食ぶりがうかがえるが、それでも作者がどんな人物だったかはよくわかっていない。

上 **『アピキウス』** この2世紀の料理書の最古の写本のうちのひとつ。830年頃ドイツのフルダの修道院で書き写された。ニューヨーク医学アカデミー所蔵。57ページの本の中に500ほどのレシピが収められている。ヒバリの舌や猪の肛門は今日の肉屋ではめずらしいだろうが、豆とアンズの煮物の項に記されているように、なじみ深くおいしく調理できる食材も多い。

グーテンベルクがはじめて聖書を印刷して45年ほど経過した1498年に、ミラノの印刷業者ギレルムス・レ・シグネッレが『アピキウスの料理帖（Apicius de re quoquinaria）』とヨアンネス・デ・レグナーノによる異本を出版した。1500年頃には、別の海賊版がヴェネツィアで出版されている。料理書はその頃すでに確実に売れる本とみなされていた。

ヴァティカン図書館が所蔵する最古の料理書は4世紀

右　**胡椒をふりかけて供する**
ナポリ、ボスコレアーレ近くの邸宅に残されていた50-75年頃のフレスコ画。裸足の料理人が小鹿と思われる動物の内臓を取り出している。左手の金属盆にはニンニクと高価な輸入物のスパイスが載っている。ローマの裕福な美食家やアピキウスは、凝った料理にこういったスパイスを使うのを好んだ。

もしくは5世紀のもので、ティベリウス帝時代の有名なローマの美食家マルクス・ガウィウス・アピキウスの作とされる。マルティアリス、セネカ、アテナイオス、プリニウスらの著書には、アピキウスの大食いを嘲る描写が数多く残されている。たとえばプリニウスはフォアグラの製法について述べたあとで、アピキウスが豚の肝臓を太らせるために考案した方法を紹介している。豚に干しイチジクを食べさせ、それからムルスム（蜂蜜入りワイン）をたらふく飲ませて殺すのだという。

ありがちなことだが、わたしたちがローマの歴史について知っていると思っても、その多くは純粋に憶測である。マルクス・ガウィウス・アピキウスはあきらかに存在したが、彼が書いたとされる数多くのレシピは、おそらくすべてが本人の手によるものではない。特定の寓話を作ったのがイソップだというのが、たんなる憶測にすぎないのと同じだ。レシピ集はおそらく4世紀にまとめられたが、知られているのは後世のいくつかの写本だ。レシピ集の重要性は、食事を命じたり作ったりしなければならない人間には明らかで、こういった写本集は多くの実用書が遭遇する磨耗や破損——料理本にもよくあったことだが——に耐えてきた（のちの印刷本も同様だ）。現代のイタリア料理に欠かせないパスタとトマトはローマ人には知られていなかったし、ローマで広く使われていた（今では絶滅した）植物シルフィウムの味や、商用に製造されていたリクアメンがウスターソースのようなものだったかどうかは想像するほかない。

アピキウスのレシピには後世の多くの人々が関心をいだいており、さまざまな料理にどのようなスパイスが使われていたかについて、インターネットや学術的な定期刊行物上で白熱した議論が展開されているのを読むことができる。アピキウスのテクストには、過去のいかなる時代よりもアクセスしやすくなっている。この料理本は、これまで作られてきた何千冊もの料理書の祖先なのである。

関連項目
もっと実用的な料理書
ソワイエの『現代の主婦』 pp.202-203

数学界の奇跡

アルキメデスは史上もっとも重視される数学者のひとりだが、著作の多くは中世のあいだに失われた。1906 年、彼のテクストの一部を記したヴェラムの写本が発見されたが、不運なことにそのテクストはほとんど解読不能だった。

下 **アルキメデスのパリンプセスト** 1229 年のビザンティンの祈禱書 174 葉のパーチメントの下に、10 世紀に写した古代の著作が隠れていた。アルキメデスの 7 本の論文と雄弁家ヒュペレイデスの演説である。13 世紀のテクストの下に垂直に、あるいは余白部分にうっすらと識別できるのがそれだ。

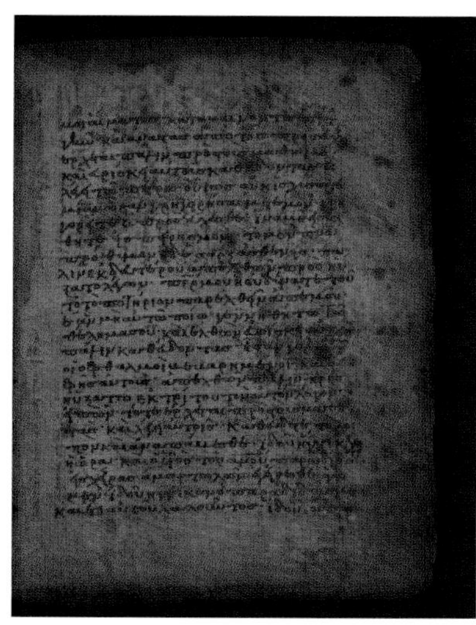

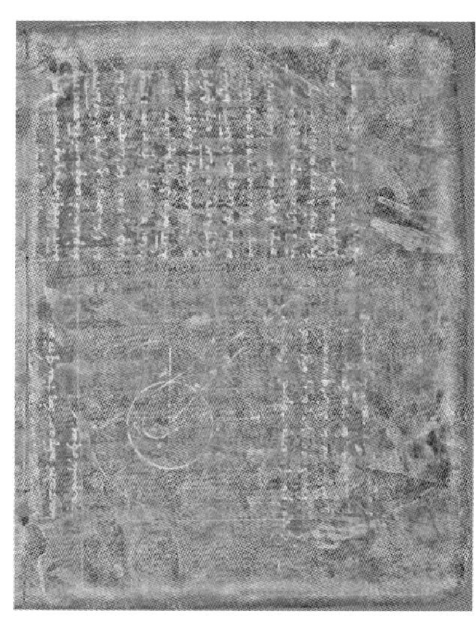

左　**パリンプセストの画像化**
隠れたテクストと図形をあきらかにするために、保護および複雑な画像化が行われた。「本来の」画像（左）では、下に何が隠れているのかうっすらとしかわからない。モノクロ画像（右）では図表がもっとはっきりしている。

アルキメデスが発見した多くの法則は、のちにガリレオ、ライプニッツ、ニュートンに利用された。近代数学は彼の業績から生まれたといっても過言ではない。今なお広く利用されているスクリューポンプもアルキメデスの考案による。また通説では、前282年、故郷シラクサがローマ人に攻撃された際、防衛で中心的役割を果たしたとされる。アルキメデスの名声はおとろえなかったが、その数学テクストは難解で、あまり広く書き写されなかった。

5世紀には**ヴェラム**（vellum）や**パーチメント**（parchment）といった書写材がヨーロッパで広く使われるようになっていた。高価だが何世紀も保存がきき、写本の持ち主がテクストに関心をいだいたはるかのちまで保存されることも多い。テクストを削りとったりインクを洗い流したりすれば、再利用できた。これは7世紀には当然のごとく行われていたので、宗教テクストを洗うことを禁じる布告が宗教会議で発せられるほどだった。

テクストが完璧に落ちておらず、下に隠れたテクストが読める場合もあった。そのような再利用された写本（**パリンプセスト**（palimpsest））はのちの古典研究者を興奮させた。テクストを読むために熱や化学薬品による処理がしばしば試みられたが、かえって写本を傷めることになり、劣化を加速させた（パリンプセストの保存が管理者にとって大きな問題になることも多かった）。

アルキメデスのパリンプセストには、ちょっとしたミステリー小説のような来歴がある。1840年代にこの写本はコンスタンティノープルのエルサレム聖墳墓教会の図書館にあった。この時期、写本のうちの1葉がある人物によって「借り出され（盗まれ）ている」。その後、トルコ政府が第1次大戦後の混乱状態におちいった際、詳細は不明だが、ギリシア政府はコンスタンティノープルからアテネへ、ひそかに（かつ違法に）蔵書を移動させようと計画した。このあいだにアルキメデスの写本は行方不明になっている。どうやらパリに運ばれたらしい。いくつかの偽の挿絵が「描きくわえられ」、最終的に1990年代にある競売に出された。

法的所有権についてひと悶着あったのち、写本はボルティモアのウォルターズ美術館に移された。ウォルターズに到着したのは、1229年にエルサレムで書かれた、一見したところもろくて劣化したキリスト教の祈禱書にすぎなかったが、祈りの言葉（と偽の挿絵）の下にアルキメデスの本のテクスト、それも未知のテクストが隠れていた。パリンプセストを写真に撮ってデジタル化するには数多くの困難を解決する必要があったが、今では世界中の科学者がアルキメデスの隠されていたテクストを読めるようになった。

関連項目

古代のヴェラム製コデックス
ホメロスの『イリアス』 pp.48-49
ガリマの福音書　pp.50-51

数学書
エウクレイデスの『幾何学原論』 pp.106-107
ニュートンの『プリンキピア——自然哲学の数学的原理』 pp.138-139

革新的な画像化技術
『アニの死者の書』 pp.22-23
『電子版ベーオウルフ』 pp.242-243
イスラエル工科大学のナノ聖書　pp.246-247

右　**福音書を書く聖マタイ**　アルメニアの神父トロス・ロスリンは、インク、着色顔料、金箔を使って福音書をみごとに装飾した。このフルページの肖像は、筆をインク壺に浸して執筆をする福音書作者を描いている。pp.66-67 参照。

4

第４章

中世世界と本

中世ヨーロッパでは本の販売が減少し、識字能力は低下したが、写字室で働く修道士は多くの古典作品を保存した。ルネサンスが到来すると、写字生と芸術家は比類なき美しさをもつ本を作った。

ՍԲՆՄԱ
ՏԹԵՈ
Ս

古代ヨーロッパ文明の終わりから印刷のはじまりまでは、季節の経過に似ている。長い秋を思わせる凋落、わずかな待避所を除けばほとんど成長のない冬のあとに、新しい生命の兆しと花開く春が到来し、豊かな暖かさと実り多いルネサンスという名の夏へと向かった。トマス・ホッブズは、ルネサンス前の時代には「重要な時間も芸術も文字も社会もない、そして人生は、孤独で貧しく不快で粗野で短い」と述べている。もちろん、中世世界がすべてそのとおりだったわけではない。季節の襲来と厳しさとは場所によってさまざまだった。東のビザンティン帝国では、秋が永遠に続くかのように思われた。極東では、そしてイスラムを抑えこんだ地域では、気候にもずっと恵まれていた。

西洋では識字能力が大幅に低下した。テクストを商業的に写したり書物が売買されたりすることもなかった。図書館とその蔵書は、朽ちるか姿を消すかのどちらかだった。そんななか、旧世界の知識を救ったものが3つある。まずは一般的な書写材としての**パーチメント**(parchment)の普及、次にテクストを保護するための新たな方法（製本）につながる**コデックス**(codex)という体裁の普及。これによって本が生きのびる機会が高まった。最後に宗教的な本への敬意。これにより修道院に写字室が設立され、聖職者の読書が奨励されるようになった。

写字室の誕生

写字室で有名な修道院は数多くある。聖マルティヌスが372年頃トゥール近くに建設したマルムーティエ修道院は、853年にノルマン人に略奪されるまで貴重な写本を数多く作成し、その後フランス革命で破壊された。「修道院における営みのなかで、芸術といえるのは写字生たちの作品だけだ」と言わしめたマルムーティエの写本は、その書体の美しさで名高い。のちの修道院長で偉大なイギリスの学者でもあるアルクイン（735頃-804年）はカール大帝（シャルルマーニュ）に仕え、**カロリング小文字体**(carolingian minuscule)とよばれる書体を作り上げた。これは手書き文字や現在わたしたちが**ローマン体**(roman)とよんで使っている**活字書体**(typeface)の手本となった。

アイルランドの影響

アイルランドとノーサンブリアも修道院の写字室がめざましい業績をあげた場所で、とくに聖コルンバ（521-597年、pp.60-61参照）が大きな影響をあたえた。伝説によれば、561年頃、聖コルンバが聖フィニアンの所有する**詩編**(psalter)から作成した写しの件で争いが起こった。コルンバはあきらかにその写しの権利が自分にあると考えており、何人かの修道士が殺される事件に発展した。だが、あながち悲惨なことばかりではない。追放されたコルンバはアイオナ（スコットランド）に別の修道院を建設し、数世紀にわたり、この修道院からアイルランド人修道士がドイツ、オーストリア、スイスの写字室へと移動することになる。アイオナも攻撃されたが、1000年前にその写字室で作られた写本は、のちのザンクト・ガレン修道院が今も所有している。

アイルランド人修道士たちは、写本を『ケルズの書』と同じ**インシュラー**(insular)様式で装飾しつづけたが、かならずしも完全に禁欲的な生活を送っていたわけではない。ラヴァンタル（ケルンテン）の聖パウロ修道院では、ある写字生が本の余白にアイルランド語で次のような短詩を書いている。

わたしと猫のパンガ・バン、
どちらも仕事が大好き
猫は喜び勇んで鼠を狩る
わたしは一晩中座って言葉を狩る

ヨーロッパのもう一方の端にあたるコンスタンティノープルでは、宗教的不和が彩飾写本に表れることもあった（pp.62-63参照）。重要な古代ギリシアの写本を写すことはまだ続けられており、古代ギリシアの医師や科学者の評判はひき続き高かったため、当然のように彼らの本はくりかえし写され、読まれた（pp.64-65参照）。しかしときにはこういった写本の古いテクストの需要がなかったり、読まれなかったり、ということもあった。そういったパーチメントは**パリンプセスト**(palimpsest)に利用された（pp.54-55参照）。

さらに東方のアルメニア王国は、ビザンティン諸国やグルジア人やエチオピア人、そして他の独特で内向的な社会と同様に、本作りにおいて独自の伝統を作り上げた（pp.66-67参照）。

カロリング朝の復興

西洋における8世紀と9世紀のカロリング朝ルネサンスは、さまざまな意味でローマ帝国以前の文化を再現しようとする試みだったが、これは俗人ではなく聖職者にもっとも大きな影響をあたえた。古い文書の再発見は有益な場合が多いが、不都合な点もあった。偽造文書が出まわるようになったのだ。たとえばいわゆる「偽の教皇教書」は、ローマカトリック教会における権威の中央集権化と分権化との争いのなかで武器として利用された。偽造品のなかに混じった本物の写本は今も評判を傷つけられたままだ。

偽造品は今もプロパガンダにおける武器として広く利用されている。現在では、写本の研究者にとって災いのもとにもなりうる。ひとつには写本の天文学的な価格のせいもあるし、略奪や盗みがひんぱんに行われたせいもある。写本市場は最近「怪しげな品はもちろんのこと、あらゆる種類の嘘といつわりにみちた場所だ」と形容されている。複製やデジタルの複製・代用品によってそれを軽減すべきだが、本物を所有したがる無節操な人間への誘惑は高まるばかりだ。

中世の春が進むにつれ、写本や学びへの関心が復活し、ヒューマニズムの発展が加速した。人々はより広い世界への知識を深めていった（pp.68-69、70-71 参照）。

大学と本の収集

1088 年のボローニャ、1150 年のパリ、1167 年のオックスフォードにはじまる大学の誕生は、図書館の設備が貧弱だった時代に書物への欲求を高めた。学生たちには上質なテクストが必要だったため、大学は**ペキア**（pecia）のシステムを作り上げ、それにしたがって書籍商はテクストの写しを認可された価格で分冊にして供給するようになった。大学図書館は徐々に大きくなり、個人による本の収集もしだいに一般的になっていった。イングランドのベネディクト会修道士リチャード・ド・ベリー（1287-1345 年）は書籍蒐集家として名をはせ、その著書『フィロビブロン』（1345 年に完成）はしばしば蔵書管理にかんする最初の本とみなされる。ド・ベリーはコレクションを維持するためにオックスフォードにホールを設立する計画を立てたが、彼の蔵書は死後散逸し、今知られているのは２冊のみである。

おしげなく装飾された写本は上流階級で流行し、グーテンベルクの発明からかなり年月が経過して作られたものもある。豪華さを好む傾向は続き、デラックスな本がひき続き作られた。読むためではなく人を感嘆させるための本だ。こういった嗜好を多くの人々、とくにセバスティアン・ブラントは『阿呆船』（1494 年）のなかで冷笑している。フランドルやイタリアで作られた美しい本は数多く現存しており（pp.72-73、74-75 参照）、わたしたちは今もそれを大いに称賛している。

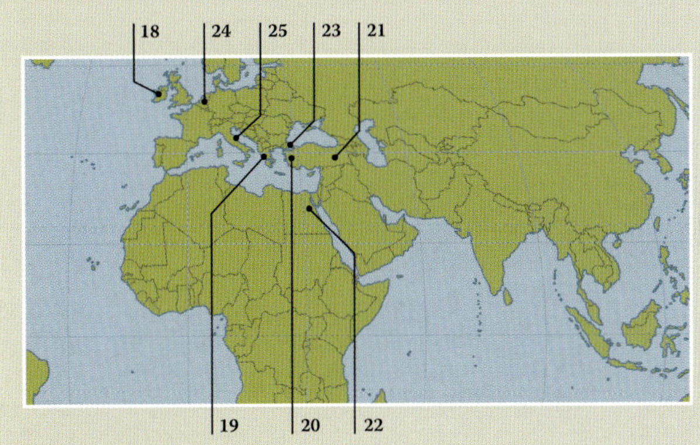

参照ページ

右 **『ケルズの書』** 写本のなかでもっとも美しいページのひとつ。このキーロー（XP）はキリストの象徴であり、壮麗な組みあわせデザインのテンプレートとなっている。インシュラー様式の福音書のなかでもっとも大きく美しい、現存するモノグラムである。その複雑な結び糸模様のなかには、天上と地上の動物が織りこまれている。

アイルランドの至宝

『ケルズの書（Leabhar Cheanannais)』とよばれる豪華な写本は、アイルランドらしさを示す大切なもののひとつだ。この本がヴァイキングの来襲後も失われずにすんだのは奇跡といってよい。

わたしたちは小学校で、聖パトリックがアイルランドにキリスト教をもたらし、彼の信奉者である聖コルンバと他の修道士たちが563年にアイオナに渡り、異教徒のピクト人を改宗させたと教わった。その後アイルランド人修道士がリンディスファーン島に定住し、キリスト教を北イングランドのアングロ＝サクソン人に伝えたということも学んだ。アイルランド人宣教師たちの熱意は絶えることなく、ブリテン諸島の外にも歩みを進めた。数世紀をかけて、アイルランド人はヨーロッパ大陸のあちこちに修道院を建設してまわった。

島のアート、つまり**インシュラー**（insular）アート（もしくはヒベルノサクソンアート）とよばれる芸術様式は、アイルランドとアングロ＝サクソンの伝統から発展した。そこには地中海様式の名残も見られる。インシュラーアートは、とくにこういった大修道院の彩飾写本の装飾によく表れている。715年頃に作られた『リンディスファーンの福音書（Lindisfarne Gospels)』は、イギリスに現存するもっともすばらしい写本だ。インシュラー様式の写本は、ほかにもコルンバの弟子、聖ガレン（550頃-646年）のもとで作られている。彼は写字室で有名なザンクト・ガレン修道院（スイス）を建設した。

インシュラー様式のもっとも有名な写本は『ケルズの書』だ。8世紀末に作られ、ミース県の大修道院（聖コルンバが554年頃に建てた）の名がつけられた。専門家のなかには、『ケルズの書』はアイオナで書かれ装飾されたが、ヴァイキングの攻撃が激化したのでアイオナからケルズに避難させたのだと考える者もいるし、ケルズの修道院で作られたと考える者もいる。ケルズにもヴァイキングの攻撃がおよんだが写本は生きのび、地元でも有名な写本であったため、幸運なことに1654年まで教会で安全に保管された。その後クロムウェルの騎兵がケルズの教会に宿営したため、1661年、プロテスタントの聖職者は、安全のために写本をダブリンのトリニティ・カレッジに移した。写本は今なおそこに保管されている。

装飾の美しさとアイルランド史における重要性によって、写本はぶじ生きのびることができた。しかし『ケルズの書』の文化的・愛国的重要性は、ダブリンを訪れる旅行者の誰もがそれを見たがるということを意味する。模造品ではなく、デジタルの複製でもなく、本物を。展示すれば図書館に収入がもたらされるが、劣化をはやめることにもなる。保存管理者には頭の痛い問題である。

関連項目

美しい彩飾写本
クルドフ詩編 pp.62-63
トロス・ロスリンの福音書 pp.66-67
クリストフォロの『島々の書』 pp.70-71
ファルネーゼの『時禱書』 pp.74-75
厳格な宗教写本
『ボケ・ヴァン・ボナン』 pp.92-93

h generatio

右　**クルドフ詩編**　「人はわたしに苦いものを食べさせようとし、乾くわたしに酢を飲ませようとします」。1847 年までアトス山に保管されていたこのすばらしい写本に、細密画家は詩編 69 の挿絵を描いた。下のほうでは聖像破壊者のイオアン7世（もとは自身もイコン画家だった）がキリストの肖像に水漆喰を塗っている。イオアンの行動を風刺した絵だ。

分離と不和

彩飾写本はしばしば支配者の権力と尊大さを映し出す。これは危険分子が意図的に描いたものなのだろうか。

いかなる宗教の歴史にも競争や陰謀はつきものだ。ときにはそれがグループ間の血なまぐさい争いに発展する場合もある。スンニ派とシーア派であれ、カトリックとプロテスタントであれ、宗派はその争いの種を熱心に探す。東方正教で長い年月のあいだに作られた彩飾写本を見ると、わたしたちはいかなる考えにも強い支持者と反対者がいたということを忘れそうになる。だが、カトリック教会では、一部の人々がプロテスタント運動のなかで反偶像派に発展したし、東方教会では、すべての聖像破壊を望む聖像破壊者（アルメニアのレオン５世のように）と聖像崇拝者とのあいだで争いが起こった。最終的に新たなテオドラ皇后のもと、聖像崇拝者が勝利した。

両派の争いの証拠を示す彩飾写本が見つかることはまれだ。９世紀なかばにコンスタンティノープルで書かれたクルドフ詩編は、一見したところ、ハギア・ソフィアの礼拝儀式規定に従った典型的な正教の**詩編**（psalter）にすぎない。これは聖像崇拝者が復権した直後の 843 年に、帝国の工房で作られた。よく行われていたことだが、写字生たちはあとから装飾をくわえられるように十分な余白をとってテクストを書いており、この場合は小さな**アンシャル体**（uncial）を使っている（その多くは数百年後、**小文字体**（minuscule）で雑に書きなおされた）。

その装飾は、聖書の場面を描いた類型的な絵とは異なる。磔刑の図では、酢を染みこませた海綿を竿につけてキリストに差し出すローマの兵士だけでなく、同じように竿を手にしてキリストの絵を消す人物が描かれているのだ。これは、コンスタンティノープル大主教で文法家（で最後の聖像破壊者の大主教）のイオアンを表している。イオアンは滑稽で見苦しいぼさぼさ頭の男としていくつかのページに登場する。この挿絵はおそらく 843 年頃に描かれた。イオアンが大主教職からしりぞいた頃である。

マルクス主義の歴史家は、聖像破壊者と聖像崇拝者の紛争を中世の階級闘争の一例と考えている。もしそのとおりなら、クルドフ詩編は危険分子の出版物といえるのだろうか。そのスタイルはビザンティン美術ではめずらしいものなのだ。

関連項目

ギリシアやビザンティンの写本

ホメロスの『イリアス』 pp.48-49

ディオスコリデスの『薬物誌』 pp.64-65

プトレマイオスの『地理学』 pp.68-69

コンスタンティノープルへの旅

クリストフォロの『島々の書』 pp.70-71

καὶ τὴν ῥαίσχυνήν μου καὶ τὴν ἐντρο
πήν μου· ἐναντίον σου πάντες οἱ θλί
βοντές με:
+ Ὀνειδισμὸν προσεδόκησεν ἡ ψυχή μου·
καὶ ταλαιπωρίαν· καὶ ὑπέμεινα συν
λυπούμενον καὶ οὐχ ὑπῆρξε· καὶ
παρακαλοῦντας καὶ οὐχ εὗρον:
+ Καὶ ἔδωκάν εἰς τὸ βρῶμά μου χολήν·
καὶ εἰς τὴν δίψαν μου ἐπότισάν με ὄξος:
+ Γενηθήτω ἡ τράπεζα αὐτῶν ἐνώπιον
αὐτῶν εἰς παγίδα καὶ εἰς ἀνταπό
δοσιν καὶ εἰς σκάνδαλον:
+ Σκοτισθήτωσαν οἱ ὀφθαλμοὶ αὐτῶν
τοῦ μὴ βλέπειν· καὶ τὸν νῶτον αὐ
τῶν διὰ παντὸς σύγκαμψον:
+ Ἔκχεον ἐπ' αὐτοὺς τὴν ὀργήν σου· καὶ ὁ
θυμὸς τῆς ὀργῆς σου καταλά
βοι αὐτούς:
+ Γενηθήτω ἡ ἔπαυλις αὐτῶν ἠρημω
μένη· καὶ ἐν τοῖς σκηνώμασιν αὐ
τῶν μὴ ἔστω ὁ κατοικῶν:
+ Ὅτι ὃν σὺ ἐπάταξας αὐτοὶ κατεδίωξαν
καὶ ἐπὶ τὸ ἄλγος τῶν τραυμάτων μου

右 **『薬物誌』** 1229年にイラク北部かシリアで、シャムス・アド＝ディンのためにユスフ・アル＝マウシリが作成した。ディオスコリデスの写本にゆるやかにはさみこまれていたこのページは、イスラム世界で1枚だけ知られているネイチャー・プリントの写しだ。

薬物学の礎

17世紀まで、薬は植物由来の抽出物をベースにした植物性の生薬だった。ギリシアのディオスコリデスは近代薬学の発展にもっとも重要な役割を果たした人物である。

ヒッポクラテスの誓詞とともに、医学の歴史はコスのヒッポクラテス（前460頃-370年）にはじまると一般に考えられている。医療行為はおもに植物から作られる調合剤が頼りで、どの植物で治るか（あるいは死ぬか）を知ることが肝心だった。先史時代なら口伝されていたそのような知識を、ペダニウス・ディオスコリデスは30-50年頃に書いた『薬物誌』で体系化した。ネロ帝の時代にローマ軍の軍医だったディオスコリデスは、中東を広く旅し、それまでローマとギリシアの医者が知らなかった100種以上の植物の薬物学的特性と治療効果を確認した。そしてさらに、おそらくアレクサンドロス大王の征服の頃には使われていた他の500以上の植物についても論じた。

『薬物誌』は1500年以上ものあいだ、薬草採集者や薬剤師に利用される標準的な研究書となり、西洋諸国全域で、そしてアラブ世界でも、多くの写本（とのちの印刷版）が作られた。ほとんどの場合、植物の様式化された絵しかなく、識別には不便だったが、最上の写本には画家が十分な知識をもって根、葉柄、茎、花を写生した挿絵をつけた。これには当然時間を要したものの、512年頃、ビザンティンの皇女ユリアナ・アニキアのためにコンスタンティノープルで作られた有名な初期の写本『ウィーン写本（Codex Vindobonensis）』のように、画家の熟練した腕前が披露された。

ここに掲載した写本は、さらに後年の1228年頃、キリスト教徒のビーナムとよばれる写字生がアナトリアかシリアで写したもので、今はパリにある別のアラブの写本がもとになっている。ビーナムは植物の葉にインクをつけ、それを紙に押しつけるという名案を思いつき、形を転写してから彩色し、手早く簡単に、しかも正確に完成させることに成功した。このような**ネイチャー・プリンティング**（nature printing）は15世紀になるとイタリアの植物学者に一般的に用いられるようになったが、アラブ世界ではビーナムの新しい試みを受け継ぐ者はいなかった。とはいえ、ディオスコリデスの写本は複製されつづけた。

上　**ディオスコリデス**　『薬物誌』のビーナム版の挿絵のなかで、ディオスコリデスは男の弟子（おそらく「学び」を擬人化したもの。女性の姿で描かれるほうが一般的）とともに薬草マンドラゴラを手にしている。

関連項目
草本の写本
ブラックウェルの『キューリアス・ハーバル』 pp.144-145
植物学の本
リンネの『植物の種』 pp.160-161
医学の発展
マンスールの『人体解剖書』 pp.90-91
ヴェサリウスの『ファブリカ』 134-135

アルメニアの彩飾の傑作

エチオピアやアイルランドと同じく、アルメニアの古代文化は他の国々とはまったく異なる本を作り上げた。そのとくに有名な芸術家がトロス・ロスリンだ。

アッシリア、ギリシア、ローマ帝国の時代からモンゴル、ペルシア、トルコに支配される時代まで、アルメニア人はあらゆる困難にも負けず、自分たちの言語、文字、文化的伝統をもつ教養ある民族としての地位を粘り強く維持してきた。地理的な位置関係ではるか東の中国といった他の国々の影響も受けたが、ビザンティウムや他のキリスト教諸国との宗教的つながりから、アルメニアの作家や画家は通常西に関心を向けていた。

アルメニア写本の彩飾は6-7世紀からはじまったが、流儀のいちじるしく異なるエチオピアと同じく、ほとんどが福音書の豪華な写本に限定されている。時代を特定できる最古の彩飾写本は、862年のムルケ女王の福音書だ。こういった写本の多くは支配者や教会幹部のために作られた。アルメニアのキリキア王国（今のトルコ領、タウルス山脈の南でアレッポの北）東部の中心地フロムクラに、もっとも腕のよい写本画家たちがいた。なかでも有名なのが、神父だったと考えられているトロス・ロスリン（1256-68年に活躍）である。十字軍兵士とアルメニア人の子孫だったという説もある。ロスリンはアルメニア人の名ではないからだ。

アルメニアの聖書の写本は多くの場合、10枚の全面絵と4人の福音書作者の肖像とキリストの生涯の重要な出来事からなるのがきまりである。章頭飾りがつけられ、余白も装飾されるなど、斬新な表現方法によって、これらの聖書は他のビザンティンや西洋の彩飾とは一線を画している。アルメニアの画家たちは上質な材料を用いた。アララトのコチニールカイガラムシ（トルコやペルシアの絨毯の染料にも使われる）から作った深紅のインクはそのひとつである。アルメニアの茶、緑、青の顔料は中東では有名だった。

上質の白い**パーチメント**（parchment）、美しい色彩、そして洗練された金箔の使用で、ロスリンや他の画家たちはすばらしい写本を作り上げることができた。ロスリンの写本は7部が現存しているが、20世紀初頭のアルメニア人の離散のせいで、このような写本の多くがヨーロッパやアメリカの美術館に（しばしば非常に不審な状況で）渡った。

左　**トロス・ロスリンの福音書**　この「天上に現れたイエス・キリストのしるし」は、パーチメントにインクと塗料と金箔で描かれており、有名な写字生で画家でもあるロスリンの繊細な仕事ぶりが見てとれる。1262年にコンスタンティヌス1世の保護下にあったフロムクラで作られた。

右　**エリコの盲人**　トロス・ロスリンの福音書は、余白に美しい挿絵が数多く描かれている。このフォリオ88裏の挿絵はマタイによる福音書20章30節によるもので、男たちの目と心がキリストによって開かれている。

関連項目
彩飾された聖書
ガリマの福音書　pp.50-51
『ケルズの書』　pp.60-61
グーテンベルクの『42行聖書』　pp.98-99
アナトリアの写本
ディオスコリデスの『薬物誌』　pp.64-65

上　**プトレマイオスの世界地図**　1482 年の『コスモグラフィア』より。プトレマイオスの世界図を、名前のついた 12 の風を模した頭部がとりまき、当時知られていた世界を描写している。プトレマイオスがアレクサンドリアにいた頃、詳細なのは地中海周辺だけだったが、地図には近代の情報（たとえばスカンディナヴィア）がふくまれている。その一方で、ポルトガル人が発見したアフリカの部分は省略されている。インド洋は閉ざされており、未知の南の大陸がアジアとアフリカにつながっている。

地図制作の父

はじめて緯度と経度の概念を示したプトレマイオスの『地理学』は現代の地図作成の基盤となったが、何世紀ものあいだ、西洋では忘れ去られていた。

アレクサンドリアに生まれたプトレマイオス（クラウディオス・プトレマイオス、90頃-168年）はもっとも重要なギリシアの科学者のひとりで、その天文学における業績は、ヨーロッパの概念を1500年以上支配することになる。プトレマイオスの天文学と地理学にかんする研究は、地理学者アル＝マスディ（956年没）の業績など、アラブの学問に深く影響をあたえた。それはプトレマイオスの写本が残されていたからにほかならない。

『地理学』は球体の地図を平面化するという難題に、部分的にではあるが対処した最初の本だった。プトレマイオスが緯度と経度の概念を考案し、8000個所におよぶ注意深くきめ細かい座標記録を残したおかげで、のちの地図制作者は自分たちの地図にこれらを書き入れることができた。プトレマイオスの収集した地名とその座標から、２世紀のローマ帝国にどの程度の地理的知識があったかがわかる。どうやら４世紀にはかなり大きなプトレマイオスの地図が、オータン（フランス）で展示されていたようだ。

プトレマイオスの『地理学』の知識は、1300年頃にコンスタンティノープルでギリシアの修道士マクシモス・プラヌデスによって再発見された。ビザンティンの人文主義者マヌエル・クリュソロラスによって1400年頃イタリアに運ばれ、1406-09年にヤコポ・アンジェロ・ダ・スカルペリアによって『コスモグラフィア（Cosmographia）』としてラテン語に訳され、写本は教皇アレクサンデル５世に献上された。これが大評判となって多くの写しが作られ、1477年には印刷版も登場している。プトレマイオスの投影法と入念なデータのおかげで、他の地図制作者、とくにベネディクト会の修道士ニコラウス・ゲルマヌス（1420頃-90年）はさらに正確な地図を作ることができた。

地図からは、プトレマイオスが地球についてどれだけ幅広い知識をもっていたかがわかる。たとえば、マレー半島や地中海周辺や中東の形を地図で判別することができるのだ。現代の地図と比べるとゆがんでいるように思えるが、そういった欠点は、プトレマイオスが昔の情報源から得た不正確なデータに由来する。時間の測定が雑だったために緯度の正確な計算ができず、その結果、地球の大きさを６分の１ほど小さく見積もることになった。しかし方法論は申し分なく、彼の地図は近代のすべての地図作製の基盤を形づくった。

上　**詩編の地図**　この小さな13世紀の地図は、世界をキリスト教の伝統にしっかりとつなげている。キリストは監督をつとめ、地図の中心にはエルサレムがある。紅海を渡るモーゼ（右上）といった聖書の出来事が描かれ、右端には奇妙な姿をした「怪物のような生き物」（頭のないものもいる）がアフリカにいるように描かれている。

関連項目

地理・旅行関係の本
クリストフォロの『島々の書』 pp.70-71
シェーデルの『ニュルンベルク年代記』 pp.100-101
リンスホーテンの『東方案内記』 pp.132-133
星図の作成
アル＝スーフィーの『星座の書』 pp.86-87
ブラーエの『天文学』 pp.136-137

船乗りのためのビザンティウム案内図

15世紀の第1四半紀に、あるフィレンツェの貴族がギリシアの島々とビザンティウムを探訪した。彼の写本は、この都市が1453年にトルコ領になったのちもガイド本として長く利用された。

古代ギリシアにおいて、航海の助けになる文書はペリプルス（periplus）（周航記）とよばれた。ヨーロッパではのちにこのような航海ガイドを、ポルトラーノ（portolan）、ルッター（rutter）、イソラリオ（isolarios）とよぶようになる。ここに紹介する本は最初に作られたイソラリオのひとつで、地中海に特化して論じたものだ。そこには、フィレンツェの若き貴族クリストフォロ・ブオンデルモンティ（1386-1430年頃）の旅が記録されている。クリストフォロは修道士で、ギリシアとその遺跡について直接得た知識を広めた先駆者である。ルネサンス時代の有名な人文主義者である友人ニッコロ・ニッコリ（1364-1437年）（イタリック体（italic）を発展させた写字生だとされている）とともに、クリストフォロは1414年頃からギリシアの島々を旅し、数年後にはビザンティウム（コンスタンティノープル）まで足を伸ばした。

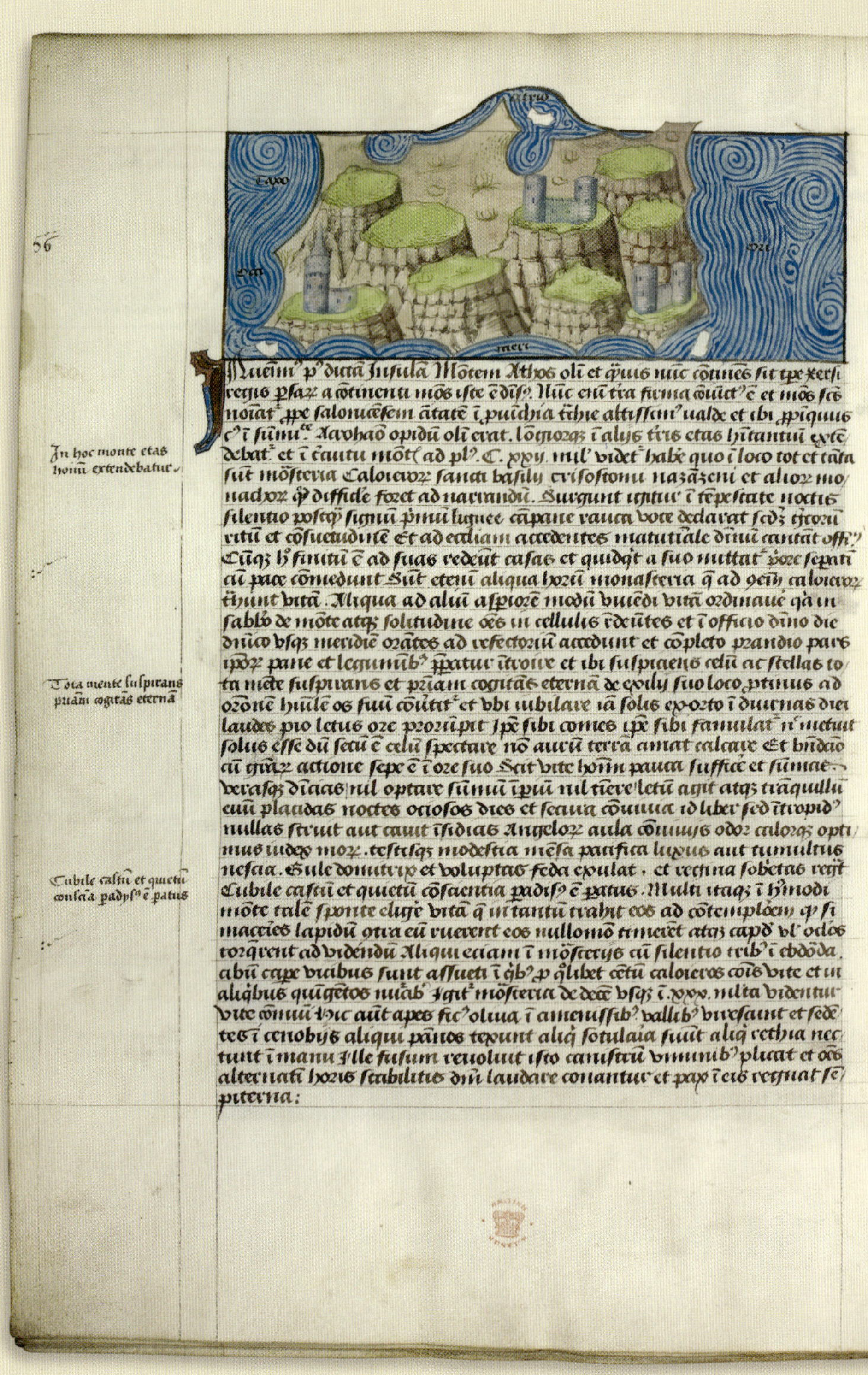

右 **『島々の書』** フラマン語の**バスタルダ体**を使った美しい写本。著者は献呈する相手を誉めそやすためにさりげない賛辞を入れている。章の冒頭部には、*Christofus Bondelmonti de Florencia. Presbiter, nunc misit Cardinal Iordano de Ursinio. MCDXX*（フィレンツェの司祭クリストフォロ・ブオンデルモンティが、本書をジョルダーノ・オルシーニ枢機卿に献呈するものである、1570年）と書かれている。

船乗りのためのビザンティウム案内図
クリストフォロの『島々の書』

クリストフォロは『島々の書（Liber Insularum Archipelagi）』を1420年頃に完成させ、芸術家たちの有力なパトロンで、初期の人文主義者たちのサークルの中心人物だった枢機卿ジョルダーノ・オルシーニ（1438没）に献上した。この本には、クリストフォロが訪ねた遺跡についての入念な記述と、都市や島の地図が載せられている。役立つガイドブックであることが認められると、多くの写しがヴェネツィアその他の場所で作られた。フィレンツェで働いていたドイツの地図制作者ハインリヒ・ハマー（ヘンリクス・マルテルス）は、クリストフォロの『島々の書』を自分の1474年の本のたたき台に利用した。地図の写しも、1485年にヴェネツィアで印刷されたバルトロメオ「・ダッリ・ソネッティ」のイソラリオに載せられている。このようなあだながついたのは、テクストを詩で書いたからだ（彼をエウクレイデス［ユークリッド］のラテン語訳で知られるバルトロメオ・ザンベルティだと考える専門家もいる）。

クリストフォロの本のテクストは、ドイツの学者が1824年に編集するまで出版されずにいたが、写本を知った人物が、現在と同様にこれを高く評価した。ある写本は2012年のオークションで約200万ドル（120万ポンド）で落札されている。ここに掲載した写本は、クリストフォロの著作に価値を見出したパトロンで、ヘントのシント・バーフの修道院長だったラファエル・デ・マルカテリス（1437-1508年頃）のために、おそらくブルゴーニュで作られた。ブルゴーニュ公爵であるフィリップ善良公の非嫡出子だったマルカテリスは伝統主義者で、印刷した本よりも写本を好み、金に糸目をつけなかった。これは写字と装飾の名人の手から生まれた写本だといえよう。

関連項目

ブルゴーニュの装飾職人の壮麗な写本

ブルッヘの『薔薇物語』 pp.72-73

発見のための航海

リンスホーテンの『東方案内記』 pp.132-133

祈禱書の名人による彩飾

祈禱書の名人が凝った彩飾をほどこした傑作は、1500年頃にブルッヘで作られた。この本はいまだに論争をよんでいる。

中世末期には洗練された宮廷の人々、とくに女性向けの豪華な彩飾写本がいくつか作られた。ひとつは信心のための時禱書だが、そのほかに情緒的な楽しみのための本もあった。**ロマンス**（romance）である。

『薔薇物語』は1230年頃に書かれた寓話的な夢物語である。この約4000行からなるフランス語の詩のなかで、ギヨーム・ド・ロリスはある廷臣が愛する女性に求婚しようとするさまを描いた。1275年頃、ジャン・ド・マンが1万8000行ほど加筆したところ、はるかに官能的な物語に仕上がった。ときには性教本のようにみなされることすらあったこちらの薔薇物語は、またたくまに中世末期のベストセラーになり、チョーサーも作品のなかで利用している。初期のフェミニストで作家としても成功したクリスティーヌ・ド・ピザン（1364-1430年頃）は、これを強く非難した。

西洋で印刷技術が考案されたのちも『薔薇物語』の人気はおとろえず、1500年までに7回版を重ねた。マンの詩の写本は今日数百ほどが現存しており、その多くに凝った細密画がそえられている。ここに載せたのは1500年頃にブルッヘで作られた後期の写本で、ナッサウ伯エンゲルベルト2世がブルゴーニュの装飾職人の親方に委託した。祈禱書作りの名人として知られるその芸術家は、腕によりをかけて優雅な本に仕上げた。テクストは無名の写字生が、みごとな**バスタルダ体**（bastarda）を使って印刷版から写した。名人はこの写本のために92枚の大型の絵に彩色している。

『薔薇物語』への学術的な関心は続いたが、多くの写本が散逸してしまったため、ボルティモアのジョンズ・ホプキンズ大学とフランス国立図書館が、共同事業としてデジタルライブラリーを立ち上げた。それによって150を超える写本がデジタル化され、世界中から自由にアクセスできるようになっている。

右　**薔薇物語**　1490頃-1500年のブルッヘの写本。庭園にリュート奏者と歌い手たちがいる。貴族的な楽しみを理想化した絵であると同時に、花や鳥といった自然のものを描いた縁飾りが絵に別の側面をあたえ、さらに豊かな装飾となっている。

上　**理性の声**　著名な作家クリスティーヌ・ド・ピザンによるオランダ語版の『女の都（Die Lof der Vrou）』。1475年にブルッヘで書かれ、装飾された。この挿絵は一般的な時禱書のように、作業する人を描いているが、クリスティーヌは理性という姿をとって、作業者に学芸の畑から女嫌いという考えを払拭しようと諭している。

関連項目

別種の性教本

クレランドの『ファニー・ヒル』 pp.168-169

ストープスの『結婚愛』 pp.230-231

華麗な彩飾

ファルネーゼの『時禱書』 pp.74-75

ブルッヘで作られた別の本

キャクストンの『チェスのゲーム』 pp.102-103

Assez y fery et
hurtay.
Et maintesfoiz
je escoutay
Se je verroye leans ame
Le guichet qui estoit de charme
Me ouvrit une pucellette
Qui assez estoit gente et nette
Cheveulx eut blons come ung bassin
La char plus tendre qu'ung poussin
Front reluisant sourcilz voultis
L'entreoeil si n'estoit pas petis
Ains fut assez grans par mesure
Le nez eut bien fait a droiture
Les yeulx eut vers come faulcone
Pour faire envie a toutes homme
Doulce alaine eut et savouree
La face blanche et coulouree
La bouche petite et grossette
Et au menton une fossette

巨匠のなかの巨匠

時禱書はルネサンス期のあらゆる写本のなかでもっとも人気の高かったもののひとつだ。ここに載せたのはクロアチアの名人による作品で、イタリアで作られた多数の傑作のひとつだ。

懐古的手法をとる偉大な芸術家に支配者が作品を依頼した時代、つまりイタリア・ルネサンス期には、彩飾写本の制作がとくにイタリア中北部で盛んになった。ボローニャ、フィレンツェ、フェッラーラ、マントヴァ、ミラノ、シエナ、さらにはヴェネツィアやローマといった都市は、熟練した技能をもつ細密画家たちを支援した。

クロアチア人ジュリオ・クローヴィオ（1498–1578年）は18歳でローマに移り、マリーノ・グリマーニ枢機卿のもとで画家として修行を積んだ。さらにジュリオ・ロマーノ（ラファエロの元弟子）にも弟子入りし、また、ヴェローナの名彩飾師のひとりジローラモ・ダイ・リブリにも師事した。先々代のハンガリー王マーチャーシュ1世（マーチャーシュ・コルヴィヌス）が有名な本の蒐集家で彩飾師のパトロンでもあったことから、クローヴィオはハンガリーに移り、おそらく画家として仕事を続けていたと思われる。しかしハンガリー王ラヨシュがトルコとの戦いで大敗したあげく亡くなり、王国も衰退したため、クローヴィオは去らざるをえなくなった。

1534年、クローヴィオはヴェネツィアの枢機卿マリーノ・グリマーニのもとに戻り、グリマーニのパウロ書簡のため

左　**ファルネーゼの時禱書**　ルネサンス全盛期の壮麗な彩飾のひとつ。同時代のヴァザーリに「細密画の稀有な画家」「細密画のミケランジェロ」と言わしめた（彼の影響は縁飾りに表れている）。クローヴィオのみごとな、「アダムとエヴァの堕落」は、別のルネサンスの名画家アルブレヒト・デューラーによる版画を思い出させる。

の細密画（1537年）もふくめ、いくつかの大作を仕上げた。その後ほとんどローマで仕事を続け、1540年代からはやはり有名なパトロンで芸術品蒐集家でもある枢機卿アレッサンドロ・ファルネーゼ（1520-89年）のお抱えとなった。ファルネーゼがクローヴィオに制作を命じたこの時禱書は、1546年に完成した。グーテンベルクが印刷をはじめたほぼ1世紀後にあたる。

美しい**イタリック**(italic)**体**のテクストとクローヴィオのすばらしい細密画とが結びついて、ひと目で傑作とわかる本に仕上がった。クローヴィオはヴァザーリの『芸術家列伝』（1568年）でも高く評価されている。ヴァザーリによれば、「細密画を描かせたら彼の右に出るものはない」。エル・グレコも『時禱書』を持ったクローヴィオの肖像や、また別の絵でティツィアーノ、ラファエロ、ミケランジェロという3人の巨匠とともにクローヴィオを描くことで、彼への尊敬の念を表している。

関連項目

イタリアルネサンスの彩飾本
エウクレイデスの『幾何学原論』 pp.106-107
アルド版ウェルギリウス　pp.108-109
同様に壮麗な彩飾
クリストフォロの『島々の書』 pp.70-71
ブルッヘの『薔薇物語』 pp.72-73

右　**旅をする修行僧**　851-900年頃に敦煌で描かれた絵。大英博物館所蔵。描かれているのはおそらく有名な中国の僧、玄奘三蔵である。彼はインドに旅して集めた仏教の経典を背負っている。虎と小さな仏陀は玄奘三蔵の伝説に登場するもののひとつだ。pp.80-81 参照。

5

第5章

東方からの光

ヨーロッパ文化がルネサンスによって復興するずっと以前に、東洋のいくつかの中心地では、文学と科学の分野での業績がいちじるしく勢いを増していた。イスラム地域の驚くべき発展は、のちにヨーロッパであがる成果の前兆であり、中国、日本、インドの文学作品はどれも独創的だった。

中国人は、書物の発展にきわめて重要な多くのものを発明した。創意工夫と知性のおかげで、(雲南省のナシ族のように)貧しい僻地の無学な人々ですら、**紙**を作り木版を彫る方法を発展させ、彼らの文化に必要な芸術品を印刷することができた。

出版業の成長

中央集権政府があり、書かれたり印刷されたりした言葉に畏敬の念をもつ文化的集団(中国の多くの地域でみられる)の存在する地域で、出版業が発展したのは当然といってよかった。仏教の修行において、経典を理解するには写経が最良の方法だと考えられていた(東南アジアの仏教寺院では今も行われている修行だ)。ゆえに、現存する最古の印刷物が経典だというのは納得がいく(pp.80-81 参照)。写経は印刷の発展のみならず、書道の発展をもうながした。中国では熟練した木版家や彫版師の大きな労働力を期待できたため、手でインクをつけ紙をこするという印刷版の発展が可能になった。

印刷版は写本よりおとると考えられたため、12 世紀の杭州にあった皇帝の図書館の蔵書は、まだ 4 分の 3 が写本で占められていた。しかし印刷は中国で急速に発展し、南宋の本の**奥付**を見ると、物語集、年鑑、読み書きが不自由な人のための実用ハンドブック、さらには中国高官のための堅い本など、幅広い分野の本が印刷されていたことがわかる。そして早くも宋の時代には、偽作版(海賊版)が出版業者を悩ませていた。

印刷の発展にともない、フィクションが登場した。中国の古典のなかには非常に長い作品もある。14 世紀の『水滸伝』、『金瓶梅』(1610 年に最初に印刷され、何世紀ものあいだ、検閲を受けた)、あるいは 18 世紀の『紅楼夢』は、すべて今では国際的に評価されている傑作だ。

日本でも同様に、宮廷小説が花開いた。なかでも紫式部の『源氏物語』はもっとも有名だ(pp.82-83 参照)。同時代の清少納言による『枕草子』も傑作である。だが、日本の本作りは中国とは異なる道をたどった。『源氏物語』に用いられているかな文字の美しさは、木版によってそのよさがいっそうきわだった。韓国とほぼ同じ 1590 年代に、日本にもイエズス会士によって印刷活字がもたらされたものの、使われなくなった。日本人の書物に対する考え方は、より近代的な技術を快く受け入れなかったのである。しかし 17 世紀初頭には商業的な本の取引が京都、大阪、江戸ではじまり、女性読者に直接狙いを定めた本が登場した。検閲(道徳的な立場で)がはじまり、日本からイエズス会士が追放されたあとはキリスト教へのいかなる言及も禁じられ、オランダの本だけが許された。

南アジアでは、タイポグラフィがなかなか受け入れられなかった。ムガール王国では写字生の技能(と彼らの作品にそえられた細密画の美しさ)が何世紀ものあいだ受け継がれ、手書きの新聞が普及していたが、ようやく 19 世紀になって**石版刷り**が発展したおかげで、写字生の技能を印刷活字を使うよりもうまく再現できるようになった。

イスラム教の到来

紙(ならびに**コデックス**)は他のどこよりもイスラム地域で消費されたが、**貝葉**(lontar)の写本も変わることなく作りつづけられていた。インドのヤシ葉の写本がどれだけ現存しているかを明らかにするのは不可能だ。500 万から 3900 万と見積もられるが、それでも書かれたもののほんの一部にすぎない。『ラーマーヤナ』のような写本は何度も写しなおされた。もっと人気のある民話『ビドパイの寓話集(Fables of Bidpai)』も同様だ(pp.84-85 参照)。これらの物語はペルシア語やアラビア語訳をへて、『カリーラとディムナ』としてムガールの細密画に再登場している。

中東や北アフリカでは、イスラム教の到来がいくつかの歓迎すべき発展につながった。初期のギリシアの写本を数多く引き継ぐことで、イスラムの学者たちは新たな学びの中心地を作り上げることができた。バグダードでは、9 世紀にカリフのハールーン・アッラシードがバイト・アル=ヒクマ(知恵の館)を設立した。これは最大級の図書館、研究センター、天文台で、それ以前のもので匹敵するのはアレクサンドリアの図書館くらいだった(pp.86-87、88-89 参照)。コルドバとカイロは甲乙つけがたいすぐれた文化の中心地で、イスファハンとティンブクトゥも有名だ(pp.90-91 参照)。しかしイスラムの学びの形態は、コルドバがキリスト教国スペインの手に落ちたときと同様に、宗教戦争と無謀な略奪によって破壊された。さらに悲惨だったのは、チンギス・ハンの孫フレグ(1218 頃-65 年)によるモンゴルの攻撃だ。1258

年、バグダードはフレグ軍によって包囲され略奪され、何千人もの民衆が殺された。バイト・アル＝ヒクマの全面破壊は、イスラムの科学の未来にとっても破滅的で、バグダードがその卓越した地位を回復することは二度となかった。

インドネシアの本

インドネシアでは過去に偉大な文化があったものの、その偉大な科学研究については知られていない。インドネシアの島々にイスラム教が広まったのは遅く、それも徐々にで、大変革があったわけではない。アラビア文字だけでなく現地の文字が使われる場合にも、イスラムの本にはアラブの本で使われる体裁が好ましいと考えられた。中東で作られた紙の代わりに**ダルワン**（dluwang）（紙のような素材でジャワから来たと考えられている）を使って、地元の写字生が独特なジャワ式の本を作り上げることができた（pp.92-93参照）。

ジャワでイスラム教の本が書かれるまでには、別の影響も受けた。ヨーロッパの宣教師がやってきて、植民地化が広がったのである。イエズス会はイスラムの天文学の本を中国にもちこみ、オランダ人はそのヨーロッパの知識を日本とインドネシアに伝えた。グーテンベルクの新発明が本の世界を永遠に変えるはるか以前に、東インド世界では新たな考えや方法が受け入れられていたのだ。

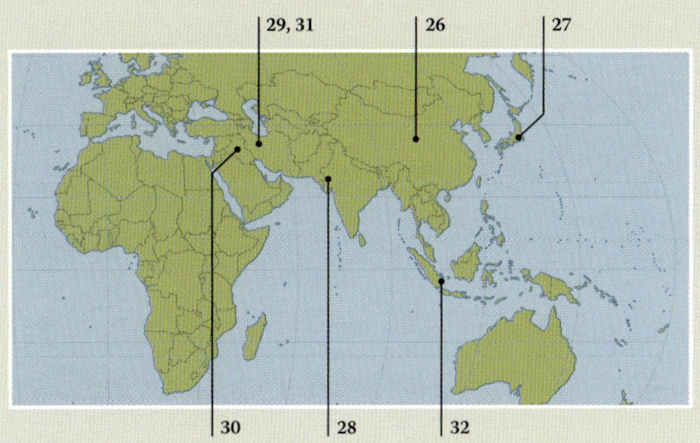

印刷された最古の本

大英図書館が至宝ともいうべきこの一見地味な本を獲得した背景には、帝国主義時代のロシアとイギリスの対抗意識があった。

『金剛経』（『金剛般若波羅蜜多経』）は仏陀の言葉を集めた重要な経典のひとつである。401年にはじめてサンスクリット語から中国語に訳された。経典の名はインドの言葉からきていて、金剛石（ダイヤモンド）の不滅さと稲妻の力を象徴化した宗教的な儀式用具をさしている。信者はテクストを写すことで徳を得られると考えた。この写しは現存する最古の日付のある印刷物で、868年5月11日に王玠（おうかい）によって作られた。グーテンベルクがヨーロッパで印刷を開始するほぼ600年前にあたる。

時代をへて、植民地を所有する国々はエジプトや他の国々、とくに中国から写本を買うようになった（あるいは奪った）。そのように書物を入手するのは考古学調査の一環である場合が多かったが、ロシア・イギリス両国が調査旅行と称して権力拡張のための作戦行動をとることもしばしばだった。フランス、ドイツ、ロシアが同様の収集品を求めた結果、（ホータン出身のウイグル族の詐欺師イスラム・アクンのように）積極的に偽物を作って売買する者たちも現れた。

シルクロードの考古学調査に参加していたオーレル・スタイン（イギリスで研究に従事していたハンガリーの考古学者）は敦煌（中国北西部、甘粛省）の莫高窟を訪ねた。そこは、王圓籙（おうえんろく）という道士が、閉鎖された洞窟内に11世紀から触れられることもなく放置されていた多くの古代の文書群、敦煌文献を発見した場所だった。スタインはこれ（4万巻におよぶ**巻物**（scroll）のなかに金剛経がふくまれていた）を購入し、1907年にロンドンに船で送った。1908年には、ロシア政府の支援を得たフランス人の中国研究家ポール・ペリオが、カール・グスタフ・マンネルヘイム（ロシア軍に所属していたフィンランド人）とともに敦煌を訪れている。ペリオは別の同じくらい貴重な文書の数々をパリに送り、1908年に代金として500両もしくは72ポンド（120ドル）を支払った。中国人はスタインやペリオによる文書の購入を、いまだに文化遺産の大きな強奪とみなしている。

これらのコレクションと、北京その他の場所に移された敦煌文献は、どれも保存状態がよい。大英図書館を拠点とした大規模な研究プログラム、国際敦煌プロジェクトにより、敦煌文献はすべてデジタル化され、自由に閲覧することができる。

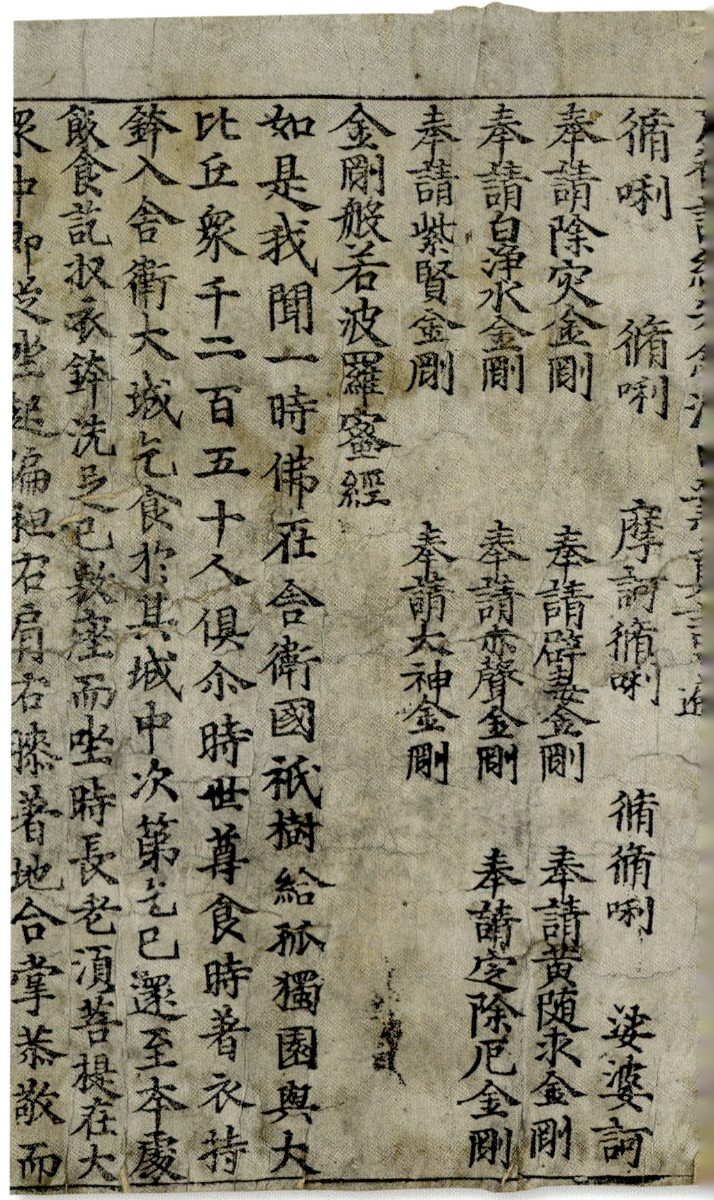

脩唎　脩唎　摩訶脩唎　脩脩唎　娑婆訶
奉請除災金剛　奉請辟毒金剛　奉請黄随求金剛
奉請白淨水金剛　奉請赤聲金剛　奉請定除厄金剛
奉請紫賢金剛　奉請大神金剛
金剛般若波羅蜜經
如是我聞一時佛在舍衛國祇樹給孤獨園與大
比丘衆千二百五十人倶尒時世尊食時著衣持
鉢入舍衛大城乞食於其城中次第乞已還至本處
飯食訖収衣鉢洗足已敷座而坐時長老須菩提在大
衆中即從座起偏袒右肩右膝著地合掌恭敬而

関連項目

アジアの初期の印刷物
称徳天皇の『百万塔陀羅尼』 pp.30-31
『八萬大蔵経』 pp.32-33
「買われた」（略奪された／盗まれた）希少本
カラルのキープ pp.20-21
『メンドーサ絵文書』 pp.130-131

下 **『金剛経』** 中国北西部、敦煌の閉鎖された洞窟で発見された。日付の特定できる最古の印刷物（868年）で、仏教のもっとも重要な経典のひとつである。木版印刷された7枚の黄色い紙が貼りあわされて、長さ5メートルを超える巻物になっている。

左　**源氏物語**　1130年頃の物語絵巻。宮中の身分の高い女性と女房たちが描かれている。『源氏物語』絵巻の現存する最古の版である。もとは137メートルの長さがあったが、現存しているのは断片のみ。平安時代の宮廷絵画のスタイル、「作り絵」の好例である。

文学的・芸術的傑作

1000年以上昔、日本の宮廷で女房として仕えていた女性が、最初の近代小説と評される物語を書いた。女性が文章を書くのはまれな時代、あるいは男性がそれを真剣に受けとめてはくれない時代だった。

『イリアス』、『オデュッセイア』といった古代の叙事詩やペトロニウスの『サテュリコン』、アプレイウスの『黄金のろば』、または中世の『ベーオウルフ』でさえも、小説の祖先だと形容されることは多い。しかし最初の散文、しばしば最古の心理小説とみなされるのは、紫式部の『源氏物語』だ。作者は978年に生まれ、1014年か1025年頃に亡くなった。

紫式部は日本の下級貴族の家に生まれた。曽祖父と祖父は歌人、父親は式部省の役人で、歌人でもあった。当時日本の家族は分かれて住み、娘たちは母親と暮らすのがふつうだった。また、女性には難解な学問はむりだと考えられていたため、女子は漢文の教育を受けなかった。紫式部は通常とは異なり、父親の家で育ち兄弟と同じように漢文を学んだ。また、当時にしてはめずらしく進歩的な教育を受け、父親の公的な旅に同行したが、これも日本では稀有なことだった。閉ざされた宮廷生活を経験したおかげで、彼女はこの日本の閉鎖的な小世界の複雑さを理解することができた。

『源氏物語』を書きはじめたのは20代のときだった。これは54帖からなり3部で構成されている。完成まで10年かかったという。当時ですら、紫式部の文語体は（人柄同様）複雑で、注意深く集中して読む必要があった。しかしこの本は細やかで敬意のこもった、一過性でない注目を集めた。『源氏物語』は書かれるや、すぐに多くの写しが作られた。非常に多くのさまざまな版が作られたため（数百）、信頼できるテクストを作ろうという真剣な試みが12世紀になされた。また、紫式部の絵物語は、当時から日本の画家たちを魅了し、多くの絵入り版が作られた。

日本語は紫式部の時代からかなり変化し、初期のテクストは現代の読者には理解するのがむずかしい。今日では、『源氏物語』はかならずといっていいほど現代語訳か外国語訳で読まれる。そしてこの賢くも不幸な女性の、古代の御簾（みす）ごしの文化への洞察力は、読者と芸術家を魅了しつづけている。

上　**宮廷風のつつしみ**　写本では女性の顔は、この結婚の場面に見られるように、うつむきがちに描かれる。これは紫式部の宮廷に実在する女性たちが、特定されるのを防ぐためかもしれないし、読み手が自分の想像する人物を、この場面にあてはめられるようにとの考えからかもしれない。

関連項目

これ以前の日本の書物

称徳天皇の『百万塔陀羅尼』 pp.30-31

才能ある女性による学術書

ブルッへの『薔薇物語』 pp.72-73

ブラックウェルの『キューリアス・ハーバル』 pp.144-145

アトキンズの『イギリスの藻』 pp.184-185

インドのイソップ

『ビドパイの寓話集』は、アレクサンドリア図書館で焼失をまぬかれたわずか２冊のうちの１冊だ。しかし物語はそれより数千年古い。

どんな社会にも神話や寓話が必要なのは、自分たちの住む世界を理解するための指標になるからだ。こうした物語は非常に古くから必要とされ重視されてきたので、今なお語られる寓話の多くは、数千年前まで起源をさかのぼることができる。登場するのはほとんどが（ブレア・ラビットやアナンシのような）擬人化した動物で、トリックスターになることもある。寓話はすべて強い教訓的要素をふくんでいて、アジア最古のものは、おそらく有力な一族の子弟の教育に使われた。「君主の手本」の役割を果たしたわけだ（マキャヴェッリの『君主論』にも同じ目的がある）。

研究者によれば、こういった寓話の由来をさかのぼるといくつかは仏教の『ジャータカ』にたどりつく。これは仏陀の前世を語る話で、人間の姿のこともあれば動物の姿の場合もある。前400年頃、インド中部に現れたのが最初だ。同じ寓話の多くが『パンチャタントラ』（『ビドパイの寓話』とよばれることも多い）に登場する。これは前３世紀にヴィシュヌ・シャルマーがサンスクリッ

左　**パンチャタントラ**　1754-1755年頃のこのめずらしい写本には、サンスクリットの教訓話が挿絵入りで書かれている。動物寓話は王族の幼い子弟に、ヒンドゥー教にもとづいた政治学の正しい道理を教えることを目的としていた。49枚の楽しい細密画が、ラジャスタン南部独特のスタイルで描かれている。

右　**カリーラとディムナ**　2頭の道徳的なジャッカルが、このペルシア版教訓話の中心的役割をになっている。このインク、顔料、金粉を使った挿絵はおそらく1460年頃にバグダードで描かれた。ジャッカルがライオンに、ロバを残忍にむさぼり食うのをやめ、善意をもって扱うことを心がけるよう説得している。

ト語で書いたものだが、編纂された実際の年代については見解が一致していない。

『パンチャタントラ』はおそらくインドのもっとも有名な文学作品で、その翻訳は570年頃のペルシアを皮切りに広範囲に広がっている。この寓話はアブドゥラ・イブン・ウル・ムカファによって750年にペルシア語からアラビア語に訳され、『カリーラとディムナ』になった。アブドゥラのテクストは非常に質が高く、今もアラブの文語体の模範となっている。

もっとも後の翻訳は、アラブのテクストや現存する多くの写本から作られた。1251年にはトレドでアラビア語からラテン語に訳されている。12世紀のヘブライ語版はラテン語に再翻訳され、このカプアのヨハネスによる版はヨーロッパで印刷された最初の本のひとつとなり、1500年までに11回版を重ねた。それにもかかわらず、ヨーロッパではイソップのほうが人気が高く、ビドパイの寓話はおよびもつかない（もっとも両者とも初期印刷本［**インキュナブラ**（incunabula）］ではしばしば木版の挿絵がつけられていて、その素朴さが魅力だ）。インド、ペルシア、トルコの『カリーラとディムナ』の彩飾写本には、非常に美しいものが数多くある。

関連項目

別種のインドの写本

ナーランダの『般若経』　pp.34-35

教訓を目的とした本

イソップの寓話　pp.46-47

ニューベリーの『小さなかわいいポケットブック』　pp.156-157

エイキンの『ロビンソン・クルーソー』　pp.194-195

イスラムのスタンダードな天文学書

天文学の発展に重要な役割を果たした書物のひとつは、ペルシア人によって書かれた。望遠鏡が発明されるはるか以前のことである。

ペルシア人アブド・アル＝ラフマーン・アル＝スーフィー（903-986年）は、シーア派のブワイフ朝がペルシアとメソポタミアのほぼ全域を支配していた時代にイスファハンで宮廷天文学者をつとめていた。ペルシアでは占星術がまじめに受けとめられ、天文学の観測はさらに真剣に行われていた。目に見える星について詳しく描写したアル＝スーフィーの著書は、全イスラム諸国で参考にされる標準図書となり、何世紀にもわたり、写しが作られつづけた。はるか東のサマルカンドでも、支配者ウルグ・ベクが1417年に写しを作るよう命じている。ウルグ・ベクはまた、ヨーロッパで天文学研究がはじまるはるか前の1429年に、サマルカンドに天文台を開設した。

アル＝スーフィーの『星座の書 (Book of Fixed Stars)』は、北アフリカやアル＝アンダルス（ムーア人の支配下にあったスペイン）、さらには中東のイスラム学者たちの過去の研究内容を基盤にしていた。プトレマイオスの天文学書『アルマゲスト』が9世紀にギリシア語からアラビア語に翻訳されており、アル＝スーフィーはこれを主要な情報源とした。当時、西洋では、『アルマゲスト』にかんする知識は失われていた。プトレマイオスの著作を12世紀なかばになってようやくふたたび入手できるようになったのは、シチリアのノルマン人の王のもとでギリシア語からラテン語への翻訳が行われたおかげである。また、1160年頃にはクレモナのジェラルドも、トレドでアラビア語からの翻訳書を出している（ジェラルドはイスラムの考えを西洋に紹介する仲介役として、非常に重要な役割を果たした）。

アル＝スーフィーの現存する最古の天文学の写本は1009年に作成されたもので、オックスフォードのボドリアン図書館に保管されている。これは1713年にナーシサス・マーシュによってボドリアン図書館に遺贈された。(1696年にライデンで買い入れたこの写本は、おそらく猟書家のクリスティアン・レイヴィスがその数年前にトルコで見つけたものだ)。マーシュ144とよばれるこの写本から見てとれるのは、科学的な正確さと、ペルシア美術の典型であるゆったりした形式張らないスタイルだ。西欧の図書館やトルコに現存するもっと新しい写本は、アル＝スーフィーの星座の表現法を手本にしている。

上　**アル＝スーフィーの影響**　17世紀末もしくは18世紀初頭のペルシアの写本。おおぐま座の描写に彼の影響が見られる。

関連項目

イスラム教徒の発見と発明

アル＝ジャザリの『巧妙な機械装置に関する知識の書』 pp.88-89

マンスールの『人体解剖書』 pp.90-91

天文学書

ブラーエの『天文学』 pp.136-137

イスラム教の布教活動

『ボケ・ヴァン・ボナン』 pp.92-93

グレゴリオの『時禱書』 pp.110-111

87

イスラムのスタンダードな天文学書
アル＝スーフィーの『星座の書』

上 **『星座の書』** ペルシア人天文学者アル＝スーフィーは、星座における星の位置、明るさ、色を記述した。写真はオリオン座。各星座について、天球儀の外側から見た図と内側から見た図を描いている。このボドリアンの写本（現存する最古のもの）は 1009-1010 年に彼の息子によって作られた。

レオナルド・ダ・ヴィンチの忘れられた先駆者

ヨーロッパやアメリカの学校では、古代ギリシアの技術者やルネサンスにおけるレオナルド・ダ・ヴィンチの発明について教わる。しかしイスラム世界にも同じくらい独創的な技術者がいた。西洋は今ようやく、アル＝ジャザリの重要性を認識している。

アレクサンドリアのヘロンの時代である紀元1世紀から、人々はオートマタ、つまり自動機械に関心をよせていた。ギリシアのこの種の細工はイスラム世界に広まり非常に発展したため、10世紀頃には、バグダードの宮廷には庭の人工の木に銀の歌う鳥がいると噂されるほどだった。

イスラムの天文学における進歩は発明家の技術に負うところが大きかったが、他の工学技術のプロセスが発展したのも、とくにオートマタに関心をいだく技術者のおかげだった。そのひとり、偽アルキメデスというよび名でしか知られていない人物の研究を利用したのが、12世紀の技術者アル＝シャイク・ライス・アル＝アマル・バディ・アル＝ザマン・アブ・アル＝イズ・イブン・イスマイル・イブン・アル＝ラザズ・アル＝ジャザリである。アル＝ジャザリが最初に関心を示したのは、ポンプによる灌漑用水や水時計に使われる水力の利用だった。彼の発明のひとつはバルブで、これは今も基本的にトイレのタンクに使われている。

アル＝ジャザリはレオナルド・ダ・ヴィンチ（おそらくアル＝ジャザリの発明を知っていて利用した）や19世紀のトマス・エジソンと同じくらい多くの発明品を残した。カムシャフト、クランクシャフト、セグメントギア、脱進機構と機械制御の利用も、その一部である。すべて現代技術において欠かせない装置だが、ヨーロッパでは1206年にアル＝ジャザリが亡くなってしばらくたつまで、彼の発明は知られていなかった。

亡くなる数カ月前に完成させた著書『巧妙な機械装置に関する知識の書（A Compendium on the Theory and Practice of Mechanical Arts）』に発明品の概要が書かれていなければ、アル＝ジャザリは（偽アルキメデスのように）忘れられていただろう。この本はアルトゥク朝のスルタン、ナシル・アル＝ディン・マフムード（1200-22年）の求めに応じて書かれた。アル＝ジャザリのすばらしい明快な挿絵は、現代の家の修繕マニュアルと同じくらい美しく役に立つ。現在、アル＝ジャザリの設計図を使って、動く機械模型を再現している博物館もある。

アル＝ジャザリの写本はひんぱんに写されたため、トルコ、ヨーロッパ、アメリカの多くの図書館で見ることができる。幸いなことに写本作成にあたった者は、アル＝ジャザリの絵をたんねんになぞった。そのおかげでわたしたちは、バグダードが技術革新の先頭に立っていた時代にアル＝ジャザリの機械がどのようなものだったかを、現存している写本から詳しく知ることができる。

右 **『巧妙な機械装置に関する知識の書』** 裕福なアルトゥク朝の宮廷で技師長をつとめたアル＝ジャザリの著書。記念碑的な水時計や噴水や他の魅力的な自動装置50種類の、楽しく詳細な絵が載せられている。ここにあげたのは、孔雀の形をした手洗い器で、清めの儀式用である。

関連項目
発明家の著書
プレイフェアの『商業と政治の図解』 pp.162-163
パーキンズの特許 pp.182-183
カールソンの研究ノート pp.212-213
ルイスの『機械で動く百科事典』 pp.244-245
初期のギリシアの発明
アルキメデスのパリンプセスト pp.54-55

最初の解剖図表集

何世紀ものあいだ、重要な医学研究はすべてヨーロッパではなくイスラム諸国で行われていた。この卓越した本が登場したのは、ペルシアにおける医学研究の躍進がそろそろ終わりに近づいた頃のことである。

右　**マンスールの解剖図**　体の5つの「組織」、つまり骨、神経、筋肉、静脈、動脈の説明図。マンスールはインクと水彩絵具を使い、独特なしゃがんだ姿勢の人物をページいっぱいに描いている。これは記録のある最古の写し2部のうちのひとつで、動脈と消化器官が示されている。

イスラム世界では、さまざまな分野の学問が花開いた。とくに中世ヨーロッパではふるわなかった医学が、イスラム世界では最盛期を迎えていた。イスラム世界の進歩は、具体的な症例にもとづくペルガモンのガレノス（131-201年）の（ギリシアでの）業績から生まれた。ガレノスは熟練した医学者で剣闘士の外科医をつとめ、のちに皇帝マルクス＝アウレリウスの侍医になった人物である。西欧社会では、11世紀にカルタゴ出身の医師コンスタンティヌス・アフリカヌスがサレルノで医学を教え執筆をはじめるまで、ガレノスの業績は見向きもされなくなっていた。その頃まで、ヨーロッパの医療行為は貧弱なものだった。

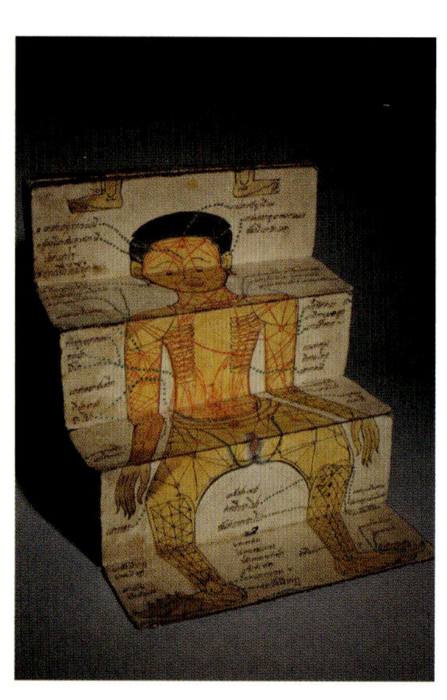

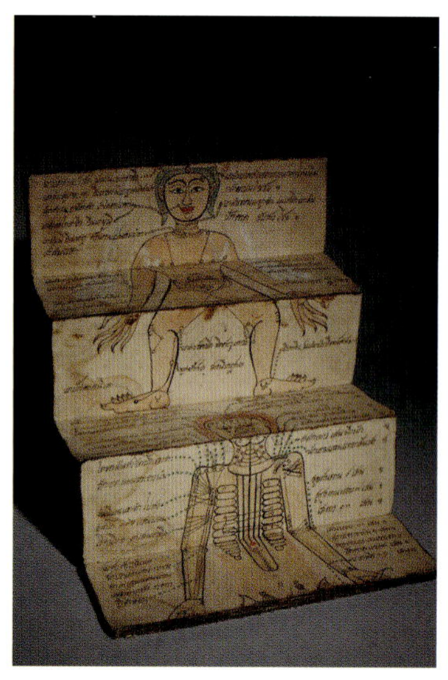

上　**仏教徒の解剖図**　1830-50年頃のタイかカンボジアの、局所的な病気についての医学書。パラバイスタイルの40ページからなる折りたたみ式写本で、文体はペルシアのマンスールの影響を受けているようだが、学問の系統としては初期の中国やインドの解剖学を受け継いでいる。

8世紀に、カリフのハールーン・アッラシードがバグダードに研修用の病院を設立し、医師たちと学生たちに回診をさせた。以来、医学校ではそれが慣例となっている。同様の教育用の病院が、マラケシュその他の場所に建設された。イスラム医学では観察と実験が続けられるのが一般的で、イブン・スィーナー（アヴィケンナ）やイブン・ザカリヤ・ラーズィー（ラーゼス）といった医師のもと、医学知識はとくにペルシアの領域内でかなり進歩した。

先駆者のなかでは遅い部類に入る外科医が、14世紀のマンスール・イブン・イリヤスだ。彼はシーラーズで代々医者をつとめていた一族の出身である。マンスールの挿絵入りの解剖書は『人体解剖書（Tašrīh-e mansūrī）』として知られ、ファールスの支配者でティムールの孫にあたるピール・ムハンマド・バハドゥールに献上された。この本は解剖学に特化している点がユニークである。テクストはガレノスの著作をもとにしているようだが、挿絵はマンスール自身の手になるもので、人間の形を蛙のような脚を曲げた姿勢で図式化し、神経、骨、動脈、筋肉、臓器を描いた。（いくつかの写本では、妊婦に胎児も描かれている）。イスラムでは、人物画を描くことは敬遠されていた。マンスールの著作は、大胆不敵なものだったといえるだろう。

『人体解剖書』はひんぱんに写しがとられ、今では世界中に広まっている。マンスールのしゃがんだ姿勢の絵は東洋に広まり、タイのマッサージのマニュアルからミャンマーのタトゥーの説明書にいたるまで、さまざまな目的に利用されている。のちのペルシアの写本は、マンスール自身が発見した内容からほとんど進歩が見られない。ヨーロッパの医学研究は、ここからはじまったのである。

関連項目
初期の医学書
ディオスコリデスの『薬物誌』 pp.64-65
のちのさらに迫力ある挿絵
ヴェサリウスの『ファブリカ』 pp.134-135

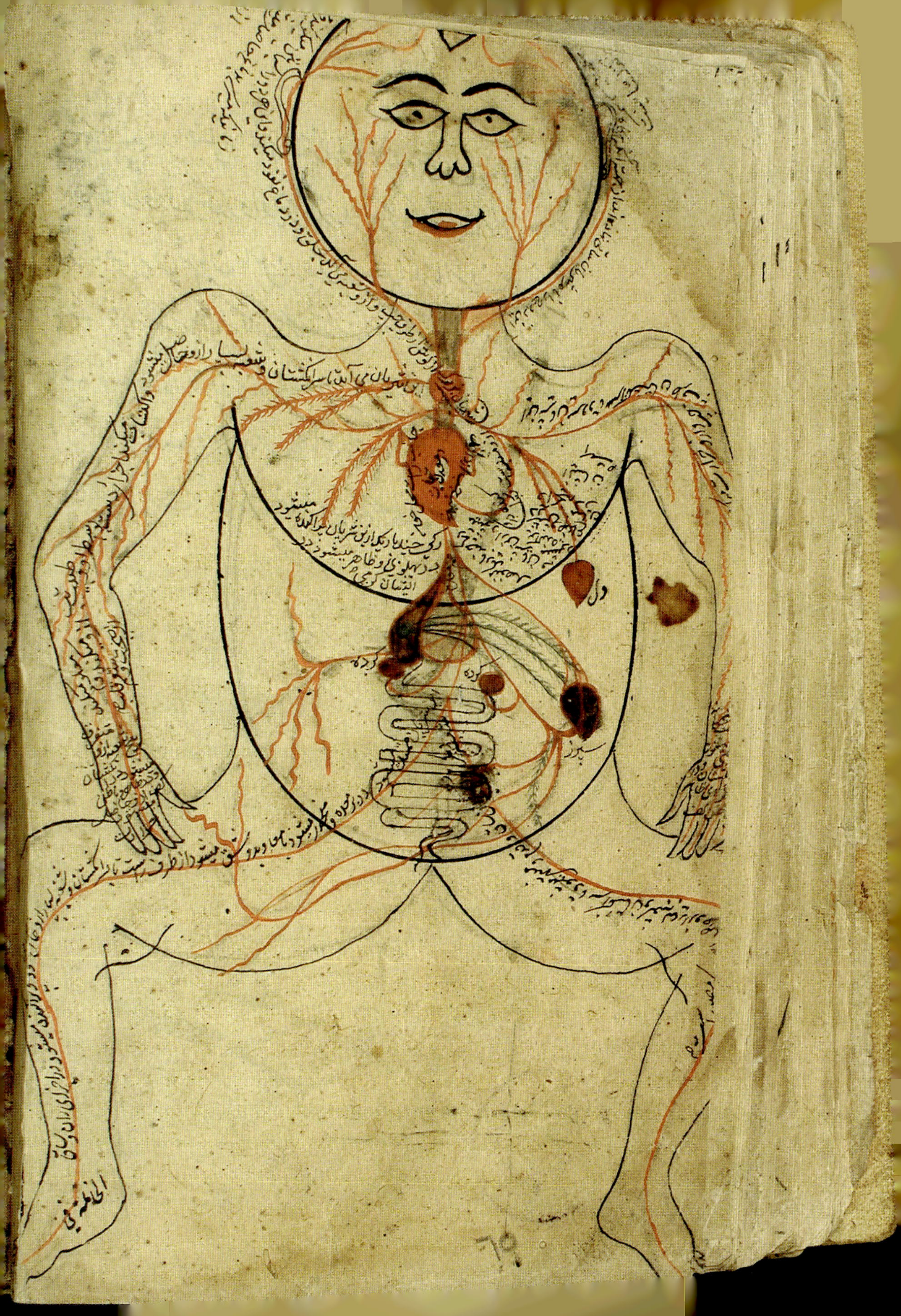

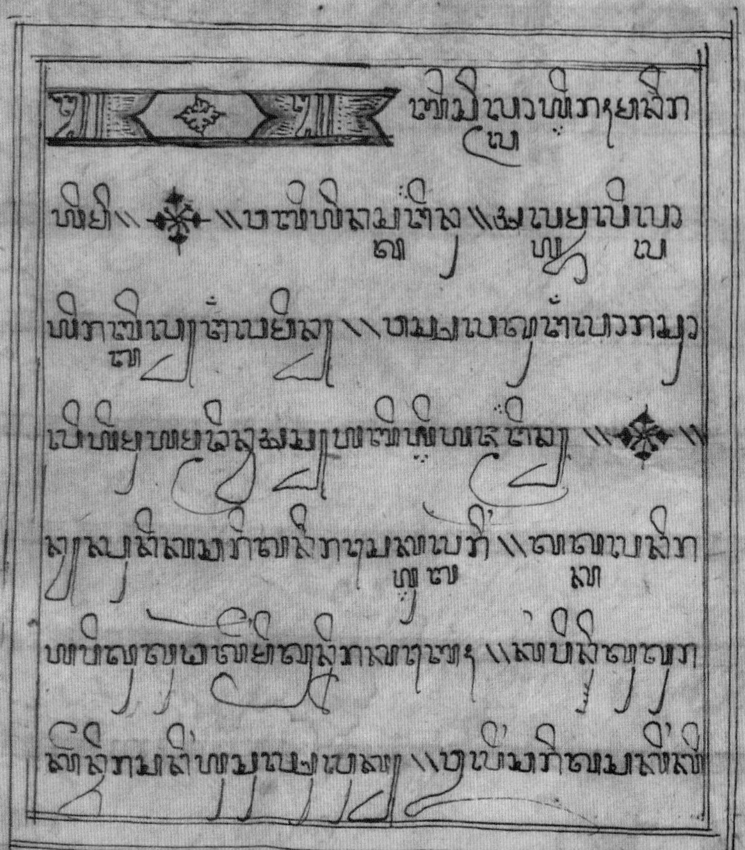

ジャワで作られた初期のイスラムの本

ジャワを訪れた者は、ちょっと見ただけではこの地味な本に興味をいだかないかもしれない。実際、この本の重要性は、その著者、テーマ、作られた経緯、そしてヨーロッパに紹介されたという点にあるのだ。

イスラム信仰は北アフリカやヨーロッパに比べ、極東やインドネシアにはゆっくりと広がった。ジャワ島全域に広まったのは15世紀のことで、この本の著者スナン・ボナン（1465-1525年）は、ジャワのワリ・サンガ（信頼される者）のひとりとして崇められている。聖コルンバがブリタニアにキリスト教を広めたことで記憶されているようなものである。インドネシアのイスラム教宣教師は多くが中東からやってきたが、ボナンは中国人とジャワ人の血を受け継ぐ地元の人間で、その文化的背景は布教活動に大きな影響をあたえた。

多くのイスラム宣教師は、コーランがアラビア語で書かれているのだから、信者はみなアラビア語を学び、使うべきだと考えていた。それに対し、イスラム教の神秘主義と神学理論にかんするボナンの本『アル＝バリ（al-Bâri）』（無から形を作り上げる者）は古いジャワの筆記体を使ってジャワ語で書かれており、地元の読者にとってはこのほうが親しみやすかった。またボナンは自分で作ったジャワ歌謡にイスラムのメッセージをのせて、巧妙に改宗させた。ガムランのオーケストラのための曲「トンボ・アティ（心の治療）」は、今もイスラムの学校で教えられ、よく演奏もされている。

ボナンはジャワ人にイスラムを受け入れるよう説得するのに、伝統的な方法も使った。ボナンの本はなじみ深い原始的な**紙**（paper）、**ダルワン**（dluwang）に書かれている。これはカジノキの内皮をたたいて作る紙で、植民地時代にオランダ人がヨーロッパの紙を輸入したことですたれるまで、ジャワで作られていた（入植者は名前をつけず、簡単にジャワの紙とよんでいた）。

ジャワを訪れた最初のオランダ人航海士がこの本に興味をいだき、オランダにもち帰った。そして1600年に、ジャワ語を読めないながらも重要性を認識している学者の手にわたった。オランダのすぐれた人文主義者で、いくつかの古代のテクストの編纂も行ったボナヴェントゥラ・ヴルカニウス（1538-1614年）である。現存する最古のゴート語の福音書『銀文字写本（Codex Argenteus）』（17世紀の戦争で戦利品として引き渡された貴重な写本）も、彼が編纂した本のひとつだ。

新設のライデン大学のギリシア語教授だったヴルカニウスは、自分の個人的なコレクションが1614年に大学図書館にまちがいなく遺贈されるよう手配していた。ライデン大学の注意深い維持管理のおかげで、『ボケ・ヴァン・ボナン（Boke van Bonang）』は現存するジャワのダルワン本のなかで知られている最古のものとなった。イスラム教が広がり、ヨーロッパによる植民地化の波がジャワにおしよせた頃に書かれた本だ。

左　**『ボケ・ヴァン・ボナン』**　ムハンマドの神学理論にかんするこの論文は、古代の角張った書体のジャワ語で記されており、知られているダルワン写本のなかで最古のものだ。1600年以前にオランダ人航海士がジャワ島北岸で入手した。イスラム風の装飾がほどこされているこの最初のページは、おそらくは羽か竹の尖筆できざまれた。

右　**樹皮の紙作り**　ダヤック人の女性が、インドネシア、カリマンタンバラトの長い家で、靭皮をたたいている。1910-20年頃。重い石、象牙、木槌や金槌を同様に使って、**タパ**（tapa）やダルワンがこの地域一帯で作られていた。新石器時代の同様の槌も発見されている。

関連項目

植民地化された人々を理解する試み

カラルのキープ　pp.20-21

『メンドーサ絵文書』　pp.130-131

ローマ字体でない筆記体の使用

バタク族のプスタハ　pp.38-39

ガリマの福音書　pp.50-51

トロス・ロスリンの福音書　pp.66-67

スラウェシの貝葉　pp.252-253

右　**奇妙な『世界史』**　シェーデルの世界史には地図が数枚収録されている。このページを縁どっているのは恐れられた「よそ者」だ。犬の頭をした生き物、キュクロプス、腹に顔がある人間といった奇妙な生き物たち。遠く離れた国にはこういった者たちが住んでいると想像されていた。pp.100-101 参照。

6

第６章

変化の原動力

近代世界は、可動活字による印刷を可能にしたグーテンベルクの発明によって作られたといっても過言ではない。しかしこれはグーテンベルクひとりの手柄ではない。長い年月のなかで、他の人々がその進歩を助けた（そしてさまたげた）。

De homibꝰ diuersaꝝ formaꝝ dicit Pli. li. vij. ca. ij. Et Aug. li. xvi. de ci. dei. ca. viij. Et Isidorus Ethi. li. xi. ca. iij. oīa q̄ sequūtur in india. Cenocephali homines sunt canina capita habētes cū latratu loquūtur aucupio viuūt. vt dicit Pli. qui omnes vesciūtur pellibus animaliū.

Cicoples in India vnū oculum hn̄t in fronte sup̱ nasum hij solas ferarū carnes comedūt. Ideo agriofagite vocātur supra nasomonas confinesq̧ illorū homines esse: vtriusq̧ nature inter se vicibus coeūtes.

Calliphanes tradit Arestotiles adijcit dextram māmam ijs virilem leuam muliebrem esse quo hermofroditas appellamus.

Ferunt certi ab oriētis p̱te intima esse homines sine naribus: facie plana eq̄li totius corporis planicie. Alios sup̱iore labro orbas. alios sine linguis ⁊ alijs cōcreta ora esse modico foramine calamis auenaꝝ potū hauriētes.

Item homines habentes labiū inferius. ita magnū vt totam faciem contegant labio dormientes.

Item alij sine linguis nutu loq̄ntes siue motu vt monachi.

Pannothi in scithia aures tam magnas hn̄t. vt contegant totum corpus.

Artabatite in ethiopia p̱ni ambulāt vt pecora. ⁊ aliqui viuūt p̱ annos. xl. quē nullus sup̱greditur.

Satiri homūciones sunt aduncis naribus cornua i frontibus hn̄t ⁊ capraꝝ pedibus similes qualē in solitudine sanctus Antonius abbas vidit.

In ethiopia occidentali sunt vnipedes vno pede latissimo tam veloces vt bestias insequantur.

In Scithia Ipopedes sunt humanā formaꝫ eq̄nos pedes habentes.

In affrica familias quasdā effascinātiū Isigonus ⁊ Memphodorus tradūt quaꝝ laudatōne intereāt p̱bata. arescāt arbores: emoriātur infantes. esse eiusdem generis in tribalis et illirijs adijcit Isogonꝰ q̄ visu quoq̧ effascinent iratis p̄cipue oculis: quod eorū malū facilius sentire puberes notabilīꝰ esse ꝙ pupillas binas in oculis singulis habeant.

Item hoīes. v. cubitoꝝ nūq̄ infirmi vsq̧ ad morteꝫ Hec oīa scribūt Pli. Aug. Isi. Preterea legit̄ i gestis Alexādri ꝙ i india sunt aliq̄ hoīes sex manꝰ hn̄tes.

Itē hoīes nudi ⁊ pilosi in flumine morātes.

Itē hoīes manibꝰ ⁊ pedibꝰ sex digitos habentes.

Itē apothami i aq̄s morantes medij hoīes ⁊ medij caballi.

Item mulieres cū barbis vsq̧ ad pectꝰ ꝫ capite plano sine crinibus.

In ethiopia occidētali sūt ethiopes. iiij. oc'los hn̄tes

In Eripia sunt hoīes formosi ⁊ collo gruino cū rostris aīalium hoīmq̧ effigies mōstriferas circa extremitates gigni minime mirū. Artifici ad formanda corpora effigiesq̧ celandas mobilitate ignea.

Antipodes āt eē. i. hoīes a ꝯ̄ria p̱te terre vbi sol orit̄ q̄n occidit nob̄ aduersa pedibꝰ n̄ris calcare vestigia nulla rōe credēdū ē vt ait Aug. 16. de ci. dei. c. 9. Ingēs tm̄ h̄ pug̃ lraꝝ ꝯtraq̧ vulgi opīoēꝫ circūfundi terre hoīes vndiq̧ ꝯuersisq̧ iter se pedibꝰ stare et cūctꝰ silem eē celi v̄ticē. Ac sili mō ex q̄cūq̧ p̱te mediā calcari. Cur āt n̄ decidāt: mireꝛ̄ ⁊ illi nos n̄ decidere: nē em̄ repugnāte: ⁊ quo cadāt negāte vt possint cadere. Nā sic ignis sedes nō ē nisi i ignibꝰ: aq̄rū nisi i aq̄s. sp̄us nisi in sp̄u. Ita terre arcentibus cūctis nisi in se locus non est.

15世紀なかばにグーテンベルクが印刷術を進歩させたことによって印刷革命が起きたと考えると、たしかにわかりやすい。しかしグーテンベルクの成果の地盤を築いたのは、それ以前の200年間に起きたできごと（黒死病の影響もふくめる）であって、グーテンベルクの発明はすでに存在している技能と技術とをうまく結びつけたものだった。印刷が成功するにはいくつかの必要条件があった。書物に対する需要、**紙**(paper)や**パーチメント**(parchment)の入手しやすさ、上質で安価な活字を鋳造するための進んだ金属加工技術、活字をページに組む腕のいい読み書きのできる職人。それだけそろえば、あとは適切なインクとプレス機を使い、顧客が払える額に応じて、必要な部数を職人が刷るだけだ。印刷が終わると活字を組んだページは**解版**(diss)され、活字は新たな本の新しいテクストを印刷するのに使われた。

こういった必要条件の多くは、すでに整っていた。製紙がヨーロッパに導入されたあと、12世紀にスペインのハティバ、13世紀にイタリアのファブリアーノで麻くずから上質の紙が作られるようになり、低価格で継続的に入手することが可能になった（このために、ドイツにおける水力を使った製紙工場の発展が急務となった）。**ヴェラム**(vellum)はつねに高価で、ヴェラムやパーチメントを大量に供給するには限界があったが、それ相応の金を出せば、まだ皮を使うことはできた（グーテンベルクの最初の聖書を作るには、170頭分の子牛の皮が必要だった。pp.98-99参照）。

金細工職人や他の冶金の職人は、すでに活字を作るのに必要な技術をもっていた。しかし能率的な鋳造法が発展したあとも工程は複雑で、**フォント**(font)をひとそろい入手するにはお金がかかった。印刷機の設置費用も高く、売上によって初期費用を回収するには時間がかかった。裕福なパトロン（支配者や教会であることも多かった）や投資家に資金を調達してもらうことは可能で、それをうまく確保できるかどうかが鍵となった（pp.100-101参照）。銀行の発展や資本主義の出現が、そのような投資家のあと押しをした。投資家たちは出版から高い利潤が得られると見こんでいたのである（そしてしばしば得た）。しかし、売れない本を出版した結果、事業が失敗してしまう場合も多かった。（イングランドの最初の業者のように）用心深い印刷業者はリスクのない道を選び、売れるとわかっている本しか印刷しなかった（pp.102-103、104-105参照）。

今日では、西洋で印刷を可能にした道具（調整可能な鋳型）は、一般的にヨハネス・グーテンベルクが考案したことになっている。だが、シュトラースブルクとマインツでは長年にわたり実験が行われていたし、本を量産しようという試みも幅広く行われていたことから、他にも印刷の発明者だとされる者は数多くいる。1440年代にアヴィニョンで働いていたチェコ人の金細工職人プロコピウス・ウォルドフォーゲルもそのひとりだ。彼が実験をくりかえしていたのは確かである。シュトラースブルクのヨハネス・メンテリンは初期の独立した印刷業者だった（1460年にドイツで聖書を出版している）。また、ハールレムのラウレンス・ヤンソーン・コステルが（ハールレムにある像によれば）オランダで印刷を発明したという説は、何世紀も前から主張されている。

この分野で初期に活躍したもうひとりの人物はニコラ・ジャンソン（1420-80年）だ。ジャンソンはフランス人彫版師で、トゥールの王立造幣局で働いており、1458年にグーテンベルクがマインツで行っていた初期の印刷術を学ぶために派遣された（おそらく産業スパイだった）。活字の鋳造技術が進歩したのはジャンソンの功績だといわれている。そしてのちにヴェネツィアで印刷業を営んだ際に**ローマン体**(roman)を作ったのも、ジャンソンだといわれている。これはいまだに活字書体の最高傑作とみなされている。活字デザインが変化し、15世紀末にイタリアで印刷機が改良されたことで、イタリアの印刷業者が上質な本を作れるようになった。エアハルト・ラートドルトとアルドゥス・マヌティウスが使用したローマン体はジャンソンの影響を示しており（pp.106-107、108-109参照）、今も魅力的で読みやすい。

同時代のドイツの本も、『ニュルンベルク年代記（Nuremberg Chronicle）』（pp.100-101参照）のように、注意深く適切に作られた。この時代に潤沢な資金を得て利益ももたらした本の一例である。もっともこの本の成功の裏では、他の印刷業者による海賊版の増加という問題も生じていた。彼らは編集コストをかけず、リスクも負わず、オリジナルの出版物の利益を横どりした。

印刷の利点と欠点

グーテンベルクの発明が、予想外の不愉快な結果を生み出したことは第7章で論じる。短期的には、当時印刷について書いている者は、ほとんどがそれを人間への神の恩恵だと称賛している。もう少しあとの時代のシュポンハイムの修道院長ヨハンネス・トリテミウス（1462-1516年）は、もっと賢明な意見を述べている。博学なトリテミウスには広範な分野での著作があり、初期の書誌学にかんする本もそのひとつだ（史上初の暗号学にかんする本『暗号記法（Steganographia）』は100年以上も写本として生きのびていたが、1606年に出版されるや、すぐにカトリック教会の禁書目録にくわえられた）。

印刷の利点を認識していたトリテミウスは、よその図書館に新たな本（印刷業者から直接トリテミウスが買いつけた）を提供し、それと交換に相手が所蔵していた写本を手に入れ、自分の修道院の図書館を作り上げた。この方法で手に入れた写本は1500巻以上におよび、当時最大のコレクションのひとつとなった。これらの写本を獲得したことで、トリテミウスは新たな技術の頑古な信者ではないところを示した。1494年にトリテミウスは『写字生の賛美（De Laude Scriptorum）』を出版し、写字生に写本の継続を勧めると同時に、印刷インクが腐食しページに穴をあけるのではないかと疑問を呈している。書籍の保存に対するトリテミウスの懸念は強く、実際、将来は電子書籍にするのが唯一の道だと信じて、印刷された本をすてる現代の図書館管理者への教訓となっている。

新たなニーズ、新たな活字書体

グーテンベルクの発明が広まっても、写字生に対する需要はなくならなかった。引導を渡すことになるのはタイプライターだ。なじみのないアルファベットが使われる個所は、そのための活字ができるまで、やはり印刷された本に手で書きこまなければならなかった。ギリシア語の活字は早い段階で作られたが、ヘブライ語やアラビア語の活字は比較的遅かった（pp.110–111、112–113）。

音楽といった他のニーズにこたえるための活字も作られたが（pp.114–115、116–117）、楽譜の写本も長年にわたり広く使われていた。

主流からはずれた印刷には独自のパターンがあった。ユダヤ人の粘り強さのおかげでヘブライ語の印刷は生きのび、（聖書研究のために）ヘブライ語の活字はヨーロッパで広く手に入れることができた。イスラム教徒は印刷に抵抗していたため、アラビア語の活字の製作が遅れ、アラビア語で作られた初期の本といえば、ほとんどがキリスト教宣教師の活動の成果か、あるいはもっとあとの学術的な発展にこたえて現れたものだった（ムーア人のスペインと中東で発展した製本美術については、この本では触れていない）。

大学出版局が誕生すると、多言語(polyglot)聖書のような重くて高価な本の出版を期待できたが、印刷が生まれた最初の世紀には、非常に裕福で腹のすわった人物の助力が必要だった。枢機卿ヒメネスとコンプルテンセの多言語聖書のように。それが本章に登場する最後の本である（pp.118–119）。

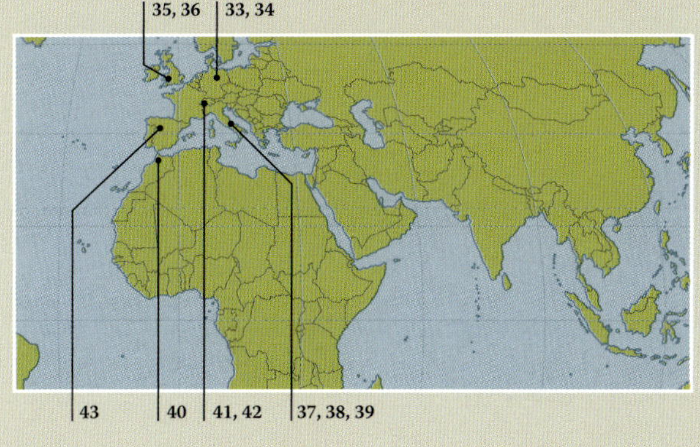

グーテンベルクの革命

誰もが学校でグーテンベルクの発明について習う。16世紀初頭から、印刷業者、書誌学者、司書が彼の業績をたたえてきたが、ほとんどの人は彼が実際に何を発明したかについてぼんやりとしか知らない。

15世紀初頭には、本を求めるヨーロッパの人々の数は大きく増加していた。これを受けてドイツ、フランス、イタリア、オランダに、どうすれば本をより速く、あるいはより安く作れるかを考える人々が出てきた。印刷本の最初の傑作は、グーテンベルクの42行聖書だ。これはマインツで作られ1450年代なかばに完成した。

グーテンベルク（1395頃-1468年）の成功は、当時あったさまざまな技能と技術をどのように組みあわせれば本を大量生産できるかを考えた点にある。それ以前には、写本を1部完成させてさらにもう1部必要なら、また最初から手で写さなければならなかった。ヨーロッパでは**木版本**(block books)の制作もはじまっていた。グーテンベルクはもし文字や数字や句読点を鋳造することができたら、それを組み立てたり組み立てなおしたりしてページの組み版を作れると気づいた。文字の表面にインクをつけ、**ヴェラム**(vellum)か**紙**(paper)を**活字**(type)ブロックに押しつければ、ページ全体を印刷できるというわけだ。インクをつけては押しつける作業をくりかえせば、次の、そしてまた次のページが手早く安価に作れる。

実際はそれほど単純な話ではけっしてなく、写本と同じくらい見栄えのよい本を作るには多くの実験と出費が必要だった。グーテンベルクは1430年代にシュトラースブルクで実験的な仕事を開始したようだ。故郷マインツに戻る頃には、裕福な地元の中産階級ヨハン・フスト（1400頃-66年）の支援を期待できるほどの技術を身につけていた。そしてもうひとり、パリで写字生の修行を積んできたペーター・シェッファー（1425頃-1503年頃）という有能な協力者がいた。

グーテンベルク、フスト、シェッファーは、最初の印刷本は最上の写本に匹敵するレベルでなければならないと考えたようで、最上の**パーチメント**(parchment)を選び、細心の注意をはらって印刷し、可能なかぎり最上の本を作り上げた。42行聖書はドイツ北部の字体と**体裁**(format)の好見本だった。ある歴史家がのちにこう述べている。「これまでいかなる進展も見られなかった唯一の芸術だ。最初の印刷書が最上の印刷書となった」

42行聖書は1454年のフランクフルトの見本市で販売されて大評判となり、高価だったにもかかわらず、またたくまに売りきれた。印刷は成功だった。しかしグーテンベルクは経済的に成功したとはいいがたかった。フストは貸した金の返済を求め、シェッファーを経営者にして事業を引き継いだ（のちにシェッファーは手堅くフストの娘と結婚した。事業を安全に行うための絶対確実な方法である）。印刷技術の知識はドイツの他の都市にも急速に広がった。

またたくまに有名になった42行聖書は（各ページに42行が印刷されていたことからこうよばれた）、つねに高く評価されつづけてきた。推定180部印刷されたうちの約50部が現存しており、残存率はなみはずれて高い。

下　グーテンベルクの見本帳　この魅力的な1450年頃の写字生の図案帳は、もともとはある修道院のもので、装飾についての指示や顔料の作り方も書かれていた。この写本に描かれている花のモチーフは、ゲッティンゲン版もふくめたグーテンベルクの最初の聖書にも細密に写されている。

関連項目
初期のアジアでの印刷の発展
称徳天皇の『百万塔陀羅尼』 pp.30–31
『八萬大蔵経』 pp.32–33
初期のドイツの印刷
『コンスタンス・グラドゥアーレ』 pp.116–117
ドイツ国外への印刷の広がり
キャクストンの『チェスのゲーム』 pp.102–103

Incipit epl'a sci iheronimi p̄ ad Pauli
nū presbiterū · de omnibus diuine hi=
storie libris · Capitulum primū :

Frater ambrosius
tua michi munuscu=
la perferens · detulit
simul et suauissimas
litteras : que a prin=
cipio amiciciaʒ fidē
probate iam fidei et veteris amicicie
p̄ferebant. Uera enī illa necessitudo ē·
et xp̄i glutino copulata : quā nō vtili=
tas rei familiaris · non p̄sentia tantū
corporʒ · nō subdola et palpās adulatō :
sed dei timor · et diuinarū scripturarū
studia conciliant. Legim⁹ in veteribʒ
historiis · quosdā lustrasse puincias ·
nouos adiisse ppłos · maria trāsisse :
ut eos quos ex libris nouerāt : coram
q̄ʒ viderent. Sic pitagoras memphi=
ticos vates · sic plato egiptum · et archi=
tam tarentinū · eamq̄ʒ orā ytalie · que
quondā magna grecia dicebat̄ : labo=
riosissime peragrauit : et ut qui athenis
mḡr erat · et potens · cuiusq̄ʒ doctrinas
achademie gignasia p̄sonabāt · fieret
peregrinus atq̄ʒ discipulus : malens a=
liena verecunde discere : q̄ʒ sua impu=
denter ingerere. Deniq̄ʒ cum litteras
quasi toto orbe fugientes persequitur ·
captus a piratis et venūdatus · tyran=
no crudelissimo paruit · ductus capti=
uus vinct⁹ et seruus : tamen quia phi=
losophus : maior emente se fuit · ad ty=
tumliuū · lacteo eloquentie fonte ma=
nantem · de vltimis hispanie galliarū
q̄ʒ finibus quosdam venisse nobiles
legimus : et quos ad cōtemplatōnem
sui roma non traxerat : vnius homi=
nis fama perduxit. Habuit illa etas
inauditum omnibus seculis · celebrā=
dumq̄ʒ miraculum : ut urbem tātam
ingressi : aliud extra urbem quererent.
Appollonī⁹ siue ille mag⁹ ut vulgus
loquitur · siue phūs ut pitagorici tra=
dunt · intrauit p̄sas · ptrāsiuit caucasū ·
albanos · scithas · massagetas · opu=
lentissima indie regna penetrauit : et
ad extremum latissimo phison amne
trāsmisso puenit ad bragmanas : ut
hyarcam in throno sedentē aureo · et de
tantali fonte potantem · inter paucos
discipłos · de natura · de moribʒ ac de
cursu dierū et siderū audiret docentem.
Inde p elamitas · babilonios · chalde=
os · medos · assirios · parthos · syros ·
phenices · arabes · palestinos · reuer=
sus ad alexandriā · perrexit ad ethio=
piam : ut gignosophistas et famosissi=
mam solis mensam videret ī sabulo.
Inuenit ille vir vbiq̄ʒ quod disceret : et
semp proficiens · semper se melior fie=
ret. Scripsit super hoc plenissime octo
voluminibus · phylostratus. II

Quid loquar de seculi hominibʒ :
cum apostolus paulus · vas e=
lectionis · et magister gentium · qui de
consciencia tanti in se hospitis loque=
batur · dicens. An experimentum que=
ritis eius qui in me loquitur cristus ·
post damascum arabiāq̄ʒ lustratam ·
ascenderit iherosolimā ut videret petrū
et māserit apud eum diebus quindeci :
Hoc enim misterio ebdomadis et o=
gdoadis : futur⁹ gentium predicator
instruendus erat. Rursumq̄ʒ post an=
nos quatuordecim assumpto barna=
ba et tyto · exposuit cum apostolis eu=
angelium : ne forte ī vacuum curreret
aut cucurrisset. Habet nescio quid la=
tentis energie viue vocis actus : et in
aures discipuli de auctoris ore trans=
fusa : forti⁹ sonat. Unde et eschines cū
rodi exularet · et legeret illa demostenis

左　**グーテンベルクの42行聖書**　大英図書館が所蔵している紙版のヒエロニムスの書簡。おそらくエルフルトでエーベルハルト・ケーニッヒが美しく彩飾した。カラーインクで描かれた大文字のFは金色で強調され、花飾りとなって縁の余白へと伸びている。印刷業者は当初**ルブリック**（rubric）（冒頭の赤文字）を印刷しようとしたが、あまりにむずかしいため、写字生がペンで手書きした。

初期の印刷本の大ベストセラー

『ニュルンベルク年代記』は潤沢な資金を得て作られた本で、凝ったデザインの挿絵が数多く載せられていることで名高い。めずらしいことに、その制作についての資料は同時代の他の本に比べてはるかによく残されている。

多くの印刷業者は、パトロンもしくは本の（あてにならない）売り上げに依存していた。『年代記（Liber Chronicarum）』『シェーデルの世界史（Die Schedelsche Weltchronik）』ともよばれる『ニュルンベルク年代記』は、15世紀に出版された本のなかでもっとも資金が潤沢で、もっとも豪華な本のひとつである。

ニュルンベルクの裕福な商人ふたりがドイツ人歴史家ハルトマン・シェーデルに、ラテン語で世界の歴史を書くよう依頼するとともに、ニュルンベルクの官僚ゲオルグ・アルトを雇ってシェーデルのテクストをドイツ語に訳させた。異なる**活字書体**(typeface)を使ったラテン語版とドイツ語版が、ところによりテクストを変えて出版された。どちらにも非常に多くの**木版**(woodcut)の挿絵がそえられ、そのデザインと版の作成はミハエル・ヴォルゲムートとヴィルヘルム・プレイデンヴルフが担当した。ふたりはニュルンベルク一の**アトリエ**(atelier)を経営していた（アルブレヒト・デューラーは弟子のひとりだった）。本の印刷はアントン・コーベルガー（1440/1445頃-1513年）にまかされた。元金細工職人で、1471年にニュルンベルクで出版をはじめ、ヨーロッパ一にまで成長させた人物である（コーベルガーはパリからブダペスト、そしてヴェネツィアにまで代理店を置き、通説では24台の印刷機を稼動させていたという）。

『ニュルンベルク年代記』は大成功をおさめた。1493年に両方の版でほぼ2000部が印刷されたが、そのうち約700部が現存し、15世紀の現存する本のなかでもっともよく目にするもののひとつになっている。1800枚以上の木版挿絵がそえられた非常に複雑な作りになっていて、できばえはことのほかすばらしかった。挿絵に手で彩色がくわえられたものも多い。

投資家たちはこの冒険的事業からかなりの利益を得たものの、他の無節操な印刷業者による海賊版の問題には悩まされた。進取の気性に富んだアウクスブルクの印刷業者ヨハン・シェーンスペルガー（1455頃-1521年以前）は、もっと安くて小さい版を3版出した。シェーンスペルガーはヴォルゲムートやプレイデンヴルフの木版画を模倣し、ときにはデザインを単純化して小さな**体裁**(format)に合わせた。当時著作権という概念は存在せず、こういった廉価版が制作されてしまったために、ニュルンベルクのオリジナルの出版者たちはこのすばらしい本の再版を躊躇せざるをえなかった。

初期の印刷本の大ベストセラー
シェーデルの『ニュルンベルク年代記』

関連項目

上　**『ニュルンベルク年代記』**　ハルトマン・シェーデルの意欲的な作品は、生き生きした手塗りの木版挿絵で彩られている。多くは新たにデザインされたものだが、いくつかは「ストックしておいた」絵だ。このヴェネツィアの風景は、最初の印刷された旅行記、ブライデンバッハの『聖地巡礼（Sanctae Perigrinationes）』（マインツ、1486年）でエアハルト・ロイヴィヒが最初に使ったものを流用している。上掲の年代記は19世紀のデザイナー、ウィリアム・モリスが所有していたものである。

右　**父なる神**　『世界史』の口絵。万物の監督者である神が玉座に着く姿がペンとインクで描かれている。1490年にミハエル・ヴォルゲムートによって描かれた。ヴォルゲムートの弟子でコーベルガーの名づけ子だったアルブレヒト・デューラーが挿絵の一部を手伝った可能性もある。

イギリス初の印刷業者

初期の印刷業者の多くは重要な古典のテクストを完璧に作ろうと努力し、事業に失敗した。イングランド初の出版者はイングランドの読者に求められ、買ってもらえる印刷本をめざした。

イングランドでは1476年に印刷がはじまった。エアハルト・ラートドルトがヴェネツィアで印刷を開始したのと同時期だが、共通点を見つけるのはむずかしい。イングランドは印刷をはじめるのが遅く、印刷業者は中級知識人向けの本を慎重に選んで印刷した。技術的にも二流だったイングランドの印刷本が市場に占める割合は小さかった。イングランドの熱心な本の収集家は、望むものを得るためには大陸から本を輸入しなければならなかった。

イングランドの印刷にかかわるふたつの事情で、状況は大きく変わった。まず、イングランドで取引される出版物はほとんどが英語で書かれており、ラテン語や他の言語の本はほとんどなかった。そしてジェフリー・チョーサーの卓越した著作のおかげで、イングランドの印刷業者は英語の地位を確立し、最終的に世界一成功した言語に発展させることができた。

ウィリアム・キャクストン（1424頃-91年）はロンドンの織物商だったが、1446年頃、商業の中心地として最盛期を迎えていたブルッヘに移住する。輸出入業（そのなかには写本をロンドンに輸入する仕事もふくまれていた）を成功させたキャクストンは、ブルッヘにおけるイングランド商業団長に就任した。またパトロンとの密接な関係を作り上げ、通訳としても成功し、それを印刷業につなげた。

キャクストンはケルンで印刷について学び、1473年頃コラール・マンシオンとともにブルッヘで印刷業を開始した。マンシオンは長く写字生をつとめてきたフラマン人で、写本の取次ぎもしていた。マンシオンとキャクストンはパトロンの機嫌をとるのに長けており、彼らが印刷した本の多くは貴族から発注されたものだった。キャクストンの翻訳書はしばしばそうした形で依頼されたが、13世紀ピエモンテのヤコブス・デ・ケッソリス（1250頃-1322年頃）の『チェスのゲーム（The Game and Playe of Chesse）』（1474年）のブルッヘ版もそのひとつである。この本はタイトルから想像されるようなチェスの遊び方についてのマニュアルではなく、社会における役割と貴族の義務を教える道徳書だった。

キャクストンは1476年に事業をブルッヘからウェストミンスターに移す。ケッソリスの本が成功したおかげで、新たな挿絵入りの版を1483年に印刷することができた。キャクストンは、チョーサーの『カンタベリー物語』（1476年）を印刷したことでもっとも知られている。1483年には絵入り版も印刷した。キャクストンのイングランドでの印刷事業の後継者ウィンキン・ド・ウォードもチョーサーを再版したが、改訂もした。ド・ウォードの版は複数の写本を比較し、それをもとに編集されていた。大陸で古典を印刷する業者が学術的な理由で訂正をくわえる例はよく見られるようになっていたが、大衆的な本ではまれだった。

上 **『ソールズベリー式定式書（Sarum Pye）』**
1476-77年にウェストミンスターでキャクストンが印刷したもの。これは現存する最古の英語による広告で、聖職者向けの教会暦年の典礼マニュアルを宣伝している。発売場所と記されたウェストミンスターのほどこし物分配所近くのレッド・ペイルに、キャクストンの印刷所があった。

関連項目

一般読者向けに出版された本

ウィンキンの『愉快な質問』 pp.104-105

マーカムの『イギリスの馬の飼育』 pp.140-141

バスタルダ体を使った本

クリストフォロの『島々の書』 pp.70-71

ブルッヘの『薔薇物語』 pp.72-73

This first chapitre of the first tractate sheweth vn-
der what kyng the playe of the Chesse was founden and
maad. Capitulo primo

Monge alle the euyl condicions & signes that may
a be in a man the first and the grettest is. Whan he fe
reth not ne dredeth to displese & make wroth god by synne
& the peple by lyuyng disordenatly / whan he retcheth not.
nor taketh hede vnto them that repreue hym and his vy-
ces / But sleeth them. In suche wyse as did the emperour
nero. Whiche did do slee his mayster seneque / for as moche
as he myght not suffre to be repreuyd & taught of hym. in
like wise was sōtyme a kyng in babilon that was named
a iiij

左 **『チェスのゲーム』**
1474年3月（フランス語版が出る2年前）にブルッヘで印刷された英語版。第2版を出すことができた最初の印刷本である。1482年の第2版はウェストミンスターの新たな印刷所から生まれた。この本は「道徳的に解釈された」ゲームについて言及している。その当時謀反で処刑された「裏切り者で偽証罪を犯し短命に終わったクラレンス公」に初版本で記していた献辞は、第2版では用心深く割愛されている。
テクストの最初の語（木版挿絵の下）は「Amonge」である。印刷者は「A」を手で書きくわえられるように2段分の空白部を残し、手引きとなる「a」を入れて、画家に何の字を書き入れたらよいかを示している。

右 **『愉快な質問』** わずか８ページからなるウィンキンの短いなぞなぞ本は、1498 年に出版されたフランス語のなぞなぞ本を短縮したものである。ロンドンのシティの中心地で印刷されたこの本には、マザーグースの「オレンジとレモン」がはじめて登場するが、聖クレメント教会もその鐘も出てこない。

最初の滑稽本

初期の印刷本のなかには、その美しさゆえに重視される本がある。
このなぞなぞ本のように、同じくらい重視される非常にめずらしい本もある。

展示館や美術館は『ニュルンベルク年代記』のように重要な本をよく展示するが、めったに陳列されない本もある。それが売れたおかげで印刷業者がもっと野心作に着手できる、そんな小型で気どらない本だ。こういったたまたま出版された初期の本が、何世紀ものあいだに司書や本屋や蒐集家から関心をもつに値しないと判断されたことによって、どれほど失われてきたかわからない。この出版の下草のような本のなかには、1500 年の『料理の書（The Boke of Cokery)』のように、熱心に読まれたものもかなりある。これはレシピ本で、１冊しか現存していない。ノルマンディ出身の成功した印刷業者リチャード・ピンソンが手がけた本で、ピンソンは 1506 年にヘンリー７世の、その後ひき続きヘンリー８世の「国王直属印刷業者」に任命された。このポストは大きな名声のみならず、公的な印刷の仕事も多数もたらした。

ピンソンの最大のライバルはウィンキン・ド・ウォードだった。彼はウェストミンスターでキャクストンの印刷事業を引き継いだのち、1500-01 年にロンドンに移り、フリート街の「太陽の印」館におちついた。1509 年には、のちに書籍販売の中心地となるセントポール・チャーチヤードに店を出している。ウィンキンは詩集や学校の教科書、ロマンス、医学書、よい生活を送るための手引書など、安定して売れる本を出すことで商業的成功を求めた。しかしもっと別なものを求める顧客のために、1511 年にウィンキンはイングランド初の大人向けの滑稽本『愉快な質問（Demaundes Joyous)』を出版した。これは１冊しか現存していない。ウィンキンはロンドンの外の他の書籍商や印刷業者と提携しており、おそらく『愉快な質問』もそのルートを通じて広がった。

ウィンキンの出版物は知的水準からいえばかならずしも高くなかったが、ビジネスセンスは秀逸だった。彼が作る本の質はしばしばキャクストンより上で、イングランド初の製紙業者ジョン・テイトの工場で作った**紙**(paper)を使っていた。ウィンキンは慣れ親しんだ**ブラックレター**(blackletter)を好んだが、**イタリック体**(italic)も採用したし、アラビア語とヘブライ語の活字を使った最初のイングランドの印刷業者でもあった。1495 年にウィンキンは音楽用の活字を使った最初の印刷業者となる。

関連項目
こっそり取引された本
クレランドの『ファニー・ヒル』 pp.168-169
大衆向けの本
パウエルの『グリズリー・アダムズ』 pp.192-193
ンナドジエの『売春婦にご用心』 pp.222-223

The demaũdes Joyous.

最古の科学テクスト

ヴェネツィアはイタリアにおける書籍売買の中心地となったが、ルネサンス様式が全盛期を迎えたとき、そのもっとも革新的な印刷業者のひとりはイタリア人ではなく、バイエルンのアウクスブルク出身の若者だった。

Erhardus ratdolt Augustensis impres
sor Serenissimo Almae vrbis venetae
Principi Joanni Mocenico .S.

Solebam antea Serenissime Princeps mecū ipse cogitans admi/
rari quid causae esset: ꝙ in hac tua praepotenti ⁊ fausta vrbe cū varia
auctorum veterū nouorūꝙ volumina quottidie imprimerent. In
hac mathematica facultate vel reliquarum disciplinarū nobilissima
aut nihil aut parua quaedam ⁊ friuola in tanta impressorū copia qui
in tua vrbe agunt: viderent impressa. Haec cum mecū saepius discu/
terem: inuentebam id difficultate operis accidisse. Non enim adhuc
quo pacto schemata geometrica: quibus mathematica volumina sca/
tent: ac sine quibus nihil ī his disciplinis fere intelligi optime potest
excogitauerant. Itaꝙ cum hoc ipsum tantūmodo cōmuni omnium
vtilitati que ex his percipitur obstaret: mea industria nō sine maximo
labore effeci. vt qua facilitate litterarum elementa imprimuntur. ea
etiam geometricae figurae conficerent. Quamobrem vt spero hoc
nostro inuento hae disciplinae quas mathemata graeci appellant
voluminū copia sicuti reliquae scientiae breui illustrabūt. De quaꝝ
laudibus ⁊ vtilitate possem multa impraesens adducere ab illustribus
collecta auctoribꝰ: nisi studiosis iam omnibꝰ haec nota essent. Illud
etiam plane cognitū est caeteras scientias sine mathematibꝰ imper/
fectas ac veluti mancas esse. Neꝙ hoc profecto negabūt Dialectici
neꝙ Philosophi abnuent: in quoꝝ libris multa reperiunt: quae si/
ne mathematica ratione minime intelligi possunt. Quam diuinꝰ ille
Plato moerere veritatis arcanū. vt adipisceretur cyrenas ad. Theo/
dorum summum eo tempore mathematicuꝫ ⁊ ad egyptios sacerdotes
enauigauit. Quid ꝙ sine hac vna facultate viuendi ratio nō perfecte
constat. Nam vt de musice taceam: quae nobis muneri ab ipsa natu/
ra ad perferendos facilꝰ labores ꝯcessa videtur: vt astrologiā prae/
tereā qua exculti caelum ipsum veluti scalis machinisꝙ quibusdaꝫ
conscendentes verum ipsius naturae argumentum cognoscimus: sine
arithmetica ⁊ geometria: quaruꝫ altera numeros altera mēsuras do/
cet: ciuiliter comodeꝙ viuere qui possumꝰ: Sed quid ego ī his mo/
ror quae iam omnibus vt dixi: notioꝝ sunt q̄ꝫ vt a me dicantur. Eu/
clides igitur megarensis serenissime princeps qui. xv. libris omnem
geometriae rationem ꝯsummatissime complexus est: quem ego sum/
ma ⁊ cura ⁊ diligentia nullo praetermisso schemate imprimenduꝫ cu/
raui: sub tuo numine tutus foelixꝙ prodeat.

上　**ラートドルトの献辞**　大英図書館所蔵（ほかにもいくつか現存している）の華麗な**ヴェラム**（vellum）。統領ジョヴァンニ・モチェニーゴの権威を必要としたラートドルトは、変わった形の植字をほどこし、金文字でドージェへの献辞をしたためた。

関連項目

学術出版

アルド版ウェルギリウス　pp.108–109

コンプルテンセの多言語聖書　pp.118–119

主要な科学書

ニュートンの『プリンキピア――自然哲学の数学的原理』 pp.138–139

手本とすべき本

ブーシェの『モリエール作品集』 pp.152–153

ホイットマンの『草の葉』 pp.216–217

15世紀のもっとも興味深く重要な印刷業者に、アウクスブルク出身のエアハルト・ラートドルト（1442–1528年）がいる。1476–86年にかけてラートドルトがヴェネツィアで印刷した本は非常に意義深い。

ラートドルトはヴェネツィアで働いた最初のドイツ人というわけではない。1500年以前に50人を超えるドイツ人がそこで働いていたからだ。ラートドルトはまだニュルンベルクにいた頃、天文学者レギオモンタヌスのおかかえ職人だったのかもしれない。レギオモンタヌスは自分の本を作るために、個人で印刷事務所を開いていた。ラートドルトがヴェネツィアで最初に出版したのはこの天文学者の著作で、初めのうちは他のふたりのドイツ人印刷業者と協力してイスラム教著作家の天文学書を数冊翻訳して印刷した。さらにラートドルトは、ヴェネツィアが生んだ最高傑作のひとつである美しいローマン体の**活字書体**（typeface）を使って、古典の作家の本をみごとにデザインし、印刷した。

ラートドルトが印刷したエウクレイデス（ユークリッド）の数学書には、すばらしい技術が用いられた。それにより、いかにして幾何学図表を示すかという問題を、タイポグラフィによる能率的な方法で解決できた。あきらかにこのできばえに満足したラートドルトは、本の価値を高めようとして、ヴェネツィアのドージェ（統領）にあてた献辞を金文字で印刷した。

ラートドルトの本は写本に似せた印刷本ではなく、自信に満ちた印刷本だった。彼は他にも多色刷り、扉ページの印刷、活字見本の印刷、出版者の販売目録の刊行（知られているうちで最古）など、進歩的な新しいアイディアを打ち出した。そのような発想は商業的成功につながって当然だったが、ヴェネツィアの書籍商の競争は激しかった。フリードリヒ・フォン・ホーエンツォレルン伯（新たに任命されたアウクスブルク司教）が教区の印刷部門の責任者となり、アウクスブルクへの帰還を勧めたため、ラートドルトはヴェネツィアを去り、二度と戻らなかった。その後アウクスブルクで30年以上も印刷を続け利益をあげたものの、ヴェネツィア時代のような気迫と才能を見せることはほとんどなかった。

死後何世紀ものあいだ、ラートドルトの本のすばらしさは認識されつづけた。彼のデザインがウィリアム・モリスをはじめとする人々にあたえた影響は明白だ。

Preclarissimū opus elementoꝝ Euclidis megarēsis vna cū cō/
mentis Campani pspicacissimi in artē geometriā incipit felicit.

Punctus est cuius ps non est. ¶ Linea est
longitudo sine latitudie cuius quidem ex/
tremitates sunt duo puncta. ¶ Linea recta
ē ab vno pūcto ad alium breuissima exten
sio in extremitates suas vtrūqz eoꝝ reci/
piens. ¶ Supficies ē q̄ lōgitudinē ⁊ latitu
dinē tm̄ habet: cui⁹ termini quidē sūt linee
¶ Superficies plana ē ab vna linea ad ali
am extensio in extremitates suas recipiēs
¶ Angulus planus ē duarum lineaꝝ alte/
rius cōtactus: quaꝝ expansio est super su/
pficiē applicatioqz nō directa. ¶ Quādo autē angulū cōtinent due
linee recte rectiline⁹ angulus noiatur. ¶ Qn̄ recta linea sup rectā
steterit duoqz anguli vtrobiqz fuerint eq̄les eoꝝ vterqz rect⁹ erit.
¶ Lineaqz linee superstans ei cui supstat ppēdicularis vocat. ¶ An
gulus vero qui recto maior est obtusus dicit. ¶ Angul⁹ vero mior
recto acut⁹ appellat. ¶ Termin⁹ ē qd vniuscuiusqz finis ē. ¶ Figu/
ra ē q̄ termino vel terminis ɔtinet. ¶ Circul⁹ ē figura plana vna q̄
dē linea cōtenta: q̄ circūferētia noiat: ī cui⁹ medio pūct⁹ ē a quo oēs
linee recte ad circūferentiā exeūtes sibiinuicē sunt equales. Et hic
quidē punct⁹ cētꝝ circuli dicit. ¶ Diameter circuli ē linea recta q̄
sup ei⁹ centꝝ transiēs extremitatesqz suas circūferentie applicans
circulū in duo media diuidit. ¶ Semicirculus ē figura plana dia/
metro circuli ⁊ medietate circūferentie cōtenta. ¶ Portio circuli
est figura plana recta linea ⁊ parte circūferentie cōtenta: semicircu
lo quidem aut maior aut minor. ¶ Rectilinee figure sūt que rectis
lineis cōtinent quaꝝ quedā trilatere q̄ trib⁹ rectis lineis: quedam
quadrilatere q̄ quatuor rectis lineis: q̄dā multilatere q̄ pluribus q̄z
quatuor rectis lineis continentur. ¶ Figuraꝝ trilaterarum: alia est
triangulus habens tria latera equalia. Alia triangulus duo habēs
equalia latera. Alia triangulus triū inequaliū laterū. Harū iteruz
alia est orthogoniū: vnū .s. rectū angulum habens. Alia est ambli/
gonium aliquem obtusum angulum habens. Alia est oxigonium:
in qua tres anguli sunt acuti. ¶ Figurarum autem quadrilaterarū.
Alia est quadratū quod ē equilateruz atqz rectangulū. Alia est te/
tragonus longus: que est figura rectangula: sed equilatera non est
Alia est helmuaym: que est equilatera: sed rectangula non est.

左 **『幾何学原論』** エウクレイデスの偉大なる著作。12世紀の学者アデラード・オヴ・バースがアラビア語からラテン語に訳したものを、エアハルト・ラートドルトが1482年にヴェネツィアで印刷した。この美しく飾られた本には、400点以上の幾何学図形がそえられ、この新たな技術に印刷者が精通していたことを示している。

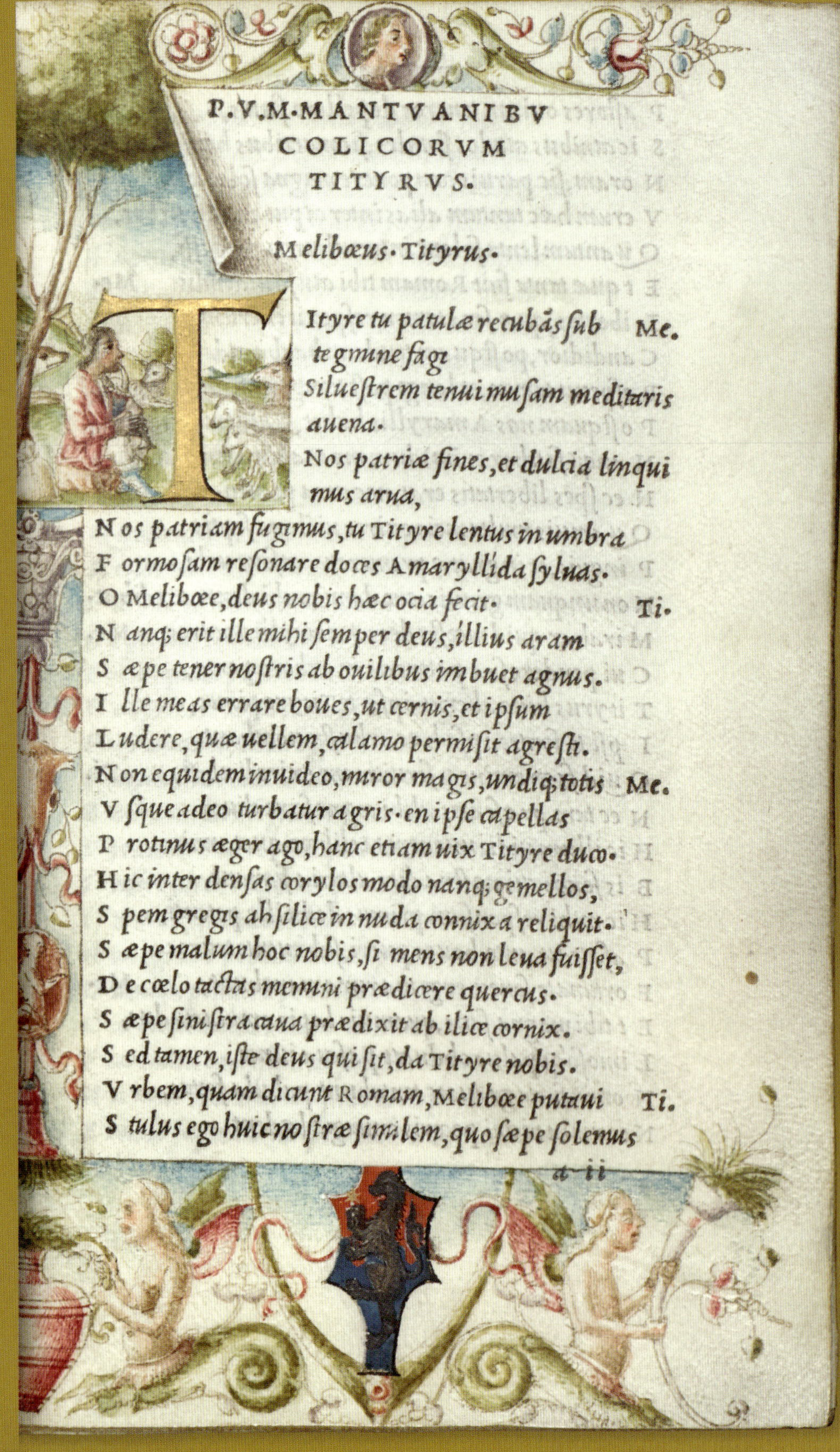

P.V.M.MANTVANI BV
COLICORVM
TITYRVS.

Melibœus. Tityrus.

Tityre tu patulæ recubās ſub Me.
tegmine fagi
Silueſtrem tenui muſam meditaris
auena.
Nos patriæ fines, et dulcia linqui
mus arua,
Nos patriam fugimus, tu Tityre lentus in umbra
Formoſam reſonare doces Amaryllida ſyluas.
O Melibœe, deus nobis hæc ocia fecit. Ti.
Nanq; erit ille mihi ſemper deus, illius aram
Sæpe tener noſtris ab ouilibus imbuet agnus.
Ille meas errare boues, ut cernis, et ipſum
Ludere, quæ uellem, calamo permiſit agreſti.
Non equidem inuideo, miror magis, undiq; totis Me.
Vſque adeo turbatur agris. en ipſe capellas
Protinus æger ago, hanc etiam uix Tityre duco.
Hic inter denſas corylos modo nanq; gemellos,
Spem gregis ah ſilice in nuda connixa reliquit.
Sæpe malum hoc nobis, ſi mens non leua fuiſſet,
De cœlo tactas memini prædicere quercus.
Sæpe ſiniſtra caua prædixit ab ilice cornix.
Sed tamen, iſte deus qui ſit, da Tityre nobis.
Vrbem, quam dicunt Romam, Melibœe putaui Ti.
Stulus ego huic noſtræ ſimilem, quo ſæpe ſolemus

a ii

未来のブックデザインの模範

小さくて信頼でき、読みやすくて安い。ほとんどの印刷業者が見習うべき模範だ。アルドゥス・マヌティウスほど成功した出版者はほとんどいない。

ヴェネツィア共和国は、1490年代には権力の絶頂期を迎えていた。この都市は世界の出版の中心地でもあった。ドイツの多くの印刷業者がすでに気づいていたように、東方と取引するにしろ北方のオーストリアやドイツと取引するにしろ、ヴェネツィアはビジネスに最適の立地だった。

初期の印刷業者は元写字生、製本業者、あるいは書籍販売業者である場合が多かったが、アルドゥス・ピウス・マヌティウス（あるいはアルド・マヌーツィオ、1449-1515年）は元学者から印刷業に参入した人物で、人文主義の学問を学び、同時代の学者ピーコ・デッラ・ミランドラの親友だった。アルドゥスは長年、ピーコの甥でカルピ侯アルベルト・ピオの家庭教師をつとめた。アルベルト・ピオはアルドゥスの学術出版構想に触発され、1490年代なかばにアルドゥスが印刷事務所とアカデミアを立ち上げて初期の大学出版局のようなものを作る資金を提供した。

アルドゥスは印刷事業におけるパトロン、友人、職人に恵まれ、ベンボ枢機卿をはじめとする優秀な人材を作家や編集者として採用した。小型の**体裁**（format）を開発した優秀な写字生バルトロメオ・サンヴィート（1435-1518年）や、アルド印刷所で使うギリシア、**ローマン**（roman）その他の**活字書体**（typeface）をデザインした有能な活字父型彫刻師（パンチ・カッター）、フランチェスコ・グリッフォもそのひとりである。アルドゥスはまた、句読法を改良したり、大型本よりも価格を抑えた小型の携帯判の使用といった革新的な方法をとりいれたりもした。その多くは、彼が新たにはじめた**イタリック体**（italic）で印刷されていた。

アルド印刷所の本は、ほとんどが美しいデザインで、仕上がりもすばらしかった。もっとも有名なローマの作家ウェルギリウスの本は、いかにもアルドゥスらしいできばえである。アルド版はそのすばらしい編集と明瞭なタイポグラフィで有名だった。現代のブックデザインへのアルド版の影響はいまだに強い。そして有益だ。

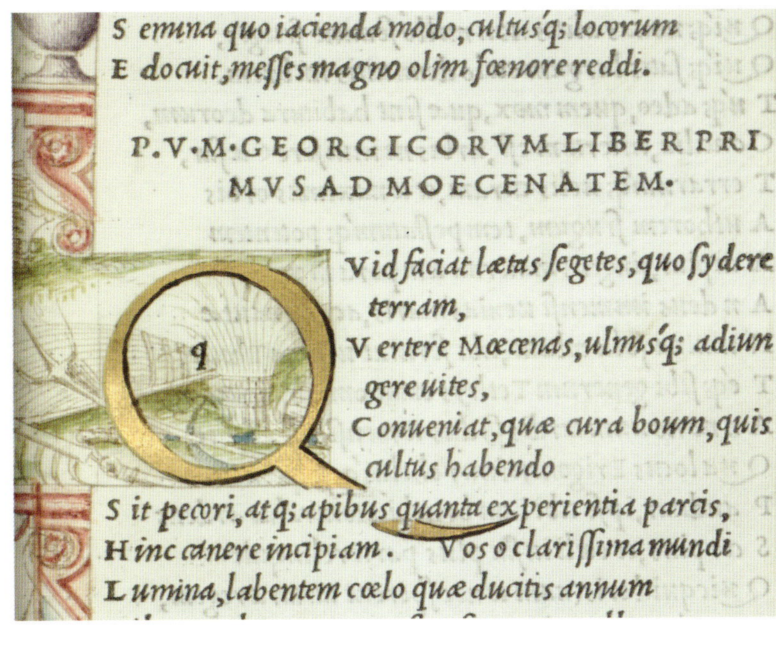

S emina quo iacienda modo, cultusq́; locorum
E docuit, messes magno olim fœnore reddi.

P.V.M. GEORGICORVM LIBER PRI
MVS AD MOECENATEM.

Q Vid faciat lætas segetes, quo sydere terram,
V ertere Mœcenas, ulmisq́; adiun gere uites,
C onueniat, quæ cura boum, quis cultus habendo
S it pecori, atq; apibus quanta experientia parcis,
H inc canere incipiam. Vos o clarissima mundi
L umina, labentem cœlo quæ ducitis annum

上　**牧歌的な頭文字**　マンチェスターのライランズ・コレクションは、もっとも完全に近いアルド版のコレクションを所有している。**ヴェラム**（vellum）に印刷された文章に、アルドゥスは美しく手で装飾した頭文字を組みこんでいる。この小麦の束をそえたQのような牧歌的な雰囲気は、このページからはじまる『農耕詩』の内容を反映している。

左　**アルド版ウェルギリウス**　この『アエネイス』第1巻の優美な1ページ目は、1501年にアルドゥスによって出版された。アルド版の活字を使用した最初の印刷物である。現在イタリック体とよばれている字体は、アルドゥスの活字父型彫刻師（パンチ・カッター）であるフランチェスコ・グリッフォによって開発された。新しい**八つ折り判**（octavo）のポケットサイズも、これが最初である。

関連項目

活字書体を作る熟練した技
エウクレイデスの『幾何学原論』 pp.106-107
ブーシェの『モリエール作品集』 pp.152-153
クラナッハ印刷工房の『ハムレット』 pp.214-215

本作りの偉業
ハンターの『古代の製紙』 pp.238-239

ヴェネツィアの輸出用印刷物
グレゴリオの『時禱書』 pp.110-111

アラビア語の印刷

アラビア語で最初の本が印刷されたのは、グーテンベルクの可動活字による印刷がはじまって、ゆうに半世紀を経過してのことだった。しかもそれはキリスト教の本で、イタリアで印刷された。

オスマン帝国のスルタン、バヤズィト２世（在位 1481-1512 年）は賢明かつ人間味のあるイスラムの支配者で、臣民にかなりの自由を許した。1490 年代、スペインの支配者たちがユダヤ教徒とイスラム教徒をすべてスペインから追放した際には、彼らの北アフリカへの避難や、トルコのヨーロッパ地域への定住を助けている。実際、コンスタンティノープルで最初に印刷業をはじめた（1493 年）のはユダヤ人で、印刷したのはヘブライ語だった。

書道の権威だったバヤズィトはアラビア語の印刷導入に強く反対したが、帝国内でのユダヤ人、ギリシア人、アルメニア人による印刷は容認した。アラビア語の活字（type）がイスラム世界で受け入れられるには、何世紀もの年月を要した。その結果、アラビア語の本を作ってヴェネツィアや他のヨーロッパの都市から輸出しようというさまざまな試みが秘密裏に行われた。

アラビア語で印刷された現存する最古の書物は、アラビア語を話すキリスト教徒や、イスラムから改宗しそうな人々向けに作られた『時禱書（Kitab Salat al-Sawa'i)』で、これはバヤズィトにも他のスルタンに

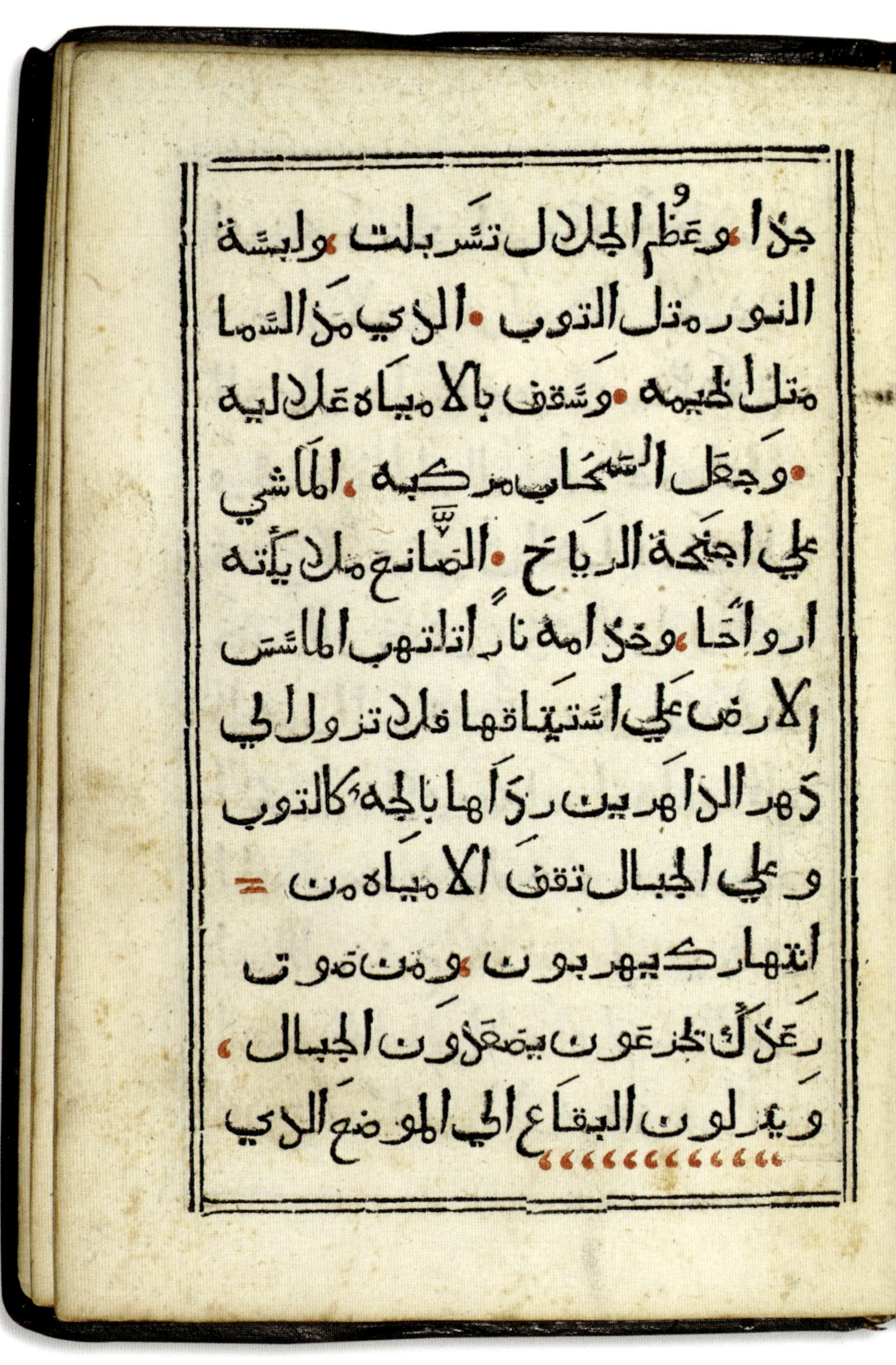

جدا وعظم الجلال تسربلت ولابسة
النور مثل الثوب الذي مد السما
مثل الخيمة وسقف بالامياه علاليه
وجعل السحاب مركبه الماشي
علي اجنحة الرياح الصانع ملايكته
ارواحا وخدامه نارا تلتهب الماسس
الارض علي استيتاقها فلا تزول الي
دهر الداهرين رداها بالجه كالثوب
وعلي الجبال تقف الامياه من
انتهارك يهربون ومن صوت
رعدك تجزعون يصعدون الجبال
وينزلون البقاع الي الموضع الذي

右 **『時禱書』** グレゴリオの『時禱書』は 1514 年にイタリアのファノで印刷されたキリスト教の祈禱書で、可動活字で印刷された現存する最古のアラビア語の本と認められている。おそらくシリアのキリスト教徒の共同体に輸出するために印刷された。

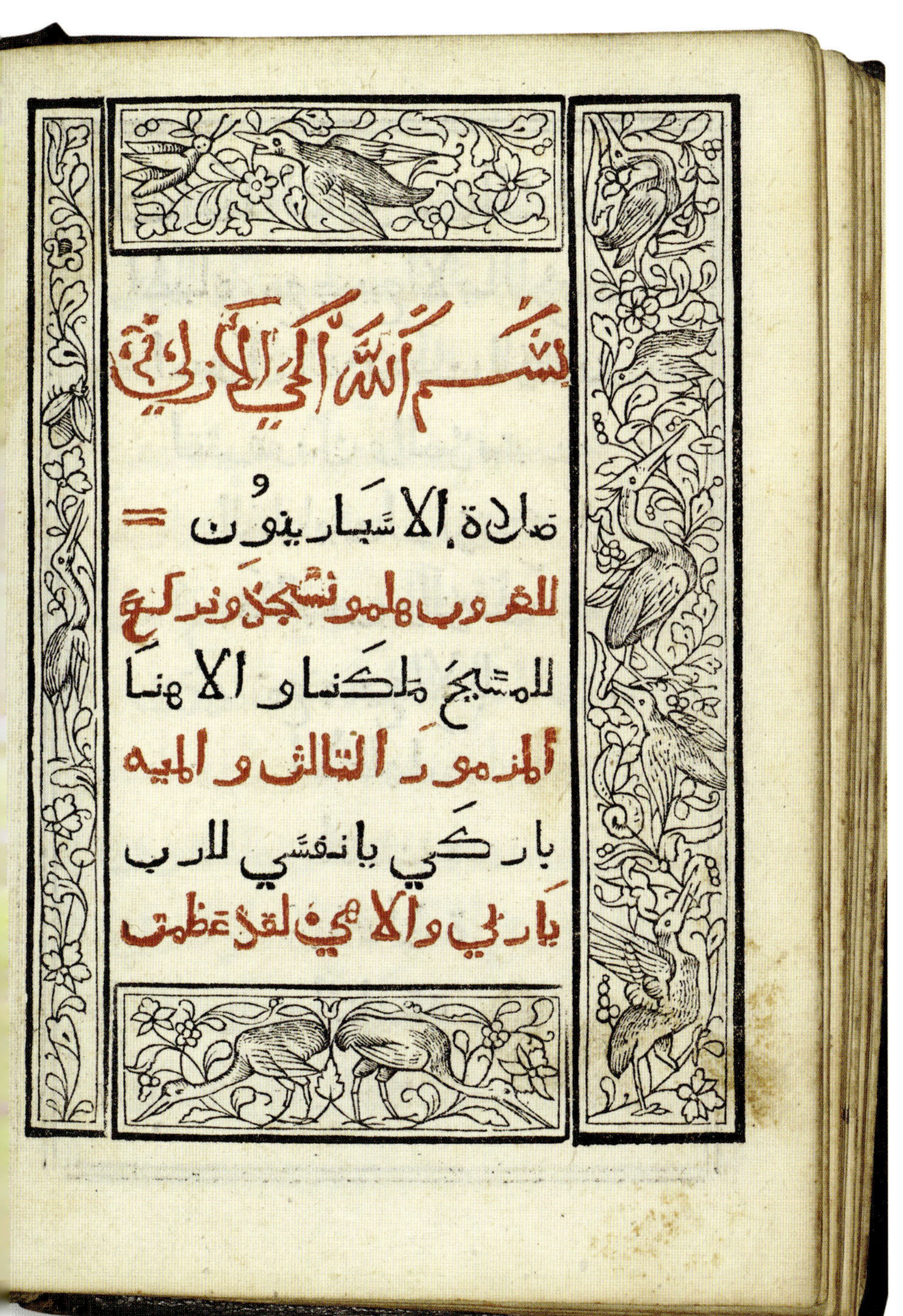
بسم الله الحي الازلي

صلاة الاسبارينون =

للغروب هلموا نسجد ونركع

للمسيح ملكنا والاهنا

المزمور الثالث والميه

باركي يا نفسي للرب

يا ربي والاهي لقد عظمت

も受け入れられなかった。作られたのは1514-17年頃で、専門家のなかにはシリアのメルキ教徒（キリスト教徒）のためのものだったと主張する者もいれば、宣教活動に使われたのだと主張する者もいる。この本の制作資金を提供したのは、出版を命じた教皇ユリウス２世だったかもしれない。才能豊かなヴェネツィアの印刷業者のひとり、グレゴリオ・デ・グレゴリーによって印刷されたのは確かだが、ヴェネツィアの商標は残っていない。かわりに、ヴェネツィアに近いがヴェネツィア領外にある町ファノで印刷されたと記されている（ヴェネツィアは効果的な著作権の制約を発展させた稀有な国で、ヴェネツィアでアルメニア語やアラビア語の本を印刷する独占権は、すでにデモクリート・テッラチーナに25年間あたえられていた）。

『時禱書』にはイタリア北部の作品によく見られる**アラベスク**(arabesque)**木版画**(woodcut)の装飾がほどこされている。アラビア語の活字そのもののデザインはむしろぎこちなく、イスラムの写字生は非難しただろうが、この『時禱書』はまだ実現していない理想的な未来をさししめした。イスラムが他の文化のように、印刷を自分たちのものにしてさえいれば得られた未来を。

関連項目

イスラムへの改宗
『ボケ・ヴァン・ボナン』 pp.92-93
アラビア語の本
アル＝スーフィーの『星座の書』 pp.86-87
アル＝ジャザリの『巧妙な機械装置に関する知識の書』 pp.88-89

דרומית מזרחית ומקיף כדרכו עד שמגיע למזרחית צפונית ואחריה צפונית מערבית ואחריה מערבית דרומית ובא לו לכבש וירד על יסוד דרומי · דתניא בברייתא ואת דמו ישפוך על יסוד מזבח העולה זה יסוד דרומי או אינו אלא יסוד מערבי · אמרת ילמד ירידתו מן הכבש מיציאתו מן ההיכל מה יציאתו מן ההיכל אינו נותן אלא בסמוך אף ירידתו מן הכבש אינו נותן אלא בסמוך · והטעם משום דאין מעבירין על המצות · ונאכלין לפנים מן הקלעים שנאמר כחטאת במקום קדוש יאכל בחצר אהל מועד יאכלוה · ובמשכן היו קלעים סביבות החצר ובבית עולמים היו חומות העזרה · לזכרי כהונה שנא' הכהן המחטא אותה יאכלנה · לאפוקי נשים שאינן ראויות לחטוי · וכתי' כל זכר בכהנים יאכל אותה · בכל מאכל משום דקתני גבי פסח אינו נאכל אלא צלי תנא בכלהו בכל מאכל הן בשלי הן צלי הן מה שירצה ואע"ג דאמרי' מתנות כהונה אין נאכלין אלא צלי שנא' למשחה בהם לגדולה כדרך שהמלכים אוכלין היינו אלא מעט כעלמא שיגרור לפי אכילה יפה אבל אם רוצה לאכול אותם מבושל יותר מתלי קדשות בידו · ליום ולילה דילפינן בפ"ק דזבחים ובשר זבח תודת שלמיו · למדנו לתודה שנאכלת ליום ולילה אחד חטאת ואשם מנין ת"ל זבח · ובקדשים לילה הולך אחר היום שנא' לא יניח ממנו עד בקר עד חצות · סייג עשו כדי להרחיק את האדם מן העבירה כדתנן בפ"ק דברכות כל הנאכלים ליום אחד מצותן עד שיעלה עמוד השחר ולמה אמרו חכמים עד חצות כדי להרחיק את האדם מן העבירה ·

ד' העולה קדש קדשים לפסלו ביוצא וטבול יום ומחוסר כפורים

והאי דקתני בה קדש קדשים ולא קתני הכי בכלהו משום דלא כתיבא בה קדש קדשים שמעינן תנא דאפי' הכי קדש קדשים היא דהיא כולה לגבוה סלקא שחיטתה בצפון שנא' בה על ירך המזבח צפונה

וקבול דמה וכו' כמו שפירשנו למעלה · ודמה טעון שתי מתנות שהן ארבע שלא מצאנו שנכתב בעולה קרנות המזבח אלא נאמר בו זריקת דמה וזרקו את הדם על המזבח סביב · ומיהו שאמר סביב אמרו שצריכה ארבע מתנות והן בקרן מזרחית צפונית ובקרן מערבית דרומית שכנגדה באלכסון והיינו זורק על הקרן והדם הולך אילך ואילך ונעשה כמין גם · והיו שתי מתנות שהן ארבע דבעינן שיראה הדם בארבע רוחות והא לא משכחת לה אלא בשתי קרנות זו באלכסונה דאי בשתים שברוח אחת לא הוי הדם אלא בשלש רוחות המזבח ולא קרינן ביה סביב והכי תנן במסכת תמיד בא לו לקרן מזרחית צפונית נותן מזרחה צפונה מערבית דרומית נותן מערבה דרומה · והטעם מפני שמזרחית דרומית לא היה לה יסוד ואי אפשר שיתחיל ממנה מפני שהעולה תחלה מתן דמה טעון גב יסוד דאמר ר' עקיבא קו ומה שירים שאין מכפרין ואין באין לכפרה טעונין יסוד תחלה דם עולה שמכפרת ובאה לכפרה אינו דין שטעונה יסוד

והנה אצייר לך צור רבוע המזבח והדם על הדרך שאמרנו וכי קרן דרומית מזרחי' לא היה לה יסוד

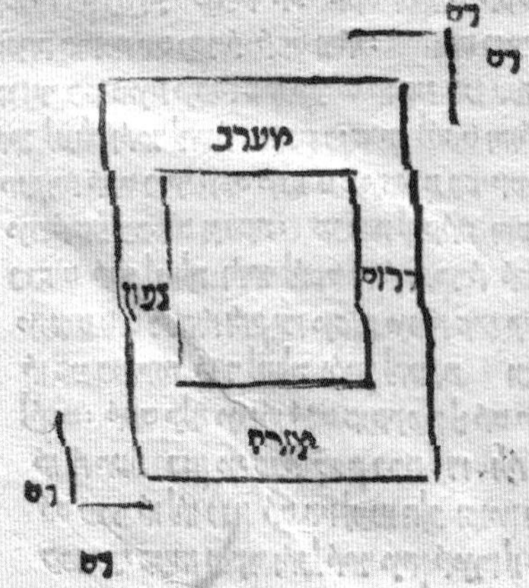

アフリカ初の印刷物

モロッコで最初に印刷された本は、ユダヤ人移民によるものだった。その制作は、広い地域で迫害されていたユダヤ人が、印刷権を維持することに見せた執念を物語っている。

上 **『コル・ボの書（Sefer Kol Bo）』** ゲルショム・ソンチーノ（放浪の印刷業者）はもっとも重要な初期のヘブライ語印刷業者のひとりである。1488年から1534年まで、約200冊の本を印刷した。およそ半分がヘブライ語、残り半分がラテン語とイタリア語である。この扉ページは1526年にリミニで印刷されたもので、**プリンターズ・マーク**（device）が示されている。

左 **『アブダラムの書』** このアフリカで最初に印刷された（フェズ、1516年）重要な本から、セファルディムの習慣がわかる。この47ページには、エルサレム神殿の祭壇が描かれている。方角は儀式での動物の生贄に関連しているが、神殿の破壊後、これは礼拝に代わった。

イスラムの人々は活版印刷に抵抗したが、ユダヤ人の印刷業者は新たな技術を熱心にとりいれた。スペインから追放されたユダヤ人のなかには、ポルトガルに移って印刷をはじめた者たちもいた。彼らの初期の本のひとつに、『アブダラムの書（Sefer Abudarham）』がある。これは宗教テクストで、今もシナゴーグで儀式に使われている重要な本だ。著者のダヴィド・アブダラムは宗教指導者で、セビーリャのサンチョ4世（1258-95年）のもとで税徴収人をつとめていた。この本は1489年にリスボンで、エリエゼル・トレダーノによって印刷された。トレダーノという名（トレドの、という意味）から、スペイン出身であることがわかる。

マヌエル王によってはじまった強制改宗ののち、ポルトガルでヘブライ語を印刷するのは不可能になった。ポルトガルにいた多くのユダヤ人は、スペインのユダヤ人と同じく、国外追放されてイスラム世界のモロッコその他の場所で苦難に直面する道を選ぶ。そういった国外追放者のなかに、サムエル・ベン・イサク・ネディボットがいた。リスボンのエリエゼル・トレダーノの印刷所で働いていた人物である。息子のイサクとともに、モロッコの繁栄した都市フェズに定住したサムエル・ネディボットは、1516年、リスボン版のテクストに忠実に従った『アブダラムの書』を新たに印刷した。

紙の入手には非常に苦労した。スペインから輸入しなければならなかったからだが（バレンシア近くのハティバで12世紀から製紙が行われていた）、ネディボット父子は10年で15冊の本を印刷できるだけの在庫を確保した。

父子がフェズで印刷した本は、ユダヤ人がはじめて印刷した本というわけではない。イタリアの印刷業者、とくにソンチーノ一族が先行していた。一族は15世紀に多くのイタリアの都市で、そしてのちにはコンスタンティノープル、サロニカ、最終的にはエジプトで印刷業を展開した。ソンチーノ版はそのタイポグラフィとテクストの正確さで名高く、ギリシア語、ラテン語、イタリア語と同様に、ヘブライ語の本も印刷していた。

ヘブライ語で印刷された本の数は**インキュナブラ**（incunabula）の1パーセントにも満たないし、初期のユダヤ人の本は実際、非常に希少である。『アブダラムの書』はユダヤ人共同体がいたるところで直面した問題を象徴しているが、アフリカ大陸で印刷された最初の本としても有名だ。のちのエジプトでのユダヤ人による印刷は別として、シエラレオネを植民地化したイギリス人や、喜望峰のオランダ人が18世紀末にその技術を導入するまでの約300年間、アフリカで印刷は行われなかった。

関連項目
ヘブライ語の本
コンプルテンセの多言語聖書　pp.118-119
イスラエル工科大学のナノ聖書　pp.246-247

天上の声

アルファベットの発明やのちの印刷の発明は、言葉を記録することにのみ専心していた。
音を記録するには、記譜法をはじめ、さまざまな異なる技能や技術が不可欠だった。

古代世界最後の学者と称せられる（今ではコンピュータとインターネットの守護聖人とひろく認められている）セビーリャの聖イシドルスは、著書『語源（Etymologiae）』のなかで、「もし人間の記憶によって音をとどめることができないなら、音は消滅してしまう。なぜなら音を書きとめることはできないからだ」と述べている。音楽家は音を記録する方法を探さなければならなかった。人間が言葉を伝えるためにアルファベットを発明したように。

音を記録する方法は古代世界で発展した。古代ギリシアでどのように記譜が行われていたかは、現存する写本からわかる。西欧では、五線を使わず**ネウマ**（neumes）を用いてグレゴリオ聖歌を書くシステムがカール大帝（シャルルマーニュ）によって生まれ、800年頃にメッツで完成した。

当然音楽の写本も、ラヴァンタルの聖パウロ修道院にいたアイルランド人（自分の猫パンガ・バンについての詩を書いた修道士。p.58参照）のような修道士によって、修道院の**写字室**（scriptorium）で書き写された。ここに載せた写本はザンクト・ガレン修道院（スイス）で922-25年頃に書かれたものである。ネウマを使った知られているかぎり最古の楽譜で、凝った装丁がほどこされ、この時代から使われるようになった外箱がついている。ひとりの写字生が文字を書き、別の写字生があとからネウマを書き入れたようだ。

のちに記譜用の**活字**（type）が開発されたものの、当時は聖歌隊が共用するのに必要な大きなサイズでは、印刷ができなかった。大型の交唱聖歌集や他の典礼書の写本作りは修道院で何世紀も続けられ、その紙葉は今も骨董売買でよく見かけられる。その後作られた楽譜は、テクストの部分のみ謄写印刷が用いられる場合もあったが、五線と音符はまだ写字生が苦労して清書していた。

右　**聖ガレンのカンタトリウム**
この10世紀のグレゴリオ単旋聖歌の聖歌集（ここにあるのはアレルヤ唱）は、金の装飾とネウマのついた**カロリング小文字体**（carolingian minuscule）で書かれている。典礼用の歌集は、5世紀の北アフリカの司教ウィクトル・ウィテンシスによれば430年には使われていた。実際には、聖歌隊は記憶に頼って歌うのがふつうだった。

関連項目
宗教音楽の本
『コンスタンス・グラドゥアーレ』 pp.116-117
世俗音楽
トムリンソンの『ダンスの技術』 pp.146-147
修道士が作った本
ガリマの福音書　pp.50-51
『ケルズの書』 pp.60-61
クルドフ詩編　pp.62-63

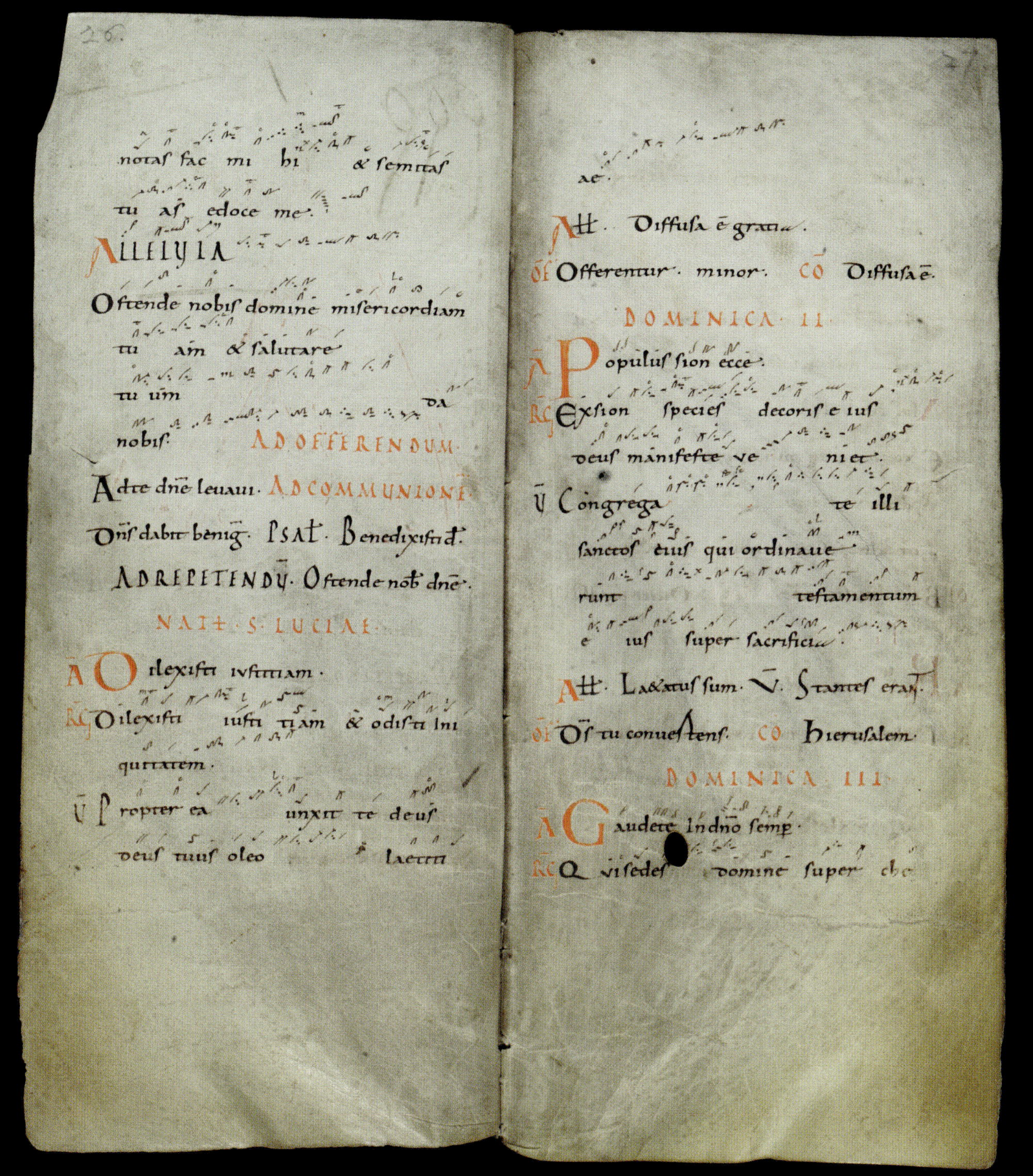
notas fac mihi & semitas
tuas edoce me.
ALLELUIA
Ostende nobis domine misericordiam
tuam & salutare
tuum
nobis. AD OFFERENDUM
Ad te dne leuaui. AD COMMUNIONE
Dns dabit benig. PSAL. Benedixisti d.
AD REPETENDU. Ostende nob dne.
NAT. S. LUCIAE
A Dilexisti iustitiam.
R Dilexisti iusti tiam & odisti ini
quitatem.
V Propter ea unxit te deus
deus tuus oleo laetiti

ae.
AL. Diffusa e gratia.
OF Offerentur. minor. CO Diffusa e.
DOMINICA II
A Populus sion ecce.
R Ex sion species decoris e ius
deus manifeste ve niet.
V Congrega te illi
sanctos eius qui ordinaue
runt testamentum
e ius super sacrificia.
AL. Laetatus sum. V. Stantes erant.
OF Ds tu conuertens. CO Hierusalem.
DOMINICA III
A Gaudete in dno semp.
R Qui sedes domine super che

解決された疑問と新たな疑問

多くの専門家は、日付のない『コンスタンス・グラドゥアーレ（Constance Gradual)』がグーテンベルク以前に印刷されたと考えていた。現代の科学技術のおかげで、紙の専門家はそれが何年もあとの印刷物であることを立証できた。

何世紀ものあいだ、書誌学者と歴史家は、誰が何をいつどこで印刷したかを確定しようとした。ジグソーパズルのピースを集めるようなものだが、ガイドになる元絵はない。本に著者やタイトルや商標といった詳細が記されていれば比較的簡単だが、こういったものが失われていたり、本が不完全であったりすると困難になる。

現代の科学技術では**活字書体**(typeface)の分析が可能で、とくに印刷者が活字書体を自分で作っていた**インキュナブラ**(incunabula)の場合に有効だ。ほかには**ウォーターマーク**(watermark)を調べる方法がある。たとえば、スペイン製の15世紀の**紙**(paper)を使った身元不明の本が、16世紀にドイツで印刷されたとは考えにくい。ただしページが細密に印刷されているとウォーターマークがインクで隠れ、見たり写真に撮ったりするのがむずかしく、判別しにくくなる。

そのような助けがあっても、正確な鑑定にはかなり慎重を要する。鑑定がむずかしいもののひとつが『貧者の聖書』のような**木版本**(block books)（シログラフィカ）だ。これは文章と絵が中国の印刷物のように木版で作られている（こういった木版本はグーテンベルクが可動活字で印刷物を作り上げる前の、1420年代か1430年代に作られたと長いあいだ信じられてきた）。

もうひとつ問題になっている本は『コンスタンス・グラドゥアーレ（Missale Speciale Constantiense または Constance Gradual）』だ。これはじつに希少な本（わずか3部のうちのひとつ）で、印刷した日付がわからない。グーテンベルクのパートナーのフストとシェッファーは、1457年に美しさで有名なマインツ詩編集を完成させているが、それよりも粗野な活字書体で印刷されており、荒削りな感じだ。『コンスタンス・グラドゥアーレ』は一部の専門家が考えているように、42行聖書よりもずっと早い時代に作られたのだろうか。

ニューヨークの書籍商ハンス・P・クラウスはそう考えていたし、購入したピアポント・モルガン図書館も同じ考えだった。しかしある紙の専門家が新たな技術を使って調査を進めたところ、木版本と『コンスタンス・グラドゥアーレ』に使われている紙が、ともに1470年代初頭に作られたドイツの製品だと判明した。つまりグーテンベルクよりずっとあとの時代に印刷されたことになる（紙を識別するツールとして1960年頃に開発されたベータ線ラジオグラフィは、今では美術館や図書館で広く使われている）。『コンスタンス・グラドゥアーレ』が1473年頃のものだという再度の年代決定により、ひとつの疑問は解決したが、別な疑問も生じている。活字書体は、グーテンベルクやフストが別の新参の印刷業者に売ったのだろうか。『コンスタンス・グラドゥアーレ』は以前考えられていたほど古くはないが、初期の印刷法を示すめずらしい証拠として重視されていることに変わりはない。そして新たな技術は、今も新たな情報をあたえてくれている。

右 **『コンスタンス・グラドゥアーレ』** モルガン図書館所蔵。おそらく1473年頃にバーゼルで印刷された**ミサ典書**(missal)の扉。この希少なタイポグラフィの宝は、1953年にアメリカの書籍商が入手した。古新聞に包まれた本はスイス、ロモンにあるカプチン会の修道院から購入された。修道院では猫がその上で寝ていたという。

左 **木版本** このすばらしい木版本『福音書の記憶術（Ars memorandi per figuras Evangelistarum)』は、1470年にドイツで、シンボルを使って福音書を記憶する本として印刷された。茶色のインクを使い、各ページ片側だけ、それも紙の**裏面**(verso)と**表面**(recto)を交互に（一方は文、もう一方が挿絵）印刷し、印刷された見開きに白紙の見開きが続くように作られている。

関連項目

最初期の西洋の印刷

グーテンベルクの『42行聖書』 pp.98-99

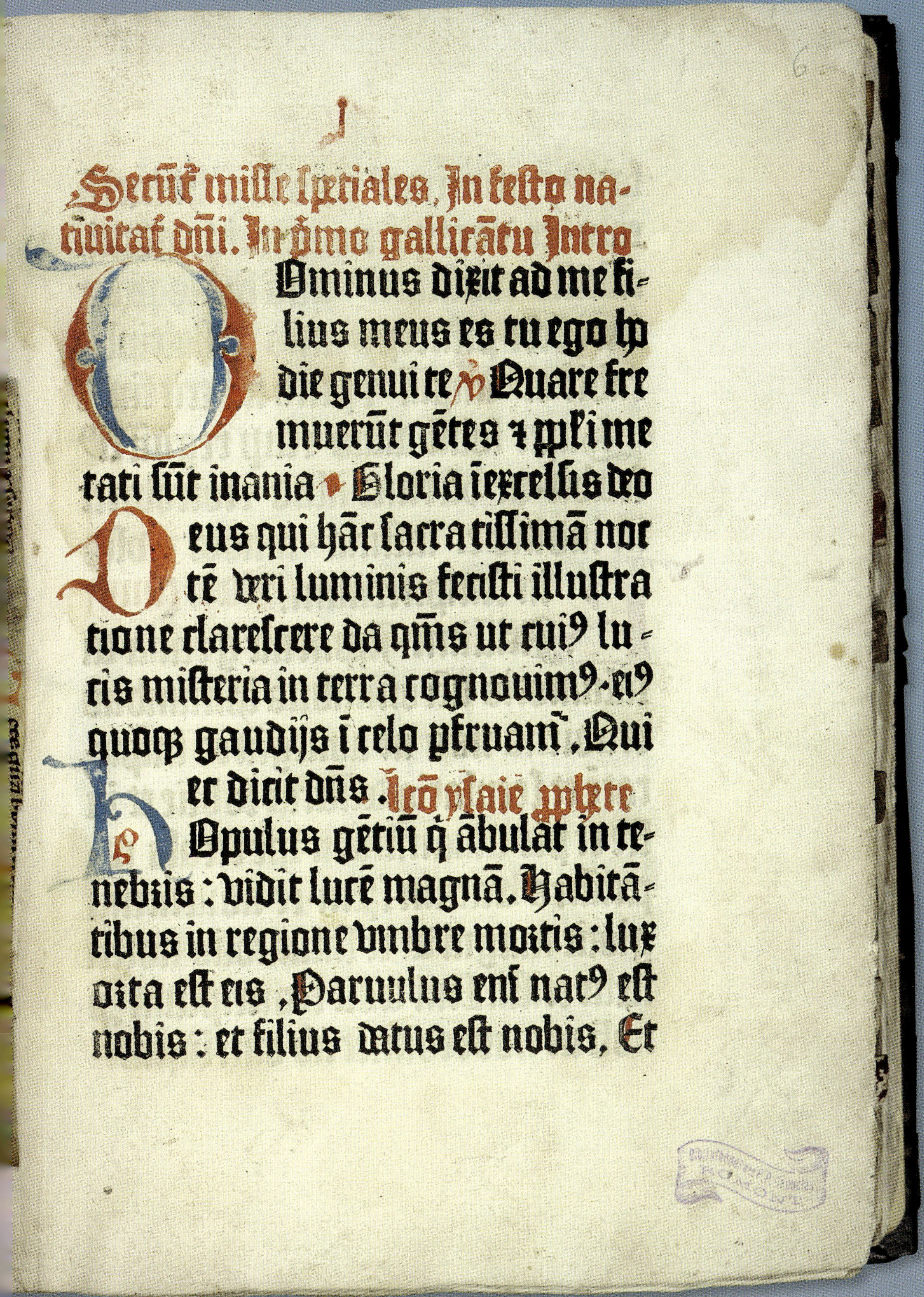
Sequũt misse speciales. In festo na-
tiuitat dñi. In pmo gallicãtu Intro
Dominus dixit ad me fi-
lius meus es tu ego ho
die genui te. ps Quare fre
muerũt gẽtes ꝛ ppli me
tati sũt inania. Gloria i excelsis deo
Deus qui hãc sacratissimã noc
tẽ veri luminis fecisti illustra
tione clarescere da q̃s ut cui9 lu-
cis misteria in terra cognouim9. ei9
quoq; gaudijs i celo pfruam̃. Qui
Hec dicit dñs. Lcõ ysaie pphete
Populus gẽtiũ q̃ ãbulat in te-
nebris: vidit lucẽ magnã. Habitã-
tibus in regione umbre mortis: lux
orta est eis. Paruulus enĩ nat9 est
nobis: et filius datus est nobis. Et

『コンスタンス・グラドゥアーレ』

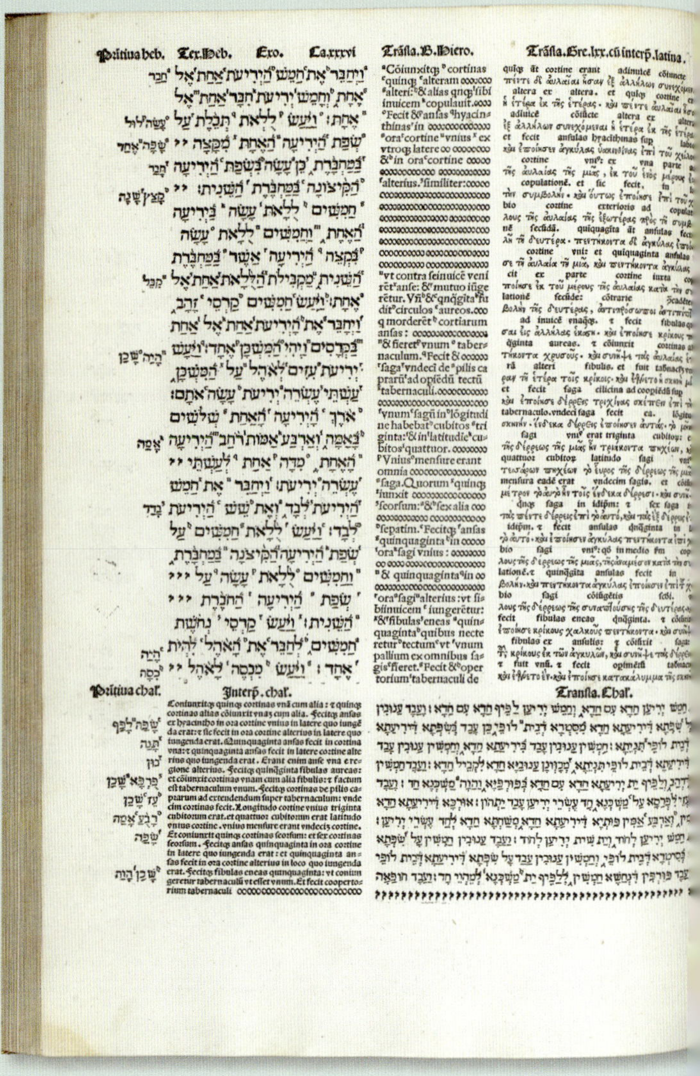

右　**コンプルテンセの多言語聖書**　多言語聖書は「おとろえつつある聖書研究を復活させるために」計画された。申命記 32 章の一部が、上部の３つの段にそれぞれヘブライ語、ラテン語、70 人訳のギリシア語で左から右に書かれ、下部にはラテン語訳をつけたカルデア語が書かれている。左の余白にはヘブライ語とカルデア語の原語が記されている。

聖書研究における重要な業績

数ある多言語聖書の第１号であるこの本は、デザインの問題をうまく解決したことで、そしてその活字書体の美しさで知られている。

この 16 世紀初頭の**多言語**（polyglot）聖書は、学術書を印刷する技術がグーテンベルクの 42 行聖書から 50 年でどれほど変わったかを示している。５カ国語の**活字**（type）を組む複雑さは、これを印刷したアルノー・ギレン・ド・ブロカール（1460 頃-1523 年）によってうまく解決された。ブロカールはトゥールーズで修行を積んだフランス人で、スペイン北部のログローニョで印刷業を開始した。

この大仕事の推進力となったのは、非凡で精力的な指導者で修道士だった枢機卿ヒメネス（フランシスコ・ヒメネス・デ・シスネロス、1436-1517 年）である。ヒメネスは 1500 年にアルカラ・デ・エナーレス（現コンプルテンセ、ラテン語でコンプルトゥム）に大学を新設した。ヒメネスには聖書の多言語版を作ろうという計画があり、ディエゴ・ロペス・デ・スニガ（1531 没）を編集者として雇い、他のそうそうたる学者を助手につけ、ギレン・ド・ブロカールとともに多言語聖書の印刷にあたらせた。作業は 1502 年頃にはじまり、６巻におよぶ聖書（金貨で５万ダカットほどかかった）は 1514 年から 17 年にかけて完成したが、ヒメネスはその前に亡くなった。６巻目と最終巻にはヘブライ語、アラム語、ギリシア語の語彙集がふくまれ、さまざまな学問の助けになった。

聖書研究における重要な業績
コンプルテンセの多言語聖書

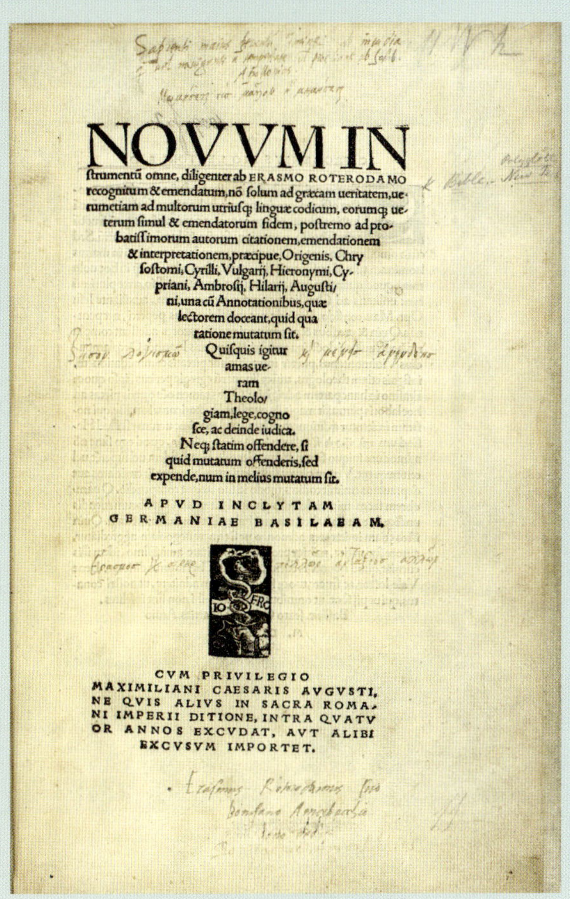
NOVVM IN
strumentũ omne, diligenter ab ERASMO ROTERODAMO recognitum & emendatum, nõ solum ad græcam ueritatem, uerumetiam ad multorum utriusq; linguæ codicum, eorumq; ueterum simul & emendatorum fidem, postremo ad probatissimorum autorum citationem, emendationem & interpretationem, præcipue, Origenis, Chrysostomi, Cyrilli, Vulgarij, Hieronymi, Cypriani, Ambrosij, Hilarij, Augustini, una cũ Annotationibus, quæ lectorem doceant, quid qua ratione mutatum sit. Quisquis igitur amas ueram Theologiam, lege, cognosce, ac deinde iudica. Neq; statim offendere, si quid mutatum offenderis, sed expende, num in melius mutatum sit.

APVD INCLYTAM GERMANIAE BASILAEAM.

CVM PRIVILEGIO MAXIMILIANI CAESARIS AVGVSTI, NE QVIS ALIVS IN SACRA ROMANI IMPERII DITIONE, INTRA QVATVOR ANNOS EXCVDAT, AVT ALIBI EXCVSVM IMPORTET.

上　**エラスムスの新約聖書**　エラスムスの2カ国語版の美しい扉。献辞には、「われわれを救済するその教えを、水たまりや小川からではなく実際の源泉から引き出せば、より純粋でより鮮明な形で手に入れることができるのだと気づいた」と述べられている。

多言語聖書が出版準備中だと知り発奮したロッテルダムのエラスムスは、ギリシア語・ラテン語対訳の新約聖書を1516年に発刊し、ローマから4年の独占販売権を得た。コンプルテンセの多言語聖書は1517年には完成したが、教皇レオ10世の認可がおりるまで時間がかかり、初版600部が販売されたのは1520年のことである。不運にもイタリアに輸出される際、その多くが海に沈み、現存しているのは123部のみだ。

「もっとも重要なスペイン・ルネサンスの学術出版物」と形容されるコンプルテンセの多言語聖書は、編集、デザインの成功、ギリシア語の活字書体の美しさで名高く、19世紀末以降の活字デザイナーに影響をあたえつづけている。

関連項目

初期の合作本
シェーデルの『ニュルンベルク年代記』　pp.100–101
アルド版ウェルギリウス　pp.108–109
後世の共同制作
ディドロの『百科全書』　pp.158–159
聖書の印刷
グスタフ・ヴァーサ聖書　pp.124–125
ベイ詩編歌集　pp.128–129

右　**『ファブリカ』**　ヴェサリウスは処刑された罪人の体を利用する機会を得た。1543 年、彼は 1 年間道端で「見せしめのために」つるされたままになっていた死体に出くわし、盗んだと記している。「骸骨は完全に乾燥し、まったくきれいだったので、わたしは入念に調べ、この長く待ちこがれていた予期せぬチャンスをふいにしてはならないと決心した」。pp.134-135 参照。

7

第 7 章

危険な発明

新たな関心、新たな方法、新たな問題が 16 世紀・17 世紀に生まれた。こういった問題点のいくつかは、品質管理や著作権もふくめ、今日もさまざまな懸念を生じさせつづけている。

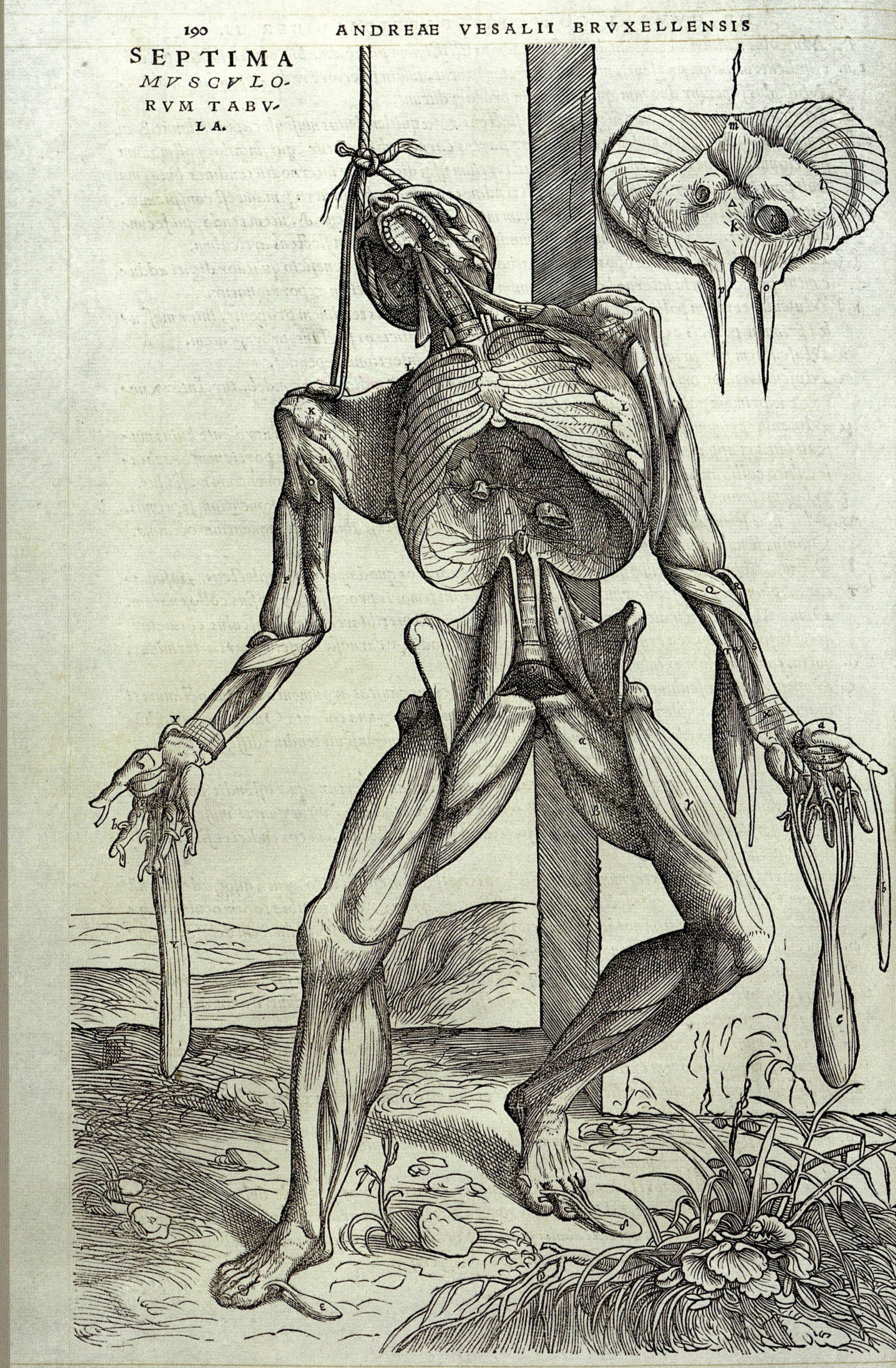
190 ANDREAE VESALII BRVXELLENSIS
SEPTIMA
MVSCVLO-
RVM TABV-
LA.

印刷がはじまった当初は、本に対する幅広い敬意と、読み書きから得られるものに対する大きな評価があった。16 世紀に識字率が上がり本が急増すると、姿勢に変化が現れた。宗教改革のひとつの側面として、さまざまな聖書の翻訳が増加するにつれ（pp.118-119、124-125、128-129 参照）、人々が聖書を読めるようにしようという動きがますますうながされたのである。しかし翻訳が危険な仕事になる場合もあった。ウィリアム・ティンダルは火あぶりの刑に処せられている。

公的支援を受けている印刷業者ですら、問題と無縁ではいられない。1538 年にパリで印刷された英国国教会の大聖書（グレート・バイブル）のために、編集者リチャード・グラフトンは宗教裁判にかけられないよう逃亡しなければならなかった。彼はのちに聖書をロンドンで印刷させたが、それがもとで投獄された。にもかかわらず、聖書の印刷は収益性の高い事業だった。支配者たちが印刷を奨励する場合もあった。ジェームズ 1 世があらゆる教区に欽定訳聖書をもつことを求めたのは、その一例である。国王直属印刷業者はこれで確実に儲けた。最近まで、王室御用達の印刷業者とオックスフォード、ケンブリッジの両大学出版局には一種の助成金が支払われていた。三者はすべて大きな利益を得たため、政府の政策に従う傾向がより強かった。

自分たちこそが真理を知る者だと考える人々は、他の手段も講じた。検閲である。ほぼすべての社会で、出版前の検閲（としばしば自主検閲）が行われ、重視されるようになった。たとえば、科学文献の査読は今でも最上の根拠として利用されている。公的な禁書リストが現れたのは 15 世紀頃で、ローマの『禁書目録』がはじめて出されたのは 1559 年だった。エラスムスが禁止された効果が明瞭に見られる（pp.126-127 参照）。

ピューリタンがイギリス領アメリカに移民したのには、自分たちなりの方法で信仰の自由を求めるという意味あいもあったが、検閲はマサチューセッツでも厳しかった。北アメリカでは 1782 年まで、純粋に宣教目的で作られたものを除き、聖書は印刷されていない。有名な 1640 年のベイ詩編歌集と同じく、ジョン・エリオットの先住民用聖書はマサチューセッツのケンブリッジで、ハーヴァード大学学長の家にすえられた印刷機を使って作られた。大学では、印刷に対する干渉はさほどでもなかったのだ（pp.128-129 参照）。

宣教師はスペイン領アメリカでも重要な役割をはたしていた。メキシコの人々へのスペイン人の対応は、奪還したスペイン領土でのムーア人への対応に近いと思われる場合もあるが、現地語で本を出版しようというまじめで誠実な試みもあった。しかしこういったアプローチですら、ユカタン司教ディエゴ・デ・ランダ・カルデロンのような真理を知る者によってなされることが多かった。カルデロンは保護するのと同じくらい多くのものを破壊した。新世界にかんする情報を旧世界に伝えるのはむずかしい場合が多い。もっとも重要な文書のひとつ『メンドーサ絵文書（Codex Mendoza）』は、メキシコからスペインに送られたが届かず、最終的にスペインの敵の手にわたった（pp.130-131 参照）。

遠く離れた国々や文明を描写したのちの本は、これとは異なる形をとる場合が多く、むしろ古代の**ペリプルス**（periplus）に似ていた。探検を開始したのはフランス、イギリス、オランダの旅人たちである。彼らは宝を求めて中国や「インド」に向かったが、征服するのではなく、むしろ東方との交易を通じて宝を得ようとしていた。ハクルートその他による 17 世紀の記録は今読んでもなみはずれて面白い。ヤン・ファン・リンスホーテンによるオランダの本は、そういった本の代表例だといえよう（pp.132-133 参照）。

学術出版

グーテンベルクの発明から 2 世紀が経過し、さまざまなスタイルの本が目につくようになった。そのさきがけとなったのが科学出版物で、すべてイスラム世界の初期の学問やヨーロッパ・ルネサンス時代の研究にかかわるものだったが、こういった学術書は、しだいに専門の出版者や書籍商を通じて知られるようになった。とはいえ、かならずしも学術書が国の規制を受けずにすんだわけではなく（バーゼルのオポリヌスやフランスのエティエンヌの波乱万丈の経歴はそれを如実に示している）、ヴェサリウスによる偉大な解剖学書の出版は（pp.134-135 参照）、医学書の出版における重大な分岐点となった。

デンマークでは 16 世紀なかばに科学的な印刷物の正確さが課題となっていた。かつてヒメネス枢機卿はコンプルテンセの多言語聖書（pp.118-119 参照）を作るのに必要な組織作りをはかったが、デンマーク王フレゼリク 2 世は偉大な天文学者ティコ・ブラーエの研究に資金を提供した（pp.136-137 参照）。品質管理のために研究所内で印刷できたのはティコにとって好都合だったし、その後は他の研究者たちによって利用された。しかししだいに出版者は、訓練を受けた本職の校正者に頼るようになった。ヒエロニムス・ホルシューが印刷者のための最古の技術マニュアル『正しいタイポグラフィ（Orthotypographia）』（1608 年）で推奨したように。

17 世紀のなかばには、図書目録の作成と本の競売の出現で販売が単純化された。科学研究と出版の専門化は完成まであと一歩というところだった。研究ジャーナルの出現については本書では論じていないが、科学および言語の学会や学術団体の設立は、ほとんど印刷そのものと同じくらい古い。近代科学は1660年のロンドンの王立協会（ロイヤル・ソサエティ）や、1669年のフランスの科学アカデミーの設立に端を発するといってもいいかもしれない。会員は彼らの情報を体系化し、その成果を出版物で系統立てる新たな方法を学んでいた。アイザック・ニュートンが1687年に出版した『プリンキピア――自然哲学の数学的原理』（pp.138-139）は傑出した本だった。そのすばらしさがまたたくまに認識されたのは、情報の普及が非常に大きな役割をはたしていたからにほかならない。

テクストの体裁が変化するにつれ、挿絵のスタイルや内容も変化した。**木版画**（woodcut）の挿絵（ヴェサリウスのように）をつけられれば最高だったが、銅版画やエッチングのほうが一般的になった。これらの方法には欠点もあった。文章とは別に印刷しなければならず、費用が高くついたのである。しかしそういった挿絵を使ったほうが当世風だったので、長い年月のあいだにこの**凹版**（intaglio）印刷は一般的になっていった。

新興の作家たち

本書をエリザベス朝やジェームズ1世時代の重要な作品、つまりシェークスピアの詩や戯曲、あるいはバートンの『憂鬱の解剖（Anatomy of Melancholy）』（1621年）のようなノンフィクションを転載して埋めることも可能だろう。だがそれよりも、二流の、あるいはほとんど忘れ去られた作家に注目するほうが有益だ。なぜなら彼らは、その時代の驚嘆すべき活力と創作力の例証となるからだ。地味な劇作家で大衆作家だったジャーヴィス・マーカムの本（pp.140-141）には、くずの山の中に黄金のひらめきがある。マーカムは、工芸や技術について詳述した本が増えていくことを予示していた。自分の仕事に誇りをもつ職人がそういった本を書く場合も多かった。たとえばジョーゼフ・モクソンは王立協会（ロイヤル・ソサエティ）会員に選ばれた最初の職人だが、著書『メカニック・エクササイズ――技芸に用いられる手仕事の原則（Mechanick Exercises or the Doctrine of Handy-works）』（1678-83年）は、印刷その他の技術にかんするもっとも重要な研究書のひとつとされている。このような本を書いたのは職人の親方だけではない。しだいに女性向けの本が、ときには女性によって書かれるようになり（pp.142-143参照）、男性読者向けに書かれることもあった（pp.144-145参照）。出版業が発展したことで、**予約出版**（subscription publishing）を通じ、より投機的な本作りがされるようになった。それにより、作家が（運がよければ）利益を上げられる、さまざまな挿絵入りの本が増加した（pp.146-147参照）。

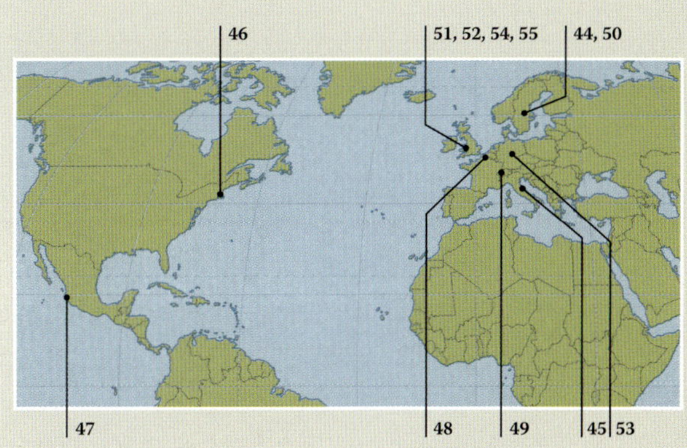

参照ページ　Page

スウェーデン語の発展

ほとんどのヨーロッパ諸国は15世紀から16世紀にかけて聖書を出版したが、その制作は国民を結束させるのに役立った。とくに北欧ではそれが顕著だった。

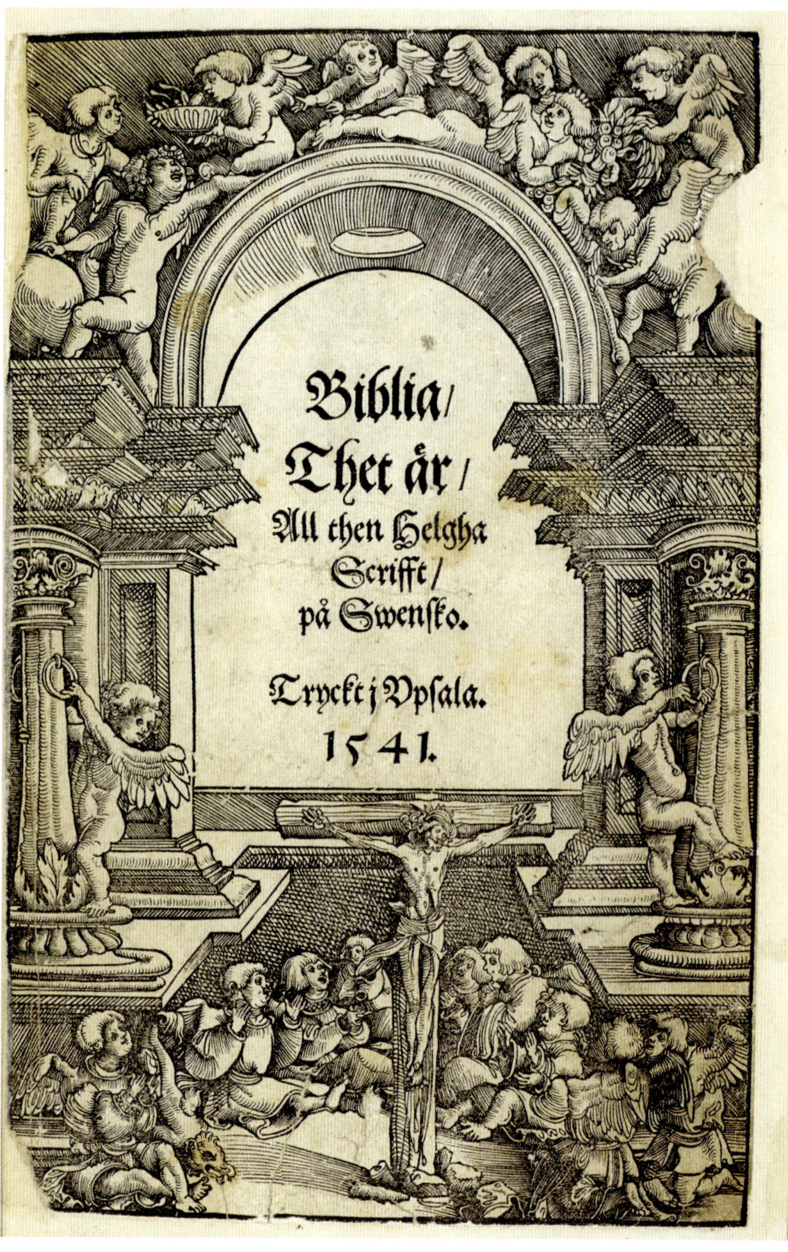

左　**グスタフ・ヴァーサ聖書**　1346年に聖ビルギッタによってヴェッテルン湖畔に建てられたヴァドステーナ修道院は、宗教書のスウェーデン語への翻訳を主導した。この伝統にしたがい、翻訳された聖書はあらゆる教区の聖職者によって朗読されて広く伝わり、スウェーデン語の統一を進めるうえで独自の役割を果たした。

西欧における宗教改革と反宗教改革を激化させた宗教的議論のために、さらには自力で聖書が読めなければならないという人々への圧力が高まったために、多くの支配者と教会は印刷業者に命じて新たな聖書を作らせた。当初、現地語への翻訳の多くはウルガタ版をもとにしており、初期に現地語で印刷されたものは、将来の使用を見越して、その言語を定着させ保護する傾向にあった。

プロテスタントが増加しウルガタ版の使用を避けたいという思いが働いたことから、ルター派、カルヴァン派その他さまざまなグループのための新たな翻訳が求められた。マルティン・ルターによる1522年のドイツ語訳に続いて、ヤーコプ・ファン・リースフェルドによるオランダ語版が作られた（アントウェルペン、1526年）。

北欧でもルター派が増加したため、支配者たちは自国語の聖書を作らせることにした。イングランドの大聖書（1539年）やのちの欽定訳聖書（1611年）のように、あらたまったスタイルで印刷させたのである。16世紀には**ブラックレター**（blackletter）と**フォリオ判**（folio）の**体裁**（format）を用いるのが決まりだった。デンマークでは、クリスティアン3世がデンマーク聖書（1550-51年）の作成を計画したが、それは1584年にホゥラルの主教の指示で作られたアイスランド聖書を下敷きにしていた。

スウェーデンで印刷された聖書の歴史も同様だ。スウェーデンの新約聖書は1528年に出版

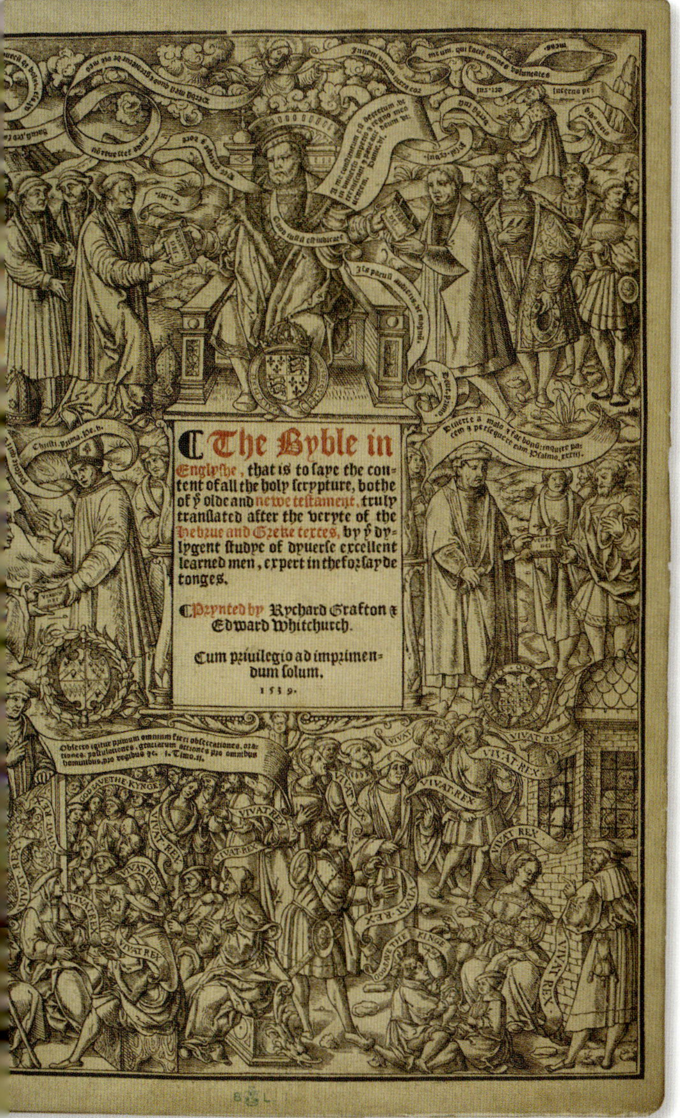
The Byble in Englyshe, that is to saye the content of all the holy scrypture, bothe of ÿ olde and newe testament, truly translated after the veryte of the Hebrue and Greke textes, by ÿ dylygent studye of dyuerse excellent learned men, expert in the forsayde tonges.

Prynted by Rychard Grafton & Edward Whitchurch.

Cum privilegio ad imprimendum solum.

1539.

J. N. J.

Die Heilige Bibel

nach S. Herrn D. MARTINI LUTHERI

Deutscher Dolmetschung/ und Erklärung/

vermöge des Heil. Geistes/

im Grund-Text/

Richtiger Anleitung der Cohærentz,

und der gantzen Handlung eines jeglichen Texts/

Auch Vergleichung der gleichlautenden Sprüche/ enthaltenen

eigenen Sinn und Meinung/

Nechst ordentlicher Eintheilung eines jeden Buches und Capitels/

und Erwegung der nachdrücklichen Wort/ und Redens-Art

in der Heil. Sprache/

sonderlich aber

Der Evangelischen allein seligmachenden Warheit/

gründ- und deutlich erörtert/

und mit Anführung

Herrn LUTHERI deutschen/ und verdeutschten Schrifften/

also abgefasset/

daß der eigentliche Buchstäbliche Verstand/

und gutes Theils auch

der heilsame Gebrauch der Heil. Schrifft

fürgestellet ist/

Mit grossem Fleiß/ und Kosten ausgearbeitet/

und verfasset/

von

D. ABRAHAM CALOVIO,

Im Jahr Christi cIↄ Iↄc XXCI.

welches ist das

5681ste Jahr/ von Erschaffung der Welt.

Zu Wittenberg/

Nicht uns HERR/ nicht uns/ sondern deinem Namen gib Ehre/

umb deiner Gnade und Warheit!

Gedruckt in Wittenberg/ bey Christian Schrödtern/ der Univ. Buchdr.

左　**クロムウェルの大聖書**　この最初の公認訳を指示した主教代理トマス・クロムウェルの名で知られる。印刷はパリではじめられたが、異端であるとして没収され、1539年4月にロンドンで完成した。その細密に飾られた扉には、クロムウェルの主君であるヘンリー８世と聖職者たちが描かれている。

上　**ルター聖書**　マルティン・ルターの聖書は多くのヴァージョンが存在する。この３巻からなる版は17世紀の神学者アブラハム・カロヴィウスによるもので、1681-82年にヴィッテンベルクで出版された。現在セントルイス州のコンコルディア神学校が所蔵するこの聖書は、偉大な作曲家J・S・バッハが所有していたもので、余白に25個所ほど注釈が書き入れられている。バッハのモノグラムが右下部に見える。

され、完全版聖書（ルターのテクストを下敷きにしたもの）は1541年にウプサラで完成した。作成を命じた王の名をとってグスタフ・ヴァーサ聖書とよばれる。この聖書には、ドイツで発展したスタイルとタイポグラフィに従い、**フラクトゥール**（fraktur）（ドイツ活字体）が使われた（フィンランド人もフラクトゥールを使った）。グスタフ・ヴァーサ聖書は洗練された本で、言語と訳の文語体が現代スウェーデン語の形成に役立ち、正字法とアクセントの使用がデンマーク語との違いを明確にした。

欽定訳聖書が出版された頃に比べ、英語は変わった。同様に、スウェーデン人も彼らの聖書の言葉が旧式だと感じている。しかしスウェーデン人がフラクトゥールを放棄したことで、別な問題も生じている。現代のスウェーデン人はこの活字体をほとんど読めないのである。そのため、オリジナル版が読まれることは、今ではほとんどない。

関連項目

印刷された聖書

コンプルテンセの多言語聖書　pp.118-119

ベイ詩編歌集　pp.128-129

ドイツの活字書体を使用した本

グーテンベルクの『42行聖書』　pp.98-99

シェーデルの『ニュルンベルク年代記』　pp.100-101

スウェーデンの本

リンネの『植物の種』　pp.160-161

検閲の効果

さまざまな時代にさまざまな国々で、本の破壊はくりかえされてきた。だがここで述べるようにページに書かれた言葉を焼いてしまうことは、ふつうではない。そんなことをしても、テクストへの関心を失わせる効果は期待できない。

15世紀なかばにグーテンベルクが印刷を発展させた頃から検閲は行われていた。皮肉なことに、1471年にはじめて検閲を試みたのは学者ニッコロ・ペロッティである。ペロッティはテクストがきちんと編集されているかどうかを確認するために、集中的管理が可能なシステムを提案したのだが、この理想的な提案は受け入れられなかった。それどころか、政治的もしくは宗教的な出版物に対する管理に目が向けられたのである。猥褻な本に対する規制が行われたのはかなり先で、とくに18世紀になってからのことだった（pp.168–169参照）。

検閲によって読書を管理しようとする試みのなかでもっとも有名なのは、カトリックの『禁書目録（Index Librorum Prohibitorum）』だ。これは1559年に教皇パウルス4世によって発表されたもので、特別な許しがあ

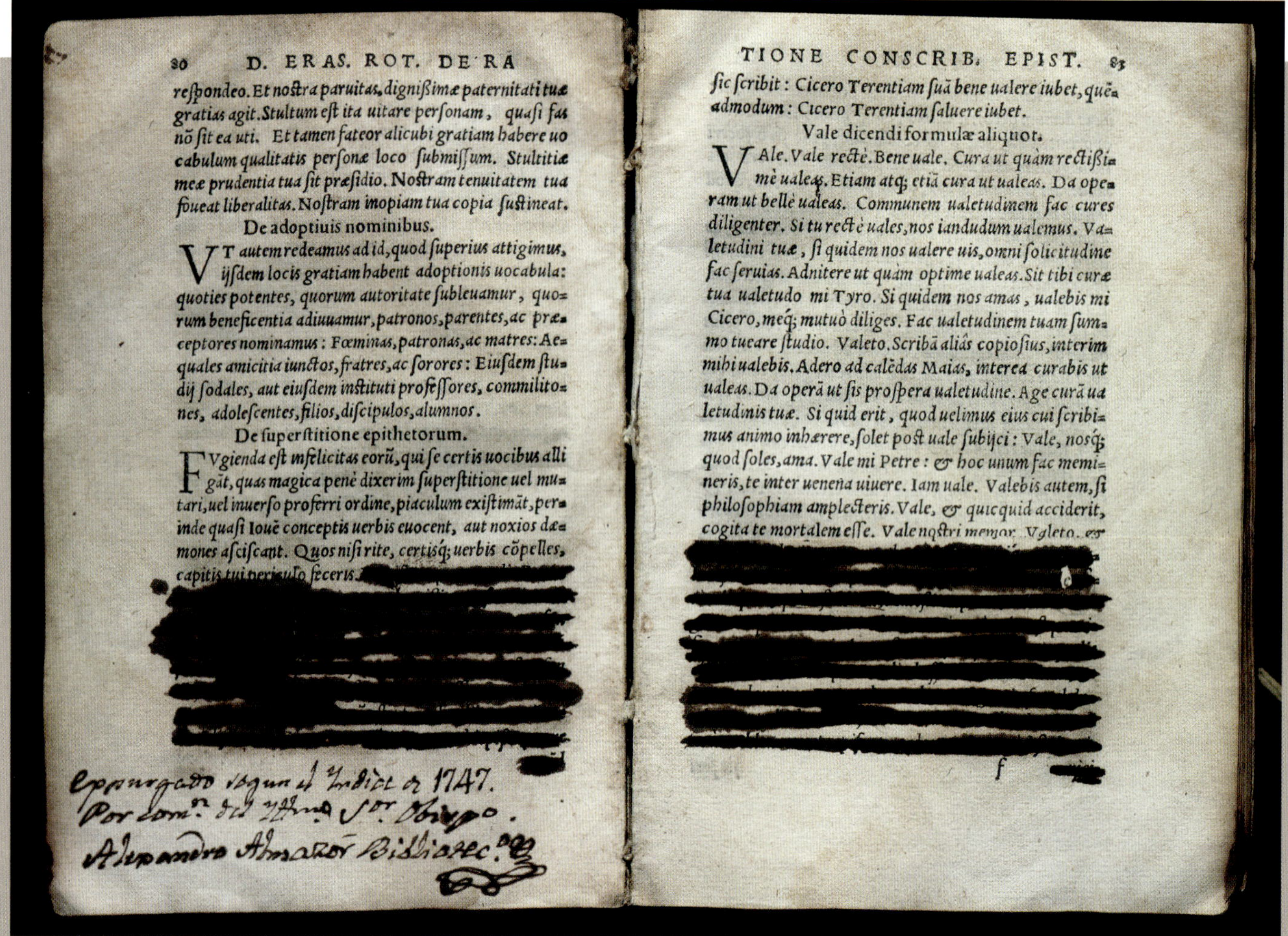

80 D. ERAS. ROT. DE RA

respondeo. Et nostra paruitas, dignißimæ paternitati tuæ gratias agit. Stultum est ita uitare personam, quasi fas nō sit ea uti. Et tamen fateor alicubi gratiam habere uocabulum qualitatis personæ loco submissum. Stultitiæ meæ prudentia tua sit præsidio. Nostram tenuitatem tua foueat liberalitas. Nostram inopiam tua copia sustineat.

De adoptiuis nominibus.

VT autem redeamus ad id, quod superius attigimus, iisdem locis gratiam habent adoptionis uocabula: quoties potentes, quorum autoritate subleuamur, quorum beneficentia adiuuamur, patronos, parentes, ac præceptores nominamus: Fœminas, patronas, ac matres: Aequales amicitia iunctos, fratres, ac sorores: Eiusdem studii sodales, aut eiusdem instituti professores, commilitones, adolescentes, filios, discipulos, alumnos.

De superstitione epithetorum.

FVgienda est infelicitas eorũ, qui se certis uocibus alligãt, quas magica penè dixerim superstitione uel mutari, uel inuerso proferri ordine, piaculum existimãt, perinde quasi Ioue cõceptis uerbis euocent, aut noxios dæmones asciscant. Quos nisi rite, certisq; uerbis cõpelles, capitis tui periculo feceris.

Expurgado segun el Indice de 1747.
Por com.n del Ill.mo S.r Obispo.
Alexandro Almazor Bibliotec.o

TIONE CONSCRIB. EPIST. 83

sic scribit: Cicero Terentiam suã bene ualere iubet, quẽadmodum: Cicero Terentiam saluere iubet.

Vale dicendi formulæ aliquot.

VAle. Vale rectè. Bene uale. Cura ut quàm rectißimè ualeas. Etiam atq; etiã cura ut ualeas. Da operam ut bellè ualeas. Communem ualetudinem fac cures diligenter. Si tu rectè uales, nos iandudum ualemus. Valetudini tuæ, si quidem nos ualere uis, omni solicitudine fac seruias. Adnitere ut quàm optime ualeas. Sit tibi curæ tua ualetudo mi Tyro. Si quidem nos amas, ualebis mi Cicero, meq; mutuò diliges. Fac ualetudinem tuam summo tueare studio. Valeto. Scribã aliàs copiosius, interim mihi ualebis. Adero ad calẽdas Maias, interea curabis ut ualeas. Da operã ut sis prospera ualetudine. Age curã ualetudinis tuæ. Si quid erit, quod uelimus eius cui scribimus animo inhærere, solet post uale subiici: Vale, nosq; quod soles, ama. Vale mi Petre: & hoc unum fac memineris, te inter uenena uiuere. Iam uale. Valebis autem, si philosophiam amplecteris. Vale, & quicquid acciderit, cogita te mortalem esse. Vale nostri memor. Valeto. &

る場合を除き、カトリック教徒が目録にある本を読むことを禁じている。個々の書名がリストされているのにくわえ、作家の名でその全著書が禁じられている場合も多かった。もちろん目録の内容は何世紀ものあいだに変化している。最後の目録が出されたのは1948年で、これは1966年にパウロ6世により正式に廃止された。

禁じられた作家のひとりにデジデリウス・エラスムス（1466-1536年）がいる。風刺のきいた『痴愚神礼賛』（1511年）の著者だ。彼のギリシア語新約聖書の翻訳は1516年に出版されている。エラスムスはカトリックでありつづけたが、ルター主義が勢力拡大する機会をあたえたとして非難され、のちに著書が禁書目録に載せられることになった。

狂信者のなかには禁止を文字どおりに受けとる者もいた。イタリア人アンドレア・アルチャーティの『エンブレム集』（1531年）は、数世紀間人気のあった**エンブレム・ブック**（emblem books）のさきがけである。アルチャーティの本は禁止されなかったものの、『エンブレム集』には禁書の著者エラスムスに言及した部分があった。アルチャーティの本のある持ち主は、エラスムスの名が文章に出てくるたびにその部分を焼いたという。エラスムスの『書簡文作法（De ratione conscribendi epistolas）』（1522年にバーゼルでフローベンが印刷したもの）を1747年に入手した異端裁判の検閲官は、じつに注意深くあらゆる不快な個所を抹消したが、修正はかえって読者の好奇心をかきたてるだけだった。検閲はかならずといっていいほど逆の反応をひき起こすものである。

関連項目

政治的理由による管理

ディドロの『百科全書』 pp.158-159

道徳的理由による検閲

クレランドの『ファニー・ヒル』 pp.168-169

ストープスの『結婚愛』 pp.230-231

左 **削除修正された『書簡文作法』** 1522年にバーゼルでエラスムスが出版したこの本（現在はバルセロナ神学校の図書館に所蔵されている）のなかで、1747年の異端裁判の検閲官は問題ありとみなした部分に明確に印をつけて「削除」している。

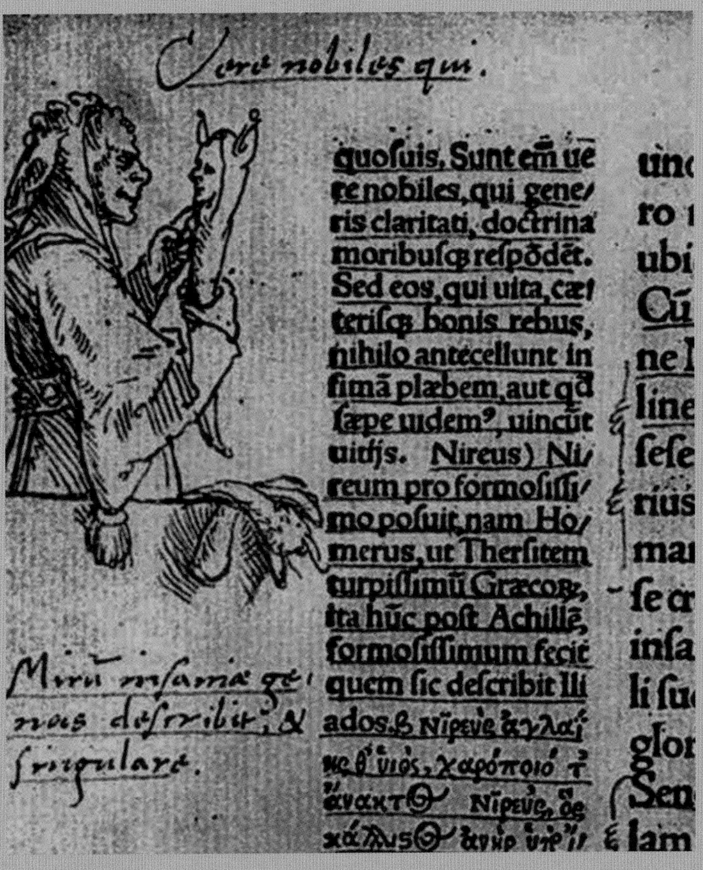

左 **『痴愚神礼賛』** このカトリック教会への痛烈な風刺は、エラスムスが1509年に友人であるトマス・モアを訪ねた際に書いたもので、宗教改革に利用された。ふたりの共通の友人であるハンス・ホルバインが、著者エラスムスの所有する本に、痴愚神としてこのエラスムスの機知に富んだ肖像画を描いた。この余白の書きこみが、のちの挿絵入り版のもとになった。

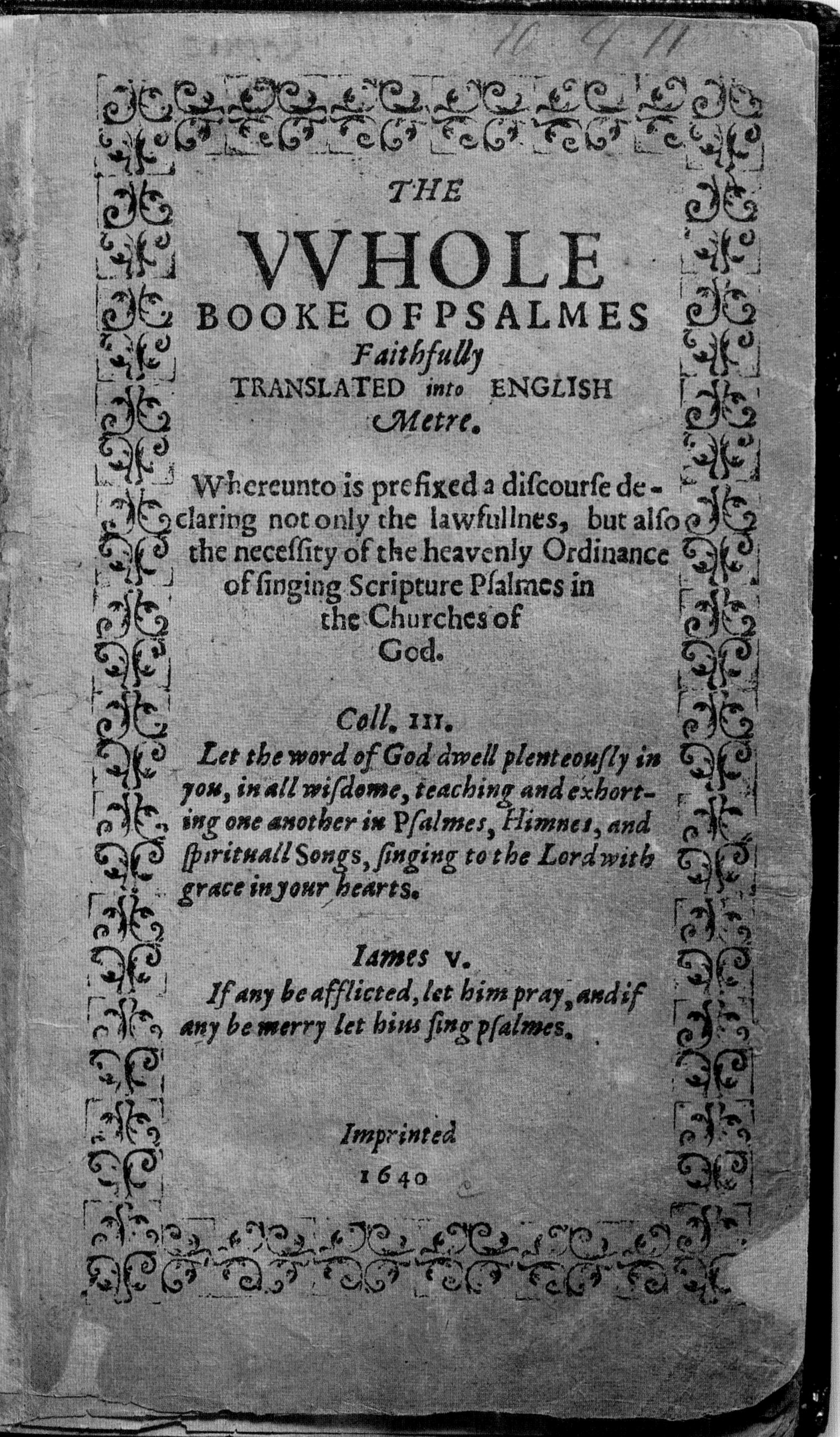

THE
VVHOLE
BOOKE OF PSALMES
Faithfully
TRANSLATED into ENGLISH
Metre.

Whereunto is prefixed a discourse de-
claring not only the lawfullnes, but also
the necessity of the heavenly Ordinance
of singing Scripture Psalmes in
the Churches of
God.

Coll. III.
*Let the word of God dwell plenteously in
you, in all wisdome, teaching and exhort-
ing one another in Psalmes, Himnes, and
spirituall Songs, singing to the Lord with
grace in your hearts.*

Iames V.
*If any be afflicted, let him pray, and if
any be merry let him sing psalmes.*

Imprinted
1640

左　**ベイ詩編歌集**　マサチューセッツのベイ・コロニーで、新たに入植した組合協会主義のピューリタンによって作られた。アメリカで印刷された最初の本である。契約移民の錠前屋だったスティーヴン・デイが、イングランドから紙や活字とともに印刷機を運んだ。印刷した1700部のうち11部が現存している。

右上　**「主よ、よび求めるわたしの声を聞き」**　詩編歌集のなかの詩は、以前のものよりもヘブライ語のオリジナルにさらに近づけることを意図しており、新世界のために新たに訳されたものである。ジョン・コットン、リチャード・メイザー、ジョン・エリオットといったニューイングランドの指導的な学者たち、すなわち「30人の敬虔で博学な牧師」がその作業にあたった。

右下　**アルゴンキン語訳聖書**　ピューリタンの移住者ジョン・エリオットは、先住民をキリスト教に改宗させるには、彼らの言葉による聖書があればもっと成功すると信じていた。ネイティヴスピーカーのジョン・サッサモンからアルゴンキン族の言葉を学んだのち(話し言葉のみ)、ナティック(アルゴンキン族の重要な信仰の町のひとつ)の牧師エリオットは、まず信仰問答書、それから聖書をナティックの土地の言葉に翻訳した(1653年)。彼が翻訳した聖書は、アメリカで印刷された最初の聖書となった。

イギリス領アメリカ初の印刷

アメリカの印刷と出版の第一歩は、マサチューセッツの初期のピューリタン入植地にあるハーヴァードからはじまった。

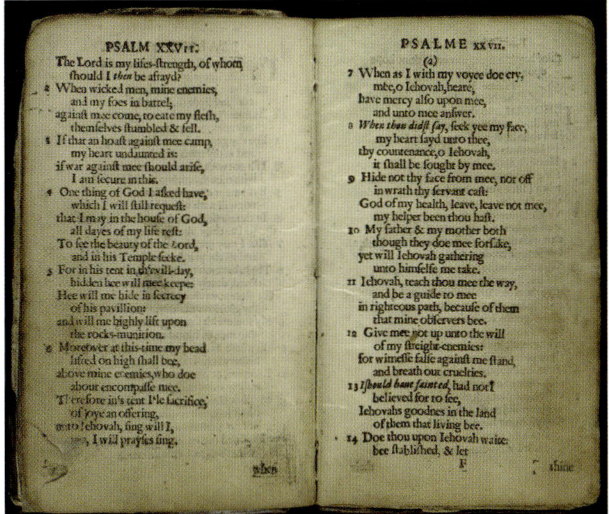

PSALM XXVII.
The Lord is my lifes-strength, of whom
should I *then* be afrayd?
2 When wicked men, mine enemies,
and my foes in battel;
against mee come, to eate my flesh,
themselves stumbled & fell.
3 If that an hoast against mee camp,
my heart undaunted is:
if war against mee should arise,
I am secure in this.
4 One thing of God I asked have,
which I will still request:
that I may in the house of God,
all dayes of my life rest:
To see the beauty of the Lord,
and in his Temple seeke.
5 For in his tent in th'evill-day,
hidden hee will mee keepe:
Hee will me hide in secrecy
of his pavillion:
and will me highly lift upon
the rocks-munition.
6 Moreover at this-time my head
lifted on high shall bee,
above mine enemies, who doe
about encompasse mee.
Therefore in's tent I'le sacrifice,
of joye an offering,
unto Iehovah, sing will I,
yea, I will prayses sing.

PSALME XXVII.
(2)
7 When as I with my voyce doe cry,
mee, o Iehovah, heare,
have mercy also upon mee,
and unto mee answer.
8 *When thou didst say*, seek yee my face,
my heart sayd unto thee,
thy countenance, o Iehovah,
it shall be sought by mee.
9 Hide not thy face from mee, nor off
in wrath thy servant cast:
God of my health, leave, leave not mee,
my helper been thou hast.
10 My father & my mother both
though they doe mee forsake,
yet will Iehovah gathering
unto himselfe me take.
11 Iehovah, teach thou mee the way,
and be a guide to mee
in righteous path, because of them
that mine observers bee.
12 Give mee not up unto the will
of my streight-enemies:
for witnesse false against me stand,
and breath out cruelties.
13 *I should have fainted*, had not I
believed for to see,
Iehovahs goodnes in the land
of them that living bee.
14 Doe thou upon Iehovah waite:
bee stablished, & let
F thine

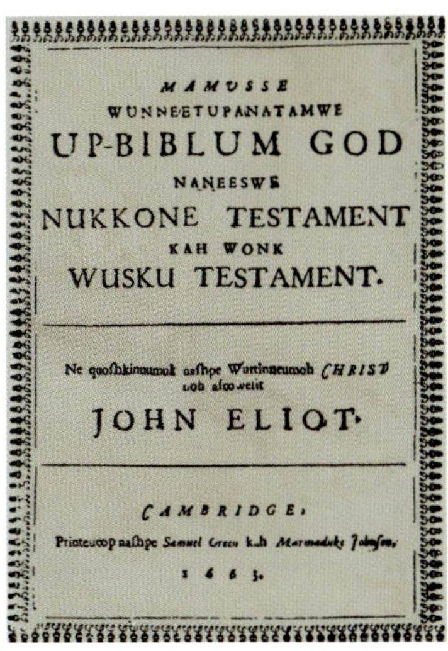

MAMUSSE
WUNNEETUPANATAMWE
UP-BIBLUM GOD
NANEESWE
NUKKONE TESTAMENT
KAH WONK
WUSKU TESTAMENT.

Ne quoshkinnumuk nashpe Wuttinneumoh CHRIST
noh asoowesit
JOHN ELIOT.

CAMBRIDGE.
Printeucoop nashpe Samuel Green kah Marmaduke Johnson.
1663.

スペイン語圏アメリカにおける初期の印刷は多くが宗教的目的によるもので、しばしばイエズス会の宣教師によって進められた。17世紀なかば、イングランド内戦と宗教改革の時代に、ヴァージニアの権力者たちは印刷の導入に強く反対した。ヴァージニア総督ウィリアム・バークリー卿は1671年に、「わたしは自由な学校も印刷もないことを神に感謝し、今後100年間はそのようなものをとりいれないことを望む」と書いているが、マサチューセッツではすでに1639年にケンブリッジで印刷がはじまっていた。

最初の重要な本は、1640年にスティーヴン・デイが印刷した『ベイ詩編歌集（The Whole Book of Psalms）』である。デイは印刷の専門家ではなく（錠前師だった）、印刷機械ももっていなかった。機械をマサチューセッツまで船便で送ったのは、牧師のヘンリー・グラヴァーである。彼は航海中に亡くなり、デイは契約で、未亡人となったグラヴァー夫人のために印刷機を設置し動かしてやらなければならなかった。夫人がその後ハーヴァード大学学長ヘンリー・ダンスターと再婚すると、印刷機はダンスター家に移された。そしてバークリーと考えを同じくする人々からの攻撃を多少は避けることができた（1649、1662、1690年にマサチューセッツではさらに印刷を禁止する動きがあったが、1690年には新聞が発行された）。ケンブリッジの印刷機は、のちに聖書の印刷にも利用された。しかし入植者が使うためではない。伝道師で詩編歌集編者のひとりジョン・エリオットが、先住民のアルゴンキン族の言葉に翻訳したのである。エリオットの先住民用聖書（アルゴンキン語訳聖書）は1660-63年に1000部印刷された。印刷にかかわったなかには、ニプマク族でハーヴァードのインディアン・カレッジの学生であるジェームズ・プリンターというアメリカ先住民もいた。

『ベイ詩編歌集』はおそらく大部分がデイの息子マシューによって印刷され、イギリス領アメリカ初の書籍商ヘゼキア・アシャーによって販売された。経験の浅い印刷業者にしては、これはよい本だった。今も11部が現存しており、2013年11月の競売では1420万ドル（850万ポンド）で落札されている。競売前に予想された1500-3000万ドル（900-1800万ポンド）には達しなかったものの、これまで売られたもっとも高価な印刷本のひとつでありつづけている。

関連項目

コロンブス以前の本
カラルのキープ　pp.20-21
『メンドーサ絵文書』　pp.130-131
まったく異なるアメリカの印刷物
バネカーの『暦』　pp.170-171
パウエルの『グリズリー・アダムズ』　pp.192-193
ホイットマンの『草の葉』　pp.216-217

アステカ先住民の絵文書

スペイン人に征服される前のアメリカ先住民について、文書による記録はほとんど残っていない。ひとつにはアステカやマヤで書物が破壊されたためだが、わずかながら現存しているものもある。

戦争はすべて悲惨なものだが、植民地への武力攻撃はとくに侵略者の醜さを物語っている。しかしそこから賢明な英雄たちが生まれることもある。1519年のスペイン人によるメキシコ征服では、エルナン・コルテスが残虐行為をくりかえし、ヌーニョ・デ・グスマンは書物と人間を滅ぼした。その後、メキシコにはもう少し人情味のあるバルトロメ・デ・ラス・カサスやバスコ・デ・キロガがやってくる。もっと模範的なのは聖職者のディエゴ・デ・ランダ・カルデロンだった。カルデロンはユカタンでマヤ人とともに働き、マヤ人とその言語に強い関心をよせている（彼がマヤ人について書きとめた文書のおかげで、近代の学者たちはマヤの**音節文字**（syllabary）を解明することができた）。しかし言葉が生きつづければキリスト教宣教師の仕事が遅れると考えたカルデロンは、目につくかぎりのマヤの写本をすべて破棄するよう命じた。

植民地の状況をスペイン王が把握するのは困難だった。スペイン人はイスラム教徒も征服したが、彼らと違ってアメリカ先住民の文化はまったくなじみがなかったからである。少しでも植民地の文化を理解してもらえるように、賢明な副王アントニオ・デ・メンドーサ（1539年にメキシコに印刷を導入した）は手稿作りを命じた。『メンドーサ絵文書』は、現在知られているように、アステカの支配者とその征服の歴史、スペイン人にさしだされた贈り物の詳細、さらには当時のアステカの生活にいたるまで、伝統的なアステカの**絵文字**（pictograph）にスペイン語の注釈をつけて概説したものだ。

この貴重な本は、カール5世（カルロス1世）への案内書としてスペインに船で送られた。絵文書がたどった**来歴**（provenance）はロマンティックだ。フランスの私掠船に奪われた絵文書は、著名なフランス人探検家兼作家アンドレ・テヴェの手にわたる。当時フランスはリオデジャネイロ近くに植民地を建設しようとして不首尾に終わっていたが、テヴェはその計画にかかわっていたのだ。その後、作家で探検家のイギリス人リチャード・ハクルートがパリで絵文書を購入し、のちに別のイギリス人作家サミュエル・パーチャスが所有することになった。パーチャスはこの本をコレクションの宝とみなし、いくつかの挿絵を有名な『パーチャスの巡礼記（Purchas his Pilgrimes）』で模写している。その後歴史家で書籍蒐集家のジョン・セルデン（ミルトンによれば「この国で有名な学者のなかの学者」）が購入したのち、絵文書は1654年にオックスフォードのボドリアン図書館に移され、その至宝のひとつとして大切にされている。

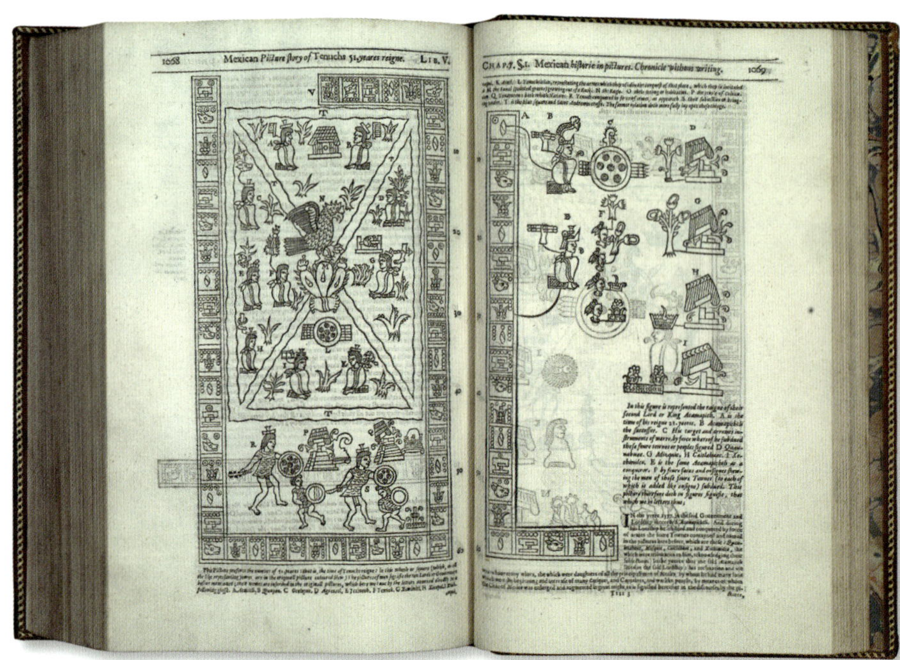

左 **『パーチャスの巡礼記』**『ハクルート遺稿』（『パーチャスの巡礼記』はこうよばれることもある、1625年）の第4巻のヌエバ・エスパーニャにかんする章には、メンドーサ絵文書の挿絵が模写されている。ここに描かれているのは、テノチの10人の貴族たちだ。アメリカ議会図書館クラウス・コレクション所蔵。この本はフランシス・ドレークの旅にも関係しており、彼の航海もこのなかで描写されている。

関連項目

コロンブス以前の生活

カラルのキープ　pp.20-21

植民地化にともなうヨーロッパの戦利品

バタク族のプスタハ　pp.38-39

『ボケ・ヴァン・ボナン』　pp.92-93

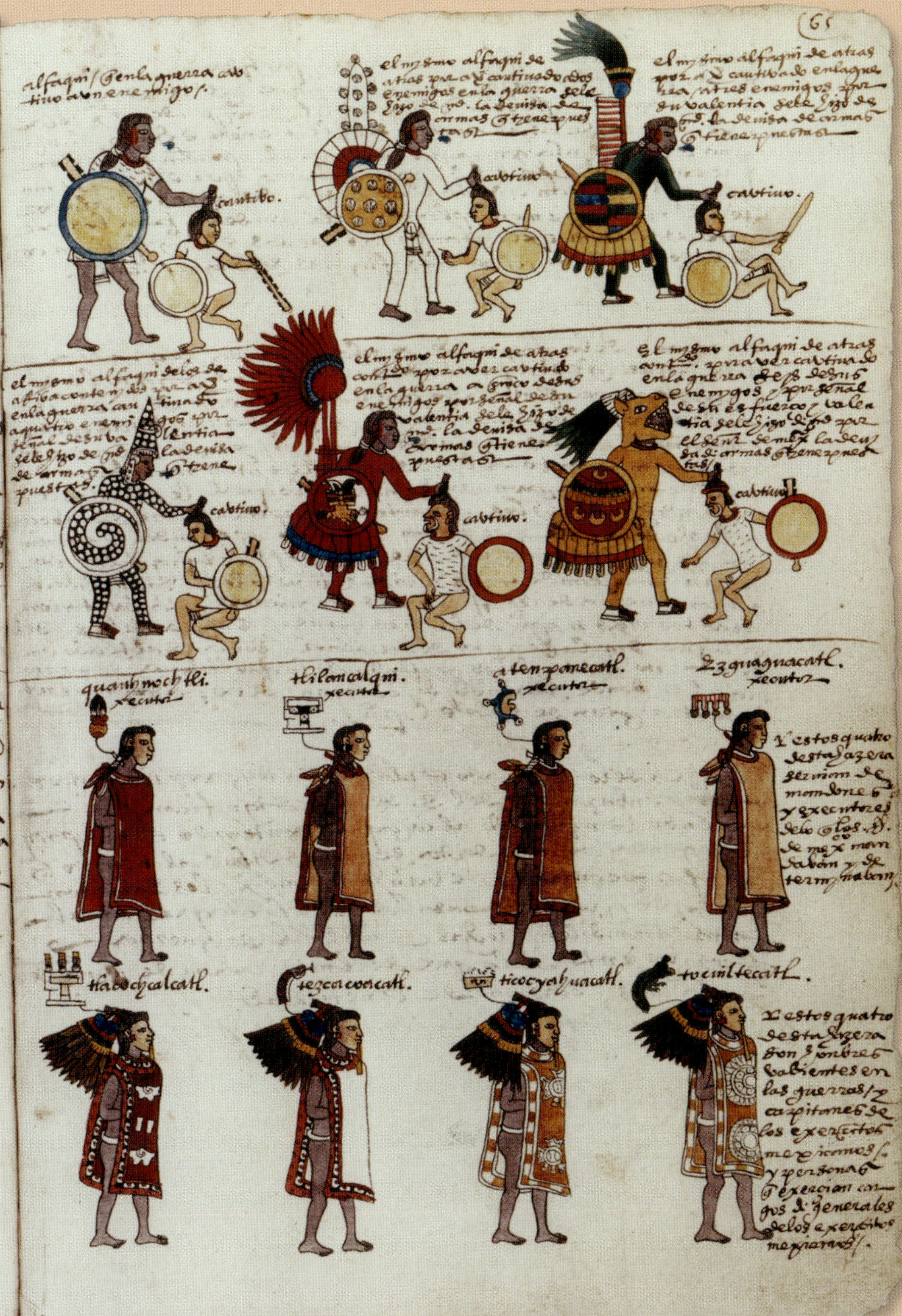

左　**『メンドーサ絵文書』**　好奇心をかきたてる絵文書のフォリオ65r。1640年代にメキシコシティで作られた。神官兼戦士の6つの地位と、下部には2組の帝国の役人が描かれている。他の絵文字はモクテスマの宮殿、贈り物、神官の仕事、子どもたちの教育その他、アステカ文明の生き生きした場面を描いている。

胡椒とナツメグを求めて

オランダの重要な航海マニュアルであるこの本は、ヨーロッパの植民地主義を東アジアで発展させるきっかけになった。

人々はほぼ先史時代から、スパイスと貴重な素材を東に求めてきた。紀元1世紀のギリシアの『エリュトゥラ海案内記』や、アラブのマスウーディーによる9世紀の旅から、それがけっして新奇なことではなかったのがわかる。ポルトガルがインドへ、そしてさらに東へと探検を進めたおかげで、イスラム世界を経由してヴェネツィアに向かう以前の陸路をとるよりはるかに簡単に、ヨーロッパ人は東洋のスパイスを入手できるようになった。

スパイスはたいそう儲かる商品で、ポルトガルが輸入した品はリスボンに到着した。オランダは長年アントウェルペンをとおしてスパイスを得ていたが、カトリック勢力の強い南部とプロテスタント勢力の強い北部に分離したため、それが不可能になった。オランダ人はスパイスが欲しかったし、自分たちで輸入する機会もうかがっていた。しかしポルトガルは他国の船がスパイスのある島々に向かうのをはばんだ。

解決策を見つけたのは、才覚に富んだオランダ人ヤン・ホイフェン・ファン・リンスホーテン（1563-1611年）である。ゴアでポルトガル人大司教に仕えていたリンスホーテンは、入手した大量の情報と、東方に渡ったオランダ人旅行者から学んだ内容を記録した。その後、シベリアの北を通る北東航路を探していたウィレム・バレンツの隊にくわわって船出し、また、スパイスを求めて東方にも航海し、長い年月をへてオランダに帰国した。

地図制作者ペトルス・プランキウスとの共同作業で、リンスホーテンはマラッカのポルトガル要塞を迂回して極東に航行するための詳細な**ルッター**（rutter）（航海案内書）をまとめた。この『東方案内記（Itinerario）』（1596年）は、もっと昔のクリストフォロ・ブオンデルモンティの**イソラリオ**（isolarios）（pp.70-71参照）によく似ていて、詳細な航路や、当時ヨーロッパではほとんど知られていなかったアジアの一部地域の住民についての情報が詰めこまれている。彼の本が広く版を重ねて翻訳された結果、オランダはアジアに簡単にアクセスできるようになり、最終的にポルトガル人をアジアの植民地のほとんどから排除した。貿易の開始はオランダ、イギリス、フランス、デンマーク、スウェーデンの東インド会社設立につながった。これらの会社は何世紀ものあいだ、アジアとの貿易を支配することになる。

左　**ココナツの収穫**　この写実的とはいいがたい風景のなかで、胡椒やバナナといった南洋植物のあいだに生えたココナツを、モホーク族のような衣類を着けた現地人が集めている。あずま屋のように直接見たものをもとにしている部分もあるだろうが、他の部分、とくに古風な天使が中央前景で幸せそうにバナナを食べている姿は、あきらかにヨーロッパ風だ。

関連項目
初期の旅行と探検
クリストフォロの『島々の書』 pp.70-71
植民地の生活の鮮明なようす
『ボケ・ヴァン・ボナン』 pp.92-93
デュペリの『銀板写真で見るジャマイカ周遊』 pp.186-18

ITINERARIO,

Voyage ofte Schipvaert / van Jan Huygen van Linschoten naer Oost ofte Portugaels Indien/ inhoudende een corte beschryvinghe der selver Landen ende Zee-custen/ met aenwysinge van alle de voornaemde principale Havens/ Revieren/ hoecken ende plaetsen/ tot noch toe vande Portugesen ontdeckt ende bekent: Waer by ghevoecht zijn/ niet alleen die Conterfeytsels vande habyten/ drachten ende wesen/ so vande Portugesen aldaer residerende/ als vande ingeboornen Indianen/ ende huere Tempels/ Afgoden/ Huysinge/ met die voornaemste Boomen/ Vruchten/ Kruyden/ Speceryen/ ende diergelijcke materialen/ als ooc die manieren des selfden Volckes/ so in hunnen Godts-diensten/ als in Politie eñ Huijs-houdinghe: maer ooc een corte verhalinge van de Coophandelingen/ hoe eñ waer die ghedreven eñ ghevonden worden/ met die ghedenckweerdichste geschiedenissen/ voorghevallen den tijt zijnder residentie aldaer.

Alles beschreven ende by een vergadert, door den selfden, seer nut, oorbaer, ende oock vermakelijcken voor alle curieuse ende Liefhebbers van vreemdigheden.

t'AMSTELREDAM.

By Cornelis Claesz. op't VVater, in't Schrijf-boeck, by de oude Brugghe.

Anno CIↃ. IↃ. XCVI.

左　『**東方案内記**』 1596年の初版には、リンスホーテンのポルトガル領東インドとさらにそれを越えた地域への旅が記録され、バスティスタ・ドーテチャムとヨハネス・ドーテチャムによる版画がそえられている（ラテン語とオランダ語の注釈付）。リンスホーテンがもち帰ったスケッチをもとにしたものもあり、テオドール・ド・ブライといったのちの旅行記の挿絵画家に影響をあたえた。

右　**解剖学の授業**　『ファブリカ』の扉ページ。解剖が行われるようすを描いている。ガレノスと異なり、ヴェサリウスは直接の観察を根拠にしており、「ガレノスと猿」について軽蔑をこめて言及した。左下部の猿をつれた人物はガレノスを示唆しているようだ。

最初の近代的解剖学

ルネサンス以前の医学教育はガレノスの不完全な著書をふりかえるのみで終わっていた。卓越した解剖学者ヴェサリウスは、パドヴァの解剖教室からすばらしい挿絵入りの解剖学書を出版することで、こうした状況を変えた。

ギリシアのガレノス（129-200 年頃）の解剖学は、イスラム世界およびのちのイタリアで、何世紀ものあいだ、すべての医療作業の基盤となっていた。ガレノスの名声があまりに高かったため、解剖学者たちは彼のテクストを使うばかりで、直接解剖して教えることはしなかった。人間の解剖を禁じられたガレノスが、人間の体と同じだと信じて尾なし猿の体を代わりに使ったということを、当時の人々は知らなかったのだ。ガレノスの評価が高かったために、誤りは長く正されないままだった。

16 世紀になり、この誤った理解をくつがえしたのが、ブラバント公国出身の卓越した人物アンドレアス・ヴェサリウス（アンドレアス・ファン・ヴェセル、1514-64 年）である。彼は 1537 年にパドヴァで外科学と解剖学の教授に就任した。ヴェネツィア領のパドヴァは宗教裁判の干渉を受ける心配がなかったので大いに助かった。ヴェサリウスは学生や見学者の前で死体解剖を実施できたからである。これにより医学教育は飛躍的な進歩をとげた。

解剖学研究の可能性をもっと広げるために、ヴェサリウスは 1543 年に驚くべき著書『ファブリカ』を出版した。ヴェネツィアで印刷するのが当然と思われたが、ヴェサリウスはバーゼルの学者で印刷業者のヨハネス・オポリヌスを訪ねる。オポリヌスは進歩的な本を出版することで名高く、コーランのラテン語訳出版という困難にも挑戦していた。また、出版物のデザインも称賛されていた。

『ファブリカ』は傑作だった。ヴェサリウスの研究の重要性のみならず、**木版画**（woodcut）による挿絵のすばらしさのためだ。作画を担当したのはヤン・ステファン・ファン・カルカール（1499 頃-1546 年）だと考えられている。ティツィアーノの弟子のひとりだ。ヴァザーリによれば、カルカールはジョルジョーネやラファエロの模写にたけていたという。パドヴァの解剖教室で見たものを綿密に正確に写しとる技能は申し分なかったことだろう。

ヴェサリウスの本はもっとも卓越した解剖学書のひとつとみなされ、今ではオンラインでアクセスすることもできる。その挿絵のスタイルは、ヴェサリウスの生徒であるファン・ワルエルダ・デ・アムスコといった当時の解剖学者に影響をあたえ、ホヴェルト・ビドローの『人体解剖図（Anatomia humani corporis)』(1685 年）やウィリアム・チェゼルデンの『骨格の解剖学（Osteographia)』(1733 年）といった後世の本に大きな影響をおよぼした。これらの本にも人目を引く挿絵がそえられていたが、オポリヌスの本の挿絵のすばらしさにはおよびもつかない。

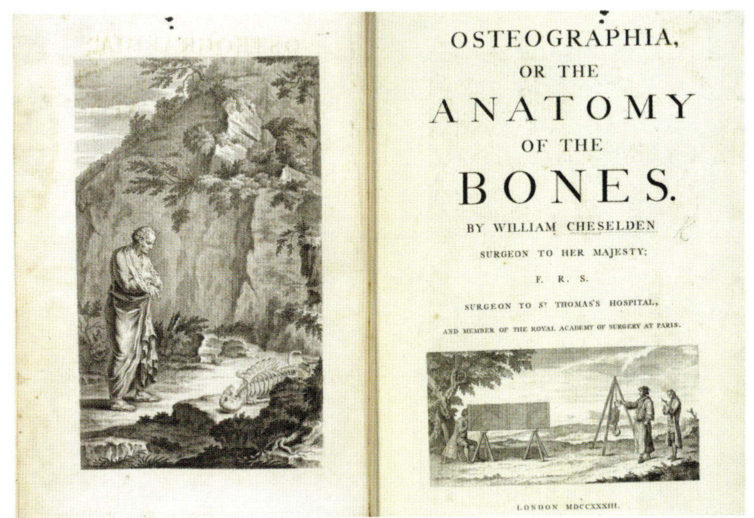
OSTEOGRAPHIA,
OR THE
ANATOMY
OF THE
BONES.
BY WILLIAM CHESELDEN
SURGEON TO HER MAJESTY;
F. R. S.
SURGEON TO S^T THOMAS'S HOSPITAL,
AND MEMBER OF THE ROYAL ACADEMY OF SURGERY AT PARIS.
LONDON MDCCXXXIII.

上　**チェゼルデンの『骨格の解剖学』**　1733 年のこの本の絵のために、チェゼルデンは扉絵に見られるように**カメラ・オブスクラ**（camera obscura）を使った。人間と動物の骸骨が写実的ではない背景の中にしばしばみられる。この口絵に描かれている人物はガレノスで、おそらく解剖学者への感謝の意を示しているのだろう。

関連項目
ポップアップやフラップを使った本
レプトンのレッド・ブック　pp.174-175
メッゲンドルファーの『グランド・サーカス』 pp.198-199
初期の解剖学研究
マンスールの『人体解剖書』 pp.90-91

驚くべきアマチュア天文学者

何世紀ものあいだ、天文学の研究や出版を推進してきたのはイスラム世界だった。そこに登場した頑固でひたむきなひとりのデンマーク人が、近代天文学の基盤を築き上げた。

天文学は古代ギリシアでもイスラム世界でも、大いに注目される研究だった。ヨーロッパで印刷が行われるようになったとき、天文学書を作るには避けられない問題があった。データ報告の絶対的な正確さである。これは天文観察の正確さと同じくらい重要で、いくつかの目的のために紙の「計算装置」（**ヴォルヴェル** volvelle）が使われた。レギオモンタヌスやヘヴェリウスといった初期のヨーロッパの天文学者は、テクストを正確に印刷するために自分専用の印刷機をすえつけて著書を印刷した。

すぐれたデンマークの数学者で天文学者で占星術師だったティコ・ブラーエ（1546-1601年）にとって、このことはなおさら重要だった。というのも、自分の研究成果を他人に盗まれるのをほとんど病的なまでに恐れていたからだ。幸運なことに、ブラーエは高貴な家柄の出身だった。そして天文学におけるブラーエの早熟な技量にいたく感動したデンマーク王フレゼリク２世は、ヴェン島（エースレンド海峡にある）の所有権をブラーエにあたえ、そこに天文台を建てる費用も負担した（今日、デンマーク人は重要なことをはじめるのに向かない不運な日を「ティコ・ブラーエの日」とよぶが、あきらかにブラーエ自身は非常に幸運な日々をすごしたわけだ）。

新しいウラニボリ天文台（「天空の城」とよばれた）での研究は1572年にはじまった。ブラーエは製紙業者と印刷業者を雇い入れ（ドイツから採用した）、さらに天文機器を組み立てる手伝いをする助手も雇った。ウラニボリでの最初の天文学書の印刷は1588年にはじまったが、その年、フレゼリク２世が逝去した。後継者のクリスティアン４世はそのような研究への投資にあまり関心がなかったので、援助を打ち切った。1597年、ブラーエはウラニボリを離れてボヘミアに移り、1598年に皇帝ルドルフ２世から帝国数学官に任命されたが、1601年になんの前触れもなく急死した。錬金術の実験による水銀中毒で亡くなったとする説もある。

ブラーエの計算は、それまで得られたデータよりもはるかにすぐれて正確だった。天文学者としてのブラーエの業績はめざましかったが、失望させるようなものもある。裏づけは十分で、大きな努力がはらわれたが、未完成のまま終わったものが多い。助手のヨハネス・ケプラーはブラーエの著書を完成させ、近代天文学を支える惑星の動きについて新たな、より進んだ解釈を発展させていった。

関連項目

初期の天文学書

アル＝スーフィーの『星座の書』 pp.86-87

裕福で風変わりな出版者

レプトンのレッド・ブック pp.174-175

クラナッハ印刷工房の『ハムレット』 pp.214-215

ハンターの『古代の製紙』 pp.238-239

右　**ティコ・ブラーエ**『天文学の観測装置（Astronomiae）』の扉ページ。1570年代から亡くなる1601年にかけて設置した機器で観測をする天文学者が描かれている。ブラーエの死後、これらの装置はプラハの地下室に保管されたが、1619年の反乱で破壊された。有名な地図作成者ヨアン・ブラウ（ブラーエの弟子）は、のちにブラーエの装置を自身の『大地図帳（Grande Atlas）』に挿絵として載せている。

QVADRANS MVRALIS SIVE TICHONICVS.

EXPLI-

近代科学の礎

ニュートンの業績は科学の発展にきわめて重要だったが、『プリンキピア——自然哲学の数学的原理』を書いた気むずかしく秘密主義の天才は、その分野で一番のりをしたのは誰かという論争に何度もまきこまれた。

PHILOSOPHIÆ
NATURALIS
PRINCIPIA
MATHEMATICA.

Autore *J S. NEWTON*, *Trin. Coll. Cantab. Soc.* Matheseos Professore *Lucasiano*, & Societatis Regalis Sodali.

IMPRIMATUR.
S. PEPYS, *Reg. Soc.* PRÆSES.
Julii 5. 1686.

LONDINI,
Jussu *Societatis Regiæ* ac Typis *Josephi Streater*. Prostant Venales apud *Sam. Smith* ad insignia Principis *Walliæ* in Cœmiterio D. *Pauli*, aliosq; nonnullos Bibliopolas. *Anno* MDCLXXXVII.

左　**ニュートンの『プリンキピア』**
近代物理学と天文学の発展に記念碑的な重要性をもつニュートンの偉大な著作は、1687年にロンドンの王立協会によって出版された。印刷許可書にサインしたのは協会の会長で、日記で知られるサミュエル・ピープスである。さいころの目をめぐるピープスとニュートンの書簡からニュートン=ピープス問題という確率問題が生まれた。

右上　**修正された『プリンキピア』**
著書の重要性にもかかわらず、ニュートンはなぜ重力が働くかを十分に説明していないと批判された。ケンブリッジ大学図書館所蔵の本は著者自身のもので、さらなる版にそなえて自分で注釈をくわえている。改訂版は最終的に1713年に出版された。

右下　**淑女のためのニュートン主義**
イタリアの科学者で王立協会会員のフランチェスコ・アルガロッティは、1737年のベストセラーでニュートン主義の名を知らしめた。紳士と女侯爵の生き生きとした、一見のんきな会話を通じて、ニュートンの実験、とくに光と色の性質について解説するもので、文学のジャンルで自然哲学を広めるのに役立った。

　近代の科学革命においてもっとも重要な科学者は誰かと問われれば、アイザック・ニュートンはリストのトップクラスに名前があがるだろう。たとえ彼について知っていることが、頭に落ちてきた林檎で万有引力の法則を発見したという怪しげな話だけだったとしても。

　ニュートン（1642-1727年）が天才だったのはまちがいない。人生の初めから順風満帆だったとはいいがたいものの（未亡人の母親からは、リンカーンシャーで農業に従事することを望まれていた）、1661年にケンブリッジのトリニティ・カレッジに入学し、1667年にはカレッジのフェローとなった。宗教的に異端だったニュートンは、ケンブリッジで初代ルーカス教授職をつとめた数学者アイザック・バローから多大な影響を受ける。ニュートンはバローの後を継いで、1669年に2代目のルーカス教授職についた。国王チャールズ2世の口添えにより、ニュートンは多くの大学教師のように聖職者になることを求められなかったため、これは幸運な任命だったといえる。1672年には王立協会（ロイヤル・ソサエティ）のフェローとなり、1703年から亡くなるまで、長期にわたり協会の会長をつとめた。また、長年にわたり造幣局の局長をつとめ、通貨偽造人の逮捕に機敏で効果的な役割を果たした。

　ニュートンは役人としての仕事で成功をおさめたが、評価を高めたのはその著書である。ティコ・ブラーエとケプラーによる過去の業績を利用してニュートンは古典力学の基礎を築き、『プリンキピア――自然哲学の数学的原理』で万有引力の法則について述べた。1687年に3巻で出版されたこの本は、科学史における傑作のひとつとみなされている。

　ニュートンが気むずかしい人物だったのはまちがいない。ロバート・フックとは光学をめぐって対立し、ドイツの天才ゴットフリート・ライプニッツとは、どちらに微積分法の先取権があるかについて、長く激論を戦わせた。これはイギリスとドイツののちの科学的論争の前兆となった。イングランドでは『フィロソフィカル・トランザクションズ（Philosophical Transactions of the Royal Society）』がニュートンを支援し、大陸のほとんどの地域では、ライプツィヒの権威ある学術誌「アクタ・エルディトルム（Acta Eruditorum）」がライプニッツを信じた。学術論文誌はかならずしも公平ではないし中立でもないのだ。

関連項目

初期の数学書

アルキメデスのパリンプセスト　pp.54-55

エウクレイデスの『幾何学原論』　pp.106-107

非凡な現代の数学書

ランドの『百万乱数表』　pp.240-241

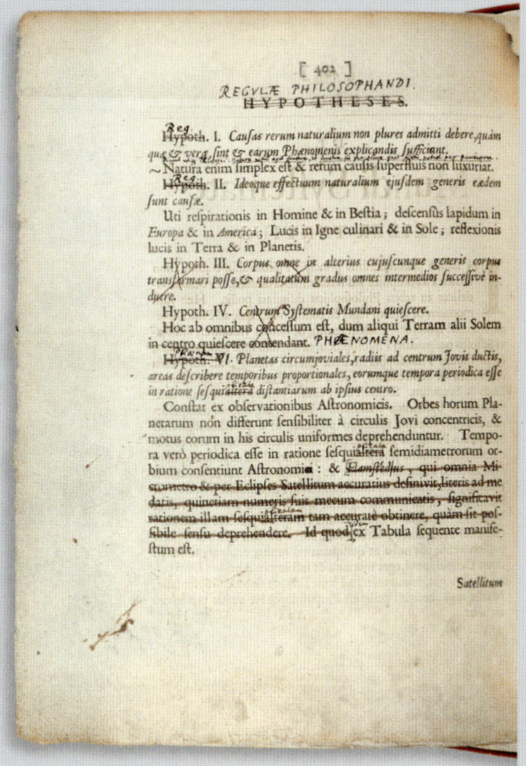

[402]

REGULÆ PHILOSOPHANDI.

~~HYPOTHESES.~~

Reg. ~~Hypoth.~~ I. *Causas rerum naturalium non plures admitti debere, quàm quæ & veræ sint & earum Phænomenis explicandis sufficiant.*

Natura enim simplex est & rerum causis superfluis non luxuriat.

Reg. ~~Hypoth.~~ II. *Ideoque effectuum naturalium ejusdem generis eædem sunt causæ.*

Uti respirationis in Homine & in Bestia; descensûs lapidum in *Europa* & in *America*; Lucis in Igne culinari & in Sole; reflexionis lucis in Terra & in Planetis.

Hypoth. III. *Corpus omne in alterius cujuscunque generis corpus transformari posse, & qualitatum gradus omnes intermedios successivè induere.*

Hypoth. IV. *Centrum Systematis Mundani quiescere.*

Hoc ab omnibus concessum est, dum aliqui Terram alii Solem in centro quiescere contendant. PHÆNOMENA.

~~Hypoth.~~ VI. *Planetas circumjoviales, radiis ad centrum Jovis ductis, areas describere temporibus proportionales, eorumque tempora periodica esse in ratione sesquialtera distantiarum ab ipsius centro.*

Constat ex observationibus Astronomicis. Orbes horum Planetarum non differunt sensibiliter à circulis Jovi concentricis, & motus eorum in his circulis uniformes deprehenduntur. Tempora verò periodica esse in ratione sesquialtera semidiametrorum orbium consentiunt Astronomi : & ~~Flamstedius, qui omnia Micrometro & per Eclipses Satellitum accuratius definivit, literis ad me datis, quinetiam numeris suis mecum communicatis, significavit rationem illam sesquialteram tam accuratè obtinere, quàm sit possibile sensu deprehendere. Id quod~~ ex Tabula sequente manifestum est.

Satellitum

誰でも達人になれる

もし今が400年前で、何かのレシピが必要だったら、あるいは庭のデザインやプードルの毛の刈り方や子馬の調教について知りたかったら、どうすればよいのだろう。悩みにこたえてくれるのは、多作の大衆作家ジャーヴィス・マーカムのマニュアル本である。

もしハリウッドでエリザベス朝を舞台にした劇映画を創作するとしたら、ジャーヴィス・マーカム（1568頃-1637年）の経歴はあまりに突飛に思えるだろう。ノッティンガムシャーの地主の息子ジャーヴィスは、ラトランド伯の家臣として職歴をスタートさせる。エセックス伯に仕えオランダとアイルランドで軍務についたのち、1601年にエセックス伯が反逆罪で処刑された際に逮捕をまぬかれたのは、幸運以外のなにものでもなかった。

マーカムは文筆業に憧れていて、アリオストを訳したり、詩や戯曲を書いたりした。俳優でもあった。劇も書いたが、「下劣な奴」だとしてベン・ジョンソンからしりぞけられた。シェークスピアが『恋の骨折り損』に登場させたドン・アドリアーノ・デ・アルマードは、マーカムがモデルだと考える批評家もいる。

馬の繁殖にかけては熱心で有能だった（最初のアラブ馬をイングランドに買い入れたといわれている）マーカムは、長い年月を農業や田舎での仕事についやし、田舎の暮らし方の専門家になった。さまざまな分野の本を次から次へと出版したのである。『ホブソンの手紙文例集（Hobsons horse-load of letters）』（手紙の書き方）、『イギリスの農夫（The English Husbandman）』（家庭菜園や果樹園の仕事）、『心安らぐ田舎暮らし（Country Contentments）』『イギリスの主婦（The English Huswife）』（料理レシピと家政）などなど。こういったエリザベス朝やジェームズ1世時代の日常生活を網羅した大衆向けガイド本の多くは大々的に増刷され、今も喜んで読まれている。しかしマーカムがほんとうに愛していたのは馬だった。馬にかんする最初の著書は1593年に出版されたが、もっとも重要な本は、1607年の『イギリスの馬の飼育（Cavelarice）』である。このなかでマーカムはさまざまな8人の著名人に向けて、注意深く言葉を選んだ献辞を記している。相手からの謝礼を期待してのことだ。『イギリスの馬の飼育』は何度も版を重ね、馬にかんするマーカムの驚くほど広い知識と熱意、そして人間性への理解を明らかにした。

マーカムは書籍商が逆効果だと感じるほど、さらに多くのマニュアルを書きつづけた。1617年、書籍出版業組合（強大な力をもつロンドンの印刷業者と書籍商のギルド）は、マーカムに前代未聞の同意書へのサインを求めている。

馬、牛、羊、豚、ヤギなどといった家畜の病気や治療法について、これ以上本を書いて印刷しないことをここに誓う。

このように売れっ子作家を説得して執筆を思いとどまらせようとした例はほとんどない。出版者たちはジャーヴィス・マーカムの扱いに失敗したのだ。

関連項目

自己啓発書

ソワイエの『現代の主婦』 pp.202-203

ストープスの『結婚愛』 pp.230-231

右 **『イギリスの馬の飼育』** ジャーヴィス・マーカムのマニュアル本（1607年）の華やかな扉ページ。「馬に芸をさせる方法」など、大半が「馬を飼育するためのあらゆる技術」にかんする著者の初期の本の焼きなおしである。

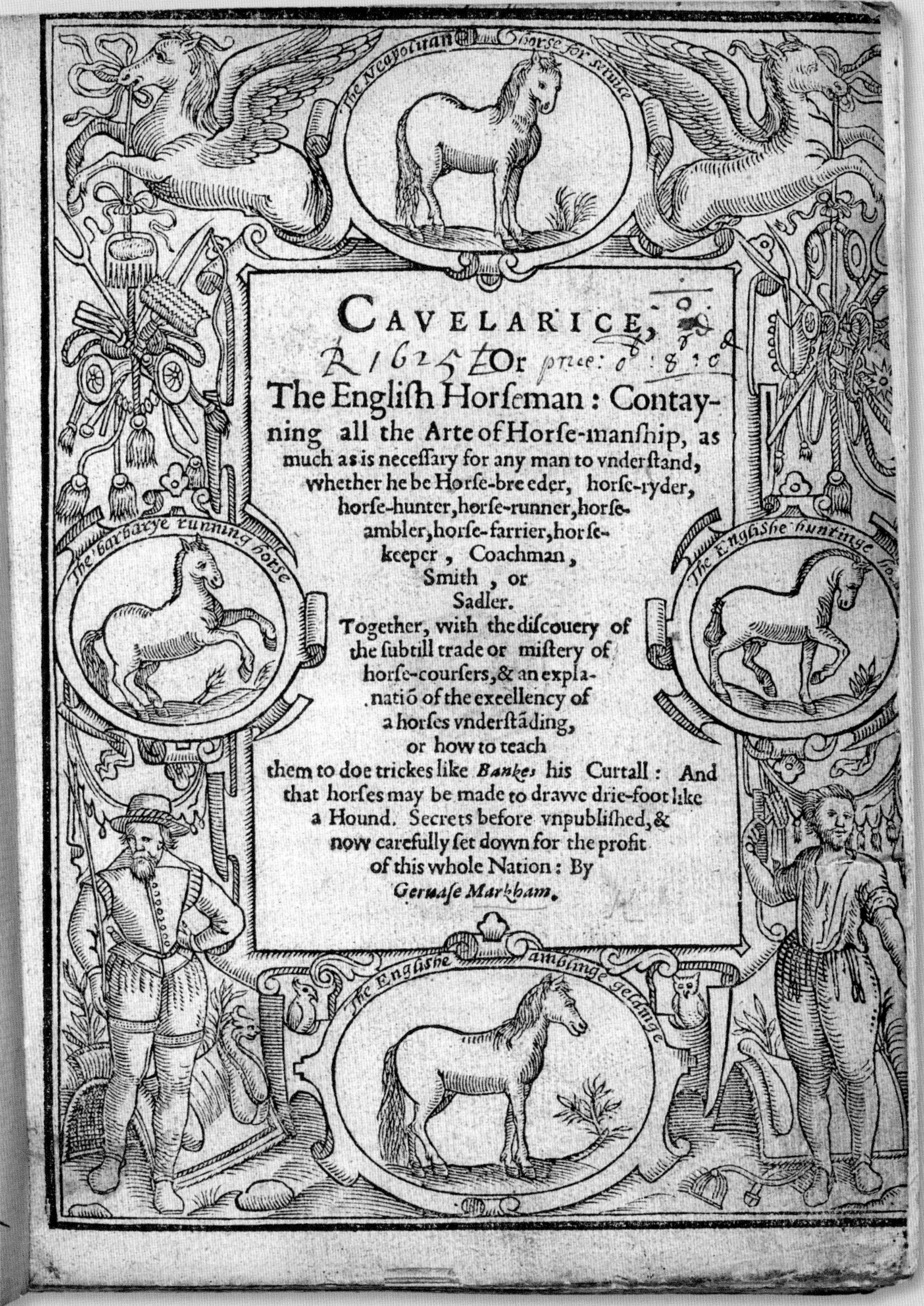

The Neapolitan horse for service

CAVELARICE,

Or

The Engliſh Horſeman: Contayning all the Arte of Horſe-manſhip, as much as is neceſſary for any man to vnderſtand, whether he be Horſe-breeder, horſe-ryder, horſe-hunter, horſe-runner, horſe-ambler, horſe-farrier, horſe-keeper, Coachman, Smith, or Sadler.

Together, with the diſcouery of the ſubtill trade or miſtery of horſe-courſers, & an explanatiō of the excellency of a horſes vnderſtāding, or how to teach them to doe trickes like *Bankes* his Curtall: And that horſes may be made to drawe drie-foot like a Hound. Secrets before vnpubliſhed, & now carefully ſet down for the profit of this whole Nation: By

Geruaſe Markham.

The barbarye running horse

The Englishe huntinge hors

The Englishe amblinge geldinge

服飾における流行

婦人服のスタイル画は19世紀には一般的になったが、女性が女性向けに書いた初期のハウツー本は出版界に大きな変化をよび起こした。

18世紀まで、女性が芸術や工芸について本を書くことはめずらしく、女性読者向けに書くことはさらにまれだった。オランダで活躍した偉大な植物画家マリア・ジビーラ・メーリアンやスコットランド女性エリザベス・ブラックウェルといった画家たち（pp.144–145参照）はなみはずれた存在だった。

刺繍への女性の関心は昔から高く、周囲からも評価される仕事だった。「装飾的な仕事をきちんと巧みにこなすことは、すぐれた女性の特質のひとつだ」と、あるヴィクトリア期の女性が書いている。だからこそ若い中産階級の女性はみな、刺繍の手ほどきを受けた。だが図案はどこで見つければよいのだろうか。あるフランスの作家は、葉を使った**ネイチャー・プリンティング**（nature printing）で刺繍の図柄を作ることを勧めている。しかしイギリス、フランス、ドイツのほとんどの女性は図案を購入するほうを好んだ。

ロンドンやパリで出版された初期の本は、男性によって書かれた。しかし1725年頃、あるニュルンベルクの女性が刺繍にかんする本『針仕事における技術と研究（Kunst-und Fleiss-übende Nadel-ergötzungen）』をはじめて出版した。著者のマルガレータ・ヘルムは四角の中に図柄を配置し、デザインを簡単に布地に写せるようにしている。ヘルムは地元の教会の聖歌隊指揮者の妻で、刺繍を教えるだけでなく、みずからも刺繍と彫版に熟達していた。著書には使用する素材、糸、色についての助言も記されている。アマチュアのみならず、婦人服を作るプロの洋裁師までもがヘルムの本を参考にして印象的な服作りに役立てた。

ヘルムの本を出版したクリストフ・ヴァイゲルは、評判のよいすぐれた彫版師であるとともに出版者だった（ヨハン・ゼバスティアン・バッハの楽曲のいくつかは、彼の一族の商会で彫版され出版された）。挿絵入りのマニュアル本でよく知られており、他にも図案集を2冊出していて、それがオリジナルデザインだということを強調している。マルガレータ・ヘルムの本にヴァイゲルは短い序文を書き、刺繍が貴族や中産階級の淑女にとってもっとも上品な趣味だと勧めている。何年ものあいだにさらなる図案集が出版され、その最後の本が出た1742年に、マルガレータ・ヘルムは亡くなった。**凹版**（intaglio）印刷で作られたヘルムの美しい本はつねに高価で印刷部数も比較的少なかったことから、今では稀覯本（きこうぼん）となっている。

左　**『針仕事における技術と研究』**　マルガレータ・ヘルムの「新しく考案された裁縫と刺繍の本」の扉ページ。このニュルンベルクの裁縫師は刺繍を教えるだけでなく銅版画の彫版も行った。どちらも熟練した腕が必要だという点で似た仕事である。

上　**「２種類の手袋」**　図版 47 には刺繍をほどこしたミトンと手袋のデザインが描かれている。このような美しい作品には、金銀の金属糸と絹やタフタ、あるいはベルベットが使われる場合が多かった。この本の他のページには、美しい下着や衣服用の花のモチーフも見られる。

関連項目

女性が執筆した本

ブラックウェルの『キューリアス・ハーバル』 pp.144-145

アトキンズの『イギリスの藻』 pp.184-185

エイキンの『ロビンソン・クルーソー』 pp.194-195

より近代的なフェミニストの視点

ストープスの『結婚愛』 pp.230-231

植物学への
すばらしい貢献

エリザベス・ブラックウェルの『キューリアス・ハーバル(Curious Herball)』は、植物画に貢献した点で特筆すべき本だが、もっとも興味深いのは、彼女がどのような状況下でこのすばらしい本を書き、挿絵をつけたかである。

マリア・ジビーラ・メーリアンやマルガレータ・ヘルム(pp.142-143参照)と同じく、植物画家エリザベス・ブラックウェル(1700頃-1758年)は、出版のための植物採集や執筆や挿絵描きが男性の領分だった時代の、非凡な女性である。しかしブラックウェルの人生と経歴についてはほとんどわかっていない。

裕福なアバディーンの商人の家に生まれながら、エリザベスは1730年頃、いとこのアレグザンダー・ブラックウェルと駆け落ちする。口のうまい遊び人のアレグザンダーは、優秀な医師で植物学者のヘルマン・ブールハーフェとともにライデンで学んだと主張していた。1730年代初頭にふたりはロンドンで暮らし、アレグザンダーは印刷業者ウィリアム・ウィルキンスのもとで印刷物の校正者として働いていた。アレグザンダーは印刷業者として独立しようとしたが、書籍出版業組合の組合員以外はロンドンで印刷できないという決まりに無頓着だった。その結果アレグザンダーは失職し、組合への高額の罰金が払えずに債務者刑務所に送られた。

不屈の精神をもつブラックウェル夫人は、夫を釈放してもらうためにハンス・スローンやチェルシー薬草園のフィリップ・ミラーといった友人たちの助けを借り、『キューリアス・ハーバル』の作成に着手した。資料を集め、彫版し、手で彩色し、購入者のためにすべての絵に説明をつけた。500ページからなるこの本は1737年から39年の125週間出版され、他の彫版師による海賊版が出たにもかかわらず、アレグザンダーの罰金を支払い、ふたりがチェルシーでつつましく暮らしていくのに十分なだけの報酬をもたらした。

アレグザンダーはロンドンでさらに問題を起こし、1742年にスウェーデンに移った。最後にはフレドリク1世の侍医となったが反逆が発覚し、1747年に斬首された。知られているかぎりでは、未亡人のエリザベスはチェルシーにとどまり、1758年に亡くなるまで花の絵を描いて暮らした。

のちの版は原版を再印刷したもので、ニュルンベルクの出版者クリストフ・ヤコブ・トルーが1750-73年に『ブラックウェルの植物標本集(Herbarium Blackwellianum)』として拡大版(再彫版したページがくわわった)を刊行した。このすばらしい本は、どちらもデジタル版をインターネットで見ることができる。

上 **メアリ・ディレイニーの切り紙** ブラックウェルとほぼ同時代に生きたディレイニーは、72歳で切り紙をはじめた。著名な植物学者ジョーゼフ・バンクスは彼女の優美な花の**コラージュ**(collage)を、「かつて見たなかで唯一自然を写しとったといえるものだ。どの植物も、誤りを犯すおそれなしに植物学的に説明することができる」と宣言した。

右 **エリザベス・ブラックウェルの『キューリアス・ハーバル』** 「500点の絵」の多くが、チェルシー薬草園で著者によって細心の注意をはらって記録された。この薬草園には新世界からやってきた多くの外来種が栽培されていた。挿絵を彫版し手で彩色したのはブラックウェル自身で、彼女は薬草の一般的用法を概説する記述もあちこちにくわえた。

関連項目
初期の植物学書
ディオスコリデスの『薬物誌』 pp.64-65
リンネの『植物の種』 pp.160-161
予約出版された本
ジョンソンの『英語辞典』 pp.154-155
ディドロの『百科全書』 pp.158-159
女性が書いた本
アトキンズの『イギリスの藻』 pp.184-185
ストープスの『結婚愛』 pp.230-231

Plate 1.
Dandelion
Eliz. Blackwell delin. sculp. et Pinx.
1 Flower
2 Root
3 Seed
Dens Leonis
Taraxacum

右 **『ダンスの技術』** ケロム・トムリンソンの1735年のマニュアル本。ヤン・ファン・デル・グフトほかによる37枚の美しい版画がそえられている。マッピングと透視画法による挿絵を組みあわせて（今日の3Dスケッチプログラムのようなもの）、トムリンソンはフイエの複雑な記譜法の軌道に合わせて人を立たせ、バロックダンスの身ぶりや動き、さらには足さばきまで伝えようとした。

関連項目

上流社会向けの本

ビュイックの『イギリス鳥類誌』 pp.172-173
レプトンのレッド・ブック pp.174-175

予約出版の本

ジョンソンの『英語辞典』 pp.154-155
ディドロの『百科全書』 pp.158-159
ホイットマンの『草の葉』 pp.216-217

凹版彫りの挿絵入りの本

リンスホーテンの『東方案内記』 pp.132-133
ブラックウェルの『キュ－リアス・ハーバル』 pp.144-145
ブーシェの『モリエール作品集』 pp.152-153

バロックダンスを踊るには

18世紀の上流社会は、物質的な快適さという面で大いに進歩した。ダンスの本格的な訓練もその特徴のひとつだが、これにはお金がかかったに違いない。

「読書し、踊ろう。このふたつの楽しみは世界にいかなる害もおよぼさないだろう」とヴォルテールは書いている。ルイ14世をはじめとするヨーロッパの支配者の宮廷では、ダンスの名手であるかどうかは尊敬されるための非常に重要なポイントだった。都でも他の大都市でも、ダンス教師はひっぱりだこだった。

伝説によれば、ルイ14世は宮廷のダンス教師にダンスの記譜法を考案するよう指示したという。できあがった記譜法は、1700年に『コレグラフィ（Chorégraphie）』というタイトルでラウール＝オージェ・フイエによって出版され、イギリスをはじめとする他の国々でも広く採用された。この記譜法はかなり複雑で、音楽、従うべきフロアパターンについての指図、さらには踊り手がふむべきステップとポジションで構成されていた。こういった手順を示した本は、生徒たちよりも教師が使うほうが多く、生徒は教師から教わった内容を丸暗記した。

有名なロンドンのダンス教師ケロム・トムリンソン（1690頃-1753年頃）による『ダンスの技術（The Art of Dancing）』は、写本のように豪華な本を提供しようという意欲的な試みだった。**凹版彫り**（intaglio）の版は挿絵に欠かせなかった。高価な銅版印刷に求められる前払いの金額は、ダンス教師が金のかかる本を出版するからといって負えるような額ではなかった。そこでトムリンソンは**予約出版**（subscription publishing）という方法をとった。

予約出版は当世風で金銭的リスクも減ったが、深刻な欠点がふたつあった。制作が遅れるかもしれないこと、そして競合する著者と出版者に先を越されるおそれがあるということだ。この心配はどちらも現実になった。フランスのマニュアルを訳した似たような本が急遽出版されたため、トムリンソンが独創性に富んだ著書を1735年に出版するまでゆうに10年かかった。予約購読者はほとんどが貴族やジェントリー、それからダンス教師、劇場支配人、音楽家、書籍商、印刷業者だった。2.5ギニーもする高価な出版物だ。現代の価格ですくなくとも600ドル（360ポンド）にはなるだろう。しかしこの本はダンスにかんするもっとも重要な本となった。イギリスの書籍制作の絶頂期に出版されたすばらしい1冊といえよう。

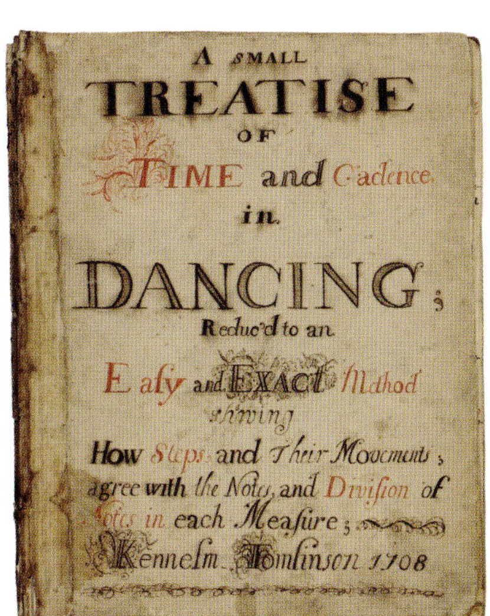

上　**小型本**　私的なコレクションで最近発見されたもの。この魅惑的な手引書は、1708年から1721年頃にケロム・トムリンソンによってまとめられた。このダンス教師はヨーロッパのダンス指導書のテクストを下地とし、既存のダンスを記譜法に記録して、新しいダンスの構成を作り出した。ここに示されている複雑な記譜法は、ラウール＝オージェ・フイエの「拍子概論」から得たもので、ルイ・ペクールが『ダンス集（Recŭeil de dances）』（パリ、1704年）を出版するきっかけとなった。ペクールは「ふたりのためのサラバンド」を1704年のパリ・オペラ座の『タンクレーディ』のために振りつけた。一方、トムリンソンの1716年のヴァージョンは、リンカーンズ・イン・フィールズで披露されたが、男性ひとり用の構成だった。

右 **『英語辞典』** 1755年4月15日に出版された。サミュエル・ジョンソンがほぼ単独で執筆したこの辞書は、当初フォリオ判2巻で出版された（1818年から4巻になった）。pp.154-155参照。

第8章

印刷と啓蒙

今日ではあたりまえになっている出版の形態は、ほぼすべてが18世紀に確立した。啓蒙主義思想家の出版と読書から、科学的かつ合理的思考への信頼が生まれ、それがフランス革命へとつながる思想を支えた。

A

DICTIONARY

OF THE

ENGLISH LANGUAGE:

IN WHICH

The WORDS are deduced from their ORIGINALS,

AND

ILLUSTRATED in their DIFFERENT SIGNIFICATIONS

BY

EXAMPLES from the beſt WRITERS.

TO WHICH ARE PREFIXED,

A HISTORY of the LANGUAGE,

AND

AN ENGLISH GRAMMAR.

BY SAMUEL JOHNSON, A. M.

IN TWO VOLUMES.

VOL. I.

THE SECOND EDITION.

Cum tabulis animum cenſoris ſumet honeſti:
Audebit quæcunque parum ſplendoris habebunt,
Et ſine pondere erunt, et honore indigna ferentur,
Verba movere loco; quamvis invita recedant,
Et verſentur adhuc intra penetralia Veſtæ:
Obſcurata diu populo bonus eruet, atque
Proferet in lucem ſpecioſa vocabula rerum,
Quæ priſcis memorata Catonibus atque Cethegis,
Nunc ſitus informis premit et deſerta vetuſtas. HOR.

LONDON,
Printed by W. STRAHAN,
For J. and P. KNAPTON; T. and T. LONGMAN; C. HITCH and L. HAWES;
A. MILLAR; and R. and J. DODSLEY.
MDCCLV.

イギリスで名誉革命が起こった1688年頃から、フランス革命あるいは1815年のナポレオンの失脚までの長い期間に、印刷と本作りとマーケティングは今日の形態へと変化した。この期間は英仏が対立し衝突していたにもかかわらず、上流階級と中産階級が着実に繁栄していった時代でもあった。

この時代がはじまった頃、科学技術の分野ではフランスが支配的な立場にあった(あるいはそう考えられた)。17世紀にImprimerie du Roi(王の印刷者)が置かれたことは書体の向上に役立った。特別な**活字書体**(typeface)（王のローマン体、ロマン・デ・ロア）の製作は、科学アカデミーによって指揮された。これはずっとあとに出版された『工芸叢書（Descriptions des Arts et Métiers)』の準備とも関係している。1702年にはじめて使われた「王のローマン体」は合理化された活字書体で、伝統的な**オールド・フェイス**(old face)の字体が変化してできた。このデザイン法はパリの活字デザイナー、ピエール・シモン・フールニエが継承した。フールニエは1737年に活字のポイント・システムを完成させ、最終的に国際的な規格化につなげた。もっとも**ディド**(didot)システム（フランス)と伝統的な**パイカ**(pica)システム（イギリスとアメリカ）の違いは、国によるタイポグラフィの違いを反映している。

フランスの書体と活字は、彫版師の技術（pp.152-153参照）にみごとにマッチしていた。「王の印刷者」による大判の本は、ルイ14世が意図したとおりすばらしい出来だった。完璧でないものがあるとしたら、それは**紙**(paper)と印刷作業だった。フランスの紙はまだほとんどがスタンプミルで作られていたのだ。しかし17世紀末頃には風車を動力源とした**ホレンダー**(hollander)ビーターが開発され、ヨーロッパで一般的に使用されるまでになった。漂白の改善にくわえ、ジェームズ・ワットマンと活字鋳造工で印刷業者のジョン・バスカヴィルが1750年頃からイングランドで開発した網目状の型と**加熱圧搾**(hot-press)（または**カレンダリング**(calendering)）によって、繊細で見栄えのいい本が簡単に作れるようになった。

イギリスのブックデザインは、オランダから多大な影響を受けた。オランダは紙、印刷機、活字書体を（1660年代に再建されたオックスフォード大学出版局にかんしては）供給した。オランダの活字書体は固く、飾り気がなく、オールド・フェイスだった。理想的な活字デザインをフランスが理論化してからかなりあとの1720年頃に、ロンドンの活字鋳造工ウィリアム・キャスロンがさまざまなオールド・フェイスのデザインを発表し、これがイギリスとイギリス領アメリカの標準字体となった。アメリカ独立宣言の最初の印刷にもキャスロン活字が使われている。イギリスでは1710年のアン法（19章）が、著書にかんする著者の所有権を認める最初の著作権法となった。たしかに法を施行してもアイルランドとイギリス領アメリカでは効果がなかったが、イギリスの法律のおかげで作家は書籍出版業組合から金を得ることができた（pp.154-155参照)。やがて著作権にかんする国際協定が締結され、インターネットが普及するまでは、著作権は元来意図されたとおりに働いた。

科学書の出版

書籍販売と出版が発展した結果、イギリス海峡の両側で、特定の分野を専門とする業者が現れた。たとえばジョン・ニューベリー（1713-67年）は児童書を専門に出版し（pp.156-157参照)、フランスではシャルル＝ジョゼフ・パンクーク（1736-98年）が啓蒙主義を広める本の出版という重要な役割を果たした。

科学思想や哲学思想の発展は、フランスやイギリスにかぎったことではない（pp.158-159参照)。ヨーロッパ全域で学会の会報（『アクタ・エルディトルム』や『ジュルナル・デ・サヴァン』、『フィロソフィカル・トランザクションズ』など）を通じて知識を広める努力がなされていた。学者たちの研究はもっと気楽な、文通といった方法によって促進された。こういった方法をとらなければ、偉大なスウェーデンの植物学者カール・リンネ(1707-78年）も、研究を完成させることはできなかっただろう。学者たちのつながりは（ベンジャミン・フランクリンのように）もっと遠方にいる人々にまで広がった（pp.160-161参照)。こういった形式ばらないコミュニケーションの方法は、けっして科学の分野にかぎったことではない。メルキオール・グリム（1723-1807年）は歴史、芸術、音楽、文学にかんする多くの情報を、手書きのニューズレターで配布している（このような手書きの通信物は、他の印刷物のような検閲を受けなかった)。

こういった人々とはかなり異なるが、ジョン・バスカヴィルの職歴は、啓蒙主義に対しイギリス人がとったアプローチの典型である。バスカヴィルは習字の教師としてスタートした。バーミンガムを拠点とするルナー・ソサエティと密接にかかわり（そのメンバーは産業革命に関与した)、活字デザイン、印刷、出版を開始した。なめらかな紙、改良されたインクと印刷機（そして彼のために作られた新しい活字）を使ったバスカヴィルの本は優美で、大いに称賛された。後援者であるボーマルシェは、バスカヴィルの活字をヴォルテールのケール版(1784-89年）に使用した。それはふとした気まぐれなどではなく、ひそかにパリの出版者パンクークから資金を供給されてのことだった（ディドロの百科全書と関連があった）。ボーマルシェとパンクークはフランスの検閲を避けるためにケール（バーデンにある）を拠点とし、バスカヴィルの影響はヨーロッパ全域におよんだ。もうひとり、ルナー・ソサエティとかかわりがありながらほとんど忘れ去られた人物がいる。ともに働くには危険な人物だった。グラフと円グラフを考案したウィリアム・プレイフェアである。プレイフェアもアンシャンレジーム期に、産業革命を進展させようと、パリで働いた（pp.162-163 参照）。

新たな出版形態

18 世紀に普及した出版形式がいくつかある。『ニューゲイト・カレンダー（Newgate Calendar）』（pp.164-165 参照）をはじめとするセンセーショナルな読み物の出版もそのひとつだ。大陸のみならず、イギリスにも小説が登場した。ヴォルテールの『カンディード』やローレンス・スターンの『トリストラム・シャンディ』といった本は広く称賛され、他の小説家の作品が生まれるきっかけとなった（pp.166-167、168-169 参照）。

西洋諸国に印刷が広まると、さまざまな出版物にくわえ、多くの出版者が毎年の暦を作成するようになった。北米でもっとも注目すべき暦は、おそらく 1732 年からベンジャミン・フランクリンが出版した『プーア・リチャードの暦』だろう。これほどたくさん売れた暦はほとんどないが、『プーア・リチャードの暦』を手本にした暦のなかには、黒人の優秀さを表明した最古の暦もふくまれていた（pp.170-171 参照）。

博物学書は長く人気があったが、彫版して印刷する費用がかかるため、なかなか普及しなかった。バスカヴィルの高性能の印刷機、上質なインク、なめらかな紙のおかげで、才能ある木彫師トマス・ビュイックは独自の挿絵作りの方法を世界的に広めることができた。**木口木版**（こぐち）（wood engraving）は、ヴィクトリア期になっても挿絵のもっとも一般的な方法でありつづけた（pp.172-173 参照）。

18 世紀後期に、イギリスの社会階級の頂点に照準を定めた、驚くべき手書き本が登場した。ハンフリー・レプトンのレッド・ブックは庭園のデザインを変えたといってよい（pp.174-175 参照）。また、フランス革命であらゆるものが変化する直前に、視覚障害者の学習を支援する本を作ろうという試みがはじめてなされた（pp.176-177 参照）。

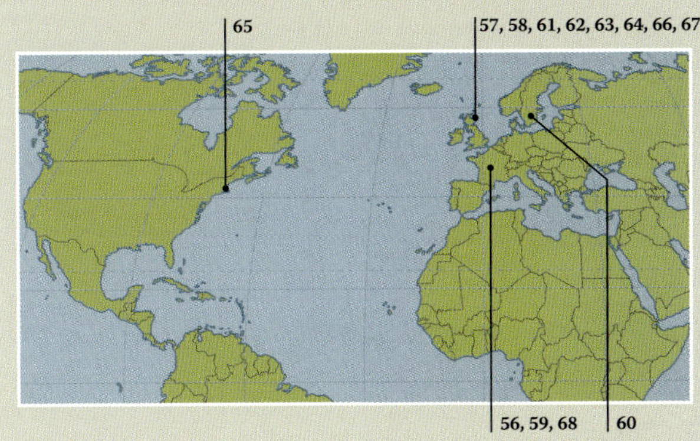

参照ページ　*Page*

古典劇を彩るロココ装飾

ラシーヌ、コルネイユ、モリエールは17世紀、18世紀のもっとも偉大なフランスの劇作家たちである。パリの本作りの絶頂期にあたる1734年、モリエールの豪華版作品集がフランス宮廷の支援を得て出版され、芸術におけるフランスの卓越さを見せつけた。

フランスの芸術と文学は18世紀をとおして絶頂期にあった。イギリスではホガースをはじめとする芸術家が絵画の分野で偉大な才能を見せ、ビッカム親子も技術の高さを示したが、パリで出版された本はタイポグラフィのデザインも挿絵も製本も卓越していた。フランスの**凹版彫り**（intaglio）職人の優秀な技術は誰もが知るところで、フランスの画家グラヴロ（彼はブーシェに師事し、ロンドンでビッカム親子と仕事をし、ゲインズバラを指導した）がイギリスの作品を担当すると、フランスの本の挿絵と同等もしくは上まわるほどすばらしいものができた。

さらにいっそう成功した芸術家にグラヴロの師、フランソワ・ブーシェ（1703-70年）がいる。この画家は幸運にもフランス王ルイ15世の寵愛を受けた。のちに強大な権力者となる王の愛妾ポンパドゥール夫人にエッチングを教えたことも役立った（夫人はコルネイユの『ロドギュンヌ』の挿絵を彫り、ヴェルサイユにある私家版印刷所で1770年に印刷した）。ブーシェはアンシャンレジーム期の貴族的な生活を描いた魅力的な（そしてしば

PSICHE

PSICHÉ,
TRAGI-COMEDIE, & BALLET.

ACTE PREMIER.
Le théatre repréſente le palais du roi.

SCENE PREMIERE.
AGLAURE, CIDIPPE.
AGLAURE.

IL eſt des maux, ma ſœur, que le ſilence aigrit,
Laiſſons, laiſſons parler mon chagrin & le vôtre;
Et de nos cœurs, l'un à l'autre,
Exhalons le cuiſant dépit.
Nous nous voyons ſœurs d'infortune;
Et la vôtre & la mienne ont un ſi grand rapport,
Que nous pouvons mêler toutes les deux en une,

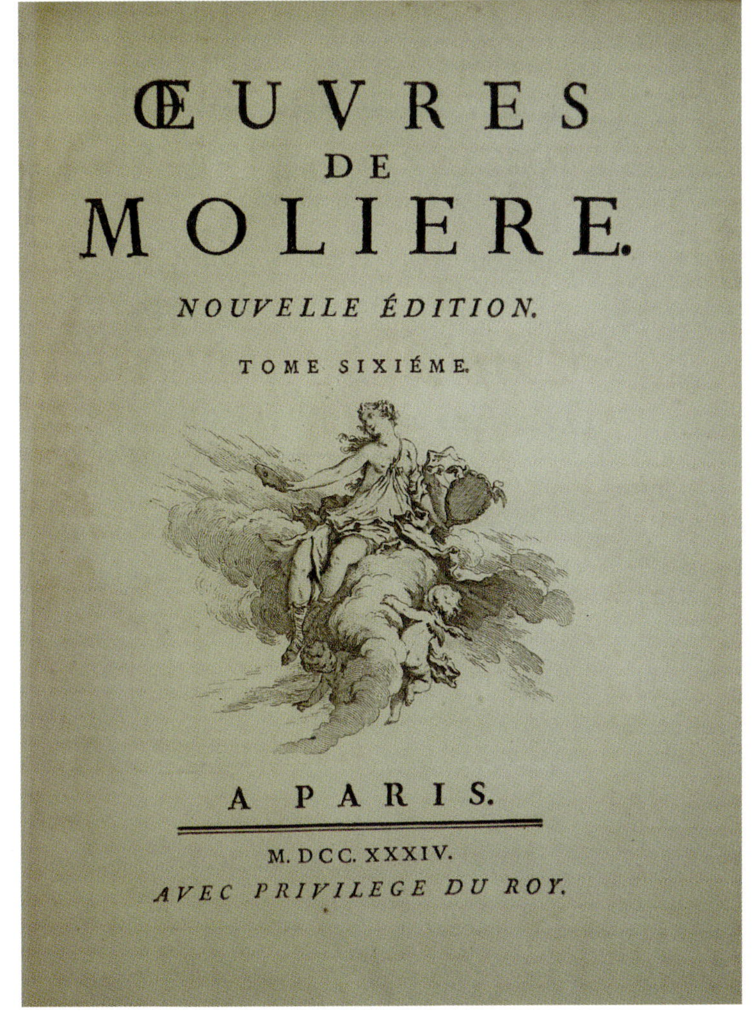
ŒUVRES
DE
MOLIERE.
NOUVELLE ÉDITION.
TOME SIXIÉME.
A PARIS.
M. DCC. XXXIV.
AVEC PRIVILEGE DU ROY.

右　**ブーシェのモリエール作品集**　フランスのロコココスタイルの巨匠フランソワ・ブーシェは舞台美術や衣装もデザインした。偉大なフランスの劇作家の作品集を準備するために、定期的に舞台にかよった。これは1734年のピエール・プロールの6巻本の口絵で、ブーシェによる33枚の挿絵が収められている。おそらく18世紀のもっとも美しい出版物のひとつである。

しば斬新な）絵と、ヴェルサイユの装飾で記憶されている。

偉大なフランスのタペストリーデザイナーで挿絵画家のジャン＝バティスト・ウードリ（彼の『ラ・フォンテーヌ寓話』の素描にもとづいて、シャルル＝ニコラ・コシャンは1755年の豪華版の挿画を制作した）と同様に、ブーシェの絵も、彫版は別の人間が担当した。ブーシェのもっとも有名な挿絵は、1734年に出版されたフランス一の喜劇作家モリエールの戯曲集だが、これもほとんどローラン・カーズが彫版を行った。その制作資金は一部ルイ15世から提供されたといわれており、国の検閲官と編集者が出版を助けた。

現代のモリエールの読者は、オリジナルの17世紀版か現代版のほうに好んで目を向ける。モリエールの1734年版の重要性はそのテクストではなく、ページレイアウト、タイポグラフィのスタイル、ロココ装飾そして製版術にある。そういったものが、この本をおそらく18世紀フランスにおける最高の挿絵本にしている。

左　**プシケ**　この悲喜劇的なバレエは、アプレイウスの『黄金のろば』に登場するクピドとプシケの低俗な物語に手を入れて書きなおしたものである。まだ仕事をはじめたばかりの頃、ブーシェはジャン＝フランソワ・カーズに師事し、カーズの息子ローランが（フランソワ・ジューレとともに）彫版した。

関連項目
記念碑的な本
クラナッハ印刷工房の『ハムレット』 pp.214-215
ホイットマンの『草の葉』 pp.216-217

もっとも偉大な英語辞典

ジョンソンの『英語辞典』、そしてディドロとダランベールの『百科全書』は、ともに18世紀の偉大なる著作だ。保守的で率直な伝統主義者であるイギリスの学者と、フランス啓蒙主義による燦然たる革新的アプローチとを象徴した本だといえよう。しかしこれらの本の制作には驚くほどの類似点がある。

他のヨーロッパ諸国には「公式の」辞書があった。1612年に刊行されたイタリアの『クルスカ辞典（Vocabolario dell'Accademia della Crusca)』や、1694年の『アカデミー・フランセーズ辞典（Dictionnaire de l'Académie française)』はその一例だ。18世紀イギリスで入手できる最上の辞書はナサニエル・ベイリーの非公式の辞書（1721年）で、これは言葉を十分に網羅しているとはいいがたかったので、1746年に、ある出版者組合が新たな辞書の編纂者としてサミュエル・ジョンソン（1709-84年）を雇った。ジョンソンは随筆家および詩人として名をあげていたが、辞書編纂に近い仕事といえば、唯一ロバート・ジェームズが執筆して成功した3巻本の『医学総合事典（Medicinal Dictionary)』(1743-45年）を手伝ったことくらいだった。この事典はその後ドゥニ・ディドロその他の人々によってフランス語版に翻訳されている。

ジョンソンとディドロはいってみればどちらも屋根裏部屋で飢えている下請け文筆家で、最初の編集経験をしたのも同じ本だったわけだが、類似点はそこで終わる。ジョンソンの『英語辞典（A Dictionary of the English Language)』(1755年）は、イングランド人とスコットランド人の貧窮した聖職者の助手が6人いたものの、技量に欠けていたため、ジョンソンがほぼひとりではじめ、ひとりで遂行した仕事だった（ひょっとしたらジョンソンが自分よりも不運な人々を思いやって、必要以上の人間を雇ったのかもしれない)。ゴフ・スクエア（ロンドンのフリート街）の自宅の屋根裏部屋で、ジョンソンと助手たちはいまだかつて書かれたことのない偉大な参考図書を作るべく苦心した。

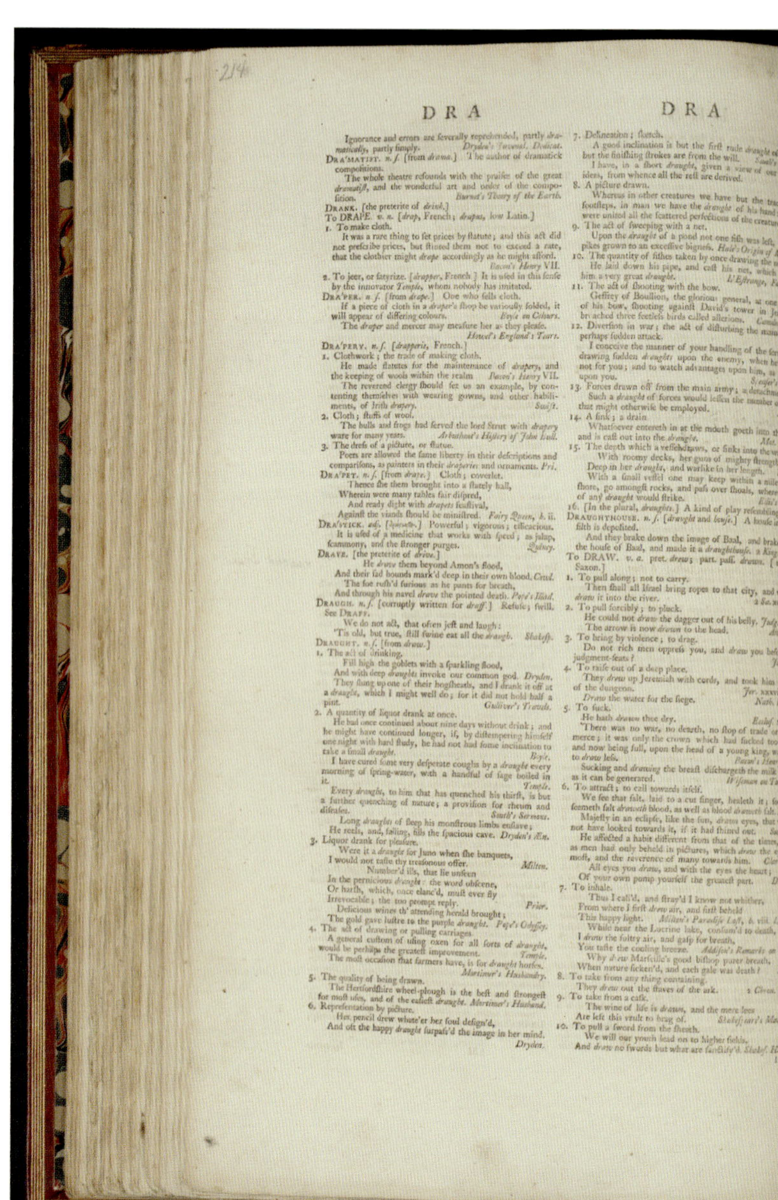

D R A

Ignorance and errors are ſeverally reprehended, partly *dramatically*, partly ſimply. *Dryden's Juvenal, Dedicat.*

DRA'MATIST. *n. ſ.* [from *drama.*] The author of dramatick compoſitions.

The whole theatre reſounds with the praiſes of the great *dramatiſt*, and the wonderful art and order of the compoſition. *Burnet's Theory of the Earth.*

DRANK. [the preterite of *drink.*]

To DRAPE. *v. n.* [*drap*, French; *drapus*, low Latin.]

1. To make cloth.

It was a rare thing to ſet prices by ſtatute; and this act did not preſcribe prices, but ſtinted them not to exceed a rate, that the clothier might *drape* accordingly as he might afford. *Bacon's Henry* VII.

2. To jeer, or ſatyrize. [*drapper*, French.] It is uſed in this ſenſe by the innovator *Temple*, whom nobody has imitated.

DRA'PER. *n. ſ.* [from *drape.*] One who ſells cloth.

If a piece of cloth in a *draper's* ſhop be variouſly folded, it will appear of differing colours. *Boyle on Colours.*

The *draper* and mercer may meaſure her as they pleaſe. *Howel's England's Tears.*

DRA'PERY. *n. ſ.* [*drapperie*, French.]

1. Clothwork; the trade of making cloth.

He made ſtatutes for the maintenance of *drapery*, and the keeping of wools within the realm. *Bacon's Henry* VII.

The reverend clergy ſhould ſet us an example, by contenting themſelves with wearing gowns, and other habiliments, of Iriſh *drapery*. *Swift.*

2. Cloth; ſtuffs of wool.

The bulls and frogs had ſerved the lord Strut with *drapery* ware for many years. *Arbuthnot's Hiſtory of John Bull.*

3. The dreſs of a picture, or ſtatue.

Poets are allowed the ſame liberty in their deſcriptions and compariſons, as painters in their *draperies* and ornaments. *Pri.*

DRA'PET. *n. ſ.* [from *drape.*] Cloth; coverlet.

Thence ſhe them brought into a ſtately hall,
Wherein were many tables fair diſpred,
And ready dight with *drapets* feſtival,
Againſt the viands ſhould be miniſtred. *Fairy Queen, b.* ii.

DRA'STICK. *adj.* [δραστικός.] Powerful; vigorous; efficacious.

It is uſed of a medicine that works with ſpeed; as jalap, ſcammony, and the ſtronger purges. *Quincy.*

DRAVE. [the preterite of *drive.*]

He *drave* them beyond Amon's flood,
And their ſad bounds mark'd deep in their own blood. *Cruel.*
The foe ruſh'd furious as he pants for breath,
And through his navel *drave* the pointed death. *Pope's Iliad.*

DRAUGH. *n. ſ.* [corruptly written for *draff.*] Refuſe; ſwill. See DRAFF.

We do not act, that often jeſt and laugh:
'Tis old, but true, ſtill ſwine eat all the *draugh*. *Shakeſp.*

DRAUGHT. *n. ſ.* [from *draw.*]

1. The act of drinking.

Fill high the goblets with a ſparkling flood,
And with deep *draughts* invoke our common god. *Dryden.*

They flung up one of their hogſheads, and I drank it off at a *draught*, which I might well do; for it did not hold half a pint. *Gulliver's Travels.*

2. A quantity of liquor drank at once.

He had once continued about nine days without drink; and he might have continued longer, if, by diſtempering himſelf one night with hard ſtudy, he had not had ſome inclination to take a ſmall *draught*. *Boyle.*

I have cured ſome very deſperate coughs by a *draught* every morning of ſpring-water, with a handful of ſage boiled in it. *Temple.*

Every *draught*, to him that has quenched his thirſt, is but a further quenching of nature; a proviſion for rheum and diſeaſes. *South's Sermons.*

Long *draughts* of ſleep his monſtrous limbs enſlave;
He reels, and, falling, fills the ſpacious cave. *Dryden's Æn.*

3. Liquor drank for pleaſure.

Were it a *draught* for Juno when ſhe banquets,
I would not taſte thy treaſonous offer. *Milton.*
Number'd ills, that lie unſeen
In the pernicious *draught*: the word obſcene,
Or harſh, which, once elanc'd, muſt ever fly
Irrevocable; the too prompt reply. *Prior.*
Delicious wines th' attending herald brought;
The gold gave luſtre to the purple *draught*. *Pope's Odyſſey.*

4. The act of drawing or pulling carriages.

A general cuſtom of uſing oxen for all ſorts of *draught*, would be perhaps the greateſt improvement. *Temple.*

The moſt occaſion that farmers have, is for *draught* horſes. *Mortimer's Husbandry.*

5. The quality of being drawn.

The Hertfordſhire wheel-plough is the beſt and ſtrongeſt for moſt uſes, and of the eaſieſt *draught*. *Mortimer's Husband.*

6. Repreſentation by picture.

Her pencil drew whate'er her ſoul deſign'd,
And oft the happy *draught* ſurpaſs'd the image in her mind. *Dryden.*

D R A

7. Delineation; ſketch.

A good inclination is but the firſt rude *draught* of vir
but the finiſhing ſtrokes are from the will. *South's Ser*

I have, in a ſhort *draught*, given a view of our orig
ideas, from whence all the reſt are derived. *L*

8. A picture drawn.

Whereas in other creatures we have but the trace o
footſteps, in man we have the *draught* of his hand: in
were united all the ſcattered perfections of the creature.

9. The act of ſweeping with a net.

Upon the *draught* of a pond not one fiſh was left, bu
pikes grown to an exceſſive bigneſs. *Hale's Origin of Man*

10. The quantity of fiſhes taken by once drawing the net.

He laid down his pipe, and caſt his net, which br
him a very great *draught*. *L'Eſtrange, Fable*

11. The act of ſhooting with the bow.

Geffrey of Boullion, the glorious general, at one dr
of his bow, ſhooting againſt David's tower in Jerus
broached three feetleſs birds called allerions. *Camden's*

12. Diverſion in war; the act of diſturbing the main de
perhaps ſudden attack.

I conceive the manner of your handling of the ſervice
drawing ſudden *draughts* upon the enemy, when he loo
not for you; and to watch advantages upon him, as he
upon you. *Spenſer's Ire*

13. Forces drawn off from the main army; a detachment

Such a *draught* of forces would leſſen the number of t
that might otherwiſe be employed. *Ad*

14. A ſink; a drain.

Whatſoever entereth in at the mouth goeth into the
and is caſt out into the *draught*. *Mat.* xv

15. The depth which a veſſel draws, or ſinks into the water

With roomy decks, her guns of mighty ſtrength,
Deep in her *draught*, and warlike in her length. *D*
With a ſmall veſſel one may keep within a mile o
ſhore, go amongſt rocks, and paſs over ſhoals, where a
of any *draught* would ſtrike. *Ellis's V*

16. [In the plural, *draughts.*] A kind of play reſembling c

DRAUGHTHOUSE. *n. ſ.* [*draught* and *houſe.*] A houſe in w
filth is depoſited.

And they brake down the image of Baal, and brake d
the houſe of Baal, and made it a *draughthouſe*. 2 *Kings* x

To DRAW. *v. a.* pret. *drew*; part. paſſ. *drawn*. [*dra*
Saxon.]

1. To pull along; not to carry.

Then ſhall all Iſrael bring ropes to that city, and we
draw it into the river. 2 *Sa.* xvii.

2. To pull forcibly; to pluck.

He could not *draw* the dagger out of his belly. *Judg.* i
The arrow is now *drawn* to the head. *Atter*

3. To bring by violence; to drag.

Do not rich men oppreſs you, and *draw* you before
judgment-ſeats? *Ja.*

4. To raiſe out of a deep place.

They *drew* up Jeremiah with cords, and took him u
of the dungeon. *Jer.* xxxviii.
Draw the water for the ſiege. *Nah.* iii.

5. To ſuck.

He hath *drawn* thee dry. *Eccluſ.* xii
There was no war, no dearth, no ſtop of trade or c
merce; it was only the crown which had ſucked too h
and now being full, upon the head of a young king, wa
to *draw* leſs. *Bacon's Henry*
Sucking and *drawing* the breaſt diſchargeth the milk a
as it can be generated. *Wiſeman on Tum*

6. To attract; to call towards itſelf.

We ſee that ſalt, laid to a cut finger, healeth it; ſo
ſeemeth ſalt *draweth* blood, as well as blood *draweth* ſalt. *Ba*
Majeſty in an eclipſe, like the ſun, *draws* eyes, that wo
not have looked towards it, if it had ſhined out. *Suck*
He affected a habit different from that of the times,
as men had only beheld in pictures, which *drew* the eye
moſt, and the reverence of many towards him. *Claren*
All eyes you *draw*, and with the eyes the heart;
Of your own pomp yourſelf the greateſt part. *Dry*

7. To inhale.

Thus I call'd, and ſtray'd I know not whither,
From where I firſt *drew* air, and firſt beheld
This happy light. *Milton's Paradiſe Loſt, b.* viii. *l.*
While near the Lucrine lake, conſum'd to death,
I *draw* the ſultry air, and gaſp for breath,
You taſte the cooling breeze. *Addiſon's Remarks on It*
Why *drew* Marſeille's good biſhop purer breath,
When nature ſicken'd, and each gale was death? *P*

8. To take from any thing containing.

They *drew* out the ſtaves of the ark. 2 *Chron.* v

9. To take from a caſk.

The wine of life is *drawn*, and the mere lees
Are left this vault to brag of. *Shakeſpeare's Mac*

10. To pull a ſword from the ſheath.

We will our youth lead on to higher fields,
And *draw* no ſwords but what are ſanctify'd. *Shakeſ. H.*

関連項目

共同作業による本

コンプルテンセの多言語聖書　pp.118-119

ディドロの『百科全書』 pp.158-159

ジョンソンも判断を誤った本

スターンの『トリストラム・シャンディ』 pp.166-167

下 **『英語辞典』** 1755年4月15日に出版され、ほとんどサミュエル・ジョンソンが独力で執筆した。最初はフォリオ判2巻で出された（のちに4巻本で出された）。写真は初版の214-215ページ。ジョンソン博士自身の手で注釈がほどこされている。

右 **番犬は悪い前兆をもたらす犬かもしれない。** 歓迎されざる犬についての入念な定義。ジョンソン自身の『英語辞典』に記されている。彼は親友のヘスター・スレール（のちのヘスター・スレール・ピオッツィ）に『英語辞典』をプレゼントしている。ヘスターも自分の辞書に自分なりの定義を書きこんだ。

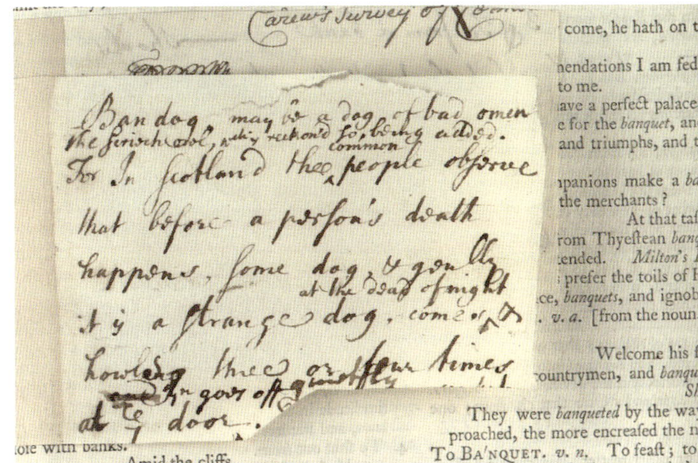

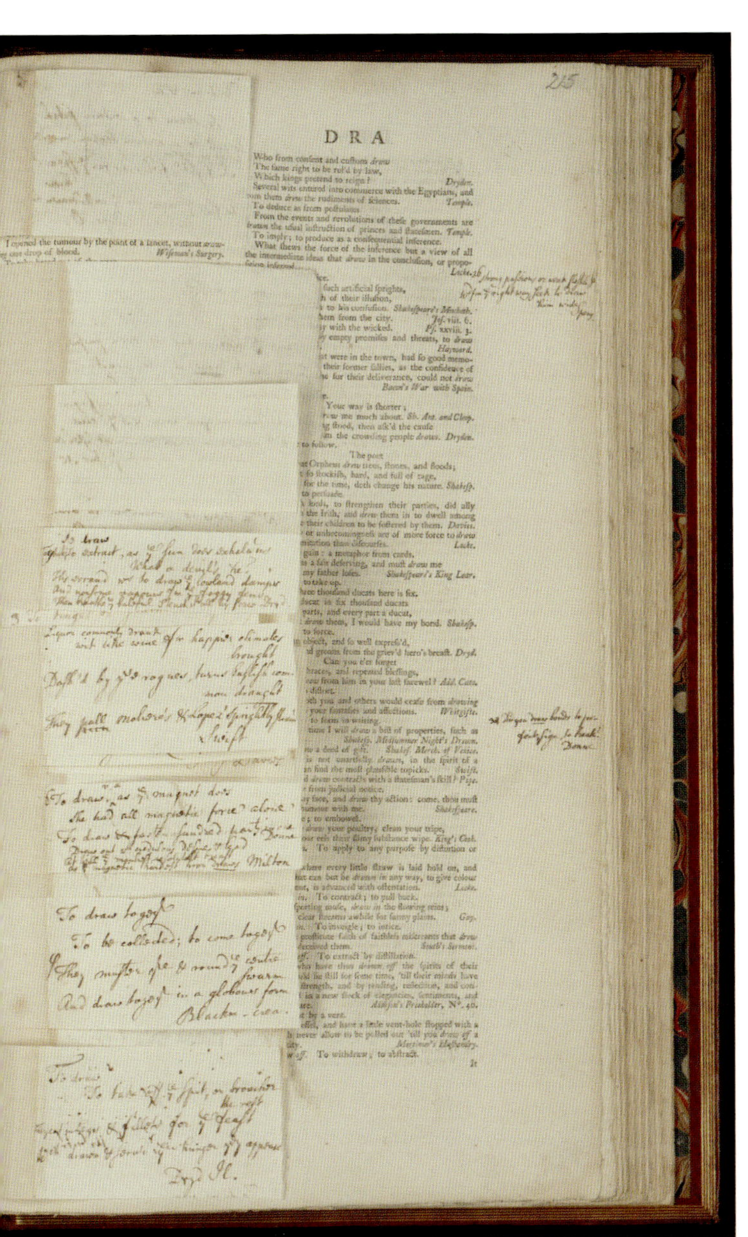

『英語辞典』の作成にあたり、ジョンソンは幅広い単語の用例を集めるためにさまざまな分野の本を読みあさった。十分なサンプルが集まると定義づけをしたが、その言いまわしにこめられた辛口のユーモアが、現代では有名になっている。

物品税 商品にかけられる憎むべき税。その額は商品に対する共通の評価で決まるのではなく、税を受けとる側が雇った卑劣漢によって決められる。
ムシュー フランス人男性にとっての非難の言葉。
オート麦 イングランドでは一般的に馬の食用となる穀類だが、スコットランドでは人間の食用となる。

ジョンソンの『英語辞典』は卓越した英語の用語集として、当時の人々からすぐさま認められた。もっとも、中傷する者もいた。「わたしはジョンソン博士の評判がさほど長続きするとは思えない」とホレス・ウォルポールは述べている。最近の批評家はもっと寛大だ。「もっとも偉大な学識の成果のひとつだ」と『オックスフォード英語大辞典』には記されている。ジョンソンの『英語辞典』の編集方法は、ヴィクトリア時代に共同制作による『オックスフォード英語大辞典』が編纂された際に踏襲された（分冊版は1884-1933年に発行がはじまった）。インターネットのおかげでジョンソンの『英語辞典』はたやすく利用できるようになっており、多くの読者がこのすばらしい人物の頭のなかにあった洞察力を味わっている。ジョンソンは辞書編集者の項では、「辞書の著者。こつこつ仕事をする人畜無害な人物」と定義している。

児童書の草分け

チャップブック（chapbooks）などの児童書はばらばらになるまで読まれることが多かった。イギリスやアメリカの出版者は、おもちゃをつけて価値を高めるという名案を思いついた。

関連項目

海賊版

ディケンズの『ピクウィック・ペーパーズ』 pp.190-191

ボルダーウッドの『武装強盗団』 pp.204-205

児童書

エイキンの『ロビンソン・クルーソー』 pp.194-195

ホフマンの『もじゃもじゃペーター』 pp.196-197

ルイスの『機械で動く百科事典』 pp.244-245

下 **『楽しい絵文字聖書**（A Curious Hieroglyphic Bible）』 18世紀のもうひとつの画期的な児童書。ボストンの印刷業者アイザイア・トマスが1788年に出版した。アメリカの画家による**木版画**（woodcut）が約500枚収録されており、絵を使って楽しみながら学ばせようとしたもうひとつの例である。

児童書の執筆や出版は、啓蒙思想の時代にかなり発展したと考えられる。1740年代のロンドンで、ジョン・ニューベリーがはじめた児童書の出版が大成功したのはまぎれもない事実だ。だがもっと以前には、偉大なモラヴィアの教育者ヤン・アーモス・コメンスキー（コメニウス、1592-1670年）が、教育的配慮から児童書を制作している。コメンスキーの1658年の『世界図絵』は広く受け入れられ、ヨーロッパじゅうで翻訳された。

コメニウスの本は教訓的だったが、精力的で多芸多才なジョン・ニューベリーが1737-67年に出版した小型本の多くは、ためになるだけでなく楽しい本でもあった。最初にロンドンで出版された『小さなかわいいポケットブック（A Little Pretty Pocket-Book）』（1744年）は、子どもたちに「楽しみながら」アルファベットを学ばせようとする本だ。両親はその「トミーとポリーはか

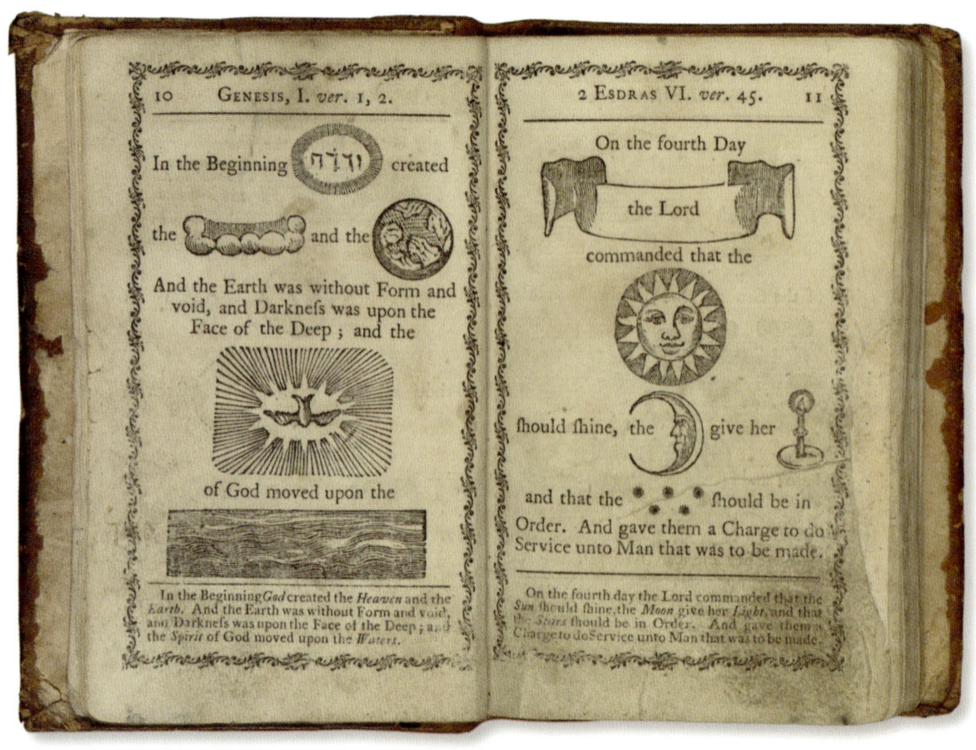
10 GENESIS, I. ver. 1, 2.

In the Beginning created the and the

And the Earth was without Form and void, and Darkneſs was upon the Face of the Deep ; and the

of God moved upon the

In the Beginning *God* created the *Heaven* and the *Earth*. And the Earth was without Form and void, and Darkneſs was upon the Face of the Deep ; and the *Spirit* of God moved upon the *Waters*.

2 ESDRAS VI. ver. 45. 11

On the fourth Day the Lord commanded that the

ſhould ſhine, the give her

and that the ſhould be in Order. And gave them a Charge to do Service unto Man that was to be made.

On the fourth day the Lord commanded that the *Sun* ſhould ſhine, the *Moon* give her *Light*, and that the *Stars* ſhould be in Order. And gave them a Charge to do Service unto Man that was to be made.

ならずよい子になります」という宣伝文句に心引かれた。本には針山かボールがおまけについていて、おもちゃの正しい使い方の説明書が、巨人を退治したジャックからの手紙という形で入っていた。これは大成功をおさめ、ニューベリーは一生のうちに100冊をはるかに上まわる児童書を刊行し、それを広くイギリスやアメリカの入植地で販売した。クリストファー・スマートやオリヴァー・ゴールドスミスといった作家におしみない援助をあたえ、サミュエル・ジョンソンの親しい友人でもあった。また、財産の多くをジェームズ博士の熱さまし粉薬の販売代理店につぎこみ、自分が出版した本に広告と宣伝文を載せて販促に努めている。

北アメリカのニューベリーの本の読者にアイザイア・トマス（1749-1831年）がいた。トマスはおそらくアメリカ独立戦争時代にもっとも重要な役割を果たした愛国的印刷業者で、最終的にマサチューセッツのウースターにアメリカ骨董協会を創設した。

トマスはイギリスに非友好的で、イギリスの著作権法（アン法19章）を無視していることを気にもとめなかった。この法はテクストの所有権を自動的に著者にあたえるものである。同時代のマサチューセッツの神学者ジョナサン・エドワーズは、トマスがロンドンから輸入した本にかんしニューベリーにいっさい支払いをしていないことにいきどおった。トマスは改作した『小さなかわいいポケットブック』を1787年にウースターで印刷し、ボールと針山もつけた。これはニューベリーが出した多くのロンドン版のどれよりも普及した版で、野球に言及した最初のアメリカの本として図書館や収集家から人気がある。

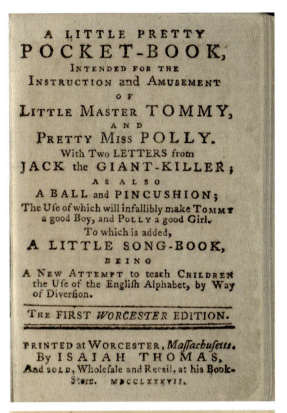

右上 **「楽しみながら学習する」**『ポケットブック』のおまけのおもちゃ（女の子には針山、男の子にはボール）は男女別に狙いをしぼった販売の初期の例だが、そのようなマーケティングは両親に受けがよかった。親たちはおそらく当時も今と同様に、やんちゃで手に負えない子どもたちから一時的に解放してもらうことを期待したのだろう。

右下 **「ボールは少年を越えて飛び去っていく」**『小さなかわいいポケットブック』は、道徳目的ではあるが、はじめて「野球」というゲームに言及したことで知られる（実際そこに描かれているのはラウンダーズというゲームだが、これが野球に発展した）。児童文学における画期的出来事だったニューベリーの本は、ゲームの歴史を研究する社会史学者にも利用されている。

A LITTLE PRETTY
POCKET-BOOK,
INTENDED FOR THE
INSTRUCTION and AMUSEMENT
OF
LITTLE MASTER TOMMY,
AND
PRETTY MISS POLLY.
With Two LETTERS from
JACK the GIANT-KILLER;
AS ALSO
A BALL and PINCUSHION;
The Use of which will infallibly make TOMMY a good Boy, and POLLY a good Girl.
To which is added,
A LITTLE SONG-BOOK,
BEING
A NEW ATTEMPT to teach CHILDREN the Use of the English Alphabet, by Way of Diversion.

THE FIRST *WORCESTER* EDITION.

PRINTED at WORCESTER, *Massachusetts*.
By ISAIAH THOMAS,
And SOLD, Wholesale and Retail, at his Book-Store. MDCCLXXXVII.

The *little* k Play. 43

BASE-BALL.

THE *Ball* once struck off,
Away flies the *Boy*
To the next destin'd Post,
And then Home with Joy.

MORAL.

Thus Seamen, for Lucre
Fly over the Main,
But, with Pleasure transported
Return back again.

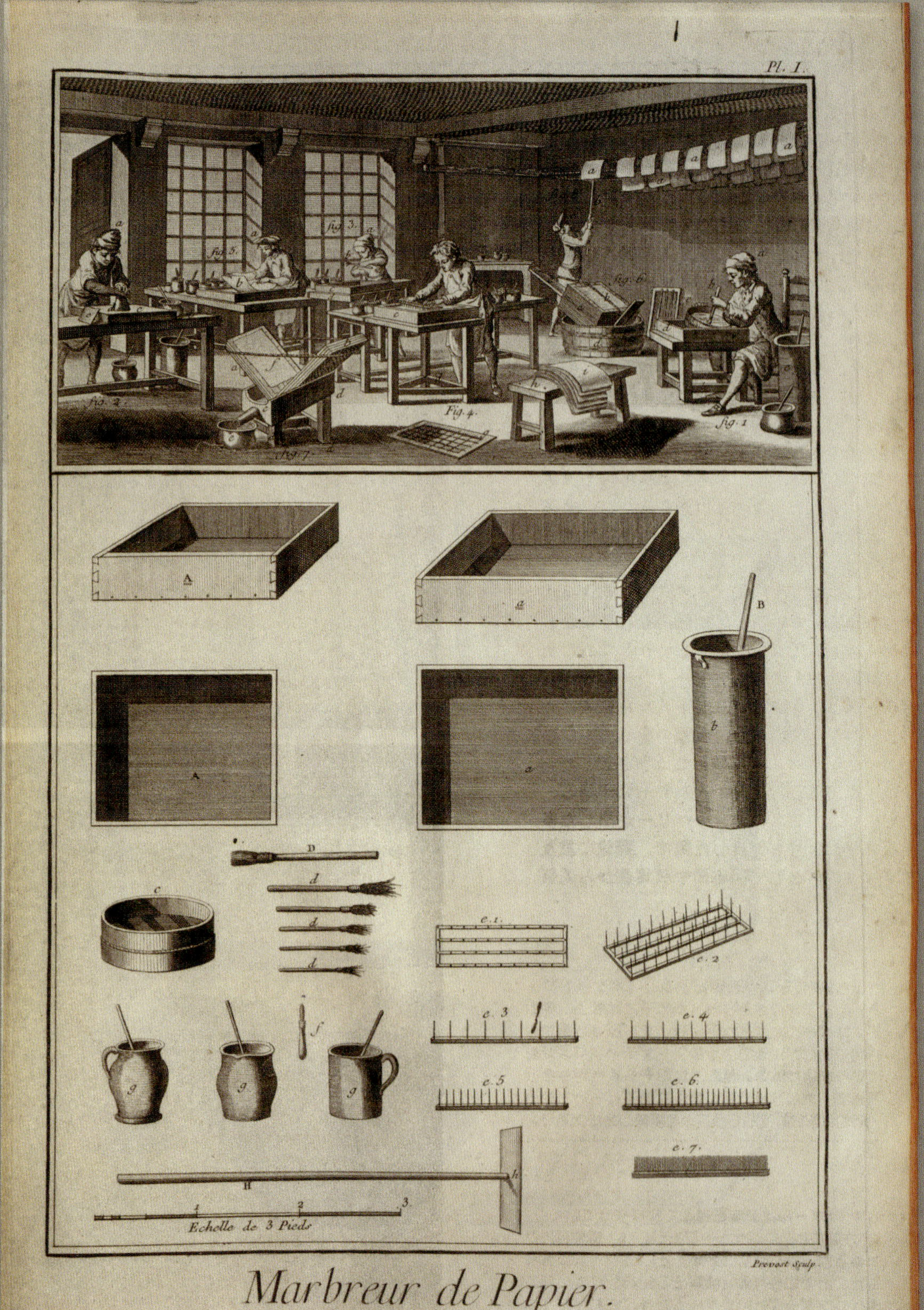

Marbreur de Papier.

啓蒙運動を推進した本

その事業はあやうく失敗に終わるところだった。フランスで百科事典を編纂するのに、イギリスとドイツの編集者は適任ではなかったのだ。出版者はかわりにドゥニ・ディドロを編集者にすえ、それによりヨーロッパの文化は永久に変わった。

18 世紀の前半は重要な参考図書が出版された時代だった。そのひとつがピエール・ベールによる『歴史批評辞典（Dictionnaire Historique et Critique）』（1695-97 年）である。これは他の百科事典を編纂する場合に手本となる重要な本だった。もうひとつはイギリスのイーフレイム・チェンバーズによる『サイクロペディア（Cyclopaedia）』（1728 年）である。これはベールの本にはない科学や技術をテーマにした辞典だった。パリの出版者はそのフランス語版を作りたいと考えた。翻訳家として雇ったイギリスとドイツの学者は不適任だったため解雇したが、運よく出版者たちが編集長として次に選んだのがドゥニ・ディドロ（1713-84 年）だった。翻訳ではない百科事典を作ることになり、1759 年まではジャン・ダランベールも共同編集者をつとめた。ふたりともすぐれた文筆家および随筆家である。ディドロは才気煥発かつ勤勉で、やや極端なところもあったが、そのような学者にはまれな天分があった。

ディドロと出版者はモンテスキュー、ケネー、ルソー、テュルゴー、ヴォルテールほかの多くの優秀な人材を執筆者として引き入れ、非常に印象的で影響力の大きい小論文を得ることができた。もっとも多くの項目を執筆したのは、ルイ・ド・ジョクールである。ジョクールは百科全書の 4 分の 1 にあたる 1 万 8000 項目を担当したが、百科全書におけるディドロの記述（そして彼のすばらしい小説と物語）の壮麗さは同僚たちをかすませた。ディドロはベールから、「参照符号」を使ってつながりのある記事を相互参照させるという方法を学んだ。また、検閲官にはすぐにわからないけれども鋭い読者にはわかるような皮肉をこめた言いまわしも使った。それは危険なやり方だった。心配した印刷業者アンドレ・ル・ブルトンは、いくつかの記事の内容をこっそり穏便なものに変えた。それでも『百科全書』はポンパドゥール夫人（王の愛妾）の支援を受け、図書監督局長官マルゼルブも本が発禁処分を受けないようとりはからってくれた。

当初は 2 巻本にする計画だった『百科全書』だが、1751 年から 1765 年にかけて 17 巻で出版され、1762 年から 1772 年にかけて 11 巻の図版がくわえられた。そのなかには、75 年前に科学アカデミーによって出版が計画された『工芸叢書』のために作られたすばらしい図版を転用したものも一部ある。早くに計画されたこの参考図書が迅速に刊行されていたら、ディドロやダランベールの百科全書の重要性はここまでではなかっただろうが、『工芸叢書』は 1761-88 年まで出版されなかった。

『百科全書』は大成功をおさめ、4000 部以上を売り上げた。気苦労はあったものの、出版者はよい収入を得た。その出版がフランス革命につながったかどうか（この本は啓蒙主義の政治理論に重点をおいていたので）についてはまだ結論が出ていないが、出版されたことによってヨーロッパの思想が永久に変わったのはまちがいない。

ENCYCLOPÉDIE, OU DICTIONNAIRE RAISONNÉ DES SCIENCES, DES ARTS ET DES MÉTIERS, PAR UNE SOCIÉTÉ DE GENS DE LETTRES. TOME PREMIER. A PARIS, M. DCC. LI. AVEC APPROBATION ET PRIVILEGE DU ROY.

右　**合理的な辞書**　ディドロとダランベールによる『百科全書』（『学問・芸術・工芸の合理的辞典』）の扉ページ、1751 年。

左　**ディドロの百科事典**　ディドロの 28 巻におよぶ百科事典には、3129 点のページ全面にわたる細密な挿絵が収められている。この絵はマーブル紙の製法と道具を描いたもの。ボナヴァンテュール＝ルイ・プレヴォによる彫版。

関連項目
百科事典
『永楽大典』 pp.36-37
技術書
アル＝ジャザリの『巧妙な機械装置に関する知識の書』 pp.88-89
反体制の出版物
カミンスキーの『城壁の石』 pp.226-227
ブルガーコフの『巨匠とマルガリータ』 pp.228-229

情報検索のパイオニア

太古の昔から医師、植物学者、植物採集者は、非常に多くの植物を目的に応じて合理的に分類する方法を確立しようとした。18世紀にある野心的なスウェーデン人科学者が考案した方法は、今も動物や植物について考える際のきわめて重要な方法でありつづけている。

わたしより偉大な植物学者や動物学者はいない。自分の経験をもとに正確に、系統的に、多くの本を書いた者はいない。科学全体を根底から変え、新たな時代をはじめた者はいない。

スウェーデンの科学者カール・リンネ（1707-78年）によるこの自己評価は、就職活動でとてつもなく自信過剰な自己アピールをする人物のようだ。しかし啓蒙主義時代の他の重要人物も、その自賛ぶりではリンネに負けていない。ゲーテは自分に影響をあたえたのはシェークスピアとスピノザだけだと豪語しているし、ルソーは（他人をほめることはほとんどなく）「この世にわたし以上に偉大な人間はいないと彼に伝えてくれ」と述べている。

リンネはウプサラ（スウェーデン）の大学で医学と植物学の教授を長くつとめ、たとえば人間に「ホモ・サピエンス」といった二名方式の名を用いるなど、植物と動物を体系化した業績で喝采を浴びた。それ以前にも同様の試みは、1623年にバーゼルでギャスパール・ボーアンが著書『植物対照図表（Pinax Theatri Botanici）』のなかで行っているが、ボーアンの方法は十分に完成されたものではない。分類法の有効な組みあわせは、リンネの『自然の体系（Systema Naturae）』まで完全に理解されてはいなかった。これは1735年にわずか12ページで出版された本だが、そこで述べた植物の分類・命名計画は、次の『植物の種（Species Plantarum）』（1753年）で練り上げられた。この本は今も変わらず、植物の名にかんするもっとも権威ある本だ。

1758年には世界中の博物学者がリンネの方法を採用するようになり、新たな本は、リンネの本の第10版で使われたリンネ式の名前を使って執筆された。その分類は植物7700種、動物4400種におよぶ。これほどのデータを集め、整理し、再整理するには、他の植物学者との緊密な協力はもちろんのこと、集計表の使用からカード式索引の考案（改良）にいたる高度な情報処理を正確に行うことが求められた。

リンネの植物分類法は簡単に学ぶことができる。ある歴史家が、「植物学を、12まで数えられればどんなに幼くても参加できるパーティーゲームに変えた」と述べたほどだ。あたかも、合理的思考や観察を用いて自然を制圧したかのようだ。哲学者たちはこういった方法によって、啓蒙主義が求めるよりよい世界をもたらすことができると信じていた。

Caroli Linnæi
Medic. & Botan. Cult.
Stipend. Reg.
Præludia
Sponsaliorum
Plantarum
in quibus
Physiologia earum explica
tur, Sexus demonstratur,
modus generationis dete
gitur, nec non summa plan
tarum cum animalibus analo
gia concluditur
Upsal. 1729.

左 **「植物の婚礼」について** 1729年、リンネが21歳のときに書いた論文「植物の婚礼序説」は、植物の生殖について記述したものだ。この論文は称賛されたが、同時に植物が有性生殖するという「冒瀆的な」考えに対する批判もひき起こした。

E Bibl. Linn. propria. 1784. JESmith.

CAROLI LINNÆI

S:Æ R:GIÆ M:TIS SVECIÆ ARCHIATRI; MEDIC. & BOTAN. PROFESS. UPSAL; EQUITIS AUR. DE STELLA POLARI; nec non ACAD. IMPER. MONSPEL. BEROL. TOLOS. UPSAL. STOCKH. SOC. & PARIS. CORESP.

SPECIES PLANTARUM,

EXHIBENTES
6004
PLANTAS RITE COGNITAS,
AD
GENERA RELATAS,
CUM
DIFFERENTIIS SPECIFICIS,
NOMINIBUS TRIVIALIBUS,
SYNONYMIS SELECTIS,
LOCIS NATALIBUS,
SECUNDUM
SYSTEMA SEXUALE
DIGESTAS.

TOMUS I.

Cum Privilegio S. R. M:tis Sueciæ & S. R. M:tis Polonicæ ac Electoris Saxon.

HOLMIÆ,
IMPENSIS LAURENTII SALVII.
1753.

左　**注釈つきの『植物の種』**　リンネの『植物の種』には、しばしばリンネ自身によるラテン語の注釈がつけられた。同じ『植物の種』でも、本によって異なる注釈がつけられることもよくあった。

下　**属と種**　リンネは二名法を『植物の種』で紹介した。1753年版のこのページには、エグランティンバラのPolygynia（複数の花柱）について修正がくわえられている。

POLYGYNIA.

ROSA.

1. ROSA inermis, calycis foliolis indivisis, fructu oblongo. *Hall. helv.* 348. *cinnamomea.*
Rosa sylvestris, odoratissimo rubro flore. *Bauh. pin.* 483.
Habitat in Helvetia.

2. ROSA aculeata, foliis odoratis subtus rubiginosis. *Hall. helv.* 350. *Dalib. paris.* 145. *eglanteria.*
Rosa sylvestris, foliis odoratis. *Bauh. pin.* 483.
Rosa eglanteria. *Tabern. ic.* 1087.
Habitat in Helvetia, anglia.

3. ROSA foliis utrinque villosis, fructu spinoso. *Hall. helv.* 350. *villosa.*
Rosa sylvestris pomifera major. *Bauh. pin.* 484.
Habitat in Europa *australi.*

4. ROSA caule aculeato, petiolis inermibus, calycibus semipinnatis. *Fl. suec.* 406. *canina.*
Rosa sylvestris vulgaris, flore odorato incarnato. *Bauh. pin.* 483.
Habitat in Europa.

関連項目

初期の植物学書

ディオスコリデスの『薬物誌』 pp.64-65

ブラックウェルの『キューリアス・ハーバル』 pp.144-145

リンネの分類を使用した本

アトキンズの『イギリスの藻』 pp.184-185

情報伝達にグラフを使う

統計グラフの考案者ならその私生活も安全で単調だったと思うかもしれないが、彼は横領犯で恐喝者で、フランス革命のさなかにあわてててパリを離れざるをえない、そんな人物だった。

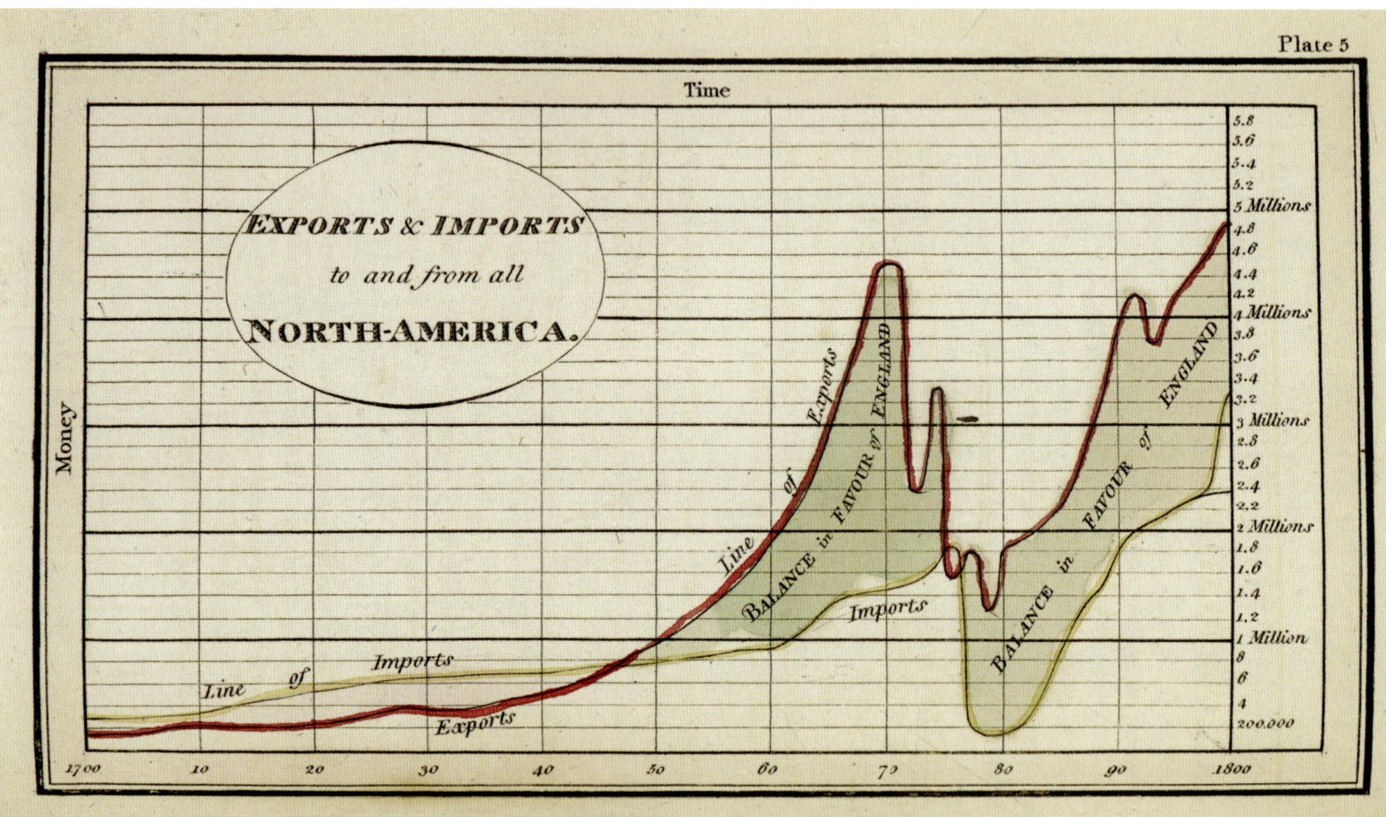

上　**プレイフェアの『商業と政治の図解』**　プレイフェアの1786年の図解は、統計図表を載せた最初の出版物で、国際貿易と国際経済にかんする彼の明敏な観察を説明する最初の、みごとなまでに明快な棒グラフ、線グラフだった（もっとも、タイトルに「アトラス」とうたってはいるものの、地図はない）。ここに示した銅版画のグラフは、イギリスとかつての植民地との貿易におけるアメリカ革命の影響を劇的に表現している。

関連項目
技術革新
パーキンズの特許　pp.182-183
データを示すための初期の図形的方法
マンスールの『人体解剖書』　pp.90-91

利口な若いスコットランド人、ウィリアム・プレイフェア（1759-1823年）は、一旗あげようとイングランドに出てきた。兄の支援で教育を受け（兄はのちにエディンバラ大学の数学教授になる）技術者見習になったのち、バーミンガムに移ってボールトン＆ワット社という技術会社につとめ、ジェームズ・ワットのもとで蒸気エンジンにかかわる仕事につく。バーミンガムでプレイフェアは、ジェームズ・ケアやジョーゼフ・プリーストリーといったルナー・ソサエティの人々と知りあった。啓蒙主義の時代に、科学思想の進展に重要な役割を果たした団体である。プレイフェアはその後、ワットの事務用複写機の開発でジェームズ・ケアと仕事をしたが、いくつかの金属加工術の特許でケアのアイディアを「借用」したのではないかと疑われ、絶交された。

プレイフェアは数年間ロンドンの銀細工会社で共同経営者として働き、食器類を作っていた。それも失敗すると、壮大な構想を立てては同僚ともめごとを起こし、場合によっては詐欺事件に発展する、というのが人生のパターンとなる。しかししばらくのあいだは自著の出版で成功をおさめた。そのなかでプレイフェアは統計データを表す新たなわかりやすい方法を図形を使って発展させ、円グラフ、時系列グラフ、棒グラフを考案した。この3つのグラフは今も日常的に使われている。『商業と政治の図解（Commercial and Political Atlas）』（1786年）は、これらのグラフを使用した最初の本である。大陸ではフンボルトやルイ16世といった人々がこの本をこぞって評価した。

プレイフェアの統計にかんする本は、イギリスではあまり利益が出ず、評価もされなかった。プレイフェアは革命のさなかのフランスで、怪しげな不動産会社にかかわる。フランスからの移民をアメリカに定住させるという触れこみの会社だ。彼は使いこみの容疑をかけられ、イギリスに逃亡せざるをえなくなる。その後もプレイフェアはフランスとイギリスで詐欺、訴訟、恐喝未遂をくりかえしたあげく、極貧のなかで亡くなった。技能と鋭い知性をうまく使えば成功が約束されていた男の、悲しい末路である。フランスでは卓越した技術者シャルル・ジョゼフ・ミナールが、データをさらに効果的に図解する方法を発展させることになるが、こういった後輩たちの業績が認められてはじめて、プレイフェアの革新的アイディアの重要性がイギリスでようやく理解された。

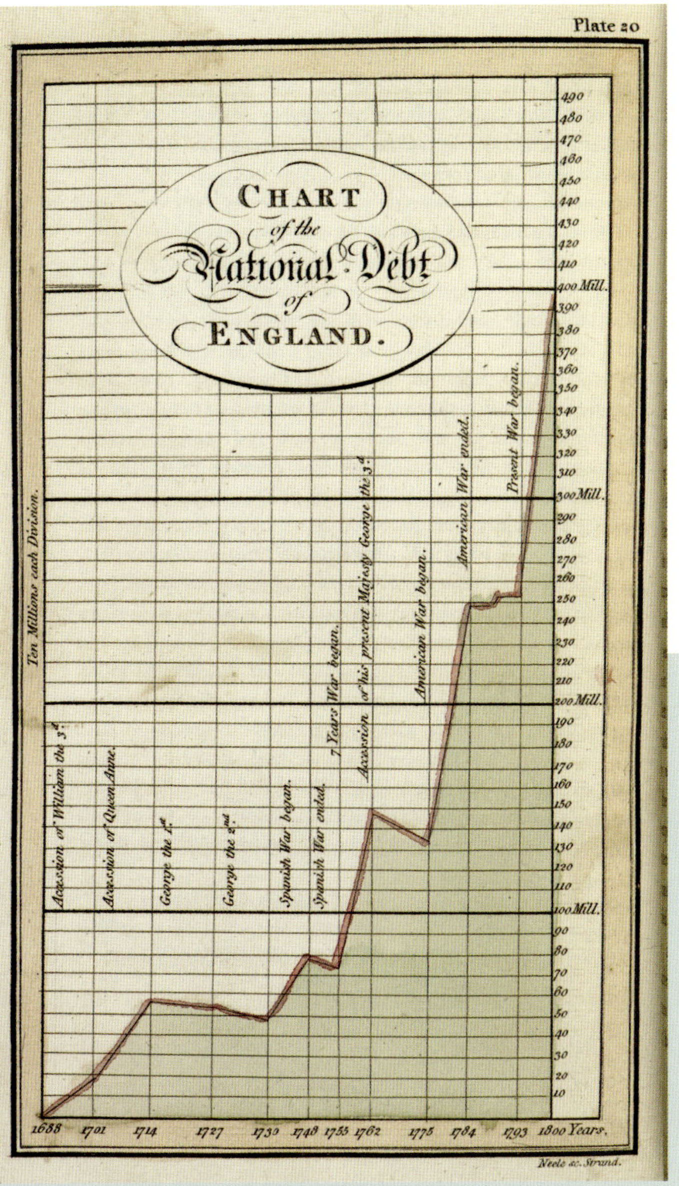

右　**「イギリスの国債」**『商業と政治の図解』のなかのこのグラフは、わたしたちの時代と非常に関連がある。グラフは戦争（この場合は北米との戦争）が借金を増加させるという明快な結論とともに、国債の増加を示し、重い課税が「中産および下層階級の全体的な貧困」をもたらすことを示している。

罪と罰の記録

相応の報いを受けた犯罪者のことは、今でも多くの人々が知りたがる。犯罪に対する法規制が昔はもっと厳しかったので、泥棒たちがならべる「御託」や、公開処刑で罪人にあたえられた「ケイパーソースをそえたアーティチョークの朝食」について読むことで、人々は興奮した。

人々を向上させる本にもさまざまな種類がある。18世紀イギリスの平均的な家庭に置かれている本といえば、まず聖書、そして1678年にはじめて出版されたジョン・バニヤンの『天路歴程』だった。3番目によく見かけられたのは、もっと驚くべき本だ。『ニューゲイト・カレンダー』である。

これはもともと公開処刑場や定期市で、行商人が売り歩いていた新聞に由来する。犯罪や裁判や有名な犯罪者の処罰（しばしばタイバーン刑場やニューゲイト監獄で処刑された）について書いたセンセーショナルな記事だ。こういった報告書はロンドンの闇社会に関心をもつ人々に人気があり、当時も今と同様に、病的な魅力を感じる読者が多かった。犯罪の記録は1700年にはじまり、18世紀をとおして続けられ、カトリックやフランス人、犯罪と処罰について、おおむね非常に愛国的な論調をとった。

資料としてははるかに重要だがセンセーショナルさではおとるのが、1674年から1913年まで発行された『オールド・ベイリーの裁判記録（The Proceedings of the Old Bailey)』である。これはロンドンの刑事裁判をすべて記録したものだ。約20万件の裁判についての（しばしば長々しい）報告が記されており、『ニューゲイト・カレンダー』よりはずっと中立で公平な論調である。『オールド・ベイリーの裁判記録』はロンドンの下層社会を描いた無類の資料といえよう。

こういった報告書類は印刷本になって生きのびたが、社会史にとって重要な多くの資料にアクセスするのは、コンピュータによる情報サービスの普及以前には困難で限界があった。2003年に国と大学組織が資金提供し、完全な検索機能をそなえたデジタル版オールド・ベイリー・オンラインをはじめて公開した。閲覧自由で、最新式検索システムによって、告訴された人物のみならず証人、弁護士、裁判手続きにかかわったすべての人々の名前がわかるようになっている。広範で包括的な分析が可能になったことで、よりすぐれた、造詣の深い歴史的・社会的研究が発表されている。『ニューゲイト・カレンダー』のほうがセンセーショナルで驚くほど印象的で楽しめるのはほぼまちがいないが、こちらも私的な事業としてデジタル化されている。

左 **『ニューゲイト・タイバーン・カレンダー』** この1779年の挿絵には、ロンドンのブラックフライヤーズ橋近くを行進する囚人たちの姿が描かれている。彼らはウリッジの牢獄船に送られる。オーストラリアへの国外追放が導入される前のことだ。これは残忍さのない絵の1枚だが、彫版師は規則に従わない人々に厳しい懲罰のくだされる場面を好んで描いた。

関連項目
大衆向けの本
ウィンキンの『愉快な質問』 pp.104-105
初期の、もっと陰惨な絞首刑の絵
ヴェサリウスの『ファブリカ』 pp.134-135
犯罪と冒険の物語
パウエルの『グリズリー・アダムズ』 pp.192-193
ボルダーウッドの『武装強盗団』 pp.204-205

右 **『ニューゲイト・カレンダー』** こういった「犯罪者の血ぬられた記録」と副題のついた裁判記録は、1700 年から重要な処刑を描写する月刊の小冊子としてはじまり、1774 年に製本されて５巻本で出版された。ジャック・シェパード、女すりモル、キャプテン・キッドといった悪名高い犯罪者の刺激的な記事が収録されている。

THE

NEWGATE CALENDAR;

COMPRISING

INTERESTING MEMOIRS

OF

THE MOST NOTORIOUS CHARACTERS

WHO HAVE BEEN CONVICTED OF OUTRAGES ON

The Laws of England

SINCE THE COMMENCEMENT OF THE EIGHTEENTH CENTURY;

WITH

OCCASIONAL ANECDOTES AND OBSERVATIONS,

SPEECHES, CONFESSIONS, AND LAST EXCLAMATIONS OF SUFFERERS.

BY

ANDREW KNAPP AND WILLIAM BALDWIN,

ATTORNEYS AT LAW.

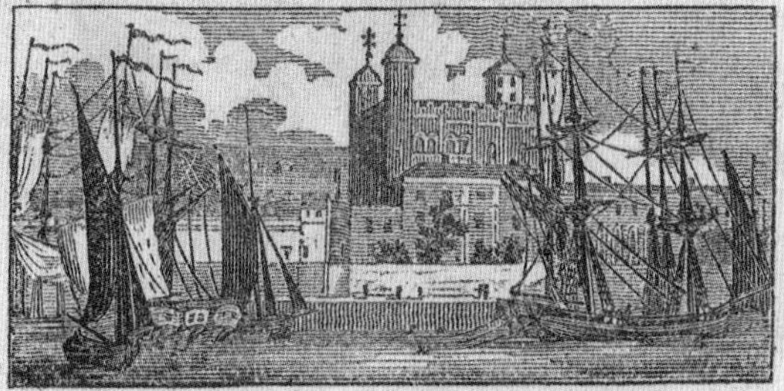

The Tower of London.

VOL. IV.

London:

J. ROBINS AND CO. IVY LANE, PATERNOSTER ROW.

1826.

ヨーロッパを虜にした奇妙な文学

ときには出版された本で人生観ががらりと変わることもある。
ローレンス・スターンの小説は今なお意義深く、新鮮だ。

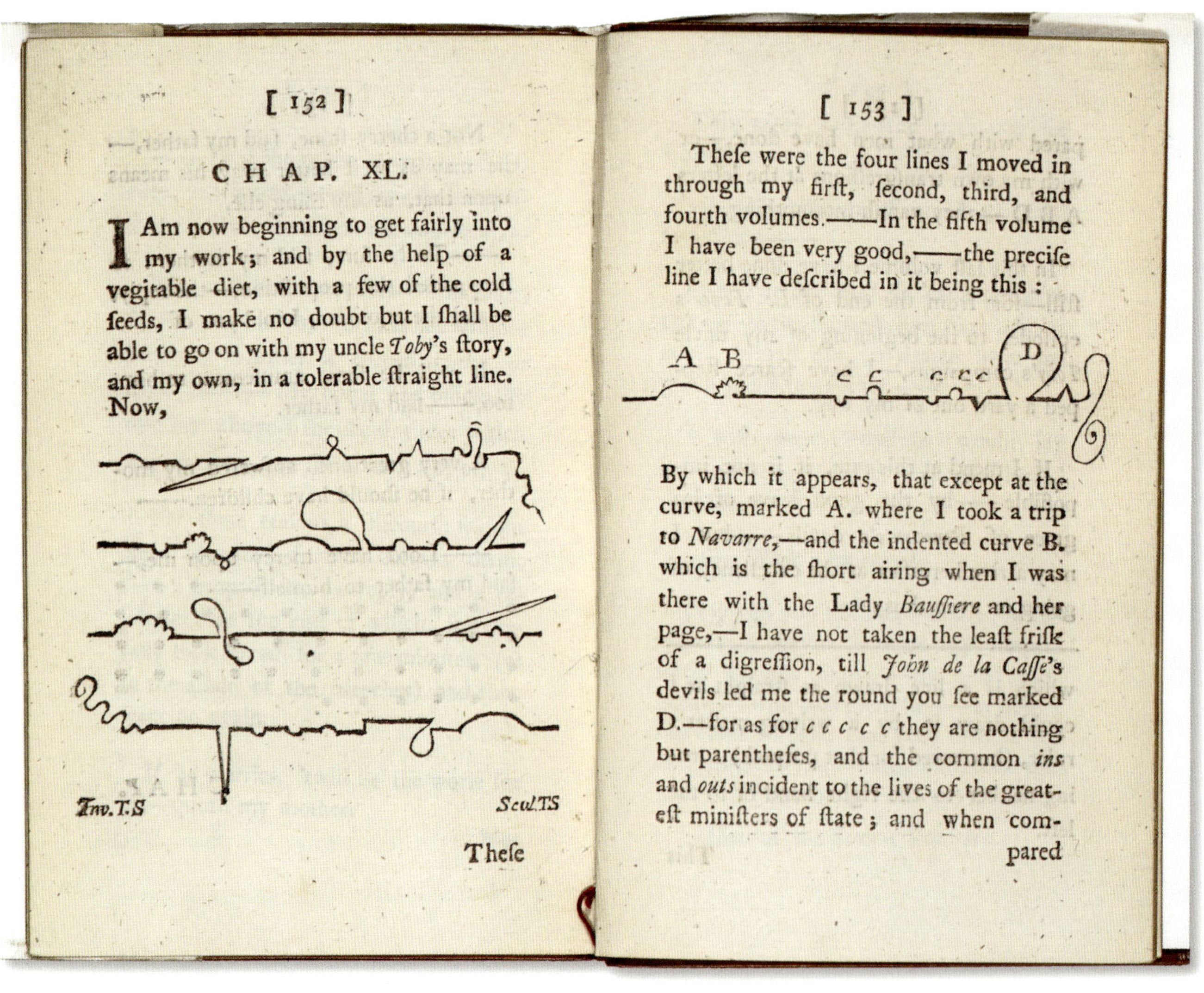

[152]

CHAP. XL.

I Am now beginning to get fairly into my work; and by the help of a vegitable diet, with a few of the cold ſeeds, I make no doubt but I ſhall be able to go on with my uncle *Toby*'s ſtory, and my own, in a tolerable ſtraight line. Now,

Theſe

[153]

Theſe were the four lines I moved in through my firſt, ſecond, third, and fourth volumes.——In the fifth volume I have been very good,——the preciſe line I have deſcribed in it being this :

By which it appears, that except at the curve, marked A. where I took a trip to *Navarre*,—and the indented curve B. which is the ſhort airing when I was there with the Lady *Bauſſiere* and her page,—I have not taken the leaſt friſk of a digreſſion, till *John de la Caſſe*'s devils led me the round you ſee marked D.—for as for *c c c c c* they are nothing but parentheſes, and the common *ins* and *outs* incident to the lives of the greateſt miniſters of ſtate ; and when compared

上 **『トリストラム・シャンディ』** スターンの風変わりなテクスト。物語を転覆させるためのポストモダン的手法と形容されることもある。ラブレーやロバート・バートンといった17・18世紀の作家につながる隠喩に満ちている。彼らの作品をスターンは遊び心いっぱいで模倣している。斬新なタイポグラフィは、上の第40章の冒頭に見られるようにじつに陽気で、この18世紀の小説は今なお大きな影響をあたえつづけている。

内容がどれほど風変わりで風刺に富んでいても、18世紀のイギリスの小説は当時の生活を生々しく描いていることが多かった。ダニエル・デフォー（『ロビンソン・クルーソー』1719年）やジョナサン・スウィフト（『ガリヴァー旅行記』1726年）といった作家たちは大陸の読者からの支持を集め、サミュエル・リチャードソンの『パミラ、あるいは淑徳の報い』（1740年）はルソーの『新エロイーズ』（1761年）の手本になった。

フランスとイギリスの長きにわたる競争と対立も、文学にはあてはまらなかった。フランスの小説は広く読まれ、（パリのファッションのように）イギリスで称賛された。著者がどれほど不道徳で悪い人間だと考えられても、ヴォルテールの燦然たる『カンディード』（1759年）はイギリス人にとってフランス文学の象徴だった。

『カンディード』をよく理解していたイギリスの作家がローレンス・スターン（1713-68年）である。彼の小説『トリストラム・シャンディ』（1759-67年）は大陸で大評判となった。ヴォルテールはスターンの作品が「あきらかにラブレーよりもすぐれている」と述べ、ゲーテも高く評価した。しかし『トリストラム・シャンディ』は長く、とりとめがなく、不合理で、隠喩や派生的なジョークに満ちており、ある近代の批評家に言わせると「英語で書かれた荒唐無稽な話のなかで、もっとも偉大な作品だ」。

「妙なものは長続きしない。『トリストラム・シャンディ』も完結しなかった」とサミュエル・ジョンソンは厳しく述べているが、その判断はまちがっていた。『トリストラム・シャンディ』9巻からはラブレー風のユーモアがにじみ出ており、ヴィクトリア時代の読者がこの曖昧な英国国教会の牧師に警戒心をいだいたのは明らかだが、当時と、ふたたび20世紀の初め以降、スターンの小説は称賛されてきた。ディドロはスターンから刺激を受けて『運命論者ジャックとその主人』を書いたし、ヴァージニア・ウルフ、ジェームズ・ジョイス、マシャード・デ・アシスも、ジョルジュ・ペレック、イタロ・カルヴィーノといったまったく異なる作家たちも、このけたはずれの本からインスピレーションを得ている。18世紀にスターンがタイポグラフィでしかけた巧妙な手法は、彼の文章と同様に今なお影響をおよぼしている。スターンのメソッドは電子書籍にも利用できるだろうか。

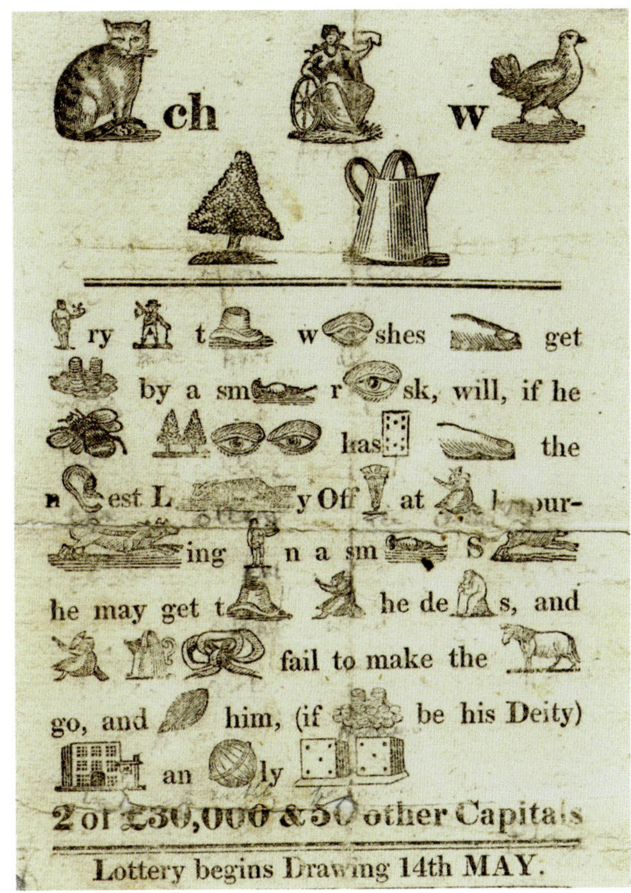

上　**判じ物**（rebus）　19世紀初頭（1805年頃）の**絵文字**（pictograph）を使った公共くじの広告。スターンの時代に遊びのあるタイポグラフィが人気になっていたことを反映している。風刺が好まれた時代である。このような絵文字を手紙に入れるのも人気で、しばしば政治的な風刺にも使われた。

関連項目

タイポグラフィを使ったいたずら
カメンスキーの『牝牛とのタンゴ』 pp.218-219

同時代のイギリスのタイポグラフィ
ジョンソンの『英語辞典』 pp.154-155
クレランドの『ファニー・ヒル』 pp.168-169

スターンの信奉者もしくは模倣者
ディドロの『百科全書』 pp.158-159

猥褻のきわみか文学の傑作か

印刷が発明されて以来、文学の検閲は行われてきた。通例、ポルノには厳しい目がそそがれる。しかし習慣や風俗の変化により、18世紀に禁止された人気の本が、今では傑作文学とみなされている。

サミュエル・ピープスは1668年1月13日の日記に、「妻が翻訳するだろうと思って『ヴィーナスの学校』というフランス語の本を買ったが、なかをのぞいてみると今まで読んだことがないほど下品で淫らな本だ」と書いている（1655年にパリで出版されたこの有名な本を、ピープスは読破したのち焼いている）。この反応は、大部分の読書家に共通するものだった。男性も女性も猥褻な本を楽しんだのだ。ポルノの著者も出版者も販売者もしばしば罰せられたが、だからといってこの手の本はなくならなかった。地下に潜っただけのことである。ピープスの読んだ下品で淫らな本もパリでは禁止されていたが、オランダの海賊版なら手に入った。

イギリスで出まわるポルノは、ふつうイタリアやフランスの作家の翻訳本だった。露骨に性を賛美したもっとも有名なイギリスの本は、『ファニー・ヒル（快楽の女の回想）』である。ジョン・クレランド（1710頃-89年）が1730年代にボンベイで書いた本で、もともとは娼婦についての小説を野卑な言葉を使わずに書けることを同僚に証明するために執筆された。1748年にロンドンで借金のために投獄されたクレランドは、獄中で本を完成させ、1748-49年に出版する。大成功をおさめたこの本はスタイリスティックな傑作で、他の言語にたびたび翻訳された。その後（削除修正版さえも）発禁になったが、ひっそりと読み継がれている。1789年のクレランドの死亡記事によると、同様の本を二度と書かないことを条件に、著者は年100ポンドの年金を受けとったという。もし事実なら、異例の検閲処置だ。

ヴィクトリア時代の検閲により、『ファニー・ヒル』は発禁処分になった。公衆道徳の名のもとに、出版者や図書館（そしてサッカレー、トロロープ、ディケンズといった有名な小説家）は、文章のごく無害な部分まで削除しなければならなかった。それにもかかわらず、ヴィクトリア時代に『ファニー・ヒル』は地下版で手に入れることができた（海外でにせの商標をつけて印刷される場合が多かった）。今日とは隔世の感があるが、習慣や好みが変化した結果、40年前にオックスフォード大学出版局その他がこの本を傑作文学のシリーズにくわえた。

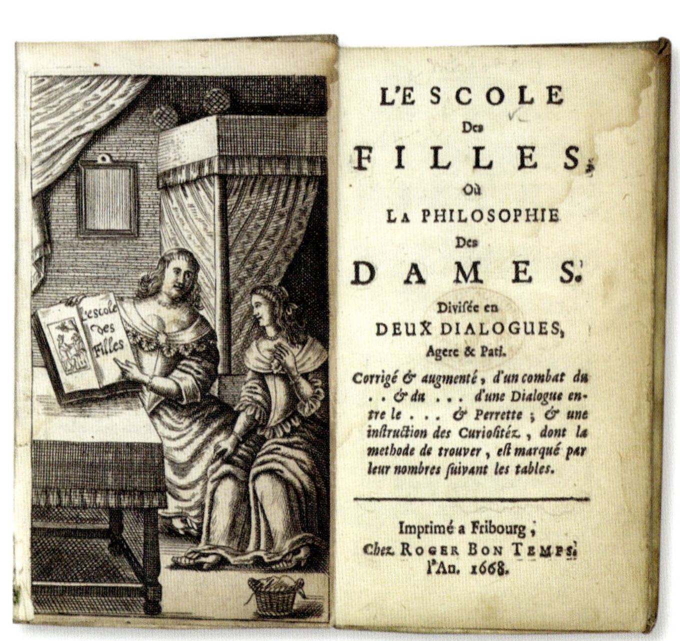
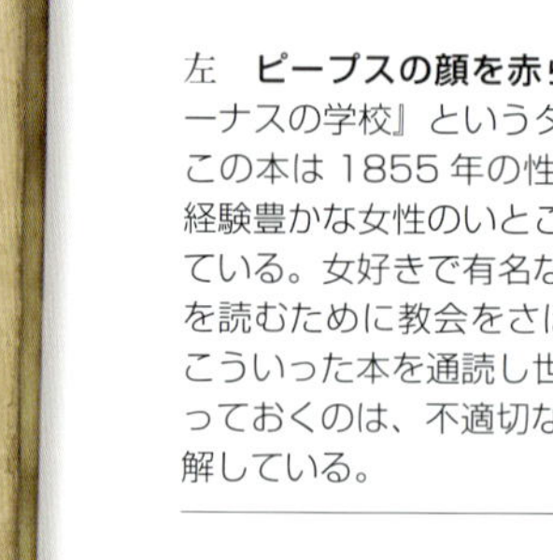
L'ESCOLE
Des
FILLES,
Où
LA PHILOSOPHIE
Des
DAMES.
Divisée en
DEUX DIALOGUES,
Agere & Pati.
Corrigé & augmenté, d'un combat du . . & du . . . d'une Dialogue entre le . . . & Perrette ; & une instruction des Curiositéz, dont la methode de trouver, est marqué par leur nombres suivant les tables.
Imprimé a Fribourg,
Chez. ROGER BON TEMPS.
l'An. 1668.

左　**ピープスの顔を赤らめさせた本**　『ヴィーナスの学校』というタイトルで翻訳されたこの本は1855年の性教本で、若い処女と経験豊かな女性のいとことの会話形式をとっている。女好きで有名なピープスは、この本を読むために教会をさぼり、「謹厳な人物がこういった本を通読し世間の悪事について知っておくのは、不適切なことではない」と弁解している。

関連項目
発禁処分や検閲対象となった本
ウィンキンの『愉快な質問』 pp.104-105
ストープスの『結婚愛』 pp.230-231
道徳的理由により検閲された文学
ディケンズの『ピクウィック・ペーパーズ』 pp.190-191

MEMOIRS

OF A

WOMAN

OF

PLEASURE.

VOL. I.

LONDON:

Printed for G. FENTON in the Strand.

左　**ファニー・ヒル**　1765年頃ににせの商標つきで出版された初期の版。ひかえめでむしろ優美な扉ページから、この本の淫らな内容をうかがい知ることはできない。200年経過してもこの本は猥褻とみなされ、マサチューセッツとカリフォルニアで裁判にかけられた。カリフォルニアの法廷は「挿絵のあるなしにかかわらず、書籍における猥褻な素材には、いかなる表現の自由による保護もあたえられない」と結論づけている。

Printed for W. Owen, near Temple-Bar.

This Day is published,
Compleat in ONE VOLUME,
(Price 3s. bound in CALF)
MEMOIRS of FANNY HILL.
'If I have painted Vice in its gayest Colours; if I have 'deck'd it with Flowers, it has been solely in order to make the 'worthier, the solemner Sacrifice of it to Virtue.
Printed for R. Griffiths, at the Dunciad in St. Paul's Church-Yard.
Of whom may be had, in 2 vol. Price 6s.
MEMOIRS of the Celebrated Mrs. LÆTITIA PILKINGTON.

There is just now finished, at the Press, and speedily will be published,
In FIVE Neat POCKET VOLUMES,
Printed on a fine Paper, from a beautiful Type,
A NEW EDITION *of*
THE Facetious and Learned WORKS of FRANCIS RABELAIS, M.D. Illustrated with the Notes of M. LE DUCHAT, Mr. MOTTEUX, and Others; and adorned with a new Set of Cuts. The Whole greatly improved since the last Edition.
Printed for J. Brindley, in New Bond-street; and C. Corbett, in Fleet-street.

上　**『ファニー・ヒル』の販売広告**　猥褻なユーモアを得意とするラブレーなら、『ファニー・ヒル』の発売日にロンドン・インテリジェンサーに掲載された広告の、「非常に陽気な雰囲気のなかに漂う不道徳さ」という文に、自分と似た部分を見出して面白がったかもしれない。

右　**バネカーの『暦』**　奴隷の家系に生まれた自由民ベンジャミン・バネカーは、1792年から97年にかけてこの農夫の暦を計6点出版した。バネカーは最初の暦をジェファーソンに送り、「万物の父は（中略）わたしたちすべてに同じ感覚をあたえ、同じ能力を授けてくださった」として、奴隷制度についての再考を訴えた。

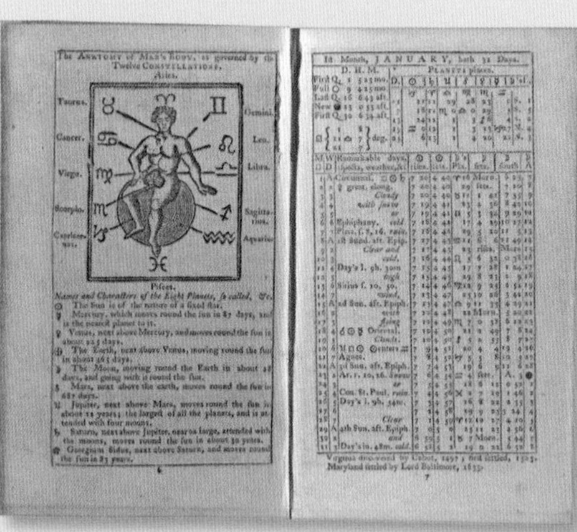

上　**星座と人体**　バネカーはクエーカー教徒からいくらか教育をほどこされたが、ほとんどは独学だった。バネカーの暦には医療情報や、ほとんど自分で計算した天文学や潮汐の情報がもりこまれていた。暦に記されたこの図表は、こういった小冊子の多くに載っていた、人体に影響をあたえる12星座を示している。

関連項目
初期のアメリカの本
ベイ詩編歌集　pp.128-129
ニューベリーの『小さなかわいいポケットブック』
pp.156-157
解放後の西インド諸島の風景
デュペリの『銀板写真で見るジャマイカ周遊』
pp.186-187

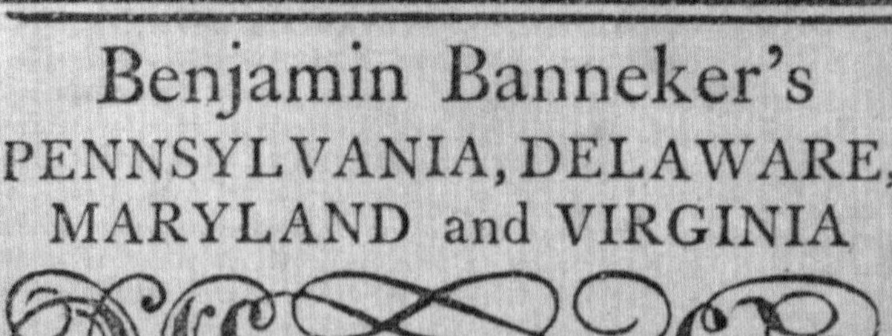

Benjamin Banneker's
PENNSYLVANIA, DELAWARE,
MARYLAND and VIRGINIA
Almanack,
AND
EPHEMERIS,
FOR THE YEAR OF OUR LORD,
1792;
Being BISSEXTILE, or LEAP-YEAR, and the SIXTEENTH YEAR of AMERICAN INDEPENDENCE, which commenced *July* 4, 1776.

CONTAINING, the Motions of the Sun and Moon, the true Places and Aspects of the Planets, the Rising and Setting of the Sun, and the Rising, Setting and Southing, Place and Age of the Moon, &c.—The Lunations, Conjunctions, Eclipses, Judgment of the Weather, Festivals, and other remarkable Days; Days for holding the Supreme and Circuit Courts of the *United States*, as also the usual Courts in *Pennsylvania*, *Delaware*, *Maryland*, and *Virginia*.—ALSO, several useful Tables, and valuable Receipts.—Various Selections from the Commonplace-Book of the *Kentucky Philosopher*, an *American Sage*; with interesting and entertaining Essays, in Prose and Verse—the whole comprising a greater, more pleasing, and useful Variety, than any Work of the *Kind* and *Price* in *North-America*.

BALTIMORE: Printed and Sold, Wholesale and Retail, by WILLIAM GODDARD and JAMES ANGELL, at their Printing-Office, in *Market-Street*.—Sold, also, by Mr. JOSEPH CRUKSHANK, Printer, in *Market-Street*, and Mr. DANIEL HUMPHREYS, Printer, in *South-Front-Street*, *Philadelphia*—and by Messrs. HANSON and BOND, Printers, in *Alexandria*.

アフリカ系アメリカ人の暦

暦は日常的に使用されるものなので、それが社会的意識を高めるのに役立つということを、人は忘れがちだ。ある自由黒人は、自分の作成したすばらしい暦でジェファーソンを説得し、考えを改めさせようとした。

暦は月と潮と季節の動きについて詳述する定期刊行物で、もっとも昔からある本のひとつだ。エジプトやバビロニアでは、紀元前2000年紀に作られたものもある。中国では偉大な賢帝堯（前2356頃-2255年）によって暦が作られ、今でもあらゆる中国人共同体が『通勝』とよばれる暦を毎年作りつづけている。

ヨーロッパでは印刷の導入とともに暦の発行がはじまり、どの国でも暦の売り上げは書籍売買における重要な収入源だった（18世紀イギリスでは、ほとんどどの家にも聖書と同じくらい暦があると考えられていた）。北米では暦はごくありふれたものだったため、その重要性が今ではほとんど忘れられている。1792年から97年にかけて毎年発行されたベンジャミン・バネカー（1731-1806年）の暦はそのひとつだ。ここで重要なのは、それを計算し、執筆し、出版したのがアフリカ系アメリカ人の自由民で、ジェファーソンと議論した人物であるという点だ。アフリカ系アメリカ人で本を出版した作家は、バネカー以前には、セネガル生まれのすばらしい詩人フィリス・ウィートリー（1753-84年）しかいない。

バネカーの人生と業績については、さまざまな側面から作家や学者たちが論じている。アフリカ人の純粋な子孫だという説もあれば、母親が白人の契約召使いだったという説もある。バネカー一家はメリーランドに農地を所有していて、若きバネカーは読み書きと数学と測量の技術を近所に住むクエーカー教徒、とくにエリコット家の人々から教わった。彼らのおかげで、バネカーはコロンビア特別区が建設される際、測量の仕事につくことができた。

暦の編集をきっかけにして、バネカーは国務長官トマス・ジェファーソンに手紙を書き、奴隷制度の継続は、ジェファーソンが起草したアメリカ独立宣言に反すると主張した。ジェファーソンの態度は曖昧だったが、激励するようなそぶりも見せた。長官はバネカーの暦を、パリの奴隷解放論者が組織する「黒人の友の会」の啓蒙主義者コンドルセ侯爵に送るつもりだと述べたのである。

おりあしく、フランス革命（1789-99年）のさなかにコンドルセが逮捕されて亡くなり、さらにハイチ革命（1791-1804年）が勃発したため、解放への望みは断たれた。フランス（1848年）とアメリカ（1861年）で奴隷が解放されたのは、イギリス（1807年）とイギリスの植民地（1834年）で奴隷売買が禁じられてから長い年月をへてのことだった。バネカーの抗議の声は今なお鳴り響いている。

左　**奴隷の詩人**　バネカーより年下のフィリス・ウィートリーは7歳だった1760年に、西アフリカで奴隷に売られた。ボストンの主人から読み書きを教わり、詩作を勧められた。ジョージ・ワシントンに称賛されたウィートリーは『さまざまな主題についての詩（Poems on Various Subjects）』（1773年）を書き、これはアフリカ系アメリカ人女性が出版した最初の本となった（写真は詩集の口絵）。

黒と白の達人

18世紀後半、本の挿絵でイギリスがフランスをしのいだ頃、イングランド北部、ノーサンバーランドのある芸術家によって木口(こぐち)木版の新たな印刷法が開発された。

18世紀の大半において、本の挿絵といえば**凹版彫り**(intaglio)が好まれた。デューラーやヤン・ステファン・カルカール(彼らの**木版画**(woodcut)は名人級の洗練された挿絵だった)といった画家たちの時代ははるか昔の話となっていた。木版の技術は社会や芸術の尺度と急速に合わなくなっていき、木版画家を雇おうとする出版者や画家は、『ニューゲイト・カレンダー』(pp.164-165参照)のような粗野な出版物を除けば、ほとんどいなくなった。

木版の技術は、フランスではディドロの『百科全書』で彫版の項を担当した彫版師ジャン=ミシェル・パピヨンによって生き返った。パリで出版されたパピヨンの丹念なマニュアル『木版画の技法について(Traité historique et pratique de la gravure en bois)』(1766年)は、ツゲ材の木口を使った白線彫刻法について記述した最初の本である。パピヨンの業績は立派だが、この技術を完成させたのはトマス・ビュイック(1753-1828年)である。まもなくその腕前はほとんど奇跡とまでいわれるようになった。ビュイックは2.5×5センチにも満たないツゲ材に精密に彫版し、あらゆるニュアンスをとらえた動物の絵を細密に描く方法を発展させた。ビュイックの真の名声は『イギリス鳥類誌(History of British Birds)』(1797-1804年)によって得られた。これは彼の存命中に8版が出版されている。

ノーサンバーランドの農家に生まれたビュイックは、幼い頃から田舎への愛を育み、画家特有の目をもっていたことから、詩人ジョン・クレアのように自然を愛し表現する画家になった。そういった道を歩んだのは、ニューカースル・アポン・タインで彫版師の見習いをしていたときに学んだことも関係しているかもしれない。スコットランドでの徒歩旅行や短いロンドン滞在(彼はこれがいやでたまらなかった)は別として、ビュイックは生涯のほとんどをニューカースルとその周辺ですごした。ヴィクトリア時代中期までイギリスの本の挿絵で活躍した才能ある彫版師たちの多くはビュイックの弟子で、ビュイックが示した手本によって、木口木版へのアプローチは永遠に変わった。アメリカの芸術家オーデュボンが述べているように、ビュイックは「木口木版画という芸術の世界で、博物学におけるリンネのような立場にある人物とみなすべきだ。つまり創始者ではなく、啓蒙された改良者で、挿絵を推進した人物なのである」

右 **「背後から悪魔が盗人の荷物を釘づけにしている」**「わたしは急いで次のページに移った。恐ろしい光景だったからだ」。『イギリス鳥類誌』のこの見出しのない装飾カットは、シャーロット・ブロンテの『ジェイン・エア』第1章で描写される。「トルコ人のように両足を組んで」座った10歳の不幸なジェインはビュイックの世界に逃避する。

関連項目
初期の博物学書
ディオスコリデスの『薬物誌』 pp.64-65
ブラックウェルの『キューリアス・ハーバル』 pp.144-145
リンネの『植物の種』 pp.160-161
富裕層のために作られた本
レプトンのレッド・ブック pp.174-175
クラナッハ印刷工房の『ハムレット』 pp.214-215

HISTORY
OF
BRITISH BIRDS.

THE FIGURES ENGRAVED ON WOOD BY T. BEWICK.

VOL. II.

CONTAINING THE

HISTORY AND DESCRIPTION OF WATER BIRDS.

NEWCASTLE:

PRINTED BY EDWARD WALKER, FOR T. BEWICK: SOLD BY HIM, AND
LONGMAN AND REES, LONDON.

[*Price* ... *in Boards.*]

1804.

左ページ　**「ナイチンゲール」**
1797年にビュイックが彫ったナイチンゲール（サヨナキドリ、*Luscinia megarhynchos*）。詩人に愛された鳥で、とくにワーズワースはこの翌年に「ふたりの盗人」という詩のなかで、「おお、ビュイックの才が、そして彼がタイン川の岸辺で習い覚えし技がわれにあれば」と書いている。

左　**ビュイックの『イギリス鳥類誌』**
池で舟遊びをする少年たちが魅力的に描かれ、背景にはニューカースルのニコラス大聖堂の尖塔も見える。1804年初版の第2巻『水鳥』の扉ページで、トマス・ビュイックが絵を描き彫版した。ビュイックはこの2巻の彫版と文章を担当している。

上　**レプトンのレッド・ブック**　ビフォー・アフターがわかるようにフラップ式になっている。ハンフリー・レプトンが 1801 年に提案したウィンポール・ホールの改造。イングランド、ケンブリッジシャーの 80 ヘクタールのディア・パークに 1640 年に建てられた邸宅である。改造にはホールの北側にある小庭園の再生もふくまれ、「ケイパビリティ」ブラウンとウィリアム・エイムスによる造園を改良した。

最高の風景をデザインする

園芸と造園設計に対するイギリス人の考えがフランスのかたくるしいデザインから完全に決別した時代に、「ケイパビリティ」ブラウンとハンフリー・レプトンがイギリスの風景を変えた。レプトンは自分を売りこむ達人でもあった。

もっとも重要で有名な造園家「ケイパビリティ（才能ある）」ブラウン（1716-83年）は、イギリスの170を超える邸宅の庭園をデザインした。そのすぐあとに続いたのが、ハンフリー・レプトン（1752-1818年）である。ふたりの違いは、ブラウンが庭師として修行を積んだのに対し、レプトンが独学だった点にある。当時、園芸は高級化しつつあった。

レプトンは若い頃にアイルランド総督府の秘書官をつとめ信頼されていたため、そのつながりによって政治家や地主と容易に近づきになれた。それで造園設計をはじめると、こういったつてを利用して、非凡で効果的な売りこみ方法を考案した。レプトンのレッド・ブックである。かならずといっていいほど赤いモロッコ革で製本されているこの本のなかには、顧客の土地をさらに美しくするためのレプトンの案が提示されていた。丘をこちらに移し、そこに湖を作り、木立をうまく配置する、などなど。この本は印刷ではなく手描きで、文章、地図、絵が、腕ききの専門家によって書きこまれていた。ビフォー・アフターがわかるように、提案どおりに変更するとどのような眺めになるかを水彩画で描き、貼りつけてある覆いをめくればもとの眺めに戻る、という工夫がなされていた。

レッド・ブックは美しい風景のアルバムとなってパトロンの書斎に飾られ、設計図の役割を果たしたり、進行中の作業を記録するのに使われたりした。しかしこのレプトンの仕事は非常に高くついた。顧客のなかには社会的名声のために測量を依頼しても、けっして提案どおりにはしない者もいた。注文は一度かぎりなので、この本はそれぞれ個人用のものだった。レプトンの信念は他の流行作家に大きな影響をあたえた。絵のような美しさや崇高さについて書いたウヴェデール・プライス卿やリチャード・ペイン・ナイトといった作家たちだ。彼らの審美的なことにかんする議論は、ジェーン・オースティン（『ノーサンガー・アベイ』）やトマス・ラヴ・ピーコック（『ヘッドロング・ホール（Headlong Hall）』）の作品に反映されている。読者も庭園のデザインについて関心があることに、作家たちは気づいていたのである。

繁栄していく時代の自信に満ちた嗜好を反映したレプトンの業績は、注目に値する。レッド・ブックは非常にめずらしく、図書館や収集家から競うように求められる。そして今なお高価だ。

関連項目

ポップアップを使用した本

ヴェサリウスの『ファブリカ』 pp.134-135

メッゲンドルファーの『グランド・サーカス』 pp.198-199

専門家のための凝った写本

クリストフォロの『島々の書』 pp.70-71

ファルネーゼの『時禱書』 pp.74-75

富裕層のために作られた本

トムリンソンの『ダンスの技術』 pp.146-147

クラナッハ印刷工房の『ハムレット』 pp.214-215

点字本のはじまり

18世紀まで、目の不自由な人々への教育はほとんど何も試みられてこなかった。最大の進歩はフランスからはじまった。パリのある慈善家の努力のたまものである。

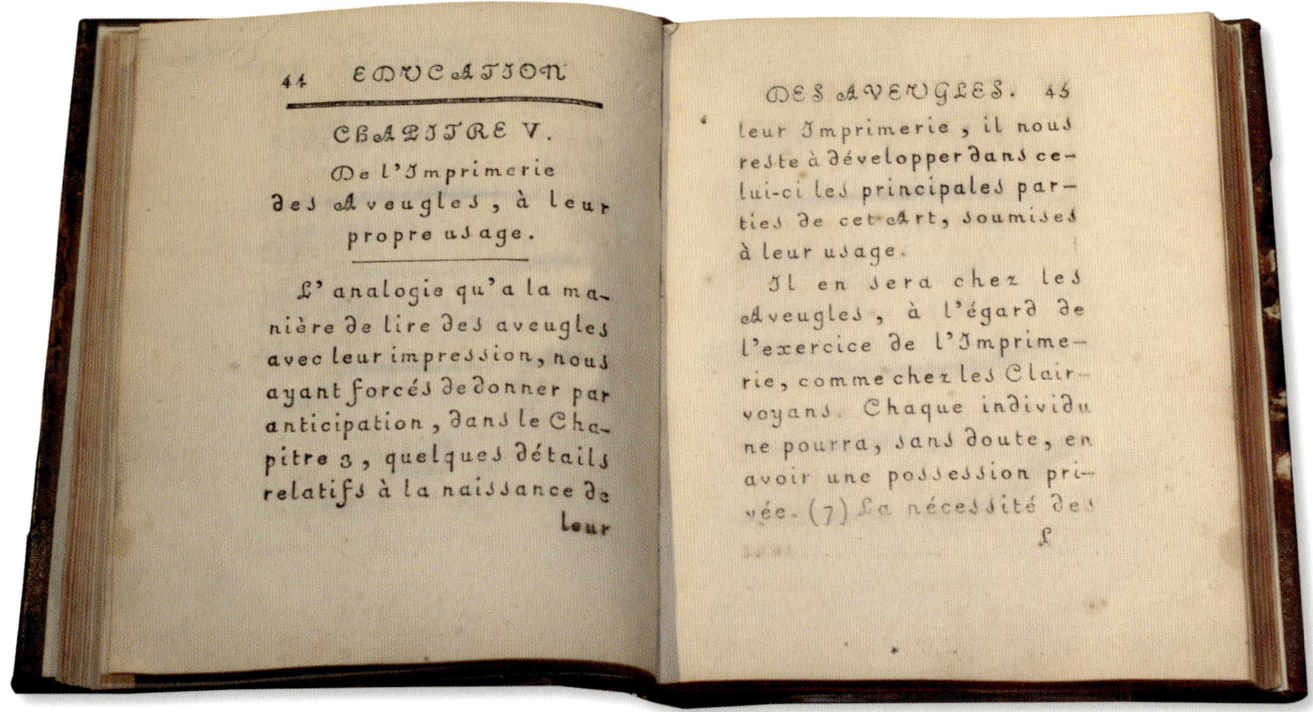

44 EDUCATION

CHAPITRE V.

De l'Imprimerie des Aveugles, à leur propre usage.

L'analogie qu'a la manière de lire des aveugles avec leur impression, nous ayant forcés de donner par anticipation, dans le Chapitre 3, quelques détails relatifs à la naissance de leur

DES AVEUGLES. 45

leur Imprimerie, il nous reste à développer dans celui-ci les principales parties de cet Art, soumises à leur usage.

Il en sera chez les Aveugles, à l'égard de l'exercice de l'Imprimerie, comme chez les Clair-voyans. Chaque individu ne pourra, sans doute, en avoir une possession privée. (7) La nécessité des

L

上　**視覚障害者の教育**　ルイ・ブライユが生涯をすごした学校は、ヴァランタン・アユイによって1784年に創設された。アユイは1786年に、触って読めるように浮き出し文字を作るエンボス加工を利用して、視覚障害者のための革命的な本を出版している。これは王の印刷者、ジャック＝ガブリエル・クルジエの工房で盲目の子どもたちによって印刷された。

読み方を覚えるには、通常視力が必要だ。目の不自由な人々はどうやって読み方を学べたのだろう。16世紀にイタリアの数学者ジローラモ・カルダーノが、視覚障害者は触ることでアルファベットを認識できると示唆したが、カルダーノはこのアイディアをそれ以上発展させていない。

18世紀には有名な盲目の天才たちがいた。スイスの数学者ヤコブ・ベルヌーイは『ジュルナル・デ・サヴァン』で、音楽家のエステル・エリザヴェート・ヴァルトキルヒに型抜きした字の形で読み方を教えたようすについて報告している。別の盲目の音楽家で良家の出身であるオーストリア人マリア＝テレジア・パラディスは、紙に針を刺して作った文字で読み方を学んだ。1784年に王妃マリー・アントワネットが催したヴェルサイユの音楽会で、パラディスはヴァランタン・アユイ（1745-1822年）に出会う。アユイはすでに視覚障害者を教育で援助することに関心を示しており、目の不自由な子どもたちのための史上初の学校、訓盲院を1785年に開校した。1786年のクリスマスに宮廷で公開授業が行われ、学校は公式認可を受けた。このとき目の不自由な子どもたちは、パリの印刷業者ジャック＝ガブリエル・クルジエの指導下で印刷した本を献呈している。

アユイが用いた浮き出し文字の書体は装飾的で、その時代のフランスの筆記体活字をベースにしていたため、子どもたちには簡単に読めないことがわかった。1820年代後期に、訓盲院での文字の使用は、現在広く使われているもっと科学的な方法に変わった。ルイ・ブライユ

上　**ムーン博士の『視覚障害者のためのアルファベット』**　弱視だったウィリアム・ムーンは、21歳で全盲になった。既存の触読システムに不満をいだいた彼は、独自の方法を作り上げた。ブライトンの工房で印刷されたこのカードに示されているムーンの文字は、ふつうのアルファベットの字形に似ている。

上　**盲目の『天路歴程』**　主人公が障害を克服していくバニヤンの古典的物語は、1860年にロンドン盲人教育協会によって出版された。1835年頃にブリストルの速記教師トマス・ルーカスが発明した触読システム、ルーカス・タイプでエンボス加工されている。

(1809-52年）が、シャルル・バルビエの考案した「夜の表記法」とよばれる軍用の点描表記法から開発した方法である。

ブライユの文字はアユイの筆記体やその継承者セバスティアン・ギリエのものよりも触って読むのが簡単だったが、当初イギリスでは不評だった。ロンドンのみならずブリストル、エディンバラその他の都市で活動している他の慈善家たちが、視覚障害者のためのさまざまな印刷法を発明した。技術的には成功したものの、それらの方法は最終的に失敗した。視覚障害者のニーズに合う、十分読めるような大きさをした字で本を作ることがむずかしかったからである。ある比較的長命だったシステムは、ブライユの点字のライバルに唯一なりうるものだった。別の視覚障害者ウィリアム・ムーン（1818-94年）がブライトンで導入した、浮き出しアルファベットを使う方法で、ブライユの点字よりも容易に学べた。ムーンの努力と裕福な盲目の後援者のおかげで、ムーン印刷所は1960年にフランス人の発明に屈服するまで、この勇敢な試みを続けた。

関連項目
読み方を教える方法
ニューベリーの『小さなかわいいポケットブック』 pp.156-157
エイキンの『ロビンソン・クルーソー』 pp.194-195
印刷における技術的進歩
パーキンズの特許　pp.182-183

右 **『1音節の単語で読むロビンソン・クルーソー』** 1882年にマクローリン・ブラザーズによって出版された。メアリ・ゴドルフィン（ルーシー・エイキン）著。カラフルな表紙で、若者に見えるクルーソーはおしゃれなストライプの短パンをはいている。中は6色刷りで、比較的幼い読者を強く引きつけた。この非常に傷んだようすから、何年もくりかえし読まれていたことがわかる。pp.194-195参照。

第9章

印刷の発展

19世紀に、出版の勢いはますます高まった。新たなさまざまな種類の本が洪水のごとくおしよせるのは、識字能力が高まったためでありがたいことだと考える人々もいたが、それが革命をうながすのではないかと恐れる人々には、災いとみなされた。

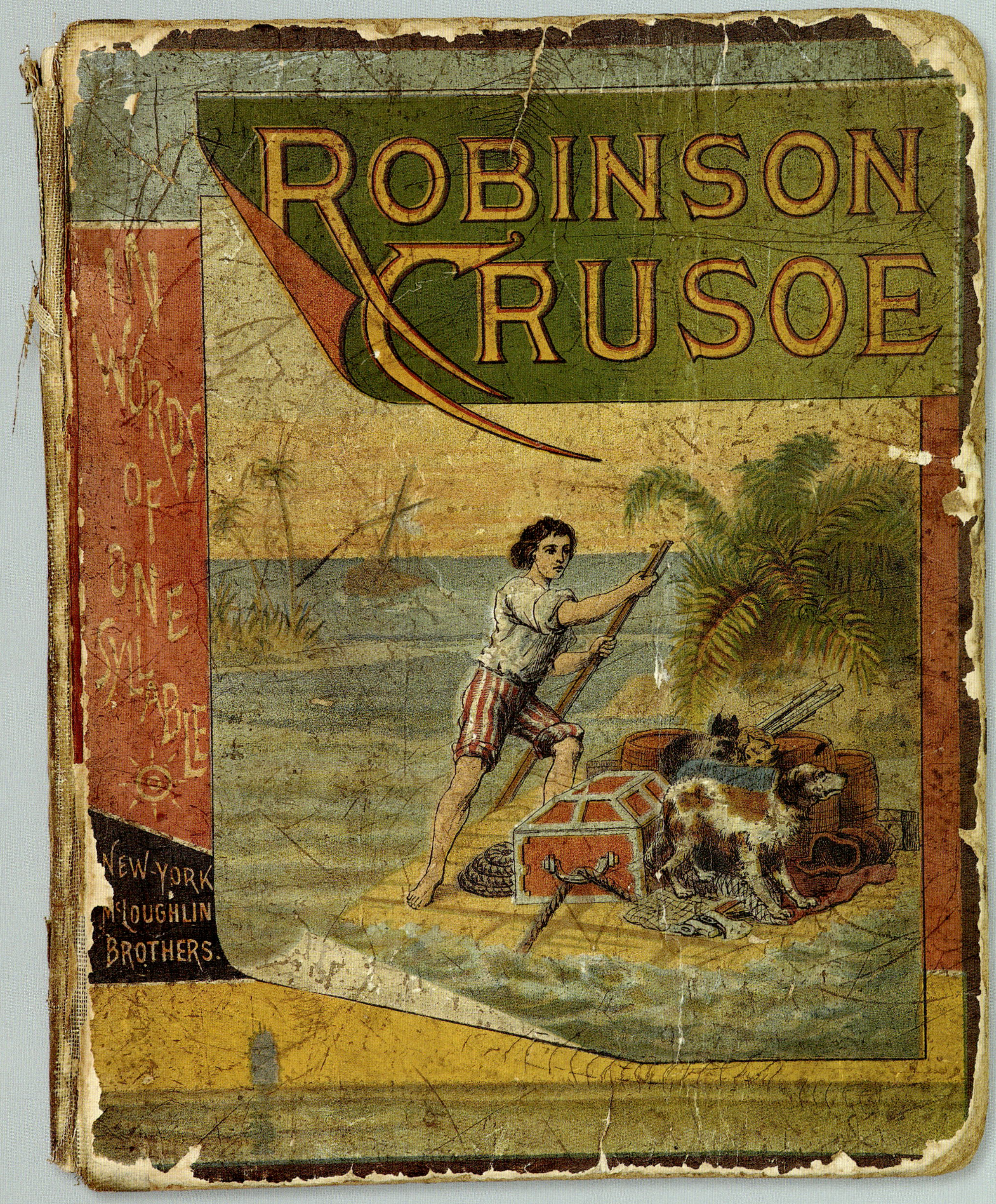
ROBINSON
CRUSOE
IN WORDS OF ONE SYLLABLE
NEW-YORK
McLOUGHLIN
BROTHERS.

新たなアイディアや発明は、産業革命のきわめて重要な部分である。19世紀の書籍販売の多くの側面、つまり新たな製紙法、進歩した活字作り、新たな挿絵の方法の導入などは、すでに1800年以前に変化がはじまっていた。もっとも重要な変化は**鉛版**(stereotype)である。**活字**(type)組版の写しを鋳造して作る方法だ。1725年にウィリアム・ゲドが考案したのがはじまりで、これによって再版が容易になり、鉛版の紙型は出版者にとって価値あるものになった。新しい版を出す際にこういった紙型を使うこと（あるいは再版用に紙型を他者に売ること）は、書籍業にとって重要な意味をもった。紙型は何十年も使えるからだ。植字（これも安価になった）と鉛版の使用によって印刷は大きく前進し、本のコストが下がった。

進歩のあるところにはマイナス面もある。鉛版が安くて便利なために、出版者が修正版や改良版を出すより、再版を続ける傾向が強まった。製紙機械が進歩したおかげで、ヨーロッパでは増えつづける需要を満たすだけの**紙**(paper)を製造できるようになり、また、産業科学者は従来の麻くずの代わりに他の植物繊維を利用する方法を発見した。もっとも、そのために失うものもあった。紙の寿命である。伝統的な製紙工場で作るラグペーパーに比べ、木材パルプを使う機械製の紙は劣化が早いのだ（1820年代ですら紙の劣化の問題はとりざたされていた）。アフリカハネガヤ（イギリス）やトウモロコシ（ドイツ）からは上質の紙ができた。1875年頃からはいたるところで非常に安価な本、雑誌、新聞が木質繊維のパルプで作られ、当然のことだが、おがくずシートだとよく非難された。

最大の変化のひとつは挿絵に訪れた。鋼版彫刻はジェイコブ・パーキンズの**鋼凹版彫刻法**(siderography)（pp.182–183参照）や他の発明家の特許品によって促進された。木口(こぐち)木版の使用（pp.172–173参照）も、鉛版にくわえ1840年頃からは**電気版**(electrotype)の利用によって非常に楽になった。**石版刷り**(lithography)や写真術の進歩は、**銀板写真**(daguerreotype)や**青写真**(cyanotype)（pp.184–185参照）といった、今では過去のものとなった技術と並行していた。こういった技術が使用されたのはロンドン、パリ、ライプツィヒといった印刷の一大中心地にかぎらない。たとえばジャマイカでは植民地の進取の気性から、銀板写真が早くから使われており（pp.186–187参照）、他の多くの新天地でも野心作が試みられた。インドやイギリスの植民地では、（ジャマイカと同様に）思いがけない形の出版物が生まれた。カナダの伝道団出版社でさえ、**ネイチャー・プリント**(nature print)を作っている（pp.188–189参照）。

娯楽としての読書の広がり

本作りの発展はじつに循環的な過程をたどった。読者は新しい出版物を求める。出版者は最新式の安価な印刷方法を求める。増えつづける印刷物が新たな読者に届く。出版者、予約購入する図書館の責任者、そしてチャールズ・ディケンズのような創造力に富んだ作家（pp.190–191参照）は、分冊出版といった慣例を定着させた。こういった形での出版は儲かったため、ほとんどの小説家が小説を3巻に分けて出すようになった。新たな媒体は作家にさまざまな役割を求め、その結果、ディケンズ、サッカレー、トロロープ、ギャスケル夫人といった作家の小説の筋が引きのばされることもあった。

社会の下層部で識字率が上がり読書の機会が増えたことは、しばしば不安視された。急進的なウィリアム・コベットは労働者階級のために書いた『スペリング・ブック（A Spelling-Book）』のなかで、小説は「文学のなかのジンとウイスキーだ。燃えたたせることなく、心を酔わせる」と述べている。**ペニー・ドレッドフル**(penny dreadful)を見ればわかるように、労働階級の堕落した心は多くの災難の原因だと信じられていた（pp.192–193参照）。技術機関の奨励や無料の公共図書館の設立支援もふくめ、人間的向上をうながす文学で人々の心を豊かにしようという誠実でまじめな試みは19世紀なかばからはじまり、児童書が重要な役割をになうようになった（pp.194–199参照）。

図書の管理

出版物が増加し、流通範囲も拡大したため、情報の激増に対処する方法が必要になった。18世紀には出版社にとって刊行日もひんぱんになり、そうなると、何が出版されているかが書籍商と読者にわかるような方法を出版者は考案しなければならなかった。それには書評誌が役立ったが、顧客向けのリストや広告を出すことも必要だった。1840年には小型本を比較的安い費用で印刷できたし、自費出版を引き受ける業者が作家の卵を勧誘するのに十分な市場があった。今もあてはまることだが、それでも書籍商に本を置いてもらい、ジャーナルに批評を載せてもらい、図書館に買ってもらうのはむずかしかった。

イギリスでは、国内で作られた本をすべて取得する図書館は、6つの納本図書館にかぎられた。法律により、出版者は依頼に応じて本を納めなければならなかった。

再販や増刷分の納本は求められず、図書館にとっては幸運なことに、図書館利用者にとってはなんの価値もないと考えられる出版物（三文小説や児童書のたぐい）は受け入れずにすんだ。こういった無価値な出版物の多くが希少な存在になってしまったことは、将来、忘れられた自費出版の本や電子書籍にアクセスしようとした際に生まれるであろう問題を予示している。

国立図書館は、そういった新着図書を管理するための機構を整えている。1841年に大英博物館で定められた有名な91条の目録規則は、他の国立図書館がのちに作り上げる多くのコードやシステムのさきがけとなった。その後、司書の専門団体（アメリカでは1876年に、イギリスでは1877年に組織された）や商業サービスも、書誌管理を追求する組織のひとつとなった。科学や医学の分野では、抄録頒布サービスやインデックス作成業務が開始されたおかげで、時代遅れにならないための仕事が増大していくのに対処できた。同時に、アメリカにおける**ライノタイプ**(linotype)（1886年）や**モノタイプ**(monotype)（1887年）といった、とくに植字機械の進歩により、高速印刷が簡単かつ安価にできるようになった。

価格が下がったことにより、個人での書籍購入が増加した。旅行業の広がりにより、ブラッドショーやベデカーが刊行したガイドブック、あるいはマレーのハンドブックが大きな利益をあげたため、ガイドブックの出版は独立した一分野を形成することになった（pp.200-201参照）。料理法や家政にかんする本の市場も成長し、（ビートン夫人のような）目先のきく著者の名がこういった本の代名詞となった。もっとも重要な本のひとつに、伝説的なアレクシス・ソワイエの料理書がある（pp.202-203参照）。

19世紀末になると、廉価版が3巻本の小説（pp.204-205参照）にとって代わり、1シリングかそれ以下で実用版を買うことができるようになった。しかし不満の種は数多くあった。技術的進歩が美的感性を追い越し、「1ペニーの三文小説に半ペニーの三文小説がとって代わった」粗野な出版傾向は、ある人々を警戒させた。ウィリアム・モリスのような批評家は、1520年のヴェネツィアの本のほうが1885年のイギリスの本よりもデザイン面ではるかにすぐれていることに気づいていた。フランス、スペイン、オランダ、ドイツの人々も同様の欠点に気づいていた。彼らの伝統主義的な、あるいは急進的な解決法については、第10章で論じる。

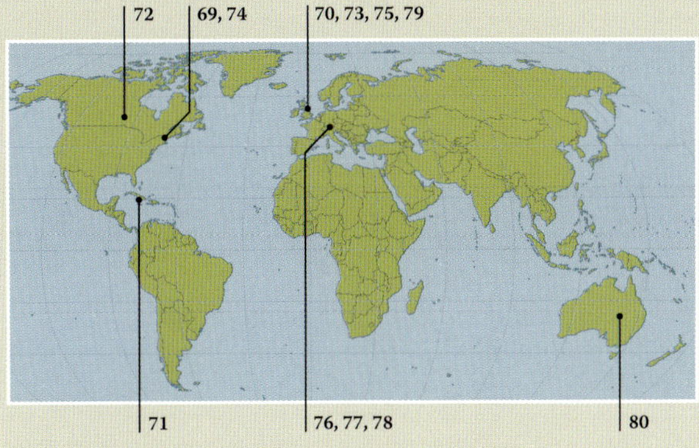

じつにすばらしいアメリカ人の創作力

特許制度の確立により、産業革命の進展は大西洋の両側で勢いづいた。もっとも重要な発明家のひとりジェイコブ・パーキンズはどちらの側でも成功をおさめた。

支配者はしばしば（印刷者にあたえたように）発明家に特権をあたえるが、特許法の近代的システムの源はイングランドの専売特許条例（1623年）にある。アン女王の治世（在位1702-14年）から、発明家たちは自分の発明について文書による説明を求められるようになり、それをさまざまな法務官の部局に登録しなければならなかった（このシステムは1851年のロンドン万国博覧会ののち、整備された）。このような印刷された特許明細書のおかげで、産業革命のより早い進展が可能になった。こういった文書は図書館で大々的に集められることはほとんどないが、競売にかけられたり書籍収集家によって保管されるなどして、近代世界の重要な資料となっている。

多くの発明家はその特許権から利益を得たいと考えたし、ボールトン＆ワット社のように、そのライセンスから富を得る者たちも実際にいた。ジェイコブ・パーキンズ（1766-1849年）も意欲を駆りたてられ、イギリスでより大きな利益を得ようと、マサチューセッツをあとにした。多才な発明家であるパーキンズは、輪転印刷機や釘を作る機械を発明し、アメリカで大成功をおさめていた。パーキンズは硬化鋼を彫る新たな方法、つまり**鋼凹版彫刻法**（siderography）で偽造不可能な紙幣が作れると考えた。そういった発明にイングランド銀行が2万ポンド（現在なら100万ポンドは軽く超える）という巨額の賞金を提示していたのだ。

1819年、パーキンズはイギリスに渡り、自分の印刷法を採用するよう働きかけたが、当初イングランド銀行の説得には失敗した。銀行はイギリス人発明家のほうを好んだのだ。しかしその後、パーキンズの方法はイギリスにおける鋼版彫刻の発展に、そして本の歴史にとっても不可欠となった。彼の事務所パーキンズ＆ベーコンは地方銀行の多くの証券や紙幣を印刷し、1840-61年にはイギリスとイギリスの植民地にとって非常に有益な郵便切手（短命に終わった「ペニー・ブラック」もふくむ）を印刷した。

鋼凹版彫刻法のみならず、パーキンズは他にも多くのものを発明した。蒸気銃（あまりに破壊力が強いとしてウェリントンに却下された）、蒸気エンジン、船舶推進力などだ。しかし長い目で見てもっとも人々の生活を一変させたのは、イギリス特許GB6662/1835、「冷却液で氷を作る装置と方法」である。これは1838年にアレクシス・ソワイエがリフォーム・クラブの厨房に設置した（pp.202-203参照）。実用的な製氷器の誕生である。

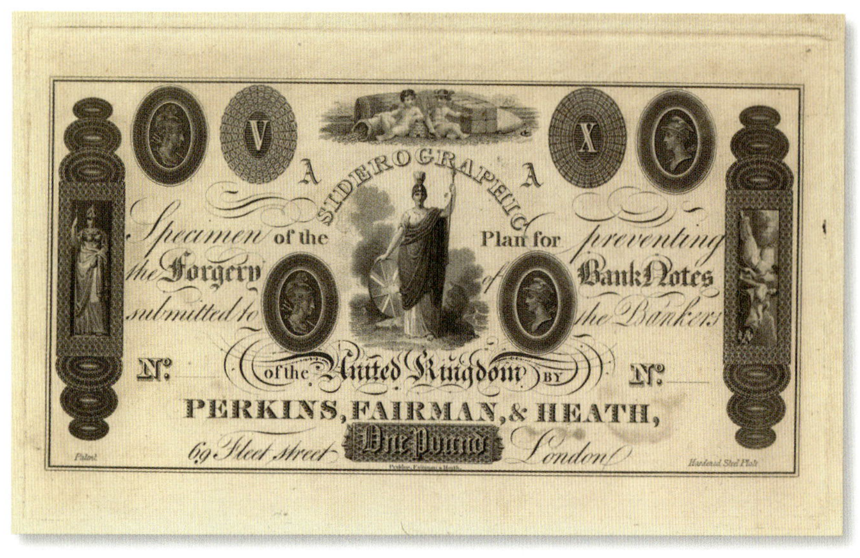

左　**紙幣見本**　1821年頃、イングランド銀行のためにパーキンズ・フェアマン＆ヒースが鋼版彫刻した1ポンド紙幣のごく初期の見本。イングランド銀行はこれを採用しなかったが、他の多くの銀行から採用された。

関連項目

発明家

アル＝ジャザリの『巧妙な機械装置に関する知識の書』　pp.88-89

グーテンベルクの『42行聖書』　pp.98-99

プレイフェアの『商業と政治の図解』　pp.162-163

後世のアメリカ人発明家

カールソンの研究ノート　pp.212-213

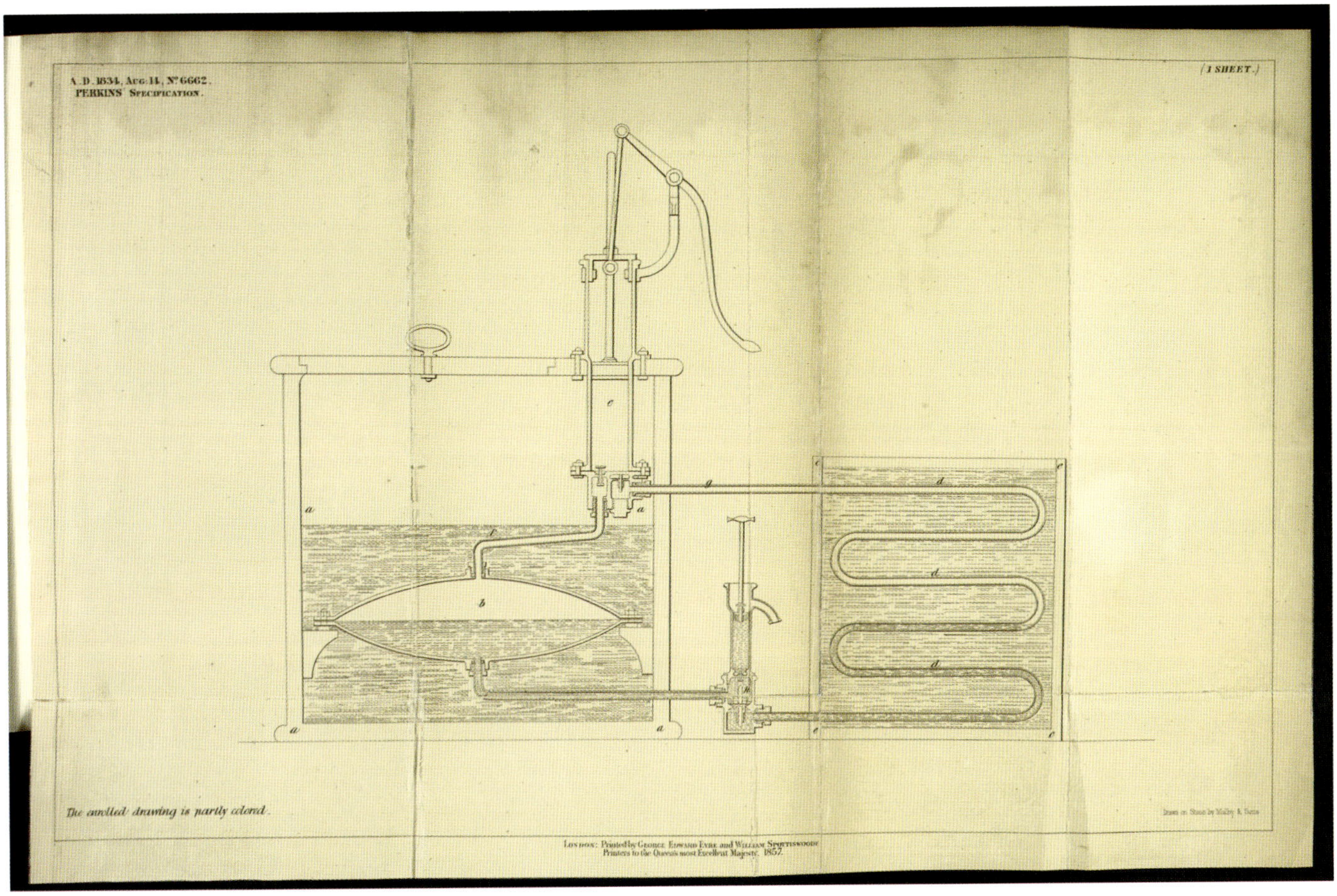

上　**パーキンズの特許**　ジェイコブ・パーキンズの「冷却液で氷を作る装置と方法」の特許。1835年8月14日付。ロンドンでジョン・ヘイグによって組み立てられたこの装置は、氷を作るのにエチルエーテルを使用している。特許の印刷と公表は出版史の重要な部分で、それがなければ産業における発明の多くは存在しなかっただろう。

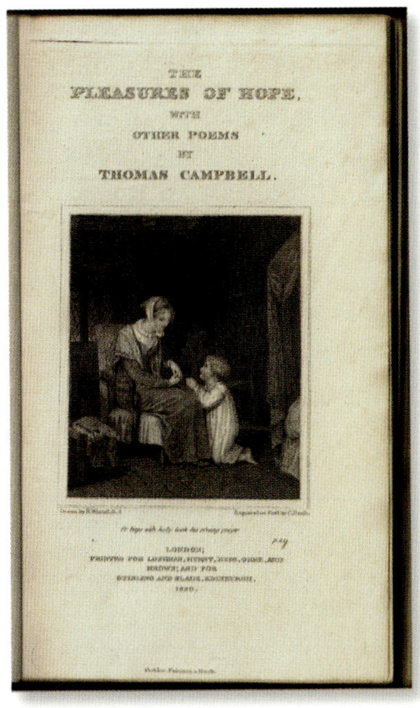

左　**『希望の喜び』**　トマス・キャンベルが1799年に出版したこの本は、1821年にリチャード・ウェストールの挿絵でロングマンによって再版された。この1821年版はチャールズ・ヒースが彫版し、パーキンズ・フェアマン＆ヒースが印刷した。硬化鋼版をはじめて使用したもので、それまで使われていた柔らかな銅版よりも長持ちした。

世界初の写真集

フランスとイギリスで行われた実験により、近代の写真は発展した。特筆すべきことだが、最初の（美しい）写真入りの本は、アマチュアの女性が第３の製法を使って、ひとりで作り上げた。

上　**青写真**　アトキンズの青写真の本の扉。白抜きの文字が特徴的。

17世紀なかば以降（もっと早いと主張する歴史家もいる）、画家は絵を描く助けに**カメラ・オブスクラ**(camera obscura)を利用した。この装置を使うには制約があり、イギリスの写真術の発明家ウィリアム・フォックス・タルボットは、コモ湖でスケッチをした際にカメラ・オブスクラを使って失敗したことから、画像を写しとる化学的な方法を探そうと決心したと述べている。

実際は、写真処理を最初に成功させたのはフランス人で、発明したのは独創性に富んだニセフォール・ニエプス（1765-1833年）とルイ・ダゲール（1787-1851年）だった。**銀板写真**(daguerreotype)は最終的にタルボットが開発した方法にとって代わられたが、別の美しい製法、つまり**青写真**(cyanotype)がジョン・ハーシェル卿によって1842年に発明された。この製法を使って、あるアマチュアがはじめて写真入りの本を出版した。

アンナ・アトキンズ（1799-1871年）は著名な科学者ジョン・ジョージ・チルドレンの娘で、この時代にはめずらしく非常に教養豊かな女性だった。父の訳したラマルクの『貝類の分類（Genera of Shells）』（1824年）に挿絵をつけたのもアンナである。チルドレンもアトキンズも、タルボットとハーシェルを知っていた。ウィリアム・ハーヴィーの挿絵のない『イギリスの藻入門（Manual of British Algae）』（1841年）の手引きとして、アトキンズは『イギリスの藻——青写真の刻印（Photographs of British Algae: Cyanotype Impressions）』の**分冊**(fascicle)第1集を1843年10月に発行した。

青写真によって作られた画像は、当時使われていた他の写真よりもはるかに長持ちした。本に収録する約400点の図版のために、アトキンズは化学薬品を混ぜ、印画紙を用意し、海草の標本を準備し、各写真を日光にあて、8000枚以上の画像を現像しなければならなかった（作業中にむだになった数のことは考えたくない）。

家族の励ましや友人アンナ・ディクソンによる多少の手助けは別として、作業はすべてアトキンズがひとりで行った。この製法は海草にとっては理想的だったが、望ましい結果が生まれたのは、印刷者の美的感覚と腕前、そして忍耐に負うところが大きい。『イギリスの藻』は当然のことながら非常に少部数だったため、まれに売りに出されると、争奪戦になる。2004年のオークションでは、彼女の本に40万6460ドル（24万5000ポンド）の値がついた。

右　**イギリスの藻**　1843-53年に出版されたアンナ・アトキンズの『イギリスの藻——青写真の刻印』より、褐藻類のフォトグラム。フォックス・タルボットの『自然の鉛筆（Pencil of Nature）』より８カ月ほど早くに出た世界初の写真集である。これらの写真はカメラを使わず、標本を直接感光紙に置き、日光にあてることで印刷された。

関連項目

写真を使用した本
デュペリの『銀板写真で見るジャマイカ周遊』 pp.186-187
本作りにおける女性の参加
ヘルムの『針仕事における技術と研究』 pp.142-143
ブラックウェルの『キューリアス・ハーバル』 pp.144-145

Dictyola dichotoma
in the young state, and
in fruit.

第三世界の写真術

1840年代以降、旅行者は訪問先の風景を写真によって記録しはじめた。最古の成功例はジャマイカで撮影された。あるフランスからの移民によって作られた本だ。

下 **『銀板写真で見るジャマイカ周遊』** 扉と、右は「選挙の投票日に写したキングストンの裁判所」。1840年にキングストンで出版されたデュペリの本である。銀板写真から石版刷りを作ったもの。この写真はおそらく知られているかぎり最古の、この島の風景写真だ。

アドルフ・デュペリ（1801-65年）は、パリで修行を積んだ彫版師で石版工、そして印刷職人だった。1820年代初頭に、ハイチとおそらくはキューバで一旗揚げようとしたが、富も名声も手に入れられなかったためキングストンに移り、ジャマイカでちょうど奴隷制度が終わった時代に石版工として開業した。1831年の「クリスマスの反乱」を描写した**石版刷り**（lithography）を1833年に、キングストンの解放祝賀会の石版刷りを1838年に出版した。

デュペリのジャマイカでの名声は、大部分がイザーク・メンデンス・ベリサリオの『ジャマイカ住民のスケッチ(Sketches of Character in Illustration... of the Negro Population of Jamaica)』（1837-38年）に載せた石版刷りによるものである。デュペリのささやかな富は、早いうちにルイ・ダゲールの写真術をとりいれたことで生まれた。そのおかげでデュペリは1840-42年に、ジャマイカにみずからの写真会社を設立することができた。のちにアドルフ・デュペリ＆サン社となったジャマイカ初の写真会社は1920年代まで存続し、肖像写真、名刺写真

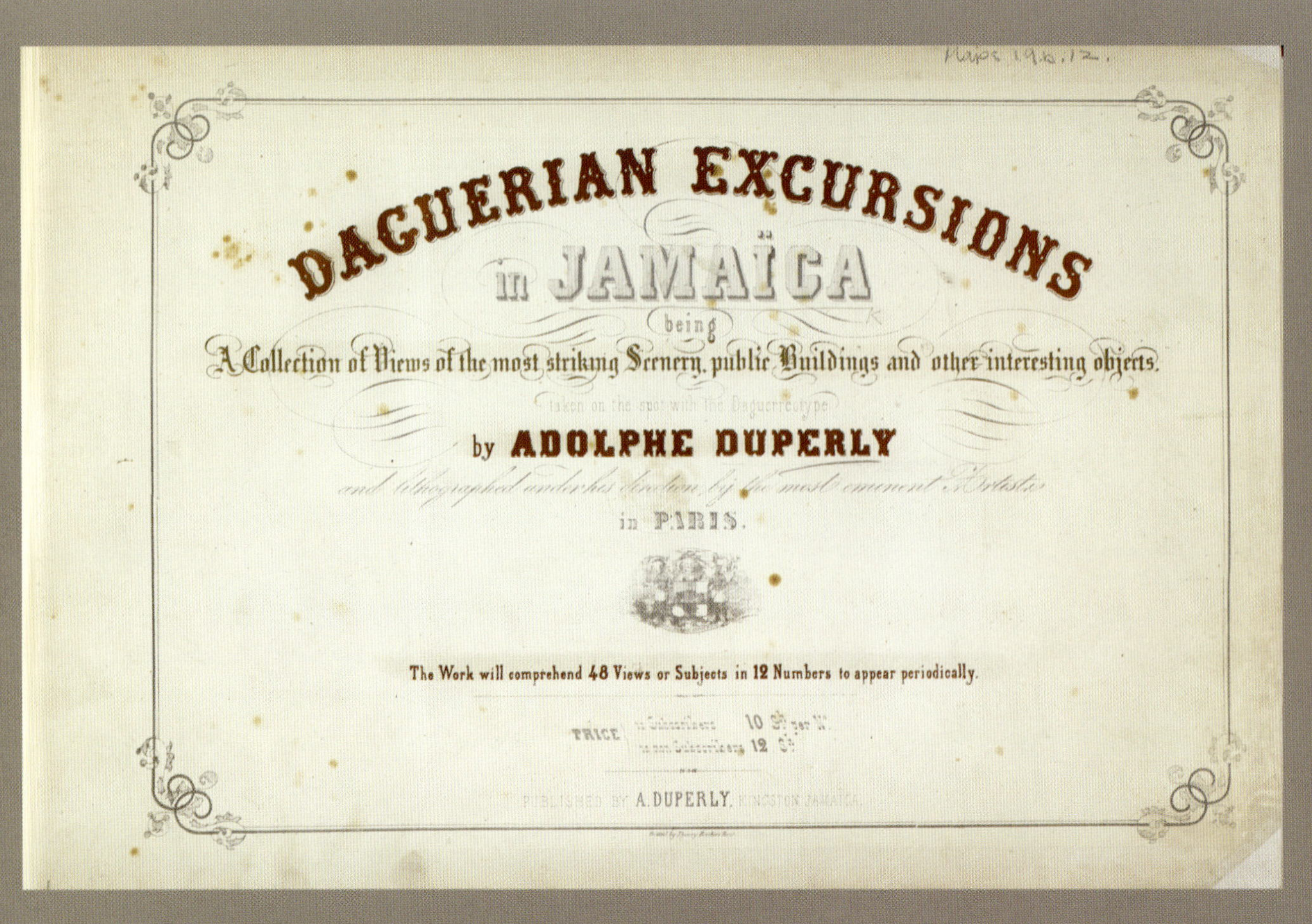

の作成と、のちには旅行者向けの絵葉書が事業の中心となった。

1840年代なかばに、デュペリはジャマイカのようすを写した**銀板写真**(daguerreotype)から一連の石版刷りを制作し、出版した。他の多くのフランス人リトグラファーと同様に、デュペリは石版刷りの下絵を簡単にするためのツールとして銀板写真の実用性を認識していた。最初期のフランスの銀板写真は露出時間があまりに長かったため、動いているものを記録することはできなかったが、1840年代初頭に分冊で出された『銀板(ダゲール)写真で見るジャマイカ周遊(Daguerian〔ママ〕Excursions in Jamaica)』で、デュペリは通りの活気あるようすを焦点をぼけさせることなく記録している。写真のみではこうはいかない。デュペリは自分が撮影した画像を、パリの有能な地図リトグラファーのひとりJ・ジャコテに送った。ジャコテはデュペリの作品の価値を高めるためにさまざまな部分を非常に巧みに描きくわえたので、多くの人々はデュペリのレンズでとらえたものがそのまま再現されていると信じた。加工した印刷物はあたりまえになった。

画家のポール・ドラローシュはダゲールの写真を見て「本日をもって絵は死んだ」と宣言した。だがそれでも自身は絵を描きつづけた。デュペリは写真の技法が石版刷りと結びつけばどれほどよい本ができるかを把握していた。『銀板写真で見るジャマイカ周遊』は、西インド諸島や他のイギリスの植民地で作られたなかでもっともすばらしいトポグラフィカルな本のひとつだ。

関連項目

ブラジルの解放後の本
ンナドジエの『売春婦にご用心』 pp.222-223

アメリカの黒人解放への嘆願
バネカーの『暦』 pp.170-171

写真を使用した本
アトキンズの『イギリスの藻』 pp.184-185

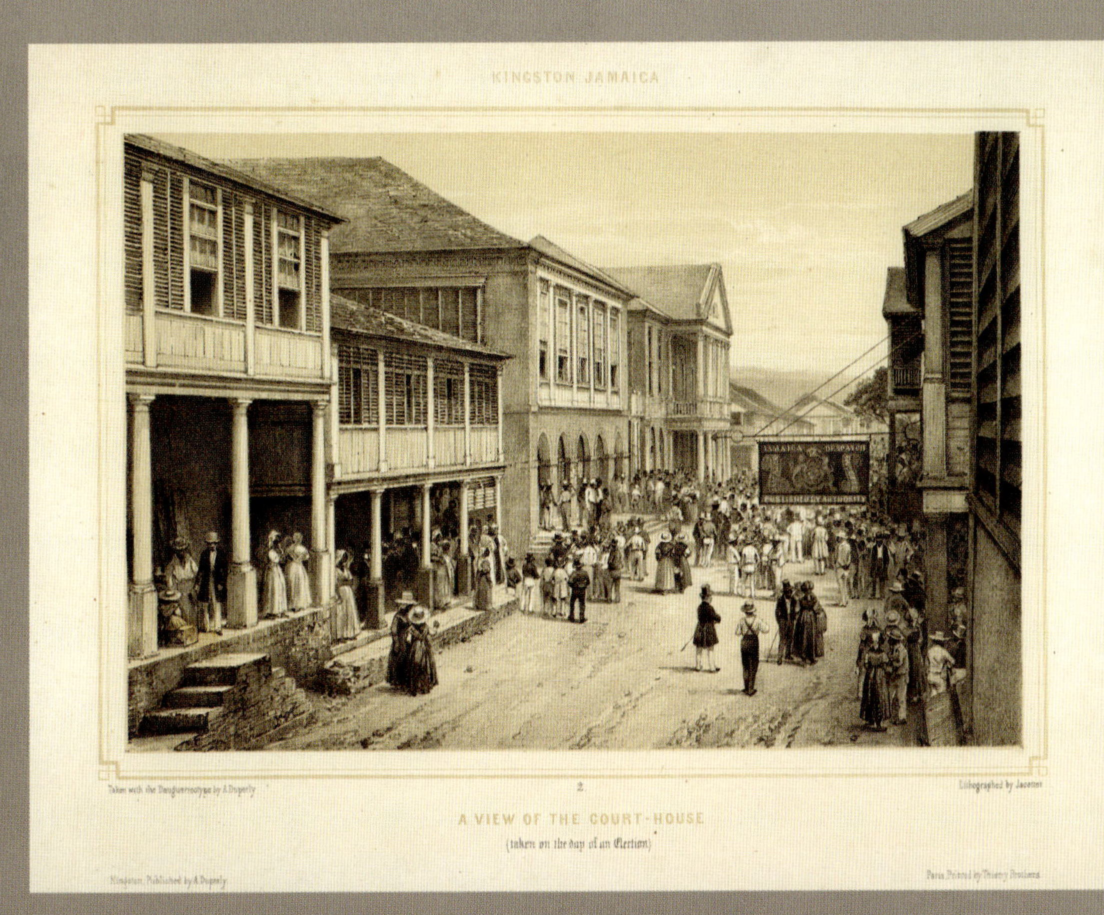

カナダでの伝道師による印刷

伝道師によって印刷された本はめずらしく、図書館にもほとんど収められていない。北米先住民族に伝道するために、あるカナダの印刷業者はアルファベットの代わりにクリー語の音節文字を使った。

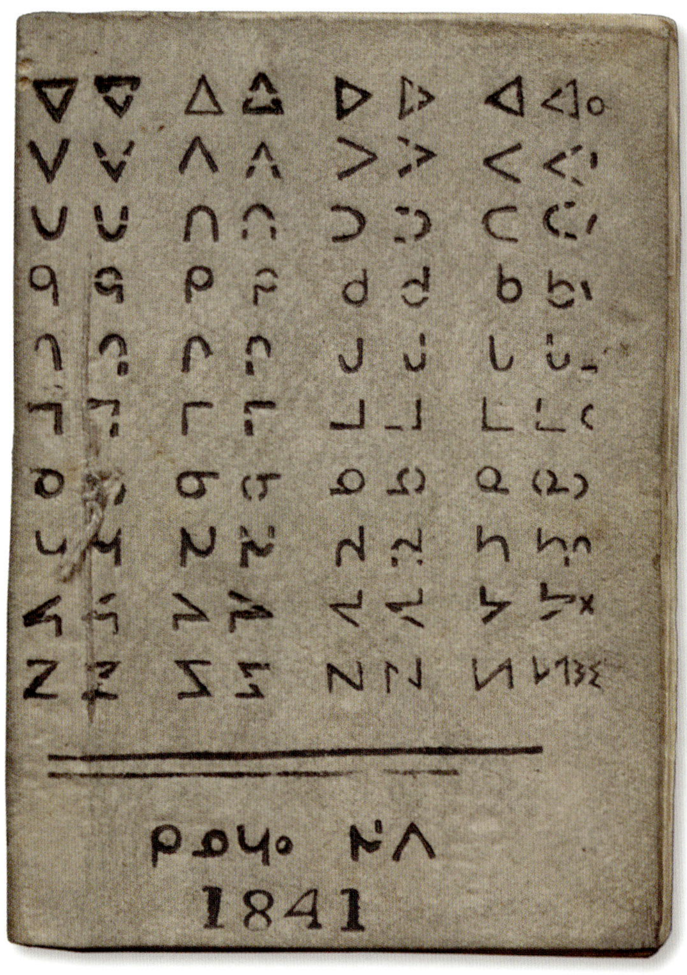

上　**音節文字を使った賛美歌集**　ジェームズ・エヴァンズによる 23 ページの賛美歌集。1841 年にノルウェーハウスで出版された。エルクの皮のカバーで簡単に綴じられ、音節文字表が表と裏に印刷されている。印刷機も活字も使用できなかったため、オークの木で文字の鋳型を作り、活字用の金属にはマスケット銃の弾からとった鉛くずや茶箱の裏張りを使い、インクはすすと魚油を混ぜて作った。印刷には毛皮商が動物の皮を船積する際、圧縮するのに使うねじジャッキのプレスを利用した。

ヨーロッパ人は他の国々の植民地化に着手するとすぐに、先住民族をキリスト教に改宗させようとした。そして（通常は）特定の教派にうまく改宗させようともくろみ、カトリック宣教師は英国国教会や非国教徒が立ち上げた拠点と張りあった。新たな言語は多くの場合一度も文字で書かれたことがなく、覚えるのはむずかしい。新たな改宗者にふさわしい聖書を提供するのは、伝道活動における難題だった。

カナダで最初に印刷が行われたのはノヴァスコシアのハリファックスで、1751 年のことだ。手書きの宗教書をヨーロッパに送って印刷してもらうには、深刻な運送上の問題がある。辺境の（そしてしばしば敵意に満ちている）地に印刷機を設置するほうが、まだ理論的に簡単だった。19 世紀に導入された鉄のプレス機は輸送可能で頑丈だった。ロンドン伝道協会といった団体が、アフリカ、アジア、太平洋地域、そしてカナダの先住民族に印刷の手ほどきをした。

責務をまっとうするには、柔軟で機知に富み、決然たる伝道師でなければならない。もっとも興味深い人物のひとりがジェームズ・エヴァンズ（1801-46 年）だ。エヴァンズは 1820 年、イングランドのキングストン・アポン・ハルから両親とともにカナダに移住した。教師として働いたのち、1833 年にメソジスト派の牧師に任命され、1840 年にウィニペグ湖北部のノルウェーハウスの教区をまかされた。これはハドソン湾会社が西に毛皮を買いつけに行くルートの要衝にあたる。クリー族の中心的な居住地でもあり、ゆえにエヴァンズが彼らに読み書きを教えようと考えたのは当然だった。

他の場所（フィジーやニュージーランド）でも、伝道師は**ローマン**（roman）・アルファベットを使って他の言語やなじみのない音を表そうと苦労した。文字のない社会ではアルファベット 26 文字は複雑すぎて、読み方を教えるのが非常に困難だったのである。すでにオジブワ語に精通していたエヴァンズは、オジブワ族だけでなくクリー族のためにも音節文字を使ったほうがよいと判断した。

最初エヴァンズはカバノキの皮に文字を書いた。これはクリー族に読み方を教えるのに役立った。そこで次に**活字**（type）を作ろうと決心した。ハドソン湾会社は冷淡で助け

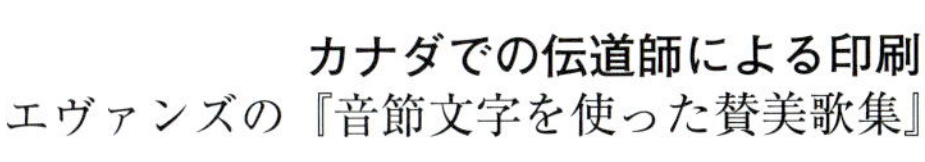

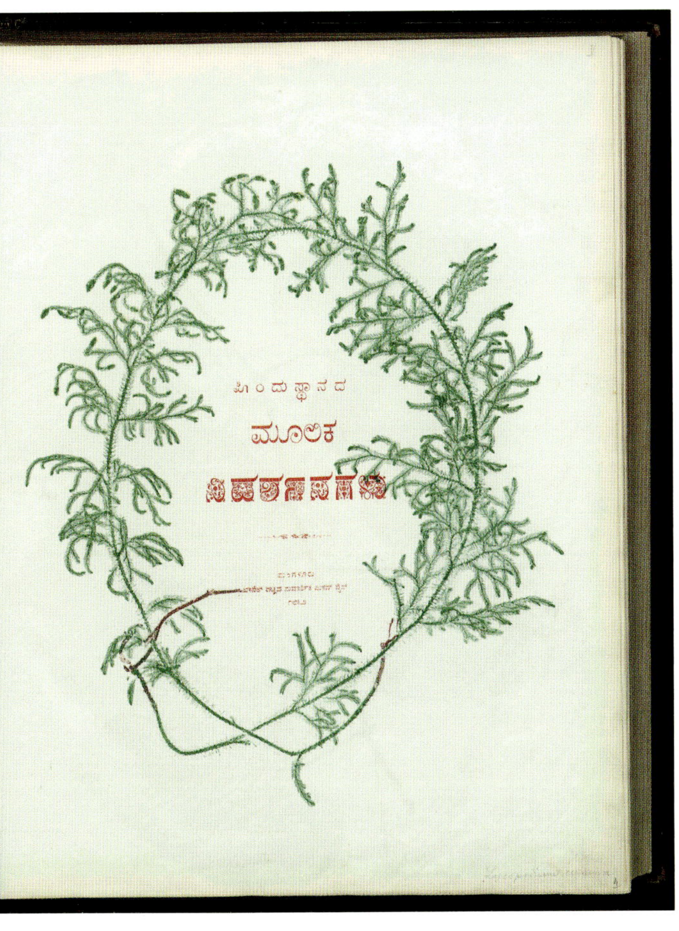

上 **『自然のセルフプリンティング』** ミズスギを直接印画紙に置いて**ネイチャー・プリント**（nature print）した扉ページ。ヤーコプ・フンツィカーの本で、副題は『便利で観賞用にもなる南インドの植物』。南インド、マンガロールのカンナダ語で書かれている。この本はバーゼル伝道印刷所によってマンガロールで印刷された。

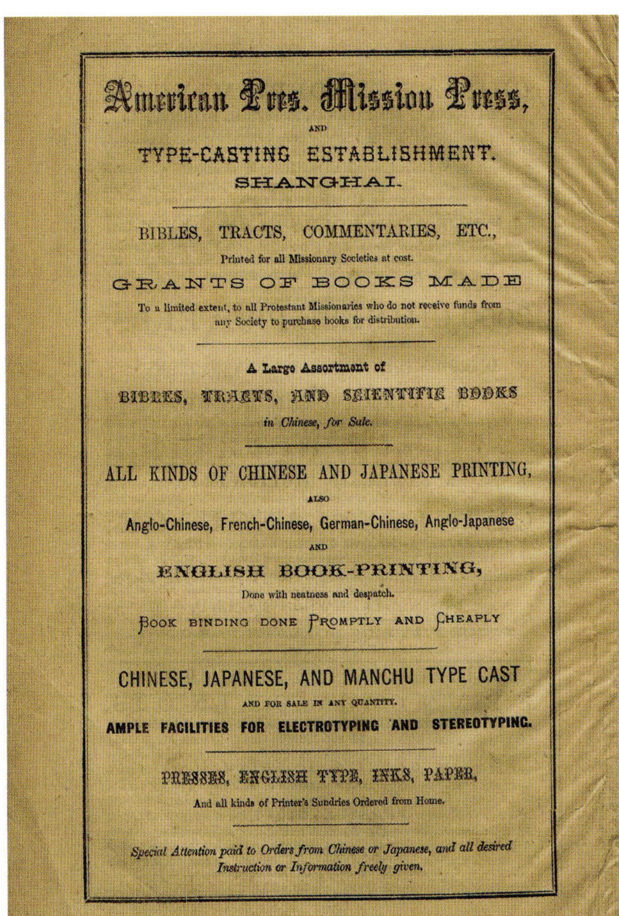

上 **美華書館** 1875年の「チャイニーズ・リコーダー・アンド・ミッショナリー・ジャーナル（Chinese Recorder and Missionary Journal）」に掲載された上海美華書館の魅力的な広告。布教用の印刷物が十分に供給されているようすがわかる。多言語に対応していて、活字と製本には豊富な選択肢があり、すべて「迅速に安価に」お届けできる、と記されている。

てくれず（それでなくてもエヴァンズは安息日に働かないようクリー族を説得して、会社の役員を困らせていた）、印刷機や活字の提供も拒否した。エヴァンズは制止も聞かず簡単な印刷機を作り、みずから作った文字を鋳造する方法を考案した（活字に使う金属はマスケット銃の鉛弾を利用した）。インクはすすと油を混ぜて作った。こういった怪しげな道具を使って、エヴァンズは音節文字表を100部と、クリー語の福音書を何部かこしらえた。これでこの方法を認めるよう伝道協会を十分説得することができた。エヴァンズの音節文字表はライバルの伝道グループ（聖公会宣教協会や聖母献身宣教会）にも受け入れられた。もしハドソン湾の南部地域を訪ねて、フランス語や英語以外の見慣れない文字があるのに気づいたら、それは今も使われているエヴァンズの文字なのだ。

関連項目
音節表の利用
ガリマの福音書 pp.50-51
北米の伝道用印刷物
ベイ詩編歌集 pp.128-129
自家製の活字と印刷機
ハンターの『古代の製紙』 pp.238-239

分冊出版の発展

小説の正しい長さとはどれほどなのか。小説の長さや出版方法や宣伝は、1830年代に流行作家のチャールズ・ディケンズや出版社によって決められた。小説家や出版者が儲かる時代が来たのだ。

18世紀にはヴォルテールの『カンディード』のように非常に短い小説もあれば、リチャードソンの『パミラ、あるいは淑徳の報い』やスターンの『トリストラム・シャンディ』のように、何巻にもおよぶ小説もあった。1820年代には、高価格帯の小説の体裁なら3巻本という長さが一般的になっていた。こういった本は個人で買うには高価すぎたので、**会員制貸出図書館**（subscription library）から借りる者が多かった。図書館は大幅に割引された価格で出版者から本を入手したが、固定客として見こめたので出版者としても事業が簡単になった。さもなければ出版者は高額の初期投資が必要となるが、3巻目が出版されるまで利益を得ることができなかった。出版者に入金されるまで、著者にも支払いはなされなかった。

イギリスでもっとも成功し裕福になった作家は、チャールズ・ディケンズである。ディケンズの本を出版したチャップマン＆ホールは新たなすばらしいマーケティング戦略を考案した。3巻本の形で出すだけでなく、20回に分冊して刊行する形もとり、各分冊を2シリングで売ったのである。カバーには宣伝も入れた。最終版は合併号にして挿絵入りタイトルページをつけ、顧客がセットを綴じられるようにした。

この方法は印刷業者、著者（報酬を早く受けとることができた）、出版社すべてに好都合だった。広告収入も得られたし、早く売れた分から利益を得られたからだ。この方法が大成功をおさめたので、他の著者や出版社もこれにならった。もっと安い1巻本は分冊セットの完結後に出版された。小説の市場はこれで管理できるようになり、多くの人々に手がとどく本を供給した。

このすばらしい方法にも問題点はあった。昼メロの執筆と同じく、著者は盛り上がったところで、以下次号、としなければならない。トロロープやサッカレーのような良識的な作家は、印刷がはじまる前に全部完成させ、段取りも整えていた。しかしディケンズは違った。未完の『エドウィン・ドルードの謎』がその好例である。ディケンズは読者の感想に応じて小説の部分部分を変えることがあり、そのために後世の編集者は信頼できるテクストを作るのに苦労した。

ディケンズの作品はイギリス国外では著作権を保護されなかったが、チャップマン＆ホールは契約書を作り、それにより、ささやかな手数料を支払えば、アメリカの出版社は事前の校正刷りを受けとることができた。ヨーロッパでは、出版者のベルンハルト・タウヒニッツがイギリスとアメリカの著者に著作権料を払い、ディケンズや他の作家たちと親しい友人関係を作り上げていた。これにより、美しいできばえのタウヒニッツ版を大陸のあらゆる場所で見ることができるようになった。そしてイギリスでとられた方法により、ディケンズはすべての作家のなかでとくに有名な存在となった。読者は増え、イギリスの出版社、そしてディケンズは大きな富を得た。

左　**タウヒニッツの雑誌**　「月刊イギリス文学（English monthly miscellany）」は、1892年8月にライプツィヒで「大陸の読者」向けに出版された。1860年のタウヒニッツへの手紙で、ディケンズはそのドイツ人出版者に「完全なる信頼」を表明している。

右　**『ピクウィック・ペーパーズ』**　1836年4月から1837年11月までチャップマン＆ホールによって20回の分冊で刊行された。この初版にはロバート・シーマー、R・W・バス、「フィズ」（H・K・ブラウン）による43点のオリジナルと25点の複製挿絵が収められている。

関連項目

海賊版への懸念

ボルダーウッドの『武装強盗団』 pp.204-205

出版者が儲けたシリーズもの

レーマンの『ワルツへの招待』 pp.224-225

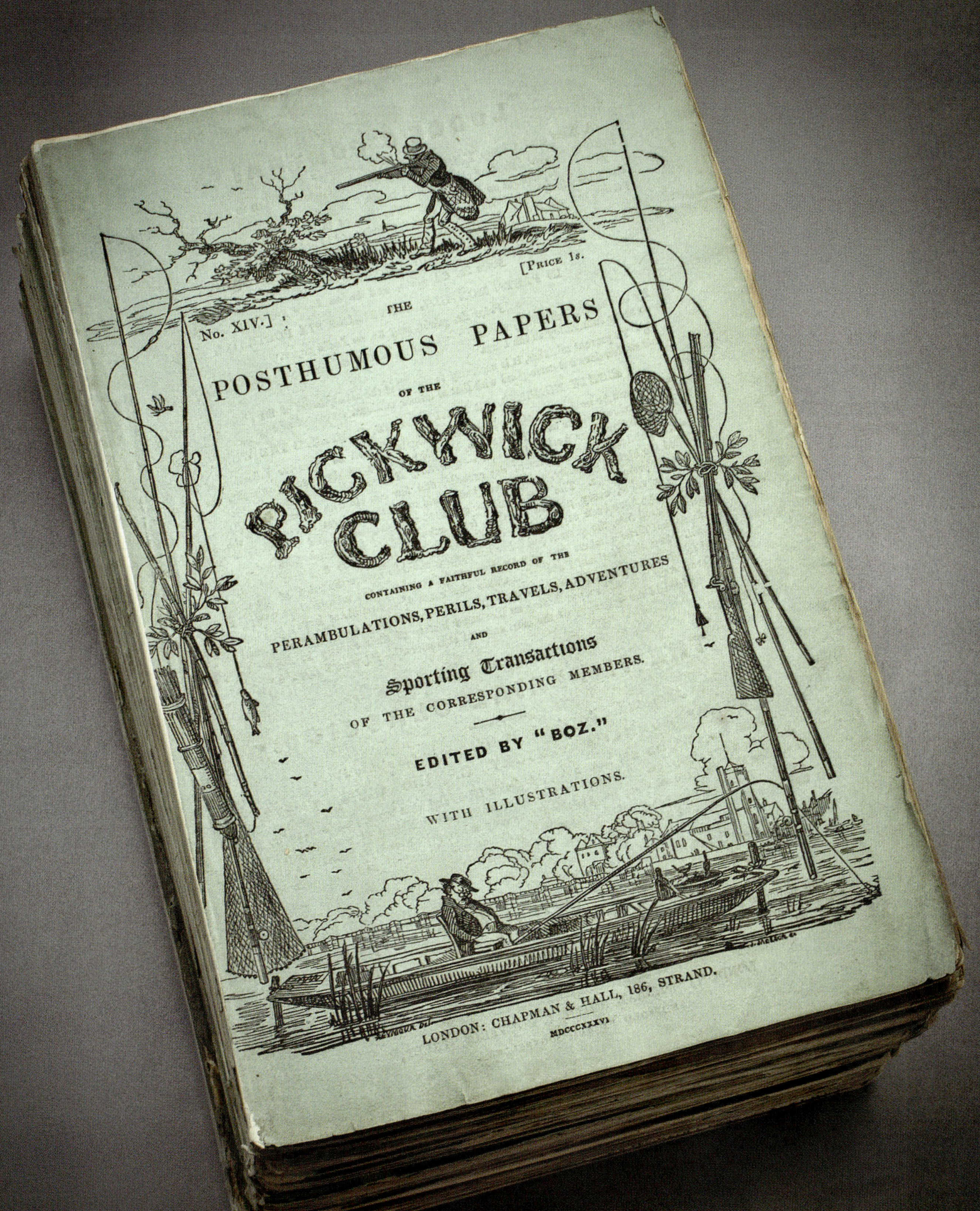
No. XIV.]
[Price 1s.
THE
POSTHUMOUS PAPERS
OF THE
PICKWICK
CLUB
CONTAINING A FAITHFUL RECORD OF THE
PERAMBULATIONS, PERILS, TRAVELS, ADVENTURES
AND
Sporting Transactions
OF THE CORRESPONDING MEMBERS.
EDITED BY "BOZ."
WITH ILLUSTRATIONS.
LONDON: CHAPMAN & HALL, 186, STRAND.
MDCCCXXXVI

Copyright, 1884, by Beadle & Adams. Entered at Post Office, New York, N.Y., as second class matter. June 11, 1899.

No. 23. *Published Every Week.* M. J. IVERS & CO., Publishers, (James Sullivan, Proprietor,) 379 Pearl Street, New York. *Price 5 Cents. $2.50 a Year.* Vol. II.

OLD GRIZZLY ADAMS, THE BEAR TAMER;

Or, "The Monarch of the Mountains."

BY DR. FRANK POWELL,

ヴィクトリア様式の パルプ・フィクション

19世紀に大衆読み物の出版は大きく変化した。ビードル＆アダムズ社によるダイムノヴェルがあちこちで見られるようになった。

成長する都市、迅速な情報伝達、動力つきの印刷機、安価な**紙**（paper）と機械化された製本、そして労働階級における識字率の向上。これらはすべて、印刷業者と出版社が新たな市場を求め、さまざまなマーケティング戦略を追求するのを助けた。ヴィクトリア時代後期まで、小説の初版本はイギリスでは１ギニー半（あるいは31シリング６ペンス）というのが一般的だった。これは職人の約３週間の稼ぎに相当する。もっと安価なリプリント版を出すことで、より多くの人々の購入が期待できた。イギリスではラウトレッジの鉄道文庫（駅の売店で売られた）のような**黄表紙本**（yellowbacks）のシリーズが、潜在需要を掘り起こしていた。しかし１冊３シリング６ペンスでは労働者にはまだ高すぎた。

ディケンズの小説のように小説を分冊にして発行することで、本に手がとどきやすくなった。そのアイディアの延長線にある、**ペニー・ドレッドフル**（penny dreadful）やペニー・ブラッズ（小型で製本されていない扇情的な本。イギリスでは１ペニーで売られた）は、イギリスの多くの人々に手ごろだということが証明された。これらの本はあまりに安かったので、何千冊と売れ、出版社と作家に満足のいく収入をもたらした。

アメリカでそれに相当するのが**ダイムノヴェル**（dime novel）（10セント小説）だ。ニューヨークの出版社ビードル＆アダムズが1860年から出版したシリーズは、とくに男性読者に広く支持され、南北戦争の際には、北軍兵士に販売されたことで売り上げが大きく伸びた。各新刊本にシリーズのナンバーをつけて続き物であることを示し、ビードル＆アダムズはダイムノヴェルを現金引換えで手軽に郵送した。その後、アメリカ郵政公社にこの抜け道をふさがれてしまったが、1861年から1866年まではロンドンに支店を置き、ラウトレッジにその権利を奪われるまで、１冊６ペンスで本を販売した。

フランク・パウエルの『熊使いグリズリー・アダムズ（Old Grizzly Adams, the Bear Tamer）』（1884年）はビードル＆アダムズが出版した騒々しい作り話の典型で、三流文学の能率的で効果的な本のひとつである。当然、成功を模倣する者たちが現れた。そのひとりでかつてビードル社の社員だったカナダ人ジョージ・P・マンローが1865年から1893年まで出したシリーズは、女性向けダイムノヴェルのさきがけとなった。1894年、エラストゥス・ビードルは裕福なまま亡くなり、ビードル＆アダムズはその後まもなく廃業した。もっとも興味深い模倣者はバンダーログ・プレスにいた。この出版社では、ふたりのシカゴの新聞記者、フランク・ホームとジョージ・エイドが、冗談半分で名づけた「ストレニュアス・ラッズ・ライブラリー」シリーズで『男前のシリル、あるいは足のあたたかいメッセンジャー・ボーイ（Handsome Cyril, or the Messenger Boy with the Warm Feet）』といった小説を出した。残念なことに、電子書籍版は出ていない。

左 **『熊使いグリズリー・アダムズ』** 1899年から出版されたフランク・パウエル版の表紙は、ビードルの少年文庫に少年が期待するスリリングな冒険物語を約束してくれている。この物語はさまざまな作家による多くのヴァージョンが存在しているようだ。

右 **『インディアンの女王の復讐』** カナダ人でビードル＆アダムズの元社員だったマンローは、またたくまにライバルへと成長した。1865年という大変革のあった年に出版されたこのモホーク谷の物語のように、彼の本の多くにアメリカ先住民族が登場し、若い読者にアピールしつづけた。

関連項目

大衆市場を狙った本
『ニューゲイト・カレンダー』 pp.164-165
ディケンズの『ピクウィック・ペーパーズ』 pp.190-191
レーマンの『ワルツへの招待』 pp.224-225

その他の類型的な本
ベデカーの『スイス案内』 pp.200-201

子どものための革新的な本

子ども向けの文章や挿絵は18世紀に登場した。新たな印刷法や読み書きの教え方についての新鮮なアイディアが、ヴィクトリア時代にはさまざまに展開した。

1740年代、ロンドンではジョン・ニューベリーのような出版者が（pp.156-157参照）児童書を出版する基盤を築いた。19世紀初頭に宗教心が高まるなか、楽しみのためだけでなく教え導く本を作ろうという善意からのまじめな試みがなされるようになった。こういったものの多くは、義務感にかられた非国教徒によって執筆されたり印刷されたりした。それらの本が有益で買う価値があるものだということは、彼らの境遇が保証してくれた。

教育は十分ではなかったので、本は子どもたちが楽しみながら読み方を覚えられるものであるべきだった。こういった本の多くは、クエーカー教徒の印刷業者であるダーントン＆ハーヴェイ社によって出版された。この出版社はニューベリーの著作権も買っている。ロンドンで盛んに活動し、1790年代から1870年頃に廃業するまで多くの安価でためになる本を作った。もっとも有名な著者あるいは彫版師はジェーン（1783-1824年）とアン（1782-1866年）のテイラー姉妹で、「きらきら星」や「小さな赤ちゃん、踊りなさい」などで記憶されている。今も幼児に読まれている詩だ。アン・テイラーの魅

80 ROBINSON CRUSOE

should do. And as they knew that the most safe way was to hide and lie in wait, they first of all took down the huts which were built for the two good men, and drove their goats to the cave, for they thought the wild men would go straight there as soon as it was day, and play the old game.

The next day they took up their post with all their force at the wood, near the home of the two men, to wait for the foe. They gave no guns to the slaves, but each of them had a long staff with a spike at the end of it, and by his side an axe. There were two of the wives who could not be kept back, but would go out and fight with bows and darts.

The wild men came on with a bold and fierce mien, not in a line, but all in crowds here and there, to the point were our men lay in wait for them. When they were so near as to be in range of the guns, our men shot at them right and left, with five or six balls in each charge. As the foe came up in close crowds, they fell dead on all sides, and most of those that they did not kill were much hurt, so that great fear and dread came on them all.

Our men then fell on them from three points with the butt end of their guns, swords, and staves, and did their work so well that the wild men set up a loud shriek, and flew for their lives to the woods and hills, with all the speed that fear and swift feet could help them to do. As our men did not care to chase them,

Crusoe's trip through China.

力的な『田舎の情景、田舎暮らしを見てみよう（Rural Scenes, or a Peep into the Country)』は、19世紀の最初の40年間、着実に版を重ねた。

同じ分野でのちに精力的な活動をしたのがルーシー・エイキン（1781-1864年）である。エイキンは独学の非国教徒で、その生涯を女性と子ども向けの本の執筆に捧げた。歴史的な性質もそなえたその著書にはかなりフェミニズム的な傾向があり、エイキンは女性の執筆が広まることに興味をいだくようになった。つねに子どもへの教育に関心をいだいていた彼女は、晩年には有名な物語を1音節の単語で書きなおすことに傾注し、メアリ・ゴドルフィンという筆名で出版している。ゴドルフィンによるその種の本は『ロビンソン・クルーソー』、『スイスのロビンソン』、『イソップ寓話』などで、19世紀末まで堅実な売れ行きを見せた。簡単な読み書きの練習本というこのアイディアは別の出版社にも利用され、また『1音節の単語で読むロビンソン・クルーソー（Robinson Crusoe in Words in One Syllable)』の速記版も、アイザック・ピットマンによって出版された。これは事務所のスタッフが速記システムを学ぶための副読本として使われた。

関連項目
児童書
ニューベリーの『小さなかわいいポケットブック』 pp.156-157
子ども向けの怖い本
ホフマンの『もじゃもじゃペーター』 pp.196-197
読み書きを覚える助けになる本
アユイの『盲人の教育論』 pp.176-177

67

68

69
London Published by Harvey & Darton.
1825.

49

and the young women are silly for believing her. She is a gipsy, and calls herself a fortune-teller. Why, thirty years ago, this very old woman told simple Sally that she was to marry a handsome 'squire. So she turned off honest Tom the gardener; (for I fancy simple Sally did not know that honest gardeners are often better than handsome 'squires;) and she waited a great many years, expecting every day to see this fine person. But he never came; and now she is grown old, she sees the folly of having placed confidence in the silly predictions of a fortune-teller.

68. *Angling.*

My lad, you're so full of your fun and your slaughter,
You'll fall, if you do not take care;
And I fancy, young fellow, you'd feel in the water,
Much as fishes feel—when in the air.

69. *The Robin and Child.*

Come hither, sweet Robin, don't be so afraid,
I would not hurt even a feather:
Come hither, sweet Robin, and pick up some bread,
To feed you this very cold weather.

E

左 **クルーソーの中国旅行** フルページの図版6枚のうちの1枚。『ロビンソン・クルーソーのさらなる冒険（The Farther Adventures of Robinson Crusoe)』の一場面。1719-20年に出版されたクルーソー小説の第2弾。アレグザンダー・セルカークの漂流実話からひらめきを得た1作目と異なり、第2弾はあきらかに1693-95年のモスクワ使節団の北京への旅を参考にしている。

右 **『田舎の情景、田舎暮らしを見てみよう』** アンとジェーンのテイラー姉妹による1805年のこの合作は、メアリ・ゴドルフィンの本と同じく子どもの愛読書となった。1806年の「マンスリー・レビュー」には、「目と想像力の両方を楽しませる」、「この本があたえてくれる道徳的なヒントは（中略）さらなる教育をほどこし、永続的な恩恵をあたえるだろう」と評されている。写真は1825年版。

絵本を使った道徳教育

ヴィクトリア時代の初期には、頭ごなしに道徳論を押しつけても子どもは反発するだけだということが理解されるようになった。才能あるひとりのドイツ人が、お行儀よくさせるには飴と鞭が非常に効果的だということに気づいた。

もじゃもじゃペーターといたずらっ子たちの物語は、多くの世代を楽しませてきた。政治的公正さという考えに敏感な人のなかには、この本がじつにショッキングだということに気づいた者もいる。そこに書かれた内容がヒトラーと国家社会主義に通じるとまでいう者もいる。

実際は、作者であるドイツ人ハインリヒ・ホフマン（1809-94年）はヒトラーとは無関係だ。ホフマンは医師で、その医学的キャリアを貧困者の世話に向けたのち、非常に開けた精神病院の院長となり、患者が利用できる庭園つきの新しい診療所を作る運動に情熱をそそいだ。旧式の気味悪い収容所とはまったく異なる病院である。ホフマンはまた、妻子とすごす時間も大切にし、滑稽な絵を描いては家族を楽しませた。1845年、ホフマンは友人に説得されて『3歳児から6歳児のための、愉快な物語と滑稽な絵（Lustige Geschichten und drollige Bilder... für Kinder von 3-6 Jahren）』という道徳的な本を出版した。今ではこれは『もじゃもじゃペーター』とよばれている。この本はまたたくまに人気を集め、ヨーロッパの多くの国々とアメリカで翻訳され、印刷された。英語版は最初の50年間で50回以上版を重ねている。著者とドイツの出版社による効果的なマーケティングのたまものだ。

マッチで遊んではいけない、わがままを言わずに食べなければならない、あるいは親指を吸ってはいけないといったことを、ホフマンが自分の子どもたちに教えるために詩を作ってみた、というのがおそらくこの本の魅力のひとつだろう。あからさまな説教なしで教訓を得られるので、本を読んだ両親たちからも聞いている子どもたちからも歓迎された。それまでの教育的な本は道徳くさいものが多かったのだ。『もじゃもじゃペーター』のちょっとした毒は、子どもたちを引きつけた。ホフマンの登場人物のなかには（ひとっ跳びでやってくるはさみ男のように）当然子どもが恐ろしがる者たちもいて、夢でうなされることもあったかもしれない。しかし本が親の手のなかにあれば、まだ安心だった。

多くの児童書と同様に、ホフマンの傑作は他の作家や画家を引きつけた。ベロックの『悪い子どもの怪物の本（The Bad Child's Book of Beasts）』やゴーリーの『ギャシュリークラムのちびっ子たち（Gashlycrumb Tinies）』といったもっと寛大で親切な本は、ホフマンの物語に漂う反抗心や恐怖がメッセージを伝える強力な方法になりうるということを認識していた。

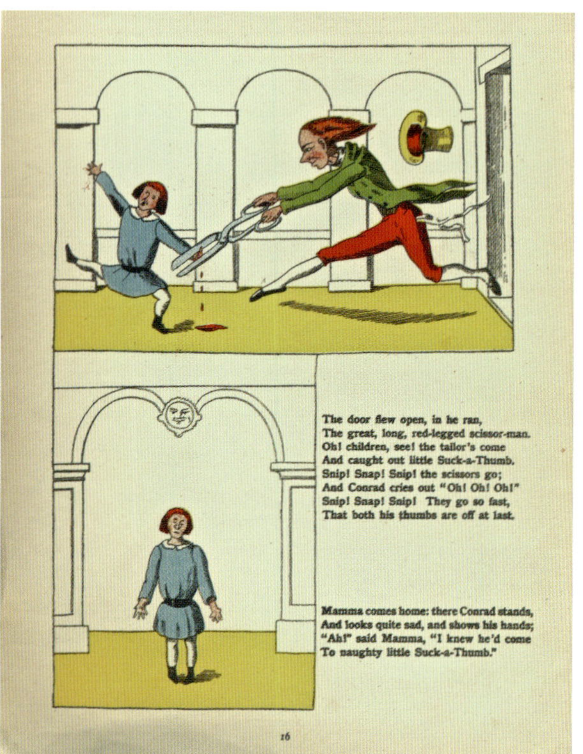

左　**ひとっ跳びでやってくるはさみ男**　ああ、ホフマンの恐ろしいほどはさみを使いたがる訪問者は、聞き分けのない子どもに降りかかる多くの災難のひとつにすぎない。

関連項目

児童書

ニューベリーの『小さなかわいいポケットブック』 pp.156-157

メッゲンドルファーの『グランド・サーカス』 pp.198-199

恐ろしい挿絵入りの本

エルンストの『慈善週間』 pp.220-221

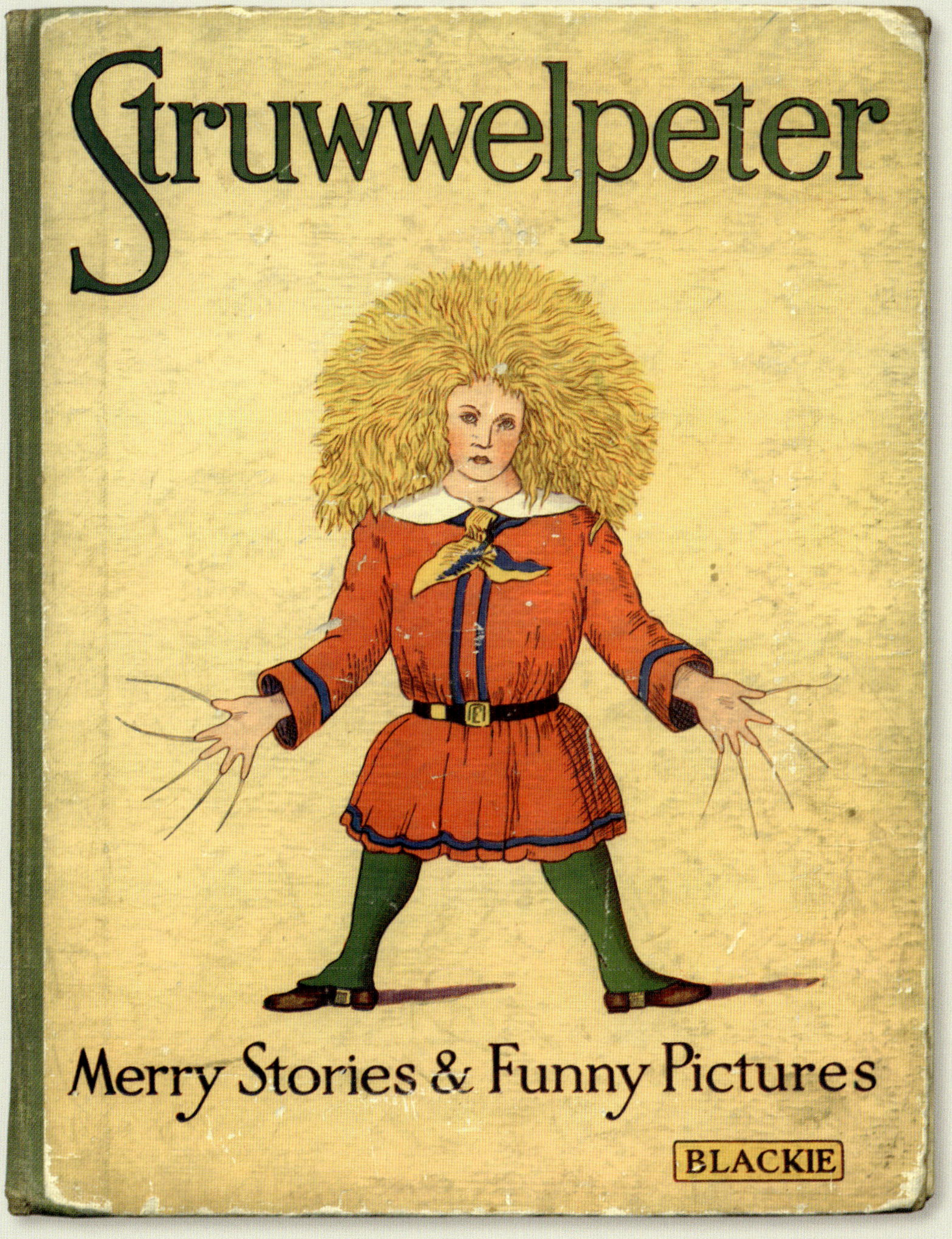

左 **『もじゃもじゃペーター』** ハインリヒ・ホフマンが幼い息子のために書いた本の英語版。グラスゴー、ブラック＆サンズ社。その皮肉なユーモアは非常に読者を楽しませたので、『もじゃもじゃペーター』は35以上の言語に訳され、何度もパロディーに使われた。2度の世界大戦ではドイツ皇帝やヒトラーをもじった『もじゃもじゃヴィルヘルム』や『もじゃもじゃヒトラー』、女の子版の『もじゃもじゃライゼ』、そして1885年には『婦人科のもじゃもじゃペーター』などというものまで出されている。

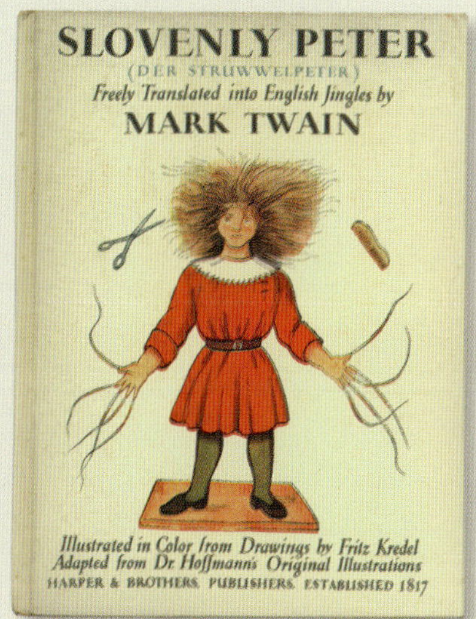

上 **『だらしないピーター』** ホフマンの作品を1891年にマーク・トウェインが意訳したものだが、著作権の関係でトウェインが亡くなるまで出版されなかった。

上　**メッゲンドルファーの『グランド・サーカス』**　メッゲンドルファーのもっとも凝ったしかけ絵本。完全に閉じているときには1冊の本にしか見えないのに、開くとパノラマが現れる。1887年にパリで出版されたもので、ヒンジで連結されたペーパー・エンジニアリングの傑作である。

中世の神秘主義からペーパー・エンジニアリングまで

紙の切り方や折り方を工夫した本は、西洋で印刷が発展する何世紀も前に考案され、現代の児童書では一般的になっている。作家とデザイナーはシート状の紙の形を変えて使う方法を発見したのだ。

平たいシート状の紙も切りようによって可能性が広がる。その方法を考案したのが誰かは、おそらくけっしてわからないだろう。カタルーニャ人のラモン・リュイ（1232頃-1315年頃）とイギリス人修道士マシュー・パリス（1200頃-1259年）は、回転円盤（**ヴォルヴェル**［volvelle］）やポップアップ、そしてヴェサリウス（pp.134-135参照）の科学書にあるような紙を折りたたんだしかけを使用したことで知られている。しかし動くしかけのついた本がイギリスで大きく発展したのは17世紀の写本からで、1765年頃にはロンドンの出版者ロバート・セイヤーが子ども向けの本を出版して人気を集めた。

こういった**メタモルフォーゼ**［metamorphoses］、**フラップ・ブック**［flap-book］、あるいは**ハーレクイナード**［harlequinades］とよばれる本は、19世紀になってもイギリスやアメリカで広く作られた。ポップアップやしかけ本のアイディアはおそらくこれが源と考えられる。紙を折りたたむことによるポップアップは、ロンドンの細密画家ウィリアム・グリマルディが『身じまい（The Toilet）』（1821年）や別の有名な本『若者のための甲冑（A Suit of Armour for Youth）』（1823年）で使用したのがはじまりである。しかし、こういったイギリス摂政時代の小型本の優美さは、やがてドイツの印刷業者や出版者、とくにミュンヘンの画家ロタール・メッゲンドルファー（1847-1925年）の創造的なペーパー・エンジニアリングから作り出される、豊かで巧妙な作品に比べると見おとりがするようになった。風刺に満ちたユーモラスな雑誌「フリーゲンデ・ブラッター（Fliegende

上　**リュイのヴォルヴェル**　天文学用のヴォルヴェルは最古のしかけのひとつである。これはラモン・リュイが1305年頃に『アルス・マグナ』のなかで作ったものの複製。アストロラーベに似ており、おそらくアラブ世界と極東をへてヨーロッパに伝わったと考えられる。

Blätter)」で仕事をしていたメッゲンドルファーは、注意深く設計したタブをひっぱると、隠れた場所につけた複数のレバーに伝わり、それぞれの絵に描かれた人や物が動くというしかけつきのさまざまな本を作りはじめた。読者は非常に注意深く操作する必要があったので、不器用な子どもたちはすぐにひんしゅくをかった。

メッゲンドルファーの絵はその俗悪さによって一部の読者を不快にさせたが、その複雑さと新しさ（そして根気強いマーケティング）のおかげで本は大成功をおさめ、ドイツ、イギリス、フランスその他の言語に訳された。1878年から（この年、はじめて息子のために本を作った）メッゲンドルファーは同様の本を200点以上完成させた。他の画家や編集者にひんぱんにまねされたが、メッゲンドルファーの作品を超えるものはほとんどない。

上　**アダムとエヴァのハーレクイナード**　ロンドンの出版者ロバート・セイヤーは、1765年頃に作りはじめた子ども向けの動くしかけ絵本を「ハーレクイナード」とよんだ。パントマイムを演じる道化師（ハーレクイン）を絵本によく登場させたからである。大人気となったため広く販売され、海賊版も数多く出た。このアメリカ版はセイヤーにならってジェームズ・プパール（1788年）が描いたもので、ベンジャミン・サンズにならって『人間の誕生、成長、死（The Beginning, Progress and End of Man）』の文章が記されている。

関連項目

初期のポップアップ本
ヴェサリウスの『ファブリカ』 pp.134-135
レプトンのレッド・ブック pp.174-175
児童書
ニューベリーの『小さなかわいいポケットブック』 pp.156-157
エイキンの『ロビンソン・クルーソー』 pp.194-195

ガイドブックを持って旅に出よう

19世紀の観光旅行の流行は、新たな出版のジャンルを生み出した。ガイドブックである。ドイツの革新的な出版社、ベデカー社はもっとも成功をおさめ、この業界を支配するようになった。

ナポレオン戦争終結後、ドイツ人とイギリス人の旅行者は大陸に群をなし、蒸気船と鉄道のおかげで短期で安価な旅行が可能になり、旅行産業が活気づいた。ガイドブック流行の端緒を開いたのは、イギリス人女性マリアーナ・スタークである。スタンダールは著書『パルムの僧院』(1838年)のなかでイギリス人旅行者を冷笑している。

「スターク夫人の旅行ガイド」でその値段を調べてからでないと、ささいなものにもけっして金を払わない。この本ときたら(中略)倹約家のイギリス人男性に、七面鳥や林檎や牛乳などの値段を教えてくれるのだ。

ジョン・マレーがロンドンで出版したマリアーナ・スタークの旅行書は、旅行についての的確な情報をあたえ、臆病な旅行者でも簡単に旅行できるようにした。そしてスタークはすばらしいものを表す記号として、感嘆符を使う方法を考案した。現代のガイドブックの著者が五つ星を使うようなものだ。

マレーは市場の可能性を認識しており、1836年に最初の『旅行者のためのハンドブック(Handbooks for Travellers)』を出版した。これは西ヨーロッパの国々(最初の巻)からアルジェリア、インド、日本、シリアといった遠い国々まで、多くの地域をカバーした。このシリーズは大成功をおさめ、多くの改訂版が出されたが、19世紀後期に競争があまりに激化したのを受け、マレーは権利を他人に売り、これはのちに『ブルーガイド』として続けられた。この成長市場には、他にも多くの出版社が参入した。ブラッドショー(鉄道時刻表の出版社)によるもっと安い大衆向けの本から、かつてマレー社で執筆していたオーガスタス・ヘアの美しい挿絵つきの本まで、バラエティーに富んでいる。ヘアの『ローマを歩く(Walks in Rome)』(1871年)は、1920年代まで多くの版を重ねた。

カール・ベデカー(1801-59年)とその息子の周到さと粘り強さのせいもあって、マレーはガイドブック業界から最終的に撤退した。ベデカーは初期の旅行本を何冊か出したが、『スイス案内』(1844年)は完全で詳細なルート、宿泊施設その他、旅行者に必要なあらゆる情報満載の革新的な本で、スタークの手法(ただし五つ星を使って)を採用し、マレーの本の多くの特徴を踏襲したうえで、他の言語のガイドブックも出版した(マレーのハンドブックは英語のみだった)。

1930年代には子孫のカール・ベデカーが事業を引き継ぎ、その後スイスドイツ語の39版、フランス語の20版、英語の28版が刊行された。ベデカーの事業はプロに徹しており、効率がよかった。版は定期的に改訂され、ドイツの印刷と地図制作は質が高かった。1900年には「ベデカー」がガイドブックの代名詞になり(英語の小説でいうタウヒニツのようなものである)、ヨーロッパ中の売店で見かけられるようになった。

20世紀には、競合する他のガイドブックもいたるところで目につくようになった。もっとも有名で影響力が大きいのが『ミシュランガイド』である。タイヤの売上を伸ばそうとしたミシュラン兄弟が1900年にはじめたもので、希望する運転者にガイドを無料で配った(1920年代に販売に切り替わった)。このガイドの重要性は、ミシュランの星を手に入れればレストランの未来が開けるという点にある。

左 **『エジプト案内』** ベデカーのポピュラーなポケットサイズの赤いガイドブック。ピラミッドの国への1928年のガイドブックには、その6年前にハワード・カーターが発見したツタンカーメンの墓についての案内がはじめて載っている。

右　**ベデカーの『スイス案内』**
1844 年にカール・ベデカーによって出版された初版本。もっとも成功したもののひとつ。ベデカーは 1937 年までに 39 版を出版している。このかなり使いこまれた本は、1840-50 年代にベネカーが使用したビーダーマイヤーの絵入りの黄色い厚紙で装丁されている。

下　**『ストラスブールからデュッセルドルフまでのライン川の旅』**　1839 年にコブレンツで印刷された。ビーダーマイヤー様式のはじめての製本で、ライン地域の風景や武器の絵が描かれている。マインツからケルンまでの折りこみの地図は、以前の版とは明確に異なる。

関連項目

下 **『現代の主婦』**「セレブなシェフ」アレクシス・ソワイエには地道な一面もあり、クリミアでフローレンス・ナイチンゲールとともに働いて軍病院の食事を改善したり、アイルランドの飢饉の際には無料食堂を開いたりした。『1シリングでできる料理』は「パンの配給を受ける人」が十分に食べられることを目標にしていた。人気を博した1849年のこの主婦マニュアルには、「1000近くのレシピが掲載されていて、毎回の食事を経済的に賢く準備することができた」。

右 **淑女のためのソース** 『現代の主婦』には「ソワイエの魔法のストーブ」といった羨望に値する調理器具の絵や、美しい曲線の瓶に入った女性限定の「美味しいソース」のように、購入可能な、セレブのシェフによる品々の広告が載っていた。あまりに人気が高かったため、「パンチ」は1848年に「上流階級の人々は舟形ソース入れの縁にとりつかんばかりだ」と断言している。

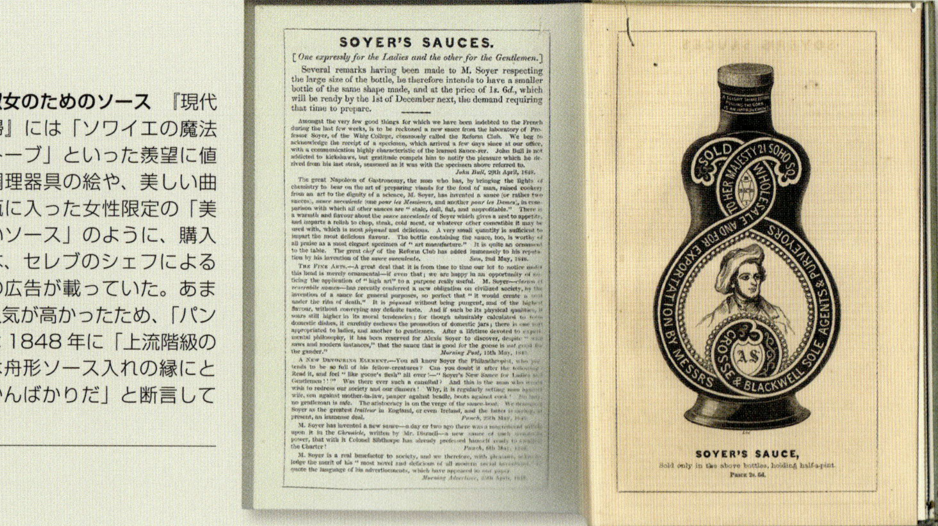

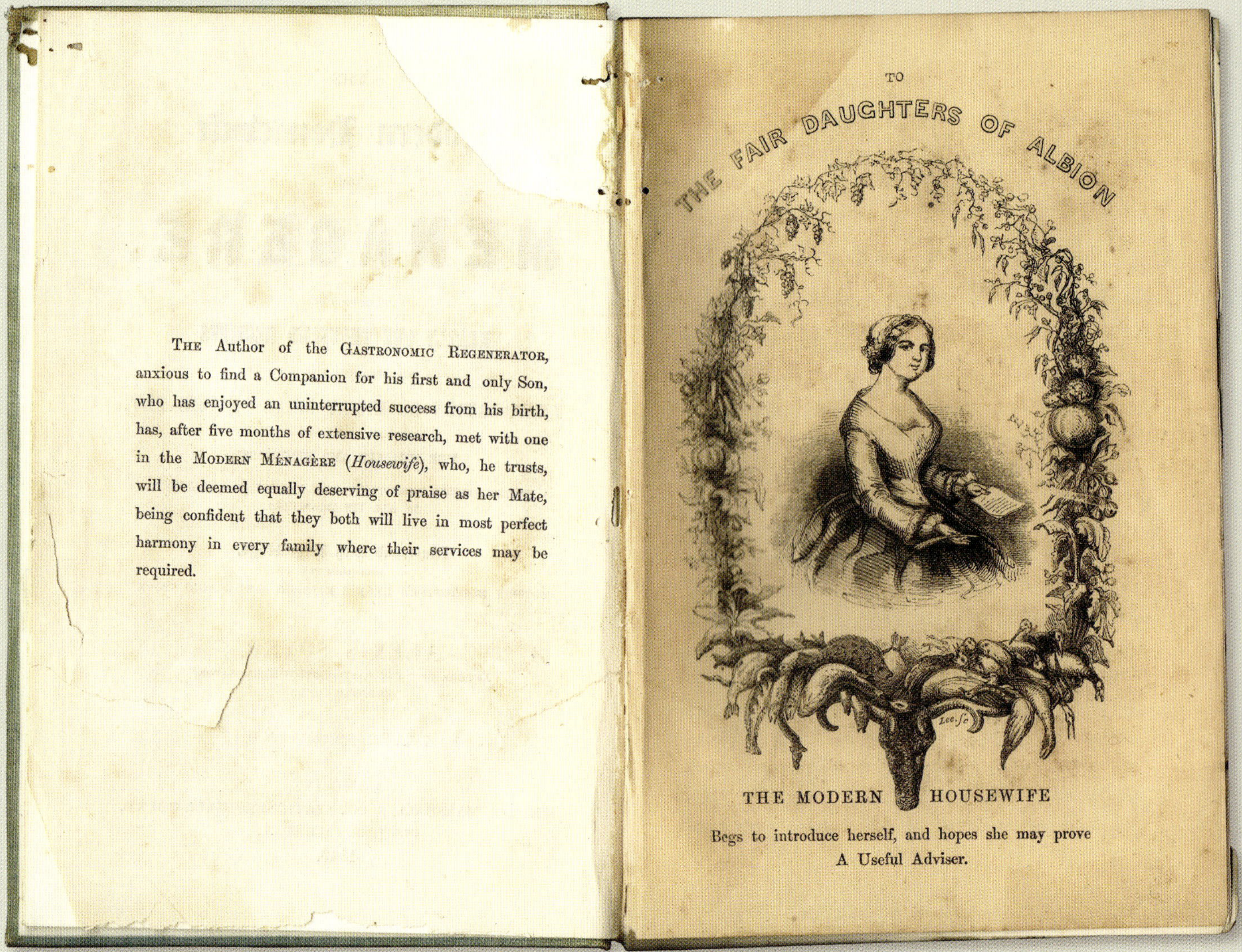

SOYER'S SAUCES.

[*One expressly for the Ladies and the other for the Gentlemen.*]

Several remarks having been made to M. Soyer respecting the large size of the bottle, he therefore intends to have a smaller bottle of the same shape made, and at the price of 1*s.* 6*d.*, which will be ready by the 1st of December next, the demand requiring that time to prepare.

Amongst the very few good things for which we have been indebted to the French during the last few weeks, is to be reckoned a new sauce from the laboratory of Professor Soyer, of the Whig College, commonly called the Reform Club. We beg to acknowledge the receipt of a specimen, which arrived a few days since at our office, with a communication highly characteristic of the learned Sauce-rer. John Bull is not addicted to kickshaws, but gratitude compels him to notify the pleasure which he derived from his last steak, seasoned as it was with the specimen above referred to.

John Bull, 29th April, 1848.

The great Napoleon of Gastronomy, the man who has, by bringing the lights of chemistry to bear on the art of preparing viands for the food of man, raised cookery from an art to the dignity of a science, M. Soyer, has invented a sauce (or rather two sauces), *sauce succulente* (one *pour les Messieurs*, and another *pour les Dames*), in comparison with which all other sauces are "stale, dull, flat, and unprofitable." There is a warmth and flavour about the *sauce succulente* of Soyer which gives a zest to appetite, and imparts a relish to chop, steak, cold meat, or whatever other comestible it may be used with, which is most *piquant* and delicious. A very small quantity is sufficient to impart the most delicious flavour. The bottle containing the sauce, too, is worthy of all praise as a most elegant specimen of "art manufacture." It is quite an ornament to the table. The great *chef* of the Reform Club has added immensely to his reputation by his invention of the *sauce succulente*.

Sun, 2nd May, 1848.

The Fine Arts.—A great deal that it is from time to time our lot to notice under this head is merely ornamental—if even that; we are happy in an opportunity of noticing the application of "high art" to a purpose really useful. M. Soyer—*clarum et venerabile nomen*—has recently conferred a new obligation on civilized society, by the invention of a sauce for general purposes, so perfect that "it would create a [illegible] under the ribs of death." It is *piquant* without being pungent, and of the highest flavour, without conveying any definite taste. And if such be its physical qualities, it soars still higher in its moral tendencies; for though admirably calculated to [illegible] domestic dishes, it carefully eschews the promotion of domestic jars; there is one sort appropriated to ladies, and another to gentlemen. After a lifetime devoted to experimental philosophy, it has been reserved for Alexis Soyer to discover, despite "wise saws and modern instances," that the sauce that is good for the goose is *not good for* the gander."

Morning Post, 15th May, 1848.

A New Devouring Element.—You all know Soyer the Philanthropist, who pretends to be so full of his fellow-creatures? Can you doubt it after the following? Read it, and feel "like goose's flesh" all over!—"Soyer's New Sauce for Ladies and Gentlemen!!!" Was there ever such a cannibal? And this is the man who would wish to redress our society and our dinners! Why, it is regularly setting [illegible] wife, son against mother-in-law, pauper against beadle, boots against cook! [illegible] no gentleman is safe. The aristocracy is on the verge of the sauce-boat. [illegible] Soyer as the greatest *traiteur* in England, or even Ireland, and the latter is [illegible] present, an immense deal.

Punch, 20th May, [illegible]

M. Soyer has invented a new sauce—a day or two ago there was a magnificent [illegible] upon it in the *Chronicle*, written by Mr. Disraeli—a new sauce of such [illegible] power, that with it Colonel Sibthorpe has already professed himself ready to [illegible] the Charter!

Punch, 6th May, [illegible]

M. Soyer is a real benefactor to society, and we therefore, with pleasure, [illegible] ledge the merit of his "most novel and delicious of all modern [illegible] quote the language of his advertisements, which have appeared in our paper.

Morning Advertiser, [illegible]

The Author of the Gastronomic Regenerator, anxious to find a Companion for his first and only Son, who has enjoyed an uninterrupted success from his birth, has, after five months of extensive research, met with one in the Modern Ménagère (*Housewife*), who, he trusts, will be deemed equally deserving of praise as her Mate, being confident that they both will live in most perfect harmony in every family where their services may be required.

TO

THE FAIR DAUGHTERS OF ALBION

Lee. sc.

THE MODERN HOUSEWIFE

Begs to introduce herself, and hopes she may prove A Useful Adviser.

最初のセレブなシェフ

厨房のナポレオンとよばれたこの伝説の料理人は、料理の重要性への認識を高めるために大いに貢献した。貧者のための無料食堂や戦場で、そして著書によっても。

19世紀に入ってもイギリス社会での料理人の評価は低く、存在自体もあまり注目されていなかった。ナポレオン戦争後にフランスとイギリスの関係が深まった結果、腕のよいフランス人の料理人はロンドンで待遇のよい仕事につけるようになった。もっとも注目すべき料理人のひとりが、アレクシス・ソワイエ（1810-58年）である。ソワイエはヴェルサイユでポリニャック公爵の次席料理長をつとめていた。しかしポリニャックの政策は1830年のフランス七月革命の一因となり、他の召使いと同様にソワイエも逃げ出した。

窮地を脱したソワイエはイギリスのいくつかの邸宅でシェフをつとめ、1837年に年1000ポンドという莫大な報酬で新設のリフォーム・クラブの厨房をまかされた。彼の努力のたまものである。ソワイエはガスストーブ、調節可能なオーブンでの調理を導入し、（新たな創作料理で）リフォーム・クラブの厨房の名を高めた。大胆不敵で寛大だったソワイエは、宣伝が役立つということに早くから気づいており、ことあるごとにみずから宣伝をかって出た。「パンチ」誌はよくソワイエをからかいの種にした。サッカレーも『いぎりす俗物誌』（1846年）のなかでやさしくからかっている。また、サッカレーの『ペンデニス（Pendennis）』（1848-50年）に登場する滑稽な料理人アルシード・ミロボランは、ソワイエをモデルにしていた。

ソワイエの仕事のペースはあわただしかった。リフォーム・クラブを運営し、さまざまなソースやびん入り飲料を考案して販売するだけでなく、発明家として携帯用コンロの特許をとった（これは大成功をおさめ、その改良版が1990-91年の湾岸戦争で軍隊によって使われた）。また、自腹でロンドンのイーストエンドのスピタルフィールズやダブリンに貧民のための無料食堂を開いている。軍艦への食糧供給について、イギリス海軍本部に助言もした。1855年にはクリミアにおもむき、戦争中の陸軍の雑然とした炊事設備を改良している（フローレンス・ナイチンゲールはソワイエのクリミアでの働きを称賛し、その早すぎる死を大きな損害だとおしんだ）。

ソワイエは料理にかんする本を多数出版している。なかには助手やゴーストライターが書いたものもあるが、どれもよく売れた。ソワイエの本は必要なテーマに応じて選ぶことができる。『慈善のための料理術（Charitable Cookery）』や『貧者を更生させるもの（The Poor Man's Regenerator）』（1848年）。また、『1シリングでできる料理（Shilling Cookery for the People）』（1855年）は25万部を売り上げた。また、『現代の主婦（The Modern Housewife）』（1849年）は中産階級向けに書かれた本で、長年かけて数千部を売り上げている。

左　**軍の炊事設備**　クリミアの野営地の炊事設備のそばに立つソワイエ、ロクビー卿、ペリシエ少将。「イラストレイテッド・ロンドン・ニューズ」1855年9月号。

関連項目

古典的な料理術

アピキウス　pp.52-53

創作力の他の例

パーキンズの特許　pp.182-183

カールソンの研究ノート　pp.212-213

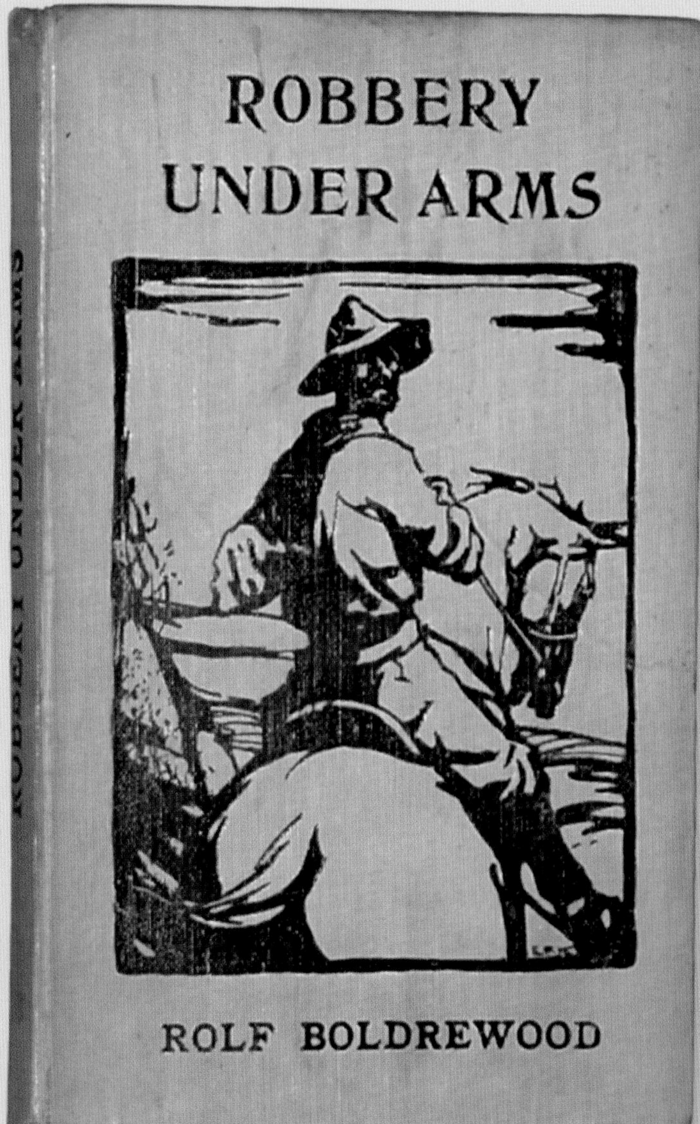

植民地向けのマーケティング

成功した本の多くは新版を出すことによって寿命を伸ばす。このくりかえしが新たな市場を作り上げ、多くの植民地の作家を出版界の主流へと運んでいった。

19世紀に**鉛版**（stereotype）の使用が広まったことによって、安価なシリーズ本の展開が可能になった。**黄表紙本**（yellowbacks）や**ダイムノヴェル**（dime novel）とよばれるものである。出版社は未開の市場がまだまだ見つかることに気づいていた。

パリのガリニャーニは旅行者向けに英語で書かれた本を作っていた。1841年にライプツィヒでベルンハルト・タウヒニツが鉛版を使った『英米作家作品集（Collection of British and American Authors）』の刊行を開始し、ヨーロッパ全域で販売した。非常に稀有なことだが、良心的なタウヒニツは当時はまだ法による義務化がされていなかったにもかかわらず、イギリスとアメリカの作家に著作権料を支払っている。

15世紀以降、節度を欠いた海賊行為が出版者を悩ませていた。1886年、ほとんどのヨーロッパ政府は、外国人の著作権を保護するベルヌ条約（と1891年のアメリカの通称チェイス法）に調印した。ロンドンのある出版者は、これらの新たな規制の助けがあれば、アメリカの海賊版によって値を下げられることなく、大英帝国とアメリカ全域で安価な本を売ることができるようになると認識していた。

1886年、イギリスの出版社マクミランは廉価版を作る権利を買い、コロニアル・ライブラリーの刊行を開始した。タウヒニツ版と同じく、これらの本はイギリスでは販売されていない。かわりに、インドやオーストラリアその他の植民地で、布装に紙カバーをつけて売ることにした。この戦略は大当たりした。1913年にはマクミ

左 **『武装強盗団』** 奥地での生活を描いたこの物語は、1882-83年に「シドニーメイル」誌に連載された。1889年にマクミランのコロニアル・ライブラリーにくわえられ、またたくまに19世紀オーストラリア文学の不朽の名作となった。1920年代にはマクミランは、その簡素な布カバーをもっと刺激的な絵入りのものに変えた。

右　**植民地の『バスカヴィル家の犬』**　シャーロック・ホームズは、ロンドンの出版社ロングマンの最初の植民地版で輸出された。これは「インドその他のイギリスの植民地のみで販売される本」だった。マクミランのコロニアル・ライブラリーよりも凝った装丁で、それだけでなく16枚の挿絵も収められている。

ランのコロニアル・ライブラリーは600タイトルを超え、その多くが売れ筋商品だった。出版社はよい売れ行きを見こめたし、書評家（「サウスオーストラリアン・アドヴァータイザー」や「タイムズ・オヴ・インディア」といったジャーナル）はシリーズを次のように称賛した。「個々の書籍商は（中略）かつて得たよりはるかに多くの利益をインドで得られるだろう」

大成功をおさめた本のひとつ、コロニアル・ライブラリーの第94巻は、オーストラリアの古典と認識されることになる。「ロルフ・ボルダーウッド」（本名トマス・アレグザンダー・ブラウン、1826-1915年、ニューサウスウェールズの治安判事で、開拓の違法性を直接目撃していた）の『武装強盗団（Robbery Under Arms）』だ。今日も出版されており、最初に出版されてから50年あまりでボルダーウッドの小説は50万部をはるかに上まわる部数を売り上げた。この冒険的な物語のおかげで、イギリス人読者は発展途上の植民地について知ることができた。ジェームズ・フェニモア・クーパーの『モヒカン族の最後』を購入したときのように。

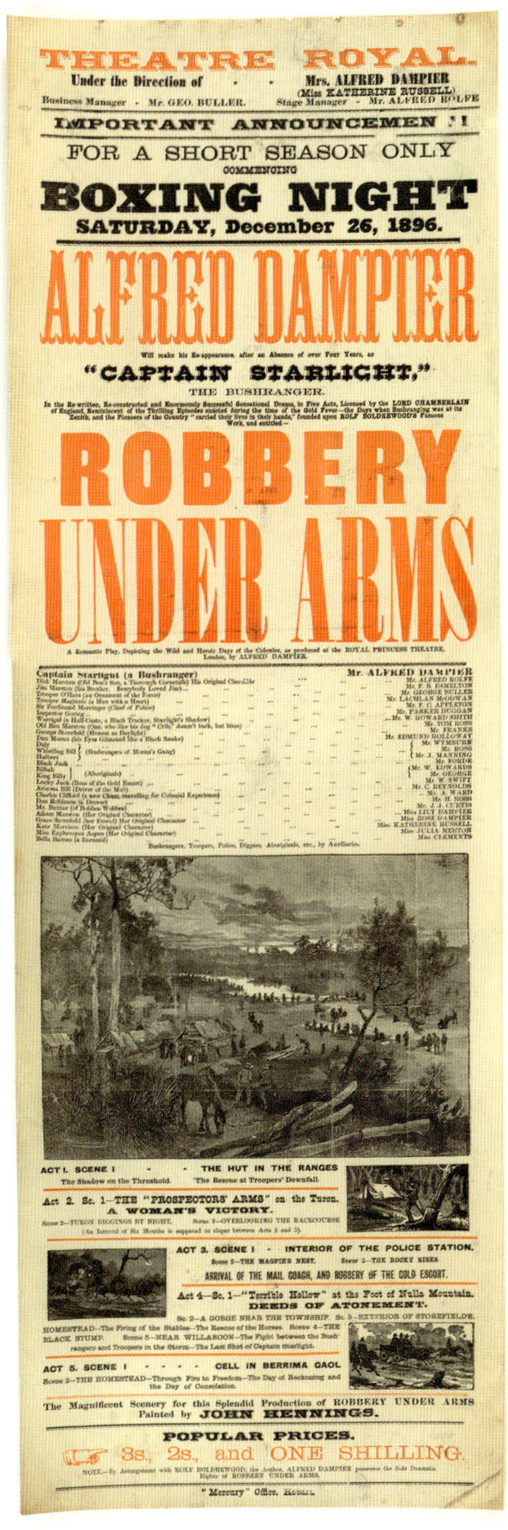

上　**舞台化された『武装強盗団』**　ボルダーウッドの小説をもとにした芝居の宣伝ポスター。1896年にホバートのロイヤル劇場で上演された。

関連項目

発展途上国のために印刷された本
ベイ詩編歌集　pp.128-129

海賊版や著作権が問題になった本
ディケンズの『ピクウィック・ペーパーズ』　pp.190-191

犯罪や冒険をテーマにした本
『ニューゲイト・カレンダー』　pp.164-165
パウエルの『グリズリー・アダムズ』　pp.192-193

右 **『ヴフテマスの建築』** ヴァイマールのバウハウスのように、1920年代のヴフテマス（国立高等美術工芸工房）はモスクワの実験と技術革新の中心だった。1927年のエル・リシツキーによるこの表紙デザインは、その進歩的でモダニスト的な目的を反映している。pp.218-219参照。

10

第10章

動乱の20世紀

2度の世界大戦やテレビとマスコミュニケーションの到来といった政治的、技術的、文化的状況は、出版界に大きな影響をあたえた。20世紀の本はずいぶんさま変わりしたが、それでも活気に満ちていた。

МОСКВА
1927

АРХИТЕКТУРА

АРХИТЕКТУРА

ВХУТЕМАС

el

20世紀に入ると、出版数の増大や、印刷やデザインや挿絵の質の向上が見こまれ、本作りは大きく前進しはじめた。教育の改善や公共図書館の普及によって、本はますます手にとりやすくなった。1850年頃にはじめて設立された公共図書館は、20世紀初頭には多くの人々が利用できるようになり、司書の仕事が専門家されたことにより図書館のサービスの水準はおおむね向上した。アメリカではメルヴィル・デューイが、イギリスではジェームズ・ダフ・ブラウンが、サービスのシステム化と開架式化に大きな役割をはたしている。別の例としては、ピアポント・モルガン図書館で、注目すべき人物ベラ・ダ・コスタ・グリーンが、女性でもすばらしい収集品を作り上げることができるところを示した（まったく異なる方法で、レーニンの妻ナデジタ・クルプスカヤはロシアの公共図書館の内容を充実させた）。

情報科学の到来

本その他出版物のはなはだしい増加は、アメリカ同様ヨーロッパでも明らかになっていた。もっとも重要な成果のひとつはベルギーで生まれた。ふたりの弁護士が、1895年に国際書誌学研究所（IIB）を創設したのである。これは1937年に国際情報ドキュメンテーション連盟（FID）に改称し、デューイの分類を国際10進分類法にまで練り上げることに尽力した。IIBには普遍的な書誌学を築き上げるという遠大な計画があり、1914年には世界書誌目録のために1100万以上のタイトルが集められ、カードに記入された。機関名の改称は、FIDが本そのものよりも個々の情報のほうに関心をいだいていたことを示唆している。情報サービス（マイクロフォームもふくむ）を向上させるための方法は、のちのコンピュータにもとづくシステムの発展にとってきわめて重要だった。

FIDの影響はいちじるしく、いわゆる「情報科学」における多くの変化の陰に、その影響があった。しかしイギリスの本に関係するグループ間には基本的な意見の相違があった。書籍商と出版社の関係は対等ではなく、グループ間での緊密なつながりを育てようというカーネギー・トラストの試みは最終的に失敗した。ドキュメント処理の専門家は、自分たちの職能団体である情報科学学会を設立した。図書館に本を供給するには、こういった断層（いまだ休眠状態にはない）は短所となる。

しだいに、そういった図書館運営は学者や作家ではなく管理者が行うようになった。アーチボルド・マクリーシュ（アメリカ議会図書館）とフィリップ・ラーキン（ハル大学）は著名な詩人だが、上層部は創造的な司書を信用しない傾向があった。しかし南米では、作家はいまだに尊敬され、国家から報酬を得ている。もっとも重要な役割を果たし影響力をおよぼしたのはブエノスアイレスのホルヘ・ルイス・ボルヘスだ（pp.210-211参照）。

アメリカではフリーモント・ライダーが、FIDの会員と同様に情報爆発を懸念している。1940年代にライダーが算出したところによると、学術図書館の蔵書は16年ごとに倍になっているという。多く見積もりすぎの感はあるが、それでもやっかいなことに変わりはない。ライダーはマイクロカードを利用した解決法を考案している。それによって出版物の全テクストを収録できるし、目録としての機能も果たせる。アメリカ骨董協会のような大規模な学術図書館の蔵書が何百万枚というマイクロカードに記録されたが、ライダーのマイクロカードは他のメディアにとって代わられ、読みとる機器も時代遅れとなり、マイクロカード自体が読みとれない博物館行きの代物になっている。紙への印刷に代わるものとして考案された他のシステムと同じ運命をたどっているのだ（pp.212-213参照）。

ブックデザインの発展

1914年以前には、ケルムスコット・プレスの影響がとても強かった。当時と両大戦間に**私家版印刷所**(private press)の所有者は美しい本を作ることをめざし、しばしば市場向きではない本作りをした（pp.214-215、216-217参照）。こういった印刷所は、過去の挿画方法を再評価している画家のために媒体を提供した。しかし近代主義の画家たちはしばしば根底から異なる方法をとり、それからゆっくりと一般的なブックデザインの方法へと同化していった（pp.218-219、220-221参照）。

第三世界の国々では、人々が出版熱と読書熱に駆りたてられたことから、旧式の出版形態が復活した。インド、ナイジェリア、ブラジル（と他の新興国家）では、その土地ならではの読書ニーズが、ヨーロッパではるか昔にすたれた方法を支えた（pp.222-223参照）。

技術的進歩

ヨーロッパとアメリカでは技術が発展しつづけたが、それは多くの場合、挿絵や図版にかんする技術だった（とくにグラビア、ハーフトーン、比較的高くつくコロタイプ）。スタンリー・モリソン（UK）やW・A・ドウィギンズ（US）、ヤン・ファン・クリムペン（オランダ）といった人々による効果的なタイポグラフィ教育が、デザインへの古典的なアプローチをあと押しした。妙な話だが、第2次大戦でイギリスが紙の節約を強いられたことは、古典的な姿勢をとるにしろ現代的な姿勢をとるにしろ、ブックデザインを合理化するのに役立った。当時の本の買い手は、あふれかえるモダニズムに嫌悪感をいだいていた。多くのペーパーバックが成功をおさめたのにはその影響もある（pp.224-225 参照）。

革命の混乱と第2次大戦によって、アレクサンドリアの陥落やナーランダの略奪よりも多くの本が破壊され、かけがえのない写本が多数失われた。全体的な損失が軽減されたのは、部数の増加（印刷とマイクロテクスト）によってリスクが分散したため、そして法定納本によって多くの本が救われたためである。20 世紀の本のなかでもっとも希少なのは、秘密の印刷所でひそかに刷られた本（pp.226-227 参照）、あるいはソルジェニーツィンの『収容所群島』やボリス・パステルナークの『ドクトル・ジバゴ』のように、抑圧下のロシアで秘密裏に、あるいは文章を削除されて刊行された本だ（pp.228-229 参照）。

長い時代をとおしてさまざまな自己啓発書が登場した。医学的な本は性的な事柄にも触れているが、非常に用心深い。20 世紀にはヴィクトリア時代の道徳観がゆるんで、性や性的健康にかんする本が堂々と現れ、一般に手に入るようになった（pp.230-231 参照）。

さらに広く行われたのは、個人崇拝を助長する本の販売だ。20 世紀のあいだに参入した新たなメディアは、人々の思考や行動の様式を変えている。過度な助長の責任の一端はそういったメディアにあるものの、意見や信念を形成するものとして依然不可欠だったのは書物だった。ヒトラーの『わが闘争』の販売は、当時の水準からいえば桁はずれだった。

20 世紀の前半では、財源がかぎられていても出版社の経営は比較的容易だった。出版物も多様だったが、それまで独立していた出版社がより大きな複合企業に吸収され、重要な本を出版するよりも利潤のための経営を優先するようになると、多様性はそこなわれていった。独立書店がバーンズ＆ノーブルやウォーターストーンズやボーダーズといった大型書店に代わったことで、表面的には広範な読み物が提供されているように見えるが、その方針によって選択はさらに限定されている。出版や書籍販売にインターネット通販サイトのアマゾンがおよぼした影響がよかったのか悪かったのかは、まだ判断できる状況にはない。

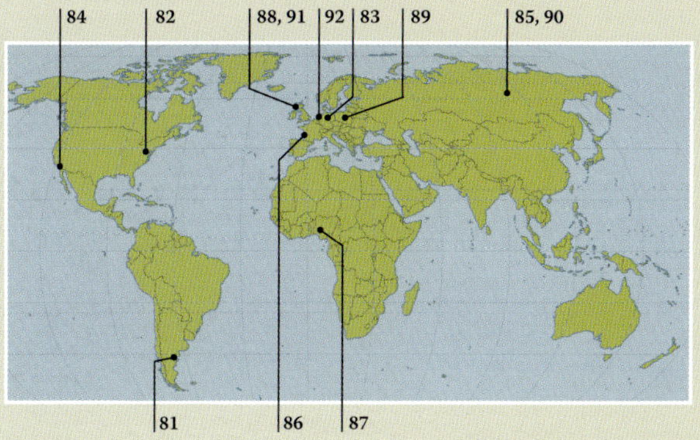

参照ページ *Page*

ブエノスアイレスの盲目の予言者

組織能力や蔵書構築の手腕で有名になった司書もいるが、アルゼンチンの司書ボルヘスはその非凡な小説で有名になった。それは現代の情報世界における変化を予示するものだった。

アレクサンドリアのカリマコスやフィレンツェのマリャベキといった過去の司書は、博学ゆえに有名である場合が多かった。現代の司書も博学だが、独創的な作家として有名になった者は比較的少ない。ただしホルヘ・ルイス・ボルヘス（1899–1986年）は別だ。

ボルヘスはブエノスアイレスの国立図書館の元館長で、その短編で名高い。スイスで教育を受け、前衛的なマドリードの文学サークルに所属してスペインで暮らしたのち、1921年にアルゼンチンに戻った。当初ジャーナリストで詩人で随筆家だったボルヘスは、本と図書館の徹底的な利用者だった。1930年代初頭にブエノスアイレス市立図書館の司書になると、執筆したり彼独自の図書館を知悉したフィクションを構築したりする時間を存分にとることができた。ボルヘスは政治についても一家言あり、1946年には政敵である独裁者フアン・ペロンによって「昇格」させられ、ブエノスアイレス公設市場の兎と家禽の検査官になった。これは作家にとって生涯忘れえぬ侮辱となる。1955年にペロンが失脚すると、ボルヘスは（その頃にはほとんど失明していた）国立図書館の館長に任命され、1973年にペロンが政権に復帰すると辞職した。

ボルヘスのフィクション作品は独特で、マックス・エルンストやマグリットといった画家のシュルレアリスムから大きな影響を受けている。最初期に出版された作品集『八岐の園』（1941年）は、1944年の『伝奇集』に再録された。その後ボルヘスの重要性は広く海外でも認識され、批評家のなかには彼をセルバンテス以来もっとも重要なスペイン語圏の作家だと評価する者もいる。ヒスパニックアメリカ文学にボルヘスがあたえた影響は非常に大きい。

ボルヘスが意図的に短編を書いた理由のひとつに、視力の悪化があげられる。みずからを無能な怠け者と評して、長編よりも架空の本の概要や解説を書くことを選んだ。『バベルの図書館』をはじめとするいくつかの作品は、アイザック・アシモフの『銀河百科事典』に匹敵する。また、『トレーン、ウクバール、オルビス・テルティウス』（1940年）では、『ブリタニカ百科事典』を思わせる知識と、さらにはすばらしいパロディーの才能を明らかにした。『八岐の園』は**ハイパーテキスト・フィクション**（hypertext）を試みる人々の心をとらえ、ボルヘスの影響力は今もとどまるところを知らない。

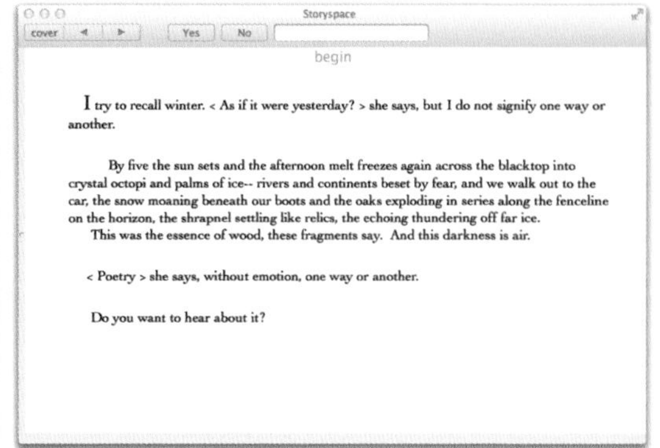

左 **ハイパーテキスト・フィクション** ボルヘスやジェームズ・ジョイスといった作家の形式的実験は、ハイパーテキスト・フィクションの発展に影響をあたえた。このマイケル・ジョイスの『午後、ある物語（Afternoon, A Story)』は1987年にハイパーテキストの筆記システムを実演する会議ではじめて発表され、最初のハイパーテキスト小説と考えられている。

関連項目

革新的なフィクション

スターンの『トリストラム・シャンディ』 pp.166–167

中南米の出版物

ンナドジエの『売春婦にご用心』 pp.222–223

プリエトの『反書物』 pp.250–251

左 **『八岐の園』** ゲーム開発者とプログラマーにとっての象徴ともいうべきボルヘスの短編は、第１次大戦中のイギリスを舞台にしたひとりのスパイと、彼に関係する失われた迷宮の伝説についての物語だ。事態が進むにつれ、物語そのものが迷宮となる。その選択可能な結末と、時間と筋の相互作用はハイパーテキストに似ており、インタラクティブな読書を予示している。本のデザインはヨーロッパの出版物に非常に近い。

文書作成における大きな進歩

チェスター・カールソンの発明とゼロックス社の静電印刷の開発は、文書作成を永久に変えた。静電写真法の成功はペーパーレス・オフィスの到来を遅らせたと主張する者さえいる。

スコットランド人発明家ジェームズ・ワット（1736-1819年）は、パートナーのマシュー・ボールトンのために詳細な文書を書き写すのが面倒だと気づき、控えを作成する方法を考案した。それは成功し、ベンジャミン・フランクリン、ジョージ・ワシントンなどがこの機械を購入している。ワットの発明は19世紀に使用された多くの複写機の原型にあたる。また、ガリ版刷りやスピリット複写といった方法も、第2次大戦後かなりたつまで使われていた。だが、こういった方法はすべて、準備したり特別な材料を使ったりする必要がある。書いたり印刷したりした文書を複写する他の方法として適切なのは写真だけで、学術図書館はすでに1930年代には、希少な本や新聞をマイクロフィルムに収めていた。

左　**ゼロックス複写機**　チェスター・カールソンと1938年の最初の電子写真機。ゼロックスコピー機の前身。驚いたことに、現代のデスクトップ型のスキャナーやプリンターと大きさはあまり変わらない。

機材なしで読むことのできる写しを作る方法も必要だった。さまざまな写真複写の方法はあったが（サーモファックスのように）、できた写しは長持ちしない。大きく進展させたのは印刷業や複写業とは無関係な、意外な人物、チェスター・カールソン（1906-1968年）だった。安く簡単に複写したいという考えにとりつかれた独立独歩の発明家カールソンは、1930年にカリフォルニア工科大学で物理学の学士号をとった。ちょうど世界大恐慌が深刻化した時期である。ベル電話研究所で特許弁護士のために働き、帰宅後、複写の方法についてアイディアを考えついては実験し、それを研究ノートに記録した。1938年10月に、カールソンは静電印刷の試みがはじめて成功したとノートに書きとめている。

1950年代後半になってようやく、カールソン、バテル研究所、ハロイド社（のちのゼロックス社）は、十分に効果的で信頼できる静電印刷機、ゼロックス914を発売した。初期のマシンは発火することもあり、それを使うと男性は不能になるとまことしやかにささやかれた（おそらく商売敵が流したのだろう）。それにもかかわらずこの複写機は大ヒットし、大学図書館や数えきれないほどの事務所がこの機械や後発モデルを導入しはじめた。

カールソンの発明は出版や研究のみならず商業の助けにもなった。読んでから写しをとったり要約したりする代わりに、読者は簡単に安価にコピーできた（純粋に喜ぶべきことではないが）。ユニヴァーシティ・マイクロフィルム社といった会社はまもなく学位論文の複写を売りこんだ。オンデマンド出版からはほど遠いが、そして初期のコピーの品質は貧弱だっただろうが、カールソンの発明は、情報爆発と現代の情報社会の出現を加速させた。

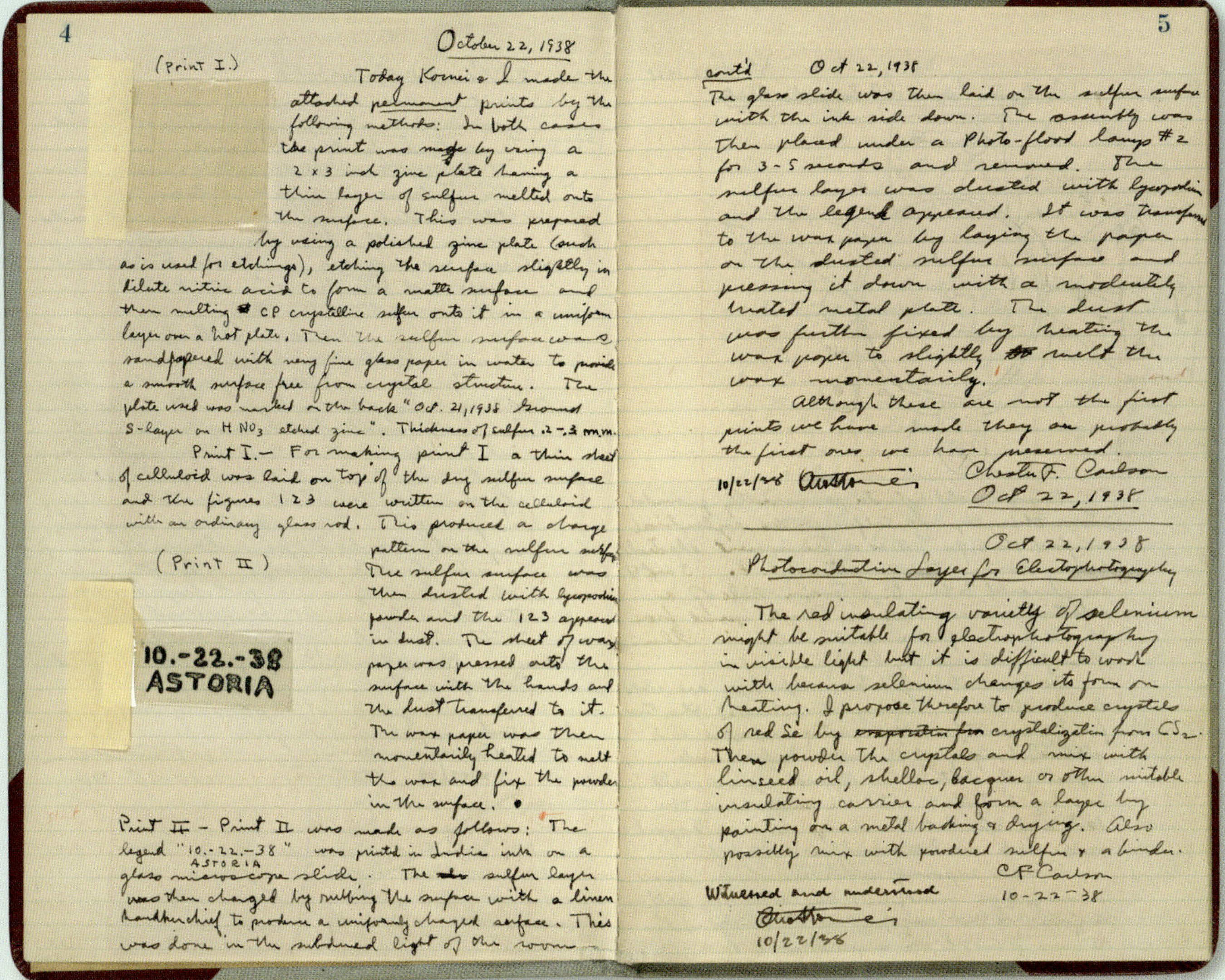

4

October 22, 1938

(Print I.)

Today Kornei & I made the attached permanent prints by the following methods: In both cases the print was made by using a 2 x 3 inch zinc plate having a thin layer of sulfur melted onto the surface. This was prepared by using a polished zinc plate (such as is used for etchings), etching the surface slightly in dilute nitric acid to form a matte surface and then melting # CP crystalline sulfur onto it in a uniform layer over a hot plate. Then the sulfur surface was sandpapered with very fine glass paper in water to provide a smooth surface free from crystal structure. The plate used was marked on the back "Oct. 21, 1938 Ground S-layer on HNO_3 etched zinc". Thickness of sulfur .2-.3 mm.

Print I.– For making print I a thin sheet of celluloid was laid on top of the dry sulfur surface and the figures 123 were written on the celluloid with an ordinary glass rod. This produced a charge pattern on the sulfur surface. The sulfur surface was then dusted with lycopodium powder and the 123 appeared in dust. The sheet of wax paper was pressed onto the surface with the hands and the dust transferred to it. The wax paper was then momentarily heated to melt the wax and fix the powder in the surface.

(Print II)

10.-22.-38
ASTORIA

Print II – Print II was made as follows: The legend "10.-22.-38 ASTORIA" was printed in India ink on a glass microscope slide. The ~~dr~~ sulfur layer was then charged by rubbing the surface with a linen handkerchief to produce a uniformly charged surface. This was done in the subdued light of the room –

5

cont'd Oct 22, 1938

The glass slide was then laid on the sulfur surface with the ink side down. The assembly was then placed under a Photo-flood lamp #2 for 3-5 seconds and removed. The sulfur layer was dusted with lycopodium and the legend appeared. It was transferred to the wax paper by laying the paper on the dusted sulfur surface and pressing it down with a moderately heated metal plate. The dust was further fixed by heating the wax paper to slightly ~~to~~ melt the wax momentarily.

Although these are not the first prints we have made they are probably the first ones we have preserved.

10/22/38 [illegible] Chester F. Carlson
Oct 22, 1938

Oct 22, 1938

. Photoconductive Layers for Electrophotography

The red insulating variety of selenium might be suitable for electrophotography by visible light but it is difficult to work with because selenium changes its form on heating. I propose therefore to produce crystals of red Se by ~~evaporation from~~ crystallization from CS_2. Then powder the crystals and mix with linseed oil, shellac, lacquer or other suitable insulating carrier and form a layer by painting on a metal backing & drying. Also possibly mix with powdered sulfur & a binder.

C F Carlson
10-22-38

Witnessed and understood
[illegible]
10/22/38

上　**チェスター・カールソンの実験ノート**　出版された本ではないが、まさしく本だといえる。静電印刷について記述されたカールソンの手描きのノートは、本の印刷の歴史に大きな衝撃をあたえた。

関連項目

初期の複写の発展

プレイフェアの『商業と政治の図解』 pp.162-163

アトキンズの『イギリスの藻』 pp.184-185

印刷にとって代わろうとする試み

ルイスの『機械で動く百科事典』 pp.244-245

イスラエル工科大学のナノ聖書 pp.246-247

芸術としての印刷

シェークスピアには数々のすばらしい本がある。なかでも裕福な芸術愛好家のためにドイツで作られた本は、20世紀の本作りのもっとも重要な例かもしれない。

右　**1人めの墓掘り人夫**
1927年のエドワード・ゴードン・クレイグのスケッチ。1人めの墓掘り人夫に見立てたゲイジ＝コール（クラナッハ印刷工房の印刷工）。

1900年の段階で印刷や挿絵の技術は大きく進歩していたものの、本の外観には不満が広がっていた。ヨーロッパのアールヌーヴォー（またはユーゲント・シュティール）スタイルは、イギリスではアーツ・アンド・クラフツ運動という特殊な形態をとり、機械化を拒否し、昔の本の姿をとりもどし、上質の素材を使うべきだと力説した。ウィリアム・モリスのケルムスコット・プレスにおける「小さなタイポグラフィの冒険」は、アメリカとイギリスに大きな影響をおよぼした。

これとはまったく異なるのが、ヴァイマールにあったハリー・グラーフ・フォン・ケスラー（1868-1937年）のクラナッハ印刷工房だ。ケスラーはイギリス人とアイルランド人の血を引く母と、裕福で教養あるドイツ人銀行家の息子として生まれた（皇帝ヴィルヘルム１世は代父にあたる）。文学と芸術に関心をもち、交友関係も広く、友人のなかにはバクスト、コクトー、プルースト、ロダンもいた。リヒャルト・シュトラウスのオペラ「薔薇の騎士」（1911）の創作と制作にも深くかかわった。ケスラーは1890年代にユーゲント・シュティールの雑誌「パン」で働いてタイポグラフィに精通すると、1911年頃に自分の出版社を作ってヨーロッパから最高の芸術家をよび集める決心をした。イギリス人職人による**活字書体**（typeface）、フランス人の製紙業者、そしてイギリス人とフランス人の画家にイギリスとドイツの印刷の専門家がくわわり、ケスラーがヴァイマールに開いたクラナッハ印刷工房は非常に前途有望だった。ときにはケスラー自身の個人的なこだわりが強すぎて作業が遅れることもあった。彫刻家のアリスティド・マイヨールとエリック・ギルをともに働かせようという試みは生産的ではなかったが、ケスラーは気前よく芸術家たちを支援した。

イギリスとドイツが芸術で協力するのに、1914年はあまりよい時代ではなかった。ケスラーの活字書体は使われないままで、本の計画も第１次大戦終結後かなりたっても停止状態だった。もっとも刺激的で革新的な出版は『ハムレット』である。これはイギリスの名演出家で画家で作家でもあるエドワード・ゴードン・クレイグ（1872-1966年）との議論から生まれた。クレイグは1911-12年にモスクワ芸術座で現代的な『ハムレット』を上演するべく、コンスタンチン・スタニスラフスキーとの共同演出にあたっていた。他の**私家版印刷所**（private press）（ダブス・プレスのように）が出した模範的な版は、もっぱら『ハムレット』を「読むための本」として扱っていた。しかしクレイグは、本の各見開きに挿絵を載せるという巧妙な方法を使って、演じられているようすを再現した本を作ろうと思い描いた。クレイグと同様コスモポリタンであるケスラーは説得され、この「あらゆる私家版印刷所の本のなかでもっとも勇敢で芸術的な本」の小規模出版に莫大な資金と個人的な思いをつぎこんだ。活字、紙、挿絵、製本、制作がひとつになって本は生まれる。その真の重要性は最近になってようやく認識されてきた。

Hamlet
Act V. Sc. i.
Heer's a scull now hath lyen you i'th earth three & twenty yeeres.
Ham. Whose was it?
Clow. A whorson mad fellowes it was, whose do you think it was?
Ham. Nay I know not.
Clow. A pestilence on him for a madde rogue, a pourd a flagon of Renish on my head once; this same skull sir, was sir Yoricks skull, the Kings Iester.
Ham. This?
Clow. Een that.
Ham. Let me see. Alas poore Yoricke, I knew him, Horatio, a fellow of infinite iest, of most excellent fancie, hee hath bore mee on his backe a thousand times, and now how abhorred in my imagination it is: my gorge rises at it. Heere hung those lyppes that I haue kist I knowe not howe oft, where be your gibes now? your gamboles, your songs, your flashes of merriment, that were wont to set the table on a roare, not one now to mocke your owne grinning, quite chopfalne. Now get you to my Ladies table, & tell her, let her paint an inch thicke, to this fauour she must come, make her laugh at that. Prethee Horatio tell me one thing.
Hora. What's that my Lord?
Ham. Doost thou thinke Alexander lookt a this fashion i'th earth?
Hora. Een so.
Ham. And smelt so? pah.
138

ACT IV SCENE V
LINES 56-74

THE TRAGICALL HISTORIE OF

Louange d'Amleth tuans le tyran.

mesme, puis que c'estoit par luy, que j'avois perdu ce qui me lioit à telle consanguinité et alliance. Homme pour vray hardy et courageux, et digne d'eternelle louange, qui s'armant d'une folie cauteleuse, et dissimulant accortement un grand desvoyement de sens, trompa souz telle simplicité les plus sages, fins, et rusez: conservant non seulement sa vie des efforts et embusches du tyran, ains qui plus est, vengeant avec un nouveau genre de punition, et non excogité supplice la mort de son pere, plusieurs annees apres l'execution: de sorte que conduisant ses affaires avec telle prudence, et effectuant ses desseins avec une si grande hardiesse, et constance, il laisse un jugement indecis entre les hommes de bon esprit, lequel est le plus recommandable en luy, ou sa constance et magnanimité, ou la sagesse, en desseignant, et accortise, en mettant ses desseins au parfaict accomplissement de

King. Pretty Ophelia.
Ophe. Indeede la, without an oath Ile make an end on't,
By gis and by Saint Charitie,
Alack and fie for shame,
Young men will doo't if they come to't,
By Cock they are to blame.
Quoth she, Before you tumbled me,
You promis'd me to wed,
(He answers.) So would I a done by yonder sunne
And thou hadst not come to my bed.
King. How long hath she beene thus?
Ophe. I hope all will be well, we must be patient, but
I cannot chuse but weepe to thinke they would
lay him i'th' cold ground, my brother shall
know of it, and so I thanke you for your good
counsaile. Come my Coach, God night Ladies,
god night, sweet Ladyes god night, god night.

Vengeance juste, ou est ce que doit estre consideree.

Intention de David commandant ceste vengeance.

son oeuvre de long temps premedité. Si jamais la vengeance sembla avoir quelque face et forme de justice, il est hors de doute, que la pieté et affection qui nous lie à la souvenance de nos peres, poursuivis injustement, est celle qui nous dispense à chercher les moyens de ne laisser impunie une trahison et effort outrageux et proditoire: veu que jaçoit que David fut un sainct, et juste Roy, homme simple, et courtois, et debonnaire, si est-ce que mourant il enchargea à son fils Salomon, luy succedant à la couronne, de ne laisser descendre au tombeau quelque certain, qui l'avoit outragé, non que le Roy, et prochain de la mort, et prest à rendre compte devant Dieu, fust

126

右　**クラナッハ印刷工房の『ハムレット』**　1930年にヴァイマールで出版されたクラナッハ印刷工房版の第4幕第5場の冒頭部。そのじつに大胆なデザインとタイポグラフィには、エドワード・ジョンストンがデザインした活字が使用されている。80枚の**木版画**(woodcut)と彫版は、画家で演出家のエドワード・ゴードン・クレイグによる。

左　**ダブス・プレスの『ハムレット』**　このウィリアム・モリスの初期の信奉者は、簡素であることを旨とした。経営者は巧みな印刷作業と美しい活字のみに頼って、「理想的な本」を作ろうとしていた。ダブス版『ハムレット』はまちがいなく美しい。しかし退屈で型にはまっていて、クラナッハ印刷工房版とはまったく異なる。

関連項目

演劇にかんする印刷
ブーシェの『モリエール作品集』 pp.152-153
他の私家版印刷所による本
ホイットマンの『草の葉』 pp.216-217
ハンターの『古代の製紙』 pp.238-239

アメリカの叙事詩に対する西海岸の解釈

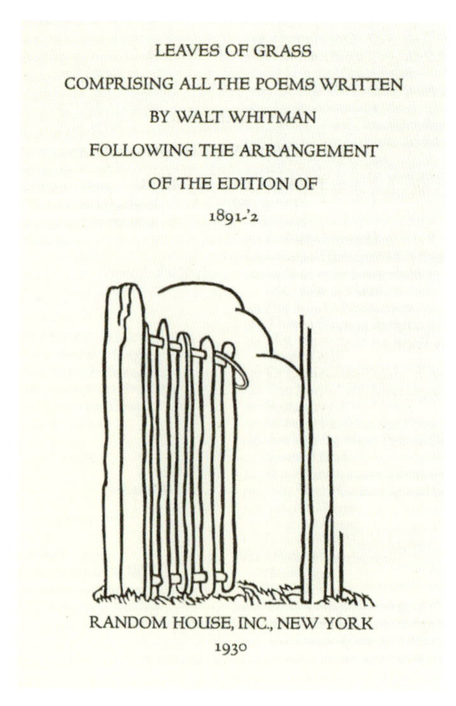
LEAVES OF GRASS
COMPRISING ALL THE POEMS WRITTEN
BY WALT WHITMAN
FOLLOWING THE ARRANGEMENT
OF THE EDITION OF
1891-'2

RANDOM HOUSE, INC., NEW YORK
1930

エピナル（フランス）は大衆的な印刷の中心地として名をはせた。20世紀にはオニチャ（ナイジェリア）とレシフェ（ブラジル）が街頭売りの読み物で有名になっている。サンフランシスコは美しい印刷で名を上げ、グラブホーン兄弟は西海岸の印刷業者として称賛された。ふたりの手がけたホイットマンの『草の葉』限定版はすばらしいの一言につきる。

ウィリアム・モリスとケルムスコット・プレスは、イギリスよりもアメリカに大きな影響をあたえた。メリーマウント・プレスのダニエル・バークリー・アップダイクのようなボストンの印刷業者や、タイポグラファーのブルース・ロジャースは、当初モリスのスタイルに従い、彼らの本はアメリカの書籍収集家に称賛され、購入された。

1920年代に、大西洋の両側で高品位印刷のブームが起こった。ランダムハウスのニューヨーク事務所では、1927年にやり手の出版者ベネット・サーフが、ゴールデン・コッカレル、ノンサッチその他によるイギリスのすばらしい出版物をアメリカで販売する権利を手に入れた。サーフはまた、偉大なアメリカの叙事詩、すなわちウォルト・ホイットマンの『草の葉』の豪華版の出版を、比較的新しいグラブホーン・プレスに委託した。

サンフランシスコは長年ブック・アートの中心地で、1912年に創設されたカリフォルニア・ブッククラブに育まれてきた。エドウィンとロバートのグラブホーン兄弟の作品は、アメリカの西海岸で称賛された。しかしグラブホーン・プレスは、売れ行きなど気にしない金持ちの愛好家が所有する、厳粛な**私家版印刷所**(private press)とは異なっていた。グラブホーン・プレスはどちらかといえば（ロンドンのチスウィック・プレスやマサチューセッツのリヴァーサイド・プレスのように）営利主義の会社だった。美しく印刷し、しかも金になる必要があったのだ。グラブホーン兄弟は、ブルース・ロジャースと同じく余韻のあるデザインを実践し、当時の私家版印刷所ではまだめずらしかった方法でテクストとタイポグラフィを結びつけた。

好況だった1920年代に、高価な**限定版**(limited edition)はよく売れた。大胆な賭けだったが、サーフの説得力は『草の葉』の成功を確かなものにした。推定約2000人の予約購読者が、前代未聞の100ドル（60ポンド）という価格で400部を争うように買い求めた。サーフは当初、もっと大判の本を15ドル（9ポンド）で出すつもりでいたのだが。

制作には1年以上を要した。グラブホーン兄弟は本を美しく印刷し、アメリカの活字デザイナー、フレデリック・W・ガウディが作ったニュースタイルという**活字**(type)を使った。もともとは挿絵を入れず凝った装飾頭文字を使ったテクストを計画していたが、その効果がいまひとつだったので、グラブホーン兄弟はシンプルで刺激的な挿絵を代わりに入れることにした。ふたりが選んだのは、1926年からグラブホーン・プレスで働いていたヴァレンティ・アンジェロという独学のイタリア人画家だった。アンジェロのシンプルな**木版画**(woodcut)はホイットマンのテクストには理想的で、グラブホーン兄弟がのちに「わたしたちが印刷したなかでもっとも完璧な本だった」と回想しているように、この本の美点は広く認められた。

関連項目
私家版印刷所の本
クラナッハ印刷工房の『ハムレット』 pp.214-215
ハンターの『古代の製紙』 pp.238-239

左　**ランダムハウス版**　グラブホーンが手がけたウォルト・ホイットマンのすばらしい詩集には、この仕事を委託したランダムハウスの商標が記されている。大胆なタイポグラフィと同じく、ヴァレンティ・アンジェロによる一見シンプルだが優雅な木版画はホイットマンの詩と完璧に調和して、この作品をグラブホーン兄弟の美しい印刷のいちばんの成功例にしている。

右　**『草の葉』**　グラブホーンによる1930年版の扉。著名なアメリカの活字デザイナー、ガウディによる力強いニュースタイル活字を使った黒と赤の印刷が非常に印象深い。エドウィン・グラブホーンはフレデリック・ガウディの新たな活字書体を見て、「ホイットマンの力強く生き生きした詩と（中略）シンプルな印刷は、山脈や岩や木々に似ていて、パンジーやライラックや恋歌とは異なる」と断言している。

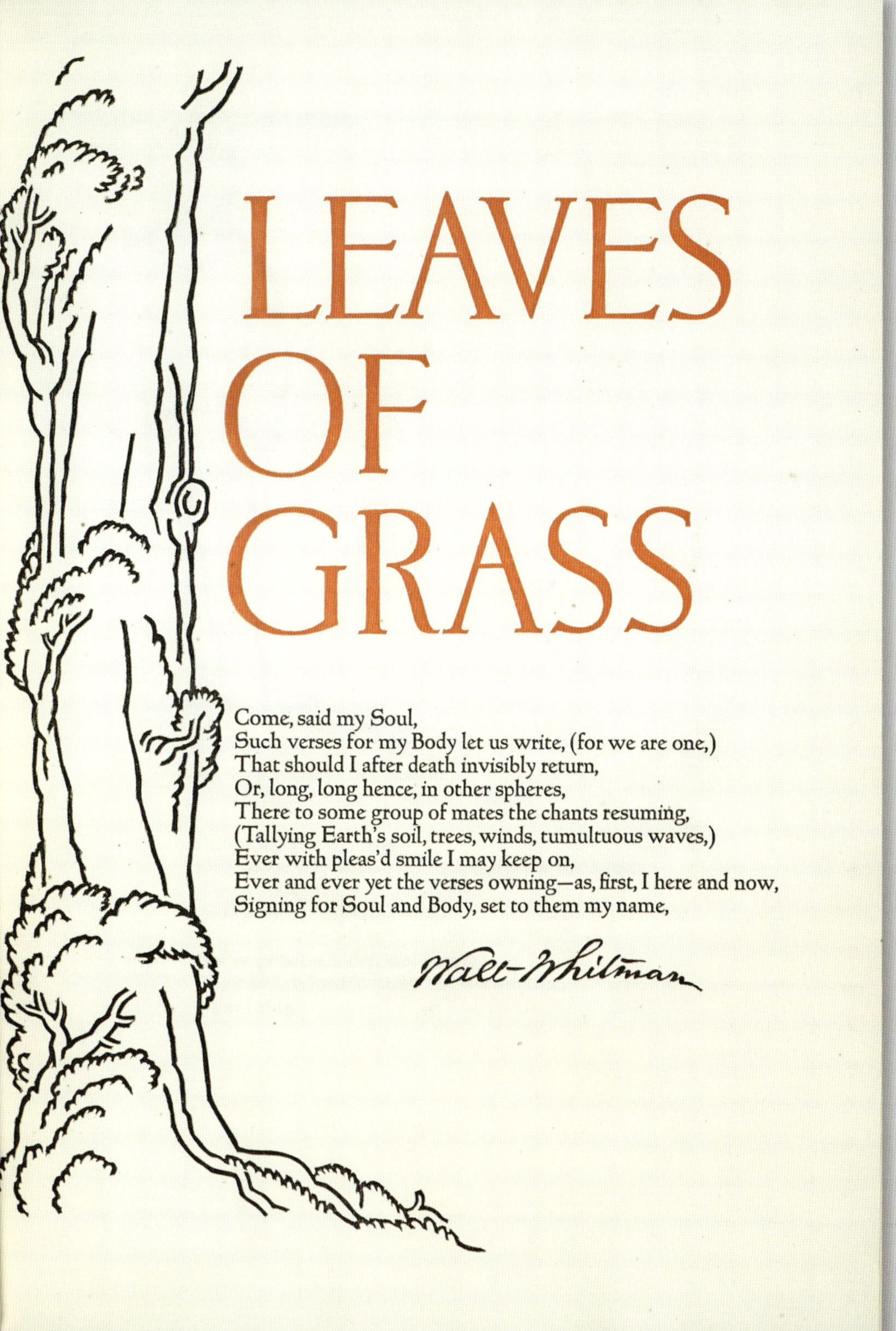

革命へのタンゴ

現代デザインへのいくつかの重要なステップは、第1次世界大戦前の不穏な混乱期にイタリアとロシアから到来した。

1900年頃（そしてそれ以後）のすぐれた印刷業者は、15世紀の印刷字体をしばしばふりかえった。美術の分野でラファエル前派が、中世や初期ルネサンスのスタイルに目を向けることによって芸術を復活させようとしたのによく似ている。19世紀のブック・アートを変えたいと考え、過激な実験をとおして改革を期待する者もいた。フィリッポ・マリネッティに代表されるイタリアの未来派は、1909年にそれを簡潔に定義している。「われわれは過去から何も得たいとは思わない」と。

1909年に発表されたマリネッティの「未来派宣言」は広く注目を集めたが、とくにロシアで成功をおさめた。日露戦争（1904-05年）による荒廃と1905年の革命の失敗は、ロシア帝国の多くの人々、とくに知識階層に幻滅をもたらしていた。マリネッティに魅了され勇気づけられたエリートたちが、モスクワを拠点として1910年に結成したのが、文学集団ヒュライアである。ヒュライアも「世間の好みに平手打ちを（A Slap in the Face of Public Taste）」と題する宣言を発した。

上 **『牝牛とのタンゴ』** ロシアの詩人ヴァシーリー・カメンスキーによる「鉄筋コンクリート詩」を記した小型本には、商用に作られた壁紙（ブルジョワ好みを反映している）と、仲間のキュービズム的未来主義者ダヴィドとヴラジーミルのブルリューク兄弟による3枚の絵が使われている。タイポグラフィの配置は、彼らのテーマを反映している。都市生活と近代性への賛歌だ。

本についていうなら、ヒュライアの平手打ちは非常に厳しく、動揺させるものだった。詩人ヴァシーリー・カメンスキーが書き、ダヴィド・ブルリュークがデザインと制作を担当した『牝牛とのタンゴ（Tango with Cows）』は、あきらかにマリネッティの『ザン・トゥム・トゥム（Zang Tumb Tumb）』（1912年）の影響を受けている。この詩が有名なのは、印刷の標準的な決まりごとや本の読みやすさをすべて無視したことによる。カメンスキーは**ザウム**(Zaum)を使った。ロシアの未来派詩人が単語の音だけを使って意味をはぎとり、意図的に支離滅裂で無秩序に混ぜあわせた言葉だ。そのタイトルは力強い新たな都会のロシア（アルゼンチンタンゴはパリ経由でロシアに入ってきた）と、のちにソヴィエトの集産主義によって破壊される、古くて伝統的な農業生活とを結びつけている。

わざと長方形ではない形に切った未使用の壁紙の裏に、意味を伝えるためではなく視覚に訴えるために、大きくて粗野なディスプレー**活字**(type)を使って手荒く印刷した。この本は多くの人々を当惑させたが、やがてその重要性は認識された。模様としての活字は、のちにエル・リシツキーによって利用された。リシツキーの作品はバウハウスや構成主義の運動に大きな影響をあたえ、いろいろな意味で、20世紀のグラフィックデザインを支配した。『牝牛とのタンゴ』は、今も視覚的な点から刺激的な本だといえよう。

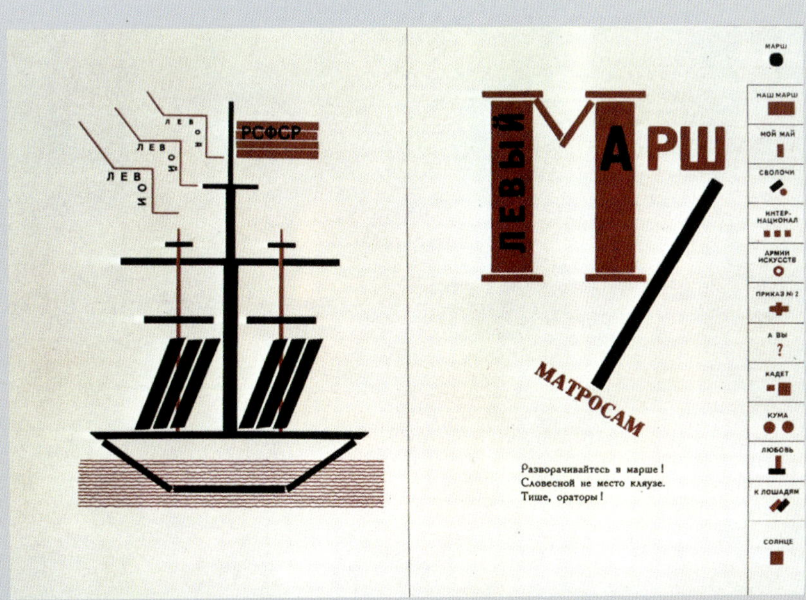

上　**左翼行進曲**　ダヴィド・ブルリュークと同様に、政治活動が原因でモスクワ芸術学校を追われた未来派ヴラジーミル・マヤコフスキーの詩集『声のために（Dlya golosa）』には、エル・リシツキーが挿絵をつけた。この独創性に富んだ作品は、未来派の考えを反映した、力強く角ばったアシンメトリーなデザインの典型である。1世紀経過した今でも、そのモダニズムの要素はきわめて大きな影響力を保っている。

関連項目
モダニズムの本
スターンの『トリストラム・シャンディ』　pp.166-167
ボルヘスの『八岐の園』　pp.210-211
エルンストの『慈善週間』　pp.220-221
画家の本
プリエトの『反書物』　pp.250-251

時空を超えたシュルレアリスム

第１次世界大戦は参加国すべてに悲惨な影響をあたえ、それは芸術とタイポグラフィにも反映された。（ドイツと同様に）フランスのブック・アートは、ダダやシュルレアリスムといった新たな取り組みに席巻された。マックス・エルンストの手により、美しくて心をかき乱す本が何冊か作られている。

下 **『慈善週間』** マックス・エルンストの『慈善週間』によって、シュルレアリストは出版における大きな進歩をとげた。コラージュのテクニックを使って（もっと前の世代には装飾効果を上げるデコパージュとして人気があった）、エルンストはヴィクトリア期の彫版を再構築して多くの「美しい死骸」を作り上げ、好奇心をそそる、ときには不安な物語効果をあげた。新興の精神分析学者は、この夢のような世界に大きな影響をあたえていた。

ロシアの未来派の芸術家や作家と同様に、西欧の多くの人々は自分たちの考えを表現する新たな道を模索することによって、戦争を間近にしての不満（とのちには塹壕戦の恐怖）に対処していた。最初にダダ運動（チューリヒではじまった）が論理と理性を拒絶し、不合理を重んじた。この考えは、おもにパリを拠点として活動した戦後のシュルレアリストに受け継がれた。

ダダやシュルレアリスムにかぎられたことではないが、**コラージュ**（collage）は現代美術でよく使われる技法だ。かなり昔から存在する（中国で**紙**（paper）が発明された時代に最初に行われている）が、20世紀初頭にジョルジュ・ブラックとパブロ・ピカソがこの技法をとりいれて作品に素材を貼りつけ、世に広めた。ダダイストのなかではクルト・シュヴィッタースがおそらくもっとも有名で、もっとも影響をあたえたコラージュ作家だが、その作品は彼の頭のなかにあるイメージを作り上げるためのアッサンブラージュからなっている。作品を本や記事で再現することはできたが、その技法を引き継いで、ロシアの未来派が本を作ったような量産につなげる芸術家はほとんどいなかった。

パリでは、すでに画家となっていたドイツ人マックス・エルンスト（1891-1976年）がコラージュをイラスト集という媒体に発展させた。最初に手がけたのは、詩人ポール・エリュアールのための３冊の本である。エルンストはその後、一見じつにシンプルな技法を使って、３冊の**グラフィック・ノヴェル**（graphic novel）を仕上げた。さまざまな19世紀の**木口**（こぐち）**木版画**（wood engraving）を選び出し、切りとり、他の調和しない絵をそれらの上に貼って望みどおりの絵を作り上げ、写真製版の方法を使って新たな印刷版を作ったのである。

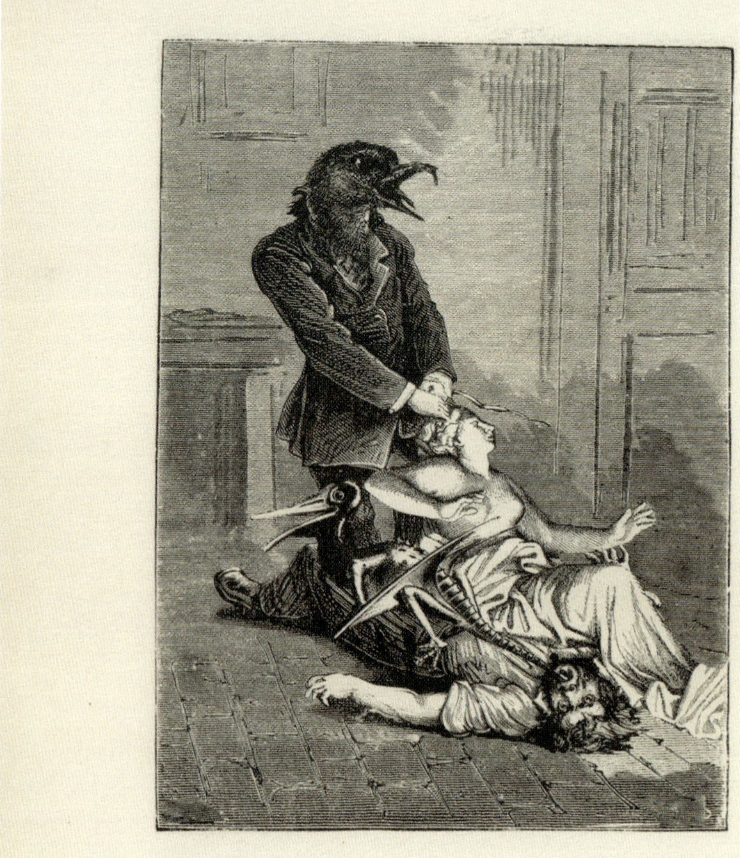

時空を超えたシュルレアリスム
エルンストの『慈善週間』

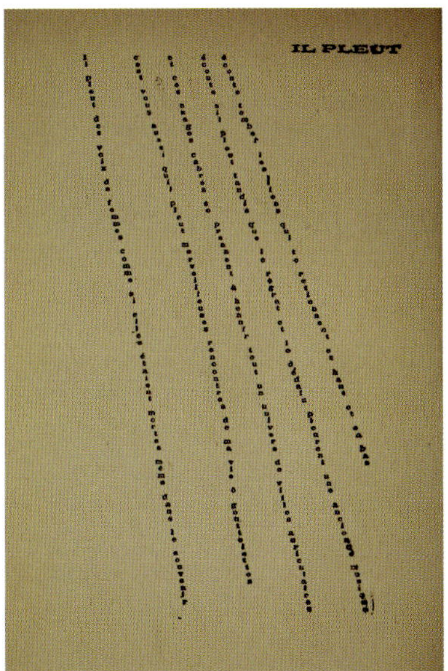

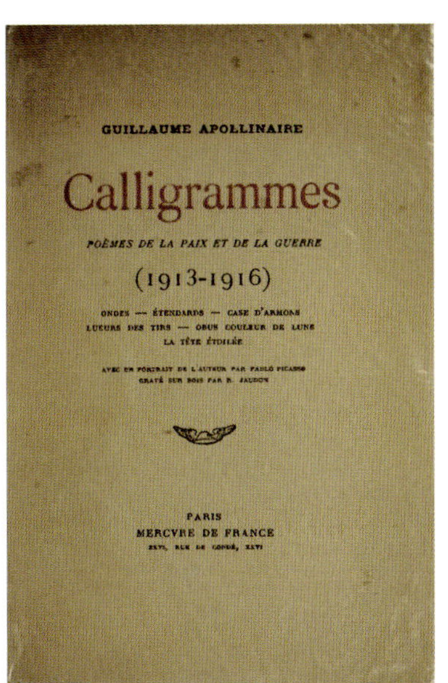

左 **『カリグラム』** シュルレアリスムという言葉は、フランスの詩人で前衛派の中心人物ギヨーム・アポリネールによって案出された。アポリネールの死後（その年のインフルエンザの大流行で亡くなった）1918年に出版された**具体詩**（concrete poetry）の詩集は、『トリストラム・シャンディ』の遊び心にあふれたタイポグラフィを思わせる。これらはシュルレアリストが好んだ、自動筆記というテクニックを用いて作られた。

1934年の『慈善週間（Une Semaine de Bonté）』は、フランスの慈善団体にちなんで名づけられた。これはエルンストの3冊目のグラフィック・ノヴェルにあたり、イタリアで3週間かけて作られた。制作にあたり、エルンストはジュール・マリーによる扇情的な小説『パリの堕地獄者たち（Les damnées de Paris）』といった安価なフランスの本を何冊か解体した。もとは5巻本（しかし実際には週の各曜日に応じた7巻からなっていた）で出版された、エルンストの不気味な、そしてときには衝撃すらあたえる本は、物語になっているものの、その意味は今も多くの批評家の論議のまとである。19世紀の彫版師は非常に高い技術をもっていることが多く、反聖職主義、エロティシズム、暴力を絵のなかにこめていた。絵の構成要素の位置を変えたり、別の絵に替えたりすることによって、エルンストのコラージュは（新興の心理学の理論を利用して）抑圧されてきた考えを示唆した。『慈善週間』はエドワード・ゴーリーといった後世のイラストレーターの作品にも影響をあたえており、エルンストの本は今も多くの読者を悩ませている。

関連項目

当惑する作品

スターンの『トリストラム・シャンディ』 pp.166-167

カメンスキーの『牝牛とのタンゴ』 pp.218-219

ブリエトの『反書物』 pp.250-251

美しい木口木版

ビュイックの『イギリス鳥類誌』 pp.172-173

クラナッハ印刷工房の『ハムレット』 pp.214-215

街頭で売られる読み物——人々の声

民衆のために民衆が作った本の売買は、かつて多くの国々で盛んに行われていた。こういった伝統はヨーロッパではすでに思い出の域に入っているが、ナイジェリアやブラジルでは、街頭売りの読み物が今も盛んに作られている。

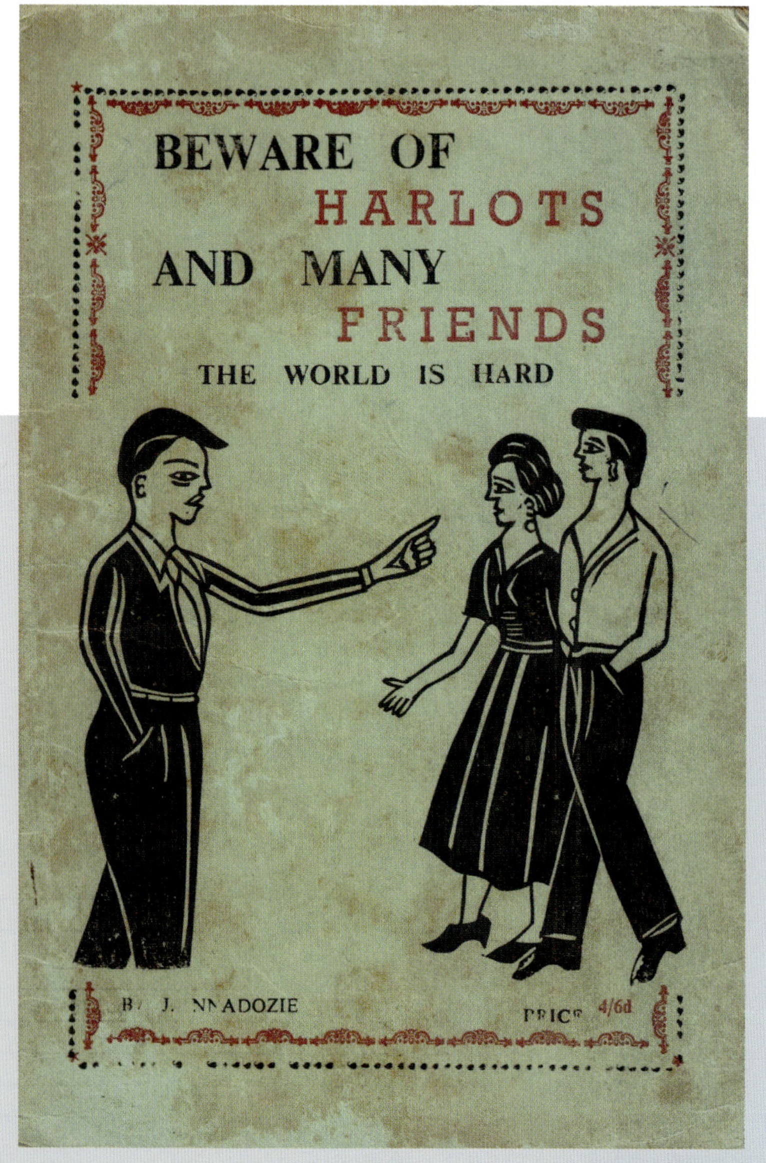

関連項目
中南米の本
カラルのキープ　pp.20-21
『メンドーサ絵文書』 pp.130-131
ボルヘスの『八岐の園』 pp.210-211
アフリカの本
モロッコの『アブダラムの書』 pp.112-113
異なる種類の自己啓発書
ストープスの『結婚愛』 pp.230-231

上　**紐にぶら下げられた物語**　1850年に売り出された作者不明の版画。サン・アグスティン（バルセロナのバリオ・デ・ラ・リベラ）に隣接した屋台で物語本、つまりスペインにおけるコルデルの前身が売られているようすを描いている。ふたりの少年は、おそらく売られている本の扇情的なタイトルに引きつけられているのだろう。

左　**『売春婦にご用心』**　このジョーゼフ・O・ンナドジエによる訓告小冊子は、1970年代にオニチャで作られた典型的なものだ。垂直式圧盤印刷機で印刷され、**木版画**（woodcut）をメインにした厚紙の表紙がついている。実際は、版画は一般的に木にはめこんだ厚い床用ゴムに、剃刀の刃を使って彫られた。

印刷がはじまって最初の数世紀、書籍取引が組織化され本が書店で売られるようになる前には、下生えのような出版物があった。祭りや市で行商人によって広く売られた**チャップブック**(chapbooks)だ。こういった本は、読み書きができるようになったばかりの人や、あまり教育を受けていない人にもアピールするようデザインされており、**ダイムノヴェル**(dimenovel)のようなもので安かった。

教育水準が向上し、収入が増え、もっと高尚な本が出版されるということは、ヨーロッパでチャップブックがほとんど作られなくなることを意味した。しかし第三世界のふたつの国、つまりブラジル北東部と、ナイジェリア南部のオニチャという大きなマーケットタウンの周辺では、こういった伝統が20世紀に入っても続いた。70年前、オニチャではありとあらゆるものが買えるといわれていた。積極的な印刷業者と意欲的な作家たちは、小型本を作りはじめた。かつてインドでそうだったように、昔ながらの部族社会から、英語を話す西洋思想の社会へと移動してきた人々のためである。ナイジェリアでは(そして他の多くの国々でも)めずらしいことだが、オニチャでは男性のみならず、女性の**植字工**(compositor)も**活字**(type)を組んだ。

こういった小型本の多くは単純な自己啓発書で、道徳色が明瞭であることも多かった(サンデイ・O・オリサーの『人生の浮き沈み(Life Turns Man Up and Down)』(1964年)には、雑なゴム版画の挿絵がつけられている)。J・アビアカムのいかにも役立ちそうな『女の子と親しくなる法(How to Make Friends with Girls)』(1965年)のように、あきらかに若者をターゲットにした本もあり、これは表紙絵にハーフトーンのセーター姿という不釣合いな写真を使っている。こういったオニチャの本の制作は、1960-70年の血なまぐさいビアフラ内戦によって中断され、その後売買は減少した。

ブラジルのリテラトゥーラ・デ・コルデル(屋台で本が紐(ひも)にぶら下げて売られているため、こうよばれる)のアイディアは、おそらくポルトガルのパペル・ボランチ(ポルトガルの大衆的な冊子)からきている。伝統的にこういった小冊子は、オニチャの印刷業者と同じ方法、同じかぎられた設備で作られた。しかし違いもある。リテラトゥーラ・デ・コルデルは詩の形式をとり、歌うことを意図している場合が多い。さらに、しだいにコルデルの作家は(カリプソダンスのあるトリニダード人のように)時事的な内容をもりこむようになった。いちじるしく左翼的な論調になることも多く、リテラトゥーラ・デ・コルデルの人気はしだいに高まり、その作家と画家はブラジル文化に不可欠な要素となっている。

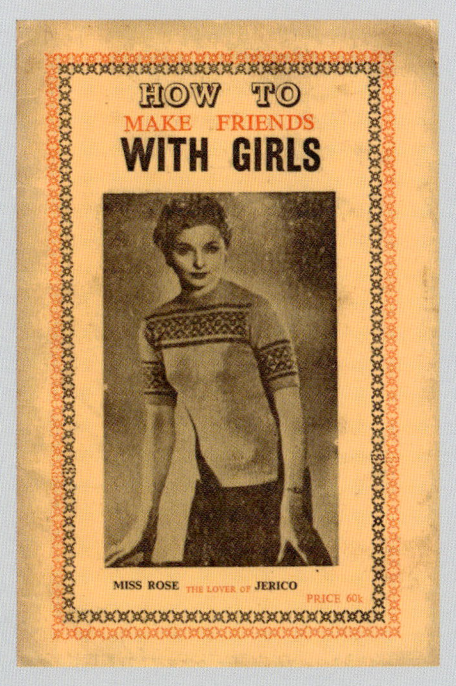

左 **『女の子と親しくなる法』** ナイジェリアの街頭売りの読み物の一例。1965年にJ・C・ブラザーズ書店によって出版された。当時、オニチャの読み物市場は絶頂期にあった。宗教パンフレット、ハウツーマニュアル、戯曲、フィクション、社交上のエチケットが人気のあるテーマだった。表紙絵はセーターの図案本からもってきたようだが、ナイジェリアの気候にはそぐわない。

右 **ブラジルのコルデル** 民話、宗教、歌に起源がある、街頭売りの「紐にぶら下げられた」読み物のなかには、政治的な内容のものも多い。この小冊子はパルプ・フィクションを思わせる。実際は、農地改革にかかわったペルナンブコ州の弁護士、エヴァンドロ博士の銃撃を追悼したものだ。彼は1987年に家族の目の前で凶弾に倒れた。

出版ニーズに対する20世紀の解決法

1930年代に、布装の本に代わりペーパーバックが標準となりはじめた。そうなったのには第2次世界大戦の影響が大きく、また、アレン・レインのすぐれたビジネスセンスのおかげもあった。レインは他の人々のアイディアをとりいれ、それを改良してペンギン・ブックスを作り上げた。

ペンギン・ブックスのはかりしれないほどの成功を見れば、創始者アレン・レイン（1902-70年）が、廉価本の出版という冒険的事業によってペーパーバック革命を起こしたことがわかる。良質なソフトカバーの本を売ろうという、文字どおり新しいアイディアは、タウヒニツの大陸版の成功で、もっと早くに生まれていた。そしてそれが成功するか否かは、出版社が廉価版を再印刷する権利を売るかどうかにかかっていた。1932年には、もうひとつ別のシリーズの出版が大陸ではじまっている。アルバトロス・ブックスだ（まもなくタウヒニツ社を吸収することになる）。これも注目を集めた。スタンリー・モリソンによる新しい**フォント**(font)を使った現代的なレイアウトで、ジャンルによって色分けをし（フィクションはオレンジ、旅行書はグリーン）、出版と宣伝に革新的なアプローチを展開した。1933年に、ナチの支配が強まったために取引は中断されたが、それがなければアルバトロス版が世界の市場を制していただろう。

ロンドンでも、いくつかの大手出版社がペーパーバックで高級市場向けの本を作ろうとした。たとえば、アーネスト・ベンには革新的なシリーズ、イエロー・ブックスがあった。しかしロンドンの出版社は、再販権をイギリスの他の会社に売りたがらなかったし、書店は在庫をもつのをためらった。アレン・レインは良質のペーパーバックというアイディアを思いついたわけでもないし、すばらしいデザインを工夫したわけでもない（アルバトロス版をそっくりまねていた）。だが、出版社を説得して再販権を買いとること、そして本を売る代理店を見つけることに非凡な能力を発揮した。

レインは、ボードリー・ヘッド社を創設した伯父ジョン・レインとともに長年出版にたずさわり、1930年には取締役会長に就任した。出版業界で名が知られ、好かれていたものの、いくらか異端視されてもいて、6ペンスのペーパーバックを鉄道駅で自動販売機で売るというレインの考えは無謀とみなされた。しかしペンギンブックスの最初の10タイトルがウールワースで大量に売れると、レインの成功は確かなものになる。1937年、レインはノンフィクションシリーズの販売を開始した。ペリカン・ブックス、それからペンギン・スペシャルである。1930年代後半に、これらの本が大成功をおさめたのはきわめて重要だった。第2次大戦中のイギリスでは**紙**(paper)が配給制になったが、ペンギン・ブックスはそれまでの高い販売実績に応じて十分な紙を割りあててもらえ、成長するペーパーバック市場を支配することができたからである（ペンギン・ペーパーバックの**体裁**(format)は、兵士がもち歩くのに理想的だった）。

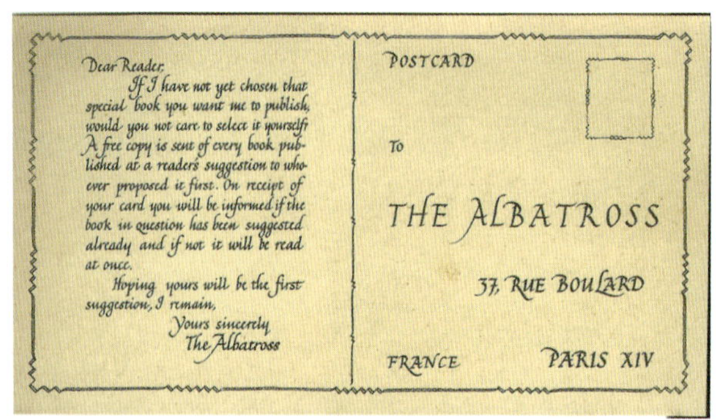

上　**読者との交流**　アルバトロス叢書はイギリス文学の傑出した作家たちを多数引きこみ、1932年の最初のリストには、ジョイス、ウルフ、ハクスリーの名が見られる。このハガキは、右ページのロザモンド・レーマンの『ワルツへの招待』（1934年版）にはさみこまれていたもの。効果的かつ「ソフト」なマーケティングで、あたかも読者が出版する本の選択にかかわっているかのような気にさせた。

左 **似た者同士** ドイツ人マックス・クリスティアン・ヴェクナーによるアルバトロス版の人目を引くデザインとタイポグラフィは、以前はタウヒニツのものだったが、さまざまな点を、とくにペンギンに模倣された。1953年にペンギン・ブックスでデザイン部門の長をつとめていたハンス・シュモーラーは、アルバトロス版を「ペーパーバックの頂点だ」と形容している。

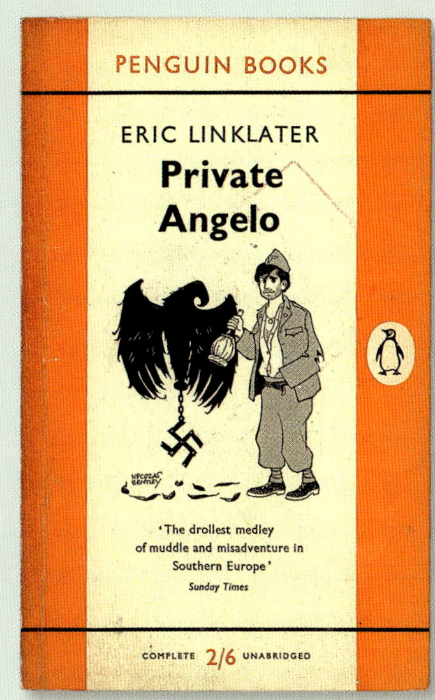

上 **『プライベート・アンジェロ』** この一見シンプルなカバーはどこでも目にするペンギンスタイルで、印刷の先触れとなる変化は見受けられない。その前兆であるアレン・レインの1957年のクリスマス・エディションは、マッコーコデールのインタータイプ・フォトセッターを使って印刷された。機械による植字・印刷は写真植字へ、そして最終的にはコンピュータ植字へと移行したのである。

関連項目

技術の進歩

グーテンベルクの『42行聖書』 pp.98-99

パーキンズの特許 pp.182-183

出版社の成功したシリーズ

ディケンズの『ピクウィック・ペーパーズ』 pp.190-191

ボルダーウッドの『武装強盗団』 pp.204-205

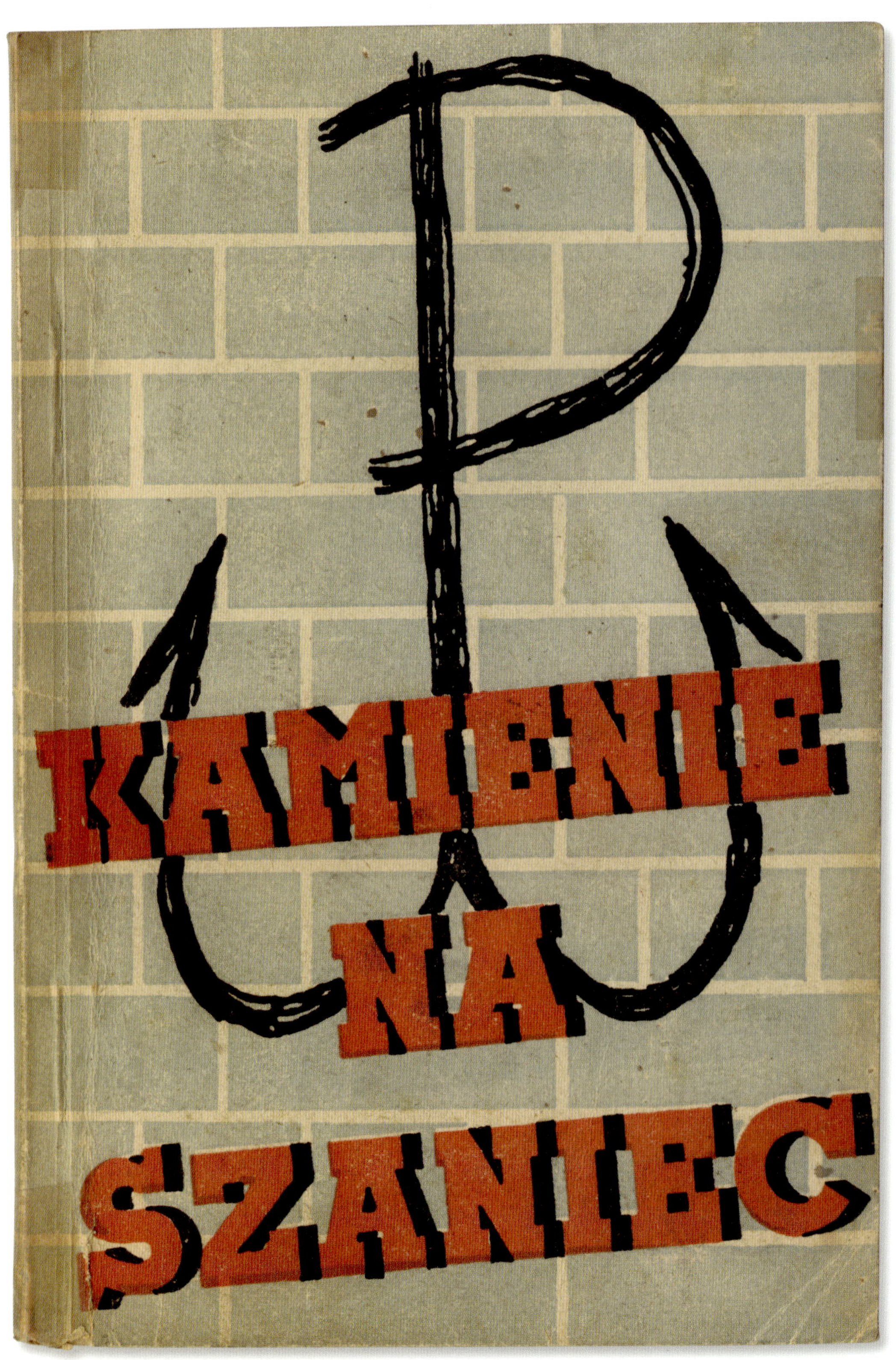

左 **『城壁の石』** 軍の情報宣伝局の一員であるスタニスワフ・クンステッターが、1943 年にこの初版の表紙をデザインした。ポーランドのレジスタンスが使用した錨の図案が描かれている。出版した TWZW は、ポーランドの剣が本に立てかけられている図案をよく用いた。1945 年にポーランド・ボーイスカウト・ガールガイド協会によって英訳版が発売された。

屈するものか！　戦時の地下印刷

レジスタンスによる印刷は第２次世界大戦中、ほとんどの被占領国で行われた。
なかでももっとも果敢に取り組んだのがワルシャワのポーランド人である。

多くの人々は、戦時の地下印刷が小規模な極秘の作業で、当局にけっして見つからない地下室や屋根裏や農家の納屋に隠れて行われていたと考えている。たしかにそのような印刷所もあり、関係者が逮捕・処刑されることもあった。第２次大戦中ドイツに占領されていた国々の多くで、レジスタンスが使うための運搬可能な小型印刷機をパラシュートで投下するという試みが、イギリス空軍の支援を受けてなされている。フランスではパリのエディション・ド・ミニュイが本をひそかに印刷した。ヴェルコールの『海の沈黙』（1942年）もそのひとつである。これらの本はレジスタンス闘士の士気を高めるために重要な役割を果たした。

こういった努力は意義深いものの、1939年のドイツ侵略後にポーランドで行われたレジスタンスの印刷とは比べものにならない。1795年にロシア、オーストリア、ドイツに分割されて以来、ポーランド人は自由を求めてきた。地下出版はその一環である。第２次大戦中に組織されたTWZW（秘密軍印刷所）は、おそらく世界最大の地下出版社だろう。1944年には12の印刷センターが稼動し、何千部もの新聞と、さらには心理戦に役立つポスターも印刷した。

ヴェルコールの『海の沈黙』と同じく、アレクサンデル・カミンスキーの『城壁の石（Kamienie na szaniec）』もフィクションで、ユリウシュ・グレツキという偽名で出版された。これはポーランド人レジスタンスに実際に起きた出来事を下敷きにしており、地下の偵察活動のメンバーが、サボタージュというささやかな反逆行為を行うようすが描かれている。カミンスキーは英雄的な偵察グループのリーダーだったため、彼の本には真実味があった。1943年にワルシャワでひそかに出版され、戦争終結前にポーランドで再版されたのち、1945年にイギリスで翻訳された。共産党支配下のポーランドではカミンスキーの本は危険視されたので、その後の再版は認められなかったが、今も名作のひとつとみなされ、ポーランドの中学の推薦図書リストに載せられている。

上　**秘密の印刷**　おそらくカメラの前で多少のポーズはとっているだろうが、1945年に「ル・ポワン」誌に掲載されたこの写真は、レジスタンス出版者が簡単に動かせる設備を使い、窮屈な環境で働かなければならないようすを報じている。

関連項目

反体制の出版物

ブルガーコフの『巨匠とマルガリータ』
pp.228–229

もっとも偉大な地下出版書

ロシア政府と国の検閲はつねに連動していた。スターリン時代の地下出版、つまりサミズダートにより、いくつかの驚くべき文学作品が生まれた。

ロシアには長い抑圧の歴史があり、知識階層は秘密の出版をとおして抵抗を続けていた。帝政時代には厳しい処罰が科せられた（シベリアへの流刑もふくまれた）が、1917年の革命以後、多くの人々は出版に対し新たな、もっと寛大な姿勢がとられることを期待した。しかしレーニン（ととくに彼の後継者スターリン）の体制下で、管理はさらに厳しくなった。ソルジェニーツィンは『収容所群島』（西側では1973年に出版されたが、ロシアでは1989年までサミズダートの形でしか入手できなかった）を執筆したことにより、国籍を剥奪され追放された。似たような事態は、ノーベル賞を受賞したボリス・パステルナークも経験している。『ドクトル・ジバゴ』（1957年）をひそかに海外にもち出して出版したためで、引き受けたイタリアの出版者は共産党から追放された。のちに発禁本を所持していたという名目で、長いあいだ精神病院に幽閉された反体制活動家ヴラジーミル・ブコフスキーは、そのような作家たちの経験を汲みとり、「自分は執筆し、編集し、自分で自分の作品を検閲し、制作し、配布したが、そのあとに投獄されるということはわかっていた」と述べている。

サミズダートという形ではあるが、ミハイル・ブルガーコフ（1891-1940年）がそのもっとも偉大な本の出版前に亡くなったのは、幸運なことだったのかもしれない。ブルガーコフは1917年の革命後に医学を学び医師となったが、当局からマークされていた。兄弟たちが白軍に属していたからだ。最初期の作品は文句のつけられないものだった（1925-27年に書いた医療もので、一部自伝的だった）が、戯曲作品が原因で当局からにらまれ、彼の芝居をモスクワ芸術座で上演することは禁じられた。

ブルガーコフは大胆にもスターリンに手紙を書き、国外移住の許可を願い出ている。非常にめずらしいことだが、スターリンは彼に芸術座での仕事や、ボリショイ劇場の台本作者の仕事を世話してやった。しかしさらなる戯曲やフィクションの出版は不可能だった。ブルガーコフの冷笑的なメニッピア風の小説『巨匠とマルガリータ』は、ソヴィエト世界の形態を非難するものだった。初期の草稿が数多く残されているが、1938-39年に本が完成する前に焼かれたものもある。1967年に検閲が緩和されてようやく出版が可能になったが、それでもかなりの部分がカットされた。完全版が出版されたのは1973年で、この作家の天分はすぐに認められ、1982年には小惑星にブルガーコフの名がつけられた。

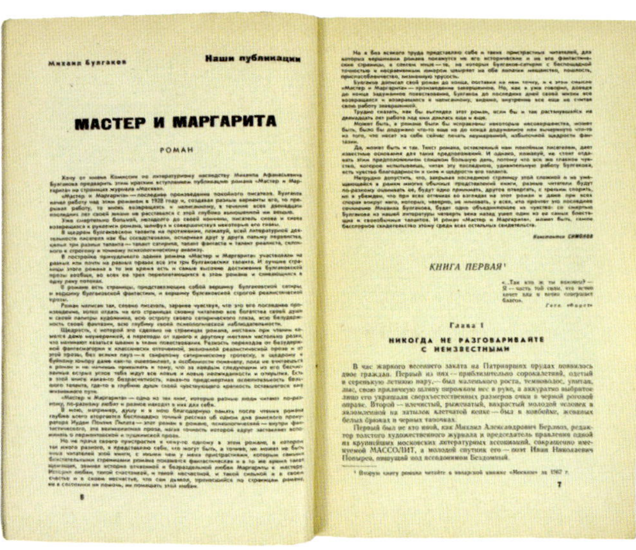
Михаил Булгаков

Наши публикации

МАСТЕР И МАРГАРИТА

РОМАН

Константин СИМОНОВ

КНИГА ПЕРВАЯ[1]

Гете. «Фауст»

Глава 1

НИКОГДА НЕ РАЗГОВАРИВАЙТЕ С НЕИЗВЕСТНЫМИ

В час жаркого весеннего заката на Патриарших прудах появилось двое граждан. Первый из них — приблизительно сорокалетний, одетый в серенькую летнюю пару, — был маленького роста, темноволос, упитан, лыс, свою приличную шляпу пирожком нес в руке, а аккуратно выбритое лицо его украшали сверхъестественных размеров очки в черной роговой оправе. Второй — плечистый, рыжеватый, вихрастый молодой человек в заломленной на затылок клетчатой кепке — был в ковбойке, жеваных белых брюках и черных тапочках.

Первый был не кто иной, как Михаил Александрович Берлиоз, редактор толстого художественного журнала и председатель правления одной из крупнейших московских литературных ассоциаций, сокращенно именуемой МАССОЛИТ, а молодой спутник его — поэт Иван Николаевич Понырев, пишущий под псевдонимом Бездомный.

[1] Вторую книгу романа читайте в январской книжке «Москвы» за 1967 г.

7

左　**モスクワの『巨匠とマルガリータ』**　1928年から40年のあいだに執筆されたこの小説は、「モスクワ」誌ではじめて公式に発表された（1966-67年）が、厳しい検閲を受け、文章の約12％（100ページ）が削除された。削除された部分はソ連国内ではサミズダート経由でなければ入手できず、完全版が出版されたのは1973年のことだった。

左 **『巨匠とマルガリータ』** 戦時のヨーロッパと同様に、ソ連でにらまれた多くの作家は地下に潜ることを余儀なくされた。ブルガーコフの偉大な小説も、当初はサミズダートの形でしか配布されなかった。1969年にフランクフルトの出版社ポッセフが、検閲で削除された部分の多くを復活させて初版を出版した。写真はその際の印象的な表紙。

関連項目

反体制の出版物

ボルヘスの『八岐の園』
pp.210–211

革命的なロシアの本

カメンスキーの『牝牛とのタンゴ』
pp.218–219

Married Love

A NEW CONTRIBUTION TO THE SOLUTION OF SEX DIFFICULTIES

BY

MARIE C. STOPES

Doctor of Science, London; Doctor of Philosophy, Munich; Fellow of University College, London; Fellow of the Royal Society of Literature, and of the Linnean and Geological Societies, London

Federal Judge Lifts Ban

on the famous book dealing with the intimate contacts of love in marriage

In lifting the ban on "Married Love" Federal Judge John M. Woolsey said that this famous book "was neither immoral nor obscene, but highly informative . . . it pleads with seriousness, and not without some eloquence, for a better understanding by husbands of the physical and emotional side of the sex life of their wives.

. . . I cannot imagine a normal mind to which this book would seem to be obscene or immoral within the proper definition of those words, or whose sex impulses would be stirred by reading it. . . . The book before me here has as its whole thesis the strengthening of the centripetal forces in marriage, and instead of being inhospitably received, it should, I think, be welcomed within our borders."

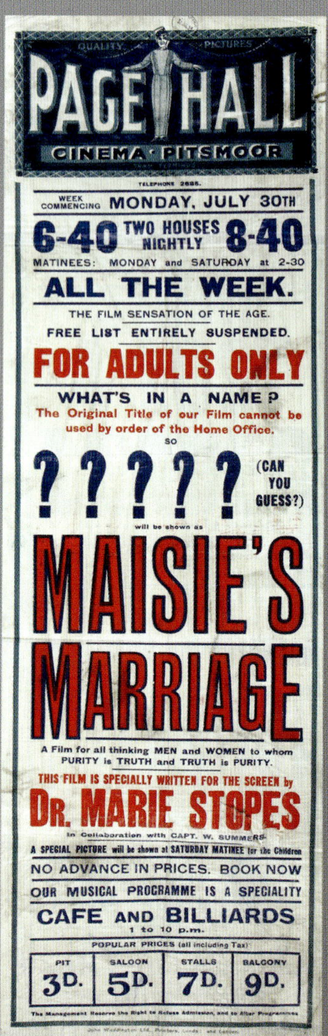

上 **『結婚愛』** 1918年に「砲弾のごとくイギリス社会につっこんできた」この本は、広く出版された。1931年にニューヨークのユージェニクス出版によって刊行されたこの版は、アメリカでの論争を逆手にとった。現代のマーケティングではよく使われる手法だ。ストープスは当時の多くの進歩的な考えの人々と同じく、優生学の適度な支持者だった。

右上 **『メイジーの結婚**（Maisie's Marriage)**』** 1923年、サイレント時代の女優リリアン・ホール＝デイヴィス主演で『結婚愛』は映画化された。原作をめぐる論争を映画の宣伝に利用したうえ、（目的に即した真面目な結婚への手引きというよりは）「セックス劇」を連想させたため、映画もまた攻撃的な検閲にさらされた。

関連項目
愛への取り組み
ブルッへの『薔薇物語』 pp.72-73
クレランドの『ファニー・ヒル』 pp.168-169
女性による革新的な本
ブラックウェルの『キューリアス・ハーバル』 pp.144-145
アトキンズの『イギリスの藻』 pp.184-185

新婚家庭への手引き

自己を成長させようとする人々への手引きも、出版の重要な部門のひとつだ。当時、『結婚愛』は固定観念をくつがえす非常に重要な役割を果たした。

多くの作家は、ヴィクトリア時代の作家サミュエル・スマイルズ（1812-1904年）の『自助論』（1859年）が、あらゆる指導書や教育書の礎になったと考えている。実際、印刷の発明以来（そしておそらくは筆記がはじまって以来）、作家たちは特定の分野で成功する方法についてのマニュアルを書いてきた。オニチャの街頭で売られている読み物のように。スマイルズの本は大成功をおさめたが（著者の存命中に25万部を売り上げた）、そうなったのは、ひとつには彼の指示が時代の精神に一致したからだ。スマイルズの本は「ヴィクトリア時代中期の自由主義のバイブル」と形容されている。この本は、来たるべき「自助」管理への道を開いたのだ。

女性の扱いに対する不満は、今にはじまったことではない。すでに20世紀初頭には、教養ある女性が生活における役割への欲求不満をしきりに表現している。多くの場合、これは女性の参政権運動へとつながった。場合によっては、関心が自分たちの私生活や育児の負担に集中することもあった。アメリカに避妊知識を広めたマーガレット・サンガー（1879-1966年）は、起訴を避けるため1915年にヨーロッパにのがれざるをえなかったが、サンガーの立場は、ユニヴァーシティ・カレッジ・ロンドンの著名な古植物学者マリー・ストープス（1880-1958年）を引きつけた。おそらくカナダ人植物学者との結婚に不満をいだいていた（1915年に離婚）ストープスは、性科学に没頭しはじめた。そのなかで影響を受けたのが、ハヴロック・エリスの独創性に富んだシリーズ『性の心理』（1897-1928年）である。

ストープスが『結婚愛』を執筆したのは、結婚の喜びを高め、どうすれば不幸を避けられるかを示すためだという。多くの出版社にしてみれば、内容はあまりにもあからさまで検討の余地がなかった（この本は猥褻（わいせつ）であるとして、アメリカ関税局により1931年までアメリカでの販売が禁じられた）。1918年初頭にロンドンの小さな出版社であるファイフィールド社から出版できたのは、制作コストをハンフリー・ロー（1878-1949年）が負担してくれたからだった。ひき続き1918年11月には、避妊をわかりやすく扱った『賢明な親』が出版されている。この分野における忘れられた先駆者だったハンフリー・ローは、1918年にマリー・ストープスと結婚し、1921年にロンドン北部のイズリントンにイギリス初の産児制限診療所をふたりで開く。ローが仕事の管理と資金集めのために休むことなく働いているあいだ、妻は産児制限診療所を広めるよう、他の都市によびかけた。

当時の基準から考えれば恥ずべき内容で、英国国教会のみならずローマカトリック教会からも攻撃を受けながら、『結婚愛』ははじまりつつあったフェミニストの解放のはけ口として出版された。『結婚愛』はイギリスで大成功をおさめ、多くの中産階級の女性に読まれたが、一方、『賢明な親』はもっと貧しい階級の女性への重要な助言として役立った。1935年、あるアメリカの世論調査は、『結婚愛』がその半世紀のもっとも影響をあたえた25冊に入ると評価している。その売上は100万部を超えた。

110 SHORT CUTS THAT WILL SAVE TIME

see that every minute is made to conform to that programme. The man who does things as they turn up, is constantly turned down.

DON'T waste time in starting and in quitting work. The first half-hour should be the most productive of all eight. Use it—and use it from the minute you land at the desk. Work—and work through to the closing hour. Don't begin ten minutes late and knock off ten minutes early. Make the first and the last hours of the day the most prolific—the rest of the day will take care of itself.

DON'T ponder and hesitate in dictating. Rapid speech stimulates thought. Careful deliberation over each word diffuses thought and breaks continuity. Have what you want to say clearly in mind, and say it—quickly, vigorously, plainly.

DON'T invite visitors to the office, or take up personal matters during the office day. It not only wastes your company's time, but it takes your mind off your work. And the mind is like a locomotive,—once fully started and on a smooth track, it moves ahead almost of its own momentum; but off the track, it's hard to get back again. In business hours, keep the mind moving, and the pounds will keep coming.

The Little Flaws

YOU — and your competitor — have seen the big leaks at the desk, in the shop, about the factory. They are stopped. The advantage lies with him who first caulks the little seams. Which one of you shall it be?

CHAPTER XVIII

Little Schemes for Saving Time

WHY that diagonal path across the corner field? Because it is nearer. Short cuts are the order of the day; they are the secrets of industrial success—the origins of dividends. That the shortest distance between two points is a straight line, is obvious; but many men have failed to apply the fact to their business. It doesn't follow that a man is lazy because he takes the diagonal path—he sees a short cut and takes it. Why tramp around two sides of a square when you can speed down the diagonal?

Be a short-cut convert, but don't become rabid. Don't apply the rule to the detriment of efficiency. Here are a dozen sane, practical cuts that are saving business-men money six days a week. Their application is not copyrighted. They are yours for the taking.

Tricks with Filing Cards—Shorthand that Reads Itself

It is frequently necessary to keep several kinds of records in one card tray. To distinguish them it is customary to use cards of different colours. A more simple way is to mark with ink the tops of the cards. One set can have the tops marked with red ink, another

111

右 **『効率を高める方法』** この能率をよくするための手引きは、『結婚愛』の2年前にニューヨークのシステム社によって出版された。ビジネス書である。挿絵つきで、読者が引いた下線が残っている。メモ帳の活用法が書かれており、今日のビジネス書『仕事を成し遂げる技術』を予示している

政治的プロパガンダの抑制

啓蒙主義者と19世紀の思想家たちは、文明世界が着実に向上していくことを期待していた。しかし20世紀は、蛮行を今までにないほどの深さにまできわめ、新たな全体主義の支配者はメディアを利用する術を覚えた。抵抗するための巧妙な方法を見つけた者たちもいる。

下 **「親愛なるキティ」** この子ども用ノートの可愛らしい赤い格子模様の表紙から、その来歴はうかがえない。1942年6月12日の13歳の誕生日にアンネ・フランクにあたえられた最初の日記である。彼女は2日後に日記を書きはじめる。一家が「秘密の家」に隠れる少し前のことだ。アンネは1944年8月1日に一家が逮捕されるまで、閉鎖された環境のなかで3冊にわたる日記を書きつづけた。このページには、アンネと姉のマルゴットの写真が貼られている。ともにベルゲン=ベルゼン強制収容所でチフスで亡くなった。

通説によれば、スターリンは「死がすべての問題を解決する。人がいなければ問題もないからだ」と述べたという。そうしてブルジョワジーに対するあからさまで計画的な大虐殺が、1920年代の赤色テロにおけるソ連の方針となった。1933年にドイツで政権を掌握したヒトラーも、同様に圧制的な方針を打ち出している。ヒトラーとスターリンは、ヨーロッパの数千万の人々の死に関与した。多くの場合、それはもっとも残虐な死だった。

独裁者はしばしばその目的を正当化するために印刷物を用い、巧妙で説得力に満ちたプロパガンダを展開した。西側でソヴィエト政権を擁護する者たちは（ウォルター・デュランティやベアトリス・ウェッブのように）大勢いたし、ヒトラーの『わが闘争』はドイツその他の国で数百万部を売り上げた。

レジスタンス出版は圧制に対する積極的な反応だった（カミンスキーの『城壁の石』pp.226-227参照）。ナチによって死の収容所に送られたユダヤ人の書いた本は、

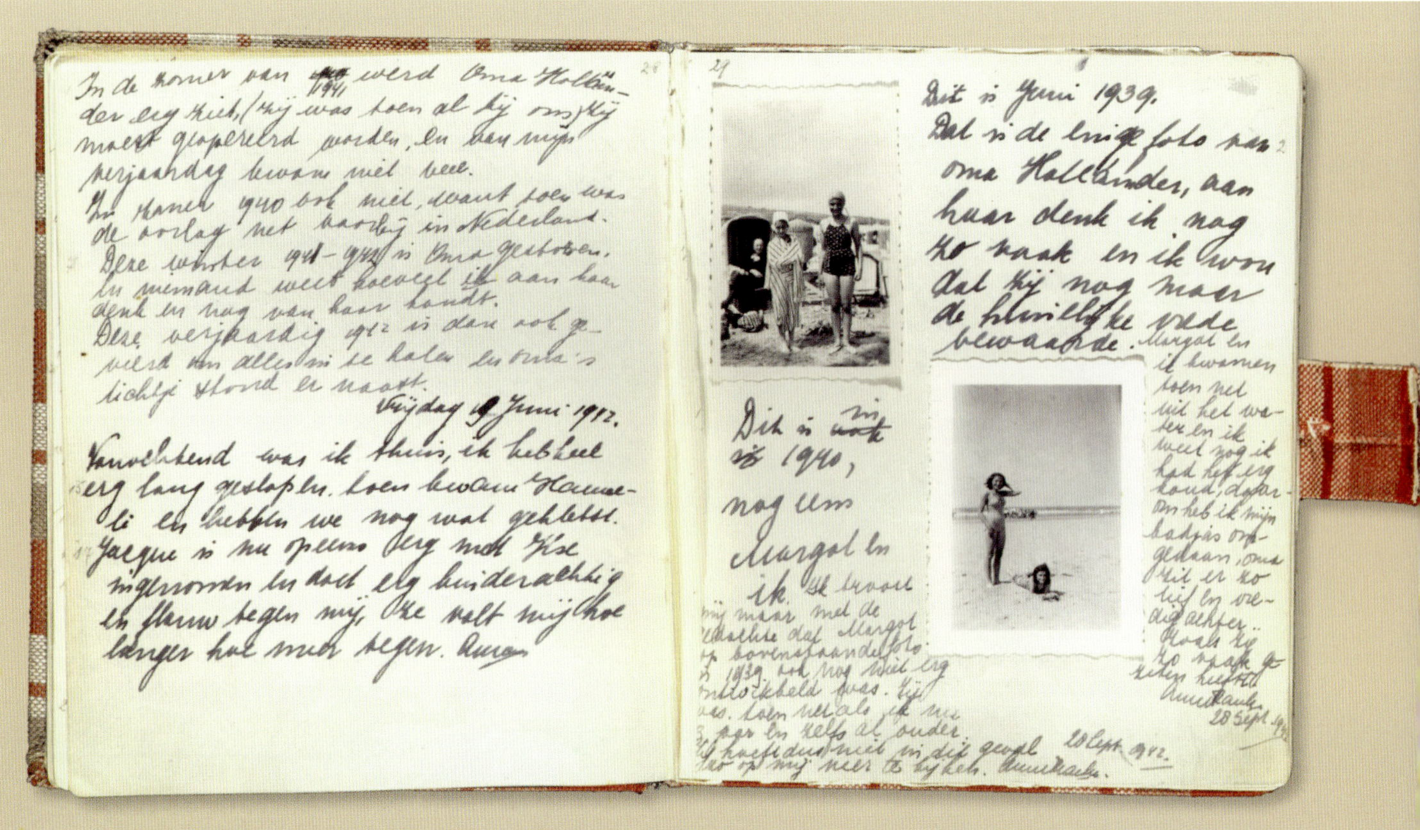

とくに記憶すべきだ。プリモ・レーヴィがアウシュヴィッツでの収容生活について書いた『アウシュヴィッツは終わらない』(1947年)もそのひとつである。また、アレクサンドル・ソルジェニーツィンの『イワン・デニーソヴィチの一日』(1962年)は、ソヴィエトの強制労働収容所での生活について書いたものだ。

イレーヌ・ネミロフスキー(1903-42年)の『フランス組曲』は、ドイツのフランス占領初期を描いた小説で、1942年にネミロフスキーがアウシュヴィッツで亡くなる前の1940-42年にひそかに書かれた。50年以上たってから娘によって再発見され、2004年に出版されて、フランスの文学賞であるルノードー賞を受賞し、映画化された。その来歴は、さまざまな点でアンネ・フランクの有名な『アンネの日記』に似ている。この日記様の作品は、1947年にオランダではじめて『秘密の家(Het Achterhuis)』という書名で出版された。

ユダヤ人だったアンネ・フランク(1929-45年)一家は、ヒトラーが1933年に政権を掌握すると、フランクフルトから国外にのがれた。アンネの日記はフランク一家がアムステルダムに隠れ住んでいるあいだに書かれ、1944年に一家が逮捕されるまで続けられた。アンネはベルゲン=ベルゼン強制収容所に送られ、1945年の初めにチフスで亡くなった。収容所がイギリス軍に解放される数週間前のことである。驚いたことに日記は残り、戦後、父オットー・フランク(家族の唯一の生存者)が出版した。すぐに評判となり、数えきれないほど版を重ね、映画化もされた。ホロコースト否定論者(いまだにホロコーストはなかったと主張している)に憎まれるこの日記は、多くの人々を奮い立たせた。ネルソン・マンデラは獄中でこれを読み、大いに勇気づけられたと述べている。「この日記はわたしたちの魂を高め、自由と正義という理念が無敵であるという自信を、強固なものにしてくれた」

関連項目
レジスタンスの出版物
カミンスキーの『城壁の石』 pp.226-227

上 **『秘密の家』1947年版** アンネのノートは、フランク一家をかくまう手伝いをしたミープ・ヒースが回収した。父オットー・フランクによって編集・出版された初版以降、数えきれないほど多くの改訂版や翻訳版が出版された。

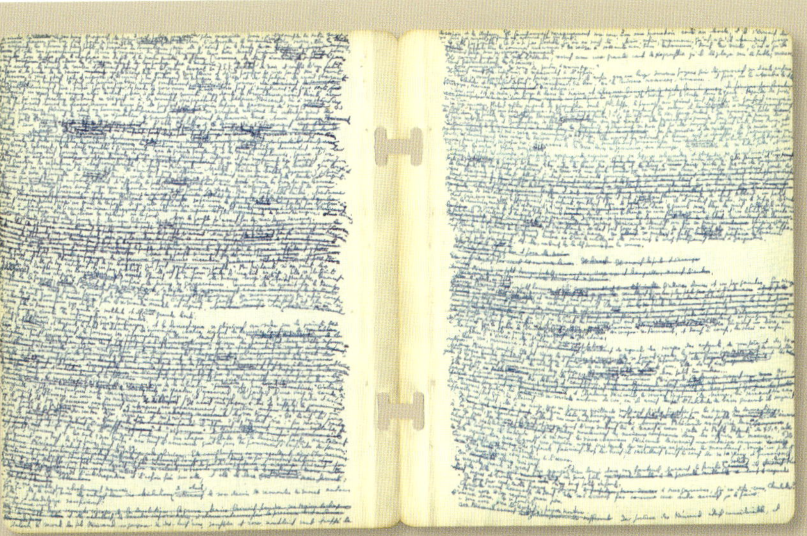

上 **『フランス組曲』** イレーネ・ネミロフスキーのノートのページをおおっている小文字体。ここに彼女の本のすべてが記録された。キエフ生まれのユダヤ人移住者はフランスの市民権を取得できず、カトリックに改宗していたにもかかわらず、1942年、「ユダヤ人の血統をもつ無国籍者」としてネミロフスキーはアウシュヴィッツに送られた。

右　**ロボットの冒険物語**　小山ブリジットは著書『漫画の1000年（One Thousand Years of Manga）』（2007年、フラマリオン、写真はこの本の151ページ）のなかで、『鉄腕アトム』について論じている。まず漫画雑誌に連載され、その後単行本化、翻訳もされた（英語向けに絵も左開きで作られた）。テレビアニメ化、そして映画化、最後にはゲーム化され、電子書籍化もされている。この人気漫画キャラクターは、現代の出版物がもつ流動的で双方向的な性質の一例だ。pp.248-249参照。

11

第11章

デジタル化と本の未来

電子書籍が昔ながらの本にとって代わり、出版を永久に変えると信じる人々がいる。しかし、印刷された本が過去に直面した難題と現在の状況に、それほど違いはあるのだろうか。

259
Tezuka Osamu, *Astro Boy*, 1960 © Tezuka Production

電信の歴史を研究しているトム・スタンデージは、わたしたちの世代が歴史の最前線にいるという考え方を表現するのに、「クロノセントリシティー」という言葉を使った。コミュニケーションの未来について、そして薔薇色の未来を作る新たな技術についての多くの文書がこれにあたる。それは誇張にすぎない（pp.238-239）。新たなプロセスをおしすすめる人々は、当然、変化が改善につながると信じたがる。本のテクストをデジタル化すれば、物としての本のケアやメンテナンスといった問題はすべて解決するだろう。プロジェクト・グーテンベルクやオープン・ライブラリー、あるいは時代遅れのユニヴァーサル・デジタル・ライブラリーにかかわっている人々は、だからこそスキャニングに多くの金と労力をそそぐのだと考えている。もっとも、そういったプロジェクトは、所有者の著作権や権利という現実をほとんど無視していて、最上のテクストの必要性に気づいていない（pp.240-241、242-243 参照）。

インターネット

インターネットの到来により、情報源が多様化し、増加したのはまちがいない。ウィキペディアといったツールがなくて『ブリタニカ百科事典』のみに頼らなければならないとすれば、情報を探索する多くの者にとって大きな損害になるだろう。しかしディドロが偉大な『百科全書』（pp.158-159 参照）の執筆者について、「根拠にとぼしい者、平凡な者、あるいはまったくだめな者」もいる、と書いたことを思い出すのは悪くない。ディドロはこの辞典が「よく観察できていないもの、消化不良なもの、よいもの、悪いもの、嫌悪されるもの、真実のもの、誤ったもの、不確かなもの、そしてつねにつじつまの合わない、完全に異なるもの」に満ちている、と結論づけた。ウィキペディアの担当者や、『オックスフォード・イギリス人名辞典』（DNB）のようにもっと厳しく管理された本の担当者が最善の努力をはらっていても、誤り、省略、偏見、誤報は広く行きわたっている。

情報へのアクセス

ふりかえってみると、19 世紀の出版における無制限の海賊行為は、本の購入者と読者には都合よく思われたが、現在のもっともやっかいな特徴のひとつは、個人による著作権所有と許諾が増大していることで、これはしばしば潜在的な読者のアクセスを減らしている。出版の世界は少数の代理業者に集中し、価格を不必要に高く設定することができる。科学ジャーナルの予約購読料が大きく上昇しているのはその一例だ。そのせいで司書の購入方針がゆがめられてしまう。

多くの愛書家は独立系書店の減少に不満をいだいている。作家がエージェントをとおして著書を引き受けてもらうのはどんどんむずかしくなっている。それにもかかわらず、自費出版は以前より容易になったように思われる。自費出版を選んだ作家は制作コストを自分で負わなければならないし、アマゾンその他の販売者に大幅な割引をするか、あるいは著書を売る独自の方法を開拓しなければならない。今では**予約出版**(subscription publishing)があたりまえになっていて、一般の本以外では直接の個人出版が増加している（pp.244-245 参照）。

情報爆発、つまり本の出版点数のあまりの多さは、図書館が購買数を減らさざるをえないということを意味する。フリーモント・ライダーはかつて学術図書館の急激な成長を予測したが、それが今、すべての図書館でのコスト増大という形で表れている。国立図書館でさえときには妥協して、じつに好ましくない経費削減の方法に頼らざるをえない。イギリス全土に無料公共図書館を置くというアイディアは断念され、アメリカでも公共図書館の役割について査定しなおされている。あきらかに、公共図書館はコンピュータを設置して、さまざまな高価なオンラインサービスにアクセスできなければならない。だがそれなら図書館に**紙**(paper)の本は必要なのだろうか。無謀な役人のなかにはいらないという者もいる。意図的に本をなくした最初の図書館は、2013 年にテキサスで開館した。

多くの作家は電子出版への切り替えに賛成するが、ユネスコ（と政府）が世界のメディアシステムの先進国支配を改めようとして失敗したため、弱小国が確実に乗り遅れてしまったままだと主張する人もいる。電子書籍の到来にかんするオンラインレポートのなかに、コンピュータが普及していなかったり、いまだに電気の供給が不安定だったりする国々の読者のニーズについて述べたものはほとんどない。また、どんな先進社会にも、オンラインの情報源を使えない人々はかならず大勢いる。インターネットはコンピュータに精通した人々には大きな恩恵をもたらしたが、詐欺やペテン、策略、手のこんだデマ情報を増加させてもいる。19 世紀に電信が導入されたときと同じだ。

儲かる商売なのか

出版社が電子書籍出版への切り替えを早まりすぎると、あるいは価格の設定を誤ると、破産のリスクを負うことになる。形ある本だけに固執する出版社にリスクがあるのと同じだ。用意周到な事業家は賭けを分散させ、可能なときに新しい変化をとりいれる。現在、大手出版社はすべて、図書館が形のある本と同様に電子図書も無制限に貸出すのを許している。だがこれは続くのだろうか。ハーパーコリンズ社は最近図書館に対し、電子書籍の貸出を26回までは許可するが、その後はテクストを削除すると発表した。出版社にとっては好都合だが、図書館や読者にとっては不都合だ。

本の未来を予測できる者はいない。短期的にはデジタル化がいくつかのツールの改良促進に大きな利益をもたらしている（pp.246-247参照）。多くのさまざまなオンラインサービスにざっと目をとおせるのは、読者にとっては好都合だ。そういった資料を管理する学者にとって、（アルキメデスのパリンプセストのように、あるいはマルキアヌスの『イリアス』の編集のように）新しい挑戦ができるというのは心躍ることだろう。しかしそういったデジタル化にはコストがかかり、今のところはまだ政府が資金提供しているものの、ひょっとしたら維持できないレベルになるかもしれない（今後は図書館の図書費の援助がなくなるかもしれないのと同じだ）。

楽観主義者は未来は明るいと考えている。出版される本はここ数年で少なくなるかもしれないが、そのかわり編集もデザインも印刷も上質なものになる（pp.248-249、250-251参照）というのだ。そのとおりかもしれないが、裏づけとなる証拠は今のところほとんどない。もっと悲観的な見方をする評論家もいる。本は死んだ、そしてしばらくは死んだままだろう、とそっけなくいう者もいる。反書物（アンチブック）、つまり「マーケティングにつき動かされた、思想に欠けた」、売れるけれども出版を陳腐にする創作物に敗れたのだ、と。多くのパルプ・フィクションや漫画ですら、等しく反書物と形容される。こういったものの多くはハードコピーで出版され、何世紀ものあいだ、評論家は読者の貧弱な好みに苦言を呈してきたが、この手の電子書籍の割合は、不安になるほど高いようだ。

比較的貧しい国々で、そして情報の少ない集団に属する、本を読みたがる人々にとって、昔ながらの本には長い未来がある。昔から屋台がある多くの国々でも、あるいはファストフードが発展した西側諸国でも、正しい食事をとりたいという欲求を人々がなくしたわけではない。だから昔ながらの本の出版は、まだ盛んになるだろう（pp.252-253参照）。電子出版が続くのはまちがいない（だがおそらく現在のハンバーガーのようなスタイルではないだろう）。そして21世紀の終わりには、電子出版は過去の数千年で作り上げられたのと同じくらいすばらしい本を作っていることだろう。

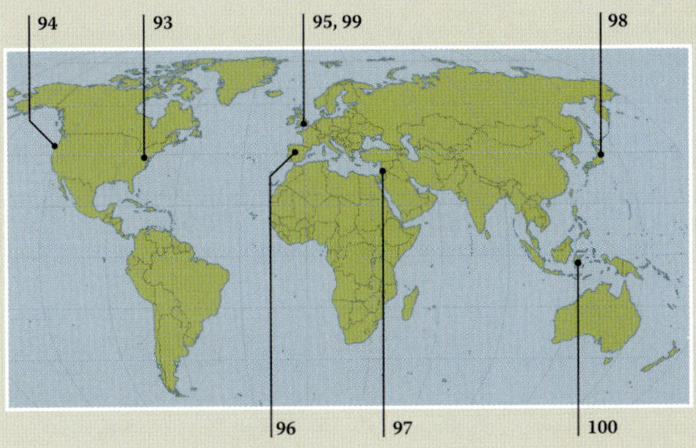

参照ページ　*Page*

上　**職人兼出版者**　『古代の製紙(Old Papermaking)』の印刷具合を吟味しているダード・ハンター。1922年オハイオ州チリコシ、マウンテンハウス・プレスの印刷工房にて。

OLD
PAPERMAKING
BY
DARD HUNTER

MCMXXIII

右　**『古代の製紙』**　ダード・ハンターの類まれな「ひとりで作った本」の扉。製紙、活字デザイン、活字鋳造も自分でこなした。ハンターのプリンターズ・マークは枝と葉に雄牛の頭を組みこんだデザインで、1310年頃に使われた古い**ウォーターマーク**(watermark)の図案を取りいれている。

すべてが彼の手仕事

本作りにおいて、工業化は手仕事に永久にとって代わった。いや、そうではないのだろうか？ダード・ハンターのような独自の道を行く人々は、時代に逆行することで成功している。

20世紀初頭、近代的生活のいくつかの側面に対する不満はさまざまな形をとって現れた。1900年代初頭には、政治的あるいは社会的方法を通じて人々を変えるために、本は作られるものだった。人々の芸術に対する考えや営みを変えようとする人々もいた。美しい本を作りたいとしか考えていなかった伝統主義者ですら、穏やかな革命家だった。

ダード・ハンター（1883-1966年）もこういった人々のひとりだったのかもしれない。オハイオで新聞社を経営し、芸術にも造詣の深い家族のなかで育ったハンターが、1904年にロイクロフターズにくわわったのは自然なことだった。これはエルバート・ハバードがニューヨーク州北部で主宰していた、アーツ・アンド・クラフツ運動のコミュニティーである。ハンターはここで木版画や製本、書を学び、ステンドグラスや宝飾品や家具を作った。デザインセンスにすぐれた彼のアールヌーボーの作品は、いまや収集家から高く評価されている。ロイクロフターズで目にした商業主義に不満をいだいたハンターは、1910年にウィーンに渡り、ウィーン工房（とおそらく世界のおもな工房すべて）で学んだ。学んだなかには印刷もふくまれていた。1911年にロンドンに移ると、広告デザイナーとして働きながら、科学博物館で製紙用の機器や、印刷用の活字（type）を鋳造するのに必要な父型、鋳型、母型が展示されているのを見学した。

ハンターは製紙の歴史の専門家になり、ヨーロッパやアジアの広い地域を旅して、伝統的に利用されてきたさまざまな方法を調査した（彼の収集品をもとに、のちにアメリカ製紙博物館が創設された）。1920年代の何年かのあいだは、マールボロ＝オン＝ハドソンで製紙工場を経営し、アメリカで唯一の手作りの紙を生産している。マールボロでは製紙にかんする自分の本を、活字のデザインもカットも鋳造もみずから行い、（自分の作った紙に）印刷した。それからその本を製本し、出版した。

最高の近代的プロセスの代わりに昔ながらの方法を用いた独自の手仕事は、多くの人の目には頑固なだけと映るかもしれない。だが、それは違う。多くの人々がいまだに活字を組み、手で印刷している。自分で紙を作る人もいる。印刷機械を自分で組み立て、活字の父型を自作する人もいる。そういった出版物は熱心に求められ、購入される。しかしハンターほどの驚くべき仕事をまねる人はほとんどいない。

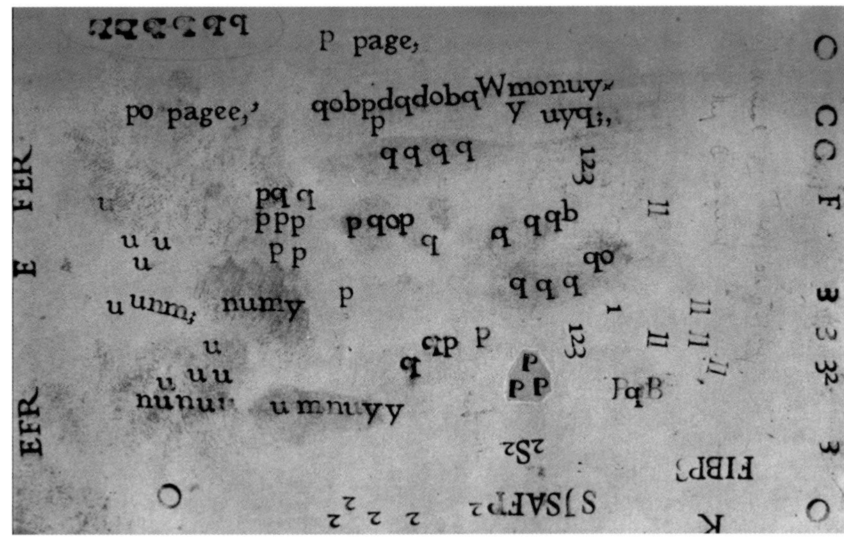

左　**スモーク・プルーフ**　ハンターは**フォント**（font）を鋳造するための63の父型を手作りするのに4年かかった。写真のスモーク・プルーフ（直火で出る煤を使って、ある程度仕上がった父型の試し刷りをしたもの）から、生き生きとして自由な動きのある書体を作るのに成功したことがわかる。こういった特徴は、初期の活字書体には見られるものの、機械で作る現代の活字では失われていることが多い。

関連項目
アーツ・アンド・クラフツについての解釈
クラナッハ印刷工房の『ハムレット』 pp.214-215
アーツ・アンド・クラフツについてのアメリカ人の解釈
ホイットマンの『草の葉』 pp.216-217

古いものの最後、

星図、対数、その他多くの表は作成がむずかしく、コンピュータが登場する以前には正確な印刷も同じくらいむずかしかった。ランド研究所の1955年のマニュアルは自動化への動きを示したもので、今日もなお広く使われている。

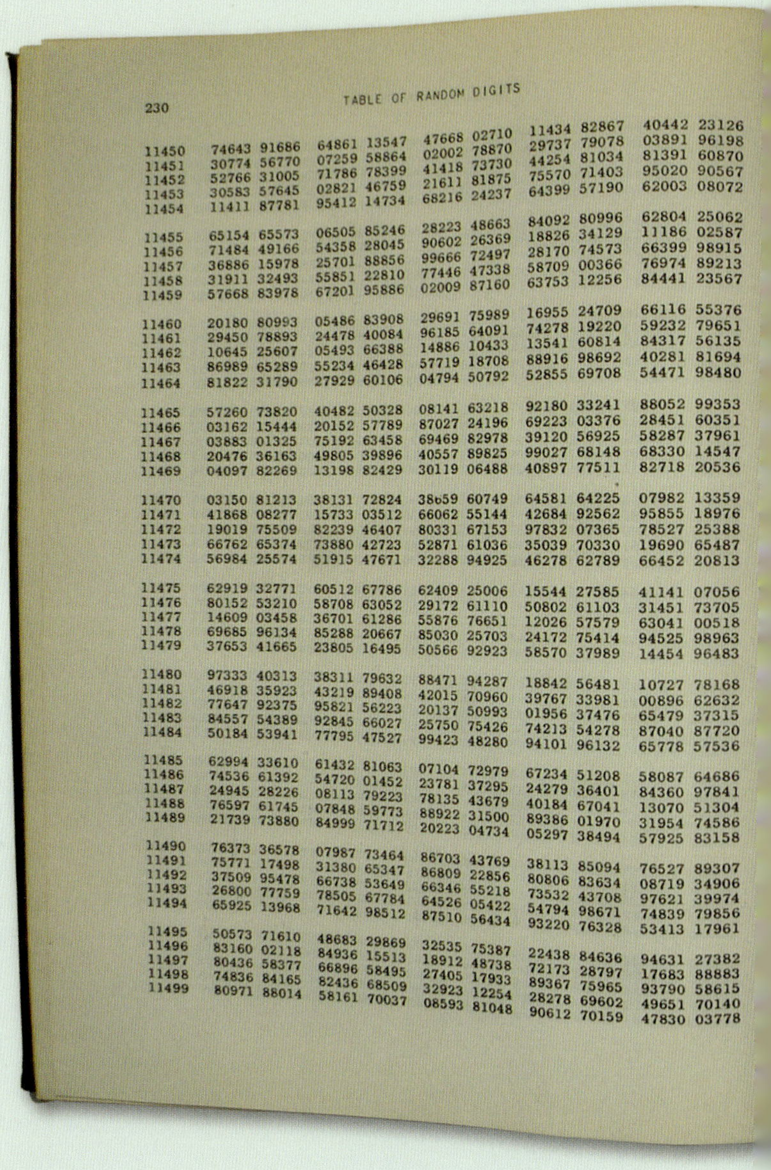

230 TABLE OF RANDOM DIGITS

11450	74643	91686	64861	13547	47668	02710	11434	82867	40442	23126
11451	30774	56770	07259	58864	02002	78870	29737	79078	03891	96198
11452	52766	31005	71786	78399	41418	73730	44254	81034	81391	60870
11453	30583	57645	02821	46759	21611	81875	75570	71403	95020	90567
11454	11411	87781	95412	14734	68216	24237	64399	57190	62003	08072
11455	65154	65573	06505	85246	28223	48663	84092	80996	62804	25062
11456	71484	49166	54358	28045	90602	26369	18826	34129	11186	02587
11457	36886	15978	25701	88856	99666	72497	28170	74573	66399	98915
11458	31911	32493	55851	22810	77446	47338	58709	00366	76974	89213
11459	57668	83978	67201	95886	02009	87160	63753	12256	84441	23567
11460	20180	80993	05486	83908	29691	75989	16955	24709	66116	55376
11461	29450	78893	24478	40084	96185	64091	74278	19220	59232	79651
11462	10645	25607	05493	66388	14886	10433	13541	60814	84317	56135
11463	86989	65289	55234	46428	57719	18708	88916	98692	40281	81694
11464	81822	31790	27929	60106	04794	50792	52855	69708	54471	98480
11465	57260	73820	40482	50328	08141	63218	92180	33241	88052	99353
11466	03162	15444	20152	57789	87027	24196	69223	03376	28451	60351
11467	03883	01325	75192	63458	69469	82978	39120	56925	58287	37961
11468	20476	36163	49805	39896	40557	89825	99027	68148	68330	14547
11469	04097	82269	13198	82429	30119	06488	40897	77511	82718	20536
11470	03150	81213	38131	72824	38659	60749	64581	64225	07982	13359
11471	41868	08277	15733	03512	66062	55144	42684	92562	95855	18976
11472	19019	75509	82239	46407	80331	67153	97832	07365	78527	25388
11473	66762	65374	73880	42723	52871	61036	35039	70330	19690	65487
11474	56984	25574	51915	47671	32288	94925	46278	62789	66452	20813
11475	62919	32771	60512	67786	62409	25006	15544	27585	41141	07056
11476	80152	53210	58708	63052	29172	61110	50802	61103	31451	73705
11477	14609	03458	36701	61286	55876	76651	12026	57579	63041	00518
11478	69685	96134	85288	20667	85030	25703	24172	75414	94525	98963
11479	37653	41665	23805	16495	50566	92923	58570	37989	14454	96483
11480	97333	40313	38311	79632	88471	94287	18842	56481	10727	78168
11481	46918	35923	43219	89408	42015	70960	39767	33981	00896	62632
11482	77647	92375	95821	56223	20137	50993	01956	37476	65479	37315
11483	84557	54389	92845	66027	25750	75426	74213	54278	87040	87720
11484	50184	53941	77795	47527	99423	48280	94101	96132	65778	57536
11485	62994	33610	61432	81063	07104	72979	67234	51208	58087	64686
11486	74536	61392	54720	01452	23781	37295	24279	36401	84360	97841
11487	24945	28226	08113	79223	78135	43679	40184	67041	13070	51304
11488	76597	61745	07848	59773	88922	31500	89386	01970	31954	74586
11489	21739	73880	84999	71712	20223	04734	05297	38494	57925	83158
11490	76373	36578	07987	73464	86703	43769	38113	85094	76527	89307
11491	75771	17498	31380	65347	86809	22856	80806	83634	08719	34906
11492	37509	95478	66738	53649	66346	55218	73532	43708	97621	39974
11493	26800	77759	78505	67784	64526	05422	54794	98671	74839	79856
11494	65925	13968	71642	98512	87510	56434	93220	76328	53413	17961
11495	50573	71610	48683	29869	32535	75387	22438	84636	94631	27382
11496	83160	02118	84936	15513	18912	48738	72173	28797	17683	88883
11497	80436	58377	66896	58495	27405	17933	89367	75965	93790	58615
11498	74836	84165	82436	68509	32923	12254	28278	69602	49651	70140
11499	80971	88014	58161	70037	08593	81048	90612	70159	47830	03778

チャールズ・バベッジが1832年に製作した階差機関（現在、ロンドンの科学博物館に所蔵されている）は、正確な数表の作成を自動化するために設計された。バベッジの機械はけっして満足には働かず、ヴィクトリア時代初期の技術力で彼の目標をかなえるのはほとんどむりだとみなされていた。この機械は現代の電子計算機とほぼ同じ概念を用いていた。

計算や表の印刷には完璧な正確さが不可欠だが、こういった時間と労力を要する仕事は、校正すると誤りが見つかる可能性が高かった。第2次大戦で使用した暗号文に必要な数学の計算や、あるいはマンハッタン計画に必要な科学的・工学的作業には、膨大な数の乱数があるときわめて便利だったが、作成がむずかしくもあった。

1947年にランド計画（ダグラス・エアクラフト社から分かれた）で『百万乱数表（A Million Random Digits)』の作成がはじまった。これは信頼性の高い電子計算機が使用可能になるかなり前のことで、ランドのスタッフは数字を生み出すのに電子「ルーレット盤」と、ランダムな頻度のパルス源を使用した。これらの数字はIBMのカードパンチに移された（IBMのパンチカードは当時最先端のデジタル蓄積メディアだった）。機器によって作られた数字の組みあわせは、統計的に意味をなさないかどうかをチェックされた（といわれている）が、「乱数表の性質からいって、最終原稿のどのページも校正する必要はないように思われた」。他のIBMの機器が数字をプリントアウトするのに使われ、その結果できたページは印刷版を作るのに使われた。

新しいものの最初

TABLE OF RANDOM DIGITS 231

11500	88473	86062	26357	01678	05270	80406	62301	23293	85734	32590
11501	00677	42981	84552	44832	67946	61532	79109	32073	13354	78578
11502	25227	51260	14800	19101	03146	12068	18261	06193	45909	65339
11503	15386	68200	21492	71402	76801	35235	49676	75306	52969	77447
11504	42021	40308	91104	34789	93269	77750	51646	95883	27282	26277
11505	63058	06498	49339	33314	49597	95931	44854	67348	91633	79473
11506	32548	69104	89073	32037	14556	70568	58821	37003	04390	86496
11507	03521	52177	24816	01706	79363	84378	70843	02090	85945	64113
11508	39575	90626	35889	82962	93759	92582	20979	57479	65739	11110
11509	58252	56687	60412	05060	95974	50183	88659	76568	45373	54231
11510	56440	69169	05939	57516	85127	74159	53295	29028	07409	28140
11511	16812	18195	88209	39856	03187	05605	43348	65589	51283	68224
11512	56503	14023	69475	37217	11465	15872	05551	37231	68175	18132
11513	96508	90101	11990	61199	75399	78214	84891	01376	05039	43632
11514	68958	56862	60433	07784	37721	96521	85412	13941	63969	45395
11515	26721	12583	44793	12071	83645	44062	86684	80890	09152	60050
11516	01476	19255	58656	26401	27356	38443	55210	61493	89832	07578
11517	45924	27655	27730	78321	45402	46568	64053	39814	74960	60944
11518	79516	79027	96227	72473	21231	68748	90204	92330	16216	09483
11519	59946	54123	38645	56734	87427	38049	88471	07421	53080	28515
11520	89056	71858	84058	44154	47929	94196	90847	40905	39151	12029
11521	07056	34611	45456	68268	31718	09715	80414	64095	24464	52799
11522	66189	03099	16595	30601	31691	38657	59600	24443	47978	35730
11523	85281	53288	58972	51531	02406	72117	85547	27445	79581	61608
11524	34761	22435	75006	61241	48628	62840	62633	34982	79051	76314
11525	45549	16045	96353	80376	64802	46062	39519	08688	18254	09915
11526	29337	45746	00844	79084	45838	22246	11095	05209	05113	83895
11527	44509	72387	39414	01011	46568	25718	62591	00174	38633	52966
11528	15068	41200	32705	47327	64665	50395	97110	31292	02965	37147
11529	59253	23492	55166	76780	33945	90298	39736	62674	00787	98482
11530	17140	07016	53376	07582	06899	32503	24412	29650	97759	02905
11531	87048	20624	23285	78268	13122	78242	40515	18454	97122	29628
11532	90254	79631	05936	68057	22760	38809	29233	81372	49252	28497
11533	66090	41296	19263	10253	33878	80280	33407	44464	23229	60740
11534	54672	30805	03962	93237	40900	90912	20746	63914	65456	32138
11535	99080	08088	99211	80001	88691	58425	52324	11449	18830	45387
11536	22859	21563	17374	20731	42124	17219	99392	63681	20452	19714
11537	65013	58031	22092	79881	34695	01615	28233	68809	35091	82223
11538	87296	05362	95779	54816	80032	94335	71581	72691	84058	39495
11539	61336	19425	24408	74091	19730	39832	49166	84284	01851	29579
11540	93134	41529	85992	45493	68165	02129	73858	54280	29281	12449
11541	80388	28010	93018	21652	32608	88409	63041	77051	93107	68856
11542	80214	71603	52837	90272	52141	58642	93933	25183	30994	54332
11543	74165	63881	71261	69394	29194	25046	23948	13048	57594	58886
11544	31361	68333	55171	96461	20694	31275	88884	71366	13054	03764
11545	48570	53579	64703	97498	67888	07817	34223	61667	43474	29179
11546	97894	36631	14389	59041	32600	08865	69364	99415	81194	82304
11547	77563	53771	54527	83456	23914	57808	67250	92991	91474	96012
11548	39903	34555	47585	70546	15704	61087	81728	03973	80652	22179
11549	83877	07815	14813	40666	43906	85802	42125	07164	13056	83161

左　**ランダムの「バイブル」**　見かけによらず作成するのがむずかしい『百万乱数表』にはランダムな「テクスト」がならんでいる。ランド研究所の計算にかんする先駆的な業績で、確率の実験に使われるランダムな数字と偏差値のニーズにこたえるために作られた。今日も工学や計量経済学の分野で広く使われ、統計学者、物理学者、市場分析者、抽選管理者に利用されている。

1955年に出版された『百万乱数表』は科学界で広く利用され、古本は収集家にとって非常に価値あるものとなった。もっとも、ランドのこの本は一般の読者にとっては面白くもなんともない。チャールズ・ラムが形容した「書物」の完璧な例といってよいだろう。「書物でない書物、ビブリア・アビブリア」とラムは形容している。まちがいなく『百万乱数表』もその範疇に入れるだろう。2001年に第2版が出版されると、かなりの皮肉をこめた書評がいくつか出た。「非常に多くの恐ろしくなるほどランダムな数字」とある批評家は書いている。「残念ながら、あなたが探している数字を簡単に見つけられるようにはならべられていない」

関連項目

数学書

エウクレイデスの『幾何学原論』 pp.106-107

ニュートンの『プリンキピア――自然哲学の数学的原理』 pp.138-139

コンピュータにもとづく本

『電子版ベーオウルフ』 pp.242-243

ルイスの『機械で動く百科事典』 pp.244-245

左 **『ベーオウルフ』** 大英図書館のコットン・ウィテリウスA.XV（フォリオ101）。このアングロ＝サクソンの叙事詩の唯一の写本には、シルド王と怪物グレンデルやグレンデルの母親との戦いが3182行にわたって語られている。ふたりの写字生による1000年頃の写本で、経年と火災によりひどく損傷している。修復が計画されたが、それによりテクストはさらに失われた。

中世の写本を現代に甦らせる

イギリス文学史の鍵となる本なのに、現存する初期の写本は火災で損傷し、ひどく劣化した。学者が研究できるようにするためには何が最良の方法なのか。

ホメロスの『イリアス』やウェルギリウスの『アエネイス』と同じく、『ベーオウルフ』はヨーロッパ文学のもっとも偉大な古典作品のひとつで、多くの言語に訳されているほか、英語を使う読者のために現代語訳もされている。この作者不詳のアングロ＝サクソンの叙事詩は、1000年頃のクヌート王の時代に書かれたもので、今では古英語の研究者にしか読むことができないからだ。

すべての底本となっているのは、現存する最古の写本だ。これはロバート・コットン卿（1570頃-1631年）が収集した他の重要な写本とともに大英図書館に収蔵されている。イングランドでもっとも重要な個人コレクションである。1731年にコットンの蔵書は災厄にみまわれた。その多くが火災で損傷し、コットン・ウィテリウスA.XV（『ベーオウルフ』の写本はこうよばれている）も例外ではなかった。過去280年以上にわたり保存管理者が最善の努力をつくしてきたにもかかわらず、外側のページのテクストの多くが失われた。失われた単語について知るため、学者たちはアイスランドの研究者グリモール・ヨンソン・トールケリンの資料にあたらなければならなかった。トールケリンは1786年に写本を書き写していたのだ。

『イリアス』のマルチアーナ図書館の写本（pp.48-49参照）と同じく、『ベーオウルフ』の写本は現代の科学的検査と電子出版の理想的な課題となった。ケンタッキー大学の学者ケヴィン・キールナンによって編集された『電子版ベーオウルフ』は、1999年に自由にダウンロードできるデータとしてはじめて公開された。これをDVD化したものが、2011年に『電子版ベーオウルフ3.0』として大英図書館から出版された。わたしたちは今では本ではなく、コンピュータ製品を研究資料にしているのだ。これは新たなメディアの問題を反映している。『電子版ベーオウルフ3.0』は以前のヴァージョンをサポートしておらず、（近年のコンピュータ技術の急速な変化のために）まだ古いソフトにもとづいて公開されているため、批評家はそのインターフェースの有効性について批判するかもしれない。

ほかにも疑問が生じる。印刷本はどのくらい劣化せずにもつのか、とヨハンネス・トリテミウスが疑問視したようなものだ（DVDの寿命は、まだ結論は出ていないが2年から15年ともいわれ、長期の保存は見こめない）。インターネットで他に代わりとなるようなもの（時代遅れのテキスト形式で提供されたプロジェクト・グーテンベルクのように）は役に立つとはいえない。『電子版ベーオウルフ3.0』はほんとうに役立つヴァージョンを提供するための、冒険的で非常に上出来な試みだ。もっとも、ほとんどの読者はシェイマス・ヒーニーが訳したような現代語版を読むほうを好むだろうが。

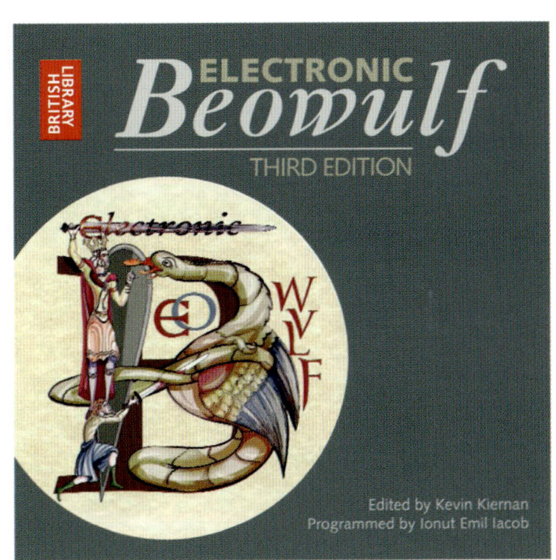

左　**ディスク版『ベーオウルフ』**
1993年に写本の権威であるケヴィン・キールナン教授が『ベーオウルフ』のデジタル化を開始し、1998年に完成させた。公的に入手可能なDVDになり、フルカラーで読みとられた各フォリオにくわえ、重要な関係書類やシェイマス・ヒーニーによる新たな現代語訳の詩が添付され、このもろい写本に読者がかつてないほど近づけるように作られている。

関連項目

デジタル化の恩恵を受けた本
ブルッへの『薔薇物語』 pp.72-73
聖ガレンの『カンタトリウム』 pp.114-115
保存に問題のある本
『アニの死者の書』 pp.22-23
『ケルズの書』 pp.60-61
インドの『パンチャタントラ』 pp.84-85

最初の電子書籍？

電子書籍はパソコンで読めるようになった、もしくは他の安価で信頼できるリーダーが利用可能になったことから発展した。しかし技術の進歩によって実用化される何年も前に、ある先見の明のあるスペイン人教師の頭にそのアイディアはひらめいていた。

コンピュータにかかわる多くの発展はアメリカからはじまったため、最初の「電子書籍」がスペイン人教師によって考案されたと聞いても信じられないかもしれない。だが、多くの人がそうだったと考えている。1949年、アンヘラ・ルイス・ロブレス（1895-1975年）は、新しい「機械で動く百科事典」の特許出願書類を提出した。本のようになっていて、あらかじめ組みこまれた巻きとり式のテキストを利用者が簡単に操作できる。現在の電子書籍リーダーとはかなり異なるが、ルイスのアイディアは基本的に電子書籍と変わらない。このアイディアはマイクロフィルムの読みとり機のデザインから思いついたようだ。これひとつあれば生徒が学校に本をたくさん持ってこなくてもすむ、そんなツールを提供することが目的だった。ルイスは「機械で動く百科事典」のスポンサーを見つけられず、また1970年代のアメリカのダイナブックのように、試作品を超えるものは作れなかったが、背景にある考えは同じだ。考案者はしばしば技術的要件に気をとられて、他の問題に注意をはらわない。「機械で動く百科事典」の試作品はどちらかといえば不格好だったし（それは初期の電子計算機の前身にも同じことがいえる）、著作権やマーケティングその他の問題についても対処していなかったようだ。しかしインターネットやデジタル形式が登場すると、軽くてもち運びのできる新たなメディアの可能性は高まった。

ローレンス・スターンからジョルジュ・ペレックまで、多くのフィクション作家は本を通じて作品を発表してきた。これは誰もが使う伝統的なメディアである。21世紀がはじまって、新たなメディアが提供する（あきらかに新しい）表現方法に多くの作家が引きつけられた。デスクトップ・パブリッシング（DTP）やオンライン出版のはじまりは、あらゆる人々に声をとどけられる可能性を生むとして訴求力を高めた。出版社は電子書籍の需要に遅れまいとあわて、マーケティング機会と電子書籍の低コストに（皮肉なことだが）注目した。最初のベストセラーは、売れっ子作家スティーヴン・キングが2000年に発表した中編小説『ライディング・ザ・ブレット』である。まずは電子書籍の**体裁**（format）のみで売り出したのだが、最初の24時間で40万部以上がキングのファンによってダウンロードされた。書籍販売における革命だった。

「クラウドソーシング」は19世紀、『オックスフォード英語大辞典』を編集する際に利用されたが、今では当然のごとく使われている。2012年9月、作家シルヴィア・ハートマンはオンラインで（グーグルドライブを使って）ファンタジー小説を書きはじめた。この「ネイキッド・ライター」プロジェクトは広く宣伝され、ハートマンがアップする原稿に対し、1万3000以上の人々がオンラインでコメントをよせている。最終部分は、彼女が組織した協議会の代表たちの前で（協力しながら）ライブで執筆された。この『ドラゴン・ローズ』（2012年に電子書籍と昔ながらの紙の本で出版された）はかなりの注目を集め、クラウドソーシングを使った最初のフィクションとなった。この実験が執筆の将来にどのような影響をあたえるかは、依然として注目されている。

It's time to change the world ...
Dragon Lords
Silvia Hartmann

右 『**ドラゴン・ローズ**』 誰にでも（すくなくともインターネットにアクセスできる人には）発言権のあるソーシャルメディアの誕生は、オンラインで協力しながら書かれたこのクラウドソーシングによる冒険的試みに影響をあたえた。

関連項目

教育的な出版物

ニューベリーの『小さなかわいいポケットブック』 pp.156-157

アユイの『盲人の教育論』 pp.176-177

巻きとり式の本

スラウェシの貝葉 pp.252-253

最初の電子書籍？
ルイスの『機械で動く百科事典』

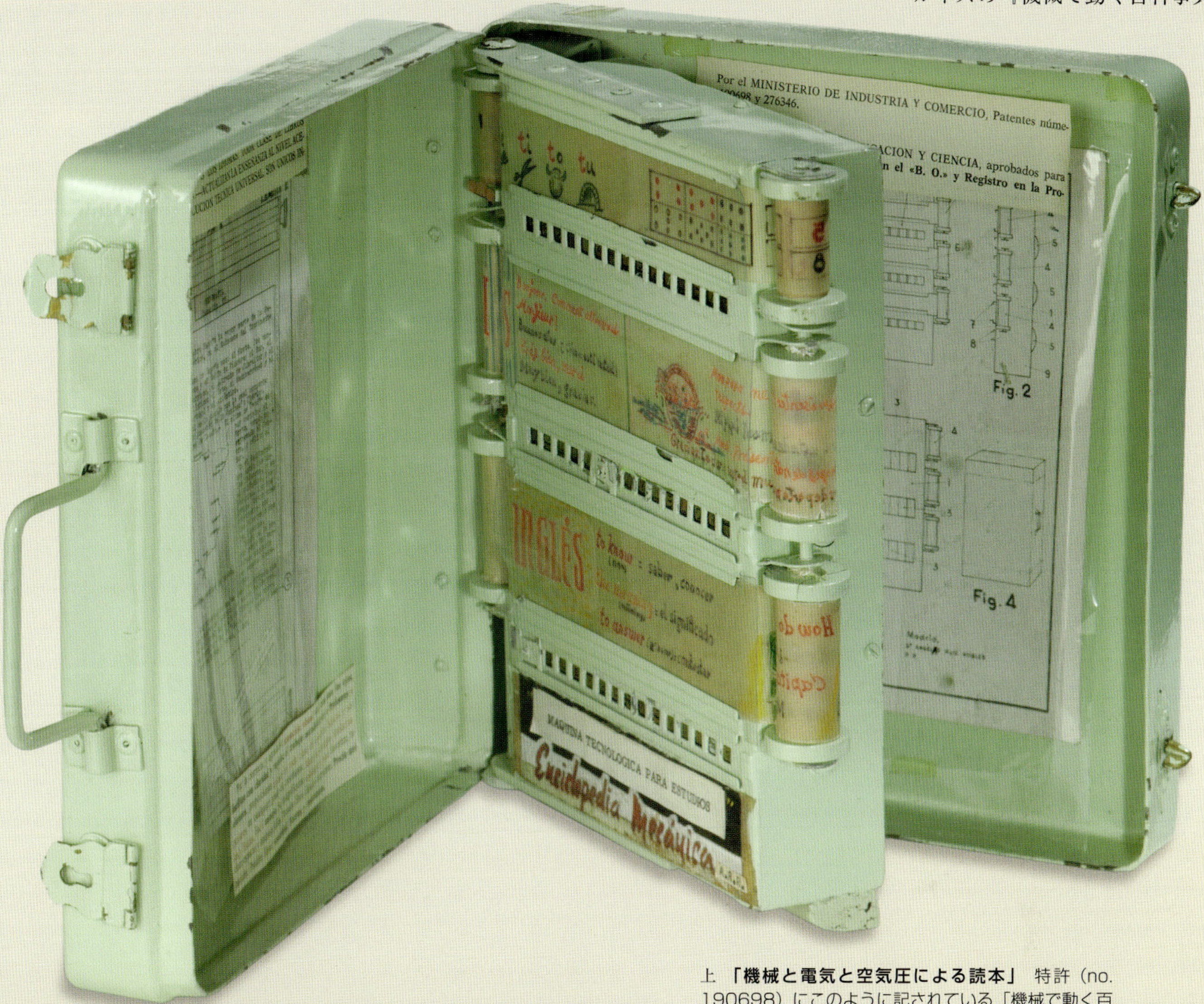

上 **「機械と電気と空気圧による読本」** 特許（no. 190698）にこのように記されている「機械で動く百科事典」は、学校教師アンヘラ・ルイス・ロブレスが生徒たちのために考案した。おそらく世界初の電子書籍である。今日ではハイパーテキストとよばれるものを組みこんだコイルが装備されていて、これらが動いて（多言語の）トピックを読むしかけになっている。現代の電子書籍リーダーと同様に、ロブレスの装置にはズーム機能があり、読者はそれを使って特定のテクストを重点的に読むことができた。

左 **電子書籍リーダー** 現代の電子書籍リーダーはマーケティングに成功した。情報を格納するコンパクトなフォームは、現代のモバイルエイジには便利だ。しかしその変換プロセスは概してテクストのみに集中している。多くの人々にとって、文章を追うことだけが読書ではない。伝統的な体裁の書物を扱うことの美学的な楽しみは、機械に移すことによって失われている。

入れ物は小さくても内容は豊富
——最小の本

技術の発展のおかげで出版社は本を小型化できるようになり、収集家のための新たな分野を作り上げている。ナノテクノロジーは、今日の電子書籍とはまったく異なる新しい形の書物を作り上げるのだろうか。

小型化は長く人々の興味を引きつけてきた。グーテンベルクの発明から500年を祝して、何人かの活字鋳造業者が、ヘッドに主の祈りのテクストが彫りこまれた活字を作成した。これは活字（type）の彫刻や鋳造の力量を実証するものだった。多くの彫版師と書家が同様の偉業に着手し、拡大鏡を使わなければ読めないようなきわめて小さな本を作った。子ども向けの小さな本を作ることにも関心が向けられたが、技術的な問題がかなりあった。

豆本の収集はよく知られた趣味で、その収集と研究に打ちこむ国際的な団体もあるほどだ。豆本は一般的に縦横厚みが76ミリ以下のものと定義されている。そのなかで知られている最古の印刷本は、1475年に作られた宗教書だ。

ある出版社が、贈り物としての豆本の制作というニッ

チ市場に目をつけた。19 世紀末に、そのような「小型化しようというアイディア」は実行可能になっていた。**石版刷り**(lithography)と写真製版が向上したためである。グラスゴーのデヴィッド・ブライス＆サン社が辞書や詩集や新約聖書といった一連の豆本を開発し、すべてに小型ケースと拡大鏡をつけて売り出した。豆本のコーランも考えられた。イスラム教徒の兵士のなかにはお守りとして携行したがる者もいたからだ。第 1 次大戦の塹壕で戦ったインド軍のイスラム教徒の多くは、戦闘にこういった豆本を携行した。

本をお守りにするという考えは古くからあるが、ときには意外な形で現れる。現代技術のもっとも偉大な進歩のひとつは、小さなスペースに大量の情報を保存できることだ。大きな影響力をもつアメリカの発明家ヴァネヴァー・ブッシュは、1945 年の独創的な論文「考えてみるに（As We May Think）」のなかで、ナノテクノロジーの発達した世界を予測した。そうなれば『ブリタニカ百科事典』の内容をマッチ箱の大きさに圧縮できるとブッシュは述べている。イスラエルは最近の研究で、マサチューセッツ工科大学のパワン・シンハの以前の研究を利用して、その可能性を証明している。ハイファにあるイスラエル工科大学で、ラッセル・ベリー・ナノテクノロジー研究所のスタッフと学生が、0.5 ミリ四方の金メッキをほどこしたシリコンチップにイオンビームをあててヘブライ聖書の全文をきざみ、ナノ・トーラーを作ったのである。学生にナノテクノロジーへの関心をもたせるために行ったこの試みは、予想以上の成功をおさめた。イスラエル工科大学のナノ聖書は、教皇ベネディクト 16 世が 2009 年に聖地を訪れた際、ユニークな贈り物としてイスラエル大統領シモン・ペレスから手渡された。現在のところ、これは実行された唯一の例だが、情報科学の未来におけるナノテクノロジーの可能性は大きい。電子書籍にはどのような未来が待っているのだろうか。

左　**豆本のコーラン**　この美しい豆本のコーランは、金小口で赤か黒のモロッコ革に金の刻印がされている。1900-10 年のデヴィッド・ブライス＆サン社製。聖書と同じく、金属製のケースと拡大鏡をセットにして販売された。第 1 次大戦の塹壕でイスラム兵士のお守りとしての役割を果たした。

右　**ピンの頭に書かれた聖書**　ヘブライ聖書の全文が、ラッセル・ベリー・ナノテクノロジー研究所のスタッフと学生によって、0.5 ミリ四方の金メッキをほどこしたシリコンチップにきざまれた。デジタル化されたテクストを使い、適切な**フォント**(font)に変換して、高さ 0.0002 ミリの 120 万以上の文字がガリウムイオンの焦点ビームを使ってチップにきざまれた。

関連項目

情報ストレージの進歩

カールソンの研究ノート　pp.212-213

『電子版ベーオウルフ』 pp.242-243

現代の科学技術と漫画

1950年代に日本で発展した新たな出版の形態、つまり漫画という手法は、広く世界中で模倣された。そしてカラープリントの方法が刷新されたことにより、本の製造方法も変わりつつある。

20世紀なかば以降、印刷技術の進歩により、あらゆる種類の挿絵満載の本の出版が非常に簡単に、それも手ごろな価格でできるようになった。以前は色を正確に再現できる印刷機械がほとんどなく、カラー挿絵はきわめて高価だった。工程も複雑なことから、出版社は2種類以上の言語で挿絵の豊富な本を作るのに二の足をふんでいた。世界規模の市場がないために、旅行ガイドやタウヒニツのペーパーバックといった特別なカテゴリーを除けばスケールメリットが働かない。また、これらは絵を基盤にした本ではなかった。

活版印刷の進歩により、出版社はカラー写真の図版をすすんで使うようになった。「ナショナル・ジオグラフィック」や「プレイボーイ」はその一例である。どちらも数カ国で大判で印刷された。1世代前の工程の困難さは、インターネットの登場や4色による高品質な平版（へいはん）オフセット印刷（本書でも使われている）の発展で解消された。正確な色の再現が保証され、非常に多くの美しい図版入りの本を手ごろな価格で出版できるようになった。そういった範疇の本について、ガーデニングや博物学、あるいは旅行の本を代表としてあげることも可能だが、かわりに現代日本の出版現象、つまり漫画を歴史的に概観してみよう。

フランスとベルギーでは、アステリックスやタンタンのシリーズのような、文と絵が混じった**グラフィック・ノヴェル**（graphic novel）あるいは**バンド・デシネ**（bandes dessinees）が広く人気を得ている。アメリカのコミックのようなものである。日本では、18世紀から「黄表紙」とよばれる絵入り本の伝統があった。漫画の祖先といってよいだろう。漫画が日本でさかんに出版されるようになったのは、第2次大戦後のアメリカに占領されていた時代からで、ディズニーの影響を大きく受けた。もっとも有名なシリーズのひとつ、手塚治虫の鉄腕アトムは1952年にはじまったが、

右 **『漫画の 1000 年』** 小山ブリジットによる学術書。日本で研究したのちフランスで編集され、フランス語版と英語版がシンガポールで同時に印刷された。他の多くの本と同様に、コンピュータで作成されたデータと４色印刷で作られており、今日の出版社が利用する効果的な執筆法、編集法、印刷法の一例である。

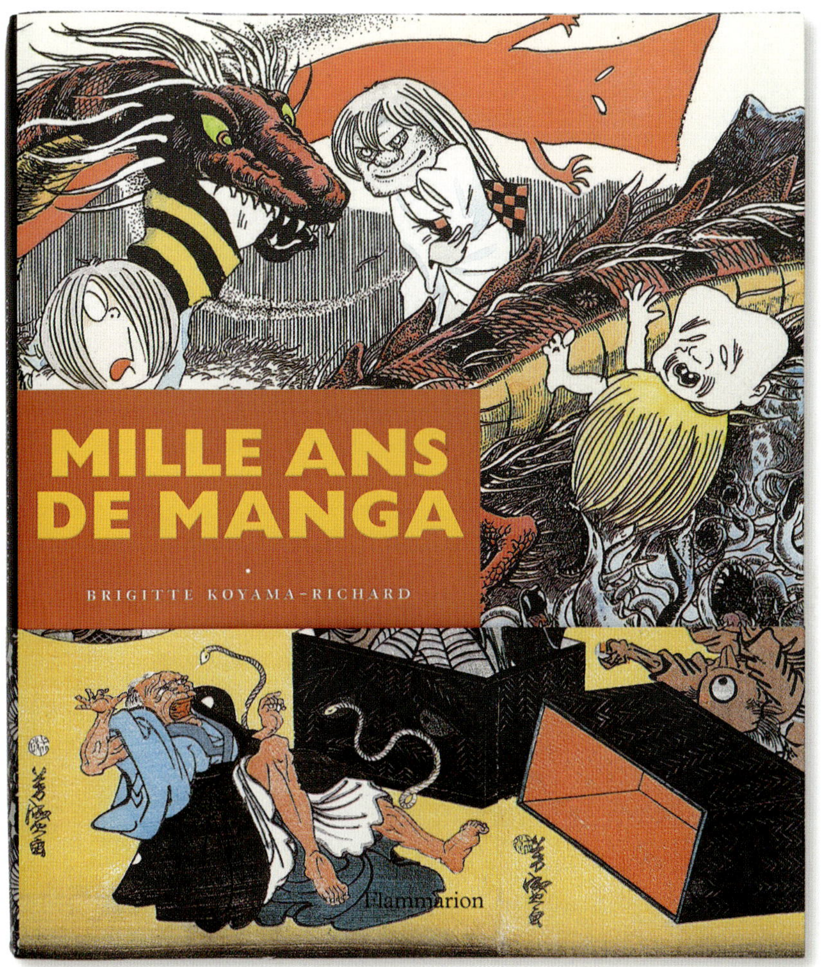

彼もディズニーの影響を大きく受けている。そのテーマは原子力に関係しているものの、平和的だ。公共図書館と表現の自由をテーマにした、有川浩の有名な『図書館戦争』を漫画化したシリーズも人気が高い。

上に掲載した『漫画の 1000 年』は、現代の印刷と出版の手法における最高のものについて述べている。アニメ、アニメ映画、補助産業（コンピュータゲームや漫画をベースにした人形やぬいぐるみなどの製作）の発展で、日本の出版の性質は変わった。４色印刷によって、本に対するわたしたちの概念が大きく変化したように。伝統的な書物を追い越すのは、電子書籍ではなく漫画なのだろうか。

左 **河鍋暁斎**（かわなべきょうさい）（1831-1889 年） 日本の伝統的な浮世絵におけるおそらく最後の巨匠。歴史的なできごとの描写で当局ににらまれた。1615 年の大阪夏の陣における爆発を描いた印象的な**木版画**（woodcut）（1872 年以降）の描写は、小山の本で述べられているように、漫画で使われている手法を先どりしたものである。

関連項目
日本の初期の出版物
称徳天皇の『百万塔陀羅尼』 pp.30-31
紫式部の『源氏物語』 pp.82-83
大衆を対象とした本
パウエルの『グリズリー・アダムズ』 pp.192-193
ンナドジエの『売春婦にご用心』 pp.222-223

「アーティスト・ブック」は本なのか

「本」はたんなる文字の乗り物という枠をはるかに超えている。人間の心における本の位置づけは、愛から無関心をへて憎しみにいたるまで幅広い。本が芸術家の想像の乗り物になるとき、それが思いがけない形をとることもある。

「アーティスト・ブック」は本なのか
プリエトの『反書物』

本をたんなる文字の乗り物だと考える読者もいる。キンドルその他の電子書籍リーダーはそういった考えをもとに作られた。他の多くの人々は、文字はさらなる想像力に富んだ作品のスタート地点にすぎないと考え、素材、色、手触りなどをとおして、挿絵その他の本作りの側面を味わう。美しい印刷はその一部だ。本を読むだけでなく、その物質としての姿を美学的レベルで見て触って楽しむことを意図しているのだ。

さらにアーティスト・ブックは、芸術家が自分たちの美学的な考えを表現する手段として、そもそも作られた。すべては見られることを意識したもので、作品の多くはまったく読むことができない。作品にサインが入れられ故意に限定版にされ、入手しにくくなることも多い。こういった本は美術商や収集家に売られるのがふつうで、書店に置かれたり図書館に読書用に収蔵されたりはしない。電子書籍にとって代わることはまずないだろう。

チャールズ・ラムは随筆のなかで暦や辞書について述べ、それらは「ビブリア・アビブリア」だとしている。読むためのものではない書物という意味だ。アーティスト・ブックのなかには、本の物質的で概念的な基盤に疑問をいだき、それをひっくり返そうとするものもある。パブロ・ネルーダとニカノール・パラの作品によれば、チリには情のこもった文語体の詩という長い伝統があり、タイポグラフィの伝統にも敏感だった。そして「反書物」（ここでは一般的にアーティスト・ブックを示す）はラムのカテゴリーとはまったく異なる。その著者ニカノール・パラ・サンドバル（1914- ）がチリの反書物を書いたのは、詩の本はどうあるべきかという伝統的な概念に挑戦するためだった。パラの「Me retracto de todo lo dicho」（わたしは自分が言ったことをすべて取り消す）はたいてい彼が朗読をする際にくりかえされる。

パラの詩は、ロンドンを拠点としたチリのブックアーティスト、フランシスカ・プリエトが、「反書物」のもうひとつの意味を理解するための理想的なスタート地点を形成した。プリエトの作品は、しばしば複雑に切った紙細工の形をとっている。折り紙の手法を使って浅い起伏のある紙の構造体を作るのだ。プリエトの反書物はいくぶん変わった形をとる。「ビトゥイン・フォールズ」というシリーズでは、ヴィクトリア時代の地図、本、雑誌のページを使って窓を作り、そこからヴィクトリア時代の挿絵がかいま見えるようにしている。これらはマックス・エルンストの悪夢のようなシュルレアリスムの作品を思い出させる。エルンストの**コラージュ**（collage）も、19世紀の版画を利用して作られたものだった（pp.220-221参照）。

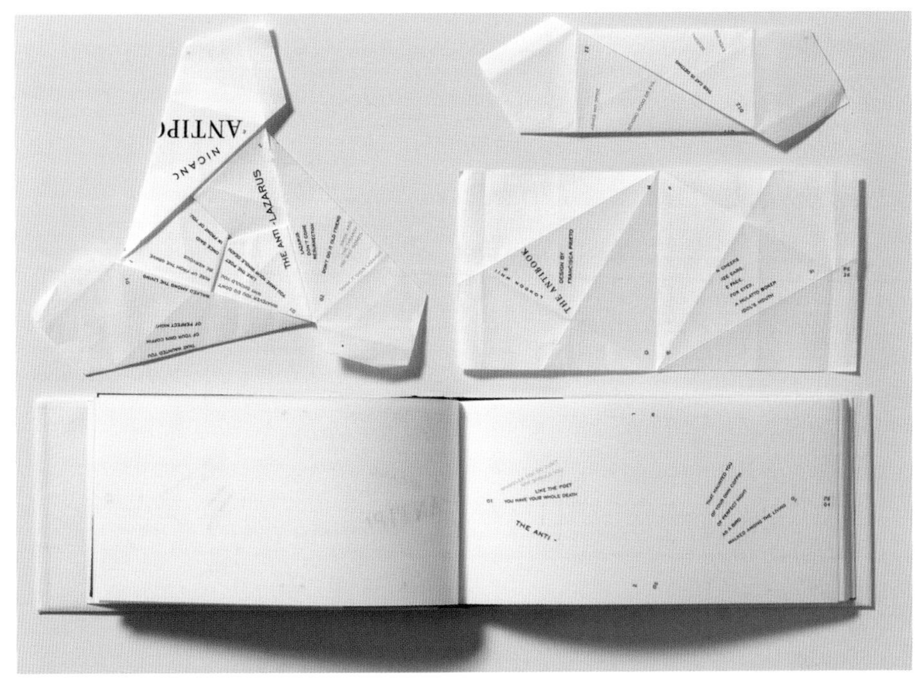

左ページ・左 **『反書物』** 芸術家と本との相互作用は伝統的だ。芸術そのものが伝統的でない場合にも。しかし本と芸術作品との境界線はさまざまだ。エルンスト（pp.220-221 参照）は完全に新しいけれども体裁は従来型の本を作った。一方、フランシスカ・プリエトのように存在する文（ここではパラの『アンチポエム(Antipoems)』）をスタート地点に利用した者もいる。彼女の折り紙の正20面体は、15×17×19センチである。

関連項目

本の形についての解釈

『ギルガメシュ叙事詩』 pp.18-19

パラバイ pp.40-41

メッゲンドルファーの『グランド・サーカス』 pp.198-199

スラウェシの貝葉 pp.252-253

ブック・アートへのさまざまなアプローチ

クラナッハ印刷工房の『ハムレット』 pp.214-215

エルンストの『慈善週間』 pp.220-221

本とはいったい何なのか

さまざまなニーズが、それを可能にするためにさまざまなフォーマットを指示する。
読者はそれらの本から何を得ようとするのか。

もちろん、デジタル化や電子書籍にかかわる章で、この面白いスラウェシ（インドネシア）の本について語るのは反則だ。あえてそうしたのは、これが非常にわかりやすい**体裁**（format）をしているからだ。ユダヤ人が崇拝するトーラーの**巻物**（scroll）の形や、あるいは今ではすたれてしまったオープンリールのテープレコーダーとまったく似ていないわけではない。スラウェシのブギス族がこの体裁を使っているのはなぜだろう。実際、ブギス・マカッサル族は他の文化で使用されている本の形をよく知っているし、同じように**コデックス**（codex）も使用している。だからたとえあなたがその手稿を読むことができなくても、この本が最初から最後まで読まれることを目的としているのは推測できる。そしてそれがおそらくは儀式であらたまった使い方をされたことも。

参考までに言っておくと、巻物の体裁は使いにくい。そしてマイクロフィルムを使っている現代の研究者も、読むべきページを探すために何百というページをスクロールしなければならないのは嫌がる。**パピルス**（papyrus）に書いていた古代なら巻物を使用していたのもわかるが、ギリシア人とローマ人はほどなくわたしたちが今日使っているコデックスの体裁に切り替えた。そのほうが調べものをするのも、最初のページに戻るのも（あるいは飛ばして最後に行き着くことも）簡単にできたからだ。それは当然のように思えるが、（オンラインであれ、リーダーを使うのであれ）電子書籍は簡単に飛ばせるということにかけては紙の本よりおとっている。レイアウトが入念にデザインされていてはじめて、電子書籍の読者は前後関係の情報を得ることができる。コデックス型の本なら、そのような情報は簡単に得られるのだが。

本はたんなる文字の乗り物をはるかに超えた存在なのだということを、くりかえしておく必要がある。１冊の本がどのように作られるのか、どんな材料が使われているのかを知ること、ぱらぱらめくってどのようにまとめられているのか、どのような読者を対象としているのか、以前の持ち主と使い方への手がかり、その保存にどのような問題があるかを知ること。こういったすべてを、本を読み慣れた人は本能的に探ろうとする（希少本を保護する者ならば、本の香りをかいだり、ページのたてる音を聞いたりすることで、さらに「詳細

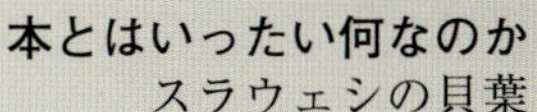

な」情報を得られる）。これは（デューイによる本の分類番号のように）メタデータ［データ分類のための付属情報］の延長のようなもので、電子書籍にはほとんどない。本を購入する際にアマゾンの「なか身！　検索」の機能を使うのは便利だが、印刷された本をひろい読みすることにはとうていおよばない。

ここまでの章で、メタデータの重要性について多くの事例を示してきた。希少本の多くの保管者が収集した本をデジタル化する際、潜在的な読者にこういったメタデータが提供されることを思い描いて努力しているのは明らかだ。だが、そう簡単にはいかない。ここにあげたスラウェシの写本のテクストをデジタル化したとして、この本にかんするさまざまな手がかりをどうすれば提供できるのだろうか。電子書籍の多くの供給者や提供者が、まだそういったことに着手していない、あるいはその必要性を理解していないと思うと落胆させられる。そういった点が今よりもずっと進歩するまでは、電子書籍は紙を主体とした本を補完するものとしてのみ生きのび、紙の本は作られつづけ、読まれつづけることになるだろう。

左　**スラウェシの巻きとり式の本**　この**貝葉**（lontar）の手稿は1907年以前にインドネシアの南スラウェシで作られた。わたしたちが知っている「本」よりもむしろ釣りのリールに似ている。パルミラヤシの細片を使っていて（アンヘラ・ルイス・ロブレスの「機械で動く百科事典」に似ている。pp.244-245参照）、テクスト（ブギス族の叙事詩『ラ・ガリゴ』のエピソード）はリールからリールへと移動していく。

上　**テクストのリール**　南スラウェシ、ブルクンバの別の貝葉に記された手稿。1887年以前にタネッテの女王がブギス語で書いた手紙。

関連項目

巻物（巻きとり式）の本

『アニの死者の書』 pp.22-23

ルイスの『機械で動く百科事典』 pp.244-245

インドネシアの他の形の本

バタク族のプスタハ　pp.38-39

『ボケ・ヴァン・ボナン』 pp.92-93

A

ABUGIDA **アブギダまたはアルファシラバリー**：区分式の筆記システム。文字が子音と母音からなる。組みあわせで、たとえば「バ」も「べ」も「ビ」も作れる。このよび方はエチオピアのゲエズ語の最初の4字からとられている。アルファベットというよび名が、ギリシア語の最初の2文字、アルファとベータからとられているのと同じである。

ALIM **アリーム**：沈香の木（*Aquilaria malaccensis*）。内皮がスマトラ島その他のインドネシアの島々で書写材として使われる。

ヴェラムに書かれた**アムハラ語**。黒と赤のゲエズ文字、つまりエチオピアの筆記体で書かれている。エチオピア。

17世紀の印刷業者による花模様。抽象的な**アラベスク**模様を作り上げている。

AMHARIC **アムハラ語**：エチオピアとエリトリアで使われるセム語。古代からある言語で、幅広のペンを使いゲエズ文字で書く。語分割や他のポインターで文を区切る独自のシステムがある。

ARABESQUE **アラベスク**：装飾用モチーフ。もともとはアカンサスの葉の流れるような定型化された絵からなっていた。イスラム美術に広く使われ（施釉タイルなど）、その型は本の装飾、とくにヴェネツィアで作られたものにとりいれられた。初期の印刷業者の花、または花形飾りの多くは抽象的なアラベスクのデザインから来ている。

ATELIER **アトリエ**：フランス語で「作業場」をさす。英語ではおもにすばらしい装飾的な作品を制作する芸術家の工房を意味する。何人もの助手や弟子を従えた親方が協力して作品を作り上げ、名人の名で世に出した。昔のギルドのシステムでは、どの親方も職人や弟子とアトリエを経営していたわけだが、この言葉は通常、その親方と職人の作品がとくに高品質な場合に使われる。ニュルンベルクのミハエル・ヴォルゲムートやヴィルヘルム・プレイデンヴルフ、イギリスのトマス・ビュイックはその好例である。→シェーデルの『ニュルンベルク年代記』pp.100–101、ビュイックの『イギリス鳥類誌』pp.172–173。

ASCENDERS **アセンダー**：ローマン・アルファベットの大文字はすべて同じ高さで、同一のベースラインにならぶ（Qは例外）。小文字は同じベースラインにならぶが、xの高さより上につき出す小文字（b、d、f、h、k、l、t）があり、それをアセンダーとよぶ。イタリックのfのように、文字がxの高さより上下につき出す場合もまれにある。→ DESCENDERS　ディセンダー

B

BANDES DESSINÉES **バンド・デシネ**：フランス語。フランスやベルギーで出版された大衆的な絵入りの本をさす。エルジェの作品はその一例。

BASTARDA **バスタルダ体**：14・15世紀に西欧で使われたゴシック体のひとつ。手早く書ける簡易化した字体で、自国語（ラテン語のテクストにはほとんど使われなかった）の本や文書の写しに使われた。フランスとフランドルでは美しい字体だったが、イングランドのキャクストンの最初の活字はこのスタイルの劣化版だった。フランスにおけるバスタルダ体は、16世紀に**ローマン**(roman)**体**や**イタリック**(italic)のデザインにとって代わられたが、ドイツでは印刷用に**シュヴァーバッハー**(schwabacher)**体**や**フラクトゥール**(fraktur)へと発展し、20世紀なかばまで使われつづけた。→クリストフォロの『島々の書』pp.70–71、キャクストンの『チェスのゲーム』pp.102–103。

BLACKLETTER **ブラックレター**：印刷の最初期に使われた書体および活字書体。英語で印刷した本に使われてい

るオールドイングリッシュ体を意味することもよくある。→ウィンキンの『愉快な質問』pp.104-105

BLOCK BOOKS（XYLOGRAPHICA）　**木版本またはシログラフィカ**：50葉までの短い本で、文章も挿絵も、活字を使った印刷ではなく木版でできている。15世紀末に作られ（グーテンベルクが印刷を発明したのち）、一般大衆への配布という宗教目的で作られるのがふつうだった。

BOUSTROPHEDON　**犂耕体**（りこうたい）：ギリシア語の *bous*（ox）と *strophē*（turn）からできた言葉で、牛が耕すように折り返すことをさす。一部の古代ギリシアやエトルリアの写本や碑文に見られる双方向性の書き方で、行が交互に折り返す形になる。（現代ヨーロッパの言語のように）左から右に書いたり、セム語族の言語のように右から左に書いたりするのではなく、1行ごとに文字が反対方向に進み、読む際も反対方向に読んでいく。

C

CALENDERING　**カレンダリング**：艶出しローラーにかけて表面をなめらかにすること。できあがった**紙**（paper）は光沢紙とよばれる。18世紀に導入された。**凹版**（intaglio）印刷や**モダン・フェイス**（modern face）のローマン活字にふさわしい。→ HOLLANDER ホレンダー

CAMERA OBSCURA　**カメラ・オブスクラ**：ピンホールを通し、閉鎖した箱もしくは小部屋に像を映し出す光学装置。古代から知られ、17世紀以降は絵を描く補助装置として広く使われた。ルイ・ダゲールは先駆的な写真撮影方法である**銀板写真**（daguerreotype）を作るのにカメラ・オブスクラを利用した。「カメラ」という言葉を写真を撮る装置に使うようになったのはここからである。

CANGJIE　**蒼頡**（そうけつ）：中国の表記法を考案したといわれる伝説上の人物。彼の名は1976年に台湾で発明されたコンピュータの入力システムに使われている。このシステムでは一般的なQWERTY配列のキーボードを使って中国語で使うすべての文字を作ることができる。

CAROLINGIAN MINUSCULE　**カロリング小文字体**：8世紀、カール大帝（シャルルマーニュ）の時代に、ヨークのアルクインの**写字室**（scriptorium）で作り上げられた公式の書体。この書体は広く西欧で使われるようになり、今日使われている小文字（a、b、c、dなど）はカロリング体に由来する。→聖ガレンの『カンタトリウム』pp.114-115

CHANSONS DE GESTE　**武勲詩**：8世紀から9世紀のカール大帝（シャルルマーニュ）や彼の後継者の治世にかんする伝説を核として作られた、フランスの叙事詩。その多くは数千行におよぶ長さがあり、12世紀から15世紀の写本の形で現存している。ブラジルのコルデルにはその影響がかすかにみられる。

CHAPBOOKS　**チャップブック**：小型の小冊子。綴じられているが、未製本であることも多い安価な低俗本。18世紀から19世紀初めにかけて印刷された。田舎で行商人や呼び売り商人によって売られたり、地方都市やロンドンでは書店でも売られたりした。エピナルで発行されたフランスの本に似ている。何千冊も売られたチャップブックは『ニューゲイト・カレンダー』（pp.164-165参照）や三文小説のようなもので、現代のナイジェリアやブラジルの街頭売りの読み物と類似性がある（pp.222-223）。

CHOLIAMBIC　**跛行短長格**（はこう）：詩の韻律のひとつ。古典派時代にギリシア語やラテン語の詩に使われた。

チャップブックの戯曲『悪魔の競売』。凸版でざら紙に印刷されている。エッチングは人気の挿絵画家ホセ・グアダルーペ・ポサダによるもので、1890年から1932年にかけてメキシコで出版された。

CODEX/CODICES　**コデックス**：文字を記した紙をまとめ、たたみ、綴じて現代の本の形にした写本（古代には、このようにまとめたものをコデックスとよび、エジプトの**パピルス**（papyrus）のように紙をつないで**巻物**（scroll）にしたものをヴォルメンとよんだ）。

COLLAGE　**コラージュ**：芸術家が紙（または他の素材）の切れ端を集め、それを貼りつけたり埋めこんだりして新たな作品を作る芸術的テクニック。18世紀末のディレイニー夫人の花の絵は初期の例だが、この手法は現代美術、とくにマックス・エルンストやキュビストの画家ピカソやジョルジュ・ブラックとさらに密接なかかわりがある。→エルンストの『慈善週間』pp.220-221。

COLOPHON　**奥付**：⑴タイトルページができる以前の初期の印刷物で、印刷業者の名前と日付が記されていた巻末部分。現代の本の奥付には、制約事項や、使用した活字書体と紙についての詳細が記されていることもある。⑵不正確な使い方だが、しばしば印刷業者の機器や出版者のマークをさす言葉として使われる。これは伝統的に奥付か、最近ではタイトルページに載せられる。

COMPOSITOR　**植字工**：印刷所の親方から文章を活字に組むことをまかされた印刷工。熟練工はギリシア語やヘブライ語の本や数学書の活字を組むために雇われたが、植字工はみな字が読めることが必須で、ありがちな著者の読みにくい字を判読し、正しい綴りと句読法で組むことができなければならなかった。

CONCRETE POETRY　**具体詩**：言葉をタイポグラフィカルにならべた詩。意図された効果を伝えることが、従来からある詩の文学的内容と同じくらい重視される。マリネッティやダダイストの作品はその一例。→カメンスキーの『牝牛とのタンゴ』pp.218-219、プリエトの『反書物』pp.250-251。

CUNEIFORM　**楔形文字**：メソポタミアで前3300年頃から後75年頃まで使われた筆記システム。その後フェニキアのアルファベットにとって代わられ、すたれた。湿った粘土板に楔形の葦で印をつけていくこの方法は、広く受け入れられ発展した。発掘された数十万枚の粘土板の多くはまだ解読されていない。→『ギルガメシュ叙事詩』PP.18-19

CYANOTYPE　**青写真**：1842年にジョン・ハーシェル卿によって発明された写真処理。フェリシアン化カリウムを使って印画を作る（技術者によく使われる）。書籍では、この技術はアンナ・アトキンスと何人かの追随者と関係が深い。→アトキンズの『イギリスの藻』pp.184-185。

D

DAGUERREOTYPE　**銀板写真**：1830年代にフランスで考案された初期の写真。発明者はルイ・ダゲール。最初の商業的な写真処理。銀めっきをほどこした銅板をヨウ素蒸気にあてて感光性を得させ、撮影した像を熱い水銀蒸気にさらす。とくに肖像写真によく使われるようになり、技術の改良によって露出時間が短くなった。→デュペリの『銀板写真で見るジャマイカ周遊』pp.186-187。

DESCENDERS　**ディセンダー**：ベースラインの下につき出す小文字（g、j、p、q、y）。→ASCENDERS　アセンダー

DEVICE（またはPRINTER'S MARK）**プリンターズ・マーク**：**奥付**（colophon）や扉ページに印刷された商標。これによって読者はどこの商会で本が作られたかを知ることができた。

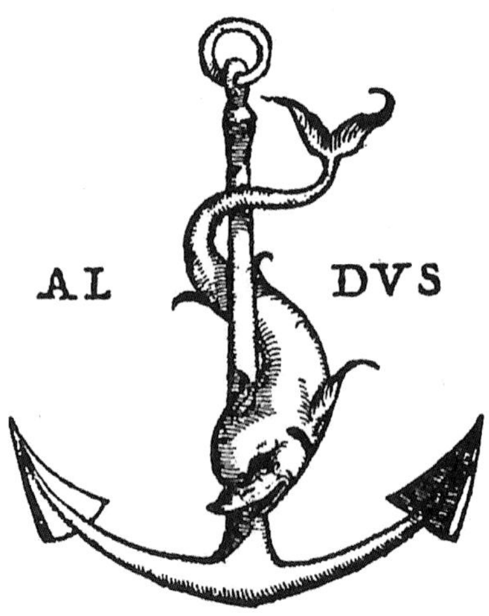

プリンターズ・マーク。アルドゥス・マヌティウスのイルカと錨。古代ローマの貨幣の裏の図柄を、1501年にベンボ枢機卿が彼にあたえた。

DIDOT　**ディド**：⑴18-19世紀フランスの有名な印刷・出版業者の一族の名。⑵フランスで広く使われている**モダン・フェイス**（modern face）の**ローマン体**（roman）活字の名。⑶ヨーロッパの印刷活字のサイズの測り方（**パイカ**（pica）はアングロアメリカで使用されるサイズ）。

DIME NOVEL　**ダイムノヴェル**：19世紀末にアメリカで作られた大衆文学の蔑称。→パウエルの『熊使いグリズリー・アダムズ』pp.192-193、PENNY DREADFUL　ペニー・ドレッドフル

DISS　**解版**：印刷用語。組んで使用した活字を再使用できるように活字ケースに選別して戻すこと。活字を鋳造し組み上げる機械的方法が発展してこのプロセスが不要になるまで、解版は非常に手間のかかる仕事だった。

DLUWANG（またはDULUANG）**ダルワン**：カジノキ（*Broussonetia papyrifera*）や他の熱帯植物から作った書写材。内皮をはぎとり、たたいて薄く広げ磨くと字が書けるようになる。非常に虫害を受けやすいが、この樹皮を使った**紙**（paper）はインドネシア全域とフィリピンで最近まで広く作られていた。もっと以前には、中国南部や東南アジアでも作られていた。南太平洋地域で今も作られているものは**タパ**（tapa）とよばれている。また、メキシコには異なる植物から作るアマテとよばれる紙がある。→『ボケ・ヴァン・ボナン』pp.92-93。

右　ディドロとダランベールの『百科全書』（1751-57）から、凸版印刷を解説する図版。図の上段は**植字工**が活字を組んだりばらしたりするようす。中段は活字と文字仕切り。その下は植字盆。最下段は、規定の長さにそろえられた活字。

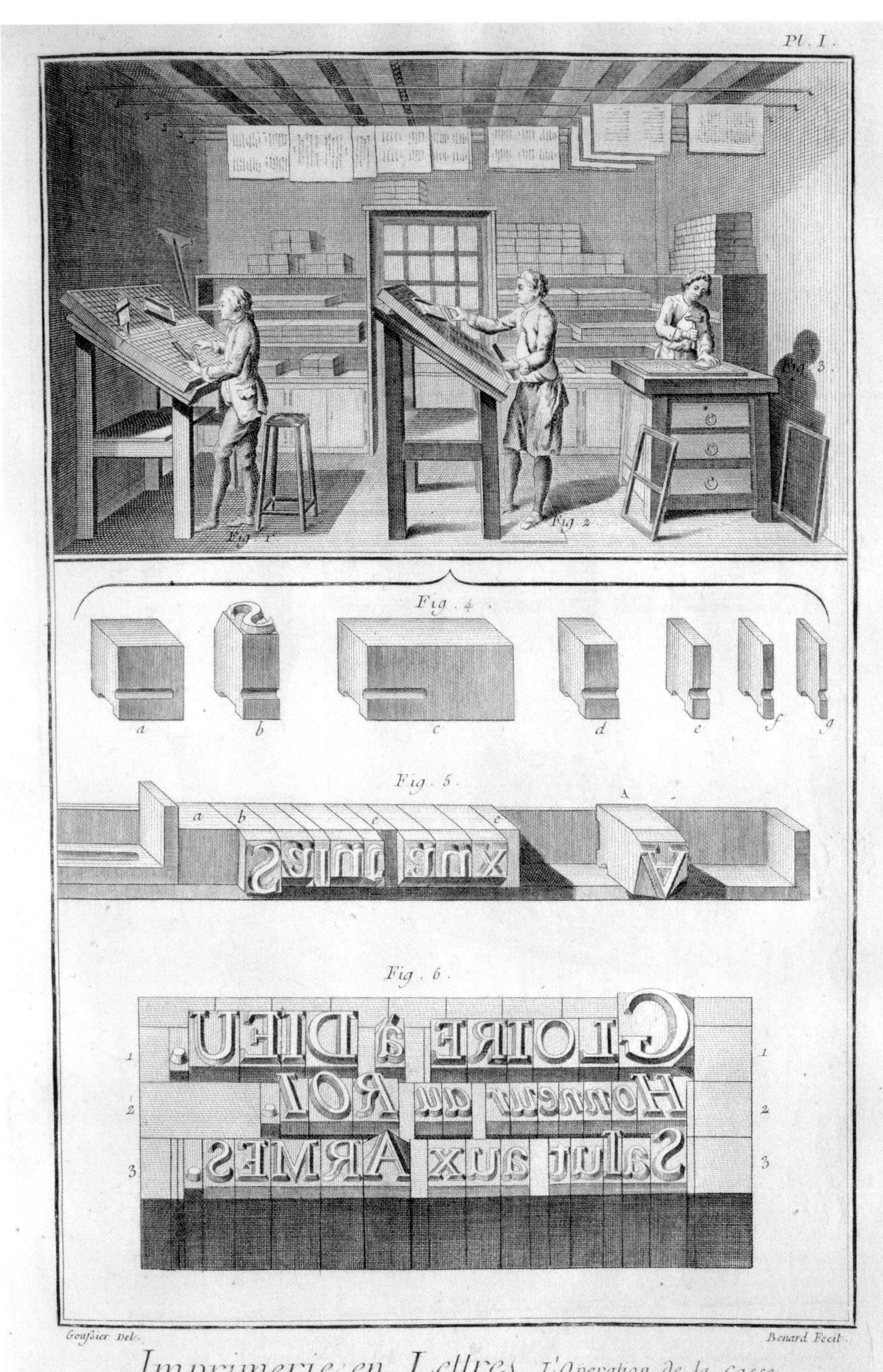
Pl. I.
Fig. 1
Fig. 2
Fig. 3
Fig. 4
a
b
c
d
e
f
g
Fig. 5
A
Fig. 6
1
2
3
Goussier Del.
Benard Fecit.
Imprimerie en Lettres, L'Operation de la casse.

DUODECIMO（または 12mo、12°）**十二折り判**：原紙１枚を 12 葉に分割して印刷した判型の本。初期のペーパーバックの**体裁**は多くが十二折り判だった。→レーマンの『ワルツへの招待』pp.224-225

E

ELECTROTYPE/-ING　**電気版**：電気分解を使って薄い銅板に写しとって印刷するプロセス。1830 年代末にサンクトペテルブルクとリヴァプールで並行して考案された。(1)鋳造した父型や母型から正確な型をとるのに使われる。これにより中国語の活字の大量生産が容易になり、また、西洋の活字鋳造業者は他の業者のデザインを盗用できるようになった。(2) 19 世紀なかばの**ネイチャー・プリンティング**で行われたように、彫版した印刷用**凹版**の写しを作るのに使われた。(3)比較的大規模な出版を可能にするために、浮彫（活字や木口木版のページなど）の表面の正確な写しをとるのに使われた。1840 年頃から 20 世紀後半まで広く利用された。→ STEREOTYPE/STEREOTYPING　鉛版

EMBLEM BOOKS　**エンブレム・ブック**：16・17 世紀に西欧で人気のあった挿絵入り本のひとつ。読者は文章にはかならずしも述べられていない意味を絵から読みとることができた（検閲官も疑いをいだいた）。→エラスムスの『書簡文作法』pp.126-127。

F

FASCICLE　**分冊**：本の一部分。編集作業が続行しているあいだに読者が本の最初の部分を読めるように、本を分けて発行したもの。非常に厚い参考図書や**凹版**印刷の挿絵つきの本によく用いられた販売形態。

FLAP-BOOK　**フラップ・ブック**：→ HARLEQINADE　ハーレクイナード

FOLIO（または fo、2°）**フォリオ判**：手作りの原紙を半分に折ったふたつ折り判。使う紙のサイズによるが、フォリオ判で印刷される本は**四つ折り判**や**八つ折り判**といった他の**体裁**に比べると大きい。

自分の尾を飲みこむドラゴンと風刺詩。ミハエル・マイヤーの『逃げるアタランテ（Atalanta fugiens）』より。詩と文と 50 曲のフーガ（タイトルをもじっている）を収めた、錬金術の雰囲気が漂う**エンブレム・ブック**。版画はヨハン・テオドール・ド・ブリーによる。1618 年にオッペンハイムで出版された。

FONT　**フォント**：一緒に使用するためにカットしデザインした活字の集まり。フォントにはアルファベットの各文字がふくまれる。大文字の A から Z（さらに Æ と Œ）、**小文字**の a から z（さらに ß のような特別な文字）、そして大文字と小文字のイタリック体、さらに句読点や＊、&、$といった特別な文字だ。フォントという言葉はしばしば（12 ポイントや 24 ポイントといった）あらゆるサイズの「そろいの活字」（さまざまな活字）を意味することもある。こういったものをすべてそろえているのは最大手の印刷会社だけで、活字がそろっていないと（使うはずの活字がまだ解版されていない場合も多い）、活字鋳造所をすぐに利用できない場合には深刻な問題となる。

FORMAT　**体裁（フォーマット）**：(1)本のサイズと形。原紙を何回折ってページを作るかによって決まる。→ DUODECIMO　十二折り判、FOLIO　フォリオ判、OCTAVO　八つ折り判、QUATRO　四つ折り判。(2)書籍その他出版物の一般的な物理的外観。紙の質、縁、活字書体、装丁もふくむ。

FRAKTUR　**フラクトゥール**：16 世紀初頭から第２次大戦時までドイツ（と他のいくつかの現地語）で印刷に使用された正式な美しいドイツの**ブラックレター**活字。ラテン語その他への使用は 18 世紀以降、アンティカ体（**ローマン体**）の使用にとって代わられたが、多くのドイツの文学書はフラクトゥールで印刷されつづけた。**イタリック**（ローマン活字で印刷された本で強調する個所に使われる）に相当するものがないので、印刷業者は異なるブラックレターの書体（**シュヴァーバッハー体**）を使ったり字間調節をしたりした。→グスタフ・ヴァーサ聖書 pp. 124-125。

フラクトゥールの活字が最初に使われたもののひとつ。クリスティアン３世の聖書のカバーに赤で印刷されている。宗教改革の聖書として知られ、1550年にデンマークで出版された。木口木版はエアハルト・アルトドルファーによる。

G

GRAPHIC NOVEL **グラフィック・ノヴェル**：大人（と子ども）向けの物語。物語の筋と動きが（リンド・ウォードの小説にあるように）絵によって表現されていたり、**バンド・デシネ**(bandes dessinees)や漫画のように、ある程度限定された文章と絵で表現されていたりする。

H

HARLEQUINADES **ハーレクイナード**：メタモルフォーゼ、フラップブック、折り返し本などともよばれるハーレクイナードは、ロンドンの出版者によってはじめて考案され、1765年頃から19世紀初頭まで人気を博した。子ども用に使用される**体裁**(format)は２枚のシート（ふつうは浮き出し印刷がされていた）からできていた。最初のシートは垂直に４つの部分に折りたたまれている。２枚目のシートは半分に切られ、最初のシートの上端と下端にとめられ、それぞれのシートを別々にもちあげられるようになっている。シートは４つにたたまれ、フラップの各部に書かれた詩が簡単なお話になっていて、フラップを指示に従って上げ下げすることで結末にたどりつける。フラップを上下させることによって絵が変化する。次々とフラップをめくっていくと物語の筋がわかるというしかけだ。→メッゲンドルファーの『グランドサーカス』pp.198-199。

HIEROGLYPHICS **ヒエログリフ**：表**意文字**(ideogram)とアルファベット的要素の両方を使用した、古代エジプトの正式な筆記システム。**パピルス**(papyrus)や木質のものに書く宗教的文書には、エジプト人はくずし字のヒエログリフを使った。→『アニの死者の書』pp.22-23。

HOLLANDER **ホレンダー**：製紙において、麻や大麻といった植物繊維を破壊して紙パルプにするため、1680年にオランダ人によって開発された叩解機。非常に速く作業が進むため、それまでヨーロッパの製紙工場で使われていたスタンプミルにとって代わったが、ホレンダーで作られた**紙**(paper)は弱かった。

HOT-PRESS/ING **加熱圧搾→** CALENDERING カレンダリング

HYPERTEXT **ハイパーテキスト**：電子デバイスに表示された文。そこでは情報（文、図、画像、さらなるウェブページへのリンクなど）が多層に格納されている。さらなる情報への言及はハイパーリンクで表示され、クリックできるリンクはしばしば主文とは異なる色で目立つようにしてある。リンクをクリックすると、読者は新たな情報に跳ぶことができる。こういった構造は広範に利用されるようになってきており、たとえばエッセー、オンライン・ニュース、履歴書、果ては小説にまで使われている（→『午後、ある物語』p.210）。小説の場合には、ハイパーリンクは仮想交差点の役割をはたしており、ひとつの筋書が別の筋書を越えて展開していったりする。

I

IDEOGRAM/IDEOGRAPHIC **表意文字**：表意文字は、アルファベットや**アブギダ**(abugida)にあるような言葉あるいは形態素よりも、考えを直接表す記号である。古代エジプトの**ヒエログリフ**(hieroglyphics)や中国最古の筆記システムは**絵文字**(pictograph)あるいは表意文字だったが、時の流れにより、記号が他のもっと抽象的な意味を引きつけた。現代の西洋の文字の形はすべて最古のフェニキアのアルファベットから伝わったものだが、これは形の上では絵文字だといえる。たとえば、アレフは雄牛、ベートは家、ギーメルはラクダ、ダーレスはドアだ。

INCUNABULA　**インキュナブラ**：「揺籃期の本」。グーテンベルクの発明後にヨーロッパで印刷された本をさす。通常は15世紀に印刷されたものに限定されるが、1520年までに印刷されたものをふくめる場合もある。

INSULAR　**インシュラー**：ブリテン諸島とアイルランドで、600-900年頃に使われた芸術様式。写本においては、『ケルズの書』と『リンディスファーンの福音書』がこの様式のもっとも美しい例である。→『ケルズの書』pp.60-61。

INTAGLIO　**凹版、凹版彫り**：絵の線を金属板の表面に彫りこむ印刷の過程。彫った部分にインクを入れ、線が紙に写るように大きな力でプレスする。凸版印刷よりも繊細な表現が可能で、すばらしい作品になるため、流行した。→リンスホーテンの『東方案内記』pp.132-133、トムリンソンの『ダンスの技術』pp.146-147。

ISOLARIOS　**イソラリオ**：「島々の本」。15・16世紀にイタリアのヴェネツィアその他の地域で、船乗りや旅行者のために作られた地図帳。→クリストフォロの『島々の書』pp.70-71。

ITALIC　**イタリック体**：14世紀に北イタリアで発展したルネサンス期の草書体の筆記スタイル。最初に活字書体を制作したのはヴェネツィアのアルドゥス・マヌティウスで、傾斜した**小文字**（lower-case）と（直立した）ローマン体の大文字を使った。イタリック体は大成功し、**ローマン体**（roman）の代わりに使われることも多かったが、やがてローマン体とともに使われる補助的な字体となった。傾斜は**フォント**（font）によってさまざまで、直

『リンディスファーンの福音書』の細部、ルカによる福音書の冒頭部。このパーチメントの福音書は7世紀末に、イングランドの北東沖のリンディスファーン島の小さな修道院で修道士イードフリスによって筆写、装飾された。**インシュラー**スタイルのすばらしい代表例のひとつで、地元と輸入もの両方の動物、植物、鉱物の原料を使用している。ラテン語の文が没食子インクを使って書かれ、古英語で注釈がくわえられている。

立したイタリック体も彫られた。→アルド版ウェルギリウス pp.108-109。

K

KAMAWA-SA　**カマワ＝サ**：ミャンマーのもっとも神聖な写本。仏典パーリ・ヴィナヤの抄録で、漆塗りに金の装飾をほどこしたヤシの葉に、特別な筆記体で書かれている。

KHIPU/QUIP　**キープ**：結び目のついた、あるいはねじった紐（ひも）でできた記憶するための道具で、文書の代わりに使われた。スペインの植民地時代まで、アンデス文明で広く利用された。このシステムは、中国でも「結縄」として使われており、黄帝が前2625年頃にその考案を命じたとされる。→カラルのキープ pp.20-21

L

LIMITED EDITION　**限定版**：部数が限定されている本。次のような表記がされる場合がある（**私家版印刷所**（private press）の本ではしばしば**奥付**（colophon）に記されたり印刷されたりした）。たとえば、「第19部」あるいは「19/250」のように（250部限定で印刷したうちの第19部、という意味）。

LINOTYPE　**ライノタイプ**：アメリカで1886年にオットマー・マーゲンターラーによって考案された機械。テクストを活字に組んで1行分まとめて鋳造する（ゆえに一行の活字、ライン・オヴ・タイプから名前がついた）。鋳造された活字は印刷後に廃棄するので、新たに使うために活字をばらす必要がないという利点がある。競合品も

生まれて、ライノタイプは新聞や雑誌や本の印刷に使われる設備のスタンダードとなったが、1960年代に写真植字にとって代わられた。

LITHOGRAPHY　**石版刷り**：18世紀末にバイエルンでアロイス・ゼネフェルダーによって考案された**平版印刷術**（planographi）。バイエルンの石灰岩の板を使い、油と水の反発作用を利用して印刷する。油性の鉛筆で石にスケッチし、それから石を水で濡らすと、油分のあるところだけにインクが付着する。石版刷りには、凸版や**凹版**（intaglio）による印刷に代わる大きな利点があり、石を使うため安価に作ることができる。19世紀初頭の急速な発展により、石版印刷は凸版印刷とおなじくらい重要な手法となり、20世紀なかばには凸版印刷にとって代わった。→デュペリの『銀板写真で見るジャマイカ周遊』pp.186-187、メッゲンドルファーの『グランド・サーカス』pp.198-199。

LIBRES D'ARTISTES　**リーブル・ダルティスト**：「芸術家の本」と訳されることもある。有名な画家が挿絵をつけた小型本で、（ふつうは）パリの腕ききの印刷業者の**アトリエ**（atelier）で制作された。非常に高い価格で出版され、トップクラスの前衛的な製本師によって製本された。称賛されるべき芸術作品としてデザインされる本で、読まれるためのものではない。一般的な書籍取引とはまったく別に扱われ、**私家版印刷所**（private press）で刷られる本とアーティスト・ブックとリーブル・ダルティストとの違いを定義するのはむずかしく、芸術家と印刷業者がどう考えるかによる。

LONTAR　**貝葉**（ばいよう）：インドや東南アジアでみられる、オウギヤシ（*Borassus flabellifer*）やタリポットヤシ（*Corypha umbraculifera*）の乾燥させた葉で作った写本。前5世紀頃からアジアの諸地域で一般的な書写材として使われた。保存がきかない点が継続的な問題となっている。→ナーランダ『般若経』pp.34-35

LOWERCASE　**小文字**：**小文字体**（minuscule）の文字（a、b、cなど）をさす。印刷所でこれらの活字が下段の入れ物（引き出し）に、大文字の活字が上段の入れ物に収められていたことからこうよばれるようになった。

M

METAMORPHOSES　**メタモルフォーゼ**：→HARLEQUINADES　ハーレクイナード

MINUSCULE/MINISCULE　**小文字体**：古代ギリシアの写本（とくに聖書のテクスト）で用いられた小さな筆記体。7世紀にカロリング小文字体としてローマン・アルファベットの小文字筆記体に発展し、のちの書体で使われた。大文字と区別できるように、印刷機の小文字用植字ケースをさす場合にも使われる。

MISSAL　**ミサ典書**：典礼書。教会の儀式に従った指示書。年間をとおしてミサに使われ、詩編（譜面入りで昇階唱として歌われる）、福音、使徒書簡、祈りの言葉が収められている。しばしば装飾がほどこされた。

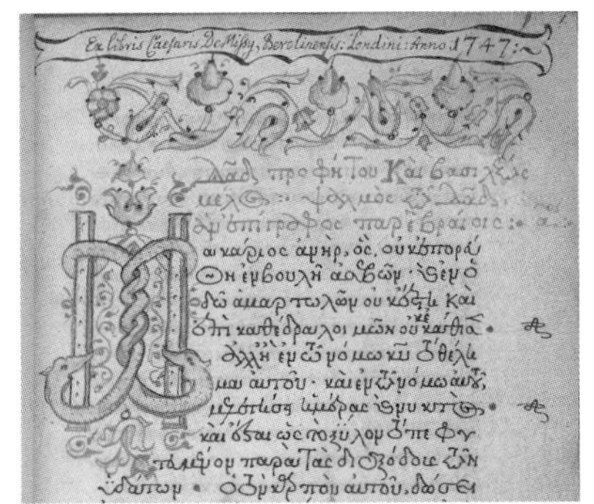

装飾頭文字とギリシア語の**小文字体**。1661年にシナイ山（エジプト）の聖カタリナ修道院の修道司祭マタイオスによって書かれた詩編。つき出した頭文字は、赤と黄色のペン書きで装飾されている。

MODERN FACE　**モダン・フェイス**：18世紀中期以降に作られるようになった**ローマン体**（roman）の活字書体。セリフの形やデザインの他の部分が、**オールド・フェイス**（old face）活字のモデルになった幅広ペンで書かれた筆写体よりも、技術者が書いた書体に近い。モダン・フェイスは19世紀末には世界中で一般的な書体となったが、この頃オールド・フェイスも英語圏でふたたび使われはじめた。

MONOTYPE　**モノタイプ**：1890年にアメリカでトルバート・ランストンによって考案された、活字を組み、鋳造する機械。技術的に**ライノタイプ**（linotype）よりもいくつかの点で進んでおり、1960年代に写真植字にその座を奪われるまで、イギリスでは本の植字や科学書の印刷になくてはならない機械として使われた。

N

NATURE PRINTING　**ネイチャー・プリンティング**：⑴葉や花や羽といった自然のものを使って形を作る印刷方法。対象に直接インクをつけ、紙に押しつける。手で染めるのが最古の形態である。⑵19世紀なかばに行われた。自然のものやレースや葉などを鉛板に押しつけて跡をつけ、それから**電気版**（electrotype）で銅版の写しを作り、**凹版**（intaglio）や凸版で印刷することができた。

NEUMES　**ネウマ**：ギリシア語の*pneuma*から来ていて「息」を意味する。音程の方向や節まわしを歌詞の上にくわえたギリシアの文字譜から発展した。ネウマはグレゴリオ聖歌やビザンティンの典礼や俗人の聖歌といった

製紙の守護神、蔡倫。清王朝の図柄を模した18 世紀の木版画。

単施聖歌（単一の音節で、連続する音程で歌われる歌）のみならず、初期の中世の多声音楽（いくつかの声部で歌われる）のための記譜法となった。ネウマは現代の楽譜の祖先にあたる。

O

OCTAVO（または 8vo、8°）　**八つ折り判**：本の**体裁**（format）のひとつ。１枚の紙を３回折って８葉にし、両面に印刷して 16 ページを作る。こうして各八つ折り判のページは、もとの紙の８分の１の大きさになる。しばしばもっと小さな本のサイズも八つ折り判とよぶことがあり、およそ 20-25.5 センチの本をさす。さらに大きい体裁に、**四つ折り判**（quarto）や**フォリオ判**（folio）がある。もっとも、本がどの判になるかは、もとの紙の大きさによる。

OLD FACE　**オールド・フェイス**：ヨーロッパにおける初期の印刷業者によって作られた**ローマン体**（roman）の活字書体。デザインはルネサンス期の写本に使われた手描き書体にもとづいている。18 世紀初頭にフランスの活字父型彫刻師によってデザインが変わりはじめたが、後期のヴァージョンであるキャスロン・オールドフェイスは 18 世紀の終わりまでイギリスとアメリカで定番として使われつづけ、ヴィクトリア期末にふたたび人気が出た。

P

PALIMPSEST　**パリンプセスト**：ギリシア語の *palimpsestos* から来ている。主として**パピルス**（papyrus）、**ヴェラム**（vellum）、**パーチメント**（parchment）の写本で、表面に書かれた字を削りとって再利用できるようにしたもの。アルキメデスのパリンプセストはもっとも有名なもののひとつである。古典の作家による不要のテクストが消され、ビザンティン時代の祈禱書として再利用された。

PAPER　**紙**：ラテン語の *papyrus* から来ている。伝統的に植物繊維（亜麻や大麻など）をミルでたたくことによって作る。水に漬けられた繊維は製紙用の型に入れられ、できたシートは乾燥させたのち**サイジング**（sizing）がほどこされる。最古の紙（中国で漢の廷臣蔡倫が 105 年頃に開発した）では、製紙用の型は細い竹で編まれていた。ヨーロッパの型は細い真鍮の針金をならべたものがさらに頑丈なワイヤーで支えられていたため、紙を光に透かすとワイヤーの跡が残っているのがわかる。18 世紀以降は型に編んだワイヤーが使われるようになり、19 世紀に製紙が機械化されると、**私家版印刷所**（private press）や芸術家の好む手漉きの紙を除いて、ワイヤーの型が一般的になった。現代の紙の多くは木材パルプを使うが、しだいに再生紙がその一部を占めるようになってきている。これは表面の質がおとるため、その品質保持が継続的な問題となっている。

PAPYRUS　**パピルス**：書写材のひとつで、カヤツリグサ（*Cyperus papyrus*、ナイル川流域にかつて広く栽培されていたため、ナイル草ともよばれる）の髄の細片で作った2層からなる。たたいて乾燥させ、磨き、標準的なサイズにカットする。早くも前4000年紀には使われていた。

PARABAIK　**パラバイ**：ミャンマーの写本。接着され折りたたまれた厚手の**紙**（paper）で作られている。筆記には黒（とくに非宗教的なテクストの場合）、絵を描く場合には白かクリーム色で作られた。

PARCHMENT　**パーチメント**：書写材のひとつで、その名はペルガモン（現在のトルコのベルガマ）に由来する。**パピルス**（papyrus）が輸入できなくなった際に、アッタロス朝の王エウメネス2世のもとで考案されたといわれる。厳密には羊皮から作られたものをさすが（**ヴェラム**（vellum）は子牛か山羊皮から作られる。あわせて羊皮紙ともよばれる）、今では動物の皮で作ったもの全般や、植物由来のものもこの名でよぶことが多い。ヴェラム同様、皮を石灰で洗い、伸ばしてからこすり、磨くことで、美しく長持ちする書写材ができあがる。

PECIA　**ペキア**：写本を分冊にしたもので、一般的にはフォリオ判の紙4枚からなっている。写字生はこれを写すために雇われ、しばしば別の写字生と協力して、同じ本の異なる部分を写した。これは中世の製造ラインの一形態で、この方法をとることによって、ひとりで仕事をするよりも早く写しを作ることができた。このシステムは、組織内で認可された原本とよばれるテクストを使って、イタリアの大学都市で考案され、13世紀末にはパリ大学で規則化された手続きとなった。

PENNY DREADFUL　**ペニー・ドレッドフル**：ペニー・ブラッズ、ペニー・オーフルなどさまざまなよび名がある。19世紀イギリスで作られた廉価本。続きものの形をとった扇情的な物語であることが多く、1ペニーだった。この形で最初に登場したのが、悪魔の床屋スウィーニー・トッドである。ペニー・ドレッドフルというよび名は、のちに小冊子タイプのパルプ・フィクションに広く使われるようになった。

PERIPLUS　**ペリプルス**：古代ギリシア時代に、航海ガイドをさすのに使われた言葉。

PICA　**パイカ**：⑴アングロアメリカのポイントシステム。パイカとよばれる活字のもっとも一般的なサイズからこの名がついた。→ DIDOT　ディド、TYPE/TYPEFACE　活字／活字書体。⑵ブックデザイナーや**植字工**（compositor）が、ラインや挿絵や印刷されたページの寸法を決めるのに使う測定単位。

PICTOGRAPH/PICTOGRAM(ME)　**絵文字**：見た目の似たもの（字ではなく）を使って、示したいものの意味を伝える図記号。ローマやアラブのアルファベットと異なり、**楔形文字**（cuneiform）や**ヒエログリフ**（hieroglyphics）は絵文字にあたる。たとえば、多くの中国語の文字もそれにあたる（たとえば牛という字は角の絵を簡素化したものがもとになっている）。

PLANOGRAPHIC　**平版印刷術**（へいはん）：印刷方法のひとつ。凸版印刷や**凹版**（intaglio）印刷と異なり、印刷される部分もされない部分も同一平面上にある。平版印刷のもっとも一般的なものは**石版印刷**（lithography）である。

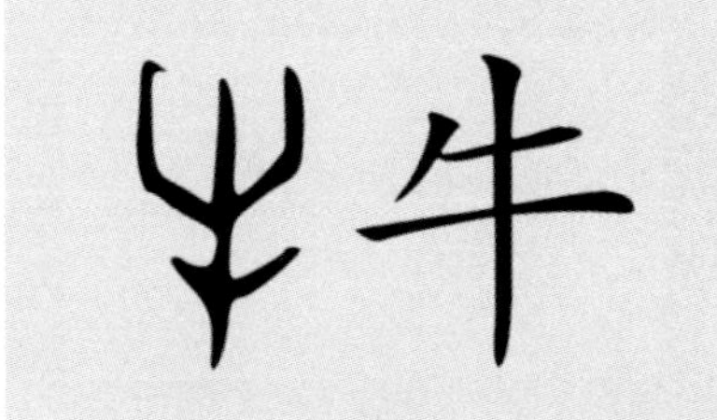

中国の文字「牛」は**絵文字**である。昔のよりわかりやすい牛の角の絵がもとになっている。

POLYGLOT　**多言語**：多数の言語を使ったテクスト、あるいは多国語を話す人。多言語の辞書あるいは聖書（コンプルテンセのような）は、数カ国語のテクストが一度に、しばしば同じページに印刷されている。初期の例にアレクサンドリア由来の旧約聖書があり、これはヘブライ語とさまざまなギリシア語のバリエーションで書かれていた（もっとも2言語だが）。もっとも有名な多国語をあやつる人物は19世紀のイタリア人枢機卿ジュゼッペ・メッツォファンティで、72か国語を話したといわれる。

PORTOLAN　**ポルトラーノ**：海図。しばしば羊皮に描かれた。コンパス方位と、探検家が観察した推定距離をもとに作られた。13世紀イタリアにはじまり（最古の現存するポルトラーノは、1296年頃の『カルタ・ピサーナ（Carta Pisana）』）、のちにスペインやポルトガルの船乗りがふつうに使うようになった。→ RUTTER　ルッター

PRIVATE PRESS　**私家版印刷所**：個人所有の印刷所での印刷物の制作は、ときには所有者が直接作業にあたった。私家版印刷所は15世紀から存在していたが、活動が前進したのは19

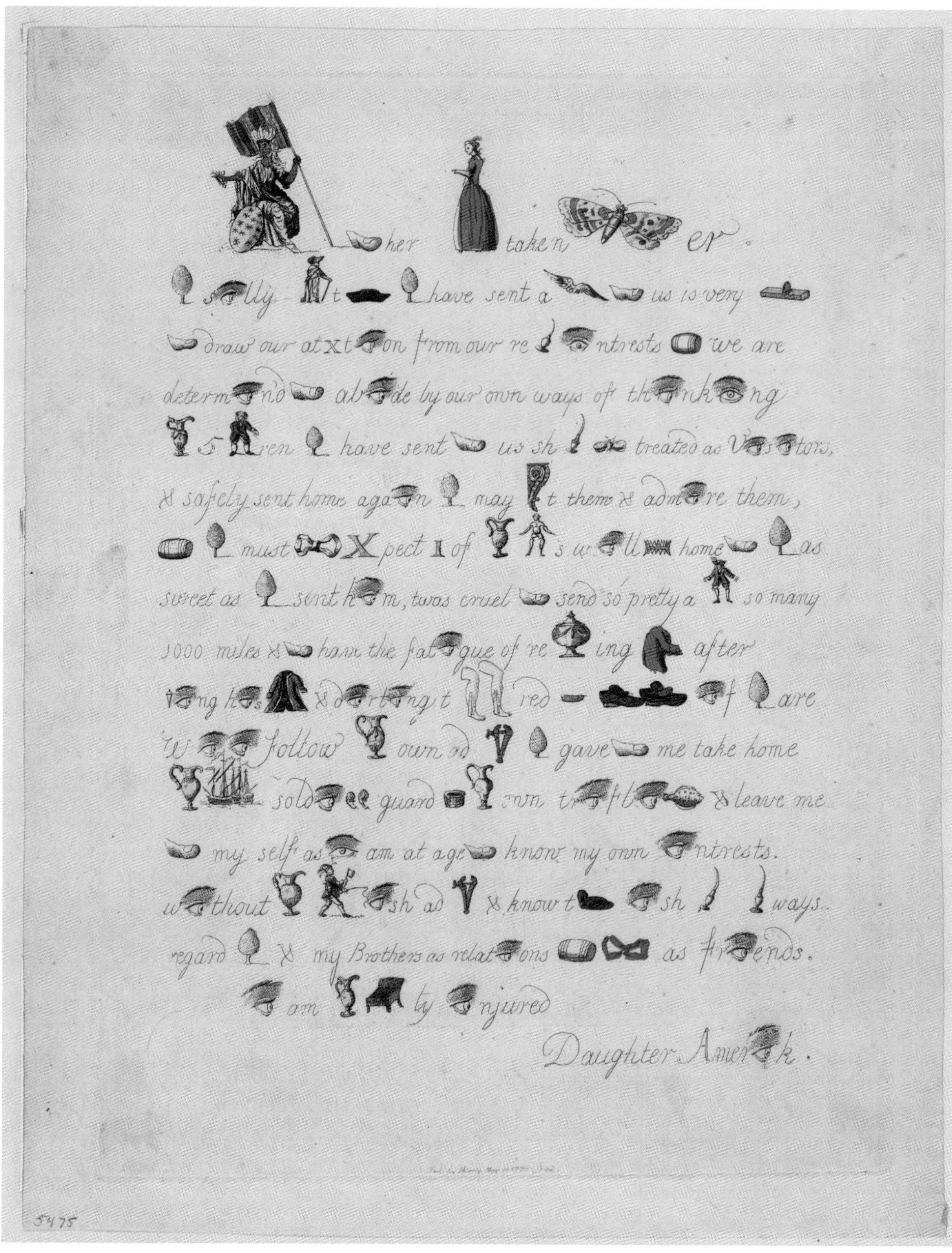

左　アメリカからブリタニアへの**判じ物**。見出しは「アメリカ・トウ・ハー・ミステイクン・マザー」と読める。1778年5月11日にストランドのM・ダーリーによって出版された。

世紀末のウィリアム・モリスやアーツ・アンド・クラフツ運動の影響下においてだった。この運動では、本作りにおける伝統的な技術とすばらしい職人芸への評価が最優先された。→クラナッハ・プレスの『ハムレット』pp.214-215、ホイットマンの『草の葉』pp.216-217、ハンターの『古代の製紙』pp.238-239。

PROVENANCE　**来歴**：特定の本の過去の持ち主の記録（サインや蔵書印、蔵書票、献辞その他から明確であったり推測されたりするもの）。たとえばシェークスピアの『ファースト・フォリオ』のような「重要な」本の場合は来歴も重要で、美術品と同様に、前の持ち主が有名人であると本の価値が上がる。

PSALTER/PSALTERIUM　**詩編**：とくに中世のものでは、詩編集には儀式用の暦や聖人の連禱といった祈りに関係する内容もふくまれていた。ラットレルの詩編のように、多くは個人が所有し、委託によって制作された。非常に美しい装飾がほどこされていることも多かった。ラテン語の詩編集は8世紀初頭から作られるようになった。装飾のないコプト語の詩編集はもっと古くからあった。最古の完全な詩編集は、エジプトのアル＝ムディルで発見された4世紀のものである。

Q

QUARTO（または4to、4°）　**四つ折り判**：原紙を2回折って4葉もしくは8ページにしたもの。このサイズの本はしばしばクォート版ともよばれる。→ FOLIO　フォリオ判、OCTAVO　八つ折り判

QUIRE　**折丁**：4枚重ねた**紙**(paper)または**パーチメント**(parchment)。中世の写本に見られるように、これを二つ折りにして8葉、16ページにする（折(おり)とよばれる）。現在も1連の20分の1にあたる24枚（今では25枚であることが多い）1組の同じサイズ同じ品質の紙の折りたたんでいないもの、あるいは1回折ったものをquire（帖）とよぶ［おもにヨーロッパ］。

R

REBUS　**判じ物**：**絵文字**のように図像を使って、言葉の中の音節を代用させるもの。たとえば、目、缶、海、雌羊の絵をならべて、「アイ・キャン・シー・ユー（I can see you）」と読ませる。紋章学に広く使われ、18・19世紀にはパズルや暗号手紙として人気があった。

RECTO　**表面**(おもてめん)→ VERSO　裏面

ROLL　**巻物**→ SCROLL　巻物

ROMAN/ROMANCE　**ロマンス**：散文や韻文からなる文学のジャンルのひとつ。中世の叙事詩から発展し、しばしば騎士道、とくに騎士道的愛をテーマにした驚くべき物語と結びついた。中世の最盛期と近代のヨーロッパで貴族階級に人気があった。13世紀初頭には、古フランス語やアングロノルマン語、オック語の散文体で書かれることが多くなり、のちにゲルマン語や英語（『サー・ガウェインと緑の騎士』は有名な例）で書かれるようになった。このジャンルは1600年頃には人気が落ちたが、ヴィクトリア・ゴシックが復活した時期に、詩人アルフレッド・テニスンらの作品で人気を盛り返した。また、中世ロマンスのイメージはラファエル前派の多くの素材の源となった。→ CHANSONS DE GESTE　武勲詩

ROMAN　**ローマン体**：**ブラックレター**(blackletter)、**イタリック体**(italic)とともに、ラテン語スクリプト体の歴史的な三大活字書体のひとつ。1400年頃のヨーロッパの写本の書体をもとにしている、この直立したローマン体は、古代ローマのテクストに見られる角ばった大文字と**カロリング小文字字体**(carolingian minuscule)とを結びつけた。ルネサンス期まで、ローマン体かイタリック体、いずれかの活字書体が使われた。今日ではローマン体とイタリック体の活字はしばしば同じ本のなかで、文法的または機能的な目的で混ぜて使われることが多い。

RUBRIC　**ルブリック**：テクストの最初の語、もしくは部分で、伝統的に、目立たせるために赤インクで書かれたり印刷されたりする。

RUTTER　**ルッター**：海図ができるまで中世の船乗りが使った航海用案内書。港や海岸の目標物、およその距離についての情報が記されている。フランス語の*routier*から来ている。

S

SCHWABACHER　**シュヴァーバッハー体**：ドイツのシュヴァーベン地方からついたよび名。ドイツで1480-1530年頃からよく使われるようになった**ブラックレター**(blackletter)の活字書体。マルティン・ルターの著書の印刷で有名。20世紀まで（あまり広範囲ではないが）使われた。ゴシックの写字生書体から生まれたもので（テクストゥールともよばれる）、フランス、イギリス、北海沿岸低地帯でよく使われた。→ FRAKTUR　フラクトゥール

SCRIPTORIUM/SCRIPTORIA **写字室**：筆耕をするための部屋。とくに中世ヨーロッパの修道院で、まだ印刷が発明されていない時代に、大量の写本（とくに宗教書）を写字生が写すために確保された場所をさす。もっとも、多くの筆耕はおそらく修道士の私室、もしくは修道院内の小部屋で行われた。13世紀には平信徒による写本工房も存在した。薄暗い部屋での写字は文庫係によって監督され、この監督から**パーチメント**（parchment）や**ヴェラム**（vellum）、インクといった材料が支給された。

SCROLL **巻物**：編集可能な記録管理の最古の形態（古代エジプトにはじまる）。文字や絵が書かれ、**パピルス**（papyrus）、**パーチメント**（parchment）、**紙**（paper）で作られた。ふつうはページ単位に区切られているが、ときには別々のパピルスやパーチメントのシートを貼りあわせたものでできていたり、印をつけたページに仕切ったものをひとつのつながった巻物にしたりする場合もあった。プリニウスは1世紀に著書『博物誌』のなかで、商業用のパピルスの巻物は約20枚のシートで長さ4.5メートルだが、ヴォルメン（→ CODEX　コデックス）はしばしば9-10.5メートルだと書いている。巻物は簡単に巻かれ、しばしばひもで結ばれたり（あるいは封印されたり）、また多くのトーラーの巻物のように木や象牙の芯がつけられたりした。

SIDEROGRAPHY **鋼凹版彫刻法**：鋼版に彫版されたデザインを**凹版**（intaglio）印刷用に再現する方法。ジェイコブ・パーキンズが考案した。紙幣印刷に使用する印刷版にデザインを複写する型の作成に使われる。

SIZING **サイジング**：製紙において、紙の吸収力を抑え、書いたり印刷したりしやすくするために表面を加工すること。加工澱粉やゼラチン（1850年以降は松脂）といった糊状の物質が使われた。この処理を中国人は早い段階から発展させていた。初期のサイジングはまちがいなく字面と強度を向上させたものの、現代のサイジングはむしろ逆で、多くのサイズ剤がひき起こす化学変化のために劣化が速まっている。

STEATITE **ステアタイトまたはソープストーン**：黒っぽい面に白く跡をつけるのに使われる鉱物。ミャンマーでは黒い**パラバイ**（parabaik）に使われる。

STEREOTYPE/STEREOTYPING **鉛版**：18世紀初頭にスコットランドでウィリアム・ゲドが発明した。活字を組んだページの鋳型を石膏かパピエ・マシェでとり、活字合金で版を製作する。これにより、活字の組みなおしが不要になり、増刷のために保管しておくことができた。タウヒニツやエブリマン叢書といった安価な文庫本にも利用された。→ ELECTROTYPING　電気版

SUBSCRIPTION LIBRARY **会員制貸出図書館**：⑴会費や寄付を財源とする図書館。⑵営利目的で経営される貸出図書館。ともに18世紀に英語圏の国で発展した（現存する最古のものは、1731年に創設されたフィラデルフィア・ライブラリー・カンパニー。イギリスでもっとも有名なのはロンドン図書館）。営利目的の図書館は公共図書館にとって代わられる傾向があったが、映画やDVD図書館として生きのびている。

SUBSCRIPTION PUBLISHING **予約出版**：著者もしくは出版者が印刷前に、場合によっては執筆前に予約注文をとる出版方法。17世紀イギリスで発展し、18世紀にはかなり一般的になった。予約した人々の名前がそういった本に掲載されることも多かった。最近では、**私家版印刷所**（private press）の多くの所有者やアーティスト・ブックのプロデューサーが、予約制で本を出版している。イギリス人のアンバウンド（Unbound）のような出版社は、未来の出版のためにこういった方法に修正をくわえている。

SYLLABARY **音節文字**：音節を示す記号からなる表音の筆記システム。音節は子音と母音もしくはひとつの母音で構成される場合が多いが、他の表音マッピングも存在する。チェロキー文字（チェロキー語）やひらがな（日本語）の音節文字は今も使われているが、ミケーネ・ギリシア語（線文字B）はもはや使われていない。

T

TALLY STICK **合札**（あいふだ）：量や数、場合によっては伝達事項の記録に使った記憶するための道具。骨や木にきざむことが多く、このような方法はヨーロッパや中国の先史時代および古代に使われ、19世紀になっても使いつづけられた。→ KHIPU　キープ、イシャンゴの骨 pp.16-17。

TAPA **タパ**：ポリネシアの樹皮製の紙。→ DLUWANG（または DULUANG）ダルワン

TYPE/TYPEFACE **活字／活字書体**：⑴印刷用活字を形成する文字を作る金属の鋳造。⑵印刷される際の文字の外観。活字父型彫刻師や活字鋳造師はさまざまなサイズの活字の**フォント**（font）を作り、19世紀初頭まで（イギリスではブルジョワ、ノンパレル、イングリッシュといった）伝統的なサイズのよび名を使っていた。しかし、さまざまな

右　活字書体と言語の見本。イーフレイム・チェンバーズの『サイクロペディア、または諸芸諸学の百科事典（Cyclopaedia, or An Universal Dictionary of Arts and Sciences）』より。（ロンドン、ジェームズ&ジョン・クナプトン、1728年）。

A SPECIMEN

By WILLIAM CASLON, Letter-Founder, in Chiswell-Street, LONDON.

ABCD
ABCDE
ABCDEFG
ABCDEFGHI
ABCDEFGHIJK
ABCDEFGHIJKL
ABCDEFGHIKLMN

French Cannon.

Quousque tandem abutere, Catilina, pati-
Quousque tandem abutere, Catilina, patientia nostra?

Two Lines Great Primer.

Quousque tandem abutere, Catilina, patientia nostra? quamdiu nos etiam
Quousque tandem abutere, Catilina, patientia nostra? quamdiu nos etiam furor

Two Lines English.

Quousque tandem abutere, Catilina, patientia nostra? quamdiu nos etiam furor iste tuus elu-
Quousque tandem abutere, Catilina, patientia nostra? quamdiu nos etiam furor

DOUBLE PICA ROMAN.

Quousque tandem abutere, Catilina, patientia nostra? quamdiu nos etiam furor iste tuus eludet? quem ad finem sese effrenata jac-
ABCDEFGHJIKLMNOP

GREAT PRIMER ROMAN.

Quousque tandem abutêre, Catilina, patientia nostra? quamdiu nos etiam furor iste tuus eludet? quem ad finem sese effrenata jactabit audacia? nihilne te nocturnum præsidium palatii, nihil urbis vigiliæ, nihil timor populi, nihil con-
ABCDEFGHIJKLMNOPQRS

ENGLISH ROMAN.

Quousque tandem abutêre, Catilina, patientia nostra? quamdiu nos etiam furor iste tuus eludet? quem ad finem sese effrenata jactabit audacia? nihilne te nocturnum præsidium palatii, nihil urbis vigiliæ, nihil timor populi, nihil consensus bonorum omnium, nihil hic munitissimus
ABCDEFGHIJKLMNOPQRSTVUW

PICA ROMAN.

Melium, novis rebus studentem, manu sua occidit. Fuit, fuit ista quondam in hac repub. virtus, ut viri fortes acrioribus suppliciis civem perniciosum, quam acerbissimum hostem coërcerent. Habemus enim senatusconsultum in te, Catilina, vehemens, & grave: non deest reip. consilium, neque autoritas hujus ordinis: nos, nos, dico aperte, consules desumus. De-
ABCDEFGHIJKLMNOPQRSTVUWX

SMALL PICA ROMAN. No 1.

At nos vigesimum jam diem patimur hebescere aciem horum autoritatis. habemus enim hujusmodi senatusconsultum, verumtamen inclusum in tabulis, tanquam gladium in vagina reconditum: quo ex senatusconsulto confestim interfectum te esse, Catilina, convenit. Vivis: & vivis non ad deponendam, sed ad confirmandam audaciam. Cupio, P. C., me esse clementem: cupio in tantis reipub. periculis non dissolutum videri: sed jam
ABCDEFGHIJKLMNOPQRSTVUWXYZ

SMALL PICA ROMAN. No 2.

At nos vigesimum jam diem patimur hebescere aciem horum autoritatis. habemus enim hujusmodi senatusconsultum, verumtamen inclusum in tabulis, tanquam gladium in vagina reconditum: quo ex senatusconsulto confestim interfectum te esse, Catilina, convenit. Vivis: & vivis non ad deponendam, sed ad confirmandam audaciam. Cupio, P. C., me esse clementem: cupio in tantis reipub. periculis non dissolutum
ABCDEFGHIJKLMNOPQRSTVUWXYZ

LONG PRIMER ROMAN No 1.

Verum ego hoc, quod jampridem factum esse oportuit, certa de caussa nondum adducor ut faciam. tum denique interficiam te, cum jam nemo tam improbus, tam perditus, tam tui similis inveniri poterit, qui id non jure factum esse fateatur. Quamdiu quisquam erit qui te defendere audeat, vives: & vives, ita ut nunc vivis, multis meis & firmis præsidiis obsessus, ne commovere te contra rempub. possis. multorum te etiam oculi & aures non sentientem, sicut adhuc fecerunt, speculabuntur, atque custodient. Etenim quid est, Cati-
ABCDEFGHIJKLMNOPQRSTUVWXYZÆ

LONG PRIMER ROMAN. No 2.

Verum ego hoc, quod jampridem factum esse oportuit, certa de caussa nondum adducor ut faciam. tum denique interficiam te, cum jam nemo tam improbus, tam perditus, tam tui similis inveniri poterit, qui id non jure factum esse fateatur. Quamdiu quisquam erit qui te defendere audeat, vives: & vives, ita ut nunc vivis, multis meis & firmis præsidiis obsessus, ne commovere te contra rempub. possis. multorum te etiam oculi & aures non sentientem, sicut adhuc fecerunt, speculabuntur, atque custodient. Etenim quid est, Catili-
ABCDEFGHIJKLMNOPQRSTVUWXYZÆ

BREVIER ROMAN.

Novemb. C. Manlium audaciæ satellitem atque administrum tuæ? num me fefellit, Catilina, non modo res tanta, tam atrox, tam incredibilis, verum, id quod multo magis est admirandum, dies? Dixi ego idem in senatu, cædem te optimatum contulisse in ante diem v Kalend. Novemb. tum cum multi principes civitatis Roma non tam sui conservandi, quam tuorum consiliorum reprimendorum caussa profugerunt. num infitiari potes, te illo ipso die meis præsidiis, mea diligentia circumclusum, commovere te contra rempub. non potuisse; cum tu discessu ceterorum, nostra tamen, qui remansissemus, cæde contentum te esse dicebas? Quid? cum te
ABCDEFGHIJKLMNOPQRSTVUWXYZÆ

Nonpareil Roman.

Pearl Roman.

Double Pica Italick.

Quousque tandem abutere, Catilina, patientia nostra? quamdiu nos etiam furor iste tuus eludet? quem ad finem sese effrenata jac-
ABCDEFGHJIKLMNO

Great Primer Italick.

Quousque tandem abutére, Catilina, patientia nostra? quamdiu nos etiam furor iste tuus eludet? quem ad finem sese effrenata jactabit audacia? nihilne te nocturnum præsidium palatii, nihil urbis vigiliæ, nihil timor populi, nihil con-
ABCDEFGHIJKLMNOPQR

English Italick.

Quousque tandem abutere, Catilina, patientia nostra? quamdiu nos etiam furor iste tuus eludet? quem ad finem sese effrenata jactabit audacia? nihilne te nocturnum præsidium palatii, nihil urbis vigiliæ, nihil timor populi, nihil consensus bonorum omnium, nihil hic munitissimus habendi se-
ABCDEFGHIJKLMNOPQRSTVU

Pica Italick.

Melium, novis rebus studentem, manu sua occidit. Fuit, fuit ista quondam in hac repub. virtus, ut viri fortes acrioribus suppliciis civem perniciosum, quam acerbissimum hostem coërcerent. Habemus enim senatusconsultum in te, Catilina, vehemens, & grave: non deest reip. consilium, neque autoritas hujus ordinis: nos, nos, dico aperte, consules desumus. Decrevit quondam senatus
ABCDEFGHIJKLMNOPQRSTVUWXYZ

Small Pica Italick. No 1.

At nos vigesimum jam diem patimur hebescere aciem horum autoritatis. habemus enim hujusmodi senatusconsultum, verumtamen inclusum in tabulis, tanquam gladium in vagina reconditum: quo ex senatusconsulto confestim interfectum te esse, Catilina, convenit. Vivis: & vivis non ad deponendam, sed ad confirmandam audaciam. Cupio, P. C., me esse clementem: cupio in tantis reipub. periculis non dissolutum videri: sed jam
ABCDEFGHIJKLMNOPQRSTVUWXYZ

Small Pica Italick. No 2.

At nos vigesimum jam diem patimur hebescere aciem horum autoritatis. habemus enim hujusmodi senatusconsultum, verumtamen inclusum in tabulis, tanquam gladium in vagina reconditum: quo ex senatusconsulto confestim interfectum te esse, Catilina, convenit. Vivis: & vivis non ad deponendam, sed ad confirmandam audaciam. Cupio, P. C., me esse clementem: cupio in tantis reipub. periculis non dissolutum videri: sed jam meipsum inertiæ
ABCDEFGHIJKLMNOPQRSTVUWXYZ

Long Primer Italick. No 1.

Verum ego hoc, quod jampridem factum esse oportuit, certa de caussa nondum adducor ut faciam. tum denique interficiam te, cum jam nemo tam improbus, tam perditus, tam tui similis inveniri poterit, qui id non jure factum esse fateatur. Quamdiu quisquam erit qui te defendere audeat, vives: & vives, ita ut nunc vivis, multis meis & firmis præsidiis obsessus, ne commovere te contra rempub. possis. multorum te etiam oculi & aures non sentientem, sicut adhuc fecerunt, speculabuntur, atque custodient. Etenim quid est, Catilina, quod jam
ABCDEFGHIJKLMNOPQRSTVUWXYZÆ

Long Primer Italick. No 2.

Verum ego hoc, quod jampridem factum esse oportuit, certa de caussa nondum adducor ut faciam. tum denique interficiam te, cum jam nemo tam improbus, tam perditus, tam tui similis inveniri poterit, qui id non jure factum esse fateatur. Quamdiu quisquam erit qui te defendere audeat, vives: & vives, ita ut nunc vivis, multis meis & firmis præsidiis obsessus, ne commovere te contra rempub. possis. multorum te etiam oculi & aures non sentientem, sicut adhuc fecerunt, speculabuntur, atque custodient. Etenim quid est, Catilina, quod jam amplius expectes,
ABCDEFGHIJKLMNOPQRSTVUWXYZÆ

Brevier Italick.

Nonpareil Italick.

Long Primer Saxon.

Pica Saxon.

Pica Black.

And be it further enacted by the Authority aforesaid, That all and every of the said Exchequer Bills to be made forth by virtue of this Act, or so many of them as shall from
ABCDEFGHJKLMNOPQRST

Brevier Black.

And be it further enacted by the Authority aforesaid, That all and every of the said Exchequer Bills to be made forth by virtue of this Act, or so many of them as shall from time to time remain undischarged and uncancelled, until the discharging and cancelling the same pursuant to this Act,

Pica Gothick.

Pica Coptick.

Pica Armenian.

English Syriack.

Pica Samaritan.

English Arabick.

Hebrew with Points.

Hebrew without Points.

בראשית ברא אלהים את השמים ואת הארץ: והארץ היתה תהו ובהו וחשך על־פני תהום ורוח אלהים מרחפת על־פני המים: ויאמר אלהים יהי אור ויהי־אור: וירא אלהים את־האור כי־טוב ויבדל אלהים בין האור ובין החשך: ויקרא אלהים לאור יום ולחשך קרא לילה

Brevier Hebrew.

English Greek.

Pica Greek.

Long Primer Greek.

Brevier Greek.

This SPECIMEN to be placed in the Middle of the Sheet 5 U u, Vol. II.

活字鋳造師の活字を合わせるのはむずかしかった。活字のサイズが規格化された際、英語圏では、もっとも一般的なサイズ（パイカ〔pica〕）、すなわち12ポイントが基準の大きさとなった。活字の他のサイズはすべて10ポイント、14ポイント、24ポイントといった同じポイントシステムで鋳造された。ヨーロッパでは、ナポレオンの支配下で規格化が早く行われ、ディドというポイントシステムが使われた。金属活字の製造が終わるまで、ディドの12ポイント活字はパイカの12ポイントとはかなり異なっていた。

素朴な大文字のメロヴィング朝**アンシャル体**。おそらくフランス北部のコルビで675-699年頃に作られたパーチメントの説教書。大文字のいくつかは動物をかたどっていて、魚の装飾がついている。

U

UNCIAL　**アンシャル体**：古ローマ筆記体から発展した。もともとは『ケルズの書』に見られるような、丸みをおびた一筆書きの筆記体だった。600年頃に**アセンダー**〔ascenders〕や**ディセンダー**〔descenders〕の導入で複雑化し、教皇グレゴリウス1世に気に入られた。彼は教父に命じて多くの作品を作らせている。アンシャル体は魚や十字架といったキリスト教徒のシンボルで飾られることもある。

V

VELLUM　**ヴェラム**：ラテン語の *vitulinum*、古フランス語の *vélin* から来ていて、「子牛」を意味する。なめらかでじょうぶなことから**巻物**〔scroll〕や**コデックス**〔codex〕に盛んに使われた。子牛や山羊の皮を洗い、枠に張って伸ばし、三日月形のナイフ（*lunarium*）でこする。品質は使用した皮と製造する際の技術によって異なる。本物のヴェラムは現代のヴェラム紙（植物が原料）とは異なる。後者は合成した素材である。

VERSO　**裏面**〔うらめん〕：**表面**〔おもてめん〕（recto）と裏面は、写本の**コデックス**〔codex〕のような綴じられた本や印刷された本や新聞の紙の表裏を表すよび名である。左から右に書かれる（英語のような）言語では、表面は右側のページ、裏面は左側のページになる。右から左に書く言語では逆になる。

VOLVELLE　**ヴォルヴェル**：天文学者のアストロラーベを思わせる紙の円盤でできた計算装置。ヴォルヴェルはおそらく古代バビロニアで生まれたが、紙の装置としては11世紀のペルシアで生まれ、惑星や恒星の動きを表現するのに使われた。万年暦や軌道装置の形をとることも多く、おそらく13世紀末にラモン・リュイのアルス・マグナによって西洋に伝わった。

W

WATERMARK　**ウォーターマーク**：本の用語では、**紙**〔paper〕を作る過程で作られる模様や図。漉き型に縫いこまれたワイヤーを利用し、紙の厚さを変化させて模様を作った。紙を光に透かすとその模様を見ることができる。ウォーターマークがはじめて現れたのは13世紀のイタリアで、形は単純で、錨や羊や十字架といったキリスト教に関係した形もあった。最初は製紙工場やギルドやパトロンが識別マークとして使用していたが、ウォーターマークはまたたくまにヨーロッパ中で人気となり、

ロバート・ヘイマン（おそらくニューファンドランドの最初の詩人）による『オールドニューファンドランドのニューブリタニオラで生じた神学論』。1628年にロンドンで出版された。最近のウォーターマークは、とくに四つ折り判では本ののどの部分（紙の折り目）にみられることが多い。**ウォーターマーク**が入るのが原紙のその部分にあたるからだ。

『印刷工房における死の舞踏』。マティアス・フスによる**木版画**。1499 または 1500 年の2月 18 日にリヨンで出版された。フスの木版画は 15 世紀フランスの印刷工房を描いている。植字工が台の前に座っており、原稿掛けや植字盆、インクパッド、印刷機が見える。本は右手の小さな書店で売られている。

今なお製紙業（や紙幣）に使われている。長年にわたり広く使われてきたおかげで、歴史的文書の年代決定にも役立っている。

WOODCUT（または XYLOGRAPHY）　**木版あるいは木版画**：東洋では古代から、西洋では 1400 年頃から利用されていた布、のちには紙に印刷する技術のひとつ。木板の表面に絵を彫り、インクをつけて紙や布に押しつける。凸版印刷ならば逆に印刷される。つまり白く残したい部分は削りとり、インクをつけたい部分や線は削らずに残しておく。画家が図案をデザインし、彫版師が彫るという場合も多かったが、最近は版画家が自分でデザインし、彫り、印刷することが多い。西洋ではアルブレヒト・デューラーがおそらくもっとも有名な、木版画を残した画家だろう。

WOOD ENGRAVING　**木口（こぐち）木版あるいは木口木版画**：木を使った凸版印刷のひとつ。18 世紀末にトマス・ビュイックの作品で発展した。ツゲやレモンといった固い木の木口を使い、上等な彫刻道具（ビュラン）を伝統的な彫刻刃の代わりに使うことで、伝統的な木彫技術によるよりも美しい線が彫れるようになった。今日も本の挿絵として人気が高い。

X

XYLOGRAPH　**木版画**→ WOODCUT または XYLOGRAPHY　木版あるいは木版画

Y

YELLOWBACKS　**黄表紙本**：安価な大衆小説の一形態。鉄道の本を売る露店の増加とともに 1840 年代に発展した。ジョージ・ラウトレッジの鉄道文庫（1849 年創刊）が大半を占め、1870 年代と 80 年代にピークを迎えた。当時のベストセラーの安価なリプリント版である場合が多く、その黄色い紙や板紙表紙からこの名がついた。**ペニー・ドレッドフル**（penny dreadful）の市場と張りあうために、版画による明るい挿絵がそえられていた。

Z

ZAUM　**ザウム**：ロシア語の「ザ」（〜を越えて）と「ウム」（心）から来ており、「感覚を越えた」あるいは「理性を越えた」といった意味である。言語的な実験、とくにロシアの未来派詩人たちの実験に使われた。意味における不確定性という特徴をもつ。1913 年に詩人アレクセイ・クルチョーヌイフによって作られた。彼は 1921 年の「翻訳語についての宣言（Declaration of Translational Language）」で言語を「縛るもの」だとしている。リズミカルな響きとイメージをもつザウムの使用は、より大きな概念をとらえることにつながった。

参考文献

参考文献を厳選するにあたり、古代の写本から現代の電子書籍にいたる情報爆発の現状をわたしたちは非常に意識するようになった。この一覧にはインターネットでのみ入手できるいくつかの資料もふくめている。印刷された本を探すとなれば、人は当然図書館の目録を利用するだろうし、グーグルや他のサーチエンジンを使ってオンラインで探し、いくつかのお宝を発見することもあるだろう。印刷された情報源に誤りや抜けがよくあることはだれもが知っているし、その欠陥は簡単に認識できる。電子的情報源についてはそれがもっとむずかしい。実際、玉石混淆なのだ。

参照すべきすぐれた資料のひとつに、ジェレミー・ノーマンの『洞窟壁画からインターネットまで――情報とメディアの歴史にかんする年代順、テーマ別研究（From Cave Paintings to the Internet: Chronological and Thematic Studies on the History of Information and Media)』(www.historyofinformation.com) がある。

多くの「重要な」本にかんしていうならば、国立図書館や他の学術図書館のウェブサイトが、しばしば貴重な蔵書のデジタル画像を提供してくれる。大英図書館（http://www.bl.uk/onlinegallery/index.html）はその一例だ。同様に、バイエルン州立図書館とフランス国立図書館（ヨーロッパの図書館を２館のみあげたが）も、蔵書の非常にすばらしいデジタル画像を公開しており、それらを PDF でダウンロードできる場合も多い。

一般書にかぎらず、この一覧には印刷された本とオンラインによる情報源をどちらもあげ、各章ごとにテーマ別にならべてある。

全般

Nicholas A. Basbanes, *On Paper: the Everything of its Two-Thousand-Year History* (New York: Knopf, 2013)
Michael Bhaskar, *The Content Machine: Towards a Theory of Publishing from the Printing Press to the Digital Network* (London: Anthem Press, 2013)
Christine L. Borgman, *From Gutenberg to the Global Information Infrastructure: Access to Information in the Networked World* (Cambridge, MA: MIT Press, 2000)
Joseph A. Dane, *What Is a Book? The Study of Early Printed Books* (Notre Dame, Indiana: University of Notre Dame Press, 2013)
Simon Eliot and Jonathan Rose (Eds), *A Companion to the History of the Book* (Chichester: Wiley-Blackwell, 2009)
スチュアート・ケリー『ロストブックス――未完の世界文学案内』、金原瑞人、野沢佳織、築地誠子訳、昭文社、2009 年
デイヴィッド・ピアソン『本――その歴史と未来』、原田範行訳、ミュージアム図書、2011 年
ウィルフリッド・ブラント『植物図譜の歴史――ボタニカル・アート芸術と科学の出会い』、森村謙一訳、八坂書房、2014 年

第１章　本のはじまり

エル・カスティージョの洞窟　pp.14-15

Kevin Sharpe and Lesley Van Gelder, *Evidence for Cave Marking by Palaeolithic Children* (www.ksharpe.com/word/AR86.htm)

イシャンゴの骨　pp.16-17

Laurence Kirby, *Plimpton 322: The Ancient Roots of Modern Mathematics* (http://media.baruch.cuny.edu/mediacenter/Plimpton_322.mov)

『ギルガメシュ叙事詩』　pp.18-19

Vybarr Cregan-Reid, *Discovering Gilgamesh: Geology, Narrative and the Historical Sublime in Victorian Culture* (Manchester: Manchester University Press, 2013)

カラルのキープ　pp.20-21

Guaman Poma website (www.kb.dk/permalink/2006/poma/info/en/frontpage.htm)

Gary Urton, *Signs of the Inka Khipu: Binary Coding in the Andean Knotted-String Records* (Austin: University of Texas Press, 2003)

『アニの死者の書』　pp.22-23

James Wasserman, *The Egyptian Book of the Dead: The Book of Going Forth by Day,* rev. ed. (Chicago: University of Chicago Press, 2008)

リチャード・パーキンソン、スティーヴン・クワーク『パピルス――偉大なる発明、その製造から使用法まで』、近藤二郎訳、學藝書林、1999 年

第２章　東方における取り組み

郭店楚簡　pp.28-29

Jiang Guang-hui, "Guodian and Early Confucianism" (http://www.lunwentianxia.com/product.free.3455418.1/>)

ジョゼフ・ニーダム『中国の科学と文明』、吉川忠夫ほか訳、思索社、1991 年

『八萬大蔵経』 pp.32-32
Research Institute of Tripitaka Koreana (RITK), *The Tripitaka Koreana Knowledgebase Project* (http://kb.sutra.re.kr/ritk_eng/intro/introProject03.do)

バタク族の『プスタハ』 pp.38-39
Ann Kumar and John F. McGlynn, *Illuminations: the Writing Traditions of Indonesia* (Jakarta: Lontar Foundation/New York: Weatherhill, 1996)

Teygeler, René, "Pustaha; A study into the production process of the Batak book" *Bijdragen tot de Taal-, Landen Volkenkunde* (Manuscripts of Indonesia 1949, no: 3, pp. 593–611)

『パラバイ』 pp.40-41
Stephanie Watkins, *Hand Papermaking in Central Burma and Northern Thailand* (http://cool.conservation-us.org/coolaic/sg/bpg/annual/v11/bp11-41.htm)

第3章　偉大なる古典

『イソップ寓話集』 pp.46-47
Anne Stevenson-Hobbs (Ed.), *Fables* (London: Victoria and Albert Museum, 1986)

ホメロスの『イリアス』 pp.48-49
Casey Dué, *ed, Recapturing a Homeric Legacy: Images and Insights from the Venetus A Manuscript of the Iliad* (Washington: Center for Hellenic Studies, HarvardUniversity, 2009). Also available as http://www.homermultitext.org/Pubs/Due_Recapturing_a_Homeric_Legacy.pdf

ガリマの福音書 pp.50-51
Martin Bailey, *Discovery of Earliest Illuminated Manuscript,* (http://www.ethiopianheritagefund.org/artsNewspaper.html)

Lester Capon, *Extreme Bookbinding: a Fascinating Preservation Project in Ethiopia* (http://www.hewit.com/skin_deep/?volume=26&article=1#article)

Richard Pankhurst, *How to Lose Your History: the Microfilming of Ethiopian Manuscripts* (http://www.linkethiopia.org/guide-to-ethiopia/the-pankhurst-historylibrary/the-microfilming-of-ethiopian-manuscripts-anostalgic-view/)

『アピキウス』 pp.52-53
Apicius (http://penelope.uchicago.edu/~grout/encyclopaedia_romana/wine/apicius.html)

Eric Quayle, *Old Cook Books, an Illustrated History* (New York: E.P. Dutton, 1978)

アルキメデスのパリンプセスト pp. 54-55
Archimedes Palimpsest Project, *The Archimedes Palimpsest* (http://archimedespalimpsest.org/about/history/archimedes.php)

リヴィエル・ネッツ、ウィリアム・ノエル『解読！ アルキメデス写本——羊皮紙から甦った天才数学者』、吉田晋治監訳、光文社、2008年

第4章　中世世界と本

『ケルズの書』 pp.60-61
Faksimile Verlag, *Book of Kells* (http://www.faksimile.de/werk/Book_of_Kells.php?we_objectID=17)

Trinity College Dublin, Digital Collections (http://digitalcollections.tcd.ie/home/#searchresults)

St. Gallen, *Codices Electronici Sangallenses Virtual Library* (http://www.cesg.unifr.ch/en/index.htm)

クルドフ詩編 pp.62-63
Robin Cormack, *Writing in Gold, Byzantine Society and its Icons* (London: George Philip, 1985)

ディオスコリデスの『薬物誌』 pp.64-65
Wilfrid Blunt and Sandra Raphael, *The Illustrated Herbal, rev. ed.* (London: Frances Lincoln, 1994)

Encyclopaedia Romana, *Dioscorides De Materia Medica* (http://penelope.uchicago.edu/~grout/encyclopaedia_romana/aconite/materiamedica.html)

トロス・ロスリンの福音書 pp.66-67
Christopher De Hamel, *Scribes and Illuminators* (London: British Museum Press, 1992)

プトレマイオスの『地理学』 pp.68-69
Ralph E. Ehrenberg, *Mapping the World: an Illustrated History of Cartography* (Washington: National Geographic Society, 2006)

クリストフォロの『島々の書』 pp.70-71
Sullacrestadellonda.it ("Riding the wave"), *The Aegean Sea: The Books of Islands* (http://www.sullacrestadellonda.it/cartografia/mar_egeo1_en.htm)

ブルッへの『薔薇物語』 pp.72-73
Roman de la Rose Digital Library (http://romandelarose.org/)

University of Glasgow Special Collections, *Roman de la Rose* (http://special.lib.gla.ac.uk/exhibns/month/feb2000.html)

ファルネーゼの『時禱書』 pp.74-75
J. J. G. Alexander (Ed.), *The Painted Page: Italian Renaissance Book Illumination, 1450-1550* (Munich: Prestel, 1994)

第5章　東方からの光

敦煌の『金剛経』 pp.80-81
British Library, *Diamond Sutra* (http://www.bl.uk/onlinegallery/sacredtexts/podsusanwhitfield.html)

British Library, On-line Gallery, *The Diamond Sutra* (http://www.bl.uk/onlinegallery/ttp/sutra/accessible/introduction.htm)

International Dunhuang Project: The Silk Road Online (http://idp.bl.uk/)

Dorothy C. Wong, *Personal Devotional Objects of Buddhist Asia* (http://people.virginia.edu/~dcw7a/articles/Personal-Devotional-Objects-of-Buddhist-Asia.pdf)

紫式部の『源氏物語』 pp.82-83
Peter Kornicki, *The Book in Japan: A Cultural History* (Honolulu: University of Hawai'i Press, 2001)

『パンチャタントラ』 pp.84-85
Bodleian Library, *Kalilah wa-Dimnah* ("The Fables of Bidpai") (http://treasures.bodleian.ox.ac.uk/The-Fables-of-Bidpal)

アル=ジャザリの『巧妙な機械装置に関する知識の書』 pp.88-89
Ahmad Y. al-Hassan (Ed.), "Al-Jazari and the History of the Water Clock" (http://www.history-science-technology.com/articles/articles%206.htm)

マンスールの『人体解剖書』 pp.90-91
National Library of Medicine, *Historical Anatomies on the Web: Mansur* (http://www.nlm.nih.gov/exhibition/historicalanatomies/mansur_bio.html)

David J. Roxburgh (Ed.), *Turks; a Journey of a Thousand Years, 600-1600* (London: Royal Academy of Arts, 2005)

『ボケ・ヴァン・ボナン』 pp.92-93
Teygeler, René, *Dluwang, a near-paper from Indonesia* (http://www.scribd.com/doc/39391411/Dluwang)

第6章　変化の原動力

全般
K. Lesley Knieriem, *Book-Fools of the Renaissance* (Champaign, IL: University of Illinois, Graduate School of Library and Information Science, 1993)

Andrew Pettegree, *The Book in the Renaissance* (New Haven: Yale University Press, 2010)

Southern Methodist University, Bridwell Library, *Invention and Discovery: Books from Fifteenth-Century Europe* (http://www.smu.edu/Bridwell/Collections/SpecialCollectionsandArchives/Exhibitions/InventionDiscovery)

アルベルト・マングェル『読書の歴史――あるいは読者の歴史』、原田範行訳、柏書房、2013年

グーテンベルクの42行聖書 pp.98-99
Morgan Library & Museum, The Morgan Gutenberg Bible Online (http://www.themorgan.org/collections/works/gutenberg/provenance)

Eric Marshall White, *Peter Schoeffer: Printer of Mainz* (Dallas, TX: Bridwell Library, 2003)

L・フェーヴル、H・J・マルタン『書物の出現』、関根素子ほか訳、筑摩書房、1998年

シェーデルの『ニュルンベルク年代記』 pp.100-101
Cambridge Digital Library, *Nuremberg Chronicle* (http://cudl.lib.cam.ac.uk/view/PR-INC-00000-A-00007-00002-00888/1)

キャクストンの『チェスのゲーム』 pp.102-103
John Rylands University Library, *Jacobus de Cessolis* (http://www.library.manchester.ac.uk/firstimpressions/assets/downloads/07-Jacobus-de-Cessolis-The-game-ofchess-translated-by-William-Caxton.pdf)

エウクレイデスの『幾何学原論』 pp.106-107
University of British Columbia, *Images from the first (1482) edition of Euclid* (http://www.math.ubc.ca/~cass/euclid/ratdolt/ratdolt.html)

アルド版ウェルギリウス pp.108-109
Bartolomeo Sanvito: The Life and Work of a Renaissance Scribe (http://www.paulshawletterdesign.com/2011/04/bartolomeo-sanvito-the-life-and-work-of-a-renaissancescribe/)

Martin Davies, *Aldus Manutius: Printer and Publisher of*

Renaissance Venice (London: British Library, 1995)

Garamond, *Aldus Manutius and his Innovations* (http://www.garamond.culture.fr/en/page/aldus_manutius_and_his_innovations)

グレゴリオの『時禱書』 pp.110–111
Miroslav Krek, "The Enigma of the First Arabic Book Printed from Movable Type" (http://www.ghazali.org/articles/jnes-38-3-mk.pdf.)

Paul Lundes, "Arabic and the Art of Printing" (http://www.saudiaramcoworld.com/issue/198102/arabic.and.the.art.of.printing-a.special.section.htm)

『アブダラムの書』 pp.112–113
Jewish Virtual Library, *Judaic Treasures of the Library of Congress: First Book in Africa* (http://www.jewishvirtuallibrary.org/jsource/loc/Africa.html)

聖ゴールの『カンタトリウム』 pp.114–115
Jenneka Janzen, *Pondering the Physical Scriptorium* (http://medievalfragments.wordpress.com/2013/01/25/pondering-the-physical-scriptorium/)

D. W. Krummel and Stanley Salie, *Music Printing and Publishing* (New York: Norton, 1990)

Virtual Manuscript Library of Switzerland, *Cod Sang. 359,* (http://www.e-codices.unifr.ch/en/description/csg/0359)

『コンスタンツェ・グラドゥアーレ』 pp.116–117
Newberry Library Chicago, *Apocolypse Block Book* (http://www.newberry.org/apocalypse-block-book)

Bernstein: The Memory of Paper (http://www.memoryofpaper.eu:8080/BernsteinPortal/appl_start.disp)

コンプルテンセの多言語聖書 pp.118–119
Pecia Complutense, *The Pinciano and his Contribution to the Edition of the Alcalá Polyglot Bible* (1514–1517) (http://biblioteca.ucm.es/pecia/56309.php)

第7章　危険な発明

エラスムスの『書簡文作法』 pp.126–127
Glasgow University Emblems Website, "Andrea Alciato's *Emblematum liber*" (http://www.emblems.arts.gla.ac.uk/alciato/books.php?id=A31a&o=)

Jewish Virtual Library, *Christian–Jewish Relations: The Inquisition* (http://www.jewishvirtuallibrary.org/jsource/History/Inquisition.html)

ベイ詩編歌集 pp.128–129
Dick Hoefnagel, *The Dartmouth Copy of John Eliot's Indian Bible (1639): Its Provenance* (http://www.dartmouth.edu/~library/Library_Bulletin/Apr1993/LB-A93-Hoefnagel.html?mswitch-redir=classic)

Sotheby's, *The Bay Psalm Book: America's First Printed Book* (http://www.sothebys.com/en/news-video/svideos/2013/11/The-Bay-Psalm-Book-America-First-Printed-Book.html)

『メンドーサ絵文書』 pp.130–131
Frances Berdan and Patricia Anawalt, *The Essential Codex Mendoza.* (Berkeley: University of California Press, 1997)

ヴェサリウスの『ファブリカ』 pp.134–135
National Library of Medicine, *Historical Anatomies on the Web, Andreas Vesalius* (http://www.nlm.nih.gov/exhibition/historicalanatomies/vesalius_home.html)

Andreas Vesalius, *On the Fabric of the Human Body* (http://vesalius.northwestern.edu/flash.html)

ブラーエの『天文学の観測装置』 pp.136–137
Museum of the History of Science, *Oxford, The Noble Dane: Images of Tycho Brahe,* (http://www.mhs.ox.ac.uk/tycho/index.htm)

ニュートンの『プリンキピア』 pp.138–139
トマス・レヴェンソン『ニュートンと贋金づくり――天才科学者が追った世紀の大犯罪』、寺西のぶ子訳、白揚社、2012 年

マーカムの『イギリスの馬の飼育』 pp.140–141
Gervase Markham, *Cavalarice* (http://www.classicrarebooks.co.uk/sports/cavalarice_book.html)

ヘルムの『針仕事における技術と研究』 pp.142–143
Moira Thunder, "Deserving Attention: Margaretha Helm's Designs for Embroidery in the Eighteenth Century," *Journal of Design History,* December *2010,* p.409 (http://connection.ebscohost.com/c/articles/55370545/deserving-attention-margaretha-helms-designsembroidery-eighteenth-century)

ブラックウェルの『キューリアス・ハーバル』 pp.144–145
British Library Online Gallery, *Blackwell's Herbal* (http://www.bl.uk/onlinegallery/ttp/blackwells/accessible/introduction.html)

Bruce Madge, "Elizabeth Blackwell – the Forgotten

Herbalist?," *Health Information & Libraries Journal*, vol. 18, no. 3, pp. 144–152, September 2001 (http://onlinelibrary.wiley.com/doi/10.1046/j.1471-1842.2001.00330.x/full)

トムリンソンの『ダンスの技術』 pp.146–147
Baroque Dance Notation Systems, (http://www.baroquedance.com/research/dancenotation.htm)

Library of Congress, *Dance Instruction Manuals* (http://memory.loc.gov/cgi-bin/ampage?collId=musdi&fileName=158/musdi158.db&recNum=183&itemLink=r?ammem/musdibib:@field(NUMBER+@band(musdi+158)))

第8章　印刷と啓蒙

ブーシェの『モリエール作品集』 pp.152–153
Bland, *David, A History of Book Illustration: the Illuminated Manuscript and the Printed Book* (Cleveland: World Publishing Company, 1985)

Metropolitan Museum of Art, *Gravures de Boucher pour les Oeuvres de Moliere* (http://www.metmuseum.org/collections/search-the-collections/346508)

Metropolitan Museum of Art, *Dangerous Liaisons: Fashion and Furniture in the Eighteenth Century* (http://resources.metmuseum.org/resources/metpublications/pdf/Dangerous_Liaisons_Fashion_and_Furniture_in_the_Eighteenth_Century.pdf)

ジョンソンの『英語辞典』 pp.154–155
Beryl Bainbridge, "Words count" (http://www.theguardian.com/books/2005/apr/02/classics.wordsandlanguage)

Dictionary of the English Language: *A Digital Edition of the 1755 Classic by Samuel Johnson* (http://johnsonsdictionaryonline.com/)

Technische Universität Berlin, *A Brief History of English Lexicography* (http://classic-web.archive.org/web/20080309181613/http://angli02.kgw.tu-berlin.de/lexicography/b_history.html)

ニューベリーの『小さなかわいいポケットブック』 pp.156–157
Virginia Haviland and Margaret Coughlan, *Yankee Doodle's Literary Sampler... Selected from the Rare Book Collections of the Library of Congress* (New York: Thomas Y. Crowell Company, 1974)

Library of Congress Digital Collections, *A Little Pretty Pocket-Book* (http://lcweb2.loc.gov/cgi-bin/ampage?collId=rbc3&fileName=rbc0001_2003juv05880page.db&recNum=10)

Morgan Library & Museum, *A Little Pretty Pocket-Book* (http://www.themorgan.org/collections/collections.asp?id=130)

South Australia State Library, Treasures, *Orbis sensualium pictus* (http://www.samemory.sa.gov.au/site/page.cfm?u=965&c=3702)

ディドロの『百科全書』 pp.158–159
BBC Radio 4, "In our time," *The Encyclopédie,* (http://www.bbc.co.uk/programmes/p0038x93)

Philipp Blom: *Encyclopédie: the Triumph of Reason in an Unreasonable Age* (London: Fourth Estate, 2004)

Massachusetts Institute of Technology, Library Exhibits, *Technology and Enlightenment: The Mechanical Arts in Diderot's Encyclopédie* (http://libraries.mit.edu/exhibits/maihaugen/diderots-encyclopedie/)

リンネの『植物の種』 pp.160–161
Staffan Müller-Wille and Sara Scharf, "*Indexing Nature: Carl Linnaeus* (1707–1778) and his Fact-Gathering Strategies," *Working Papers on The Nature of Evidence* no. 36/08 (http://www.lse.ac.uk/economicHistory/pdf/FACTSPDF/3909MuellerWilleScharf.pdf)

Natural History Museum, *A Film about Carl Linnaeus* (http://www.youtube.com/watch?v=Gb_IO-SzLgk)

Uppsala Universitet, Linné on line (http://www.linnaeus.uu.se/online/life/8_3.html)

プレイフェアの『商業と政治の図解』 pp.162–163
enlightenment-revolution.org., *William Playfair* (http://webcache.googleusercontent.com/search?q=cache:http://enlightenment-revolution.org/index.php/Playfair,_William)

Rosalind Reid, "A Visionary and a Scoundrel" (http://www.americanscientist.org/bookshelf/pub/a-visionary-and-a-scoundrel)

Ian Spence, "William Playfair and the Psychology of Graphs" (http://www.psych.utoronto.ca/users/spence/Spence%20(2006).pdf)

Edward R. Tufte, *The Visual Display of Quantitative Information* (Cheshire, CT: Graphics Press, 1993)

『ニューゲイト・カレンダー』 pp.164-165
British Library, *Learning, Dreamers and Dissenters* (http://www.bl.uk/learning/histcitizen/21cc/crime/media1/calendar1/calendar.html)

oldbaileyonline.org, *The Proceedings of the Old Bailey, 1674–1913* (http://www.oldbaileyonline.org/)

スターンの『トリストラム・シャンディ』 pp.166-167
Jesus College, Cambridge, *Laurence Sterne* (http://www.jesus.cam.ac.uk/about-jesus-college/history/pen-portraits/laurence-sterne/)

Laurence Sterne Trust, "The First Publication of *Tristram Shandy*" (http://www.laurencesternetrust.org.uk/wp/sterneana/first-publication-of-tristram-shandy/the-first-publication-of-tristram-shandy/)

クレランドの『ファニー・ヒル』 pp.168-169
Julie Peakman, *Mighty Lewd Books: the Development of Pornography in Eighteenth-Century England* (Basingstoke: Palgrave Macmillan, 2012)

バネカーの『暦』 pp.170-171
Inventors.about.com, *Benjamin Banneker,* (http://inventors.about.com/od/bstartinventors/a/Banneker.htm)

ビュイックの『イギリス鳥類誌』 pp.172-173
Thomas Bewick, *My life, ed. by Iain Bain* (London: Folio Society, 1981)

Bewick Society, *Thomas Bewick* (http://www.bewicksociety.org/index.html)

Diana Donald, *The Art of Thomas Bewick* (London: Reaktion Books, 2013)

レプトンのレッド・ブック pp.174-175
gardenhistorygirl, *Humphrey Repton and Accessible Gardening History* (http://gardenhistorygirl.blogspot.co.uk/2013/02/humphrey-repton-and-accessible.html)

Morgan Library & Museum, *Humphry Repton's Red Books* (http://www.themorgan.org/collections/works/repton/#self)

アユイの『盲人の教育論』 pp.176-177
Emmy Csocsán and Solveig Sjöstedt, *Learning and Visual Impairment* (http://www.isar-international.com/_files/didaktikpool_9_20090710102624.pdf)

Royal London Society for Blind People, *RLSB Archive Exhibition, Celebrating 175 years of RLSB* (http://www.rlsb.org.uk/175years)

John Rutherford, *William Moon and his Work for the Blind* (London: Hodder & Stoughton, 1898; https://docs.google.com/document/d/1Rg0lW6DCpcm8Fwk5qYdkDxX-POZ5XCA9ZGKl0wr__RM/edit#)

Sobre a Deficiencia Visual, *Essai sur l'Éducation des Aveugles par Valentin Haüy* (Paris, 1786; http://deficienciavisual9.com.sapo.pt/r-Hauy.htm)

第９章　印刷の発展

全般
Ann M. Blair, *Too Much to Know: Managing Scholarly Information before the Modern Age* (New Haven : Yale University Press, 2010)

トム・スタンデージ『ヴィクトリア朝時代のインターネット』、服部桂訳、ＮＴＴ出版、2011 年

パーキンズの特許 pp.182-183
Baker Perkins Historical Society, "Jacob Perkins in the Printing Industry" (http://www.bphs.net/GroupFacilities/J/JacobPerkinsPrinting.htm)

hevac-heritage.org, "The Perkins Family" (http://www.hevacheritage.org/victorian_engineers/perkins/perkins.htm)

Stephen Van Dulken, *Inventing the 19th Century: the Great Age of Victorian Inventions* (London: British Library, 2001)

アトキンズの『イギリスの藻』 pp.184-185
Roderick Cave, *Impressions from Nature: A History of Nature Printing* (London: British Library/New York: Mark Batty, 2010)

Liz Hager, "Anna Atkins" (http://venetianred.net/2010/05/08/anna-atkins-mistress-of-blueprint-manor/)

Naomi Rosenblum, *A History of Women Photographers, 3rd edition* (New York: Abbeville, 2010)

デュペリの『銀板写真で見るジャマイカ周遊』 pp.186-187
National Library of Jamaica, "The Beginning of Photography in Jamaica" (http://nljblog.wordpress.com/2011/11/25/thebeginning-of-photographyin-jamaica/)

エヴァンズの『音節文字を使った賛美歌集』　pp.188–189
Bruce Peel, *Rossville Mission Press: The Invention of the Cree Syllabic Characters, and the First Printing in Rupert's Land* (Montreal: Osiris Publications, 1974)

ディケンズの『ピクウィック・ペーパーズ』　pp.190–191
John Siers, ed., *The Culture of the Publisher's Series.* 2 vols (Basingstoke: Palgrave Macmillan, 2011)

パウエルの『熊使いグリズリー・アダムズ』　pp.192–193
Albert Johannsen, *The House of Beadle & Adams and its Dime and Nickel Novels,* (http://www.ulib.niu.edu/badndp/bibindex.html)

Thomas L. Bonn, *UnderCover: an Illustrated History of American Mass Market Paperbacks* (Harmondsworth: Penguin, 1982)

Robert J. Kirkpatrick, *From the Penny Dreadful to the Ha'penny Dreadfuller: A Bibliographical History of the British Boys' Periodical* (London: British Library, 2013)

Library of Congress, "Dime Novels" (http://www.loc.gov/exhibits/treasures/tri015.html)

Monash University, Library, "Yellowbacks" (http://monash.edu/library/collections/exhibitions/yellowbacks/xyellowbackscat.html)

worldwidewords.org, "Penny Dreadful" (http://www.worldwidewords.org/qa/qa-pen2.htm)

エイキンの『ロビンソン・クルーソー』　pp.194–195
publidomainreview.org, *Nursery Lessons in words of one syllable,* (http://publicdomainreview.org/2013/08/01/nursery-lessons-in-words-of-one-syllable-1838/)

ホフマンの『もじゃもじゃペーター』　pp.196–197
curiouspages.blogspot.co.uk, *Strewwelpeter* (http://curiouspages.blogspot.co.uk/2009/10/struwwelpeter-or-shock-headed-peter.html)

メッゲンドルファーの『グランド・サーカス』　pp.198–199
Ana Maria Ortega, *Pop-Up, Mobile and Deployable Books* (http://emopalencia.com/desplegables/historia.htm)

University of Florida, Baldwin Library, "Always Jolly; Movable Book by Lothar Meggendorfer" (http://www.youtube.com/watch?v=yWzrGpp7DGo)

University of North Texas, Libraries, *A Brief History of Movable Books* (http://www.library.unt.edu/rarebooks/exhibits/popup2/introduction.htm)

ベデカーの『スイス案内』　pp.200–201
Richard Mullen and James Munson, *"The Smell of the Continent": The British Discover Europe* (London: Macmillan, 2009)

oldguidebooks.com, "History of Guide Books" (http://oldguidebooks.com/guidebooks/)

Frank Werner, "Collecting Baedeker Travel Guides" (http://www.ilab.org/eng/documentation/197-collecting_baedeker_travel_guides.html)

ソワイエの『現代の主婦』　pp.202–203
Michael Garval, "Alexis Soyer and the Rise of the Celebrity Chef," (http://www.rc.umd.edu/praxis/gastronomy/garval/garval_essay.html)

Nancy Mattoon, "Britain's Original Celebrity Chef: Alexis Soyer" (http://www.booktryst.com/2010/12/britains-original-celebrity-chef-alexis.html)

ボルダーウッドの『武装強盗団』　pp.204–205
Paul Eggert, "*Robbery Under Arms*; the Colonial Market, Imperial Publishers, and the Demise of the Three-Decker Novel," *Book History* vol. 3, 2003,　pp. 127-46, (http://www.jstor.org/discover/10.2307/30227345?uid=3738032&uid=2&uid=4&sid=21102980036937)

第 10 章　動乱の 20 世紀

全般
Federation of British Industry, *Oxford University Press and the Making of a Book* (http://www.slate.com/blogs/lexicon_valley/2013/11/07/oxford_english_dictionary_a_1925_silent_film_about_the_making_of_a_book.html)

ボルヘスの『八岐の園』　pp.210–211
Adam Lee, "How Big is the Library of Babel?" (http://www.patheos.com/blogs/daylightatheism/2006/03/how-big-isthe-library-of-babel/)

カールソンの実験ノート　pp.212–213
David Owen, *Copies in Seconds: Chester Carlson and the Birth of the Xerox Machine* (New York: Simon & Schuster, 2004)

クラナッハ印刷工房の『ハムレット』　pp.214-215
John Dieter Brinks, *The Book as a Work of Art: the Cranach Press of Count Harry Kessler* (Laubach: Triton Verlag/ Williamstown: Williams College, 2005)

Roderick Cave, *The Private Press,* 2nd. ed. (New York: R.R. Bowker Co., 1983)

カメンスキーの『牝牛とのタンゴ』　pp.218-219
Tim Harte, "Vasily Kamensky's 'Tango with Cows': a Modernist Map of Moscow" *Slavic and East European Journal,* vol. 48 no. 4 (Winter, 2004), pp. 545-566 (http://www.jstor.org/discover/10.2307/3648812?uid=3738032&uid=2&uid=4&sid=21102983729067)

Museum of Modern Art, *Tango s korovami. Zhelezobetonnye poemy* (http://www.moma.org/collection/object.php?object_id=11018)

tangowithcows.com, *Tango with Cows* (http://www.tangowithcows.com/)

エルンストの『慈善週間』　pp.220-221
Elza Adamowicz, *Surrealist Collage in Text and Image: Dissecting the Exquisite Corpse* (Cambridge: Cambridge University Press, 1998)

Dorothy Kosinski, *The Artist and the Book in Twentieth-Century France* (Dallas: Bridwell Library, 2005)

Musée d'Orsay, "Max Ernst, 'Une semaine de bonté'—the Original Collages" (http://www.musee-orsay.fr/en/events/exhibitions/in-the-musee-dorsay/exhibitions-in-the-museedorsay-more/article/les-collages-de-max-ernst-20484.html?cHash=83c594fbdb)

M. E. Warlick, "Max Ernst's Alchemical Novel: 'Une Semaine de bonté'" *Art Journal* vol. 46, no. 1, Spring, 1987, pp. 61-73 (http://www.jstor.org/discover/10.2307/776844?uid=3738032&uid=2&uid=4&sid=21102984022587)

ンナドジエの『売春婦にご用心』　pp.222-223
Mark J. Curran, *Brazil's Folk-Popular Poetry— "A Literatura de cordel"* (Bloomington, Ind.: Trafford Publishing, 2010)

Mark Dinneen, *ed., Brazilian Popular Prints* (London: Redstone Press, 1995)

McCarthy, Cavan "Printing in Onitsha" (http://www.lsu.edu/faculty/mccarthy/OnitshaText.htm)

University of Florida "Onitsha Market Literature" (http://ufdc.ufl.edu/onitsha)

University of Kansas, "Onitsha Market Literature" (http://onitsha.diglib.ku.edu/index.htm)

レーマンの『ワルツへの招待』　pp.224-225
University of Bristol, Library, *Penguin Book Collection* (http://www.bristol.ac.uk/library/resources/specialcollections/archives/penguin/penguinbooks.html)

カミンスキーの『城壁の石』　pp.226-227
Grzegorz Mazur, "The ZWZ-AK Bureau of Information & Propaganda" (http://www.polishresistance-ak.org/13%20Article.htm)

ブルガーコフの『巨匠とマルガリータ』　pp.228-229
Middlebury College, *Master and Margarita* (http://cr.middlebury.edu/bulgakov/public_html/intro.html)

フランクの『アンネの日記』　pp.232-233
Anne Frank Museum, Amsterdam (http://www.annefrank.org/)

Robert Gellately, *Lenin, Stalin and Hitler: the Age of Social Catastrophe* (London: Vintage, 2008)

Website devoted to Irene Nemirovsky (http://www.irenenemirovsky.guillaumedelaby.com/en_biography.html)

第11章　デジタル化と本の未来

全般
Nick Bilton, *I live in the Future & Here's How it Works: How Your World, Work, and Brain are Being Creatively Disrupted* (New York: Crown Business, 2010)

polarstarfilms.com, *Google and the World Brain* (http://shop.polarstarfilms.com/?product=dvd-google-and-theworld-brain)

Sherman Young, *The Book is Dead* (Sydney: NewSouth Publishing, 2007)

Abigail Sellen and Richard Harper,『ペーパーレスオフィスの神話――なぜオフィスは紙であふれているのか？』、柴田博仁、大村賢悟訳、創成社、*2007*年

イアン・F・マクニーリー『知はいかにして「再発明」されたか――アレクサンドリア図書館からインターネットまで』、冨永星訳、日経ＢＰ社、2010年

ジャネット・H・マレー『デジタル・ストーリーテリング——電脳空間におけるナラティヴの未来形』、有馬哲夫訳、国文社、2000年

ハンターの『古代の製紙』 pp.238-239
Cathleen A. Baker, *By His Own Labor: The Biography of Dard Hunter* (New Castle, DE: Oak Knoll, 2000)

www.dardhunter.com, "Mountain House Press" (http://www.dardhunter.com/mhpress.htm)

www.pbs.org, "Elbert Hubbard: an American Original" (http://www.pbs.org/wned/elbert-hubbard/index.php)

ランドの『百万乱数表』 pp.240-241
www.wps.com, "Book review: *A Million Random Digits*" (http://www.wps.com/projects/million/index.html)

『電子版ベーオウルフ』 pp.242-243
Grant Leyton Simpson, Review of *The Electronic Beowulf* (http://www.digitalmedievalist.org/journal/8/simpson/)

Benjamin Slade, *ed., Beowulf on Steorarume* (<http://www.heorot.dk/)

www.audioholics.com, "Data Longevity on CD, DVD Media: How Long Will They Last?" (http://www.audioholics.com/audio-technologies/cd-and-dvd-longevity-how-long-willthey-last)

ルイスの『機械で動く百科事典』 pp.244-245
Robert McCrum, "The Dragon Lords, world's first 'cloud-sourced' novel, prepares to land" (http://www.theguardian.com/books/booksblog/2012/dec/17/the-dragon-lordsnovel-silvia-hartmann)

unbound, "How to Crowdfund a Book" (http://unbound.co.uk/about)

イスラエル工科大学のナノ聖書 pp.246-247
Simon Beattie, "Used in the Trenches" (http://www.simonbeattie.kattare.com/blog/archives/843)

Louis W. Bondy, *Miniature Books, their History from the Beginnings to the Present Day* (Farnham: Richard Joseph, 1994)
Martin Chilton, "Is this the World's Smallest Book?" (http://www.telegraph.co.uk/culture/books/booknews/9927200/Is-this-the-worlds-smallest-book.html)

Brant Rosen, "Nano-Torah Technology?" (http://rabbibrant.com/2007/12/26/nano-torah-technology/)

University of Indiana, Lilly Library, *4,000 Years of Miniature Books* (http://www.indiana.edu/~liblilly/miniatures/earlyprinted.shtml)

プリエトの『反書物（アンチブック）』 pp.250-251
Harry Polkinhorn, "From Book to Anti-book" (http://www.thing.net/~grist/lnd/hp-book.htm)

Francisca Prieto, "My Life with Paper" (http://uppercasemagazine.com/blog/2012/11/29/my-life-withpaper-francisca-prieto#.UpOCCcR7KSp)

Victoria and Albert Museum, "Artists' Books and Books as Art" (http://www.vam.ac.uk/vastatic/wid/exhibits/bookandbeyond/case1.html)

謝辞

わたしたちふたりのために、寛大にも時間、知識、資料、そして熱心な支援を提供してくださったすべての方々にお礼を申し上げたい。本書のかぎられたスペースでは、当然ひとりひとりの名をあげることはできないが、とくにデヴィッド・チェンバース、レイ・デズモンド、ロス・ハーヴェイ、ピア・オストランド、ジョン・ランドル、ボイド・レイウォードには感謝したい。ジュリー・ファークワー、ゲイリー・ヘインズにはフィードバックと励ましをくれたことに感謝している。クォートのスタッフ、とくにヴィクトリア・ライルとサラ・ベルにも感謝を。もちろん、ドーン・ケイヴには、わたしたちの多くの原稿や追補への助言とフィードバック、そして本書執筆へのたゆまぬ支援をあたえてくれたことに、心からの感謝を捧げたい。

図版出典

寛大にもテクストや情報を利用させてくださった研究機関、研究者ならびに個人収集家の方々に、出版者は感謝を捧げたい。すべては著作権を明確にすることを目的としており、不注意による著作権侵害があれば陳謝する。ロンドン、大英図書館の図版は大英図書館理事会に著作権があり、他についてはすべて下部に明記した。

pp. 2–3 Esther scroll, 18th century Pen and ink on parchment with engraved *repoussé* silver case. From Italy, silvermark denoting import control to the Netherlands. Israel Museum, Jerusalem, Israel, Stieglitz Collection, donated with contribution from Erica and Ludwig Jesselson.
© The Bridgeman Art Library

pp. 4, 11, 15 Hand prints and buffalo, El Castillo cave, Puente Viesgo, Spain, probably Neanderthal.
Colored mineral pigments applied with a blowpipe.
Courtesy Marcos Garcia Diez.

pp. 4, 25 Batak divination book, c. 1855.
Bones, shells and bark paper. Sumatra, Toba region.
Tropenmuseum, Amsterdam, coll. no. A.1389.

pp. 4, 43 After Homer, *Iliad*, 10th century.
Shown: 24r, detail of Greek Minuscule.
Biblioteca Marciana, Venice, MS Homer Venetus A/B., Gr Z. 454 (= 822), f. 1v.
By permission Ministero per i Beni e le Attività Culturali.

pp. 5, 57 T'oros Roslin, Gospels, 1262. Shown: fo.104r, St. Matthew. Ink, colored pigments and gold leaf on parchment. Turkey: Hromklay, in Gaziantep. Courtesy The Walters Art Museum, Baltimore, W.539.

pp. 5, 77 Traveling monk, Northern Song Dynasty, 851–900 CE.
Silk painting, ink and colors on paper. Gansu province, China, Mogao, near Dunhuang: Cave 17, The caves of the Thousand Buddhas.
© The Trustees of the British Museum, OA 1919,1-1,0.168.

pp. 6, 95 Hartmann Schedel, *Liber Chronicarum*, 1493.
Shown: fo.xii, Secundas etas mundi. Gothic Rotunda type; numerous woodcuts by Michael Wohlgemut, Wilhelm Pleydenwurff and workshop. Nuremberg: A. Koberger.
Bayerische Staatsbibliothek München, BSB-Ink A-195,94

pp. 6 ,121 Andreas Vesalius, *De humani corporis fabrica libri septem*, 1543.
Shown: page 190: figure hanging from a gibbet. Latin medical text with woodcuts probably by Jan Stephan van Calcar. Basle: Johannes Oporinus.
Wellcome Library London, L0031739.

p. 6, 149 Samuel Johnson, *A Dictionary of the English Language*, 1755–56.
Shown: title page of the second edition. London: J. & P. Knapton, etc.
The British Library, London, 680.k.12,13.

pp. 7, 179, 194 Mary Godolphin (pseud. Lucy Aikin), *Robinson Crusoe in Words of One Syllable*, 1882.
New York: McLoughlin Brothers.
Collection the author.

p. 7, 207 *Architecture at VkhUTEMAS*, 1927.
Jacket design by El Lissitsky Moscow: VkhUTEMAS
Russian National Library, St. Petersburg
© Heritage Image Partnership Ltd/Alamy

pp. 7, 235, 248–249 Brigitte Koyama-Richard, *Mille Ans de Manga*, 2008
Shown: pp. 150–151; 94–95; cover of French edition. Paris/London: Flammarion.
© Flammarion and (pp. 150–151) © Tezuka Production; (pp. 94–95) © Kawanabe Kyôsai Memorial Museum; (cover of French edition) © Mizuki Shigeru Production/© Kumon Institute of Education/© Chiba City Museum of Art/© Mizuki Shigeru Production.

p. 14 Hand prints, Cuevas de las Manos, Santa Cruz Province, Argentina, c. 9500 BCE.
Colored mineral pigments.
Mariano Cecowski. Creative Commons Attribution Share Alike 2.5 Generic license.

p. 16 Tally sticks, exchequer receipts,13th century.
Split hazel, notched and inscribed.
© National Archives, Kew, E402.

p. 17 Ishango Bone, 25,000–20,000 BCE.
Inscribed baboon fibula; Belgian Congo.
The Royal Belgian Institute of Natural Sciences, Brussels.

p. 18 Epic of Gilgamesh, 7th century BCE.
Clay tablet fragment with Neo-Assyrian cuneiform inscription. Iraq: Library of Ashurbanipal, Kouyunjik, Ninevah.
© The Trustees of the British Museum, K.3375.

p. 19 Assyrian scribes, relief from the Palace at Nimrud, 730 BCE.
Gypsum stone relief.
British Museum, London, ME 124955.
© Zev Radovan/BibleLandPictures/
© www.BibleLandPictures.com/ Alamy.

p. 20 Caral khipu, 4600 BCE.
Knotted cotton wrapped round sticks. Peru: sacred city of Caral Supe archaeological site.
© Archaeological Zone Caral, Peru, courtesy Dr Ruth Shady.

p. 21 Felipe Guamán Poma de Ayala, *Nueva corónica y buen gobierno*, 1615.
Shown: p. 335 [337], man with khipu in a storehouse. Spanish and Quechua manuscript; ink on paper. Lucanas Ayacucho, Peru: for King Philip III of Spain.
© The Royal Library, Copenhagen, GKS 2232.

pp. 22–23 Book of the Dead of Ani, c. 1250 BCE.
Painted papyrus. Thebes, Egypt: from the Tomb of Ani.
© The Trustees of the British Museum, EA 10470/3.

p. 23 Ptahshepses the scribe, 5th Dynasty, c. 2450 BCE.
Painted limestone statue. Saqqara, Egypt, found in Mastaba C10.
Egyptian National Museum, Cairo.
© The Art Archive/Collection Dagli Orti.

p. 28 Oracle bone, probably late Shang Dynasty, China, c. 1400 BCE.
Petrified tortoise shell, inscribed.
Museum of East Asian Art, Bath.
© Heritage Image Partnership Ltd/ Alamy.

p. 29 Chu slips of Laozi (Version A), c. 300 BCE.
Painted bamboo. Guodian, Jingmen, Hubei Province: from Chu tomb no. 1.
Private collection.
© Archives Charmet/The Bridgeman Art Library.

p. 30 Hyakumanto pagoda with printed dharani, c. 770 CE.
Pagoda (originally painted) with central cavity containing a block-printed dharani scroll; pine wood and hemp paper. Japan: Nara.
Courtesy Bloomsbury Auctions, London, UK.

p. 32–33 *Tripitaka Koreana*, 13th century.
Shown: view of the Hall, Haein Buddhist temple; some of the 81,258 wooden printing blocks with Hanja script. Haein Buddhist temple, South Gyeongsang province, South Korea.
© Image Republic Inc./Alamy.

pp. 34–35 *Ashtasahasrika Prajnaparamita sutra*, c. 1112.
Painted palm leaf manuscript, from Bengal.
© Victoria & Albert Museum, London, IS.8-1958.

p. 36 Chieh Ming, et. al., *Yongle Dadian*, 1562–67.
Third copy, Jianqing period.
Shown: fos 44–45r, discussing flood management.
The British Library, London, Or.14446.

p. 37 Papermaking, c. 1800.
Watercolor from a Chinese export album depicting trades.
The British Library London, Or. 2262, no.69.

p. 38 Batak divination book, c. 1855.
Painted bark paper, inscribed. Sumatra, Toba region.
Tropenmuseum, Amsterdam, coll. no. A.1389.

p. 39 Divination bone, late 20th century.
Buffalo bone, inscribed. Jakarta.
Collection the author.

p. 41 Parabaik tattooing manual, 19th century.
Manuscript on paper, illustrated with black and red inks. Burma.
© Trustees of the British Museum, inv. 2005,0623,0.5.

p. 46 "The bear and the bee hives", 17th century.
Etching by James Kirk after Francis Barlow for *Aesop's Fables*.
Wellcome Library, London, 39904i.

p. 47 Valerius Babrius, after Aesop, *Mythiambi Aesopici*, 11th century
Shown: fo.3r, text with Greek choliambic verse. Manuscript on parchment. Probably Syria
The British Library, London, Add MS 22087.

p. 48 After Homer, *Iliad*, 10th century.
Shown: fo.1v, Helen, Paris and Aphrodite sailing to Troy. Probably Greece.
Biblioteca Marciana, Venice, MS Homer Venetus A/B., Gr Z. 454 (= 822).
By permission of the Ministero per i Beni e le Attività Culturali.

p. 50–51 Garima Gospels, 330 and 650 CE.
Illuminated manuscript on parchment (probably goatskin); 2 vols. Adwa, northern Ethiopia: Abba Garima Monastery.
Courtesy Ethiopian Heritage Fund © Lester Capon and Jacques Mercier.

p. 52 After Apicius, *De Re Culinaria*, c. 830 CE.
Shown: fos 24-25r. Manuscript on parchment. Monstery of St. Fulda, Germany.
Courtesy of the New York Academy of Medicine Library.

p. 53 Roman school, kitchen hands gutting a hare, 50–75 CE.
Fresco, from a villa near Boscoreale.
Getty Villa, Malibu, 79.AG.112.
© Alex Ramsay/Alamy.

p. 54 Johannes Myronas et. al., Archimedes Palimpsest, 1229 CE.
Illustrated Greek prayer book (Euchologion), overwriting ancient texts (287–212 BCE) by Archimedes, Hysperides and others; ink on parchment.
From Jerusalem.
Private collection. Courtesy the Rochester Institute of Technology, Archimedes Palimpsest Imaging project.

p. 61 Anglo-Saxon author, Book of Kells (*Leabhar Cheanannais*), c. 800.
Shown: fo.34r, *Chi-Ro*. Iron gall ink and colored pigments on vellum; Insular majuscule script. County Meath, Ireland: Abbey of Kells.
Trinity College Library, Dublin, MS A. I. (58).
© The Board of Trinity College, Dublin/Bridgeman Art Library.

p. 63 Chludov Psalter, 850.
Shown: fo.67r, Psalm 69 and the iconoclast John VII. Ink, cinnabar, gold and tempera on parchment; uncial and later minuscule script. Constantinople: probably monastery of St. John Studios.
© State Historical Museum, Moscow, GIM 86795 Khlud. 129.

pp. 64–65 Bihnam bin Mus bin Yusuf al-Mawsili (after Dioscorides), *De Materia Medica*, 1228.

Shown: Dioscorides with a disciple, holding a mandrake. Medical manuscript; gold and colored pigments on paper. Anatolia or northern Syria: for Shams ad-Din.
Topkapi Museum, Istanbul, Ahmed III 2127.
© Topkapi Saray Museum, Istanbul; © Werner Forman Archive, London.

pp. 66–67 T'oros Roslin, Gospels, 1262.
Shown: fo.104r, Sign of the Son of Man; fo.88v (detail) The Blind Men of Jericho. Ink, paint and gold on parchment; uncial script. Turkey, from Hromklay.
Courtesy The Walters Art Museum, Baltimore, W.539.

p. 68 Johannes Schnitzer, after Claudius Ptolemy, *Geographia* (*Cosmographia*), 1482.
Shown: pp. 12–13, after a manuscript map by Donnus Nicolaus Germanus (after Ptolemy).
Atlas with hand-colored woodcut maps by Johann the Blockcutter. Ulm: Lienhart Holle.
The British Library, London, Maps.C.1.d.2.

p. 69 Map Psalter, after 1262.
Shown: fo.9, world map. Latin manuscript; ink and colored pigments on vellum. England, probably London or Westminster.
The British Library, London, Add. MS 28681

pp. 70–71 Christoforo Buondelmonti, *Liber Insularum Archipelago*, 1482.
Shown: fo.156–57, pictorial map showing Mount Athos.
Parchment codex, Latin, with Gothic cursive script, illustrated with numerous colored maps. Netherlands, S. (Ghent).
The British Library, London, MS Arundel 93.

p. 72 Christine de Pisan, *Die Lof der Vrouwen*, 1475.
Shown: fo.17, Christine and Reason clearing the Field of Letters of misogynist opinion in preparation for building the City of Ladies. Flemish translation of *Cité des Dames*. Bruges: for Jan der Baenst.
The British Library, London, Add. 20698
© The Art Archive/British Library

p. 73 Guillaume de Lorris and Jean de Meung, *Roman de la Rose*, c. 1490–1500.
Shown: fo.12, lutenist and singers in the Garden. French manuscript, illustrated by the Master of the Prayer Books; colors, gold and black ink on parchment; script in Gothic cursive. Bruges: for Count Engelbert of Nassau.
The British Library, London, MS Harley 4425.

pp. 74–75 Giulio Clovio, Farnese Hours, 1546.
Shown: fos 126v–27, Nativity, Adam and Eve in the Garden. Latin; gold and colored pigments on vellum. Rome: for Cardinal Alessandro Farnese.
The Pierpont Morgan Library, New York, M.69.
© Photo Pierpont Morgan Library/Art Resource/Scala, Florence.

pp. 80–81 *Diamond Sutra*, Tang Dynasty, May 11, 868.
Scroll, block-printed with frontis; 7 panels of mulberry tree paper (over 16 ft long). Gansu province, China: Dunhuang: printed for Wang Jie.
The British Library, London, Or. 8210/P. 2.

pp. 82–83 Lady Murasaki Shikibu, *Genji Monogatari Emaki* (*The Tale of Genji*),1100–50.
Shown: love affair of Niou-ni-miya and the Prince's sixth daughter; court ladies and their maids. Painted handscroll; ink and colors on paper.
Tokugawa Art Museum, Nagoya
© The Art Archive/Granger Collection.

pp. 84–85 Rajasthani school (Śri Rāmacondra?), Panchatantra (Five Principles), 1754–55.
Animal fables; Sanskrit manuscript on paper; with 49 miniatures. India, Rajasthan.
Courtesy Sam Fogg, London.

p. 85 Kalilah and Dimna, 15th century.
Ink, colors and gold on paper. Iraq: probably for the Qar Qoyonlu governor of Baghdad, Pir Budaq.
Tehran, Golestan Library, MS 827.
© Werner Forman Archive.

p. 86 Zodiac astrology, late 17th to early 18th century.
Shown: fo.12r (detail), constellation of Ursa Major.
Wellcome Library, London, MS Persian 373.

p. 87 Abd al-Rahman b. Umar al-Sufi, *Kitāb Suwar al-kawākib* (Book of Fixed Stars), 1009–10.
Shown: fos 325–326, al-Jannâr (Orion), the giant. Arabic astronomical codex (possibly a copy by al-Sufi's son); ink on paper.
Bodleian Library, Oxford, MS Marsh 144.
© The Art Archive/Bodleian Library Oxford.

p. 89 Al-Jazari, *Kitab fi Ma'rifat al-Hiyal al-Handisayya*, 1205–06.
Shown: fo.136a, wash-basin in the form of a peacock. Seljuk Turkish manuscript; ink and watercolor on paper. Turkey: Diyarbakir.
Topkapi Museum, Istanbul, MS Ahmet III 3472.
© The Art Archive/Gianni Dagli Orti.

p. 90 Buddhist anatomies, c. 1830–50.
Double-sided concertina manuscript; inks and color on paper, with Rattanakosin Thai and Cambodian script. From Cambodia or Thailand.
Courtesy of Sam Fogg, London.

p. 91 Mansur ibn Ilyas, *Tashrih-i Mansuri*, late 15th century.
Shown: arterial and digestive systems. Persian anatomical manuscript; colored inks on paper. Iran: possibly Shiraz.
Museum of Islamic Art, Cairo.
© The Art Archive/ Kharbine-Tapabor/Photo Boistesselin.

p. 92 *Kitab pangeran Bonang* (*Het Boke van Bonang* or *Book of Bonang*), before 1600.
Shown: fo.1, opener. Treatise of Muhammadan theology; Ancient Javanese quadratic script on *dluwang* paper. Java, mentioning as authority Sèk ul-Bari.
Leiden University Library, Or. 1928.

p. 93 Dayak woman pounding bark to make paper, in Kalimantan, Indonesia, 1910–25.
Silver gelatin photograph.
Tropenmuseum, Amsterdam, coll. no. 60056064.

p. 98 Göttingen Model Book, c. 1450.
Shown: fos 2–3, floral decorations. Manual for illuminators; ink and colors on paper; with Bastarda script.
Göttingen State and University Library, 8° Cod. Ms. Uff. 51 Cim.
© SUB Göttingen.

p. 99 Bible, c. 1455.
Shown: fo.1r, Jerome's Epistle to Paulinus. Decorated 42-line Latin Bible; printed in Blackletter type on paper, with rubrication. Mainz: Johann Gutenberg & Johann Fust.
The British Library, London, C.9.d.3, 1, vol.1.

p. 100 Hartmann Schedel, *Liber Chronicarum*, 1493.
Shown: fo.XLIIII, Venice. Gothic Rotunda type; numerous woodcuts by Michael Wohlgemut, Wilhelm Pleydenwurff and their workshop. Nuremberg: A. Koberger (former collection of William Morris).
Wellcome Library, London, EPB 5.f.6.

p. 101 Michel Wolgemut(?), God the Father.
Design for the frontispiece woodcut of the *Liber Chronicarum*. Pen and brown ink, watercolor and gold leaf on paper.
© The Trustees of the British Museum, AN149421001.

p. 102 William Caxton (after Jacobus de Cessolis), *A book of the chesse moralised*, 1482.
Shown: plate iv, "The manners of merchants and changers." Translated by William Caxton from the French of Jean de Vignay, and dedicated to George, Duke of Clarence. Printed on paper with 24 woodcuts. Westminster: William Caxton.
Rare Book and Special Collections, Library of Congress, Washington, D.C., Incun. X .C42.

p. 103 Advertisement for a printed Ordinale: *Sarum Pye*, 1476–77.
Single printed sheet, with handwritten annotation.
Westminster: William Caxton.
Courtesy of the University Librarian and Director, The John Rylands Library, The University of Manchester, 23122.

p. 105 Wynkyn de Worde, *Demaundes Joyous*, 1511.
Printed book, 4 leaves, with 1 woodcut. London: Wynkyn de Worde.
Newton Library, University of Cambridge, Sel.5.20.
Reproduced by kind permission of the Syndics of Cambridge University Library.

p. 106–107 Euclid, *Elementa Geometriae*, 1482.
Shown: dedication and opening page. Latin, after Euclid (Greek, c. 200 BCE); first printed edition, based on a medieval Arabic version (trans. by Abelard of Bath and revised by Campanus of Novara in the 13th century). Venice: Erhard Ratdolt.
The British Library, London, C.2.c.1.

pp. 108–109 Vergilius (Virgil), 1501.
Shown: Book 1, "Aeneid", A2r; p. C1r. "Georgics", (detail). Printed Latin codex on vellum, with hand-decoration. Venice: Aldus Manuzio.
The University of Manchester Library, Aldine Collection 3359.
Courtesy of the University Librarian and Director, The John Rylands Library, The University of Manchester.

pp. 110–111 *Kitab Salat al-Sawa'i*, 1514.
Arabic, with Latin dedication.
Fano: Gershom Soncino, for Gregorio de Gregorii (commissioned for Pope Julius II).
The British Library, London, Or.70.aa.12.

p. 112 David ben Josef ben David Abudirham, *Sefer Abudarham*, 1516.
Hebrew liturgy, printed on paper.
Fez: Samuel and Isaac Nevidot.
Hebraic Section, Rare Book and Special Collections, Library of Congress, Washington, D.C.

p. 113 *Sefer Kol Bo*, 1526.
Shown: titlepage with printer's mark. Jewish ritual law, printed on paper. Rimini: Gershom Soncino.
Hebraic Section, Rare Book and Special Collections, Library of Congress, Washington, D.C.

p. 115 *Cantatorium*, 922–26.
Shown: fos 26–27, Alleluia. Red and black ink on parchment; Carolingian Minuscule script.
St. Gallen: Abbey of St. Gall.
St. Gallen, Stiftsbibliothek, Cod. Sang. 359

p. 116 *Missale speciale*, c. 1473.
Shown: fo.6r. Missal, printed on paper, rubricated. Basel: printer of the Missale Speciale (possibly Johann Meister).
New York, The Pierpont Morgan Library, Ms. PML 45545.
© 2013. Photo Pierpont Morgan Library/Art Resource/Scala, Florence.

p. 117 *Ars memorandi per figuras Evangelistarum*, c. 1470.
Illustrated blockbook printed in brown ink on one side only (versos and rectos alternately), with hand-colored initials. Germany: printer unknown.
Rare Books and Special Collections, Library of Congress, Washington D.C., Incun. X .A88.

pp. 118–119 Complutensian Polyglot Bible (1514–17), 1520.
Texts in Hebrew, Greek, Chaldean Aramaic, and Latin. Alcalà de Henares: Academia Complutensi, Arnao Guilén de Brocar (for Francisco Ximénez de Cisneros).
The British Library, London, Or.72.c.2.

p. 119 Desiderius Erasmus, *Novum Instrumentam omne*, 1516.
Shown: fo.1, title page. Greek, with sections translated from the Latin Vulgate. Basle: Johann Froben.
The British Library, London, C.24.f.14.

p. 124 Bible, 1541.
Bible in Swedish translated by Andreae Laurentius and Olaus and Laurentius Petri. Uppsala: for King Gustav Vasa of Sweden.
The British Library, London, 1109.kk.5.

p. 125 *The Byble in Englyshe*, 1539.
Printed in red and black ink; woodcuts depicting Henry III, Thomas Crowell and Archbishop Cranmer and the laity. London: John Cawood.
The British Library, London, C.18.d.1.

p. 125 *Die Heilige Bibel* (Luther's Bible), 1681–82.
Shown: titlepage (vol. 1), with J.S. Bach's monogram. Wittenberg: Christian Schroedter.
Courtesy Special Collections, Concordia Seminary Library, St. Louis

p. 126 Desiderius Erasmus, *Ratione Conscribendis Epistolis*, 1522.
Shown: pp. 80 and 83, with censorship and registration by the censor of the Inquisition, 1747. Basle: Johannes Froben.
Episcopal Library, Barcelona
© PRISMA ARCHIVO/Alamy.

p. 127 Hans Holbein, marginal sketch of Erasmus in a copy of his *In Praise of Folly*, 1511.
Ink sketch on paper.
Kupferstichkabinett, Basle.

p. 128 *The Whole Booke of Psalmes...* , 1640.
Cambridge, Mass.: S. Daye.
Private collection.
Courtesy Sotheby's.

p. 129 *The Whole Booke of Psalmes...* , 1640.
Shown: pp. 59–60, Psalm XXVII. Cambridge, Mass.: S. Daye.
American Imprint Collection, Library of Congress, Washington, D.C., BS1440 .B4.

p. 129 *The Holy Bible: Containing the Old Testament and the New. Translated into the Indian Language*, 1663.
Cambridge, Mass.: Samuel Green and Marmaduke Johnson.
Rare Book and Special Collections, Library of Congress, Washington, D.C., BS345 A2E4.

p. 130 Codex Mendoza, early 1540s.
Shown: fo.65r, six stages in the career of successful priest-warriors (calmecac); below, two sets of imperial officers. Aztec manuscript, summarized soon after Spanish conquest of Mexico.
Bodleian Library, Oxford, Arch. Seld. 1.
© The Art Archive/Bodleian Library, Oxford.

p. 131 Samuel Purchas, *Haklvytvs posthumus*, or, *Pvrchas his Pilgrimes*, 1625.
Shown: reproduction of the Codex Mendoza. London: William Stansby for Henrie Featherstone.
Library of Congress, Washington, D.C., G159 .P98.

p. 132 Jan Huygen van Linschoten, *Itinerario*, 1595–96.
Shown: plates 80–88, natives collecting coconuts. Three parts, with hand-colored plates. Amsterdam: Cornelius Claesz.
The British Library, London, 569.g.23.
© The British Library Board/ Art Archive.

p. 133 Jan Huygen van Linschoten, *Itinerario*, 1595–96.
Shown: fo.544b, title page. Three parts, with hand-colored plates. Amsterdam: Cornelius Claesz.
Bodleian Library, Oxford, THETA.
© The Art Archive/Bodleian Library, Oxford.

p. 134 Andreas Vesalius, *De humani corporis fabrica libri septem*, 1543.
Shown: title page, illustrating a dissection at Vesalius' anatomy lesson.
Latin medical text, with woodcuts probably by Jan Stephan van Calcar. Basle: Johannes Oporinus.
Bibliothèque de l'Academie de Médecine, Paris.
© The Art Archive/CCI.

p. 136 William Cheselden, *Osteographia, or The Anatomy of the Bones*, 1733.
Shown: title page spread; frontis depicting Galen, and vignette of the camera obscura used to make the drawings for the plates. London: William Bowyer.
The British Library, London, 458.g.1.

p. 137 Tycho Brahe, *Astronomiae instauratae mechanica*, 1598.
Shown: Tycho Brahe in his observatory. Wandesburgi: Tycho Brahe.
The British Library, London.
© The British Library Board/The Art Archive, London.

p. 138 Isaac Newton, *Philosophiæ Naturalis Principia Mathematica*, 1687.
London: S. Pepys, for the Royal Society.
The British Library, London, C.58.h.4.
© The British Library Board/ The Art Archive, London.

p. 139 Isaac Newton, *Philosophiæ Naturalis Principia Mathematica*, 1687.
Shown: p. 402, Hypotheses, with Newton's annotations. London: Jussu Societatis Regiæ ac Typis Joseph Streater.
Cambridge University Library, Adv.b.39.1.

p. 139 Francesco Algarotti, *Il Newtonianismo per le dame*,1737.
Shown: frontispiece engraving by Marco Pitteri after Giambattista Piazzetta. Naples.
Biblioteca Marciana, Venice
© The Art Archive, London/DeA Picture Library.

p. 141 Gervase Markham, *Cavelarice, or the English Horseman*, 1607.
London: for Edward White.
The British Library, London

p. 142–143 Margaretha Helm, *Kunst-und Fleiss-übende Nadel-Ergötzungen oder neu-erfundenes Neh-und Stick-Buch*, c. 1725.
Shown: a design for gloves; title page. Nuremberg: Johann Christoph Weigel.
Bayerische Staatsbibliothek München, 4 Techn. 41 gf.

p. 144 Mary Delany, Album of flower collages, 1778.
Shown: vol. 1, 1, *Acanthus Spinosus* (*Dydinamia Angospermia*, Bear's Breech). Colored papers, with bodycolor and watercolor, on black ink background.
© The Trustees of the British Museum, AN330030001.

p. 145 Elizabeth Blackwell, *A Curious Herball*, 1737.
Shown: plates 1, Dandelion. London: Samuel Harding
The British Library, London, 34.i.12.

p. 146 Kellom Tomlinson, *The Art of Dancing Explained*, 1775.
Shown: plate VI, "The Regular Order of the Minuet."
The British Library, London, K.7.k.8.

p. 147 Kellom Tomlinson, *A small treatise of time and cadence in dancing*, 1708–c. 1721.
Shown: manuscript notebook cover; "Measures of Common and Triple Time"; *"Saraband a deux."*
© Alexander Turnbull Library, Wellington, New Zealand.

pp. 152–153 Jean-Baptiste Poquelin (Molière), *Oeuvres de Molière*, 1734.
Shown: *Le Malade Imaginaire*; title page. With engravings by Laurent Cars and others after drawings by François Boucher.
Courtesy Le Feu Follet, Paris.

pp. 154–155 Samuel Johnson, *A Dictionary of the English Language*, 1755–56.
Shown: pp. 114–115, annotated pages; entry for "Bandog." London: W. Strahan, for J. & P. Knapton.
Beinecke Rare Book and Manuscript Library, Yale University, IIm J637 755D.

p. 156 Isaiah Thomas, *A curious hieroglyphick Bible...*, 1788.
After T. Hodgson, London, 1783. Worcester, Mass.: Isaiah Thomas Rare Book and Special Collections, Library of Congress, Washington, D.C., BS560 1788.

p. 157 Isaiah Thomas, *A little Pretty Pocket-book*, 1787.
Shown: title page; p. 43 "Base-ball." Worcester, Mass.: Isaiah Thomas Rare Book and Special Collections, Library of Congress, Washington, D.C., PZ6.L7375.

p. 158–159 Denis Diderot, Jean Baptiste Le Rond d'Alembert, *L'Encyclopédie*, 1751–57.
Shown: "Paper Marbling", engraved by Prévost; title page. Paris: André le Breton, Michel-Antoine David, Laurent Durand, and Antoine-Claude Briasson.
© The Art Archive/ Gianni Dagli Orti.

p. 160 Carolus Linnaeus, *Praeludia sponsaliorum plantarum in quibus physiologia...*, 1729.
Uppsala University Library, Sweden
© The Art Archive/Gianni Dagli Orti

p. 161 Carl Linnaeus, *Species Plantarum*, 1753.
Shown: title page; detail of p. 491, "Polygynia", with annotations. Stockholm: Impensis Laurentii Salvii.
Linnean Society of London, BL.83.

pp. 162–163 William Playfair, *The Commercial and Political Atlas*, 1786.
Shown: plates 5 & 20, "Exports... from all North America" and "National Debt of England."
London: for J. Debrett.
The British Library, London, 8247.de.2.

p. 164 *The Malefactor's Register; or, the Newgate and Tyburn calendar*, 1779.
Shown: "The convicts making their way near Blackfriars Bridge..." London: Alexander Hogg.
The British Library, London.
© The British Library/Robana/ Getty Images.

p. 165 *The Newgate Calendar...*, 1824–26.
London: J. Robins and Co.
The British Library, London.
© British Library/Robana/Getty Images.

p. 166 Thomas Sterne, *The Life and Opinions of Tristram Shandy, Gentleman*, 1760.
Shown: pp. 152–153, Chapter XL. York: Ann Ward.
The British Library, London, C.70.aa.28.

p. 167 State National Lottery advertisement in the form of a rebus, c. 1805.
Printed sheet with engravings.
Amoret Tanner Collection.
© The Art Archive.

p. 168 [Michel Millot], *L'Escholle des Filles*, 1668.
Fribourg: Roger Bon Temps. (False imprint, probably Amsterdam).
The British Library, London, P. C.29.a.16.

p. 169 John Cleland, *Memoirs of a Woman of Pleasure*, c. 1765.
London: for G. Fenton; (false imprint).
Private collection.
Courtesy David Chambers.

p. 169 *Whitehall Evening Post* or *London Intelligencer*, 6–8 March, 1750.
Shown: advertisement for *Fanny Hill.* London: C. Corbett.
The British Library, London, Burney collection, issue 635.
© The British Library Board.

p. 170 Benjamin Banneker, Pennsylvania, *Delaware, Maryland and Virginia Almanack and Ephemeris, for the Year of Our Lord 1792*, 1791.
Shown: pp. 6–7 zodiac anatomy; title page. Baltimore: William Goddard and James Angell.
Rare Book and Special Collections, Library of Congress, Washington, D.C.

p. 171 Phillis, Wheatley, *Poems on various subjects, religious and moral*, 1773.
Shown: portrait of Wheatley, engraved by Scipio Moorhead.
London: Archd. Bell.
Rare Book and Special Collections, Library of Congress, Washington, D.C., LC-USZC4-5316

pp. 172–173 Thomas Bewick, *A History of British Birds*, 1804
Shown: "The Nightingale"; uncaptioned tailpiece ("The fiend"); title page for vol. II, "History and Description of Water Birds." Newcastle: Edward Walker for T. Bewick.

© Courtesy of the Natural History Society of Northumbria, Great North Museum: Hancock.

p. 174 Humphrey Repton, *Wimpole Red Book*, 1801.
Shown: estate view, with overlay, showing Wimpole Hall entrance, front elevation, Church and new planting.
The National Trust, Wimpole Estate, Cambridgeshire.
© The National Trust Photolibrary/Alamy.

p. 176 Valentin Haüy, *Essai sur L'Éducation des aveugles*, 1786.
Shown: pp. 445–445, type embossed on heavy paper. Paris: les Enfants-Aveugles, sous la direction de M. Clousier.
Courtesy of the Museum of the American Printing House for the Blind, Louisville, Kentucky, 2004134502.

p. 177 William Moon, *Dr. Moon's Alphabet for the Blind*, 1877.
Embossed alphabet page.
Brighton: Moon Printing Works.
Courtesy of the Museum of the American Printing House for the Blind, Louisville, Kentucky, 1992313.

p. 177 John Bunyon, *The Pilgrim's Progress*, 1860
Shown: page of text printed in raised Lucas type.
Courtesy of the Museum of the American Printing House for the Blind, Louisville, Kentucky, 1998.66.

p. 182 Specimen banknote, c. 1821.
A specimen of the siderographic plan for preventing the forgery of banknotes. Patent.
London: Perkins, Fairman & Heath.
Courtesy Heath-Caldwell Family Archive.

p. 183 Jacob Perkins, Patent for Apparatus and means for producing ice and in cooling fluids, 14 August 1835.
The British Library, London, GB 6662/1835.

p. 183 Thomas Campbell, *The Pleasures of Hope with Other Poems*, 1821.
"New Edition": reprint with steel plates by Richard Westall and Charles Heath. London: Longman, Hurst, Rees, Orme and Brown; Edinburgh: Stirling and Slade.
Courtesy Heath-Caldwell Family Archive.

pp. 184–185 Anna Atkins, *Photographs of British Algae: Cyanotype Impressions*, 1843–50.
Shown: title page; fo.55, "Dictyota dichotoma, in the young state; and in fruit."
The British Library, London, C.192.c.1.

pp. 186–187 Adolphe Duperly, *Daguerian Excursions in Jamaica*, 1840.
Shown: title page; lithograph, "A View Of The Court House."
Kingston, Jamaica: Adolphe Duperly.
The British Library, London, Maps.19.b.12.

p. 188 James Evans, *Cree Syllabic Hymnbook*, 1841.
Elk-skin wrapper with syllabary printed front and back. Norway House, Manitoba: James Evans.
Victoria University Library, Toronto, AS42 .B49 no.4.

p. 189 Jacob Hunziker, *Nature's Self-Printing...*, 1862.
Shown: title page in Canarese with *Lycopodium cerium* (staghorn clubmoss) nature print. Mangalore: J. Hunziker, Basel Mission Press.
© Basel Mission Archives/Basel Mission Holdings, C.325.I.004.

p. 189 *Chinese Recorder and Missionary Journal*, 1875.
Shown: advertisement for the American Presbyterian Mission Press. Shanghai: American Presbyterian Mission Press.
Collection the author.

p. 190 *The Tauchnitz Magazine*, August 1892.
Leipzig: Bernhard Tauchnitz.
Courtesy Alistair Jollans.

p. 191 Charles Dickens, *The Posthumous Papers of the Pickwick Club*, 1836–37.
Serialized in 20 monthly parts (19 & 20 in one), April 1836 to November 1837; plates by R.W. Buss, H.K. Browne ("Phiz") and Robert Seymour (including cover). London: Chapman and Hall.
Copyright © 2013 Bonhams Auctioneers Corp. All Rights Reserved.

p. 192 Dr. Frank Powell, *Old Grizzly Adams, The Bear Tamer, or, The Monarch of the Mountains*, 1899.
Beadle's Boy's Library of Sport, Story and Adventure, vol. II, no. 23, 11 June, 1899. New York: M.J. Ivers & Co.
Johannsen Collection, Rare Books and Special Collections, Northern Illinois University Libraries, 23.

p. 193 *The Indian Queen's Revenge*, 1864.
Munro's Ten Cent Novels, no. 55. New York: George Munro & Co.; Philadelphia: J. Trenwith.
Johannsen Collection, Rare Books and Special Collections, Northern Illinois University Libraries, 241.

p. 195 Anne and Jane Taylor, *Rural scenes, or, A peep into the country: For children*, 1825.
Shown: pp. 48–49, "Angling" etc.
London: Harvey & Darton.
Collection the author.

pp. 196–197 Heinrich Hoffmann, *Struwwelpeter*, 1848.
Shown: cover; p. 16, "The Story of Little Suck-a-Thumb."
Glasgow: Blackie & Sons.
Collection the author.

p. 197 Mark Twain, *Slovenly Peter (Der Struwwelpeter)*, 1935.
Shown: cover (second edition).
New York: Harper & Brothers.
Collection the author.

pp. 198–199 Lothar Meggendorfer, *Le Grand Cirque International*, 1887.
Pop-up book. Paris: Nouvelle Librarie de la Jeunesse, 1887.
Collection Ana Maria Ortega.
Photo © Álvaro Gutiérrez.

p. 199 Ramón Llull, *Ars Magna*, 1305.
Shown: volvelle. Facsimile (1990) after the original in the Biblioteca El Escorial, Madrid. Madrid: Kaydeda Ediciones in Madrid.
Collection Ana Maria Ortega.
Photo © Álvaro Gutiérrez.

p. 199 Robert Sayer, *Harlequinade with Adam & Eve*, 1788.
Flap book; hand-colored engravings, drawn and engineered by James Poupard; text after Benjamin Sands, "The Beginning, Progress and End of Man" (London, 1650).
Philadelphia: James Poupard.
Collection Ana Maria Ortega.
Photo © Álvaro Gutiérrez.

p. 200 Baedeker's *Äygyten*, 1928.
Travel guide, with maps and illustrations; a revision of the earlier German edition.
Koblenz: Karl Baedeker.
Courtesy Karl Baedeker Verlag.

p. 201 *Rheinreise von Strassburg bis Düsseldorf*, 1839.
Yellow pictorial Biedermeier boards. Koblenz: Karl Baedeker.
Courtesy Karl Baedeker Verlag.

p. 201 *Der Schweiz*, 1844.
First edition in yellow pictorial Biedermeier boards. Koblenz: Karl Baedeker.
Courtesy Shapero Rare Books, London.

p. 202 Alexis Soyer, *The Modern Housewife or Menagere*, 1849.
Shown: title page; advertisement for "Soyer's Sauce." London: Simpkin, Marshall.
Collection the author

p. 203 Soyer's camp and bivouac kitchen in the Crimea, 1855.
Engraving in *Illustrated London News*, 22 September 1855.
London: Herbert Ingram.
© 19th era 2/Alamy.

p. 204 Rolf Boldrewood, *Robbery Under Arms*, 1927.
London: MacMillan and Co.
Courtesy Ian Riley.

p. 205 Sir Arthur Conan Doyle, *The Hound of the Baskervilles*, 1902.
First Colonial Edition; plates by Sydney Paget. London: Longman, Green and Co.
Courtesy Adrian Harrington Rare Books, London.

p. 205 Playbill advertising *Robbery Under Arms*, 1896.
For a production at the Theatre Royal, Hobart. Hobart: John Hennings.
Tasmaniana Library, LINC Tasmania.
© Tasmanian Archive and Heritage Office.

p. 210 Michael Joyce, *Afternoon, a story*, 1987.
Interactive e-book, using hypertext authoring system Storyspace. Watertown, Mass.: Eastgate Systems.
© Eastgate Systems.

p. 211 Jorge Luis Borges, *El Jardín de Senderos Que Se Bifurcan*, 1942.
Buenos Aires: Sur.
Courtesy Ken Lopez Bookseller, Massachusetts.

p. 212 Chester Floyd Carlson with his first 1938 Xerox model copier, c. 1960.
© Pictorial Press/Alamy

p. 213 Chester Carlson, Lab notebook, 1938.
Shown: pp. 4–5 manuscript notebook A4, with notes on electrostatic printing.
The New York Public Library, Chester F. Carlson papers, MssCol 472.

p. 214 William Shakespeare, *The Tragedie of Hamlet Prince of Denmarke*, 1930.
Shown: p. 126 Act IV, scene iv.
With 80 woodcuts and engravings by Edward Gordon Craig.
Weimar: The Cranach Press.
The British Library, London, C.100.l.16.

p. 214 William Shakespeare, *The tragicall historie of Hamlet, Prince of Denmarke*, 1909.
Shown: p. 138, Act V, scene i.
Hammersmith : Doves Press.
The British Library, London, C.99.g.30.

p. 215 Edward Gordon Craig, "The First Gravedigger", 1927.
Representing Harry Gage-Cole, pressman for the Cranach Hamlet. From *Matrix* 12, 1992 (f.p. 97).
Courtesy of John Randle.

pp. 216–217 Walt Whitman, *Leaves of Grass*, 1930.
Shown: leaves printed in black and red, illustrated with woodcuts by Valenti Angelo.
New York: [Grabhorn Press for] Random House Inc.
The British Library, London, RF.2003.c.9.

p. 217 Vladimir Burliuk and Vasilii Kamenskii, *Tango with Cows: Ferro-concrete Poems*, 1914 .
Book with three letterpress illustrations and wallpaper cover.
Moscow: D. D. Burliuk, Fo.12.
Museum of Modern Art, New York, Gift of The Judith Rothschild Foundation, inv. 74.2001.
© Digital image, The Museum of Modern Art, New York/Scala, Florence.

p. 218 Vladimir Mayakovsky, *For the Voice*, 1923.
Design by El Lissitsky for "To the Left." Berlin: R.S.F.S.R. gos. izd.
© Image Asset Management Ltd./ Alamy

pp. 220–221 Max Ernst, *Une Semaine de Bonté*, 1934.
"Collage novel", with collages by Ernst executed 1933–34. Paris: Éditions Jeanne Bucher, printed by Georges Duval.
The Louis E. Stern Collection, Museum of Modern Art (MoMA).
© Digital image, Museum of Modern Art, New York/Scala, Florence © ADAGP, Paris and DACS, London 2014.

p. 221 Guillaume Apollinaire, *Calligrammes; poèmes de la paix et da la guerre, 1913–1916*, 1918.
Concrete poems with typographical arrangements, published posthumously. Paris: Mercure de France.

p. 222 Joseph O. Nnadozie, *Beware of harlots and many friends, the world is hard*, c. 1970.
Revised and enlarged by J.C. Anorue; includes several simple linocut illustrations.

Onitsha (Nigeria): J.C. Brothers Bookshop.
Courtesy Cavan McCarthy.

p. 223 Unknown artist, Stall selling 'Romanços' by the convent of St. Augustine, Barcelona, c. 1850. Engraving in a sainete or one-act drama, published 1850.

p. 223 J. Abiakam, *How to make friends with girls*, c. 1965.
Cover illustration originally from a knitting pattern. Onitsha (Nigeria): J.C. Brothers Bookshop.
Courtesy Cavan McCarthy.

p. 223 Olegário Fernandes da Silva, *A morte do Dr. Evando, Veriador de Surubim*, 1987.
With a woodcut or linocut cover Caruaru (PE): publisher unknown.
Courtesy Cavan McCarthy.

p. 224 Rosamond Lehman, *Invitation to the Waltz*, 1934.
Albatross Modern Continental Library, vol. 223. Hamburg: The Albatross.
Collection the author.

p. 225 Eric Linklater, *Private Angelo*, 1958.
Paperback, following the 1957 limited photo-set Christmas edition. Middlesex: Penguin Books Limited.
Courtesy Penguin Books Ltd.

p. 225 Postcard for the Modern Continental Library readers, c. 1934. Paris: The Albatross.
Collection the author.

p. 226 Aleksander *Kamiński, Kamienie na szaniec*, 1944.
Published under the pseudonym Julius Gorecki; cover design by Stanisław Kunstetter. Warsaw: TWZW.
Warsaw Uprising Museum, Warsaw

p. 227 Resistance press photograph in *Le Point*, 1945.
Photographer unknown.
Collection the author.

p. 228 Mikhail Bulgakov, *The Master and Margarita*, 1966-67.
Serialization in Moscow magazine.
Shown: cover; text (1966)
Courtesy Helix Art Center, San Diego www.russianartandbooks.com; Courtesy Shapero Rare Books, London.

p. 229 Mikhail Bulgakov, *The Master and Margarita*, 1969
Shown: jacket from the 1974 reprint, reproducing the original.
Frankfurt: Possev Verlag.
Courtesy Possev Verlag, Frankfurt.

p. 230 Marie Stopes, *Married Love, A New Contribution To The Solution Of Sex Difficulties*, 1931.
Jacket advertising "Federal Judge Lifts Ban." New York, Eugenics Publishing Company.
Collection the author.

p. 230 Playbill for *Maisie's Marriage*, 1923.
Page Hall Cinema, Pitsmoor, Yorkshire; film loosely based on *Married Love*.
Leeds and London: John Waddington Ltd.
© National Archives, Kew, HO45/11382.

p. 231 *How to be Personally Efficient*, 1916.
System "How-Books", for *System: The Magazine of Business* .
Shown: chapter 18, "Little Schemes for Saving Time."
London and Chicago: A.W. Shaw & Company.
Collection the author.

p. 232 Anne Frank, *Diary*, 1942–44.
Shown: pages of the first notebook, dated 19 June 1942.
© Anne Frank Fonds—Basel via Getty Images.

p.233 Anne Frank, *Het Achterhuis*, 1947.
First published edition of Anne Frank's diary, edited after her death by Otto Frank. Amsterdam: Contact Publishing.
© Allard Bovenberg/Anne Frank Fonds—Basel via Getty Images.

p.233 Irène Némirovsky, *Suite Française*, 1940–41.
Manuscript notebook.
© Fonds Irène Némirovsky/IMEC, by permission of the Estate.

p. 238 Dard Hunter printing *Old Papermaking* at the Mountain House Press, Chillicothe, Ohio, 1922.
Courtesy Dard Hunter III.

p. 238 Dard Hunter, *Old Papermaking*, 1923.
Chillicothe (Ohio): Mountain House Press.
Courtesy Dard Hunter III.

p. 239 Dard Hunter, Smoke proof of Hunter's typeface, c. 1922.
Courtesy Dard Hunter III.

pp. 240–241 Rand Corporation, *A Million Random Digits with 100,000 Normal Deviates*, 1955.
Glencoe (Illinois): Free Press Publishers.
Photo courtesy Tom Jennings, by permission of Rand Corporation.

p. 242 Anglo-Saxon author, *Beowulf*, c. 1000 CE.
Shown: fo.101, a miniature of gold-digging ants in the land of Gorgoneus, from the "Marvels of the East", Beowulf manuscript.
The British Library, London, MS Cotton Vitelius A. XV.

p. 243 Electronic Beowulf CD, version 2, 2011.
CD after the Anglo-Saxon manuscript of Beowulf and other works, MS Cotton Vitellius A. XV. Third edition, 2011. London: British Library Publishing.

p. 244 Silvia Hartmann, *The Dragon Lords*, 2013.
Cover of the paperback edition, from the online crowd-sourced novel. Eastbourne: DragonRising Publishing.
Courtesy of Silvia Hartmann (www.SilviaHartmann.com) and DragonRising Publishing (www.DragonRising.com).

p. 245 Angela Ruiz Robles, *Enciclopedia Mecánica*, 1949.
Shown: prototype as preserved today, property of the heirs of Ángela Ruiz Robles.
Spanish National Museum of Science and Technology.
Photo © Luis Carré.

p. 245 Turning page of e-book reader on an iPad mini tablet computer.
© Iain Masterton/Alamy.

p. 246 Miniature Qur'an with metal locket and magnifying glass, c. 1900–10.
Glasgow: David Bryce & Sons.
Courtesy Simon Beattie, www.simonbeattie.co.uk.

p. 247 Jewish Bible on a pin-head, 2009.
Nano-Bible developed at the Technion Russell Berrie Nanotechnology Institute.
Tel Aviv: Technion, Israel Institute of Technology.
© Technion, Israel Institute of Technology, Tel Aviv.

pp. 250–251 Francisca Prieto, *The Antibook*, 2003.
Paper origami icosahedron: 15 x 17 x 19 cm, using Nicanor Parra's "AntiPoems"; origami process.
Artist's collection.
All rights reserved. Copyright © Francisca Prieto, 2001–13.

p. 252 Reel manuscript from South Sulawesi, Indonesia, before 1907.
Lontar paper.
Tropenmuseum, Amsterdam, coll. no. 673-4.

p. 253 Reel manuscript, from Bulukumba, South Sulawesi, Indonesia, before 1887.
Written in Buginese, lontar paper.
Tropenmuseum, Amsterdam, coll. no. A-4515b.

p. 254 Ethiopic script, Ethiopia, date unknown.
Black and red Ge'ez or Ethiopic script on vellum.
© The Art Archive.

p. 254 Arabesque, printing ornament, 17th century.
Collection the author.

p. 256 Device Printers device of Aldus Manutius, c. 1501.
Collection the author.

p. 257 Denis Diderot, Jean Baptiste Le Rond d'Alembert, *L'Encyclopédie*, 1751–57.
Shown: "Letterpress printing", engraved by Bernard after Goussier; title page. Paris: André le Breton, Michel-Antoine David, Laurent Durand, and Antoine-Claude Briasson.
© The Art Archive/DeA Picture Library.

p. 258 Michael Maier, *Atalanta fugiens*, 1618.
Shown: Ouroboros devouring itself by the tail. Alchemical emblem book; poems, text, musical fugues; engravings Johann Theodor de Bry.
Oppenheim: Hieronymi Galleri, 1618.
Prints and Photographs Division, Library of Congress, Washington, D.C., LC-USZ62-95263.

p. 259 Christian III's Bible, 1550.
Shown: title page (detail) with Fraktur titling and a woodcut by Erhard Altdorfer. First full translation of the Bible into Danish.
Copenhagen: Ludowich Dietz.

p. 260 *Lindisfarne Gospels*, c. 700.
Shown: fo.139r (detail), initial page of the Gospel of St. Luke.
Colored pigments and ink on vellum.
The British Library, London, Cotton MS Nero D.IV.

p. 261 Psalter, 1661.
Shown: fo.1 (detail), decorated initial with Greek minuscule script.
Written by Matthaios, monastery of St. Catherine, Mount Sinai, for the monk Pachomios. Mount Sinai, Egypt, St. Catherine's monastery.
The British Library, London, MS Burney 16).

p. 262 Cai Lun, patron saint of paper making, 18th century.
18th-century woodcut after a Qing dynasty design.
Collection the author

p. 263 Mandarin Chinese characters for cattle.

p. 264 "[America toe] her [miss] taken [moth]er", rebus, 11 May 1778. Hand colored etching.
London: M. Darly, Strand, May 11.
Prints and Photographs Division, Library of Congress, Washington, D.C., PC 1 - 5475.

p. 267 Ephraim Chambers, *Cyclopædia; or, an Universal dictionary of arts and sciences*, 1728.
Shown: "A specimen sheet by William Caslon..."
London: James & John Knapton.

p. 268 Origen, *Homiliae in numeri 15-19*, 675–700.
Shown: fo.11, (detail) Uncial (Merovingian) script, with rustic capitals. France, N. (Corbie?).
The British Library, London, MS Burney 340.

p. 268 Robert Hayman, *Quodlibets, lately come over from New Britaniola, Old Newfound-land*, 1628.
Shown: watermark in the gutter.
London: Elizabeth All-de for Roger Michell.
Private collection.
Creative Commons, Ambassador Neelix.

p. 269 Matthais Huss, Otto Schäfer, *La Grant Danse macabre*, 1499–1500.
Lyons: Matthais Huss.
Collection the author.

索引

ア

カ

タ

ナ

ハ

マ